감사합니다.

윤소리 Sori

<Silver Tree> 2023. 3. 31

실버트리

실버 트리 3

2023년 3월 28일 초판 1쇄 인쇄
2023년 3월 31일 초판 1쇄 발행

지은이 윤소리
발행인 강준규

기획 편집 정시연 이은정 주종숙 이예슬
마케팅 지원 배진경 임혜솔 송지유 장선영 김다운 조진숙

발행처 (주)로크미디어
출판 등록 2003년 3월 24일
주소 서울특별시 마포구 마포대로 45 일진빌딩 6층
편집 문의 (02)6365-5170 **구입 문의** (02)3273-5134
홈페이지 rokmedia.blog.me
E-mail romance@rokmedia.com

값 13,500원

ISBN 979-11-408-0804-5 04810(3권)
ISBN 979-11-408-0801-4 04810(세트)

VOLUME 3
윤소리 장편소설
실버트리
Silver Tree

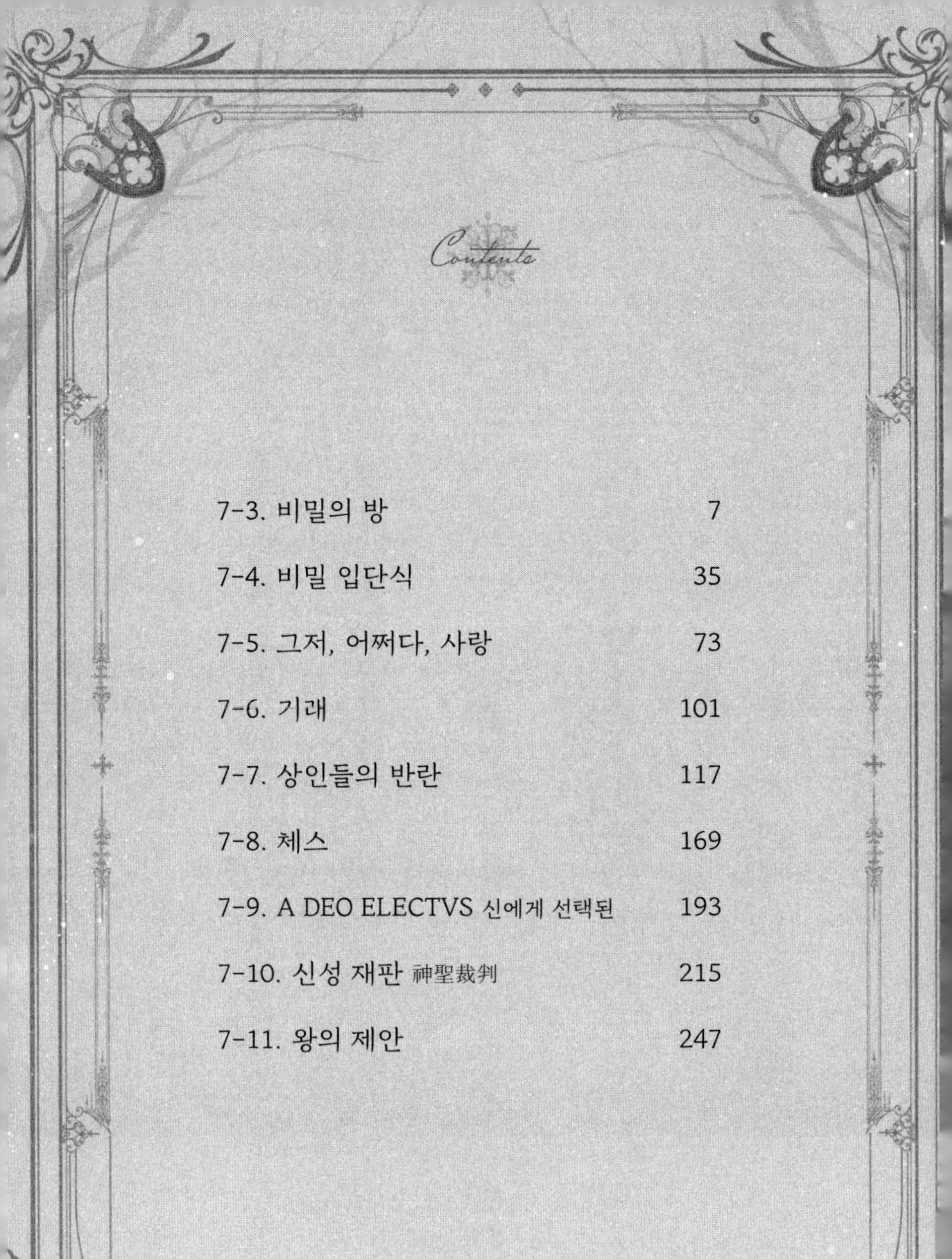

Contents

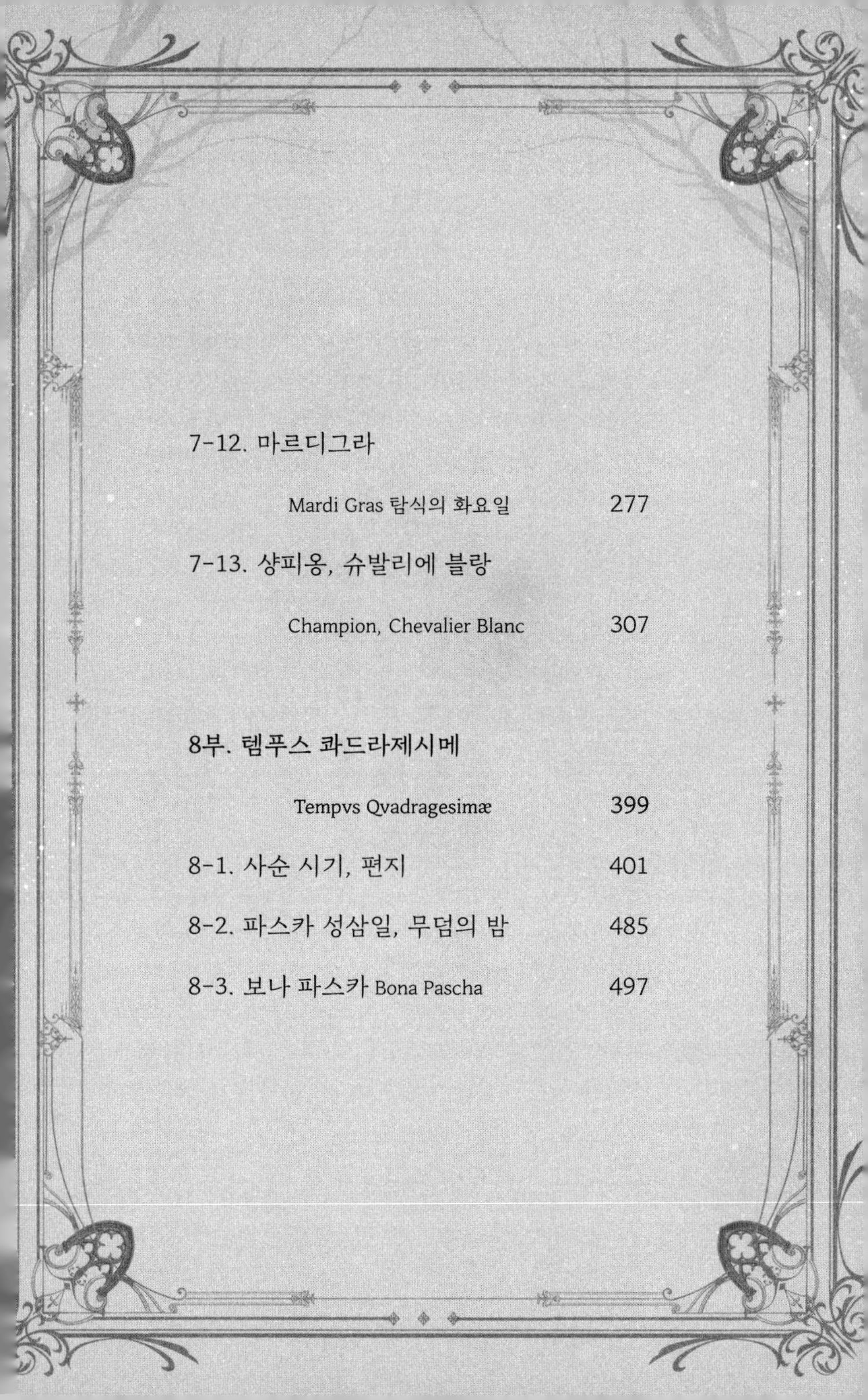

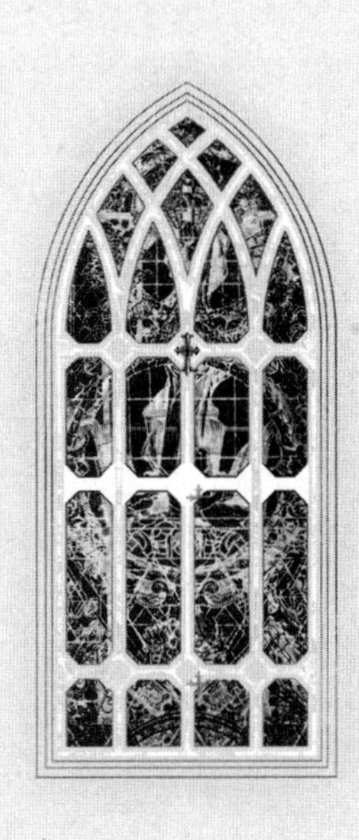

7-3. 비밀의 방

레아는 그들이 떠나고도 한참 후에야 벌벌 떨며 복도로 나갔다. 창문으로 희부연 빛이 스며들고 있다. 잠시 후면 종이 울릴 것이고, 그때 크레도와 다른 두 마리 말을 돌보러 나가면 된다.

"……뭐지? 그냥 돌벽인데 어디로 사라진 거야?"

레아는 사람들이 갑자기 나타난 자리로 가 보았다. 길게 이어진 복도와 거대한 돌기둥, 돌벽뿐이었다. 사람이 드나들 만한 통로 같은 것은 보이지 않았다.

분명, 이 기둥 근처에서 갑자기 빛도 나오고 사람들도 나타났다 사라졌는데…….

그러고 보니 두꺼운 돌벽 옆에 왜 이렇게 거대한 돌기둥이 있어야 할까?

건축에 대해서는 잘 모르지만 아무리 봐도 이상했다. 기둥은 보통 벽이 받치지 못하는 중간에 세워지지 않나?

레아는 허리를 구부린 채 주변을 주의 깊게 살폈다. 아빠가 오토마타 기술자가 아니었으면 고개만 갸웃거리다가 끝났을 것이다. 하지만 아빠 덕에 레아 역시 기계장치에 관심이 많았고, 숨겨진 공간의 실마리를 찾는 방법도 어느 정도는 알고 있었다.

"……아!"

일순 등골이 쭈뼛했다. 뺨으로 실낱같은 바람이 느껴졌다. 레아는 어둠 속에서 촉각을 곤두세우고 돌 틈과 모서리를 집중해서 더듬었다.

아니나 다를까. 기둥의 한쪽 면과 바닥 사이에 틈이 있었다. 그리고 바람은 그곳에서 흘러나오고 있었다. 오래전 옛날 세이렌호 침대 밑에 숨겨 둔 비밀 공간이 떠오르며, 몸이 바짝 오그라들었다.

……제기랄. 이제 어떡하지……?

험한 말이 저절로 튀어나오려 한다. 왕에게 받은 임무 수행을 위해서라면 이런 비밀을 반드시 알아내야 하건만, 일단 도망치고 싶다는 생각밖에 들지 않는다. 천년 묵은 쫄보 레아와, 쫄보 레아에게 넌덜머리가 난 레아가 싸우기 시작한다.

한심해 죽겠다. 맨날 죽을 각오 돼 있다고 큰소리나 치면서, 맨날 튈 생각이나 하지.

용기고 나발이고 타령할 때가 아니다. 여기까지 왔으면, 가 봐야 할 것이다. 레아는 이곳의 비밀 정보를 최대한 캐내서 왕에게 성유물을 무사히 돌려받아야 했다.

레아는 바닥 틈으로 손을 넣어 한참 더듬은 끝에, 동그랗게 돌출된 부분을 발견했다. 무슨 장치가 움직이지 못하게 막고 있는 듯했다. 손가락으로 힘껏 눌러 보았다.

덜크덕.

……풀렸다!

툭, 툭, 툭, 툭, 툭.

잠김이 풀린 벽은 힘주어 밀자 한 칸씩 뒤로 밀려났다. 역시나 뜬금없다 생각했던 커다란 기둥의 한쪽 면이 비밀 문으로, 바닥에 설치된 톱니를 따라 회전하며 열리는 구조인 듯했다. 문을 반 바퀴 거의 다 돌리고서야 바닥에 있는 좁은 입구가 눈에 띄었다. 짙은 어둠 속, 아래로 이어지는 긴 계단이 희미하게 보였다.

“비, 비밀의 방이 정말 있었구나…….”

하긴. 옛 기사단 본부였던 솔로몬 성전 지하에도 미로 같은 지하 동굴이 있었고, 아크레의 기사단 본부에도 비밀 탈출로와 지하 은신처가 있다 했는데, 프랑스 최고 요새라는 탕플 탑에 이런 공간이 없을 리가 없지.

물론 이런 대발견을 한 것이 레아는 반갑지 않았다. 무서워서 목이 졸려 죽을 것만 같았다.

하느님, 왜 당신은 저 같은 쫄보에게 이런 매의 눈을 주셨나요.

순간 밖에서 꼬끼오, 하는 소리가 우렁차게 들렸다. 정신이 번쩍 들었다. 탐험은 됐고, 들키지 않는 게 가장 중요했다. 레아는 얼른 몸을 돌려 아까 들어온 방향과 반대로 문을 밀었다.

덜컹, 덜컹덜컹.

제기랄. 반대 방향으로는 움직이지 않는다. 이 회전문은 톱니바퀴 방향 때문인지 앞으로만 돌리게 되어 있는 듯했다. 레아는 끙끙대며 무거운 돌벽을 다시 앞으로 밀었다.

덜크덕.

사각기둥 모양으로 문이 딱 맞물리는 것과 동시에, 아까와 똑같은 소리가 난다. 그리고 문은 더 이상 움직이지 않았다.

“……어? 자, 잠깐…….”

설마? 다시 기둥 모양으로 맞물리면 자동 잠금이 되는 거야?

“아, 그럼……. 다시 밖에서 걸린 톱니를 눌러 줘야 열리는 거……?”

……눌러 줄 사람이 없는데?

순간 등으로 소름이 쫙 올라왔다. 다시 문을 힘껏 밀어 보았다. 빛 한 점 들지 않는 깜깜한 어둠 속, 잠긴 돌문은 단단하기 그지없었다. 레아는 순식간에 공포에 질렸다.

안 돼! 제발, 이러면 안 돼.

정신이 나갈 것 같다. 레아는 문을 힘껏 밀다가, 미친 듯이 바닥을 더듬어 톱니 틈으로 손을 넣어 보기를 반복했다. 어림도 없었다. 문은 거대한 바위처럼 꼼짝도 하지 않았고, 안쪽에선 손가락은 고사하고 칼끝도 들어가지 못하게 단단히 맞물려 있었다.

필사적으로 바닥을 더듬고 손가락의 살이 쓸려 나갈 정도로 돌 틈을 쑤셔 보아도 안쪽에서 밀거나 뭔가를 할 수 있는 것은 없었다. 애초에 아래 잠금 스위치를 무엇인가로 눌러서 고정시켜 놓은 후 들어왔어야 한다는 말이었다.

미쳤어, 어떡해, 난 몰라! 이거 어떡해! 나 어떡해!

정신이 나간 레아는 벽을 쾅쾅 두드리다가 딱 세 번 만에 그만두었다.

정신 차려! 소리를 내면 사람들이 몰려올 거고, 운 좋게 누가 문을 열어 준다고 해도…….

……바로 들키는 거잖아.

기사단의 극비 장소에 들어온 것을 들키면 몇 달을 기다릴 것도 없이 그냥 죽은 목숨이다. 나뿐만 아니라 발타 님도 끌려 들어갈 것이다. 내가 고문을 당하면 또 무슨 말을 줄줄 쏟아 놓을지 모른다.

레아는 끔찍한 공포와 좌절감에 짓눌린 채, 필사적으로 생각하고 또 생각했다. 여기서 고스란히 굶어 죽는 것, 아니면 소리를 질러서 빠져나간 후 붙잡혀서 발타 님과 함께 고문을 당하다 죽는 것.

운명의 똥밭에서의 선택지란, 어쩜 이렇게 한결같이 거지 같은지.

레아는 돌벽 앞에 주저앉아 소리 없이 눈물을 쏟았다.

이거 왜 이래. 나 어떡해. 나는 그럼 이 깜깜한 어둠 속에 갇혀서 죽어야 하는 건가?

이 계단 아래 뭐가 있는지는 죽어도 가 보고 싶지 않았다. 물론 기사들을 음욕에 빠뜨리는 릴리트나 음란한 악령을 가둔 방 따위가 있을 것 같지는 않다. 하지만 고문실이나 오래된 수도원 지하 통로들처럼 해골이 벽에 빼곡하게 쌓여 있는 방이 나올 가능성은 적지 않다. 그 꼴을 보면 그대로 기절할지도 모른다.

대체, 내 팔자는 왜 이 모양일까. 그렇게 미친 듯이 도망 다니고 별 희한한 짓은 다 하며 숨어 살더니, 결국 여기서 죽는 거야?

나중에 여기서 내 썩은 시체를 발견한 기사들은 내 옷을 다 벗겨 보고 여자인 것을 알겠지.

차라리 발타 님 말씀대로 그냥 도망치는 게 나았을까. 그냥 노르망디로 도망쳐서, 벵상과 라셸르를 찾아보는 게 낫지 않았을까.

꼬끼오, 꼬끼오!

밖에서 수탉 소리가 연이어 흘러 들어오기 시작한다. 한참 흐느끼던 레아는 고개를 들었다.

소리가 들어온다는 건, 공간이 아주 막혀 있지는 않다는 뜻이었다.

댕, 댕.

하루의 일과가 시작되는 종소리. 잠시 후 말을 살피러 나갈 시간이다. 내가 가지 않으면 크레도와 두 아들놈은 마구간이 떠나갈 듯이 울어 댈 것이고, 그럼 발타 님은 내가 없어진 것을 알 것이다.

……하지만 발타 님이 무슨 재주로 나를 찾아내. 이 장소는 발타 님도 전혀 모르시는 것 같던데.

너무 기가 막혀 이를 악물고 울기만 하던 레아는, 탈진해 쓰러질 지경이 되어서야 천천히 자리에서 일어났다.

여기 있어 봐야 죽기밖에 더하나. 아무리 깊이 숨은 채 죽어도 시체 썩는 냄새 때문에 결국은 들키고 말 것이다. 무슨 짓이든 해 봐야 했다.

"빛이…… 들어오네?"

아, 다행이다. 층계참에 작은 환기창이 보인다. 물론 밖을 볼 수 있는 높이는 아니었다. 빛은 들어온다. 그것만으로도 조금 살 것 같다.

레아는 천천히, 천천히 계단을 내려갔다. 계단은 아주 길게 이어졌다. 그래도 밖이 점점 밝아지면서 조금씩 기운이 났다.

"아……?"

계단을 내려선 레아는, 눈앞에 펼쳐진 광경에 멍하니 눈을 깜박거렸다.

작은 창문이 있는 널찍한 홀이 있었다. 천장이 낮은 걸 보면 층과 층 사이에 비밀로 만든 공간 같기는 했지만, 그 호사스러움이 이루 말할 수 없었다.

매끈하게 다듬은 희고 검은 대리석으로 바닥을 깔고, 아름다운 태피스트리를 걸어 벽을 장식했다. 커다란 책상, 의자, 강대상, 귀하고 비싼 책들이 한쪽 벽에 가득 꽂혀 있었고, 큰 난로가 사방에 있고, 촛대도 이곳저곳에 걸려 있었다.

해골이 쌓여 있는 납골당이나 음침한 고문실도 아니었고, 음란한 릴리트가 숨어 있는 비밀의 방도 아니었다. 고위 단원들의 회의실이나, 비밀 피난처 같은 곳이 아닐까 싶었지만, 정확한 것은 알 수 없었다.

레아는 혼란한 와중에도 이곳저곳을 쑤석이며 조사한 끝에, 가장 크고 화려한 태피스트리 뒤에 작은 문이 하나 숨어 있는 것을 발견했다. 성모 마리아께서 두 명의 기사에게 길쭉한 나무 막대기를 건네주는 그림이었다.

"비, 비밀…… 출구일까?"

아아, 제발, 제발!

레아는 하느님께 간절히 빌었다. 제발, 밖으로 나가는 어두침침한 동굴이라도 있…….

"아, 난 몰라……."

레아의 앞에 나타난 것은 창문 하나 없는 완벽한 밀실이었다. 사방 벽은 물론이고, 중간에도 높직높직한 나무 선반장이 빼곡하게 들어차 있었다. 그리고 선반 위에는 자물쇠가 채워진 화려한 궤짝들이 첩첩 쌓여 있었다.

레아는 그제야 이 비밀의 방의 정체를 알 수 있었다.

이곳은 온 유럽 귀족들과 상인들의 은행이기도 한 성전기사단의 비밀 금고였다.

출구 따위는 없었다. 레아가 멀거니 서서 눈을 깜박거리는 동안, 댕그렁, 댕그렁, 오전 미사를 알리는 종소리가 들리기 시작했다.

‡ ‡ ‡

성전기사단 본부의 파리 이전은 위풍당당하게 대대적으로 이루어질 계획이었으나, 난데없는 폭우로 빛이 바랬다. 기사들과 수행 병사들, 그리고 마차와 수레의 긴 행렬은 비에 젖어 볼썽사납고 우중충했으며, 구경하려던 백성들은 모이기도 전에 뿔뿔이 흩어졌다.

최근 들어 겨울은 유난히 이르고 길고 혹독해지고 있었다. 사람들은 이 악천후가 성스러운 땅을 상실한 데 대한 신의 분노라고 생각했다.

그도 그럴 것이 아크레 함락 이후 홍수와 가뭄, 냉해, 추위와 폭염이 잦아졌기 때문이었다.

그래서일까. '성지 수호와 순례객 보호'라는 존재 가치를 잃은 성전기사단에게, 사람들은 마땅히 보내야 할 찬사와 경의를 표하지 않았다.

자크는 호화로운 생활이나 절대권력을 누리려는 욕구는 크지 않았다. 하지만 그는 신의 군대라 불리는 성전기사단 단장이라는 자부심이 대단했고, 그 권위를 제대로 존중받기를 바랐다. 자신에 대한 예우는 기사단에 대한 예우이며, 그것은 기사단이 속한 교황과 기사단을 선택한 신에 대한 예우와 동일선상에 있다고 믿었다.

그래서 자크는 아크레의 함락 이후, 기사단의 권위가 자꾸 위축되어 가는 것에 무거운 책임감을 느끼고 있었다.

다행히 시테 궁의 주인은 합당한 예를 아는 자였다. 필립은 비가 오는데도 신하들을 거느리고 친히 파리 성문 앞까지 나가 그들을 환영했다.

비에 젖은 단장을 두 팔을 벌려 끌어안고, 뺨을 맞대고 입을 맞추고 손을 잡고 궁으로 불러들여 술과 따뜻한 음식, 광대들의 유희를 베풀었다.

자크는 왕의 친절과 호의에도 불구하고, 친밀감을 느끼는 것이 쉽지 않았다. 왕은 훌륭한 기사였고, 위엄 있는 통치자이자 깊은 신앙과 고결한 품성을 가진 신앙의 수호자였다. 소년 시절부터 르 벨이라는 별칭으로 불릴 만큼 빼어나게 아름다웠지만, 그 아름다움은 얼음처럼 차고 비정하게 느껴졌다.

왕은 두 가지 반대되는 감정을 동시에 불러일으키는 사람이었다. 주변 사람들은 왕을 사랑하되 두려워했고, 성직자들은 신앙의 수호자인 왕을 존중하면서도 교황에게 이를 박은 그를 증오했으며, 백성들은 왕의 경건한 행실을 칭송하면서도 삶을 도탄에 처박은 그를 비난했다.

이번 왕실 연회에서 가장 눈에 띈 것이 있다면 발타의 소속이었다. 예전과 달리, 발타는 성전기사단의 신입 기사들 틈에 끼어 있었다. 눈에 띄지 않게 조용히 행동하고는 있었지만, 눈에 띄지 않을 리가 없었다.

자크는 만족했다. 저 냉철한 왕이 애지중지하던 시테 궁의 보석은, 이제 자신의 울타리에 들어온 것이다.

발타는 신을 깊이 사랑하고, 신의 뜻을 이루기 위해 자신을 바치기로 서원한 자다. 그러므로 당연히 왕이 아닌 '신의 병사'인 기사단 편에 설 것이다. 성전기사단 단원들 속에 묻혀 있는 자신의 대자를 보며, 자크는 만족스럽게 웃었다.

‡ ‡ ‡

"위그, 세공사가 아직 보이지 않는군. 혹시 미리 연락을 받은 것이 있나?"

"아직 없습니다. 마차를 보냈는데 약속 시간이 되어도 몽모랑시 여인숙에 도착하지 않아 그냥 빈 마차로 왔습니다. 어찌할까요?"

왕의 이마에 가늘게 주름이 잡혔다. 이렇게 아무런 연락도 없이 오지 않는다니. 하지만 생각해 보니 나오지 못할 일이 생겼을 때, 별도로 연락할 방법이 없기도 했다.

"발타에게도 별다른 연락이 없나?"

"없습니다. 자크 단장과 고위 단원들이 전부 파리 본부로 합류해서 다들 정신없기는 할 겁니다. ……별도로 연통을 넣어 볼까요?"

"내 편지를 발타가 모든 단원 앞에서 큰 소리로 읽게 할 참인가."

"아. 발타 경이 조금 난감해지겠군요. 하하하."

성전기사단에는 사생활 따위는 존재하지 않는다. 편지란 편지는 모든 단원 앞에서 공개적으로 읽어야 한다. 보내는 편지든, 받는 편지든, 왕의 도장으로 밀랍 봉인이 되어도 마찬가지였다.

짝사랑하는 숙녀나 누이동생이 이걸 모르고 애정이 담뿍 넘치는 편지라도 보냈다간, 편지를 받은 기사는 그날 밤 탑 꼭대기에서 몸을 던질 지경이 되는 것이다. 왕의 비밀 임무와는 별개로, 발타에게 연락책을 따로 둔 것은 다 이유가 있었다.

왕이 혼잣말로 중얼거렸다.

"발타와 연락이 안 되는 건 꽤 문제가 되겠어……."

위그는 고개를 갸웃했다. 세공사가 왕과 약속한 기간은 얼마 남지 않았다. 부활절까지 두세 달 남짓? 그러면 그 후에는 어떻게 연락을 취할 생각일까?

왕은 발타사르 경을 철저하게 자신의 사람이라 생각했고, 당연히 기사단에 심어 놓은 자신의 첩자라 믿었다.

하지만 그건 모를 일이었다. 발타 경과 성전기사단과의 인연도 만만찮았다. 기사단에서 자라며 영욕을 함께했고, 아크레를 떠난 후에도, 준단원 자격으로 기사단의 전투에 대부분 참여했다. 자크 단장과 발타 경의 관계는, 왕과의 관계 못지않게 도타웠다.

그리고 그 인연을 만들어 준 게 바로 왕이다

"발타사르 경을 위그 드 패로 경처럼 시테 궁으로 정식 파견해 달라고 요청하시면 어떻겠습니까? 회계 감사 쪽은 원래 발타 경이 하던 일이니 자크 단장도 그 정도는 염두에 두고 있을 겁니다. 딱히 심술을 부리지만 않는다면 말이죠."

"말은 해 보겠지만…… 자크가 뒤끝이 없다고는 해도, 심술이 아주 없지는 않아."

위그는 속으로 쓴웃음을 지었다. 뒤끝 끝판왕은 사실 왕이었다. 사람들은 그걸 잘 몰랐다. 왕의 분노가 워낙 조용히 쌓였기 때문이었다. 하지만 앙갚음은 확실했고, 잔혹함은 맘루크의 술탄 못지않았다. 다만, 왕은 인내할 줄 알았다.

리옹의 비밀 회담 실패 후에도 교황을 통한 왕의 제안과 거절이 계속 이어지고 있었다. 성전기사단과 성 요한 기사단의 통합 제안, 거절. 루이 태자의 입단 제안, 거절. 빌라레 단장과 몰레 단장과 왕의 푸아티에 삼자 회담 제안, 무산……. 특히 푸아티에 공식 회담의 경우 교황이 공을 많이 들였음에도 빌라레 단장의 불참으로 무위로 돌아가고 말았다.

이에 왕은 두 기사단의 통합과 협조가 십자군 출정의 조건이라고 못 박았고, 몰레 단장은 대놓고 코웃음을 치기에 이르렀다.

'언제부터 우리 기사단이 십자군 출정의 열쇠가 되었을까. 영광스럽게도.'

'천하의 필립 폐하께서 지금 어지간히 힘드신 모양이야. 우리에게 이렇게 달라붙는 걸 보면. 고고하고 드높던 자존심은 다 어딜 갔을까.'

단장이 사석에서 했다는 말이 돌고 돌아 왕의 귀에 들어왔다. 왕은 별다른 반응을 보이지 않았다. 하지만 위그는 그 말을 들은 왕이 며칠 동안 생트 샤펠에 밤새 틀어박혀 있었다는 것을 알고 있었다.

오랫동안 군주로서 자신을 철저하게 훈련해 온 왕은, 아랫사람들에게 자신의 감정을 호소하는 일을 극도로 절제해 왔다. 왕은 그런 행동을 나약한 것, 통치자의 권위를 갉아먹는 일이라 여겼다. 대신 왕은 오로지 신에게만 자신의 마음을 토로했다. 그것마저 차고, 이성적이고, 고요했다.

아마 자크 경은 자신이 왕에게 큰 망신을 주었던 것을 잊었을 것이다, 뒤끝이 없다는 말에는 그런 무신경함이 포함되어 있었다. 무신경함은 일종의 오만함이었다.

하지만 왕은 그것을 완전히 갚을 때까지 결코 잊지 않을 것이다. 그 역시 오만함이었다.

그리고 현재 기사단과 왕을 연결하는 가장 중요한 통로는 발타사르라는 기사였고, 발타사르와 왕을 연결하는 유일한 통로는 레아라고 하는 여자였다.

왕이 그녀에게 이해할 수 없는 너그러움을 보이는 이유를, 위그는 애써 그렇게 이해했다.

"그나저나 폐하, 올랑드 영지는 어찌하시겠습니까? 누구를 보내는 것이 나을까요? 기사 한 명을 부양하기엔 수확이 지나치게 박하긴 합니다만."

"세공사가 맡게 해. 영지민과 친해지기도 했고, 발타가 있던 집을 수리한 것도 그자이니, 제 노고를 누리게 하는 것도 좋겠지."

어쩐지 묘한 기분이 드는 것을 위그는 모르는 척했다.

"탕플 수도원으로 전갈을 보내겠습니다."

이튿날 오후, 접견실로 급하게 들어온 것은 보좌 주교 앙게랑 드 마리니였다. 그는 왕의 손에 입을 맞추는 것도 잊어버리고 황급하게 여쭈었다.

"폐하, 세공사 레비가 궁에 와 있는 것 아니었습니까?"

"무슨 말이지, 그게?"

"그자가 탕플 수도원에서 보이지 않은 지 일주일째라 합니다. 다들 영지에 가 있다고 생각하고 있습니다만, 당연히 올랑드에는 코빼기도, 후, 그림자도 보이지 않습니다. 마차를 대기시키는 몽모랑시 여인숙에도 일주일 동안 한 번도 들른 적이 없다 합니다."

앙게랑은 헐떡대며 잠시 숨을 골랐다. 본래 훌륭한 풍채를 갖고 있던 보좌 주교는, 미식 취향으로 인해 최근 살이 꽤 붙어서, 조금 뛰었다 하면 이렇게 멧돼지처럼 씩씩대곤 했다. 하지만 '빨리빨리'가 입에 붙은 사람이라 이 씩씩대는 소리는 그가 가는 곳이면 어디든지 따라다녔다.

왕이 천천히 자리에서 일어났다.

"……일주일…… 되었다고?"

"예, 폐하. 그야말로 감쪽같이 사라진 겁니다."

위그 역시 놀란 기색을 감추지 못했다. 보좌 주교가 탕플 수도원에 심어 둔 정보원들 중엔 정식 기사는 몇 되지 않았지만, 농부나 수직 병사, 야장이나 요리사들이 골고루 끼어 있어서 세공사의 근황을 추적하는 일은 그리 어렵지 않았다.

왕은 앙게랑을 멀뚱하니 바라보다가 다시 의자에 앉았다. 그리고 턱을 조금 매만졌다. 다시 일어났다가, 다시 앉았다. 그의 손의 움직임이 신경질적으로 변했다.

"위그. 발타에게 전갈을 넣게."

"폐하. 지금은 전갈을 보내도 발타 경은 받지 못합니다."

보좌 주교가 반대한다. 왕의 얼굴에서 희미하게 역정의 기색이 올라온다.

"무슨 이유로?"

"지금 발타 경은 동료 예비 단원들과 함께 단장이 주관하는 비밀 입단식을 앞두고 묵언 금식 기도 중입니다. 저도 접견을 요청했다가 허탕만 치고 왔습니다. 열두 명의 예비 단원들이 수도원 성당 기도실에 박혀 있는데, 아무도 만나지 못하고, 아무 이야기도 할 수 없습니다. 비밀 입단식이 끝나야 면회가 허락될 듯합니다."

"그러면, 발타도 그자가 사라진 것을 모르고 있단 말인가, 앙게랑?"

마리니는 수건을 꺼내 얼굴을 뒤덮은 땀을 닦았다.

"그게, 이상한 게, 발타사르 경은 알고 있었던 것 같습니다. 신입 단원 관리를 맡았던 조제 드 긴느 경이 물어봤다고 하는데……."

'시종 레비는 영지에 바쁜 일이 있어 나간 듯하다 들었소. 도적 떼가 들어서 영지에 큰 소요가 있었다지요.'

'아직 올랑드의 후임 영주가 결정이 안 되어 더 번잡한 듯한데, 빨리 결정이 되어야 발타사르 경도 부담을 덜지 않겠소.'

왕은 다시 자리에서 몸을 일으켰다. 그는 눈도 깜박이지 않은 채 되풀이했다.

"바쁜 일이 있어 나간 듯하다……?"

"예, 적어도 발타 경은 세공사가 없어진 걸 알고 있는 것 같았습니다."

"……아하."

"그리고 발타 경의 건강 상태가 썩 좋아 보이지는 않았다고 합니다. 최근 살이 꽤 많이 내린 것 같다고 하는데요. 원, 살이 쪄도 쪄도 모자랄 판에, 아주 바람에 날아갈 판이니, 이러다가 발타사르 르 모스티크(모기) 경이 될지도 모르겠습니다. 어쨌든 정식 입단식이 끝나면, 바로 연통을 넣어 만나 보는 것이 어떨까 합니다."

왕은 무표정하게 고개를 끄덕였다.

"장! 몰레 단장에세 편지를 써."

"예. 폐하. 뭐라 적을까요."

급하게 양피지와 깃펜을 대령한 서기관 장 마야르가 의자에 앉았다.

「친애하는 자크 드 몰레, 영광스러운 솔로몬 성전기사단의 총단장이여.

성지 수복을 함께 감당할 동역자로서, 내 아들의 대부로서, 그간의 험난한 세월을 뒤로하고, 신성 프랑스의 도시 파리의 품에 안긴 것을 기쁜 마음으로 환영하는 바이오.

나의 사랑하는 형제이자, 그대의 믿음직한 대자代子인 발타사르가 이번에 기사단에 입단하여 그대들의 거룩한 사역에 동참케 된 것 역시, 깊이 감사하고 기뻐하오.

그의 입단을 축하하고자 하는 마음으로 조촐한 식사 자리를 마련하고 싶으니, 발타와 함께 시테 궁을 방문해 준다면, 나로서는 큰 기쁨이 되겠소.

성 삼위 하느님과 성모 마리아, 프랑스 왕실의 수호천사 생 미셸의 이름으로 강복하는,
가톨릭교회와 그리스도교 신앙의 수호자, 프랑스의 왕, 필립.」

왕은 장 마야르가 내어 주는 편지를 한 번 읽고, 다시 한번 읽은 후 아래에 자신의 이름을 적었다.

편지 봉투를 봉한 밀랍에 반지로 도장을 찍은 왕은 어느새 평소와 똑같은 표정으로 돌아와 있었다. 그는 위그에게 편지를 건네며 짧게 명했다.

"발타의 방문 날짜를 받아 오게."

‡ ‡ ‡

레아의 패닉은 반나절 정도 지나며 천천히 가라앉기 시작했다. 일단, 금고 방 이곳저곳에 나 있는 작은 환기창으로 햇살이 들어오면서 공포감이 사라졌고, 그 방에 쌓여 있는 엄청난 보물 상자들을 보니, 가문의 본능에 따라 두려움을 잠시 잊게 되었다.

방을 가득 채운 선반에는 칸마다 크고 작은 상자들이 쌓여 있었다. 한쪽은 기사단의 고유 재산을 쌓아 둔 구역으로 대부분 금화나 은화, 은괴, 보석류였고, 다른 한쪽은 외부 물품의 보관 구역으로 크기와 무늬가 제각각인 궤짝들이 빼곡하게 쌓여 있었다.

보관 구역의 상자들 중에는 먼지가 보얗게 얹힌 것들도 많았다. 아래 적힌 로마 숫자와 기호를 보면 맡아 둔 물목, 환산액, 그리고 날짜를 표시해 놓은 듯했다.

기사단에 돈이나 귀금속을 맡겨 놓고 찾아가지 못하고 죽은 영주님이나 상인들도 그렇게 많다는데, 그들의 상속자가 수취 증서를 찾지 못하거나 맡겼다는 사실 자체를 모르면, 이곳의 재산은 영원히 성전기사단의 것이 되는 것이다.

백년 넘어가는 고색창연한 상자들을 따로 모아 둔 걸 보니 저건 기사단에서 꼴랑 먹어 버린 게 틀림없다. 이런 날도둑 같은 놈들이 있나.

그들을 욕해 가며, 레아는 어느덧 두려움을 망각하기 시작했다.

아빠가 그랬다. 돈에 눈이 멀면 겁대가리가 사라진다고. 그래서 결론이 뭐였더라. 돈에 눈이 멀어서 용감해지라는 건지, 돈을 무시하면서 안전해지라는 건지.

아마…… 용감해지라는 결론 같은데.

레아는 실없이 웃고 말았다. 돈독 덕인지는 모르지만 어쨌든 쥐꼬리만 한 호기심과 용기가 솟은 레아는 선반에 쌓여 있는 궤짝들을 요모조모 살펴보기 시작했다.

상자들에는 대부분 자물쇠가 달려 있었지만, 자물쇠가 없는 것도 상당히 있었다. 잠긴 상자라도 물품 목록은 메모를 통해 확인할 수 있었다. 성전기사단의 귀금속이나 귀중품 가격 산정은 오래전부터 정확하고 객관적이기로 정평이 나 있었다.

"헉! 이, 이건……."

레아는 갑자기 벼락이라도 맞은 듯했다. 눈앞에 매우 낯익은 궤짝이 나타난 것이다.

자신이 직접 만든, 화려한 문양이 빼곡하게 새겨져 있는 향나무 상자. 왕에게 뺏겼던, 자신이 찾으려고 그렇게 애를 쓰던 그 상자.

뭐지? 침실에 놔둘 거라더니, 여기에 맡겨 뒀나?

아, 맞다. 성전기사단 탕플 탑은 왕실의 가장 든든한 비밀 금고이니, 당연한 건가.

내 물건들을 그렇게 중요한 보물이라고 생각한 건가, 왕은?

레아는 달달 떨리는 손으로 그것을 끌어 내렸다. 기사단이 발행한 500리브르 수탁 증서와 왕이 하사한 왕관을 비롯하여, 안에 든 물건들은 그대로였다.

레아는 망치로 위장해 놓은 성 십자가 조각을 꽉 끌어안았다. 온통 어지럽던 머릿속이 순식간에 또렷해진다.

"이, 이건…… 운명의 장난이 분명해."

이 막대기는 결국 내 손에 돌아올 운명이었던 거야. 그렇지 않고서야…….

……설마, 하느님이나 성모님께서 그걸 원하신 걸까?

바로 헛웃음이 튀어나왔다. 신앙심이라곤 긁어 봐야 한 숟갈밖에 안 되는 이교도 출신 여자에게 그러실 리가.

그럼 혹시 이 영험한 막대기께서 단장님께 돌아가기 싫었던 걸까?

그건 가능성이 눈곱만큼 있다. 계획대로 발타 님께 막대기를 돌려주었다면 분명 단장님 손에 들어갔을 테니까.

설마, 그게 싫어서 안전하게 왕에게 피신(?)한 걸까?

물론 말도 안 되는 생각이긴 한데, 이 귀한 물건이 미꾸라지처럼 쏙쏙 도망 다니다가 자신에게 냉큼 돌아온 이 상황이 더 말이 안 되는 것 아닌가?

반갑냐고?

천만에. 무서워 죽을 지경이다. 자신과 이 성물 사이에 보이지 않는 끈이 있어, 어딜 가든 끈질기게 따라다니는 것만 같았다.

레아는 망치에 고정시킨 끈을 풀어 막대기를 품에 깊이 넣었다. 점점 기분이 이상해진다. 미친 것처럼 한껏 흥분했다가 바로 죽을 듯이 축 처지는 상태가 휙휙 반복된다. 종일 먹은 게 없어서일까. 손이 덜덜 떨리는 것도 멈추지 않는다.

자, 생각하자, 레아. 이걸 되찾았으니 다시 원래 상태로 돌아온 거 맞지?

일이 이쯤 되면 왕과 거래의 판을 새로 짤 수 있을지도 몰라.

기대에 화르르 불타올랐던 레아는 잠시 후 꺼져 가는 목소리로 중얼거렸다.

"……아, 물론 무사히 빠져나간다면 말이지."

상자 뚜껑에는 물건 리스트와 감정가가 적힌 나무판자가 붙어 있었다. 왕관의 감정가는 200리브르. 성전기사단쯤 되니 귀금속의 감정가 책정이 얼마나 정확한지 모른다. 각종 공구와 속옷, 발타 님의 낡은 옷가지들의 감정가는 고작 10수 7드니에, 상자의 가격은 포함하지 않는다고 적혀 있었다.

레아는 홀의 난롯가에 쌓아 둔 장작 중에, 비슷한 길이의 길쭉한 막대기를 집어 들고, 그것을 아까처럼 가죽띠로 칭칭 감아 망치 머리에 묶어 놓았다.

물목만 제대로 맞춰 놓으면, 그 모양이 어땠는지까지는 기억하기 어려울 것이다. 여기 있는 물건을 모두 합쳐 봐야 플로린 금화 하나 가격밖에 되지 않는 것이다.

상자를 원래 있던 자리에 감쪽같이 돌려놓으니, 이제 땀이 폭포수처럼 쏟아진다. 종일 먹은 것도 없고, 마신 것도 없고 추워 죽겠는데, 왜 이렇게 땀이 쏟아지는지 모를 일이었다.

이제는 목이 타서 들러붙는 것 같고 몸이 우들우들 떨렸다. 벽에 있는 선반의 한쪽 면에 비스듬히 기대앉은 레아는 잠시 후 고개를 갸웃했다.

손바닥이 닿은 돌바닥에 홈이 파여 있었다. 레아는 손가락으로 가만히 그 홈을 훑어보았다.

기계장치 달인의 딸인 레아는, 이것이 무슨 의미인지 천천히 깨닫기 시작했다.

뒤에 숨겨진 공간이 더 있다.

‡ ‡ ‡

열두 명의 신입 단원들은 일주일의 금식이 끝날 즈음 거의 유령처럼 변했다.

그들은 정규 미사에는 참석했지만, 나머지 시간은 간신히 몸만 눕힐 수 있는 좁은 골방에서 보냈다. 하루 한 끼, 빵과 물만 먹다가 마지막 하루는 그조차도 없이 컴컴한 독방에 박혀서 밤새 기도를 해야 했다.

마지막 날 금언이 풀렸지만, 모두 말 한마디 없이 조용했다. 침묵에 길들여지는 것은 생각보다 편안한 일이었다. 말을 하지 않아도 된다는 건, 무엇인가를 결단하고 그것을 위해 노력해야 하는 고통을 피할 수 있다는 뜻이었다. 말을 멈추면 생각마저 멈췄다. 그 순간 세상은 천국처럼 평화로워졌다.

발타는 그 일주일의 고립이 고마웠다. 빵과 물을 가져다주는 하인을 제외하면 아무에게도 말할 필요가 없었다.

그러잖아도 궁에서 사람을 보내 발타를 찾았던 모양이다. 하인이 '급한 일 같던데 살짝 만나 보시려느냐' 귀띔을 했지만, 발타는 침묵으로 일관했다. 레아가 궁에 가야 할 시간에 나타나지 않았으니 폐하께서 조바심이 나신 듯했다.

어떻게 말씀드릴 것인가. 이제 입단식을 치르면 폐하를 만나는 것조차 쉽지 않을 텐데.

그녀가 소유했던 성물은 세상에 떠도는 모든 성체와 성유물 중에서 가장 귀한 것으로 꼽힌다. 나무에 스며든 그리스도의 성혈이 보석이 되었다는 유물. 발타는 그 달그락대는 소리를 아직도 생생하게 기억하고 있었다.

그 정도 유물이면, 전쟁의 이유가 될 수도 있다.

그리고 그것은 성전기사단의 것이다. 성모 마리아, 혹은 대천사 라파엘이 프랑스 왕가에 하사했다고 하는 주장은 12 대 1의 신성 재판으로 빛을 잃었다.

레아는 그것을 자신에게 돌려주겠다고 했다. 꼭 드릴 것이 있다고, 제발 만나 달라고. 생각해 보면 참 줄기차게도 쫓아다녔다.

그러더니 정작 정체가 탄로 난 후엔 폐하에게 빼겨서 줄 수 없다고 말을 뒤집었다. 어떻게든 폐하께 돌려받아 발타 님께 드리겠다며, 걱정 하나 없는 해맑은 얼굴로 주변을 팔랑팔랑 돌아다니더니, 이렇게 갑자기 떠났다.
그 말을 또 믿었던, 믿고 싶었던 나는, 아마 세상에서 제일 멍청한 인간일 것이다.
하지만 나는 그날 그녀가 떠나기를 진심으로, 간절히 빌지 않았던가.
그녀가 떠난 것은, 기도의 응답이 아니었을까.
아아, 따지는 것도 이제는 부질없다.
……다 부질없다.
발타는 눈앞에서 타오르는 촛불만 멍하니 바라보았다. 기도는 나오지 않는다. 눈물도 나오지 않는다. 다시 생각이 멈춘다. 침묵은 짙고 달고 향긋했다. 작은 기도실은 관처럼 편안했다. 호흡마저 천천히 멈추는 것 같았다. 발타는 조용히 눈을 감았다.
……당신은, 그 긴 세월 동안 얼마나 무서웠을까.
여자는 겁이 많았다. 사소한 것들을 사랑했고, 소소한 일상에 깊이 행복해했기 때문이었다. 손톱만큼이나 작고 반짝이는 물건들을 만들어 내며 뿌듯하게 웃었고, 사랑하는 사람과 맛있는 것을 나누어 먹고 행복해했고, 별것 아닌 일로 수다를 떨며 까르르 웃어 댔다.
가족들과 소리 소문 없이 잘 먹고 잘 사는 일을 그리도 중요하게 여겼다. 그녀의 세상은 늘 반짝이고 싱그러웠으므로, 그것들을 상실하는 것이 끔찍하게 두려웠을 것이다.
그럼에도 그녀는 자신에게 물건을 돌려주고 이 질긴 인연을 마무리하려 했었다. 그녀가 끝까지 확보하고자 했던 것은 동생의 안위 한 가지뿐이었다. 리옹에서 이상한 오해만 하지 않았으면, 이 일은 그녀의 소원대로 진작 결판이 났을 것이다.

흐, 흐, 흐흐.

발타는 머리를 감싸고 희미하게 소리 내어 웃었다.

……아니다, 나는 결판을 내지 못했을 것이다.

무수한 전장에서 그렇게 많은 사람을 도륙했지만, 레아의 목에 칼을 박는다는 상상만 하면 그대로 구역질이 치밀며 숨이 막혔다.

이런 주제에 겁도 없지. 발타는 그녀를 그렇게 오랫동안 추적한 것을 뒤늦게 후회했다. 그렇게 낯 뜨거운 오해를 했음에 차라리 감사해야 했다.

그래서 발타는 입맞춤을 받은 레아가 아무 말 없이 탈출한 새벽, 타들어 가는 가슴을 움켜잡고 신에게 깊이 감사했다.

이제 나의 숙녀는 노르망디, 마르세유, 혹은 베니스로 갈 것이다. 벵상이라는 자를 찾아갈 것이다. 가서 그녀가 가족이라 불렀던 사람들을 만날 것이고, 소원대로 어딘가 조용히 숨어서 잘 살아 나갈 것이다.

어쩌면, 벵상이라 하는 자의 아내 레아로, 혹은 여전히 사슴처럼 뛰어다니는 세공사 레비로. 적어도 여기서보다는 훨씬 안락하고 행복하게 살아갈 것이다.

그리고 그녀의 지옥을 고스란히 물려받은 발타는, 이제 가장 어려운 일을 결단해야 했다.

그 성유물의 정체를 왕에게 알려 주고 그것을 왕이 차지하게 방치할 것인가.

혹은 왕에게서 몰래 빼돌려 성전기사단, 자크 단장에게 돌려드릴 것인가.

아니면, 그냥 이대로 아무 일도 없던 것처럼 묻을 것인가. 그리하여 세상에서 가장 귀하고 가치 있는, 신의 선택을 상징하는 성유물을 영원히 어둠 속에 파묻을 것인가.

그것을 내가 결정할 권리가 있을까.

……그걸, 내가, 감히 결정할 권리가…….

시간은 어두운 관 속에 고여서 멈춰 버렸다. 그의 시간은 신이 창조한 찰나이자 영원이며, 그의 마음은 절대 침묵만 이어지는 천국이자 영원히 고통받는 지옥이었다.

‡ ‡ ‡

레아는 선반장 아래에 보일락 말락 팬 홈을 보고, 그것이 옆으로 이동한다는 것을 알아차렸다.

물론 레아의 힘으로 밀 수 있는 무게는 아니었다. 초록 거인이 대여섯쯤 달라붙어야 될까 말까 한 무게였다.

그렇다면 이것을 옆으로 미는 장치가 되어 있을 것이 뻔했다. 오토마타 제작의 장인 알 자자리의 제자의 제자의 사위의 수제자(?)임을 자부하는 레아의 촉이 그렇게 말하고 있었다.

레아는 그 주변을 열심히 더듬어 숨겨진 비밀스러운 장치가 있나 찾아보기 시작했다.

아버지는 이런 비밀 장치의 조건으로, 복잡하고 정교한 것보다 잘 고장 나지 않고, 작동법이 간편한 것을 먼저 꼽았다. 구동 장치는 되도록 가까운 곳에 숨겨져 있어야 하고, 별도의 설명이 없어도 딱 보면 알 수 있을 정도로 직관적이어야 한다고도 했다. 그 작동법을 배운 사람이 죽을 수도 있으니까.

기계란 한 가지 장치가 추가될 때마다, 고장률은 서너 배쯤 뛰어오르는 법. 그러니 오토마타 물시계나 오르골 장식 따위가 아닌, 수십, 수백 년 동안 사용할 시설에는 복잡한 장치를 함부로 도입하지 않는 것이다.

"차, 찾았다……. 바로 이거지!"

선반 한쪽 귀퉁이에서 빙글빙글 돌리는 나무 손잡이를 발견한 것은, 그러니까, 결단코 우연이 아니었다. 어깨너머로 다져진 눈썰미와 호기심과 돈독 덕분이었다.

물론, 손잡이를 돌리는 일에도 무지막지한 힘이 필요했고, 빌어먹을 선반과 그곳에 있는 물건들이 어마어마하게 무겁기는 했다. 어지간한 여인들의 팔뚝으로는 손잡이를 돌리기는커녕 움직이지도 못할 정도였다.

물론 어릴 때부터 망치질과 줄질과 세공으로 단련된 레아의 강철 팔뚝은 어지간한 숙녀들의 섬세한 손목과 거리가 멀었다.

"조금만 더, 조금만 더! 이걸 밀어야 이 감옥에서 빠져나갈 수 있어!"

레아는 젖 먹던 힘을 쥐어짜 눈앞이 노래지도록 손잡이를 돌렸다.

삐걱, 삐걱, 그그그, 그그그, 그그그그그.

눈앞이 환하게 밝아진다. 새로 열린 공간은 지금 있는 방보다 훨씬 넓었고, 작은 환기창들도 몇 개나 있었다. 사방에서 빛이 쏟아져 들어오고 있었다.

"아? 이건……."

레아는 돌바닥에 그대로 주저앉았다.

이곳 역시 사면이 막힌 방이었다. 비밀 통로는 이곳에도 없었다.

대신, 낯익은 것들이 하나둘 눈에 들어오기 시작했다. 오래전, 세이렌 호 선창에서 보았던 것들이 찬란한 빛을 내뿜으며 천장까지 빼곡하게 쌓여 있었다.

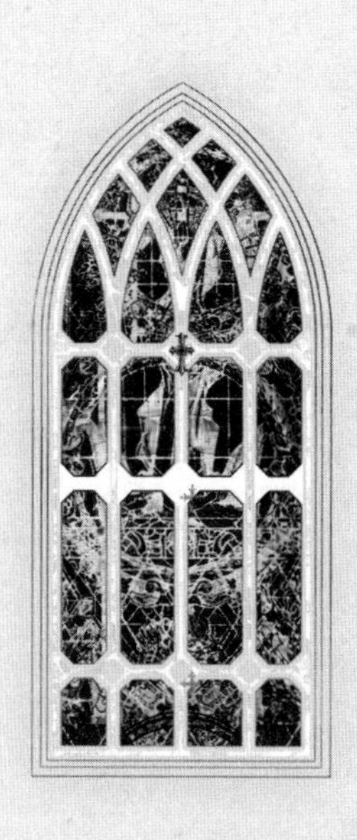

7-4. 비밀 입단식

"신입 단원 후보 열두 명 모두 모였나."

"예."

기도실에서 나온 열두 명의 신참들이 낮은 목소리로 대답했다. 신입 단원 담당 조제 경은 그들을 둘러보며 엄숙하게 물었다.

"지금 가는 곳은 정단원 기사들만 알고 있는 비밀 장소이며 기사단의 심장 같은 곳일세. 그곳에서 있던 일을 발설할 경우, 죽음으로 대가를 치르게 되지. 비밀을 엄수겠다고 성 삼위 하느님과 성모 마리아의 이름을 걸고 맹세할 수 있겠나."

"예, 맹세하겠습니다."

"마지막 절차는 그대들이 성전기사의 자격이 있는가에 대한 검증과, 절대 복종과 인내에 대한 시험이 될걸세. 예루살렘을 사수했던 위대한 선배들처럼, 진정한 성전기사로 거듭나기 위해서는 이 마지막 시련을 통과해야 하네."

"……."

그들도 대략 소문을 들어 알고 있었다. 이 비밀 입단식에는 끔찍하게 고통스러운 검증 과정이 포함되어 있다고 했다.

그것이 어떤 종류의 고통인지는 전혀 알려지지 않았고, 그래서 그들은 상상할 수 있는 가장 끔찍한 일을 상상하며 몸을 떨었다.

"통과하지 못할 경우, 죽음으로써 회합의 비밀을 지켜야 할 터. 하나, 이는 안타깝고 무고한 죽음이 될 것이니, 지금 마지막 기회를 주겠네. 지금이라도 포기하고 돌아간다면, 털끝 하나 상함이 없이 돌아갈 수 있어. 그리하겠는가?"

조제 경의 이 살벌한 위협은, 아무리 힘든 과정이 있어도, 무슨 수를 써서라도 반드시 입단식을 통과하라는 격려이자 압박이었다.

당연히 여기까지 와서 돌아가겠다고 하는 비겁자는 없었다. 더욱이 후보생들 대부분은 제 영지가 없는 방랑 기사거나, 상속자 형님에게 얹혀 있는 '난롯가 아들'로, 마땅한 호구지책이 없었다. 마상 시합의 스타이자 왕의 직속 가신이었던 발타와 달리, 그들은 돌아갈 곳조차 마땅찮았다.

"절대 돌아가지 않을 것입니다! 저희는 반드시 통과할 것입니다!"

그들은 모두 앞다투어 나서서 가슴에 손을 얹고, 자신이 아는 거룩하고 성스러운 것들을 총동원해 맹세했다. 발타의 맹세가 가장 늦었다. 그는 허세에 찬 큰소리나 앞에 나서는 것을 좋아하지 않았고, 신의 이름으로 맹세하는 것도 꺼렸기 때문이었다. 하지만 그 역시 맹세를 피하지는 않았다.

조제는 고개를 끄덕이며 몸을 돌렸다.

"모두 눈을 가린 후 어깨를 짚고 따라오게. 단장님과 다른 형제들이 기다리고 계시네."

팽팽한 긴장감이 내려앉는다. 신입 단원들은 검은 천으로 눈을 가린 후, 말 한마디 없이 동료들의 어깨를 잡고 천천히 걸었다.

발타는 신경이 곤두섰다.

내가 일하는 회계실이 있는 복도 아닌가?

눈을 가리고 있지만, 위치는 짐작이 된다. 발타는 자신이 멈춰 선 곳이 기둥이 자리 잡고 있는 복도 한가운데쯤 되지 않을까 짐작하며 눈썹을 지그시 찌푸렸다.

이곳에는 이 많은 사람이 모일 만한 넓은 방이 없을 텐데?

드드드드. 옆에서 무거운 것이 밀려나는 소리가 들린다.

"……!"

자그락자그락, 철컥철컥.

어디선가 갑자기 튀어나온 사람들이 그들을 빙 둘러싼다. 사슬 갑옷 소리로 보아 한두 명이 아니다. 신입 단원들의 등으로 소름이 쫙 솟아올랐다.

아, 탕플 탑에 비밀의 방이 정말 있긴 있었구나.

신입 단원들은 어디선가 나타난 사람들의 손에 이끌려 갑자기 나타난 계단을 더듬더듬 내려가기 시작했다. 습기를 잔뜩 머금은, 퀴퀴한 곰팡내가 후르륵 올라온다. 오랫동안 밀폐된 공간 특유의, 어딘가 짓눌리는 듯한 느낌과 함께.

발타의 손바닥 안으로도 진득하게 땀이 배어 나왔다.

‡ ‡ ‡

레아의 대탐험은 딱 이틀로 끝났다. 첫날은 활기차게, 이튿날은 느릿하게 돌아다니던 그녀는 사흘째부터 온몸이 지렁이처럼 흐느적흐느적 늘어지고 말았다.

다른 출구를 찾는답시고 미친 듯이 돌아다닌 것이 화근이었다. 하지만 빠져나갈 시도도 하지 않고 말라 죽는 게 나으냐 하면, 그것도 아닌 것 같았다.

잘 먹고 잘 사는 데 목숨 건 인생, 떠돌이 생활에서도 악착같이 밥은 챙겨 먹었는데 여기서 이런 고난을 맞이하게 될 줄이야.

그나마 수확이라면 통로 쪽 기둥 뒤에서 나무판자로 덮어 놓은 용변 구멍을 찾아냈다는 것인데, 탈출 통로로는 많이 부족했다. 일단 구멍의 크기가, 다리 한 짝만 간신히 빠져나갈 정도였고, 밑바닥은 까마득하게 아래에 있는 돌무더기였다.

설사, 오늘 밤 기적이 일어나 내 몸이 이 구멍보다 가늘어지거나, 이 구멍이 10배쯤 넓어진다 해도, 예상되는 결말은 그리 아름답지 않았다. 새벽마다 돼지 떼를 끌고 와서 분변과 음식 쓰레기를 처리하는 돼지치기들은, 내일 아침 똥 속에 파묻혀 산산조각 난 여자의 시체를 보게 될 게 뻔했다.

……이 계획은 없던 걸로.

레아는 벽에 기대앉아 사흘 내내 모은 정보를 정리했다.

탕플 탑의 비밀 공간은 크게 세 개의 구역으로 나뉘어 있었다.

첫 번째 구역은 레아가 계단을 내려와서 처음으로 맞닥뜨린 넓은 홀이었다. 난로도 있고, 촛대도 있고, 탁자도 있고, 미사 드릴 때 쓰는 듯한 제대도 있었다. 비밀 회합을 하기에 맞춤할 듯한 장소로, 식량과 식수만 든든하게 쟁여 두면 적에게 함락되어서도 오랫동안 숨어 지낼 만한 곳이었다. 물론, 별도의 탈출로가 없다면 거대한 무덤이 되는 것이고.

두 번째 구역은 태피스트리 뒤에 숨겨진 작은 방으로, 성전기사단의 공식 금고였다. 재무나 회계실 쪽의 고참 단원들 정도면, 이 금고 방의 존재를 알고 있을 듯했다. 다만, 발타 님은 이 공간을 모르고 계시는 게 확실했다.

그리고 세 번째 구역은 금고 방의 선반 뒤에 숨겨진 널찍한 공간이었다. 이곳이야말로 진짜 비밀의 방이었다. 안쪽 문 옆에 '솔로몬의 방'이라는 글자가 자그마하게 쓰여 있는 걸 보면, 아크레에서 시프르 섬으로 실어 온 물건들을 이곳으로 모조리 옮긴 것 같았다.

"아 설마, 그럼 며칠 전에 성문 앞에서 봤던 수레들이……?"

너무나도 뻔뻔하게 새치기를 하던 짐마차들이 생각났다. 말먹이용 건초와 포목이 쌓여 있긴 했지만, 사실 경비가 엄청 삼엄하지 않았던가.

하긴 이런 금덩어리들을 대놓고 운반할 순 없었겠지. 천하의 성전기사단이라고 해도.

직업병이 발동한 레아는 마지막 방에 보관된 귀금속들을 꼼꼼하게 살펴보았다, 장식 기법이 그리 세련되지는 못하고, 에나멜 기법은 전혀 쓰이지 않았으며 정교한 누금 기법도 거의 볼 수 없었다. 보석을 다듬은 기술도 형태도 투박하고 단순하기 그지없었다. 아주 옛날 물건들이라는 뜻이었다.

하지만 놀라운 것은, 황금을 진흙처럼 뭉텅뭉텅 '싸발라' 만든 대담함이었다. 사람 키의 절반은 될 정도의 황금 방패 수십 개를 벽면 빼곡히 둘러놓았고, 황금 대접, 황금 대야, 일곱 갈래 금촛대, 금잔, 심지어 쟁반, 접시, 숟가락, 불집게까지 모조리 황금이었다. 태산처럼 쌓인 궤 안에는 시대도 알 수 없는 금화들이 가득했고, 크고 작은 은괴는 자갈처럼 느껴질 지경이었다.

압권은 거대한 황금 항아리였다. 높이가 레아의 키보다 컸는데, 관리 때문인지 안팎으로 사다리까지 걸쳐 놓았다. 겉면에는 용이 항아리를 빙빙 휘둘러 감고 있는 문양이 정교하게 새겨져 있었는데, 레아는 무늬를 가만히 만져 보다가 갑자기 등골이 오싹해졌다.

도금인 줄 알았는데 느낌이 어째…… 통짜 황금 같다?

……미친 거 아닌가, 정말?

세상의 어느 술탄이나 옛 로마의 카이사르, 콘스탄티노플의 황제 누구라도, 이렇게 미친 돈지랄은 할 수 없었을 것이다. 이 항아리 하나만 들고 나가도 생트 샤펠 성당 몇 개는 더 지을 수 있겠다.

레아는 천천히 사방을 둘러보았다. 주변을 둘러싸고 있는 것들이 모두 황금으로 뒤덮여 있으니, 현실 감각이 팔랑팔랑 날아가는 것 같다.

'레아야, 옛 솔로몬 성전에는 하느님께 바쳐진 황금이 하늘 높이 쌓여 있었단다. 사방 벽에는 커다란 황금 방패가 쫘르르 걸려 있고, 모든 도구는 전부 다 금으로 만들고, 심지어 벽돌마다 금을 입혔다고

했단다. 굉장하지 않니…….'

갑자기 아빠의 목소리가 아련하게 떠올랐다. 아빠는 개종해서 십자군 전쟁까지 참전한 주제에, 유대 대제사장 혈통이라는 근거 없는 믿음을 끝까지 버리지 못했고, 복잡한 성전의 양식과 제사법, 솔로몬 성전에 바쳐진 황금과 보물에 대한 설명을 늘어놓곤 했다.

'전설대로라면, 바빌로니아 왕이 유대 나라를 공격할 때, 예레미야 제사장이 솔로몬 성전에 있던 보물들을 어디론가 깊이 숨겨 두었단다.'

'와! 그게 어딘데요?'

'솔로몬 성전 근처의 지하 동굴이라는 소문이 있지. 하지만 정확한 위치는 아무도 몰라.'

'그럼 그 동굴을 발견하는 사람은, 완전 떼부자가 되는 거네요? 세상에서 제일가는 부자가!'

'하지만 레아야, 신의 물건을 훔치거나 함부로 사용하면 저주를 받는걸? 성전의 보물을 관리하고 필요에 따라 사용할 수 있는 사람은 제사장 혈통뿐이란다.'

'우와! 아빠! 그거 딱 우리 아니에요? 아빠가 늘 말씀하셨잖아요. 우리는 대제사장 차독 집안사람이라고요!'

그 때문일까, 레아는 어릴 때부터 어느 지하 동굴에 산더미같이 쌓인 황금을 발견해 떼부자가 되는 꿈을 꾸곤 했다.

자, 이제 꿈은 이루어졌다. 다만 여기서 굶어 죽어야 할 뿐이다. 운명의 똥밭이 좀 더 힘이 세었을 뿐이다.

‡ ‡ ‡

"……여긴?"

눈가리개를 벗은 신입 단원들은 넋이 나간 표정으로 사방을 두리번거렸다.

눈앞에는 처음 보는 넓은 홀이 펼쳐져 있었다. 난로에는 불이 활활 지펴져 있고, 사방에 켜진 촛불이 대낮처럼 환했다. 밖에서는 새하얗게 눈발이 날리고 있었지만, 안이 워낙 훈훈해서 춥게 느껴지지 않는다.

대리석 바닥엔 푹신한 카펫이 깔려 있고, 사방 돌벽에는 태피스트리가 쳐져 있어 아늑하게 느껴졌다. 일주일 동안 덜덜 떨며 지냈던 기도실에 비하면 천국이 따로 없었다.

"어서들 오게, 새로운 형제들이여."

홀에는 이미 파리 본부의 선배 기사 단원들이 다 모여 있었다. 사슬 갑옷에 십자가가 새겨진 쉬르코, 무기까지 완전히 장착한 정복 차림이었다. 신입 단원들은 본능적으로 깨달았다.

아, 이거야말로 진짜 입단식이구나.

열두 명의 신입 단원들은 명령대로 제대 앞에서 바닥에 몸을 붙이고 자신을 바치는 기도문을 외웠다. 그들이 몸을 일으키자, 자크 단장이 두 팔을 들어 올리고 큰 소리로 말했다.

"성전기사단에 입단하게 된 그대들을 삼위일체 하느님과 성모 마리아의 거룩한 이름으로, 기쁘게 맞이하노라."

앞에 서 있던 프랑스 지부 단장인 제라르 드 빌리에가 기사단의 표어를 큰 소리로 선창하고, 신입 기사들이 따라 했다.

"성모 마리아께서 우리 기사단의 시작이니."

"하느님을 기쁘시게 할 수만 있다면."

"우리 삶의 마지막과 우리 기사단의 최후는."

"하느님께서 원하시는 때 성모 마리아 안에, 마리아의 영광 안에 있을 것이로다. 아멘."

그레고리오 성가처럼 운율과 가락이 있는 기도문이었다.

"그대 올랑드의 발타사르여, 부르고뉴의 붉은 머리 티에리여, 푸아티에의 클로드여, 파리의 에마뉴엘이여……."

단장은 한 사람 한 사람의 이름을 확인하더니, 본격적으로 입단 서약을 받기 시작했다.

"그대들 열두 명의 기사들은, 입단식을 마치는 순간부터, 이전의 삶을 포기하고, 오로지 본 기사단의 일원으로서, 주의 일에만 헌신하는 삶을 살아가게 될 것이오. 동의하오?"

"동의합니다."

"성전기사단의 단원이 된다는 것은 세속적 삶의 모든 즐거움을 포기하고, 그리스도와 성모 마리아를 위하여 모든 가혹하고 고통스러운 일을 명예롭게 받아들여야 하며, 성지 회복을 위한 전장에 기꺼이 피를 흘리고 목숨을 내놓아야 하며, 단장과 참사회의 명에 절대 복종하는 삶을 살아야 한다는 뜻이오. 그러한 삶을 그대들은 기꺼이 받아들이겠소?"

"받아들입니다."

서약이 끝나자, 단장은 주위를 둘러싸고 있는 다른 기사와 사제를 둘러보며 물었다.

"우리는 이제 이곳에 모인 열두 명의 새로운 기사들을 새로운 형제로 받아들이려 하오."
"예, 단장님."
"그러니 형제들이여, 이들이 우리 기사단에 형제로서 함께하는 것이 하느님과 성모 마리아의 뜻에 부합하는 일이 될지, 최선을 다하여 검증해 주길 바라오."
"……."
"자, 형제들이여! 이들에게 질문할 것이 있습니까."

‡ ‡ ‡

레아는 황금 더미 한가운데 쭈그리고 앉아 꾸벅꾸벅 졸았다. 아니 사실 조는 게 아니라 황천길에 발을 넣었다 뺐다 하는 것 같았다. 발타 님을 생각하면 여기서 죽으면 안 되겠지만, 다른 곳에서 죽고 싶어도 방법이 없었다.

내가 보면 기가 막힌 운명의 똥밭이지만, 남들이 보면 재미있기는 하겠다. 아빠는 돈독 오른 딸이, 진짜 보물 속에 파묻혀서 굶어 죽으리라는 상상을, 단 한 번이라도 해 보셨을까.

레아는 산더미 같은 황금과 보물 상자에 파묻혀 훌쩍대고 울기 시작했다.

"이 방 설계한 돌대가리는 대체 누구야……! 어떻게 비상 출구 하나를 안 만들어 놓을 수가 있어! 엉? 이게 대형 관짝이지 뭐야! 네가 그러고도 장인이냐, 엉?"

울면서 욕을 하고, 또 정신을 깜박 놓았다가, 정신을 차리면 다시 욕을 하면서 또 울었다. 황금에 파묻혀 죽으면 그래도 행복할 것 같았는데, 춥고 배고프고 무섭고 비참한 것이, 떠돌이 거지 시절과 다를 것이 하나도 없었다.

"내가 만들었으면? 어? 비상구를 한 대여섯 개는 뚫어 놨을 거라고, 엉? 식량 창고하고 포도주 창고하고 슬쩍 좀 연결해 놓고, 엉? 빗물받이 관도 좀 만들어 놓고, 엉? 사람들이 위급할 때 여기서 먹고살아야 할 거라는 생각은 안 했냐?"

그나마 이 이 방에는 환기를 위한 창문이 있고, 창틀에는 눈이 소복소복 쌓여 있었다.

잠시 후 레아는, 우는 것도 맘대로 하면 안 되겠다는 결론에 도달했다. 울면 울수록 기운이 빠지고 목이 말랐다. 제기랄, 우는 것도 몸뚱이 눈치를 봐야 하다니.

비틀비틀 자리에서 일어나, 멋진 황금 사발을 꺼냈다. 만약 신의 물건을 건드렸다고 저주를 내린다고 하면, 제사장 집안의 딸이라고 진지하게 우겨 볼 참이다.

레아는 보물을 밟고 위로 올라가 창틀의 눈을 황금 사발에 쓸어 담은 후, 후후 불어 녹여 마셨다.

캬. 죽인다. 내 팔자에 산더미 같은 보물을 발밑에 두고 황금 사발로 물을 마시는 날이 오다니.

"알리에노르 왕비님도, 테오도라 황후님도 부럽잖겠네……."

저도 모르게 콧노래를 흥얼대던 레아는 한숨을 쉬며 입을 다물었다.

아빠는 레아의 낙천적인 수다를 무척 좋아하셨었다. 쫄보 가문을 구원할 보배 같은 성격이라 하셨다. 하지만 이 정도면 낙천성이 아니라 그냥 정신이 나간 것에 불과하다.

레아는 황금 항아리에 등을 기대고 힘없이 웃었다.

이대로 죽으면, 나는 황금에 파묻혀 죽은 여자가 되는 거구나.

진짜 본새 나잖아. 그래. 이건 진짜 콘스탄티노플 황제도, 알리에노르 왕비마마도 못 해 본 짓이지.

자, 레아야, 한번 선택해 봐.

이 엄청난 황금과 보물에 파묻혀 죽는 게 나을까?

아니면, 무사히 나가서 거지로 살다가 죽는 게 나을까?

순간 몸이 부르르 떨리며 저절로 고개가 확확 돌아갔다.

안 돼! 거지는 절대 안 돼. 죽을 때 죽더라도 돈은 있어야지.

오, 세상에. 하느님. 가문 대대로 내려오는 돈독이란 게 이렇게 무섭습니다. 저는 역시 살 자격이 없는 거죠. 레아는 찬란한 보물의 산을 응시하며 히죽히죽 웃었다.

"뭐지, 저 황금 상자는?"

한참 웃던 레아는 문득 고개를 갸웃했다. 방의 가장 안쪽에 특별히 모셔 놓은 커다란 황금 상자가 눈에 띄었다.

"대체 정체가 뭐기에 이 어마어마한 보물의 방에서도 저렇게 귀하게 모셔져 있지? 대체 얼마나 귀한 것이 들어 있기에?"

몸은 점점 늘어지지만, 결국 호기심이 이겼다.

남은 힘을 쥐어짜 무거운 상자를 끄집어낸 레아는 누렇게 번쩍이는 상자를 앞에 놓고 잔뜩 인상을 구겼다.

"뭐지? 무늬가 좀 이상하네? 물과 물고기, 생명나무, 지팡이, 지팡이에 감긴 뱀? ……아! 이건 대천사 라파엘 상징물 아닌가?"

라파엘은 생명나무의 수호자로, 토비야에겐 물고기로, 광야에서는 구리뱀으로, 벳자타(베데스다) 연못에선 성 십자가 나무로 치유의 기적을 보인 대천사다.

그렇다면 이건 성물함이 분명하다. 특히 동굴의 기사들과 성모님의 이야기로 미루어 보면, 이건 성모 마리아 혹은 대천사 라파엘이 성 십자가를 담아 두셨다던 그 황금 성물함이 틀림없었다.

아, 그럼 기사단이 동굴에서 보물들을 쓸어 오면서 이것도 가져왔다는 거네?

갑자기 가슴이 들뛰기 시작했다. 그렇다면 이 안에 성모님이나 라파엘이 남겨 둔 다른 성유물이 있을지도 모르겠다!

레아는 가슴을 두근거리며 뚜껑을 열었다. 그래애! 틀림없이 성 십자가 유물에 버금가는, 아니 더 귀하고 비싼 성물이 들어……. 으아악!

안을 들여다본 레아는 비명조차 지르지 못하고 그대로 정신을 놓고 말았다.

상자 안에는 단장의 홀-그 낯익은 검집과 함께 허연 해골이 덩그러니 들어 있었다.

‡ ‡ ‡

신입 단원의 검증을 위한 선배들의 질문 공세가 시작되었다. 분위기는 살벌하지는 않았지만, 질문 내용은 검증이라기보다 가혹한 신상털이에 가까웠다.

그 가혹함에는 분명한 목적이 있었다. 신입이라 해도 전투에 특화된 억센 사내들끼리 모였는데 어찌 거친 다툼이 없을까. 그러니 처음부터 기를 죽여 겸손하게 만들려는 것이었다. 뻣센 자존심, 오만함 다 버리고 몸을 바짝 낮추어 들어와라, 자신의 색깔을 없애고 기사단의 형제로 융합하여 살아가라, 하는 매서운 훈계이기도 했다.

하지만 질문을 당하는 이들로서는 가장 숨기고 싶었던 일들이 죽을 때까지 함께 살아가야 할 동료들 앞에 공개되는 것이니, 가장 수치스럽고 뼈아플 수밖에 없었다.

"그대 부르고뉴의 붉은 머리 티에리여, 그대는 도박으로 진 빚으로 오랫동안 채무자에게 쫓겨 다니고 있다고 들었다. 그대가 입단하려는 이유가, 빚으로부터 도피하고자 함인가?"

"절대 아닙니다! 그 빚은 마상 시합에서 두 번 패배해 몸값을 갚느라 진 빚입니다. 그 빚을 아버지가 갚아 주시기 전, 이를 아까워한 큰형 뤼시앵이 퍼뜨린 헛소문입니다!"

"푸아티에의 클로드여, 그대에게 숨겨 놓은 아내와 아이가 있다던데, 그게 사실이오?"

클로드는 벌써 머리가 희끗희끗한 중년 사내였다. 그는 고개를 꼿꼿이 들고 말했다.

"숨긴 적 없습니다! 어린 아들은 형님의 시동으로 맡겼고, 딸은 결혼을 시켰으며, 아내는 아르장퇴이유 수녀원으로 들어갔습니다. 이제 저는 성전기사단에 입단하여 그리스도의 검으로 살아가는 데 아무런 결격 사유가 없습니다."

질문은 꽤 집요하게 계속되었다. 몇몇 헛소문은 적극적인 해명으로 바로잡혔고, 다른 여성의 명예나 주군의 명예를 위한 폭력 사태 등은 대체로 너그럽게 받아들여졌다.

하지만 영혼까지 탈탈 털리는 자도 있었다. 트루바두르들이 노래하던 대로 모시던 영주의 부인과 정말 바람이 나서 아이까지 임신시켰던, 그래서 정말 죽다가 살아났던 혈기 방장한 청년도 있었고-영주가 뒷목을 잡고 급사하는 바람에 목숨을 구했다- 미사를 걸핏하면 빼먹던 자, 주의 기도를 제대로 외우지도 못하는 자가 있었고, 라틴어를 읽고 쓸 줄 모르는 기사도 둘이나 있었다.

물론 문맹이 입단 불허 사유는 아니고 단장 역시 글을 읽는 데 서투르긴 했지만, 기본적으로 귀족 출신이기 때문에 생짜 무식한 이들은 드문 편이었다.

정말 바람이 났던 자는 호된 질책과 보속, 그리고 두 달간 바닥에서 식사라는 징계를 받았고, 게으름으로 인해 미사를 습관적으로 빼먹던 자 역시 엄중한 경고를 받았다. 주의 기도를 외우지 못하는 자는 하루 안에 외우라는 엄명이 떨어졌다.

발타에게는 아무런 질문이 나오지 않았다. 호구조사로 탈탈 털리기엔 지나치게 거물이기도 했고, 전임 단장의 에퀴에르이자 현 단장의 대자로 오랜 세월 기사단에서 맹활약했던 덕이기도 했다. 거기에 왕이 총애하는 혈육이라는 소문까지 퍼져 있다 보니, 함부로 찔러보기 어려운 상대이기도 했다.

발타는 두 손을 모으고 조용히 서 있었다. 마지막으로 곱슬머리의 선배가 앞으로 나서 입을 연다.

“발타사르 드 올랑드, 그대의 입단까지 참으로 오랜 세월 기다렸다. 그대에게 궁금한 것이 몇 가지 있는데.”

“하문하십시오, 레몽 드 툴루즈 경.”

레몽은 올해 서른일곱인 중견 단원으로, 대대로 십자군에 참전한 툴루즈 대영주의 자제였다. 자크 단장의 외조카이자, 발타와 함께 맘루크와 싸웠던 전우였으나, 세이렌 호에서 발타의 정체를 의심한 적도 있었다. 그가 시비라도 걸듯, 툭 집어던진다.

“그대는 정말 선왕의 사생자인가?”

발타는 조금 당황했다. 지금까지 뒤에서 수군대는 건 알고 있었지만 이런 말을 대놓고 들은 적은 없었고, 상당히 경우 없는 질문이기도 했다. 하지만 발타는 두 손을 잡고 공손히 대답했다.

"폐하께서 저를 혈육이라 칭하실 때도 있습니다만, 밝혀진 바가 없는데 제가 어찌 감히 동조하겠나이까. 저로서는 기억이 없으니 난망하고, 이런 말이 나올 때마다 선왕 폐하의 명예에 누를 끼칠까 황공할 뿐입니다. 어린 시절 영지에서 놀던 기억은 있으나, 그곳은 시테 궁도, 퐁텐블로 숲도, 오를레앙의 성도 아니어서, 제가 사실 여부를 확신할 수 없습니다."

신기한 화법이었다. 일단 부정은 하면서도 왕실과 혈연관계가 있음을 자연스럽게 인정하게 만들고, 영지를 갖고 있던 귀족 출신이라는 정황까지 자연스럽게 보여 준다. 거기에 질문자를 '선왕에 대해 뒷담이나 하는 파렴치한'으로 만든 반격까지. 레몽의 얼굴에 짜증스러운 기색이 나타난다. 그는 한 걸음 앞으로 나와 다시 물었다.

"그대가 아크레에서 보주 단장의 에퀴에르로 있을 때 내내 얼굴을 가리고, 사람들을 피해 다녔던 이유는 무엇인가. 우리 기사단은 암살단이 아니며, 떳떳하게 자신을 드러내지 못하는 자를 형제로 받아들이기 어렵다."

사람들의 흥미로워하는 시선이 느껴진다.

발타는 가늘게 한숨을 쉬었다. 뒤끝이 없는 성격이라는 레몽의 호언은 사실이 아니다. 그는 예전부터 발타를 대놓고 싫어했다. 레몽은 차세대 단장 후보 중 하나였으니, 발타에게 경쟁의식, 혹은 위기의식을 느끼는 것은 당연했다. 그래서일까. 지금 작정하고 이상한 이미지를 뒤집어씌우려는 속셈이 느껴졌다.

다만 레몽은 기사단에 넓은 영지를 희사하고 입단한 대귀족 출신이며, 참사회에 참석할 권한이 있는 고위 단원이었다. 입단이 늦은 발타가 정책결정권을 가진 참사회의 일원이 되려면 레몽과 척을 지면 곤란했다.

발타는 초연한 태도를 유지하며 담백하게 대답했다.

“우트르메르 토착 이교도 사이에서는 미동을 첩으로 두는 오랜 악습이 있었습니다. 고결하신 보주 단장님께서는 그 사악한 풍습에 격노하시는 동시에, 어린아이였던 제 안전을 염려하여 정식 서임을 받기 전까지, 부득이하게 그런 불편을 감수하도록 명하셨습니다.”

“그렇다면 지금은 그런 오해나 접근을 하는 자에게는 어떻게 대응할 참인가?”

“저는 어린 시절, 영혼과 육신을 주님께 정결하게 바치기로 서원한 바 있고, 서임을 받은 이후에는 그런 모독에 대해서 지위고하를 가리지 않고 바로 결투를 청구하곤 했습니다. 저와 대결해서 무사했던 이는 아직까진 없었고, 이제는 그런 말에 휘말리는 일도 없어 다행이라 생각합니다.”

주변으로 싸하게 정적이 내려앉았다. 한마디로 선배고 나발이고 조금이라도 집적대면 죽인다는 뜻이었다.

레몽은 이 조용한 신입이 생각보다 교활한 놈이라는 느낌이 들었다. 하긴, 시테 궁에서 ‘작은 솔로몬’으로 불리며, 왕실과 교황청, 기사단 사이의 분쟁을 중재하곤 했다던가. 왕의 총애에는 나름 이유가 있던 모양이다.

더 이상의 질문은 나오지 않았다. 마지막으로 제라르 경이 전체를 둘러보며 물었다.

“하느님 앞에 무릎 꿇은 그리스도의 군사들이여, 그대들은 단장님의 명령과 기사단의 규범에 절대 복종하고 충성하며, 청빈하고 순결한 삶을 살며 성지 예루살렘을 되찾아 수호하는 일에 힘과 생명을 다 바치겠는가."

"바치겠습니다."

그들은 정해진 절차대로 기사도 강령을 암송하기 시작했다. 아주 오래전부터 구전으로 전해지던 강령으로, 열 가지가 훨씬 넘었다.

"나는 주의 기사로서, 성 삼위 하느님을 경외하고 교회를 수호할 것입니다."

"나는 주의 기사로서, 약한 자들과 의지할 곳 없는 자들을 보호할 것입니다."

"나는 주의 기사로서, 대등한 적의 도전을 회피하지 않으며, 결코 적에게 등을 보이지 않을 것입니다……."

뒤이어 신입 단원의 교육을 맡았던 조제 경이 긴 양피지를 들고 앞으로 나왔다.

"그렇다면 이제부터 그대들이 지켜야 할 일과와 규범, 벌칙에 대하여 알려 주겠다……."

규칙은 어마어마하게 길었다. 깜깜한 새벽부터 시작되는 기도, 세 번의 미사, 하루 수십 번씩 외워야 하는 기도문, 하루 일곱 차례의 기도, 구제의 의무, 철저한 청빈과 금욕의 삶, 엄격한 단련, 여인과의 접촉금지 규정, 성전기사로서의 복장 규율, 명예와 관련된 규칙이 줄줄 이어졌다.

"규범을 위반할 경우, 가벼운 경우는 기도와 자선 등의 보속, 고기와 포도주의 금지, 채찍질, 혹은 바닥에서 식사를 하는 등의 벌을 받게 될 수 있다……."

"하지만 그 죄가 제명에 해당되는 경우도 있으니, 그리스도와 성모 마리아를 모욕하는 말과 행동, 성직을 매매하는 일, 성전기사단 내부에서 일어난 일을 누설하는 일, 이교도 적들과 내통하는 일, 전투에서 진격 명령을 어기고 도망치는 일……."

"도둑질, 기사단의 재산을 빼돌리는 일, 그리스도교도 및 형제의 살해, 음란의 죄, 남색 및 미동 축첩 등이 해당된다. 그들은 성전기사단의 재판에 회부되며, 사안에 따라 종신형, 교수형, 참수형까지 가능하며……."

규범에 대한 낭독은 한도 끝도 없이 이어졌다. 수백 수천 개는 되는 것처럼 느껴졌다. 꼿꼿하게 서서 듣고 있는 신입 단원들은 일주일간 기도와 금식을 하고 나온 상태라, 거의 쓰러질 지경이었다.

"아름다운 색깔이나 십자가 이외의 무늬가 있는 옷은 입으면 안 되며, 주둥이가 꼬부라진 신이나 끈으로 된 샌들은 신으면 안 되며, 늦잠을 자서도 안 되며, 지극히 피곤하여 잠시라도 더 자고 싶으면 주의 기도를 열세 번 이상 올려야 하며……."

대체 저걸 어떻게 다 기억해야 하나. 끔찍한 고통을 안겨 주는 비밀 과정이 있다더니 이게 바로 그거로구나. 하지만 약해 보이는 것을 큰 수치로 생각하는 기사들은 식은땀을 줄줄 흘리면서도, 쓰러지지 않고 버텼다.

규범 낭독이 끝나고 열두 명의 단원들은 혼이 빠져나간 목소리로, 규범을 잘 지키겠다고 서약했다.

뒤이어 삭발식이 이어졌다. 기사단 단원들은, 수도사와 마찬가지로 입단할 때 삭발을 해야 했다.

신부가 다가와 무릎 꿇고 고개를 숙인 그들의 머리 위에 성수를 붓고 그들을 축복한 후, 뒤따르는 단원 한 명이 삭발용 검을 들고 신입 단원들의 머리카락을 깨끗하게 밀어 버렸다.

그들의 주변으로 여러 가지 색깔의 머리카락이 사박사박 쌓였다. 그 머리카락들은 과거의 자신을 불태운다는 각오와 함께 벽난로 속으로 들어갔다.

단장이 주변을 둘러보며 엄숙하게 말했다.

"이제, 마지막 의식을 시작하겠다. 이 마지막 시련을 통과해야만 진정한 단원으로 받아들여질 것이니, 자, 이 고통에 누가 가장 먼저 맞서 보겠는가."

"제가 하겠습니다!"

단장의 질문에 가장 앞서서 나선 것이 부르고뉴의 붉은 머리 티에리였다. 다른 신입 단원들도 뒤질세라 앞으로 나섰다. 시련과 고통에 앞장서서 맞서는 것이야말로 기사의 용맹을 증명하는 행동이라 여겨졌다. 앞에 나서는 것을 싫어하는 발타는 이번에도 가장 뒤로 밀렸다.

"……앗!"

제대 뒤에 있는 태피스트리가 걷히자 고색창연한 나무 문이 나타났다. 신입 단원들은 깜짝 놀랐으나, 놀라움을 내색하지 않으려 입을 꽉 다물었다.

안에 들어선 단장이 엄숙한 목소리로 명했다.

"부르고뉴의 티에리, 우리의 새로운 형제가 되려는 자여, 들어오라."

‡ ‡ ‡

해골, 해골이 왜 이 귀한 황금 성물함에 들어 있느냐 하면…….

간신히 정신을 차린 레아는 손에 들린 해골을 내려다보며 온몸을 와들와들 떨었다.

그, 그래, 이 해골도 성유물일 거야. 그렇지?

아, 무, 물론 예수님의 유골일 리는 없지.

그럼 성모님께서는 누구의 유골을 남겨 두신 거지?

식은땀을 흘리며 생각에 잠겼던 레아는 문득 세이렌 호에서 엿들었던 발타의 설명이 떠올랐다.

'……기사단이 소유한 보물 중 귀한 것으로 ……만딜리온이라 불리는 그리스도의 수의와 세례 요한의 유골이 있고, 그보다 더욱 귀하게 여겨지는 것은…… 헬레나 성녀께서 발견하신 치유의 십자가 조각…….'

아, 그럼 이건 세례 요한의 유골이겠구나…….

눈을 감고 길게 한숨을 쉬었다. 두려움이 사그라들면서 온몸을 휘감고 있던 떨림도 천천히 잦아든다.

세례 요한은 예수님과 친척 사이라고 했던 것 같다. 왕의 불륜을 공개 비난하다가 목이 잘린 예언자. 그 예언자의 유골이라면, 성모 마리아, 혹은 라파엘 대천사가 남긴 유물이라 생각할 수도 있을 것 같았다.

하지만 상자 안을 좀 더 들여다본 레아는 문제가 그렇게 간단하지 않다는 사실을 알게 되었다. 상자 안에는 단장의 홀 말고도, 다 삭아 가는 양피지가 한 장 들어 있었던 것이다.

종이를 펼쳐 본 레아는 눈을 둥그렇게 떴다.

"……뭐, 뭐야? 이 해괴한 그림은?"

양피지에 그려진 것은 사람도 새도 들짐승도 아니고, 남자도 여자도 아닌 기괴한 형상의 괴물이었다. 이 괴물의 손에는 뱀이 감긴 지팡이까지 들려 있었고, 아래에는 'BAPHOMET바포메'라고 하는 글자가 또렷하게 적혀 있었다.

이상하다. 이렇게 사악하고 이교도적인 그림이 왜 성 십자가나 성인의 유골과 함께 들어 있지? 생각할수록 혼란하고 어지러웠다.

……자, 레아야, 생각하지 말자, 생각하지 마. 영양가 없다.

이제부터 네가 어떻게 할 것인지나 생각해 보라고.

레아는 해괴한 종이를 원래 자리에 내려놓은 후, 한 손에는 단장의 검을, 한 손에는 성 십자가 조각을 쥔 채 새로운 고민에 빠졌다.

지금까지의 모든 고민을 말끔히 해결할 방법이 드디어 나타났다. 검집과 검이 한꺼번에 손에 들어왔고, 자신은 이곳을 빠져나가지 못하고 죽게 될 것이다. 예전과는 전혀 다른, 새로운 변수가-물론 좋은 변수라는 말은 아니다- 생긴 것이다.

그럼 이 나뭇가지를 다시 저 검집 안에 넣어 두는 것이 가장 좋지 않을까? 어차피 여기서 나가지 못하면 발타 님에게 돌려 드리지 못할 테니까.

그리고 내가 눈에 띄지 않는 곳에 숨어서 조용히 죽고, 시체까지 완전히 썩어서 정체도 모르게 된 다음에, 단장님이 원래 자리로 돌아온 성 십자가를 발견하면 모든 문제가 해결되는 것이다.

사람들은 기절하게 놀랄 것이고, '성 십자가가 기적같이 돌아왔다'고 말할 것이다. 성모 마리아께서 다시 기적을 베풀었다고 감격의 기도를 올릴 게 분명하다.

그리고 이 기적은 온 세상으로 널리널리 퍼져 나갈 것이고, 기도서나 황금 전설 같은 책에 수록이 될지도 모른다.

그러면 발타 님도 무사하고, 라셸르도 벵상도 무사할 것이다. 성전기사단은 정체성을 잃었다는 고통에서 벗어나서 다시 자부심을 갖게 될 것이다. 그것도 나쁘지 않다. 레아는 저도 모르게 희미하게 미소를 지었다.

문득 웃음이 멈춘다.

그런데, 그건 성모 마리아 님의 기적이 아니라 내가 사기를 친 거잖아…….

내가 사기 친 것이 성모 마리아의 기적이 되어도 괜찮은 걸까?

갈팡질팡 생각하는 동안 몸이 점점 싸늘하게 식었다. 하얀 입김이 나오는 것을 보고서야 레아는 사방이 몹시 추워진 것을 깨달았다. 바닥에 깔린 양털을 두 겹으로 뒤집어쓰고 있었지만, 불을 피우지 못하니 손가락이 곱아들고 몸이 우들우들 떨렸다.

이거 뭐, 굶어 죽기 전에 얼어 죽겠구나.

그거 참 빨리도 깨달았다. 장하다, 레아 다크레! 점점 의식이 아득해지려는 순간이었다.

드드드, 드드드, 드드드드.

비몽사몽 중에 귀가 쫑긋 곤두선다. 아주 희미하게 무언가 부딪치는 소리.

이게 무슨 소리지? 내 이빨 부딪치는 소린가. 아, 내가 정신을 잃었었구나.

입김이 하얗게 쏟아진다. 춥다. 방금 얼어 죽을 뻔한 건가? 설마? 가물가물하는 의식을 간신히 붙잡는 순간이었다.

덜커덩, 쿵, 덜커덩드드드드, 구구구궁.

순간 정신이 번쩍 들었다. 아니, 아니아니! 저건 바깥쪽 금고방이 열리는 소리다.

레아는 초인적인 힘으로 벌떡 일어났다. 세상이 빙그르르 돌았다. 내가 대체 언제 정신을 잃었는지 기억도 안 나는데, 그게 한나절 전인지 이틀 전인지도 모르는데, 어쨌든 누군가가 안에 들어왔다.

그리고 지금 밖의 문을 열려고 하고 있다!

혹시, 도망칠 기회를 잡을 수 있을까?

하지만 저 사람들 앞에 나서면 저들 손에 죽을 텐데 어떡할까?

아, 설마? 오, 오늘 혹시 비밀 입단식이라도 있나? 그래서 단장의 홀이 필요한 건가?

갑자기 숨이 가빠졌다. 추워 죽겠는데 식은땀이 줄줄 흘러내린다. 사방에 쌓인 보물 상자들이 자신에게 폭포처럼 쏟아져 내리는 것 같다. 레아는 비틀비틀하면서도 황금 성물함을 원래 있던 곳에 올려 두었다. 순간 아주 날카롭고 선명한 쇳소리가 어둠 속에서 울려 퍼졌다.

드드, 드드, 끼끼끼. 끼끼끼.

이게 무슨 소린지는 레아가 가장 잘 알았다. 저건 솔로몬의 방을 열기 위해 벽에 붙은 선반장에서 손잡이를 꺼내는 소리다. 조금 있으면 이 솔로몬의 방이 열린다는 소리다.

……일단, 숨자.

황급히 주변을 둘러보았다. 이 보물 더미에서 파묻혀 있다 들켜서 칼에 맞아 죽는 최후 따위는 하나도 멋지지 않다. 똥밭에 빠져 죽는 것만큼이나 슬픈 최후였다. 무엇보다 발타 님에게 가장 큰 똥물을 끼얹고 죽는 것만은 피해야 했다.

그리고 이 방에서 몸을 숨길 수 있는 곳은 단 한 군데였다.

"제기랄."

레아는 비틀대며 사다리를 타고 황금 항아리 안으로 들어갔다. 안에 무엇이 있는지 보이지도 않았고, 생각할 겨를도 없었다. 다행히, 몸을 숨길 공간은 넉넉했으나, 불행히도 거미와 벌레들이 진을 치고 있었다.

물론 선택의 여지는 없었고, 때는 이미 늦었다.

레아는 몸을 쪼그리고 이를 악문 채, 사시나무 떨듯이 떨었다. 제발 이 속에 든 거미들이 독거미는 아니었으면 좋겠는데, 제발 내 얼굴이나 팔다리로 기어 다니지 않으면 좋겠는데, 아니, 기는 것까진 봐줄 테니, 제발 물지나 마라 얘들아!

그그그그, 그그그그.

"저 안쪽에 모셔져 있네. 상당히 무거우니 조심하게."

"예, 제라르 경."

레아도 아는 목소리다. 제기랄. 프랑스 지부 단장 제라르 경과 빌어먹을 레몽 경이었다.

"무슨 소리가……?"

레몽은 횃불을 들고 사방을 둘러보았다. 소리는 들리지 않는데, 무언가 이상한 기척이 느껴지는 것 같다. 성물함을 내리고도 레몽은 방을 한참 둘러보았다. 그는 고개를 갸웃하며 황금 항아리가 놓인 구석 쪽으로 발걸음을 옮겼다.

"……!"

레아는 입을 틀어막고 숨을 멈췄다. 횃불의 빛이 어스름하게 가까워지는 것이 느껴진다. 시간이 멈춰 버린 것 같다. 투벅, 투벅, 투벅. 그의 발걸음 소리가 지척으로 가까워진 순간, 제라르 경의 목소리가 들렸다.

"시간이 촉박하네, 레몽. 중간에 들어온 자는 없었으니 염려 말고 성물함이나 모시고 얼른 나오게."

비밀 문이 닫힌 직후, 레아는 입을 틀어막고 벌떡 일어나 후다닥 사다리를 타고 기어 나왔다. 간발의 차이였다. 저도 모르게 돼지 멱따는 소리가 튀어나오려 하는 것을 간신히 찍어 누르며, 옷과 팔다리에 달라붙은 불청객들을 미친 듯이 털어 냈다.

깜깜한 어둠 속에서 다리 많은 것들이 얼굴과 팔과 목 위를 기어 다니는 기분은, 무슨 말로든 설명이 불가능했다. 기사들에게 죽는 것과, 거미들이 얼굴을 기어 다니는 것 중 어떤 것이 더 무서운지, 레아는 우열을 가릴 수가 없었다.

잠시 후 금고 방으로 사람들이 우루루 들어오는 소리가 희미하게 들렸다. 레아가 잘 아는 익숙한 소리. 여러 명의 기사가 중무장을 하고 한꺼번에 이동하는 소리다. 레아는 문틈에 눈을 바짝 붙이고 상황을 살펴보았다.

단장의 우렁찬 목소리가 울려 퍼졌다.

"……우리의 새로운 형제가 되려는 자여, 들어오라."

‡ ‡ ‡

티에리가 금고의 방으로 들어서고, 함께 들어간 선배 단원들이 그를 빙 둘러싸더니 문을 잠근다. 이 정도쯤 되면 아무리 담력이 센 기사라도 저도 모르게 오금이 졸아붙게 마련이었다.

거대한 선반과 그곳에 쌓인 것들은 모두 검은색 커튼으로 가려져 있었으나 조금만 눈치 빠른 자라면 이 방의 본래 용도를 당연히 짐작할 수 있을 터였다.

"티에리 드 부르고뉴, 그대는 이 방에서 겪게 되는 일은, 죽을 때까지 영원히 비밀에 부쳐야 할 것이며……."

단장이 목소리를 잔뜩 낮추어 묻는다.

"이 시험을 통과하지 못하면, 약속대로 목숨을 바치는 것으로 성전기사단의 비밀을 지켜야 할 것이다. 맹세하겠는가?"

"예! 맹세합니다."

"제라르 형제! 가져오시오!"

그러자 제라르와 레몽이, 하얀 리넨 천을 씌운 탁자 위에 황금빛 성물함과, 큼직한 십자고상을 올려놓는다.

"티에리, 자네는 이제부터 세 가지 시련을 통과해야 하네."

단장은 십자고상을 높이 들어 올리더니 그것을 붉은 머리 티에리의 발 앞에 내려놓고 나직한 목소리로 명했다.

"이것을 발로 밟고, 성 삼위 하느님을 부인하며, 세 번 침을 뱉게."

밖에서 기다리는 신입 단원은 안에서 무슨 일이 일어나는지 알 수 없었다. 가장 먼저 들어간 티에리의 비명 같은 고함이 터져 나온다.

"나는 할 수 없습니다! 단장님, 제발 그만둬 주십시오! 차라리 저를 죽여 주십시오."

"저 시험을 통과하지 못해 목숨을 잃은 단원들이 있었습니까?"

신입 단원 중 하나가 조제 경에게 조심스럽게 물었다. 조제는 무표정한 얼굴로 고개를 저었다.

"걱정 말게, 내가 기억하기로는 단 한 명도 없었어. 모두 시련의 불길을 통과하고 성지 탈환을 위해 무슨 일이든 할 수 있는 전사로 새로 태어나 돌아오게 된다네."

밖에서 기다리고 있는 전속 사제와 선배 단원들은, 얼굴을 근엄하게 굳힌 채 침묵했다. 애매한 미소를 띠는 자들도 있었다. 다소 씁쓸한, 한편으로는 가학적으로 느껴지는 미소이기도 했다.

발타는 눈썹을 찌푸린 채 귀를 기울였다. 안에서 무슨 일이 일어나는지 짐작할 수 없었다. 자신도 이곳에 오래 몸담고 있었지만, 그들이 절대 입을 다물고 말해 주지 않는 부분이 이 비밀 입단식에 관한 것이었다.

울부짖는 소리, 기괴한 비명이 간헐적으로 튀어나온다. 다른 단원들의 목소리도 나직하게 들리지만, 두꺼운 문과 태피스트리로 겹겹이 가려져 있어 내용은 들리지 않는다.

……고문이라도 당하는 걸까.

"으아, 아아, 으아아아……."

얼마 지나지 않아 티에리가 비틀대며 밖으로 나왔다. 시간은 많이 걸리지 않았지만, 사람이 완전히 바뀌어 있었다.

그는 박박 밀어 버린 정수리의 꼭대기까지 시뻘게진 채 눈물범벅이 되어 나와서는 얼굴을 가리고 천장을 향해 큰 소리로 울었다. 그러더니 기다리고 있던 전속 사제의 발밑에 몸을 던지고 통곡했다.

"신부님, 죄를 고백하고 싶습니다! 신부님, 저의 죄를 고백하고 싶습니다! 차라리 저를 지금 죽여 주십시오, 죽여 주십시오."

뒤에 남아 있는 신입 단원들 사이로 큰 술렁임이 지나갔다. 하지만 무슨 일인지 묻지도 못했고, 티에리는 그들을 향해 얼굴을 돌리지도 못한 채 고통스럽게 울기만 했다.

뒤이어 정해진 순서대로 한 사람씩 안으로 들어갔다. 처음의 호기롭던 분위기는 어느새 사라지고, 무거운 공포심이 그들을 옭아맸다.

뒤에 들어간 단원들도 처지는 비슷했다. 불안감을 누르며 애써 호기롭게 들어간 클로드, 로베르 역시 결국 고통스럽게 울부짖으며, 눈물 콧물로 범벅이 되어 뛰쳐나와 사제의 발 앞에 몸을 던졌다.

사제는 가장 뒤에서, 두 손을 맞잡고 조용히 기다리고 있는 발타사르를 흥미롭게 바라보았다. 기사단과 인연이 깊다고는 하지만, 저 낯선 표정을 보면 비밀 입단식에 대해서는 전혀 알지 못하는 것이 분명했다.

하지만 그의 창백한 얼굴에서는 짙은 피로와 억눌린 절망감만 느껴질 뿐, 두려움이나 호기심은 거의 느껴지지 않는다. 불안을 내색하지 않는 걸까. 두려움을 느끼지 못하는 걸까. 저 기사는 감정이 없다고 소문난 시테 궁의 주인과 가장 닮은 사람일지도 모른다.

순간 태피스트리가 걷히며 열한 번째 단원이 고통에 젖은 얼굴로 눈물을 뚝뚝 흘리며 뛰쳐나왔고, 뒤이어 레몽의 냉랭한 목소리가 들렸다.

"이제 마지막인가? 올랑드의 발타사르 경. 들어오게."

‡ ‡ ‡

미쳤어. 미쳤어. 어떻게 이런 일이 있을 수 있지?

레아는 손톱만큼 벌어진 문틈에 눈을 바짝 댄 채 몸을 덜덜 떨었다.

어, 어떻게 기사단에서 이런 일이 벌어질 수 있을까?

이곳에서 지금 이루어지는 과정은, 비밀 입단식의 핵심 절차였다. 소요 시간은 길지 않았지만, 입이 딱 벌어질 만큼 기괴했고, 충격적이었다.

레아는 열한 명의 기사들이 차례로 지나가는 동안, 그들이 겪는 고통을 고스란히 느낄 수 있었다. 그들은 반항하고, 거부하고, 화를 내고 따지다가 결국 굴복했다. 그리고 그들은 난생처음 겪어 보는 자괴감과 수치심, 절망에 몸을 떨고 고통스러워하다가 끝내 눈물을 쏟으며 뛰쳐나갔다.

어떡하지. 발타 님도 이번 입단식에 참가하시는데?

그럼 발타 님도……?

갑자기 겁이 났다. 발타 님이 저 기사들처럼 고통스러워하다가 울부짖으며 뛰쳐나가는 모습 따위는 절대 보고 싶지 않았다.

하지만 문득, 그분의 하얗고 아름다운 얼굴이 붉어지면서 눈물을 뚝뚝 떨어뜨리는 모습을 보고 싶다는 기괴한 생각이 치솟았다. 순간 등이 오싹하며, 아찔한 근지러움이 발끝까지 쭉 내달렸다.

뭐지? 내가 며칠 굶었더니 드디어 미쳤구나.

레아는 달달 떨리는 손을 들어 성호를 긋고 회개 기도를 올렸다. 하지만 아무리 기도문을 읊어도 이 사악하고 더러운 마음은 사라지지 않았다.

"이제 마지막인가? 올랑드의 발타사르 경. 들어오게."

레몽의 신경질적인 목소리가 들렸다. 세이렌 호에서 발타를 죽여야 한다고 주장하던 그 성마른 목소리는 여전하다. 레아는 저 목소리를 들을 때마다 소름이 돋았다.

"어……."

레아는 저도 모르게 얼빠진 소리를 내다가 얼른 입을 틀어막았다. 머리를 삭발한 발타 님이 들어와 사람들이 빙 둘러싸고 있는 가운데서 무릎을 접고 고개를 숙였다.

"올랑드의 발타사르입니다."

머리카락이 사라진 발타 님은 많이 낯설고, 많이 힘들어 보였다. 단장님은 탁자 위에 놓여 있던, 그리스도가 못 박혀 있는 형상의 십자고상을 바닥에 내려놓고 명령했다.

"올랑드의 발타사르, 성전기사단의 새로운 형제여, 이것을 발로 밟고, 성 삼위 하느님을 부인하며 세 번 침을 뱉어라."

발타 님이 고개를 번쩍 들었다. 놀랐다기보다 뭔가 잘못 들은 것 같다는 얼굴이었다. 그는 침착하게 되물었다.

"제가, 명을 잘못 들은 것 같습니다. 한 번만 더 말씀해 주시길 부탁드립니다, 단장님."

처음에 신입 단원들의 반응은 대체로 비슷했다. 명령을 맞게 들었는지 확인하고, 어떻게 이런 명령을 내릴 수 있느냐 충격에 빠진 얼굴로 사방을 둘러보았다. 어떻게 이런 참람한 일을 요구할 수 있습니까! 격분하는 사람들도 있었다.

발타 님은 그렇지 않았다. 동일한 명령을 반복해서 확인하고는, 광란에 빠지는 대신 단장을 조용히 올려다보며 물었다.

"이런 이해하기 힘든 전통이 생긴 데는 이유가 있을 거라 믿습니다. 그 연원을 감히 여쭈어도 되겠습니까, 단장님."

지금까지의 신입 단원들과 상당히 다른 반응에 기존 단원들이 눈썹을 찌푸리기 시작했다.

이건 단장과 친분이 있다 하여 나올 수 있는 반응은 아니다. 지금까지 입단한 단원 중에, 단장과 가족만큼이나 가까운 자가 한둘이 아니었고, 실제 레몽 경처럼 가까운 친척도 있었다.

하지만 이런 반응을 보이는 자는 난생처음이었다.

기존 단원들은 이 굴욕적인 배교의 경험을 모두 겪고 입단한 자들이었고, 지금 새로 들어오는 후배 단원도 그 경험을 공유하기를 바랐다. 기사단의 비밀스러운 결속을 위해서라도 반드시.

신입 단원들을 한 명씩 불러들이게 된 것 역시, 여러 명이 한꺼번에 들어오면 저들끼리 힘을 합쳐 반발하는 분위기가 형성될 수 있기 때문이었다. 그런 이유로, 선배 단원들은 이 비밀 입단식에서 후배들에게 가장 무자비해질 수 있었다.

"이것은 기사단의 결정에 절대복종할 수 있는지 시험하는 것임을 잊지 말라."

자크 단장의 엄한 대답에 이어 제라르 경과 레몽, 다른 고위 선배들의 딱딱한 목소리가 차례로 튀어나왔다.

"이 모든 일은 그대의 선배들이, 사령관들이, 단장들이 우트르메르의 이교도들에게 겪었던 일이고, 그대 역시 겪게 될 일이다."

"우리 기사단 단원들은, 죽음보다 더한 수치와 고통을 참아 낼 수 있어야 한다."

"사라센과의 전쟁은 나 하나 개인이 명예롭게 죽는다고 끝나는 것이 아니다. 성지 탈환은 그리 간단하고 순진한 생각으로는 이루어질 수 없다. 명예를 지켜야 하는 자들도 있지만, 온갖 수치와 모욕을 무릅쓰고 살아 나와야 하는, 더 큰 책임과 의무를 지고 있는 자들도 있다."

"우리 기사단의 진정한 목적은, 개인의 명예를 지키는 것에 있지 않다!"

"우리의 진정한 임무는 그리스도께서 재림하실 때, 그분의 보좌에 능력과 존귀와 거룩한 영광의 기억을 돌려 드리는 일이다. 그를 위해 이러한 고통마저 감수할 수 있는 진정한 기사가 되기를 요구한다."

마지막으로 자크 단장이 단호하게 결론을 내린다.

"이것이 그대에게 내려진 첫 번째 복종의 시험임을 기억하라, 형제여."

부르고뉴의 티에리를 위시한 대부분의 신입 단원이 이 시점에서 자리에서 일어났다. 얼굴이 시커멓게 되어 비틀비틀하며, 혼란에 빠져 눈물을 흘리기 시작한다. 애처로운 눈으로 주변을 둘러보기도 한다.

하지만 둘러싸고 있는 이들의 눈빛은 싸늘하기 그지없다. 생각해 보면 모든 선배 단원도 이 참혹한 고통을 거쳤다는 뜻이다.

티에리는 온몸을 덜덜 떨다가 앞으로 달려 나와 십자가를 밟고, 세 번 침을 뱉고, 큰 소리로 저주했다.

'나는 성 삼위 하느님을 믿지 않소, 그리스도를 믿지 않소! 하느님 따위는 세상에 없소, 다 가짜요!'

눈물을 흘리며 그가 울부짖었다. 생각보다 짧은 순간에, 배교 행위는 설득력을 얻은 듯했다. 다른 기사들도 이보다 조금 이르거나 늦은 순간에, 동일한 반응을 보였다.

하지만 발타 님의 반응은 다른 동료들과 너무나 달랐다. 분명히 처음 듣는 내용인 것 같은데, 얼어붙은 호수처럼 반응이 없다. 그저 끝까지, 침착하게 듣고 있을 뿐이다.

그는 천천히 고개를 들더니 평온한 목소리로 말했다.

"저는 성전기사단의 대의를 위해 몸과 마음을 바치기로 맹세하였고, 모든 것을 희생함이 마땅하다 생각해 왔습니다. 그 희생에는 저의 명예와 판단과 자존심이 포함되는 것이 당연하다 생각합니다. 절대복종의 규정 역시 잘 기억하고 있습니다."

그의 대답은 지금 기사단에서 제시한 방향이 맞지만, 한편으로는 마냥 기꺼워할 반응은 아닌 듯했다. 선배 단원들의 표정이 애매해졌다.

발타는 다른 사람들이 침을 뱉고 짓밟은 십자고상을 향해 엎드리더니 그곳에 입을 맞춘 후 고개를 들었다.

"다만, 선배님들께 한 가지 양해만 미리 구하겠습니다……."

"아…… 어떡하지 발타 님……."

레아는 이제 마지막으로 들어온 발타가 걱정이 되어 안절부절못했다. 얼어 죽거나 굶어 죽을 자신의 처지는 새카맣게 잊어버렸다.

지금 십자고상에 침을 뱉는 것은 사실 약과다. 발타 님이 겪어야 할 시련이 두 가지가 더 남아 있었는데, 그것들은 지금보다 더 기괴하고 끔찍했다.

'두 번째 시련'은 레아가 아까 성물함에서 보았던 이상한 그림, '바포메'였다.

'바포메'는 뿔이 달린 황소, 혹은 염소의 머리를 가진 반인반수였는데, 남자의 성기와 여자의 가슴을 동시에 갖고 있었다. 등에는 거대한 날개가, 팔에는 인간의 손이, 다리에는 발 대신 굽이 달려 있었다. 손에 쥔 지팡이에는 뱀이 두 마리 감겨 있고, 지팡이에도 두 개의 날개가 달려 있었다.

한눈에 보아도 이방 신의 그림이 신입 단원의 앞에 펼쳐지고, 뒤이어 함께 들어 있던 해골이 모습을 드러낸다. 저렇게 보니 저게 세례 요한의 유골인지조차 의심스러웠다.

'두 번째 시험은 네 신앙과 기사단에 대한 절대복종을 알고자 함이니.'

단장은, 그것들을 앞에 놓고 엄한 목소리로 다시 명했다.

'이것은 성모 마리아께서 내리신 거룩한 성물함에 담겨 있던 그림과 성스러운 유골이다. 너는 이것에 입 맞추고 절해라.'

다들 믿을 수 없다는 표정을 지었다. 하지만 그 말이 사실인지 거짓인지 확인할 수도 없었고, 저 유골이 세례 요한의 것이라고 언급도 하지 않는다.

그저 요구하는 것은 복종뿐이고, 그들에게 남은 것은 선택뿐이었다.

첫 번째 배교에 이은 두 번째 결단은 좀 더 수월한 듯했다. 하지만 그게 덜 고통스럽다는 뜻은 아니었다.

그들은 혼란과 의심에 빠진 얼굴로, 하지만 반발할 용기를 무참히 꺾인 채, 그림에 입 맞추고 절하며 다시 비통하게 흐느꼈다.

하지만 신입 단원들에게 가장 큰 수치심을 안긴 것은 세 번째 시험이었다.

그들은 주변을 빙 둘러싸고 있는 선배 단원들이 허리끈을 풀고 하반신을 드러내는 것을 보며 새하얗게 질렸다.

'너희는, 기사단의 일원으로서, 언제든, 어디서든, 어떤 종류의 굴욕도 겪게 될 수 있다. 극한의 수치와 시련도 끝내 감당할 수 있는지 증명하라.'

그 용맹한 기사들은 굴욕감에 눈물을 흘리며, 선배 단원들의 성기와 옆구리와 허벅지와 엉덩이에 입을 맞추어야 했다.

두 번째 시험까지 지나온 기사들은, 마지막 단계에서는 거의 정신이 나간 듯한 표정을 지었다. 하지만 여기까지 온 그들은 더 이상 반항조차 하지 못하고 결국은 굴복했다. 아마 귀족의 자제로 자란 그들이 평생 겪어야 했던 부끄러움 중에 이보다 더 심한 것은 없었을 것이다.

이 과정까지 마친 신입들은 그제야 기사단의 '진정한 형제'가 되어 선배 단원들에게 '평화의 입맞춤'을 받게 되고, 그 유명한 단장의 홀-성 십자가가 모셔져 있다는 검집에 입을 맞추고 충성을 맹세할 자격을 얻게 된다.

그 후, 이 모든 일에 대해 절대 함구하기로 하느님과 성모 마리아의 이름으로 맹세한 후, 눈물을 쏟으며 밖으로 뛰쳐나가게 되는 것이다.

대체 얼마나 신앙이 굳건해야, 저 기이한 통과의례를 믿음으로 받아들일 수 있을까. 레아는 도저히 이해할 수 없었다. 이교도 출신의 엉터리 가톨릭교도인 레아가 보기엔, 새로 들어오는 단원들에게 극심한 수치심과 죄책감을 안겨 주고, 부끄러운 상처를 공유하여 단합을 유도하려는 것 같았다. 정말 그것이 목적이라면 저 이상의 방법은 없을 듯했다.

레아는 마지막으로 들어온 발타 님 역시 저 굴욕스러운 과정을 받아들여야 하는 것이 너무 가슴 아팠다. 다른 사람들과 마찬가지로, 저분 역시 피할 방법이 없었다.

하지만 이어지는 그의 목소리에, 레아는 저도 모르게 눈을 크게 떴다.

"단장님, 단장님께서도 아시겠지만…… 저는 이곳에 입단하기 위해 영혼과 육신을 정결히 지키기로 하느님께 서원한 바가 있습니다. 저는 그 맹세를 지킬 의무가 있습니다."

"발타사르! 이곳은 구구절절 사연을 듣는 곳이 아니다. 이것은 절대복종의 시험이며, 이 과정을 통과하지 못하면 기밀 유지를 위해 목숨을 받겠다 했음을 기억하라!"

"그러면 그쪽을 받아들이겠습니다."

"……뭐?"

정말 순식간에 벌어진 일이었다. 발타 님은 앞에 놓인 십자고상의 발치에 다시 한번 입을 맞추고 짤막하게 성호를 긋더니 번개같이 몸을 날려 옆에 있던 레몽 경의 허리에서 단검을 빼 들었다.

그리고 조금도 망설임 없이 목을 그었다.

7-5. 그저, 어쩌다, 사랑

입단식은 아수라장이 되었다. 다행인지 불행인지, 곁에 서 있던 제라르가 그의 팔을 밖으로 후려쳤다. 그 덕에 칼이 튕겨 나갔고, 발타의 목이 완전히 잘려 나가는 사태는 피할 수 있었다.

아아악, 발타 니이임!

레아는 그 자리에서 비틀대며 쓰러지려는 것을, 벽에 기대 간신히 버텨 냈다. 입에서 비명이 터져 나갔는지 아닌지도 기억나지 않았다. 단장의 고함이 터졌다.

"들것! 들것을 가져와!"

"의사 불러!"

이런 초유의 사태에, 경험이 많은 기사들도 당황해서 우왕좌왕했다. 안에 모인 고위 단원들이 술렁대는 것을, 단장이 황급히 진정시켰다.

"경거망동하지 마라! 밖의 단원과 신입 단원들에게 이 모습을 보이지 마라!"

이것을 입단 의식에 대한 거부로 보아야 할까. 이곳의 규정은 존중하면서도 신에 대한 맹세도 지키려는 시도로 보아야 할까. 어떻게 해석해야 할지는 쉽게 결정할 수 없을 듯했다.

단장은 제라르와 함께 밖으로 나가 빠르게 상황을 수습했다.

"발타사르 드 올랑드 경의 통과의례는 다소 길어질 듯하니, 그대들의 입단 절차를 먼저 마무리하겠다."

단장은 얼굴이 빨갛게 되어 아직까지 흐느끼고 있는 열한 명의 신입 단원에게 큰 소리로 선포했다.

"그대들은 이제부터 이 성전기사단의 새로운 형제들이다. 그대들은 이제부터 우리와 함께 예루살렘 수복을 위하여 남은 생을 다 바치는 그리스도의 전사가 될 것이다! 아우렐리아노 신부! 이들의 머리에 강복을! 이들의 검과 허리띠와 은십자가에 축성을! 긴느 형제! 새로운 형제들을 숙소로 안내하시오."

그사이 발타는 정신을 잃었다. 사람들의 술렁임이 커졌다. 레아는 리옹에서의 악몽이 되살아나 눈앞이 깜깜해졌다. 그녀는 쓰러지지 않기 위해 돌벽의 문고리를 꽉 움켜쥔 채 애타게 빌었다.

다시 안으로 들어온 단장은 의식을 잃은 발타를 보고는 다급한 목소리로 말했다.

"정문 쪽으로 나갈 순 없다. 다른 단원들이 절대 보지 못해야 한다. 파리에서 가장 솜씨 좋은 외과의는 누구인가."

"시테 섬 유대인 거리에 살고 있는 롬바르디아 이발사 뤼크입니다. 파리 본부 단원들의 외상을 자주 치료하는 자입니다."

"서둘러! 바로 시테 섬으로 간다."

다급한 목소리가 가까워진다. 이상하다. 밖으로 나가야 한다면서 왜 이 안쪽 방향으로 오려는 거지? 선반장 뒤에는 사방 꽉 막힌 이 솔로몬의 방밖에 없는데?

자, 잠깐, 그럼 나 다, 다시 숨어야 하는 거야? 지금? 지금?

드드드드드, 기기기기기긱.

순간, 솔로몬의 방으로 연결되는 선반장이 다시 움직이기 시작했다. 레아의 눈앞이 새까매졌다.

‡ ‡ ‡

아으, 으으으.

목구멍이 타는 것 같다. 무, 물, 하아, 물.

– 목이 마른가?

아아, 꿈인가. 허공에서 천사 같은 목소리가 들린다. 아니 목소리가 천사 같지는 않지만, 내용이 천사 같다. 레아는 새처럼 입을 벌리고 필사적으로 고개를 끄덕거렸다.

– 입 다물어. 좋지 않은 냄새가 나.

아, 제기랄. 천사는 아닌가 보다. 하지만 목이 너무 말랐던 레아는 입을 다물 수 없었다. 내 말 안 들리나. 천사인 듯 천사 아닌 듯한 그 목소리에 짜증이 묻어난다.

– 위그!

위그가 누구더라. 위그라는 천사가 있었던가. 한껏 물을 마신 레아는 깜깜한 어둠 속에서 다시 생각에 잠겼다. 백만 년쯤 생각하고 생각한 끝에, 레아는 위그가 누구인지 알아내기를 포기했다.

꽈르르르르르.

배 속에서 우렁찬 생존 신호가 올라왔다. 레아가 무사히 눈을 뜬 건, 순전히 배가 고파서일 것이다. 천국에서는 배고픔이 없다고 했으니, 이 말인즉슨 여긴 천국이 아니라는 뜻이고, 그렇다면 내가 죽지 않았거나 지옥에 와 있거나 둘 중 하나라는 뜻이었다.

사방을 두리번거리니, 낯선 천장이 보였다. 낯선 이불, 낯선 창문, 레아는 순간 탁자 옆에 쌓여 있는 먹을 것들을 보았다. 보들보들한 빵과 잼과 과자, 고기와 향신채를 잔뜩 넣어서 벌겋게 끓인 스튜, 붉고 노란 염료로 진하게 물들인 고기, 우유……. 황금의 산에서 상상하던 모든 것들이 다 있었다.

천국인 듯, 천국 아닌 듯, 하지만 천국인 듯…….

레아는 먹었다. 꾸역꾸역 먹었다 허락 안 받고 먹었다고 지옥불로 떨어진대도 어쩔 수 없었다. 안 그러면 굶어 죽을 판이었으니까.

목이 메었다. 너무 오랜만에 먹어서, 자꾸 목이 메었다. 스튜를 삼키며 빵을 꾸역꾸역 밀어 넣고, 고기를 먹으며 가슴을 콱콱 쳤다. 가슴에서 둔중하게 나무 막대기가 걸리는 것이 느껴졌다.

눈물이 쏟아졌다.

여기가 어딘지, 내가 어떻게 그곳을 빠져나왔는지, 그건 이제 아무 상관이 없다.

발타 님은 살아 계실까.

……발타 님은 살아 계실까.

레아는 끅끅 소리를 눌러 가며 먹고, 울고, 이런 자신이 혐오스러워 또 울었다.

"……."

침대를 둘러싸고 있는 하얀 커튼 뒤에 누군가가 앉아 있었다. 아무 소리도 내지 않고 있지만, 누군가가 있다는 건 알 수 있었다.

그리고 그 기척은 묘하게 익숙했다. 발타 님은 아니었지만, 왜인지 익숙하고 편안했다.

"……왔나?"

천사인 듯, 천사 아닌 듯한 목소리가 뚜렷해졌다. 레아는 드디어 그 목소리의 주인공이 누구인지 기억해 냈다.

누군가가 방 안으로 기척 없이 들어와 그의 앞에 무릎을 꿇었다.

"프랑스의 왕이시며 교회와 신앙의 수호자시며, 치유의 손이시며……."

"집어치우고, 일어나라, 발타."

"폐하."

"일어나라고 했다!"

왕의 목소리에 감정이 실렸다. 레아는 두 손으로 입을 틀어막았다. 눈물이 넘쳐흘렀다.

아아, 무사하시다. 발타 님. 다행이다, 다행이야. 그렇게 피를 많이 흘렸는데.

그가 자리에서 일어나는 모습이 얇은 휘장 사이로 어스름하게 보였다. 왕은 아무 말도 없이 힘껏 팔을 휘둘렀다.

딱, 딱, 딱!

한 번 휘두를 때마다 어마어마한 소리가 났다. 레아는 두 손으로 입을 틀어막았다. 몸이 저절로 튀어 나가려 한다.

"네가, 감히!"

딱, 짝, 딱!

발타는 각오하고 있던 듯, 두 발을 붙이고 선 채 고스란히 버텼다. 프랑스에서 손꼽히는 기사이기도 한 왕이 온 힘을 다해서 후려갈기고 있으니, 어지간한 사람이면 몸이 그대로 날아갔을 것이다.

"감히, 네 목에 스스로 칼을 대! 네가 감히!"

"폐하."

"이유를 말해라."

"폐하. 입단식 때 있었던 일은 발설하지 않기로 맹세했습니다."

"입단식 때 어떤 짓들을 요구받았는지 말하라는 게 아니다! 네가 그 병신 같은 요구를 회피하기 위해서 이따위 짓을 저질렀다는 걸 믿으라는 거냐?"

"폐하."

"네가 죽으려 했던 진짜 이유가 뭔지, 말하라!"

딱, 딱.

따귀를 후려치던 손이 멈췄다. 왕의 등이 꿈틀대며 떨리고 있었다. 발타의 목소리도 함께 떨리기 시작했다.

"폐하, 용서하십시오."

"네가, 감히……."

왕의 손이 눈가로 올라갔다. 왕은 더 이상 말을 하지 못하고 한 손으로 눈을 지그시 눌렀다. 발타의 목소리는 이제 걷잡을 수 없이 떨리기 시작했다.

"폐하, 저는……살고 싶지 않았습니다. 왜 사는지…… 알 수 없게 되었습니다."

그는 목을 비틀어 쥐어짜는 것처럼, 띄엄띄엄 말했다.

"세공사가, 도망쳤습니다. 제가, 입단식을 며칠 앞두고…… 떠나라고 했습니다. 그래서 그자가, 새벽에 제 명령대로 떠났는데……."

레아는 그대로 얼어붙었다. 설마, 발타 님이 저런 짓을 했던 이유가, 나 때문이었다고?

내가, 그 새벽에 그냥 떠나서? 말도 안 된다.

……떠나라고 했던 건 발타 님 당신이었어요!

"저는, 남은 매 순간이, 투르 드 봉벡의 돌벽에 매달려 있는 것처럼 고통스러웠습니다……. 숨이, 잘 쉬어지지 않았습니다, 폐하."

그는 더듬더듬 힘겹게, 하지만 끝까지 말을 맺었다. 왕의 목소리는 더욱 싸늘해졌다.

"그래서 목을 그은 것이냐. 그 이상한 입단 의식을 핑계로?"

"……드릴 말씀이 없습니다."

"그 세공사에 대한 네 마음은 무엇이냐."

"제 생명의 빛이며 존재의 이유입니다."

대답은 나직했지만, 망설임은 없었다. 왕은 잠시 말을 멈추었다. 보이지는 않지만, 상대를 조각조각 분해하는 듯한 왕의 시선이 만져질 듯 느껴졌다.

"이교 신상에 대한 입맞춤보다 더 참람한 대답이구나. 차라리 그녀를 열렬히 욕정했다 대답했으면 너를 연민하고, 이해하고, 돕고 싶었을 것이다."

발타는 왕의 얼굴을 차마 바라보지도 못한 채 고개를 수그렸다. 왕의 감정 분출은 짧았다. 왕은 손가락으로 눈가를 정리한 후 다시 조용히 물었다.

"입단 여부 결정은?"

"어젯밤에 참사회에서 입단 허가가 떨어졌습니다."

"교활하구나, 내 작은 솔로몬. 고작 아시케나지 계집 하나 때문에 삶을 포기하려는 놈 따위가 잘도 거룩한 척."

"입단식 다음 날 당도한 폐하의 편지가, 참사회의 결정에 압박이 되었을 것입니다."

왕은 웃었다. 소리 내어 웃었다. 그가 소리 내 웃는 일은 드물었다. 왕은 조용히 덧붙였다.

"어쨌든 너는 이교 의식에 물들지 않고 입단한 첫 번째 단원이 되는 거로구나."

"어떻게…… 그것을 알고 계셨습니까? 저는 몰랐습니다."

왕은 다시 가볍게 소리 내서 웃었다.

"네 생각보다는 자세히 알고 있을 것이다. 물론, 신에게 맹세한 것까지 깨뜨리며 입단식 비밀을 알려 달라 할 생각은 없으니 염려 마라."

"제가…… 다친 것은 또 어떻게 아셨습니까."

'폐, 폐하, 발타 님이, 발타 님이 입단식 중에 목을 그었습니다!'

'십자가에 침을 뱉고 그리스도를 부인하는 의식 대신, 목을, 피, 피가 엄청나게 쏟아졌, 폐하! 발타 님을 살려 주세요!'

레아는 저도 모르게 눈을 깜박였다. 깜박, 깜박깜박, 깜깜한 어둠 속에서 며칠 전, 그 괴이한 기억이 한 송이 두 송이 피어올랐다. 토막토막 튀어나오던 기억 조각들은 두서없고 혼란했다.

'유대인 거리, 롬바르디아 사람 이발사 뤼크, 치료받으러, 폐하!'

'입단 비밀 의식을 거부하면 목숨을 내놓아야 합니다. 폐하, 발타 님을 살려 주세요, 바, 발타 님 입단식 취소시키고 궁으로 데려와 주세요!'

뒤엉킨 기억 속에서, 무거운 선반장이 다시 밀리기 시작했다. 레아가 기겁하며 다시 항아리 속으로 들어가려는 순간, 그 선반장이 반대 방향으로 움직이고 있다는 것을 깨달았다.

오른쪽으로 움직였을 때는, 이 솔로몬의 방으로 통하는 공간이 왼쪽에 나타났다.

그렇다면, 왼쪽으로 움직였을 때는?

선반장이 다시 제 위치로 돌아오고, 그들의 발걸음 소리가 아래쪽으로 멀어진다. 멀어지는 방향은, 레아가 들어온 방향이 아닌 솔로몬의 방 바로 옆의 공간이었다.

그들의 발걸음 소리가 완전히 들리지 않게 된 후, 레아는 덜덜 떨며 다시 문을 열고 중간 방으로 나갔다.

곳에는 그들이 미처 끄지 못하고 간 촛불이 켜져 있고, 레아가 들어온 곳의 반대쪽 구석 벽 쪽으로, 붉은 핏자국이 이어져 있었다.

레아는 핏자국이 끊어진 곳 부근을 필사적으로 더듬은 끝에, 그 손잡이를 찾아냈다. 힘겹게 밀어낸 벽장 뒤로, 아래로 내려가는 시커먼 계단이 나타났다.

레아는 정신을 붙잡고 벽을 더듬어 계단을 내려갔다.

이곳은 거의 이용을 안 하고, 관리도 전혀 되지 않았는지, 사방이 거미줄로 뒤엉켜 있었고, 바닥과 벽은 이끼와 온갖 색깔의 곰팡이로 가득했다. 먼저 내려간 이들의 걸음이 빨랐는지, 계단은 끝없이 짙은 어둠이었다.

너무 어지러워서 몇 번이나 쓰러질 뻔했다. 계단에서 두세 번쯤 구른 것도 같았다.

레아는 이를 악물고 걸었다. 발바닥이 질척거린다. 바닥은 돌바닥에서 어느새 진흙 뻘밭으로 바뀌었다. 형언할 수 없이 고약한 냄새가 났다.

진흙 길의 끝에는 나무로 된 작은 문이 있었는데 안에서 빗장을 올리면 열리지만, 문을 닫으면 저절로 빗장이 내려가 밖에서는 열 수 없게 만들어졌다.

그리고 그 문은 밖에서 보면 커다란 돌덩어리에 묻혀 전혀 보이지 않았다. 이런 위장 문을 자그마치 세 개나 지나자, 좁고 기나긴 동굴이 나왔다.

레아는 몇 번이나 정신을 놓았다 잡았다 하면서도, 엉금엉금 기다시피 밖으로 나갔다.

"아……."

희미하게 날이 밝고 있었다. 동굴 앞은 무성한 수풀이 우거져 있었고, 그 앞은 바로 센 강의 지류인 얕은 하천이었다. 쪽배를 댈 수 있는 나무 선착장이 수풀에 숨겨져 있었다. 어둠에 잠겨 시커멓게 반짝이는 강의 물결 뒤로, 생트 샤펠과 노트르담의 뾰족한 탑이 우뚝하고, 뫼니에르 다리와 샹제르 다리가 희미하게 윤곽을 드러내고 있었다.

레아는 그 자리에 주저앉았다. 구역질이 미친 듯이 치밀었지만, 속에서는 아무것도 나오지 않았다. 나오려는 것은 구역질이 아니라 어쩌면 통곡일지도 모르겠다. 레아는 헛구역질을 하며 목구멍을 쥐어짜듯 울었다.

"얼굴 정도는 보여 주는 게 좋겠군. 네가 목에 두 번 다시 칼질을 안 하도록."

"소식을 전해 준 자가 이곳에 있습니까, 폐하?"

아 제기랄, 이따위 꼴은 죽어도 보여 주고 싶지 않은데.

레아는 기겁하며 이불을 뒤집어쓰고 자는 척했다. 누군지 절대로 모르게 하고 싶었다.

하지만 발타 님은, 휘장 너머로 희미하게 보이는 윤곽만으로도 누운 자의 정체를 바로 알아챈 듯 했다. 발타 님의 목소리가 갑자기 가팔라진다.

"폐하……? 어째서 이자가 폐하의 침실에 있는 겁니까?"

레아는 그제야 자신이 뻗어 있던 곳이 왕의 침대인 것을 알게 되었다.

'세공사…… 레비?'

생트 샤펠에서 새벽 미사를 드리고 긴 회랑을 걸어 나오던 왕은, 돼지치기 같은 몰골로 호위 병사의 부축을 받으며 서 있는 레아를 발견했다.

그는 예의 무감한 시선으로 그녀를 내려다보다가, 주변 사람들을 물리고 천천히 다가오기 시작했다.

레아는 그때 보았던 왕의 모습이 잘 기억나지 않았다. 유난히 눈부신 금발이 새벽빛에 반짝거리는 모습과, 사파이어를 박은 듯한 눈동자가 자신을 정면으로 응시하던 것은 기억났다.

'폐하, 이자가 폐하를 반드시 배알해야 한다고, 급한 일이라며 막무가내로…….'

레아는 호위 병사의 손을 뿌리치고 왕에게 다가갔다. 왕은 물리치지 않았고, 레아는 그의 옷자락을 붙잡은 채 쓰러졌다. 엎드린 게 아니라 그대로 고꾸라진 것이다. 왕은 한 팔로 그녀를 급하게 받아 안았다.

'폐하, 발타 님을 살려 주세요…….'

왕의 눈동자가 흔들리는 것을 레아는 처음 느꼈다. 레아는 그를 붙잡은 채 필사적으로 말했다. 말이 두서없이 횡설수설했지만, 그것을 제대로 잘 정리해서 말할 만한 정신력 따위는 남아 있지 않았다.

왕은 자초지종을 묻거나 따지지 않았다. 그는 레아의 말에 귀를 기울이기 위해, 무릎을 접고 허리를 바짝 굽혔다.

'레비.'

'폐하, 저는 레아입니다. 제가, 생긴 꼴이 이래도, 옷 입은 게 이 모양 이 꼴이어도, 제 이름은, 레아, 레아 다크레. 레아…… 저는 레아입니다…….'

그따위 말이 왜 나왔는지 모르겠다. 분하고 서러워 눈물도 줄줄 쏟아졌는데, 뭐가 그렇게 서러웠는지 지금 생각하면 도무지 이해가 가지 않았다.

왕은 이번에는 채찍 따위를 휘두르는 대신 손으로 레아의 눈을 감싸듯 지그시 눌렀다. 당연히 차가울 것이라 생각한 그의 손은 의외로 따뜻했고, 눈이 가려져 그의 냉랭한 눈동자가 보이지 않게 되자 레아는 울면서도 계속 말을 이을 수 있었다.

'폐하, 발타 님에게, 입단이고 나발이고 집어치우고, 그냥, 그냥 결혼해서 행복하게 살라고 하시면 안 되나요?'

그의 긴 한숨이 느껴졌다. 날이 너무 추워서인지 그 날숨마저 따뜻하게 느껴졌다.

'……레아 다크레.'

'발타 님을 왜 그렇게 아프고 힘들게만 몰아가세요. 폐하는 발타 님을 사랑하고 아끼지 않으십니까? 그분에게 사랑하는 여자하고 결혼해서, 그냥, 늦잠이나 자면서 행복하게 살라고 하시면 되잖아요…….'

'레아, 그대는 지금 내 작은 솔로몬과 결혼하고 싶다는 건가?'

제가 감히 어떻게 그래요! 저는 그분한테 몹쓸 짓을 너무 많이 해서 안 돼요.

……라고 말을 해야 했다. 벼룩도 낯짝이 있으면 당연히.

하지만 그 당연한 말은 나오지 않고 눈물만 폭포처럼 쏟아졌다. 그럴 수만 있다면! 살면서 단 1년이라도, 한 달이라도 그의 여자로 살 수만 있다면.

무릎을 꿇다시피 몸을 굽히고 있던 왕은 망토를 벗어 레아를 감싸 안았다. 왕의 망토 안쪽에는 양털이 덧대어져 있고 목에는 담비 털이 둘러 있어서 몹시 따뜻했다.

왕의 손수건이 눈가를 덮었고, 레아는 그래서 왕의 얼굴을 볼 수 없었다.

'따라오지 마라. 위그, 환자가 먹을 만한 먹을 것을 준비해.'

그 이후의 기억은 토막토막 잘려서 제대로 연결되지 않았다.

왕의 침실은 그랑드 살르의 가장 안쪽에 위치해 있었다. 공간은 꽤 넓은 편이었지만, 휘장이 있어 아늑했고 조용했고 따뜻했다.

눈을 뜰 때마다 왕의 모습이 보였다. 그는 대체로 레아가 누워 있는 침대 곁의 벨벳 쿠션 의자에 앉아 있었다. 눈을 반쯤 감은 채 생각에 잠겨 있기도 하고, 친필로 편지를 쓰기도 하고, 눈을 감고 고개를 숙인 채 기도를 하고 있을 때도 있었다. 그는 일상의 표정 역시 매우 단순했다.

'롬바르디아 이발사의 집으로 비밀리에 사람을 보냈다. 솜씨 좋은 외과의라, 처치는 무사히 끝났다.'

'뒷일은 내게 맡겨 두고 잠이나 자. 기사단에선 발타를 함부로 처분하지 못할 것이다.'

왕의 써늘하고 단조로운 목소리가 그렇게 달게 느껴진 것은 처음이었다. 레아는 그세야 안심하고 정신을 놓았다. 고통스러웠던 기억들이 시꺼먼 진흙 속에 까무룩 잠기기 시작했다.

"발타, 이자가 왜 여기 누워 있는지 묻기 전에, 어떤 꼴로 왕궁에 도착했는지 물었다면, 그따위 분별없는 질문은 하지 않았을 것이다."

왕은 팔짱을 낀 채 차갑게 내뱉었다.

"이자는, 네가 쫓아낸 그날 새벽부터, 기사단의 비밀 공간에서 자그마치 일주일을 갇혀 있었다. 그 추위에, 먹을 것 하나 없는 곳에서. 어제 새벽에 그곳을 탈출해서 간신히 여기에 도착했고, 정신을 잃은 후 지금까지 의식이 없다."

"레아!"

발타가 고함을 질렀다. 지르려 했다. 하지만 그 목소리는 이상하게 찢어져서 쇠가 갈리는 듯한 소리가 났다.

"자고 있는 것 안 보이나. 시끄럽게 하지 마라."

왕의 퉁명스러운 말에 발타는 단번에 조용해졌다. 레아는 난생 처음으로 왕이 고마워졌다.

"그래도 왕궁까지 용케 기어 왔어. 너를 살려 달라고, 기사단에서 빼내 달라고 애걸하려고."

고맙다는 생각이 끝나기도 전에 고마워할 마음이 싹 사라졌다. 호감이 단 한 순간도 유지되지 못하게 만드는 것도 능력이라면 능력이겠다.

"너를 기사단에 입단시킨 나를 정죄하더구나. 성전기사단에서의 네 삶이 불행할 것이라며, 네가 사랑하는 여인과 결혼을 했어야 행복했을 것이라며."

"폐하, 아닙니다. 절대 그렇지 않습니다."

"발타사르 드 올랑드. 솔직하게 말하라. 그대는 저자와 결혼해서 가정을 꾸리고 싶었던 거냐."

이상하다. 단호하게 아니라고 대답할 줄 알았던 발타 님에게선 대답이 나오지 않았다. 레아는 두꺼운 털 이불 속에서 숨이 막혀 죽을 것만 같았다.

"아크레의 숙녀는 대체 어쩌다가 네 생명의 빛이며 존재의 이유가 되었느냐."

발타 님은 여전히 대답하지 않았다. 왕이 후벼 파는 듯한 시선으로 상대를 물끄러미 바라보는 고약한 습관이 있는 것처럼, 발타 님은 적절한 대답이 바로 떠오르지 않으면, 대답을 하지 않는 못된 습관이 있었다.

그의 대답 뒤에 놓인 생각은 신중하고 깊되 종종 혼란스러웠으며, 그의 침묵은 몇 가지의 대답을 동시에 담고 있었다.

왕의 목소리가 무거워졌다.

"발타사르. 생명의 빛이 되는 존재, 존재의 이유가 되는 자와는 결혼하는 게 아니다. 빛은 하늘에, 존재 이유는 손이 닿지 않는 거룩한 곳에 남겨 둘 때 가치가 있는 것이지. 살을 맞대고 함께 살아가는 삶은 그런 게 아니다."

여전히 반응이 없다. 왕은 그의 무반응을 나무라지 않았다. 아니, 나무라지 못하는 것인지도 몰랐다. 이불 속에서 레아는 그의 짧고 거칠어진, 흐느낌이 토막토막 섞인 숨소리를 들었다.

"네 머리카락이 있는 편이 나았다. 네 눈물을 가려 줄 것이 없구나."

손수건을 찾지 못한 왕은 한숨을 쉬며 몸을 돌렸다.

왕이 방을 나간 후, 침묵은 조금 더 이어졌다. 장작불이 딱, 딱 불티를 날리며 타오르는 소리와 그의 억눌린 듯한 신음 소리만 들렸다. 그가 눈물을 멈춰 보려는 노력을 포기하면서, 그의 흐느낌은 점점 막무가내가 되었다. 심지어 그 소리가 가까워지기까지 한다.

어떻게든 내가 멀쩡하게 살아 숨 쉬는 꼬락서니를 자는 모습으로나마 확인해 보고 싶다는 건데, 사실 지금 내 꼴이 남에게 보여 줄 만한 상황이 아닌 게 문제다.

생각해 보시라고요, 좀! 일주일 동안 그곳에 갇혀 지냈다가 탈출했는데, 꼴이 어떻겠느냐고요. 거미줄이 새 둥지처럼 얽힌 항아리에 처박혀 있다가 곰팡이, 이끼 천지인 계단에서 몇 번이나 구르고, 더러운 해자의 뻘밭을 철퍽철퍽 헤매고 다녔단 말입니다.

왕이란 작자가 성격이 진짜 이상한 것이, 이 더러운 옷에 손끝 하나 대지 않고 침대에 눕혀 놓았다는 거다.

아, 맞다. 폐하께서는 남녀 관계에 굉장히 엄격하시다 했던가. 돌아가신 왕비마마 아닌 숙녀들과는 내외를 심하게 하신다고 했지.

그래. 좋다 이거야, 백번 양보해서, 옷 갈아입히지 않은 것까지는 좋은데, 그래도 이 더러운 양말 정도는 하녀들 시켜서 벗겨 줬어도 되는 거 아닌가, 인간적으로? 자기 침대에서 냄새날 거란 생각은 안 하나?

오, 맙소사. 그러면 안 되는구나. 지금 내 옷 속에 성유물이 들어 있으니까.

발타가 드디어 침대 머리맡으로 다가온다. 레아는 이제 사형 집행을 눈앞에 둔 죄수의 심정이 되었다.

물론 걱정되고 속이 타들어 가는 마음은 이해한다. 아 제발, 차라리 내 멀쩡한 얼굴을 보여 주고 저 눈물을 그치게 하는 게 나을까. 저분이 이불을 살짝 걷으면 난 대체 어떤 표정을 짓고 있어야 하지.

이불 속에서 손으로 머리라도 빗어 둘걸. 아까 마시던 사과주로 얼굴이나 좀 닦아 놓을걸. 게, 게다가 조금 전까지 먹을 것을 그렇게 욱여넣다가 앞자락에 흘리기까지 했는데, 아 맞다, 입에서 냄새도 난댔던가, 미치겠네, 진짜. 하느님 저를 구하여 주소서, 기도문이 저절로 나온다.

레아는 눈을 딱 감고 이불을 걷어치웠다.

"발타 님, 걱정을 끼쳐서 죄송합니다. 정말 우연히 따라 들어갔다가 갇혔던 거고, 저는 이젠 괜찮……."

"흐, 윽, 레, 레아!"

"……!"

"제, 제…… 얼굴 보…… 보, 보지 마십…… 레아!"

그는 귀신이라도 만난 것처럼 뒤로 펄쩍 뛰다가 침대 발치에서 볼썽사납게 주저앉았다. 하지만 그는 일어날 생각도 하지 못한 채 황급히 두건을 올려 쓰고 고개를 옆으로 돌렸다.

"아……."

레아는 자신의 걱정이 전혀 부질없는 것이었다는 걸 알게 되었다.

살다 살다 이렇게 꼴사나운 발타 님은 처음이었다. 리옹에서 피투성이가 되었을 때도 지금보다 백배는 나았다.

그의 목젖과 빗장뼈 사이에는 핏물이 배어 나온 붕대가 칭칭 감겨 있었는데, 피부엔 핏기가 하나도 없어서 허옇게 뜨고, 머리카락은 하나도 없고, 눈가 아래는 시커멓고, 입술은 바짝 말라 허옇게 까풀이 일어났는데, 왕에게 따귀를 얼마나 세게 맞았는지, 양쪽 뺨만 사과처럼 시뻘겋게 퉁퉁 부어 있었다.

그것도 모자라 그 잘난 얼굴이 눈물로 범벅이 되어 있다. 그는 침대 옆에 주저앉은 채 레아를 올려다보고는, 이를 악문 채 다시 고개를 숙였다. 하얀 쉬르코 자락 위로 눈물이 뚝뚝 떨어졌다.

레아는 그의 목을 감고 있는 하얀 붕대와 그곳에 스며 나온 붉은 핏방울이 마음 아팠고, 기사단 정단원임을 나타내는 하얀 쉬르코와 붉은 십자가 표식도 마음이 아팠다.

"당신이…… 도망쳤다고 생각했습니다."

그는 고개를 옆으로 돌린 채 목소리를 억지로 가다듬으며 중얼거렸다.

"아니에요. 그럴 생각은 아니었어요."

"왜 도망 안 가셨습니까. 제가 안 쫓겠다고, 제발 가 달라고 그리 부탁을 드렸는데."

"발타 님, 애초에 저는 도망칠 생각이 없었어요."

"아뇨! 떠나셨어야 했습니다!"

그는 고개를 번쩍 쳐들고 고함쳤다. 이제 레아는 그의 처참한 몰골과 엉망으로 얽힌 눈물 자국을 똑똑히 볼 수 있었다. 그의 목소리가 가파르게 올라간다.

"그런 곳에 대체 왜 들어간 겁니까! 그렇게 겁도 많다면서 무섭다는 생각도 들지 않았습니까! 위험할 수도 있다는 상식조차 없었습니까? 대체 어떻게 버티신 겁니까, 거기서."

"바, 발타 님. 진정하세요."

"진정? 당신 같으면 진정이 되겠습니까? 다, 당신이 그곳, 그, 그 무서운 곳에서 혼자 겪었을 일을 생각하면 숨이 턱턱 막히는데!"

"발타 님."

"얼마나, 얼마나 힘들었습니까……."

두 눈을 손바닥으로 가린 채 그가 고개를 수그렸다.

괜찮아요, 발타 님, 정말 괜찮아요.

입술을 달싹거려 보았지만, 왜인지 말이 나오지는 않았다. 괜찮지 않았기 때문에. 특히 그곳에서 보았던 마지막 장면이 너무나 괜찮지 못했기 때문에.

"당신, 이렇게 살지 않아도 되잖습니까. 제발 가라고 했잖아……."

"……."

"애초부터 나 찾아오지 말라고 했잖습니까. 계속 피해 주었잖아요. 뭐 잘났다고 기를 쓰고 쫓아다니면서 멀쩡한 목숨을 집어던지려고……. 목숨이 열 개쯤 돼요? 당신 소원이라며. 조용히, 소리 소문 없이, 잘 먹고 잘 사는 거……."

그의 손바닥과 손목을 타고 굵은 물줄기가 줄줄 흘러내렸다. 레아는 그에게 손수건을 내어 주었다. 왕이 그녀에게 주었던 것으로, 지금 가장 필요한 사람은 발타 님인 듯했다.

그는 수건을 받는 대신 레아의 손을 두 손으로 으스러지게 잡고 손등에 입을 맞췄다. 그리고 그녀의 손을 뺨에, 눈에, 입술에 미친 듯이 비벼 댔다. 살아 있는 몸인 것을 확인이라도 하려는 듯이.

"……."

잠시 후 그는 손을 풀고 몸을 뒤로 물렸다. 그는 이제 성전기사단의 단원이 되었고, 단원들은 여인들과의 접촉이 매우 엄격하게 통제된다. 그건 누이동생이나 어머니 같은 가족들에게도 해당하는 조항이었다.

그는 몸을 일으켜 왕이 걷어 놓은 침대 휘장을 다시 내려놓고 몇 걸음 뒤로 물러난다. 휘장 너머로, 그가 몸을 옆으로 돌리고 손수건으로 얼굴을 정리하는 모습이 희미하게 보였다.

그 모습이 왜 이렇게 눈물겹게 예뻐 보이는지 몰랐다. 레아는 자신이 대체 어쩌다가 누군가를 이렇게 지독하게 좋아하게 되었는지, 이해할 수 없었다.

"생각해 보면, 마드무아젤께서는 꽤 잔혹한 구석이 있습니다."

휘장 너머에서, 그가 차분히 가라앉은 목소리로 말했다.

왕과 마찬가지로, 그는 감정의 격렬함이 오래가지 않았다. 감정의 파고가 나처럼 크지 않은 걸까. 레아는 한숨을 쉬며 고개를 저었다.

글쎄. 모르겠다. 똑같은 사람으로 태어나는데, 왜 누구는 감정의 양이 철철 넘치고, 누구는 감정이 말라비틀어진 걸까. 신께서는 공평하시다면서.

만약, 나와 같은 양의 감정을 갖고 태어나셨는데 저렇게 행동하는 거라면, 대체 마음을 얼마나 지독하게 짓밟고 으깨야 저렇게까지 될 수 있을까. 당신의 마음 밑바닥에서 용암처럼 끓어오르는 열기가 나에게까지 느껴지는데.

"대체 제가 뭐가 잔혹한데요?"

"……저를 놓아주지 않고 계십니다."

"제가 언제 발타 님을 붙잡았나요? 처음에 쫓아다녔던 건 발타 님이었어요."

"포기하지 못하게 연결 고리를 만들어 질질 끌고 다닌 건 당신이었습니다. 그게, 바로 포기가 될 만한 물건이었습니까."

그래. 생각해 보면 그렇다. 내 품속에 박혀 있는 성 십자가 조각이 아니면, 당신이 나를 이렇게 오랜 세월 쫓아다닐 일이 없었겠지. 이 막대기야말로 발타 님과의 가장 강력한 연결 고리였다.

"그래서 제가 뒷일을 책임지고 당신을 보내 드리면, 저도 당신에게서 풀려날 수 있을까 했습니다. 그런데 기어이, 이렇게 돌아오셨습니다."

"아뇨. 제가 돌아오지 않았어도, 발타 님 당신은 풀려나지 못하셨어요."

"레아."

"목의 상처가 그 증거죠. 제가 떠난 줄 알고 하신 짓이 그거잖아요."

"……."

"제가, 제 눈으로 당신이 목을 그어 버리는 모습을 보게 하다니. 발타 님이야말로 정말 잔인하신 거 아닌가요."

"미안합니다."

그는 순순히 사과했다. 휘장 너머에서, 그가 고개를 숙이고 다시 사죄한다.

"얼마나 많이 놀라셨습니까. 미안합니다. 앞으로는 절대로 그런 행동은 하지 않겠습니다. 그러니 마드무아젤."

"예, 발타 님."

"이제는 염려 말고 정말로 가십시오. 아무도 당신을 추적하지 않도록 제가 뒷일을 마무리하겠습니다."

아까 그렇게 좌절하며 흐느끼던 사람은 어디로 사라졌을까. 레아는 밖에서 허리를 빳빳이 세우고 있는 그가 허깨비처럼 느껴졌다.

"어떻게요?"

발타 님은 그 질문에는 대답하지 않았다. 이제 십자가 조각을 되찾아 돌려 달라는 말조차 하지 않는다. 왕에게서 되찾겠다는 것도 아니다. 그냥, 자신이 뒤집어쓰고 막겠다는 것이니 말할 수 없는 것이다.

그는 오래 준비해 온 듯, 담백하게 말을 이었다.

"어디서든, 누구와든 좋은 남자와 결혼해서 행복하게만 살아주세요. 노르망디의 가족들을 찾아가는 것도 좋겠지요. 적어도 여기에서보다는 편안하게 사실 수 있을 겁니다."

레아는 멀거니 눈을 껌벅였다. 벵상과 라셸르가 노르망디로 갔다는 건 또 어떻게 아셨을까. 하지만 이젠 그런 것 따위 별로 따지고 싶지는 않았다.

그는 두 손을 모으고 침착하게 말했다.

"폐하의 말씀이 맞습니다. 당신은 제 존재 이유고 삶의 빛일 뿐이지, 함께 살을 맞대고 살아가야 할 존재는 아니죠. 세상 어딘가에서 안전하게 숨어서, 행복하게 가정을 꾸리고 살아 계시기만 하면 됩니다."

"대체 왜 저 같은 게 당신의 존재 이유가 되었어요? 누가 그런 게 되고 싶다고 했어요?"

레아는 바짝 독이 올라 외쳤다. 콧등까지 끌어 내린 두건 아래로, 그가 웃는 모습이 희미하게 보였다.

"모릅니다. 어느 날 갑자기 제 깜깜한 영혼에 빛이 들어왔을 뿐입니다. 왜 그렇게 되었는지는 여전히 모르겠습니다."

왜 빛이 들어왔냐고요?

레아는 주먹을 움켜쥐고 속으로 맹렬히 대답했다.

특별한 이유 따위는 없어요. 발타 님. 당신의 영혼 어딘가에 살짝 금이 가 있던 것뿐이에요.

레아의 대답을 듣기라도 한듯, 발타가 조용히 말을 이었다.

"그래서 어쩌다 그 눈부시고 반짝이는 것에 홀렸습니다. 그걸 사랑이라 할 수 있으면, 예, 사랑했습니다. 그저 어쩌다 사랑했습니다."

그래서 어쩌다 사랑. 그저 어쩌다 사랑. 레아는 다시 이불을 끌어당겼다. 그냥 땅속 깊은 곳에 묻혀 버리고 싶었다. 발타 님의 메마른 목소리가 이어졌다.

"마드무아젤. 저는 그 잠시의 홀림에 대한 대가를 지금까지 충분히 치렀다고 생각합니다."

"……."

"저는 오래전부터 성전기사의 삶을 꿈꾸었고, 성지 수복이라는 목표에 맞추어진 삶을 살았습니다. 당신께는 미안한 말이지만, 저는 아내를 얻거나, 아내가 나의 아들딸을 낳고, 그 아이들이 자라서 눈앞에서 소리 지르면서 뛰어다니고…… 그런 정신없고 번잡한 삶은 한 번도 상상해 본 적이 없습니다. 한 번도 원해 본 적이 없습니다."

레아와 결혼을 꿈꾸었느냐는 말에 부인하지 못했던 그는, 당사자의 앞에서는 이렇게 뻔뻔하게 거짓말을 한다.

"마지막으로 한 가지만 부탁드립니다."

그의 허리가 깊이 구부러진다.

"부디 빠른 시간 내에 파리를 떠나 주시기 바랍니다. 그래서 남은 세월 동안, 저 모르는 곳에서, 당신의 소원대로 소리 소문 없이 행복하게 잘 먹고 잘 사시기를 바랍니다."

"발타 님. ……저도 발타 님께 부탁이 하나 있어요."

레아는 휘장을 걷고 아래로 내려섰다. 레아의 엉망진창인 몰골을 본 발타의 얼굴이 천천히 일그러진다. 레아는 고개를 들고 또렷하게 말했다.

"발타 님, 이제 저는 성유물을 찾아도 발타 님께 돌려 드리지 않을 겁니다."

"돌려받을 기대 따위는 애초에…… 그게 무슨 말씀이십니까? 혹시 없애 버리기라도 하겠다는 겁니까?"

무심하게 대답하던 발타가 무엇인가 예감한 듯 바로 말꼬리를 잡는다. 그는 레아가 이것을 가지고 다른 사람과 거래를 할 거라는 걸 상상조차 하지 못한다. 레아는 드디어 활짝 웃을 수 있었다.

"이제 저를 더는 추적하지 않겠다 하셨으니, 제가 그걸 태워 버리든, 파묻어 버리든, 잘 숨겨 뒀다가 저 죽은 다음에 세상에 내놓든, 이제 그런 건 신경 쓰지 마시라는 거예요. 물론 저도 그 귀한 걸 태워 버릴 생각은 없어요."

"……."

"발타 님은 원래 그 성유물과 아무 관계도 없었잖아요. 애초에 아무 상관도 없는 분이 저 때문에 휩쓸리신 거였죠. 선의로, 정의감으로, 배려심으로, 일말의 호감으로, 그저 어쩌다, 정말로…… 그저 어쩌다."

레아는, 왕과 거래를 하기로 마음먹었다.

자신이 처음 생각했던 것과 달리, 성전기사단은 이 성유물과 솔로몬의 방에 대한 '확실하고 정당한 소유자'가 아니었다. 알고 보니 프랑스 왕실 역시 스스로를 '확실하고 정당한 소유자'이며 기사단을 강탈자로 여기고 있었다.

레아는 이제 신께서 누구를 선택했는지, 어느 쪽의 말도 믿을 수가 없었다. 그녀가 보기에 양쪽의 주장은 대등했고, 동일한 무게의 권리를 갖고 있을 뿐이다.

이제 신의 선택을 결정하는 것은, 레아가 이것을 누구에게 돌려주느냐 여부로 판가름 난다. 다음에 또 이런 황당한 우연이 겹치고 또 다른 사람에게 이것을 소유할 새로운 기회가 생기기 전까지, 지금 레아의 선택은 신의 선택으로 여겨지게 되는 것이다.

레아는 이 상황이 너무 기가 막혔지만, 한편으로는 이것이 위기에서 벗어날 수 있는 유일한 기회임은 알 수 있었다.

레아에게는 이제 선택의 여지가 없다. 그녀는 이 성유물을 가장 강렬하게 돌려받기를 원하는 왕에게 돌려주고, 자신과 발타 님, 그리고 라셸르와 벵상의 안전을 보장받는 것으로 거래를 할 것이다.

더 이상 발타 님이 이 문제로 고뇌하고 이 일에 묶이지 않도록. 이것이 발타 님을 옭아매는 족쇄가 되지 않도록. 더 이상 발타 님이 손댈 수 없는 영역으로 밀어 넣을 것이다.

"다시 말하지만, 저는 그걸 갖고 싶었던 적이 없었어요. 나중에라도 이걸 원래 가야 할 곳으로 반드시 보낼 테니 걱정 마세요. 이제부터 발타 님은 성 십자가와 아무런 상관도 없고, 알지도 못하고, 보지도 못했던 거예요."

"레아."

레아는 손을 저어 그가 말을 하지 못하게 막았다. 이제는 이분을 자유롭게, 안전하게 풀어 드려야 한다는 생각뿐이었고, 드디어 기회를 잡았다. 반쯤 벗겨진 두건 아래서, 그의 커다랗게 벌어진 눈동자와 푸들푸들 떨리는 창백한 입술이 드러났다.

"염려하지 마세요. 저는 쫄보 집안의 장녀고, 죽을 곳에는 절대 머리를 들이밀지 않을 거예요."

다행히 그는 레아의 말을 막지 않았고, 레아는 입에 남은 말을 드디어 다 할 수 있었다.

"발타 님 말씀대로, 어디에선가, 소리 소문 없이 안전하게, 잘 먹고 잘 살 테니…… 이제 저를 잊고 편해지시기 바라요."

"……."

"발타 님의 은혜는 평생 잊지 않겠습니다. 그동안 죄송하고, 정말 감사했습니다."

사랑합니다, 라는 말은 삼켜졌다. 그저 어쩌다 그렇게 되었다.

7-6. 거래

“지금, 거래를 하고 싶다고 했나. 세공사.”

발타 님이 돌아간 후, 왕과 다시 대화다운 대화를 시도한 것은 일주일이 더 지난 후였다.

뭔가 비장한 각오를 다지고 계획을 잘 짜느라 그랬던 것은 아니었다. 그냥 아팠다. 몸이 아픈 것은 차라리 별것이 아니었다. 가슴 깊은 곳 어딘가가 아프고, 목 안쪽의 어딘가가 너무 아팠다. 레아는 자면서도 가슴을 움켜쥐고 몸부림쳤고, 아침에 일어나면 베개가 흠뻑 젖어 있곤 했다.

레아는 그래서 일주일 내내 왕의 침대에 누워서 심하게 앓았다.

왕도 희한한 것이, 이런 뻔뻔스러운 인간을 다른 방으로 옮길 생각도 없이 내버려 두었다. 그렇다고 다른 시녀나 시종을 붙여서 잘 돌봐 준 것도 아니었다. 빈 방에 혼자 내버려 두고 할 일을 하러 다녔고, 시간 날 때마다 들러서 상태를 확인하는 게 전부였다.

왕은 자신의 베개가 외간 여자의 눈물로 풍덩 젖은 것을 볼 때마다 눈썹을 찌푸리곤 했지만, 그 일로 잔소리를 하는 대신 잠자코 밖으로 나가곤 했다.

몸에서 풍기는 냄새에 견디다 못한 레아의 요청으로 목욕통을 넣어 주고 갈아입을 옷도 갖다 주기는 했으나, 그것도 투박한 슈미즈와 남성용 튜닉, 속바지, 일꾼이 입는 가죽 지퐁 따위였다.

물론 돌아가신 왕비님이나 마담 루와얄(왕의 첫째딸의 경칭)께서 입으실 만한 옷을 갖다 달란 건 아니지만, 아 물론 왕의 옷을 얻어 입고 싶다는 건 더더욱 아니지만, 이건 좀 너무한 거 아닌가.

레아는 속 편하게 생각하기로 했다. 현재 폐하께서는 자신의 침대에 누워 있는 숙녀를 여자로 생각하지 않는 것으로. 얼굴이 그리 예쁘지 않고, 키 크고, 팔뚝 굵고, 다리통 실하다는 것은 의외로 편할 때가 많은 듯했다.

올해 겨울은 유난히 추워서, 왕의 침실의 덧창은 늘 닫혀 있고, 벽에는 태피스트리가 걸리고, 바닥의 카펫은 두꺼운 것으로 바뀌었다. 난롯불은 늘 과하게 타오르고 있었다.

왕의 침실은 구석구석 호사스럽기 그지없었고, 왕이 사용하는 의복과 물품들 역시 하나같이 고급스럽고 화려했다. 왕은 안목이 높기도 했거니와 그런 화려함이 왕의 권위를 드러낸다고 믿었기 때문이었다.

왕은 자신의 침실 밖으로 레아를 내보내는 대신 자신이 다른 방에서 잠을 잤고, 틈이 나면 레아가 있는 방에 들러 곁에 앉아 있었다. 대체 왕이 이렇게 한가해서 어쩌나 싶을 정도였다.

왕은 보면 볼수록 이상하게 느껴졌다. 이제 왕이 예전처럼 무섭지 않았다. 사람들은 왕이 감정이 없는 냉혈한이라거나 돌덩이라거나 하며 수군대는데, 이젠 그렇게 느껴지지도 않는다. 고작 한 일주일 신세를 진 것뿐인데.

왕의 태도는 딱히 달라지지 않았다. 채찍으로 자신의 목을 후려칠 때나, 칼을 들고 턱과 목을 긁어내릴 때의 그 차고 무심한 말투는 변함이 없었다.

내가 변한 건가?

레아는 고개를 갸웃하며 머리를 긁었다. 사람이 밑바닥을 다 보여 주고 나면 친해진다는데 그래서 그런가? 글쎄. 내 밑바닥은 신발 밑창까지 탈탈 털린 것 같긴 한데, 폐하는 나에게 털린 게 없는데.

어쨌든 왕이 휘장 너머에 말없이 오래 앉아 있어도 편안하게 느끼게 된 것은 다행이었다. 안 그랬으면 숨도 제대로 쉬지 못하고 잠도 자지 못했을 것이다.

심지어 왕이 그 얼음 같은 눈동자로 빤히 바라보는 것도 이제 별달리 신경이 쓰이지 않는다. 아마 아무 생각 없이 보시는 걸 거야. 그냥 습관이지. 조금 고약한 습관인데, 눈이 예쁘니까 용서해 드릴 수 있어, 그럼.

낙천적 수다 본능도 이 정도면 병이지 싶지만, 그래도 이 정도면 살벌할 왕궁 생활에 나름 적응을 잘 한 것 같다.

문제는, 레아가 무섭지 않은 상대에게 말이 많아진다는 점이었다. 생각해 보면 왕의 첩자 노릇을 하는 동안 꾸준히 수다가 늘어나고 있었다.
그래서 너무나 자연스럽게 저질러 버린 것인지도 모른다.
"폐하, 저하고 괜찮은 거래 하나 해 보시겠어요?"
침대 옆 탁자에서, 왕이 직접 갖다 준 오르톨랑 구이와 사과주를 먹던 레아의 입에서 톡 튀어 나간 말이었다. 아, 이런? 아직 아무런 준비도 안 했는데? 대체 내가 왜 이랬지? 레아는 제풀에 놀라 눈을 동그랗게 뜨고 멀뚱히 왕을 바라보았다.
"자네가 나와 거래할 게 남았나?"
무슨 거래냐고 묻는 대신, 거래할 것이 남았느냐고 묻는다. 왕은 쉽게 낚시에 걸리는 유형의 사람이 아니다. 레아는 자신의 주둥이가 사고를 친 이유를 알아차렸다. 눈앞의 은잔에 놓인 사과주. 요놈의 사과주가 유죄였다.
"지난번에 제게 제안하셨던 거래 중에서, 제가 못하겠다고 말씀드렸던 것 있잖습니까."
"위그, 알랭, 장! 잠시 물러나 있게. 이 방 앞으로는 아무도 지나가지 못하게 해."
레아의 말이 떨어지기 무섭게, 왕은 시종과 호위, 서기관까지 모조리 쫓아냈다. 아무도 없는 것까지 직접 확인한 왕이 다시 안에 들어온다.
"성 십자가 유물 말인가."
왕이 의자를 레아 맞은편으로 바짝 당겨 앉으며 묻는다. 레아는 술잔을 내려놓았다. 술잔은 던져졌고, 센 강은 건너야 했다.
"제가 성 십자가 유물을 찾아서 갖다 드리면 저에게 뭘 해 주실 수 있으십니까?"
"그 비밀 장소에 갇혀 있을 때 발견했나?"

"예."

사정은 많지만, 정말 그 사연은 무수히 많지만 레아는 간단하게 대답했다. 왕의 눈이 새파랗게 빛난다.

"그것이 성유물이라는 건 확실한가?"

"모양을 아실 것 아닙니까. 제가 가져오면 폐하께서 직접 확인하시면 될 텐데요."

"내가 그쪽에 심어 둔 사람들에게 이상한 이야기를 들었어, 세공사."

왕은 웃음기를 거둔 얼굴로 속삭이듯 말했다.

"그 성 십자가 유물이 어디 들어 있는지 아나?"

"단장의 홀 안에 들어 있다 하지 않으셨습니까."

"들어 있는 것을 확인했나?"

레아는 침을 꼴깍 삼켰다. 왕이 어디까지 알고 있는지는 알 수 없다. 다만 지난번에 말한 것으로 미루어 보면 기사단 내에 그 나뭇조각이 있다고 믿고 있는 것은 틀림없었다.

"폐하. 거래가 아직 이루어진 것도 아닌데 제 밑천부터 털어 가시는 건 상도덕에 어긋납니다."

"망할 장사꾼 같으니."

왕은 유쾌하게 웃었다. 왕은 희한한 곳에서 진심으로 즐거워하곤 했다.

"단장의 검 안에 성 십자가가 없다는 말이 있어."

"무슨…… 근거로 그런 말을……?"

"아크레에서 떠난 이후 입단식을 할 때, 성 그리스도의 치유의 십자가에 대고 맹세한다는 조항이 빠졌다고 하거든. 아크레 이전에는 맹세의 말에 그 말이 포함돼 있었는데, 아크레 이후 입단자들에게는 그 맹세가 빠졌다고 하지."

"이번 입단식에선 단장의 홀에 맹세하고 입 맞추는 과정이 포함되어 있긴 했습니다만…… 단순히 그것 때문에요?"

"단순하다? 성전기사단에서 가장 중요한 보물이자 신의 선택의 증거인데? 아크레의 숙녀께서는 정말 배짱이 대단하단 말이야."

레아는 자신의 허벅지에 꽉 묶여 있는 십자가 조각을 저도 모르게 살살 어루만졌다. 이 귀한 성물을 이렇게 이상한 곳에 계속 보관하고 있다니, 나는 죽을 때도 편히 못 죽고, 아무리 선행을 베풀어도 천국에는 못 갈 것 같다.

"성 십자가 조각인 건 확실합니다. 보증할 수 있죠. 단장의 검집까지 같이 갖다 드려야 합니까?"

레아는 침을 꿀꺽 삼켰다. 왕은 눈을 가늘게 뜨고 레아를 바라보다가 물었다.

"검집까지 같이 가지고 나올까 묻는 걸 보면, 지금은 따로 있다는 뜻인가?"

아 진짜, 이 인간이 눈치가 왜 이렇게 빠른 거야.

"폐하, 구구절절 자세한 것을 지금 말씀드릴 수는 없습니다. 다만 검집까지 들고 나오면 꼬리를 잡힐 위험도 훨씬 높고, 들통이 나는 시기도 훨씬 빠를 겁니다. 폐하께서 필요하신 건 그 성유물 자체지 검집은 아니지 않습니까?"

"……."

"불가능하다는 건 아닙니다. 뭐, 그 비밀 공간에 들어가는 방법도 알았고, 나오는 탈출구도 알았으니까요. 그래도 일단 저도 목숨이 하나니까 어지간하면 티 안 나는 방향으로 추진하고 싶지 않겠습니까? 하다못해 비슷한 나뭇조각이라도 넣어 두고 온다든가…….”

“…….”

“다시 한번 말씀드리지만, 사람은 외모보다 내면이 중요하고, 성유물은 보관하는 검집이 아니라 알맹이가 중요한 거죠. 고작 껍데기까지 갖기 위해 제 아까운 목숨을 다시 투입하시렵니까? 게다가 이젠 발타 님도 저를 받아 주지 않으실 텐데요.”

왕의 단정한 얼굴이 일그러지며 입술 끝이 실룩거린다. 그의 기꺼워하는 웃음은 다른 이들의 냉소와 비슷해 보였는데, 지금은 그 웃음도 아니었다. 웃는 것인지 분노한 것인지조차 구별이 되지 않는다.

레아는 어렴풋이, 그가 극도로 긴장하고, 아니 극도로 흥분하고 있다는 것을 느꼈다. 빈 술잔의 굽을 쥐고 있는 그의 긴 손가락이 아주 가늘게 떨리는 것이 느껴졌다.

“알맹이만 빼 가지고 나왔다는 말 같은데, 아무래도.”

“다시 한번 말씀드리지만, 폐하, 거래 시작도 전에 밑천을 터는 건 상도덕에 어긋납니다.”

“감히 프랑스의 왕에게 상도덕을 운운하는 건가?”

“이런 말씀 드리긴 뭐하지만, 현재 폐하께 가장 필요한 게 상도덕입니다. 금화 만드실 때 자꾸 그렇게 금을 빼돌리시고, 자꾸 환율 조작을 하시니까 사람들이 돌아 버리는 거예요. 한 해 만에 방세가 대여섯 배로 올라 봐요! 그건 폐하의 반짝이는 미모로도 용서가 안 되는 거예요……. 어머, 내가 미쳤나. 폐하, 못 들으신 걸로 해 주세요.”

“레아 다크레, 이 아름답고 수다스러운 에르메스(헤르메스, 장사꾼, 도둑질의 신)여. 띄우든 후려치든 한 가지만 해."

그는 웃음기를 거두지 않은 채 이죽거렸다.

왕은 진심으로 즐거워할 때 어딘지 조금 불편한 표정을 짓곤 했다. 다듬어지지 않은 민낯이 한 사람의 내면을 드러낸다고 한다면, 그는 삶 자체가 늘 불편한 건지도 몰랐다.

"폐하. 외람되오나, 일단 제 거래에 응해 주실지 여부부터 알려 주시면 감사하겠습니다. 그 지팡이, 아니 홀에 대한 비하인드 스토리는 거래가 끝난 다음에 밤새 알려 드리겠습니다. 제가, 사실 할 말이 많아요. 아주 많습니다."

"이 사악한 장사꾼. 대답을 몰라 묻는 건 아니겠지. 우리 가문의 왕 중에서 그것에 목숨 걸지 않았던 자는 없다."

그는 몸을 한껏 앞으로 구부리고 레아의 귓가에 대고 나직하게 대답했다. 팔을 뻗으면 닿을 만큼 가까워진 거리에서, 그가 찬연히 웃으며 덧붙였다.

"원하는 것을 말하라, 아크레의 숙녀여. 무엇이든 구하면 나라의 절반이라도 그대에게 주겠노라."

레아는 그 말이 에스테르 기(에스더 서)에 나오는 크세르크세스 황제의 말인 것을 깨닫고 머리카락이 쭉 솟구쳤다. 그 말을 들었던 유대 여인 에스테르는 페르시아 크세르크세스 황제의 아내였다.

그리고 에스테르 황후가 달라고 했던 건, 나라의 절반이 아니라 유대인을 몰살하려던 악당 하만의 목이었다! 그 악당을 목매달아 죽인 날이, 아시케나지 유대인들의 큰 축제일 중 하나인 푸림절이니, 레아가 그 사실을 모를 리가 없었다.

그런데 문제는, 우리 아시케나지 유대인을 몰살하려고 했던 페하께서 지금 이 썰렁한 말을 농담이랍시고 하고 있다는 것이다.

“저, 폐하. 그럼 저는 우리 민족을 몰살하려 했던 악당의 목을 달라고 해야 하는 건가요? 그, 그건 좀…….”

순간, 왕의 눈이 조금 커졌다. 뭔가 핀트가 어긋났나 보다.

“여자에게 휘둘려 나라의 절반이라도 주겠다는 멍청한 말을 한 건 크세르크세스만이 아니야. 그대들의 왕이었던 헤로데 안티파스(헤롯 안디바)도 똑같은 말을 했었지. 아아, 오늘부터 나도 그런 멍청한 왕의 대열에 끼어들겠군.”

아, 이제는 본격 소름이 돋았다. 그렇지. 그런 멍청한 말을 한 건 크세르크세스 한 명이 아니다. 마르코 복음서에 나오는 유대 분봉왕 헤로데 역시 잔치에 춤을 춰서 주흥을 돋워 준 불륜녀의 딸-살로메라는 소녀에게 똑같은 말을 했었다.

그래서 소녀가 어떤 소원을 빌었느냐 하면, 세례자 요한의 모가지를 쟁반에 담아 달라고 했습니다!

빌어먹을. 이놈이나 저놈이나 맘에 안 든다. 특히 눈앞의 잘생긴 놈이 정말 마음에 안 든다.

“저, 저는요, 폐하. 하만의 모가지도, 세례 요한의 모가지도 다 필요 없습니다. 저는, 제 모가지가 필요합니다.”

“……뭐?”

“제, 제 몸뚱이에 멀쩡하게 붙어 있는 제 모가지요.”

하, 하, 와하하하하하! 왕은 드디어 파안대소했다. 이마까지 짚은 채 한참을 웃었다.

그는 이렇게 갑작스럽고 호탕한 웃음이 정말 드문 사람이었다. 레아는 왕의 이런 낯선 모습을 볼 때마다 가슴이 두근대고 식은땀이 났다. 발타 님과는 좀 다른 의미로 심장에 좋지 않은 남자였다.

물론 이제는 소중한 첩자를 채찍으로 후려치거나, 모가지에 대고 칼 장난 따위는 안 하실 거라 믿지만, 그래도 가슴이 쿵쿵대고 뛰는 건 어쩔 수 없다.

"안전을 보장해 달라는 건가? 그 귀한 유물을 나에게 전해 주는 대가로?"

왕은 눈을 빛내며 말했다.

"그대에게 안전한 영지를 내려, 최고의 용병과 기사로 든든한 호위를 붙여 주는 건 전혀 어려운 일이 아니다. 자네같이 철두철미한 장사꾼이 고작 그런 것만 원한다니. 믿을 수가 없는데."

"어떻게 얻게 되셨는지, 누구를 통해 얻게 되셨는지, 언제 얻게 되셨는지, 그 모든 것에 대해 일절 함구해 주셔야 합니다. 중간에 낀 사람이 기사단에 알려지면, 그자는 반드시 죽을 테니까요."

"아하."

왕의 얼굴에서 드디어 웃음기가 사라졌다.

"그래서, 그냥, 내 손에 들어왔다?"

"네."

그것은 쉽지 않은 일이다. 성전기사단에서는 그 성유물을 가지고 있는 자가 발견되기만 하면 반드시 잡아낼 것이고, 그자가 얻게 된 경위-도둑질의 경위에 대해서 가장 끔찍한 고문으로 알아내려 할 것이다.

성전기사단은 유럽에서 가장 강한 금권과 전투력을 갖고 있고, 형식적으로나마 그들의 위에 계시는 교황 성하마저도, 그들을 통제하지 못한다.

하지만 필립 폐하는 할 수 있다. 아마 전 유럽에서 유일하게 그 일을 할 수 있는 분일 것이다. 레아는 두려움과 기대, 흥분으로 몸이 달달 떨렸다.

"대체, 그들에게 어떻게 말해야 그들이 납득할까?"

"데우스 불트(신께서 원하신다)."

레아의 입에서 떨리는 목소리가 흘러나왔다. 하! 왕의 입술 끝이 확 올라간다. 레아는 천천히 되풀이했다.

"신께서, 폐하께 선택의 증거를 보내셨습니다. 그 이상의 설명은 필요 없을 것입니다."

왕의 입술 끝이 비틀린다. 극단적으로 비틀린 붉은 입술 속에서 희고 고른 이가 드러난다. 왕의 소리 없는 웃음은 기괴한 것을 넘어, 이제는 공포스러웠다.

"당연하다. 그것은 신께서 내게 보낸 것이다."

왕은 자리에서 일어났다. 탁자를 짚은 그의 손이 가늘게 떨리고 있는 것이 보였다.

"본래, 당연히 프랑스 왕실에 돌아왔어야 했던 것이다. 그것은 애초에 내게 주어진 것이었다."

"폐하. 그러면."

"레아 다크레, 나 프랑스의 왕 필립은, 그대에게 우리 가문의 이름으로 맹세하겠다. 내 손에 그것이 돌아온다면, 모든 일에 대해 함구할 것이다. 사실, 그것이 나의 손에 돌아오는 데에는, 신의 선택이라는 말 외에 아무런 설명이 필요 없다."

레아는 이것이 큰 분쟁의 시작이 되리라는 것을 알았다. 이 성유물은 단순히 성유물만의 가치가 있는 것이 아니다. 명목상의 권한이긴 하지만, 성 십자가는 솔로몬 성전의 지하에 있던, 그리고 이제는 탕플 탑 '솔로몬의 방'에 쌓여 있는 모든 재물의 통수권을 의미하기도 했다.

이것을 전해 주신 성모 마리아께서도 그 점을 분명하게 밝히면서 건네주시지 않았는가!

- 손대지 마라. 이 모든 것은, 성스러운 나무의 주께 속한 것이니
- 이것은 신성한 사명을 감당한 주의 군사에게 주어질 것이니라.

성 십자가에 대한 소유권을 오래전부터 주장해 온 프랑스 왕실에서, 특히 돈이 모자라서 파산으로 내몰리는 필립 폐하께서, 그것에 딸린 어마어마한 보물을 그냥 놔둘 리가 없다.

당연히 신의 선택과 성유물에 부여된 권리를 구실 삼아, 솔로몬 방에 있는 모든 보화를 양도하라고 요구할 것이다. 신성 재판에서 성유물을 차지한 기사단이 비밀 동굴의 보화를 당당하게 그들의 소유로 삼았던 것처럼.

그렇게 절대적인 근거가 없었다면, 우트르메르에서 이 보물을 둘러싼 유혈 분쟁이 백 번은 일어나고도 남았을 것이다.

왕이 허리를 곧게 펴고, 선언하듯 말했다.

"단장의 지팡이가 내게 온다는 것 자체가, 신께서 나를 선택하셨다는 증거 아니겠는가."

"……."

"신의 선택은 오로지 신의 의지이다. 신은, 당신의 의지를 인간에게 설득하거나 설명할 필요가 없는 존재다."

레아는 속이 울렁대고 극심하게 어지러웠다. 그렇게 오랜 세월 힘들게 하던 문제가, 왕의 손에서 이렇게 수월하게 해결된다는

것을 믿을 수 없었다.

레아는 말없이 왕을 올려다보았다. 왕의 얼굴은 생기로 빛나고 있었고, 이전과는 전혀 다른 사람처럼 보였다.

"레아 다크레, 그대의 행동이 스스로의 계산과 판단으로 나온 것이라 생각하지 마라. 그것은 신의 섭리이다. 그분께서 나를 선택하시고 그 일이 이루어지도록 그대의 생각과 행동을 이끄신 것이다."

아, 저 믿을 수 없는 자신만만함과 신념은, 자신 같은 평범 쫄보는 도저히 범접할 수 없다.

다만, 레아는 자신의 결정이 옳았다는 것을 서서히 확신하게 되었다. 성전기사단에 이렇게 신의 이름으로 당당히 맞설 수 있는 자는 신성 프랑스의 왕이며 역시 신에게 선택받은 자인 필립 폐하뿐일 것이다.

"다시 말하건대, 일이 성사된다면 그대는 마음에 소원하는 것을 이룰 것이다. 원하는 것이 있으면 말하라."

"아, 무, 물론 제 모가지 말고도 뭔가를 덤으로 주시면 그것까지 사양하지는 않겠습니다. 영지도 좋고, 그, 금도 좋고, 아, 하하……."

돈 밝히기로 소문난 아크레의 레아가 이런 기회를 놓칠 수는 없지. 하지만 왕의 뻔뻔할 정도로 당당한 태도에 비하면, 자신의 태도는 너무 비굴했다.

"아크레의 레아. 나, 프랑스의 왕 필립은 그대가 원하는 대로, 그대가 숨을 거둘 때까지 안전하게 지낼 장소와 환경을 제공하겠다. 성전기사단의 그 어떤 자도, 성 십자가 유물이 내게 들어온 경로를 알지 못할 것이며, 난공불락의 성이 있는 영지와, 성을 든든하게 호위할 일백의 기사와 용병을 보낼 것이고, 그 외에도 그대가 원하는 것을 달라 하면 무엇이든 보낼 것이다.”

레아는 자리에서 일어났다. 계약은 성립되었다. 이제 자신의 허벅지에 붙어 있는 성유물을 드리면, 아 물론 지금 바지를 벗어서 빼 드리기는 뭐하니까, 아, 안 보실 때 얼른 빼내서 조, 조금 멋지게 포장해서 바치면 일이 끝나는 것이다.

왕은 이 유물의 모양을 알고 있을 것이다. 발타 님이 이 성물에 대해 정보를 얻은 것은 기욤 단장님이 아니었다. 티보 경의 말대로라면 프랑스 왕실에서 나온 정보라 했고, 그 정보를 준 사람은, 눈앞에 있는 폐하 말고는 다른 사람이 될 수 없었다.

왕은 자리에서 일어나 레아의 잔과 자신의 잔에 술을 따랐다. 왕은 술 마시는 것을 별로 즐기지 않았지만, 레이가 사과술에 홀랑 빠진 것을 보고는 그녀가 올 때마다 늘 사과주를 준비해 두었다.

왕이 찰랑찰랑 채워진 잔 하나를 레아 앞으로 보내고, 하나는 자신이 잡고 가볍게 들어 올렸다. 레아도 얼른 두 손으로 공손히 쥐었다. 아마 별도로 계약서를 작성할 수 없으니, 이 잔을 나누는 것으로 계약의 성사를 축하하시려는 듯했다.

“성 삼위 하느님의 은총과 생 미셸 대천사의 능력과 동정 성모님의 순결한 지혜가, 신의 선택을 이루고자 하는 이 아름다운 딸의 머리 위에 영원히 임하시기를.”

레아는 왕이 내민 술잔에 가볍게 자신의 잔을 맞댔다. 은으로 만들어진 묵직한 잔은 투박한 소리를 내며 울었다. 왕은 단숨에 잔을 비웠고, 레아는 몇 번에 나눠서 홀짝홀짝 잔을 비웠다.

갑자기 가슴이 울컥하면서 격렬하게 뛰기 시작했다. 왜 지금 갑자기 발타 님 생각이 나는지 모르겠다. 고통스럽던 세월이 한꺼번에 지나가는 듯하여, 레아는 눈물을 터뜨리고 말았다.

아마 이 빌어먹을 사과주 때문일 거다. 레아는 눈물을 닦을 생각도 하지 않고 내처 물었다.

"폐하, 그러면…… 계약……이 성사된 것입니까."

왕의 눈썹이 일그러들었다. 찌푸려진 눈썹, 한쪽으로 비틀린 웃음을 머금은 입, 그의 진심을 나타내는 짧은 표정들은 어딘가 모르게 조금씩 기괴했다.

"그런 셈이지. 다만 물건을 인도받을 때 한 가지 확인 과정은 거칠 것이다."

"어떤…… 확인 말씀이십0니까."

왕의 얼굴에서 미소가 천천히 사그라들었다. 그는 웃음도, 눈물도, 흥분도 길지 않았다. 은잔을 감싸 안은 레아의 손바닥 안으로 진득하게 땀이 괴었다.

"레아 다크레. 그대는 그것이 진짜 성 십자가 유물인 것을 증명해야 할 것이다."

"그, 그것의 형상을 아실 것 아닙니까. 친견하신 적은 없어도, 예전에 친견하셨던 생 루이 선왕 폐하께서 자세한 설명과 정보를 왕실에 남겨 놓지 않으셨습니까?"

레아가 당황해서 외쳤다. 왕은 예전처럼 반듯하고 우아하게 웃었다.

"그 형상이나 길이, 혹은, 그 안에 그리스도의 성혈이 굳어 보석이 되었다는 것?"

"……."

"그대처럼 유능한 세공사라면, 루비가 박힌 막대기 정도는 얼마든지 비슷하게 만들어 낼 수 있을 텐데?"

"아……."

"조건은 간단하다. 나와 또 다른 증인 앞에서, 그 성 십자가로 치유의 이적을 보여야 한다."

예전과 똑같은 표정으로 돌아간 왕이, 예전과 같은 시선으로 레아를 내려다보며, 예전과 같은 목소리로 말했다.

"그것이 교계에서도 일반적으로 통용되는 증명 방식임은 그대도 알고 있을 것이다. 현재 진품임을 입증할 증인이 없는 물건이므로, 이적을 증명해야만 거래가 완결될 것이다."

레아의 손에서 술잔이 툭 떨어졌다.

7-7. 상인들의 반란

레아는 밤새 잠을 이루지 못했다. 머릿속에서 메아리치는 목소리는 단 한 가지뿐이었다.

망했어, 망했어, 망했다고오!

운명의 똥밭을 기적적으로 빠져나왔다고 생각했는데, 눈을 들어 사방을 둘러보니 이건 지평선까지 똥밭이었다.

탈출을 포기할 때가 된 게 아닐까.

레아는 진지하게 고민했다. 어쩌면 운명이라는 것 자체가 그냥 똥의 바다인지도 모른다. 이쯤 되면 하느님이 원망스럽다.

"와 진짜, 저한테 대체 어떡하라는 거예요! 왜 자꾸 딴지를 거세요!"

레아는 이불을 뒤집어쓰고 머리를 쥐어뜯었다. 거래도 성사됐고, 상대방은 그 물건을 갖고 싶어서 숨넘어가기 일보 직전이고, 그 물건은 지금 내 손에 있고, 하느님께 맹세코 진품인데! 왜 넘기지를 못하니! 왜!

레아는 열심히 기억을 더듬었다. 이 엄청난 성유물을 손에 넣은 후, 그 긴 세월 동안 치유의 기적을 일으켰던 것은, 라셀르가 살아났을 때 한 번뿐이었다.

……아, 아니다. 내 다리가 낫기도 했구나.

그때 다리가 아프기는 했던가, 부러지기는 했던가 싶을 정도로 기억이 가물가물하다.

그래, 어쨌든 치유의 기적이 두 번인가 있기는 했네.

하지만 그 이적을 증언해 줄 사람이 없다. 공교롭게도 딱 한 명 있는 게 발타 님이다.

다시 어깨가 축 늘어졌다. 레아는 이제 이 성 십자가 유물과 관련된 일에 발타 님을 끼워 넣을 생각이 눈곱만큼도 없다.

발타 님은 이 거래가 성사된 것을 알면 아마 기절하실 것이다. 그분은 이 성 십자가가 기사단에 돌아가는 것이 옳은 일이라 확신하고 있다. 그러니 발타 님 앞에서 입이라도 벙긋했다간 증언은 고사하고 성 십자가를 사이에 둔 삼각관계 대환장 파티가 벌어질 것이다.

인간적으로, 내가 그 성유물을 써먹어 볼 생각이 없었던 건 아니다. 이걸 팔아서 돈을 벌겠다는 미친 생각까진 안 했어도, 치유의 이적을 나타내려는 시도는, 솔직히 수도 없이 해 봤다. 그 정도라면 누구라도 해 보지 않겠느냐고.

기르던 강아지가 아플 때, 마망 실비아의 아기들이 계속 죽어 나갈 때, 마망 실비아의 남편이 돌아가실 때, 뜨거운 불똥이 튀어서 손목을 크게 데었을 때, 레아는 성 십자가 조각을 품고 간절하게 기도했었다. 아, 그리고 불경하지만 생리통이 너무너무

심해서 졸도할 만큼 아플 때도.

하지만 단 한 번도 응답을 받지 못했다. 사실 당연하다. 이교도가 된 여자에게도 기적을 보여 주는 성물이라면 그게 더 수상하다.

하지만 기적이 사라졌다 해서 이 막대기가 성 십자가임을 의심한 적은 없었다. 기적은 오로지 신의 뜻대로 일어나는 것이다. 사람이 주문하는 대로 이루어지면 그게 마법이지 기적이겠는가.

폐하가 돌아오면 이 말을 하면서 조건을 다시 조정해 봐야겠다. 원래 계약에는 팽팽한 밀당과 조정이 따르는 법이다.

뭐, 폐하의 입장도 이해가 간다. 그냥 주는 대로 '이것이 성 십자가인 것을 믿습니다!' 하고 받는 것도 우스운 일 아닌가?

사실 생트 샤펠 성당에 모셔진 주님의 가시관과 성 십자가의 다른 조각도, 그냥 그렇다고 하니 사 온 것이라 했다. 13만 5천 리브르. 그것도 50년 전에. 생 루이 폐하께서는 대체 뭘 믿고 기적을 일으키는 걸 보지도 못한 성유물을 그렇게 큰 거금을 주고 사 오셨을까. 필립 폐하처럼 계산이 빠른 분이라면 안 그러셨을 텐데.

음. 아니다. 필립 폐하는 내 품에 있는 이 나뭇조각을 위해서라면 나라의 절반이라도 주겠다는, 상당히 썰렁한 농담을 하셨다.

"점심 식사 시간입니다, 레비 님."

키가 작고 똥똥한, 갈색 곱슬머리 어전 시종께서 하인을 한 명 달고 안으로 들어온다. 하인이 들고 들어오는 커다란 쟁반에는 산해진미가 가득하다.

딱 한 입에 들어가는 촉새를 와인에 푹 담갔다가 바싹 구운 요리, 붉은 색소와 황금빛 색소로 진하게 물들인 사슴 고기, 후추와 세 가지 향신료를 두껍게 발라 쪄 낸 닭 모양으로 꾸민 염소 고기, 염소 모양으로 꾸민 닭고기(이게 대체 뭔 장난인지), 돼지고기, 장어구이도 있었다!

특히 장어는, 하얀 속살을 겉으로 해서 나뭇가지에 빙빙 감아 소금을 뿌려 화덕에 넣어 구운 것인데, 입에서 살살 녹았다. 돼지나 장어는 아시케나지에겐 금기 음식이었는데 레아의 식탁에는 자주 올라왔다. 레아는 왕이 심술을 부리는 건지, 개종했다고 나름 신경을 써 주는 건지 헷갈렸으나, 며칠 지나지 않아 그 인간에겐 그냥 아무 생각도 없는 것으로 결론을 내렸다.

그 외에도 강렬한 향의 스튜, 아몬드 우유, 그리고 황금빛으로 익은 사과주는 항상 들어왔다. 그래서 레아는 왕의 침실에 들어온 이래 밤이고 낮이고 늘 배가 터질 것 같고, 늘 알근알근 취해 있는 상태였다.

"저, 부빌 경? 폐하께서는 언제 다시 오실까요? 혹시 바쁜 일이 생기셨나요? 며칠 전까지만 해도 좀 한가하셨던 것 같은데……."

"마드무아젤, 폐하께서는 늘 바쁘십니다. 법정에서 판결을 내리셔야 할 대형 안건이 항상 산더미처럼 쌓여 있고, 왕실 참사회도 참석하셔야 하고, 관리들과 법관들에게 보고를 받고 결정할 사안이 한두 개가 아닙니다. 사실, 이런 말씀을 드리기는 뭐하지만, 폐하께선 낮에 침실에 앉아 계실 만한 시간이 거의 없으십니다."

"아, 예."

아니 누가 옆에 있어 달랬나. 저 묘하게 생색을 내는 듯한 말투는 뭐람.

"지루하시면 정원을 산책하셔도 좋고 궁 밖으로 나가서 시테섬을 돌아다니셔도 좋지만, 궁 밖에 나가실 때는 호위를 붙이고 가시라 하셨습니다."

"지금은 어디 계시는데요?"

"생트 샤펠에서 기도하고 계십니다."

"잠깐 뵐 수 있을까요?"

"폐하께서는 기도 시간에 방해받는 것을 몹시 싫어하십니다."

"아, 네."

레아는 한숨을 쉬며 고개를 끄덕였다. 왕에게 당한 게 심심치 않다 보니 그가 신심이 깊다는 것을 종종 까먹을 때가 있다.

레아는 옷을 단단히 껴입고 밖으로 나섰다. 간만에 산책이라도 할까 했는데 그동안 얼마나 체력이 떨어졌는지, 계단을 내려가는 것도 힘에 부쳤다.

그나마 몰골은 이제 적당히 사람 꼴로 바뀌어 가는 중이다. 왕은 레아가 부탁한 이후 아침마다 뜨거운 물이 든 목욕통과 갈아입을 옷을 보내 주었다.

옷도, 고급 리넨으로 된 속바지와 좋은 가죽 신발, 그리고 가장자리에 백합이 수놓인 튜닉과 쉬르코를 보내 주었다. 다만 여성용 드레스는 끝까지 보내 주지 않았다. 정말 속을 알 수 없었다.

왕궁 문을 나서자 덩치 큰 병사 둘이 재빠르게 눈짓을 교환하더니 적당한 거리를 유지하며 레아의 뒤로 붙는다. 레아는 감시라기보다 보호라고 생각하기로 했다.

시테 궁 바로 앞의 바리에리 거리는 늘 그렇듯 장사꾼들과 짐수레와 행인으로 바글바글했다. 아침부터 저녁까지 몇 개의 시장이 개시와 파장을 반복하고, 그때마다 사람들이 벌 떼처럼 몰렸다 흩어졌다.

레아는 노트르담 성당 방향으로 천천히 걸었다. 거리는 발타 님과 함께 지날 때와 다를 바 없이 정신이 없고, 사람들은 여전히 소맷자락을 붙잡으며 호객을 한다.

그날, 그때 여기서 먹을 것에 정신이 팔리지만 않았다면, 그래서 발타 님을 잃어버리지 않았으면, 그래서 멀쩡하게 발타 님을 따라가서 물건을 인도하고 별다른 일 없이 집에 돌아갔으면 어떻게 되었을까?

발타 님 집에서 자고 갈 필요도 없고, 그렇게 요상한 대화를 잔뜩 주고받지도 않았겠지? 그러면 지금과 좀 다르게 일이 흘러갔을까? 레아는 영양가 없는 추억에 잠기며 실없이 웃었다.

"저, 혹시 돈 좀 빌려줄 수 있나요?"

무일푼인 레아는 호위병에게 그로 은화를 하나 빌려 먹을 것을 샀다. 혼자서는 그리 많이 먹지는 못할 듯해서 생강과자와 후추과자 몇 개만 샀다.

이상한 일이다. 그날 밤과 똑같은 과자를 먹고 있는데, 왜 이렇게 맛이 없을까. 생강과자는 맵기만 하고, 후추과자는 쓰기만 하다.

우물우물 먹으며 걷고 있노라니 그때와 조금 달라진 분위기가 느껴진다.

삼삼오오 모여 수군대는 소리가 귀에 들어온다. 물가, 폭등, 폭락, 금화, 굶어 죽은 가족, 빚쟁이, 전쟁, 군자금, 저따위 궁을 짓는 돈으로. 보좌 주교, 뇌물, 날도둑놈, 세금에 눈이 벌게서…….

저도 모르게 어깨가 움츠러들었다. 폐하께서 물건 가격을 50년 전 생 루이 선왕 시대로 되돌린다고 발표한 후, 물가가 엉망진창이 되어 버렸는데, 레아는 그동안 성전기사단과 시테 궁 그리고 올랑드 영지에서 지내느라 이 흉흉한 분위기를 체감하지 못했다. 지금 보니 장사꾼들 눈에는 핏발이 서 있었다.

"가짜 돈을 만드는 놈은 모조리 끓는 물에 삶아 죽이면서, 정작 왕이란 자가 엉터리 금화를 만들어?"

"금화가 새로 나올 때마다 어찌나 얄팍해지는지, 내년쯤엔 양피지 금화가 나오겠어."

"유대 놈이나 롬바르디아 놈들에게 뺏은 돈 다 어쩌고, 이렇게 미친 듯이 세금만 뜯어 가?"

"알 게 뭐야. 높은 분들 돈지랄에 정해진 법도가 있다던가."

세상에. 파리 상인들이 이렇게 간덩이가 큰 사람들이었나? 욕하는 용기만으로 보면 아크레의 기사들 못지않다. 등을 훑고 지나가는 바람이 점점 소슬하게 느껴졌다.

빨리 파리를 떠나야겠다. 이 성 십자가 문제만 얼른 해결하고.

레아는 천천히 궁으로 걸음을 옮겼다. 저녁 시간에는 궁에 들어가 있어야 했다.

왕은 주로 가족이나 보좌 주교, 대법관 같은 측근 신하와 함께 식사를 했고, 레아는 방에서 혼자 먹었다. 왕의 식탁에 올라간 것과 동일한 요리가 레아에게 보내졌는데, 왕은 음식에서의 호사도 대단했다. 귀한 향신료와 화려한 색소로 뒤덮이지 않은 요리가 없었고, 은가루 같은 비싼 재료도 아낌없이 사용했다.

하지만 레아가 지금 먹고 싶은 것은, 어이없게도 발타가 끓여 주었던 지옥의 스튜였다. 이렇게 배가 살살 아플 정도로 추운 날에는 그런 것이 배 속에 들어가 지옥의 불길을 일으켜 주면 좋을 것 같았다. 레아는 코를 훌쩍대며 피시시 웃었다.

"와, 우와아아!"

"아! 저쪽에! 저쪽에 오셨다!"

사람들이 웅성웅성하더니 갑자기 한곳으로 와르르 몰려간다. 빠르게 모여드는 무리의 한가운데, 키가 큰 누군가의 머리가 비죽 올라와 있는데, 맑은 금발 위에는 왕관이 얹혀 있었다.

왕은 몸을 움직이는 것을 좋아하는 무인이고, 사냥도 산책도 즐기는 편이라 들었다. 왕의 정원에서 호위 기사와 대련을 하기도 하고, 호위병 서넛만 단 채 사람들이 북적대는 시테 섬 시장거리를 활보하기도 한다.

센 강에 붉은 해가 잠겨 가고, 왕은 사람들에게 둘러싸여 있다. 왕은 자신이 바란 대로 매우 화려하고 아름다우며 위엄 있는 모습이었다. 연주창, 혹은 비슷한 병이 있는 자, 혹은 이미 치유를 받은 자들이 그의 앞에 무릎을 꿇고 반지에 입을 맞춘다.

왕은 허리를 숙이고 병자들의 머리에, 상처에 손을 대고 기도한다. 엄숙하게, 정말 신의 대리인처럼. 그의 앞에 무릎 꿇은 자들 중에는 돼지치기도 있고 거렁뱅이도 있고, 돈 많은 상인도 있고, 상처가 온통 헐어서 고름이 흘러내리는 자들도 있다.

왕은 그런 자들을 물리치지 않고 상처를 역겨워하지도 않는다. 그는 악취가 풍기고 머리가 떡이 진 거렁뱅이나 상처에서 피고름이 흘러내리는 상인의 이름과 고향을 묻고, 상처에 손을 대고, 눈을 감고 진지하고 엄숙하게 되풀이한다.

"그대 하느님의 불쌍한 어린양 베르나르 드 로랑에게, 프랑스의 왕이며 가톨릭교회와 신앙의 수호자 필립, 하느님께서 허락하신 치유의 손으로 그대를 만지고 하느님께서 그대를 치료하신다면, 그대의 영혼을 사로잡고 있는 악한 영이 떠나가고 그대의 몸을 사로잡고 있는 연주창이 깨끗이 치유될 것이다. 성부와 성자와 성령, 삼위 하느님의 거룩한 이름으로. 아멘."

이럴 때의 그는 아씨시의 성자처럼 성스럽기까지 했다. 강물 속으로 찬란하게 스며드는 태양 빛이 그의 화사한 금발과 얼굴을 비추며 장엄한 빛과 그늘을 만들었다.

베르나르라는 이름의 부유한 상인, 마르탱이라 불리는 늙은 돼지치기, 절름발이 염소라는 별명의 거렁뱅이는 눈물을 흘리며 왕의 손과 발에 입을 맞추고 성호를 긋는다.

왕은 몰려온 이들에게 일일이 강복한 후 고개를 들었다. 이미 시간이 많이 흘렀고 추위에 그의 얼굴은 푸르게 변해 있었지만, 크게 개의치 않는 듯했다.

그는 먼발치에 두 명의 호위병과 오뚝하니 서 있는 레아를 발견하고는 잠시 눈을 깜박거렸다. 레아가 이 자리에 서 있는 것이 잘 믿기지 않는 눈치였다.

목적을 달성한 사람들은 빠르게 흩어져 가고, 왕은 천천히 레아에게 다가왔다. 레아는 저도 모르게 무릎을 꿇고 그의 반지에 입을 맞췄다. 왕이 피시시 웃는 소리가 들렸다.

"지금 예서 뭘 하고 있는 건가, 세공사."

"먹을 것을 좀 사고 있었습니다."

"내가 직접 챙겨 보낸 음식들이 마음에 들지 않았나?"

아, 왕이 내 식사를 일일이 신경 써서 보내고 있었던 건가? 레아는 망치로 뒤통수를 얻어맞은 것 같았다.

"군것질은 군것질의 맛이 있지 않습니까. 시장에서 음식 사 드신 적 없으십니까?"

"많아."

왕은 무성의하게 대답하며 손을 내밀었다. 그의 손이 가리키는 것은 레아가 쥐고 있는 생강과자와 후추과자였다.

"나는 생강 향이 강한 게 좋아."

그는 레아가 빚을 내서 산 생강과자마저 강탈한 후 몸을 돌려 왕궁을 향해 걸었다. 별수 없이 레아도 왕과 함께 과자를 먹으며 나란히 걸음을 옮겼다. 호위대장이나 호위병들은 딱히 신기한 일도 아닌 듯, 심드렁한 얼굴로 두 사람의 뒤를 따랐다. 어쩐지 생강 향이 덜 맵게 느껴졌다.

"기도를 받으러 오는 백성들에게 항상 그렇게 일일이 기도해 주시나요?"

"가능하면 할 수 있는 대로. 멀리서 오는 자들도 있으니까. 알프스를 넘거나 바다 건너에서 오기도 해."

"연주창이……."

정말 기도를 하면 낫느냐고 물으려던 레아는 얼른 입을 다물었다. 그것은 무례하고 불신앙적인 질문이었다.

생강과자를 먹고 있던 왕이 고개를 돌려 레아를 빤히 내려다보았다. 레아가 삼킨 말까지 알아들은 모양이었다.

레아는 그의 무표정한 얼굴에서 어이없다, 기가 막히다, 하는 감정을 희미하게 느낄 수 있었다.

왕이 입술에 묻은 과자 부스러기를 털어 버리더니 설핏 웃는다.

"놀랍도록 무례하고 용감해, 세공사. 독신자(瀆神者, 신을 모독하는 자)나 할 법한 질문을 아무렇지도 않게 하는군. 자네 혹시, 목에 붙은 머리가 아니라, 쟁반에 담긴 머리를 받고 싶은 건 아닌가."

"저, 저는 그냥 연주창이라는 말 한 마디만 한 것뿐입니다, 폐하."

"그렇지. 그러니까 내 채찍도 아직 내 허리띠에 얌전히 있는 것이고."

사실 레아는 치료 효과가 어떤지 딱히 궁금한 것은 아니었다.

진짜로 놀라운 것은, 왕이 백성에게 보여 주었던 태도였다. 평소 왕이 보여 주었던 무심하고 냉정한 행동 양식을 생각하면, 백성에게 이런 따뜻한 동정심을 보여 주실 거라고는 상상도 하지 못했다.

"백성들에게 베푸시는 따뜻한 동정심이 멋…… 존경스러워요."

"따뜻한 동정심? 내가?"

눈이 가느스름해진다. 재미있는 말을 들었다는 느낌보다, 묘하게 불쾌해하는 듯한 느낌이었다.

"나는 그들이 불쌍해서, 동정심으로 치유의 기도를 베푸는 게 아니야, 세공사."

"네? 그러면 왜……?"

"그것이 내 사명이자 의무이며, 백성에 대한 책임이기 때문이지. 신에게 받은 사명이란 기분 따라 언제든지 변할 수 있는 동정심 따위와 전혀 달라."

아, 레아는 멀거니 왕의 옆모습을 바라보았다.

"그, 그들이 불쌍하다는 생각은 들지 않습니까?"

"불쌍하다는 생각이 드는 것이 중요한가? 그런 감정이 치료나 통치에 반드시 필요한가? 그래야만 하나?"

왕은 진심으로 궁금하다는 얼굴이었다.

"의사가 다친 사람을 치료할 때 반드시 동정심이 있어야 하나? 실력과 책임감과 성실함이 더 중요하지 않겠는가? 아비 어미가 핏덩이를 낳아 키울 때, 그저 불쌍하고 가련하고 어여뻐서 키우는 것인가? 그렇다면 자신의 몸뚱이가 배고프고 힘들어 아이가 더 이상 어여쁘지 않고 미워질 때는 어찌 되는가. 숲에 갖다 버리라는 것인가?"

아. 레아는 머리를 한 대 얻어맞은 것 같았다.

맞다. 발타 님이 목을 베였을 때를 생각해 보면, 동정심만 많고 눈물 흘리는 이발사보다는 침착하고 실력 있는 자를 찾게 될 것이다.

"누군가를 돌보는 것은 냉정한 이성과 사명감, 책임감, 성실함으로 이루어지는 것이다. 나는 싸구려 동정심에 휩쓸려 헤프게 감정을 퍼 주다가 질리고 싫증 나면 집어치우는 자들을 경멸해. 백성을 책임지고 돌본다는 것은, 차가운 이성과 사명감으로 생의 끝까지 지속해야 하는 일이다, 세공사."

아…….

정말 대리석의 왕, 강철의 왕다운 대답이었다. 등 뒤로 한기가 느껴지면서도, 왕이 새삼스럽게 다시 보였다.

레아에게서 아무 대답이 나오지 않자 왕의 시선이 묘하게 비딱해진다.

"왜, 실망했나?"

"아뇨. 애정이나 감격이 샘솟지는 않지만, 신뢰와 존경심은 무럭무럭 샘솟습니다. 사람에게 향하는 감정이 꼭 애정이나 사랑이나 감격일 필요는 없지요."

왕이 짧게 코웃음을 쳤다.

"나는 입에 발린 말을 싫어해, 레비."

"하느님께 맹세코 진심입니다. 목숨이 걸린 일도 아닌데 제가 왜 거짓말을 하겠습니까?"

왕은 다시 코웃음을 치더니 뻔뻔하게도 다시 손을 내민다. 이번엔 후추과자다. 빤히 쳐다보자 똑같은 말을 되풀이한다.

"향이 강한 것이 좋아."

아니 누가 댁의 취향을 알고 싶댔나. 정말이지, 저 말간 얼굴만 아니었으면, 댁은 미남이라는 별명 대신 날도둑놈 필립이라는 별명이 붙었을 겁니다.

"할 말이 있는 듯한 얼굴인데."

"예, 폐하. 있습니다. 물론 길바닥에서 과자를 먹으면서 도란도란 나눌 이야기는 아니고요."

"아하. 우리의 거래와 관련된 일인가 보군."

왕은 후추과자의 나머지 부분을 입에 밀어 넣고 입가를 털었다.

"아무래도 거래가 크다 보면 세부 조정이 추가로 들어가는 법이니까요."

왕의 눈동자가 빙글 돌아 레아를 향한다. 레아는 태연하게 시선을 받으며 웃었다. 원하는 것은 당신이고, 물건을 쥐고 있는 것은 나다. 거래는, 아쉬운 사람이 접어주고 들어가야 하는 법이다.

"내가 턱밑에서 간덩어리 큰 장사꾼을 키우고 있었군."

"……."

"체스 둘 줄 아나?"

"행마법 정도는 알죠."

"저녁 식사 후에 그대의 실력을 보도록 하지."

몸을 돌리며, 왕이 가볍게 웃은 것도 같았다. 레아는 멍하니 그의 옆모습을 바라보았다. 그가 입술을 비틀며 웃는 모습이, 왜인지 냉소적이거나 불편해 보이지 않았다.

"폐하, 제발 저희를 살려 주십시오!"

궁 앞에서 기다리고 있던 것은, 이번에는 거렁뱅이나 가난한 자들이 아니었다. 비단으로 만든 겉옷에 반짝이는 보석이 박힌 은 장신구를 두르고 살집이 통통 오른 자들이었다. 소금 낯익은 얼굴도 있었고, 그들 뒤엔 용병으로 보이는 호위병들도 있었다.

가장 앞에 서 있는 염소수염의 중년 사내가 나서서 왕에게 허리를 숙이고 그들을 소개했다.

"폐하, 저희는 가죽 동업조합과 대장장이 동업조합, 밀 중개상들의 대표로서……."

"물러가라. 그대들의 의견은, 파리 상인연합 대표(파리 시장)를 통해서, 정식 절차를 거쳐 왕궁으로 전달하라. 에티엔 바르베트…… 아니, 이젠 기욤 피스도가 그대들의 대표 아닌가!"

왕의 어조는 단호하고 차가웠다. 하지만 그들은 물러서지 않았다.

"폐하, 기욤은 대표직을 맡은 지 얼마 되지 않아 두서가 없고 말이 잘 통하지 않습니다. 폐하의 교지를 저희가 감당할 수 없어

불경함을 무릅쓰고 나온 것입니다."

"……물러가라고 했다, 보베, 샤르트르, 르네!"

하지만 그들은 물러서는 대신 왕에게 더욱 가까이 다가왔다. 뒤에 서 있던 호위병들이 왕의 옆으로 바짝 다가선다. 이때까지는 왕은 평온한 얼굴로 상인들과 직접 맞대면을 하고 있었다.

"폐하! 그동안 수도 없이 건의를 올렸습니다! 세금 징수를 총괄하고 계시는 마리니 보좌 주교님께, 상인 대표 기욤에게, 전직 대표 에티엔 바르베트에게, 그리고 재정 자문관인 샤블레 경과 위그 드 패로 경에게 수도 없이 건의 말씀을 올렸습니다. 하오나 어느 쪽에서도 응답이 없으셨나이다."

"폐하, 이제 저희는 더 이상 견딜 수 없는 지경에 이르렀습니다."

"다시 한번 말하노니, 물러가라. 이것은 옳은 절차가 아니다. 지금 머릿수로 왕을 겁박하고 위협하는 것인가?"

왕의 목소리는 더욱 차가워졌다. 아까 돼지치기와 거렁뱅이의 역겨운 상처 위에 손을 대며 기도해 주던 왕과 너무나도 다른 모습이었다.

"통화 가치를 생 루이 폐하의 황금기로 돌려놓는 법령은 취소되지 않을 것이다. 왕의 결정이고, 왕의 집행이다! 장사꾼들의 이기심으로 왕의 집행을 뒤흔들려 한다면, 결코 용서하지 않을 것이다!"

왕 역시 한 치의 양보도 없었다. 이제 상인들은 둑이 터진 것처럼 와글와글 목소리를 높이기 시작했다.

"폐하, 제발 이기심으로만 몰지 말아 줍소서. 올해만 해도 파리에서 파산하고 도주한 상인들이 헤아릴 수 없고, 샹제르 다리에서 몸을 던진 자들도 한둘이 아닙니다. 제발 지금이라도 특별 법령을 거둬 주시옵소서."

"하루 한 푼 벌어먹고 사는 사람들도 지금 일을 구할 수 없어 모두 굶어 죽어 가고 있습니다. 폐하, 제발, 되돌려 주십시오."

"폐하, 제발 십자군 전쟁에 참전하는 것은 재고해 주시고, 더 이상 전쟁을 위한 특별세금은 걷지 말아 주시옵소서."

마지막 요청이 왕의 금기를 건드렸다. 왕은 화를 드러내지는 않았으나 반응이 강경해졌다.

"알랭! 당장 이자들을 해산하라!"

"폐하!"

왕의 호위병들이 곤봉을 뽑아 들었다. 왕의 호위병들은 레아의 호위병들과 합쳐서 너덧 명에 불과했고, 상인들이 데리고 온 호위 용병의 수가 훨씬 많았다.

철그럭, 철컥. 스르릉.

모시는 상인들이 위험에 처하자, 호위하던 용병들이 무기를 잡고 앞으로 나섰다. 왕의 호위병과, 상인들의 용병 사이에 아주 짧은 마찰이 있었다.

"지금 왕의 앞에서 검을 뽑아 든 것인가, 그대들은."

"무, 무슨 짓들인가, 물러나라!"

뒤늦게 사색이 된 상인들이 용병들을 꾸짖어 무기를 넣게 했지만, 이미 마찰은 있었고, 왕은 자신의 권위가 잠식되는 것을 절대 용인하지 않았다. 더욱이 왕의 근거지 시테 섬, 왕궁의 코앞에서.

"저자들을 끌고 가라."

왕은 자신의 뒤에 있는 병사들의 수가 적은 것을 딱히 염두에 두지 않았다. 가죽 동업조합의 대표 보베가 양팔을 붙잡힌 채 큰 소리로 부르짖었다.

"정말 너무하십니다, 폐하!"

"보베!"

"사람을 살게 해 줘야 할 것 아닙니까! 틀어막기만 하면 결국 터지지 않겠습니까!"

주변 사람들이 술렁술렁한다. 자신감을 얻은 보베가 잡힌 팔을 뿌리치고 큰 소리로 말을 이었다.

"폐하! 저희는 교황 성하께서 파문령을 내리셨을 때에도 일치단결하여 폐하를 지지했습니다! 앙게랑 보좌 주교께서 신분 회의를 소집하실 때마다 저희 상인연합은 사람들을 동원해 폐하를 응원해 드렸습니다! 전시 특별세금부터, 세금이란 세금은 드니에 한 푼 남김없이 모조리 바쳤습니다! 그런데 이건 정말 너무하시지 않습니까!"

분위기가 기묘하게 흘렀다. 상인들의 호위 용병들은, 무기는 넣었지만 여전히 왕의 병사들과 대치하고 있었다.

이거…… 봐라?

왕은 몸을 돌려 팽팽하게 대치하고 있는 자들을 바라보았다. 이들을 진압해 끌고 가기엔 호위병의 수가 너무 적었다.

예의 싸늘한 시선이 그들의 얼굴을 한 명 한 명 훑는다. 잠시 생각에 잠긴 왕은 상인 대표를 향해 고개를 끄덕여 보였다.

"좋다, 그대들의 말을 들어 보겠다. 그들을 풀어 주어라."

"감사합니다, 폐하."

"시테 궁으로 가지. 그대들과 함께 식사를 나누며 대화해 보는 것도 좋겠군."

왕은 주변을 한 바퀴 빙그르르 둘러보더니 보기 좋게 웃으며 덧붙였다.

"주방에서 살찐 거위들을 잡는 것을 보았다. 저녁 메뉴는 과히 나쁘지 않을 것이다."

‡ ‡ ‡

왕과의 체스 약속은 결국 승부를 가리지 못하게 되었다.

"이자들을 당장 가두어라, 알랭! 감히 왕의 앞에서 칼을 빼 든 자들이다!"

왕은 왕궁 안으로 들어가자마자 대표들을 붙잡아 무릎을 꿇렸다. 왕궁 안에는 왕의 직속 호위 기사와 병사, 그리고 용병들이 상주하고 있었기 때문에, 세는 순식간에 뒤집혔다.

"내가 가벼운 호위만 데리고 산책하러 나오는 시간을 기다린 게지. 그래서 감히 사람 수와 위력으로 세를 과시한 후에 나와 직접 담판을 지으려 했나 본데, 그게 내게 먹힐 거라 생각했나?"

레아는 속으로 한숨을 쉬었다. 그래. 왕을 머릿수로 협박한 일이 결말이 좋을 리가 없다.

상인들은 일이 이렇게 될 줄 정말 몰랐단 말인가? 어째 왕을 그렇게 모를까.

아, 물론 지금 왕의 행동이 딱히 옳다는 건 아니다. 전쟁에서야 적을 기만하고 뒤통수를 치는 것이 현명한 거지만, 백성은 적이 아니다. 후일 힘을 합치거나 서로 도움을 구할 일이 있을 때 오늘의 불신은 큰 걸림돌이 될 것이다.

하지만 아까는 왕이 제대로 손쓸 수 없는 상황이었다. 호위병 수가 그렇게 단출하고 왕도 경무장 상태였던 것을 보면, 왕은 백성들이 자신을 해치지 않으리라 굳게 믿은 듯했다.

게다가 시장 한복판이었다. 동업조합 대표들을 척살하기엔 그 바닥에서 보고 있는 상인들과 장인들이 너무 많았다. 파리 상인연합은 예전부터 돈 많고 성질 더럽고 목소리 크기로 유명했다.

얼마 전 파리 상인연합의 대표가 된 기욤 피스도는 회원들에게 신망이 없었고, 전 대표인 에티엔 바르베트는 왕의 딸랑이라고 욕을 진탕 먹었다. 그래서 힘 있는 몇몇 상인과 장인들이 직접 왕과 맞대면하기로 했던 듯했다.

파리시 상인연합에 주어진 자치권은 적은 편이 아니었으나, 왕은 그 연합의 대표들을 손아귀에 넣고 십수 년간 종횡무진 휘두르고 있었다. 전 대표 에티엔의 경우, 왕에게 특히나 협조적이었다.

그러니, 아무리 속이 터져도 보좌 주교에게 뇌물이라도 먹여, 대표를 통해 정식으로 왕을 접견하는 것이 나았을 것이다. 하다못해 호위병이라도 떼고 왔어야 했다. 권위를 침해받는 일에 가장 민감한 왕에게 용병을 주렁주렁 달고 와서 머릿수로 시위를 하다니. 다들 제정신이냐고.

일은, 그렇게 몇몇 상인들의 투옥으로 끝날 것 같았다.

"배고파……."

저녁밥이 오지 않는다. 아침저녁 드나드는 하인 하녀도, 땅딸막한 시종 나리도 오지 않는다.

레아는 살그머니 밖으로 빠져나왔다. 사방은 쥐 죽은 듯 고요했다. 어지간하면 남의 눈에 띄고 싶지 않았지만, 배가 고팠다. 비밀의 방에 갇혀 일주일을 꼬박 굶은 경험은 레아를 쫄보에서 전사로 바꾸어 놓았다.

……뭐지?

복도를 지키던 병사도 보이지 않고 시종도 하인도 보이지 않는다. 이리저리 두리번거리던 레아는 화려한 의복과 망토를 두른 사람들이 바쁘게 그랑 샹브르로 다가오는 것을 보았다. 그랑드 살르와 같은 층에 위치한 그 방에선 왕실 참사회가 열리기도 하고, 법정이 서기도 했다.

행렬의 가장 앞에 선 사람은 왕이었다. 복도 한가운데서 주춤내던 레아는 도망칠 타이밍을 놓치고 벽으로 붙어 자리를 피했다. 리옹에서 뵈었던 분들이 눈에 띄는 걸 보면, 긴급 왕실 참사회라도 소집된 모양이다.

그들을 이끌고 바삐 회의실로 들어가려던 왕이, 레아를 보더니 갑자기 걸음을 멈추고 묻는다.

"세공사, 자네 이제 말은 탈 수 있겠나?"

"예? 예……. 다, 당연히……."

레아가 누군지 모르는 나리님들이 어리둥절한 눈치지만 왕은 개의치 않는다. 속이 겨자씨처럼 오그라들었다. 아 진짜, 내 얼굴이 이렇게나 팔릴 일인가.

"그럼 말을 내줄 테니 일단 올랑드로 가 있게. 마구간에 가서 말을 한 필 내 달라고 해. 체스는 시간 될 때 그곳에서 두는 걸로 하지."

왕은 가타부타 대답도 듣지 않고 그랑 샹브르 쪽으로 걸음을 옮겼다. 어찌나 빨리 걷는지 그의 망토 자락이 커다랗게 펄럭거린다. 사람들은 바삐 왕을 따르면서도 레아를 몇 번이나 흘끔거렸다.

레아는 멍청하게 서서 머리를 긁었다.

뭐, 뭐지? 원래 계획은 이게 아니었는데……?

원래 계획대로라면, 배 터지게 저녁을 먹고, 왕과 체스를 두며 거래를 해 볼 참이었다.

물론, 레아는 체스를 잘 두는 건 개뿔이고, 정말 딱 행마법-말의 이름과 그것들이 어떻게 움직이는지 규칙만 간신히 아는 수준이었다. 체스라면 사족을 못 쓰는 왕과는 상대가 될 리 없다.

다만, 그 시간이 왕과 이야기를 나누기 좋은 시간이라는 건 알고 있었다. 그리고 자신의 비하인드 스토리는 그 게임의 지루함을 상쇄하기에 충분하다고 생각했다. 그 얼마나 박력 넘치고 드라마틱한가! 그 정도면 십자가의 치유 증명을 충분히 갈음할 수 있지 않겠는가!!

……하는 부질없는 기대를 했었다.

그리고 왕이 그것을 믿지 않는다면, 거래를 엎자고 살짝 튕겨볼 생각이었다. 그냥 내가 죽든 말든 성유물을 없애 버리겠다, 배 째라로 나가는 것이다.

물론 힘겨루기란, 결단코 쫄보의 영역이 아니다. 하지만 레아는 믿는 구석이 있었다.

이건 급하고 아쉬운 놈이 지는 게임이다. 내가 안전하게 살고자 하는 욕구보다, 왕이 이 성 십자가 조각을 차지하려는 욕망이 훨씬 크다. 레아는 확신했다.

그리고 막말로, 13만 5천 리브르를 내놓으라는 것도 아니고,

고작 안전하게 소리 소문 없이 잘 먹고 잘 살게 해 달라는 것뿐이잖은가. 그 정도면 거저 아닌가, 거저!

하지만 운명의 신은 쫄보 가문의 장녀가 그렇게 배짱 튕기는 꼴은 못 봐 주시겠나 보다. 레아는 맥 빠진 얼굴로 왕의 뒷모습을 한참 보기만 했다.

옷을 단단히 껴입고 두꺼운 망토에 두건까지 뒤집어쓰고 궁을 나온 레아는, 노트르담 방향으로 천천히 말을 몰다가 이내 고삐를 당겼다.

이…… 이거 분위기가 왜 이래?

사람들이 시테 섬으로, 왕궁 앞으로 삼삼오오 모여들고 있었다. 옷차림은 각양각색이었지만, 표정은 하나같이 딱딱하게 굳어 있다. 어울리지 않게 날붙이를 가진 자도 있었고, 곤봉이나 엉성한 철퇴, 농기구를 든 자들도 있었다. 상인들이 고용한 용병들도 드문드문 눈에 띄었는데, 그들의 표정이 가장 어두웠다.

"보베가 잡혀 들어갔어."

"망했어. 다 끝났어."

시테 섬 전체가 술렁대는 느낌이었다. 싸늘한 공기 사이로 사람들이 수군대는 소리가 빠르게 퍼졌다.

"우리 조합 대표도 투르 드 봉벡에 끌려 들어갔어. 밤새 고문을 당할지도 모른다는군"

"어르신은 몸이 좋지 않은데, 그러다 돌아가시면 어쩌라고."

"파리의 부르주아지들이 싸그리 죽어 나가도 폐하께서 아쉬울 건 또 뭔가? 눈이나 깜짝하실까?"

"죽여. 그냥 다 잡아 죽이라고 해. 우리 애들도 마누라도 굶어 죽었어. 죽었다고."

아냐, 아니에요. 레아는 눈을 크게 뜨고 고개를 저었다.

왕은 당신들을 죽이려고 그러는 게 아니다. 믿었던 백성이 위력을 앞세워 왕을 협박했던 것 자체에 노했던 것이다.

왕은 백성들에 대한 책임감이 없는 분은 아니다. 그저, 자신이 옳다고 생각하는 방향으로 힘껏 끌고 나갈 뿐이다. 힘에 부치든 말든, 그것의 결과가 좋든 나쁘든, 자신이 옳다고 믿는 그 방향으로.

하지만 삶이 망가진 자들이 그따위 방향에 설득될 리가 없다.

왕의 앞에 사람들이 몰려들어 무릎 꿇던 같은 거리, 같은 날이었다. 그들의 눈은 열렬한 감사와 감격으로 가득 차 있었다.

그런데 고작 반나절도 지나지 않았는데, 이제 몰려드는 사람들의 눈은 피폐한 광기로 번들거렸다.

레아는 저도 모르게 뒷걸음질했다. 그들에게서 뿜어 나오는 살기가 먹구름처럼 시커멓게 느껴졌다.

혹시 누가 뒤에서 선동이라도 하는 걸까?

그것까진 알 수 없다. 하지만 아까 시장에서 들었던 이야기나 흉흉한 분위기를 생각하면, 선동하는 사람이 없어도, 작은 불꽃 한 점만 튕기면 크게 불이 붙을 것 같긴 했다. 대표들이 잡혀 들어간 것이, 마른 짚단에 튕긴 작은 불꽃이었던 모양이다.

잠시 생각에 잠겨 있던 레아는 퍼뜩 소스라쳤다.

잠깐, 지금 폐하께선 여기 분위기가 이런 걸 모를 텐데?

아, 맙소사…… 안 돼. 절대 안 돼.

지금 이대로 올랑드로 내뺄 수는 없다. 그랬다간 왕에게 무슨 일이 벌어질지 알 수 없다.

현재 왕은, 레아에게 남은 유일한 희망이었다. 지금까지 왕한테 이런저런 몹쓸 짓(?)을 당하긴 했지만 지금 그가 잘못되면 레아도 몹시 곤란했다.

……제기랄!

레아는 왕궁으로 말을 돌렸다. 뒤로 삼삼오오 모이던 사람들은 어느 순간 큰 무리가 되어 있었다.

"폐하! 지금 몸을 피하시는 게 좋을 것 같습니다. 파리 상인들이 떼를 지어 왕궁 앞으로 몰려오고 있습니다."

왕은 신하들과 식사를 하며 회의를 이어 가던 중이었다. 식탁에 둘러앉았던 자들의 시선이 레아에게 확 집중되었다. 이게 무슨 뜬금없는 말이냐 하는 듯했다. 왕궁의 수직 병사가 레아의 얼굴을 알아보고 안내해 주지 않았으면, 식사 장소로 들어오지도 못했을 뻔했다.

왕은 손에 든 음식을 말없이 내려놓고 물그릇에 손가락을 넣고 휘적였다. 앙게랑 보좌 주교가 작은 소리로 묻는다.

"아시케나지 세공사로군. 상인들이 왕궁 앞으로 몰려온다고? 대체 왜?"

"그동안 상인들이 폐하께 여러 번 건의를 올렸지만 응답이 없어서 폐하를 직접 뵙기를 원한다고 했습니다."

뇌물깨나 밝히는 댁이 그 건의를 중간에서 계속 잘라먹으니 이 지랄이 나죠, 라고 당사자 앞에서 말할 수는 없었다. 재정과 세금 징수, 그리고 정보 수집을 총괄하는 보좌 주교가 시큰둥하게 말을 잇는다.

"건의는 무슨. 그들은 얼굴을 볼 때마다 불평이 아닐 때가 없어. 레퍼토리도 똑같아. 죽겠다, 돈 없다, 세금 내기 싫다는 게지! 그나저나 뒤에서 누가 선동하고 있는 것 아닌가? 파리 시내의 상인들이 전부 몰려든다니 말이 되나."

"선동인지 뭔지는 모르겠고, 몇몇 동업조합 대표들이 잡혀 들어간 것이 기폭제가 된 것 같습니다. 산발적으로 모여 있던 상인, 장인들, 도제들까지 하나둘씩 궁 앞으로 모여들고 있습니다. 치안을 맡은 파리 상인 대표는 코빼기도 보이지 않습니다."

둘러앉은 자들의 얼굴이 허옇게 변하면서 식탁 분위기는 순식간에 혼란스러워졌다.

코끝이 뾰족하고 입술이 얄팍한 대법관은 입술을 잘근잘근 잡아 뜯었고, 풍채 좋은 보좌 주교는 팔짱을 끼고 미간을 우그렸다. 곁에 서 있던 어전 시종 위그 경은 안절부절못하며 눈동자를 이리저리 굴렸다.

결국, 욱하기 잘하는 루이 태자가 신경질적으로 고함쳤다.

"대체 그게 무슨 말이지, 세공사? 자네는 어디서 그따위 헛소리를 주워듣고 와서 식사를 방해하나!"

"그만, 루이."

왕이 손을 들어 태자를 진정시키더니 레아를 정면으로 응시하며 물었다.

"자네가 본 것이 확실한가? 얼마 전까진 왕궁 앞에 사람들이 모여 있지 않았다."

"폐하! 이러실 시간이 없습니다. 시간을 더 끄시면 병사와 기사들과 정면충돌할 것입니다."

"폐하!"

호위대장 파레이유 대장이 식당으로 뛰어들어 왔다.

"소요의 조짐이 있습니다. 사람들이 시테 궁으로 몰려오고 있습니다."

왕은 앞에 놓인 수건에 손을 문지르고 입가를 닦은 후 자리에서 일어났다.

"알랭 경, 지금 병사들을 모아 왕궁 문을 봉쇄하고 그들을 진압할 준비를 해!"

"폐하, 일단 궁을 빠져나가시는 게 좋을 것 같습니다. 그들 중 몇몇은…… 무기를 쥐고 있었습니다."

"무기라. 기사들이 지키는 왕이 장사꾼들에게 굴복하는 모습을 보이라는 건가?"

"그리스도교 신민들을 척살하는 모습을 보이시는 것보다는, 안전하게 피하시는 게 먼저 아니겠습니까? 진압은 폐하의 안전이 확보된 후에 해도 늦지 않으십니다."

레아는 다급하게 말했다. 내가 댁이 좋아서 이러는 게 아니야. 댁이 안전해야 나도 이 빌어먹을 거래를 끝낼 수 있어서 이러는 거라고.

사람들은 식사 중 난입해서 왕에게 이래라저래라 떠들어 대는 세공사를 기가 막힌 눈으로 바라보았지만, 신경도 쓰이지 않았다. 이젠 그런 시선에 쪼그라들 간덩이 따윈 더 이상 남아 있지도 않았다.

"자네 말이 일리가 있다. 그대가 생각하는 안전한 곳이 어디인가, 세공사."

왕이 흔들림 없는 목소리로 묻는다. 레아는 이 질문에 대한 대답은 단 한 가지로 정해져 있다고 생각했다. 다른 이들의 생각도 마찬가지일 것이다. 레아는 크게 숨을 들이쉬었다.

"폐하께서는 이미 알고 계십니다. 파리에서 가장 안전한 요새."

오래전, 태자 필립이 발타를 살리기 위해 그를 품에 숨기고 빗속을 뚫고 달려갔던 곳. 전 유럽에서 가장 안전하다고 하는, 자급자족이 가능한 대형 요새.

"탕플 수도원, 성전기사단의 본부입니다, 폐하."

‡ ‡ ‡

대침묵 시간에 접어든 성전기사단 내부는 조용했다. 복도와 몇 개의 공동 숙소에는 난롯불과 촛불만 밤새 타오르고, 단원들은 말 한마디 없이 잠을 청했다. 급한 대화는 손짓 발짓으로 해결할 수 있다지만, 사실 그 짓도 눈치가 보이는지라 어지간하면 바로 침대에 눕거나 말을 돌보러 가곤 했다.

저녁때쯤 파리에서 상인들의 소요가 있다는 말을 몇몇 일꾼에게 듣기는 했다. 그러나 그것은 높은 담장 너머의 일이었다. 성전기사단 본부는 파리 성벽 가까이 있었고, 물자나 일꾼들의 교류도 활발했으되, 단원들의 삶은 다른 세상처럼 분리되어 있었다.

상처가 얼추 회복된 발타는, 배정된 공동 숙소로 들어왔다. 같이 들어온 신입 단원 사이에서 묘하게 겉도는 느낌이었지만, 크게 신경 쓰지 않았다. 며칠 내로 시종도 두 명이 배정될 것이고, 올랑드에 있는 자신의 말 세 필도 전부 데려왔고, 지급품도 받았다. 딱히 불편할 것은 없었다.

"……."

침대에 일찍 누워 잠을 청하던 몇몇 사람들이 일어나 눈썹을 찌푸린다. 금언의 시간인데, 밖에서 시끄러운 사람 목소리가 들린다. 일어나서 두리번거리는 사람이 늘어난다.

밖에서 시끄러운 발걸음 소리가 한꺼번에 이어진다.

"일어나라. 전원 무장하고 대기하라!"

문가에서 우렁우렁 들리는 목소리는 분명 단장님의 목소리였다. 갑자기 기상을 알리는 종소리가 요란하게 울렸다. 촛불을 담당하는 단원이 일어나 나머지 초에도 황급히 불을 붙였다.

"파리 시내에서 폭동이 일어났다. 시내에서 산발적으로 소요를 일으킨 상인들이 시테 궁으로 향하는 중이다. 시테 궁에서 정식으로 도움을 요청했다."

발타는 자리에서 벌떡 일어났다.

"단장님, 폐하께서는 안전하십니까."

발타의 물음에 단장은 고개를 끄덕였다. 묘하게 자랑스러운 기색이 느껴졌다.

"폐하로부터 밀브레 다리를 거쳐 성전기사단 본부 쪽으로 오시겠다는 전언을 받았다. 제라르 형제, 그대는 발타사르와 기사 일곱을 대동하고 폐하를 안전하게 모시고 들어오도록 하게."

기사들은 일사불란하게 일어나 무장을 갖추고 연병장으로 모였다. 매일 갑옷을 입고 사는 것이 일상인 자들이라 장착 속도도 빨랐다.

늦게 합류하는 바람에 아직 시종이 배정되지 않은 발타를 위해, 단장의 시종 중 한 명이 와서 갑옷 시중을 들었다.

"모인 자들은 두 개 그룹으로 분산해서 지휘관을 따라 파리 성내로 들어간다. 아르투르 형제는 첫 번째 부대를 끌고 샹제르 다리를 건너 시테 섬의 왕궁 쪽으로, 루카 형제는 두 번째 부대를 끌고 밀브레 다리를 건너 노트르담 방향에서 소요를 진압하며 왕궁의 북쪽과 동쪽 양방향으로 진입하고 왕궁으로 향하는 길목들을 차단한다. 폐하를 영접한 자들은 본부로 안전히 모신 후, 주변의 경계를 강화하라."

"예, 단장님!"

말구종들은 황급히 갑옷을 입힌 말을 끌고 나오고, 기사와 에퀴에르들은 말에 오르고, 보병들은 그들의 뒤를 따라 정문을 나섰다. 두두두두두, 말들이 내달는 소리는 밤에 들으니 더욱 살벌했다. 그들은 앞장선 기수의 보쌍 깃발과 횃불을 푯대 삼아, 본부와 농지를 둘러싼 높은 성벽을 따라 요란하게 달렸다.

본부의 방어벽은 파리 성벽과 맞닿아 있었다. 탕플 수도원과 맞닿아 있는 저택 한 채에선 이미 불길이 치솟고 있었다. 파리 상인연합의 전 대표인 에티엔 바르베트의 대저택이었는데, 왕과 가까운 사이인 그가 어지간히 밉상이었는지, 폭도들은 그곳을 가장 먼저 점령했다. 저택에는 불이 붙었고 사람들은 몽둥이를 들고 건물과 집기를 때려 부수고, 그곳 사람들은 잠옷 차림으로 비명을 지르며 도망치고 있었다.

파리 성문 안으로 들어서니, 시내에서도 여기저기서 방화가 일어나고 있었다. 귀청을 찢는 고함과 울부짖음 소리도 들린다. 소요는 점차 폭동으로 변해 가는 중이었다.

시테 섬으로 진입한 성전기사들은 왕의 병사들과 바로 합류했다. 시위대는 점점 세가 커져서 왕의 병사들과 충돌하고 있었다. 하지만 병사들은 자칫하면 걷잡을 수 없는 폭동으로 번질까 하여 학살을 주저했고, 투입된 병력마저 적어 진압은 수월하지 않았다.

두두두, 두두, 드드드드.

폭동을 피해 파리 시내를 벗어나려는 듯, 서너 명의 수도승들이 시커먼 두건을 쓰고 허름한 망토를 두른 채 탕플 대로 북쪽을 향해 달리고 있었다. 제라르가 그들을 스쳐 지나가려는 순간, 뒤에서 발타의 고함 소리가 들렸다.

"폐하!"

기사단 단원들은 기겁하며 말을 돌려세웠다. 앞서 달려가던 말들은 한참 앞에 가서야 천천히 멈춰 섰다. 뒤에 서 있던 발타가 말을 몰아 앞으로 달려 나가고, 가장 앞서 달리던 검은 두건을 쓴 사내도 말을 돌려 천천히 다가왔다.

"발타인가."

약간 숨이 고르지 않지만, 놀라울 정도로 침착한 목소리였다. 왕이 두건을 벗자 약간 헝클어진 머리카락에 딱딱하게 굳은 얼굴이 드러났다. 뒤로 호위대장과 참사회 고위 관리들의 낯익은 얼굴도 보인다.

제라르는 황급히 왕의 앞에 나가 고개를 숙였다.

"영접하러 나왔습니다, 폐하. 하느님께서 저희를 폐하와 만나도록 인도하셨군요. 폭동이 가라앉을 때까지 저희가 편안하게 모시겠습니다."

"감사하오. 그대들에게 은혜를 입게 되었소."

왕의 얼굴에 한 박자 늦게 잘 연습된 미소가 나타났다.

"제라르 경, 청할 것이 하나 있소."

‡ ‡ ‡

“제기랄. 제라르 단장님! 우리는 왕의 신하가 아닙니다! 왕의 명이 아닌 단장의 명대로 본부로 돌아가 수비를 강화해야 할 것입니다. 왕의 명을 받들 필요가 없습니다.”

왕이 요청을 빙자한 명령을 내린 것에, 젊은 레몽은 격분했다.

‘왕실 참사회 인원들은 샹제르 다리를 건너, 지금쯤 탕플 수도원으로 안전히 향하고 있을 것이오만, 레비라 하는 세공사가 시종 위그와 함께 왕궁에 남아 있소.’

‘폭도들에게 넘기면 안 될 귀중품이 있어서 말이오. 그들이 우리가 빠져나갈 시간을 벌어 주기도 했지. 둘 다 내가 있는 곳으로 안전하게 데려왔으면 하오.’

말을 하던 왕의 미간이 아주 짧은 순간 일그러지다가 다시 회복되었다. 그는 저녁 산책이라도 나온 것처럼 무미건조한 표정으로 덧붙였다.

‘그자와 저녁에 체스를 두기로 했었다오.’

“애들 장난 하나! 어디 그따위 말을 농담이라고!”

레몽의 목소리가 대놓고 높아졌다.

“체스, 체스를 두셔야겠다! 오, 그렇죠. 폐하께서 체스와 반짝이 장신구와 화려한 왕궁과 늘씬한 사냥개들을 좋아하시는 건 파리의 돼지 새끼, 쥐 새끼들도 다 알죠. 빌리에 단장님, 시테 궁의 주인께서는 우리가 자신의 팔라댕인 줄 아는 듯합니다.”

다혈질로 소문난 레몽은 분을 참을 수 없는 듯했다. 제라르는 레몽을 보며 한숨을 쉬었다. 뒤를 따르고 있는 기사 중 한 명이 왕실 기사 출신이라는 걸 생각하면, 꽤나 배려 없는 불평이었다.

"레몽 형제. 좀 고정하시오."

"고정하게 생겼습니까! 폐하께선 선 제대로 넘으신 겁니다. 저희는 고상하신 폐하의 취미 생활을 위해 목숨을 걸고 일개 세공사를 구하러 가야 하는 거고요! 이교도를 베어야 할 저희가 파리 상인들을 떼거지로 죽여야 할 수도 있단 말입니다."

제라르 자신이 생각해도 왕의 부탁은 언짢았다. 차라리 왕의 아들들이나 왕실 사람들을 구해 달라고 청했으면 이해라도 했을 것이다.

"레몽 형제의 말이 옳소. 하지만 그렇다 하여 왕의 청을 완전히 무시할 수는 없지 않소……."

"제라르 단장님."

뒤에서 말없이 따라오고 있던 발타가 나선다. 발타가 왕실 혈통이라는 소문은 이미 기정사실처럼 알려져 있었다. 기분 나쁘고 자존심 상할 법도 한데, 언짢은 내색은 일절 하지 않는다.

"허락해 주신다면, 제가 단독으로 궁에 가서 그자를 구해 오도록 하겠습니다. 시테 궁 쪽은 저 혼자 들어가 찾아보는 것이 오히려 나을 듯합니다."

"자네가?"

"아하? 보아하니 리옹의 그 이교도 세공사인 모양이군. 이교도에게 은혜를 갚겠다 이건가? 자네와 대체 무슨 관계인데?"

레몽의 날이 선 말에 발타의 눈썹이 꿈틀거렸다. 하지만 그는 끝내 침착하게 대답했다.

"그자는 개종했고, 제게 오마주를 바친 가신이며 시종이었습니다, 레몽 경."

결국 레몽이 찔끔해서 입을 다문다. 지금은 성전기사단 소속이라 하지만 얼마 전까지 자신의 가신이었던 자를 구하러 가는 것은 영주와 가신의 관계로 보면 너무나 당연한 정서였다.

"혼자 위험하지 않겠는가?"

"괜찮습니다. 저는 시테 궁의 신축 공사 현장을 쭉 봐 왔기 때문에, 통로나 내부 공간은 익숙하게 알고 있습니다."

하긴. 그도 그렇겠다. 게다가 이자는 아크레의 도살자라는 별명을 가진, 백병전의 귀재였다. 염려해 주는 것이 우습게 느껴질 정도다.

제라르가 고개를 끄덕이자 발타는 인사를 하는 둥 마는 둥 하며 바로 앞으로 치고 나갔다.

두두두두, 드드드, 두두두, 드드…….

남은 사람들을 엄청난 속도로 사라지는 발타의 뒷모습을 얼빠진 표정으로 바라보았다.

"건방진……."

레몽이 짜증스럽게 내뱉는 소리에, 제라르는 나직하게 한숨을 쉬었다.

레몽은 아크레 시절부터 발타에게 반감을 가지고 있었다. 주로 건방지다는 이유였다.

물론 발타가 선배에게 납작 엎드려 복종하는 성격은 아니긴 했다. 하지만 선배가 후배 단원에게 대놓고 가시를 세우는 모습도 좋아 보이진 않았다. 게다가 이곳은 프랑스 왕실의 가장 오래된 영지였던 파리 아닌가.

레몽의 반감은, 근본적으로 '누가 기사단의 차기 실세가 되느냐'의 문제에서 기인한 것이라, 해결이 간단치 않았다. 게다가 자크 단장은 조카 레몽보다 대자 발타를 더 신뢰하는 눈치였다. 말 몇 마디로 화해가 될 상황이 아니었다.

제라르는 속으로 탄식하며 말 머리를 돌렸다.

……제기랄. 왜 하필.

발타는 이를 악문 채 빠르게 말을 달렸다.

최근 파리의 분위기가 흉흉한 것은 알고 있었다. 파리 경제를 떠받치고 있는 자유민 상인들의 손해가 막심했다. 게다가 세금이 너무 무거웠다.

자신의 이익과 의견을 피력하는 데 익숙한 파리의 상인, 장인 조합은 왕에게 식섭 호소하고자 했다. 하지만 일이 이런 식으로 터질 거라고는 그들 역시 예상치 못했을 것이다.

발타는 왕이 세공사를 찾는 것을 보며, 그의 탈출이 생각보다 급박하게 이루어졌으리라 짐작했다.

그런데 대체 레아는 왜 아직도 시테 궁을 떠나지 않은 걸까. 파리를 떠나라고 그렇게 강청을 했는데.

그냥, 아직 몸이 회복되지 않아서일까?

하지만 왕의 말이 아무래도 이상했다. 체스를 두기로 했다……라?

왕은 체스를 좋아하기는 하지만 맞은편에 아무나 앉히지는 않는다. 체스를 둔다는 것은 정말 마음을 터놓은 몇몇 사람과 편안하게 이야기를 하고 싶다거나, 혹은 고도의 정치적인 협상을 염두에 두고 있다는 의미였다.

진실이 어느 쪽인지, 발타는 정말 알고 싶지 않았다. 신경 쓰고 싶지도 않았다. 그는 부끄럽게도, 레아와 관계된 문제는 이제 모조리 피하고만 싶었다.

그녀의 말이 맞다. 성 십자가는 이제 자신의 손을 떠난 일이고, 그녀는 나와 아무 관계도 없다. 없어야 한다. 그렇게, 하루에 백 번도 더 뇌고 다녔다. 하루 수십 번씩 외워야 하는 주의 기도보다 더 절박한 자기 암시였지만, 별다른 효과는 없는 듯했다.

발타는 기사단의 단복을 벗고 칙칙한 회색 두건과 망토로 갈아입은 후, 왕궁 앞에 진을 치고 있는 사람들 틈으로 섞여 들어갔다. 성벽 안으로 백성이 난입하긴 했지만, 폭도가 된 것은 아니었다. 생트 샤펠 앞마당에 웅성대고 모여 있을 뿐이고, 수직 병사도 아직 왕궁 출입구에서 버티고 있다.

"……아?"

위를 올려다본 발타는 아직 사람들이 왕궁 내부로 난입하지 않고 버티는 이유를 이제야 알았다. 그 세공사와 시종이 왕족들의 탈출 시간을 어떻게 벌어 주었는지도.

……당신 제정신인가?

왕이 궁에 남아 있다. 아니 정확하게 말하면 남아 있는 것처럼 보였다.

생트 샤펠 성당의 가장 높은 발코니 안쪽 그늘에 키가 큰 금발의 사내가 서 있다. 해가 떨어져서 사방이 깜깜하고, 날이 흐려 달빛조차 들지 않는데, 발코니 쪽에는 횃불조차 켜지 않아 왕의 얼굴은 거의 보이지 않았다.

하지만 어깨 길이의 화려한 금발에 키 큰 사내가, 백합 무늬 쉬르코와 왕의 푸른 망토를 걸치고, 왕관까지 쓰고 깜깜한 데 서 있으면, 멀리서 봤을 때 당연히 왕이라고 생각할 수밖에 없었다. 특히 그의 옆에서 상인들의 요구 서한을 낭독하는 자가 어전 시종 위그 경이라면 더더욱.

상인들의 요구 조건은 많았다. 금화의 가치를 예전대로 되돌려 달라, 대표들을 석방해 달라, 세금을 줄여 달라, 그 외에도 쌓여 있던 불만이 한두 가지가 아니었다.

하지만 왕은 아무 응답도 하지 않았다.

발타는 위를 올려다보며 이를 지그시 물었다. 등으로 진땀이 줄줄 흘러내렸다.

폐하께서 무사히 탈출하시도록 시간을 벌어 준 건 고마운데, 뒷일을 어쩔 참이지? 정신이 나간 게 아니고서야, 아니, 죽으려고 작성한 게 아니고서야 어떻게 저런 짓을!

겁이 많다, 무섭다 노래를 하고 다니면서, 하는 짓은 어떻게 저렇게 간덩이가 부어터진 짓만 골라서 하느냔 말이다.

시종의 낭독이 끝나자, 왕은 모인 시민들을 향해 고개를 끄덕이고 손을 저어 보이더니 몸을 돌려 안으로 들어갔다.

사람들은 혹시나 왕이 내려올까 하고 기다렸다. 하지만 왕은 내려오지 않았고, 시종 나리마저 꿩 구워 먹은 소식이다. 그러잖아도 이판사판 때려 부수고 동료를 석방하려던 사람들인지라, 인내심은 금방 동이 났다.

"내 이럴 줄 알았어! 제대로 된 대답을 안 해 주시잖아!"

"오늘 밤을 넘기면 갇힌 사람들 다 죽고 말 거라고! 우리 대표라는 놈은 지금 뭐 하고 자빠졌지? 기욤 피스도 그놈도 폐하 딸랑이인가?"

"갇힌 사람은 살리고 봐야 할 거 아닌가. 우리 부탁으로 억지로 나서 준 분들인데!"
우와아아아!
누가 먼저 시작했는지 알 수 없었다. 어차피 사람이 이렇게 많으면 누가 무슨 짓을 했는지 모른다는 생각이 만용을 불러일으켰다.
가장 앞에 섰던 상인들과 수직 병사들이 충돌했고, 병사들은 칼을 뽑아 들고도 주춤거렸다. 여기서 피를 보면 이 무리는 그대로 폭도로 변할 것이다. 다행인지 불행인지, 왕실 기사들은 왕의 가족과 고위 관료들을 호위하느라 성내에 거의 남아 있지 않았다.
몸싸움이 시작됐고, 유혈 진압 명령을 하달받지 못한 병사들은 주춤대며 뒤로 밀렸다.
"아아악! 내 팔! 내 팔!"
방어선이 왕궁 내로 밀리면서 결국 유혈 사태가 벌어졌다.
"씨에 발타! 이쪽으로!"
그 와중에 발타는 무사히 성 안으로 들어갈 수 있었다. 수직 병사들은 백성들과 몸싸움을 하는 와중에 발타를 알아보고 밀리는 척하며 그를 안으로 들여보냈다.
발타는 생각할 것도 없이 생트 샤펠 발코니로 단숨에 뛰어 올라갔다.
"위그! 어디 있습니까! 레아, 레비! 레비!"
발코니는 이미 텅 비어 있었다. 당연하다. 정문이 뚫렸는데 그 자리에 남아 있으면 미친 짓이지.
아래층에서는 병사들과 상인들 사이에 격렬한 몸싸움이 일어나고 있었다. 수직 병사들은 지원군도, 진압 명령도 없이 칼을 휘두르는 것을 망설였고, 군중은 이미 두려움을 상실했다.

"봉벡 탑으로 가! 거기에 갇혀 있을 거야!"

사람들이 외치는 소리가 들린다. 사람들이 몇 갈래로 나뉘어 양쪽 탑으로, 길이 갈라지는 곳으로, 지하로 달려 내려갔다. 조용하던 왕궁은 순식간에 말 울음소리와 사람들의 고함, 비명과 욕설로 꽉 채워졌다.

"와아아아……!"

"으아아악!"

순간, 희고 검은 보쌍 깃발을 든 기사들이 도착했다. 기를 들고 앞장선 자가 큰 소리로 외쳤다.

"폐하의 진압 명령이다! 폭동을 이끄는 자, 반항하는 자, 특히 무기를 쥔 자들은 반드시 척살하라!"

왕의 명이라는 말에, 망설이던 왕궁의 병사들도 무기를 고쳐 잡았다. 궁 안에 있던 병사들과 기사단의 병력, 그리고 연락을 받고 급하게 달려온 지원 병사들은 궁의 뜰로 한꺼번에 몰려들었다. 진압 명령이 떨어졌다는 외침에 사람들의 움직임이 갑자기 둔해졌다.

발타는 횃불을 든 채 생트 샤펠과 2층 복도를 빠르게 훑었다. 아무도 없다. 그랑드 살르, 그랑 샹브르, 생 루이 별궁, 작은 방들, 계단참과 어두운 복도 구석구석까지 입에서 단내가 나도록 뛰었는데도 레아나 위그는 보이지 않는다. 시테 궁은 다른 궁들과 달리 비밀 통로나 비밀의 방 따위는 별도로 만들지 않았다. 숨을 만한 공간도 그리 많지 않다.

아래층에서는 사람들의 비명 소리가 요란하고 위층에서도 이곳저곳에서 자지러지는 고함이 터진다. 높은 분들은 진작 빠져나가고, 도망치라는 말을 미처 듣지 못한 하인 하녀, 일꾼들만 뒤늦게 동동대며 이리저리 뛰어다니고 있었다.

"레아! 레아! 위그 경!"

"씨, 씨에 드 올랑드? 아, 아이고 하느님 감사합니다……!"

생 루이 별궁 구석에서 달려 나온 것은 눈물과 콧물로 범벅이 된 어전 시종 위그와 서기국의 장 마야르, 그리고 또 다른 시종 한 명이었다. 세 사람 모두 넋이 나간 모양이었다.

"폐하의 명으로 왔습니다. 일단 탕플 수도원으로 피신을, 그런데 레아, 아, 아니, 세공사는 어디 있습니까!"

"생트 샤펠 근처 어딘가에 계실 겁니다. 제단에 안치된 보물들을 폭도들이 훔쳐 가면 안 된다고 부득부득 되돌아오셔서……."

발타는 머리가 핑 도는 것 같았다. 목소리가 와락 높아졌다.

"말리셨어야죠! 안치된 성유물들이 아무리 귀해도, 사람 목숨만 하겠습니까!"

"그 말씀을 안 드린 게 아닙니다! 하지만 한두 푼도 아니고 13만 5천 리브르나 하는 것이라며 막무가내로……."

이 여자가 정말, 제정신인가!

레아가 성물을 지키는 것에 목숨을 걸 정도로 신심이 깊은 여자였으면 이해라도 하겠다. 하지만 발타는 알고 있었다. 그녀가 목숨을 건 것은 성유물 자체가 아니라 13만 5천 리브르라는 돈이다. 그 정도 돈이면 그 여자는 하나뿐인 목숨을 열 번이든 백 번이든 걸고 말 것이다.

돈 욕심이 거의 없는 발타는, 그녀의 이런 행동에 울화가 치밀었다. 그렇게 겁이 많고 소심하고 쫄보라면서, 대체 돈만 얽히면 왜 이렇게 겁대가리가 없어지지.

발타는 다시 생트 샤펠로 뛰어 들어가다가, 안에서 치맛자락을 붙잡고 피신하던 뚱뚱한 수녀와 부딪치고 말았다.

"아, 수녀님, 실례합니다……."

"발타 님? 아 미쳤다! 발타 님이 이 위험한 델 왜 오셨어요!"

수녀의 베일 속에서 벼락같은 고함 소리가 터졌다. 캄캄한 성당으로 뛰어들던 발타는 그 자리에서 고꾸라졌다.

‡ ‡ ‡

"전혀 이상하지 않아요. 신부님과 수녀님이잖아요. 머리도 딱 신부님처럼 삭발하신 게……."

"사제와 수녀가 밤중에 나란히 걸어가는 게 이상하지 않다는 겁니까?"

"동업이니 밤이라도 동행할 수 있지요."

"사제와 수녀가 어떻게 동업이 됩니까!"

"그럼 성전기사님이 으슥한 밤에 수녀님을 모시고 가는 게 그림이 더 나은가요?"

"……그걸 말이라고 하시는 겁니까."

"맘에 안 드시면 부부로 바꿔서 변장을 하시면 좋겠어요?"

"제발, 아무 말씀 하지 마세요. 마드무아젤, 아니, 라파엘라 수녀님."

"먼저 말을 시켜 놓고 구박하시는 건 비겁해요!"

"네에, 네! 죄송하게 됐습니다! 다리는 또 왜 절뚝거리는 겁니까! 왜 만날 때마다 어디가 부러지고, 터지고, 아사 직전입니까? 왜 한 번도 멀쩡한 적이 없습니까."

"발코니에서 잠깐 접질린 것뿐이에요! 신발 밑에 한 뼘짜리 나무토막 묶고 걸어 다니다가 스텝이 꼬인 것뿐이라고요……. 아니 근데 폐하께서 키가 큰 게 제 탓이에요? 제가 폐하를 밥 먹여서 키운 것도 아닌데!"

저만치 앞서가는 위그가 와락 고함을 지른다.

"어지간히들 하십시오! 제 꼴을 보시면서도 아주 깨가 쏟아지십니다, 네?"

두 사람은 얼른 입을 다물었다. 두 사람의 모습이 아무리 이상하다 해도 어전 시종 나리를 당할 수는 없었다.

위그 역시 레아와 마찬가지로 머리에 베일을 쓴 수녀복 차림이었다. 다행히(?) 체구가 작고 겨울이라 두꺼운 망토로 몸을 둘둘 감을 수 있어 가능한 방법이었지만 그는 무슨 끔찍한 악몽이라도 꾸는 듯한 얼굴로, 냄새나는 쇼즈와 속바지를 욱여넣은 가슴 위로 쉴 새 없이 성호를 긋고 있었다.

두 명의 수녀와 한 명의 신부라면 그래도 그림이 나쁘진 않을 것 같은데, 위그 경은 가문의 대망신이라도 되는 것처럼 머리를 쥐어뜯으며 괴로워했다. 제발 두 분, 비밀로 해 주세요. 맹세해 주세요, 아무에게도 말하지 않겠다고. 오, 하느님. 남녀가 유별한 세상에서 제가 이런 참담한 꼴로 돌아다니게 될 줄이야.

레아는 왕이 위그 경의 저런 모습을 보면 어떤 표정을 지을까 잠시 상상해 보며 씩 웃었다.

"이 상황에 잘도 웃음이 나오십니다, 수녀님."

아니 웃기면 웃어야지 내내 찌푸리고 있으라는 건가. 레아는 드디어 웃음을 거두고 진지하게 묻기 시작했다.

"일이 어떻게 될까요, 발타 님?"

"지금쯤 진압 명령이 하달되었을 겁니다."
"폐하께선 처음엔 유혈 사태는 피하려고 하셨는데요."
"머릿수로 폐하를 겁박하는 순간, 이런 마찰은 피할 수 없었을 겁니다."
레아는 눈치를 보며 작은 소리로 중얼거렸다.
"사람들도 이판사판이었던 거죠. 다 굶어 죽게 생겼으니 머릿수로 실력행사나 해 보자, 이거 아닐까요? 그럼 폐하께서도 어느 정도 양보를 해 주실지도 모르고, 그때 적당히 타협하길 바랐을 거예요."
"왕궁에서 폭동을 일으키면서 타협을 말하는 건, 요구에 응하지 않으면 위位에서 끌어내리겠다는 말입니다. 폐하께선 통치권에 대한 도전과 치안의 붕괴로 받아들일 수밖에 없어요. 이건 말로 밀고 당기는 외교 문제가 아닙니다."
"……."
상황이 조금만 유연하게 풀렸으면, 아까 거리에서 보았던 상인 대표들은 좀 더 평화로운 분위기에서 자신들의 고통을 호소할 수 있었을 것이다. 어쩌면 극단적인 금화 절상의 폐해에 대해서도 간곡히 호소하고 절충안을 올릴 수도 있었을 것이다.
물론 레아는, 상황이 이렇게 엉망으로 뒤집히는 건 늘 딱 한 순간, 아주 작은 어긋남 때문이라는 것을 잘 알고 있었다.
레아의 속내를 읽기라도 한듯, 발타가 단호하게 말했다.
"레아, 시위가 없었으면 폐하의 양보가 관용이 되지만, 지금은 양보하시면 굴복이 될 겁니다. 지금 폐하께선 물러날 수 없는 상황입니다."
아하. 저절로 고개가 끄덕여진다.

이런 대화가 나올 때마다 폐하께서 발타 님을 작은 솔로몬이라 부르셨던 게 이해된다. 발타 님은 문제에 대한 분석이 정연하고 시야가 넓으며, 일의 결말을 추론하는 데 물 흐르는 것처럼 막힘이 없다.

그래서 폐하는 발타 님을 성전기사단에 밀어 넣으신 거겠지. 하지만, 나였다면 절대 다른 데 안 보내고 평생 옆에 끼고 있었을 것이다.

나, 나처럼 참하고 괜찮은 여자랑 결혼도 시키고…….

기회만 있으면 튀어나오는 헛소리에, 레아는 부질없이 한숨을 쉬었다. 저 멀리 우뚝 솟은 탕플 탑이 어느새 가까워지기 시작했다.

"그럼, 발타 님, 이제 어떻게 될까요?"

"사태는 오늘 밤에 마무리될 것이고, 주동 상인들은 죽을 겁니다. 치안을 담당하는 상인연합이 직무 유기를 넘어서 폭동을 일으킨 겁니다. 최악의 경우엔 폐하께서 그들의 자치권을 대폭 회수하실 수도 있어요."

"아……."

"금화 가치는 고정된 상태로 유지되겠죠. 하지만 민심이 이렇게 악화되었으니, 파리 시민들에게 추가 세금을 요구하기는 쉽지 않을 듯합니다."

"그, 그러면 그게 혹시 십자군 원정을 진행하시는 데 악영향을 끼치나요……?"

레아는 앞서가는 위그를 조심스럽게 곁눈질하며 물었다. 발타의 가는 한숨 소리가 들렸다.

"성전기사단에선 왕실 대출 업무를 중지하기로 방침을 정했습니다. 폐하께서 2~3년 내로 조치를 취하지 않으시면, 원정 준비는 고사하고 파산을 하게 될 수도 있습니다."

‡ ‡ ‡

왕은 기사단 본부의 접견실에서 소식을 기다렸다. 딱딱한 나무 의자에 허리를 곧게 펴고 앉아 있는 그는 낯빛이 조금 창백한 것을 제하면 평소와 크게 달라 보이지는 않았다.

궁에 머무르고 있던 루이 태자 부부와 왕자들, 그들의 시종, 하녀들이 탕플 수도원에 도착했고, 뒤이어 왕의 동생 에브뢰 백루이와 귀족회의의 수장인 발루아 백 샤를도 함께 도착했다. 발루아 백작은 궁에서 빠져나오다가 제법 혼쭐이 난 듯, 과장되게 머리를 흔들며 호들갑스럽게 자신의 탈출담을 떠들었다.

씩씩대는 숨소리와 함께 얼굴이 벌게진 앙게랑 마리니 보좌 주교가 들어오고, 뒤이어 새하얗게 질린 얼굴로 손가락을 쥐어뜯으며 노가레 대법관도 들어온다. 왕실 호위를 책임지고 있는 파레이유는 낯빛이 시커멓다.

제일 시끄러운 피난민은 파리 상인연합 전 대표였던 에티엔 바르베트와 일가족이었다. 창졸지간에 겪은 일이라 옷차림이 죄 엉망이고 맨발로 뛰어나온 이들도 있었다.

바르베트 저택은 탕플 수도원 바로 옆에 붙어 있었는데, 마리니 보좌 주교의 인척인 그는 왕의 딸랑이라고 폭도들에게 찍혀 약탈과 방화의 첫 번째 희생양이 되었다. 에티엔은 치안 유지에 실패한 기욤 피스도 상인 대표와 폭동의 주동자들에게 욕설을 퍼부으며 큰 소리로 울었다. 늘 침묵에 감싸여 있던 기사단 대회의

실은 도떼기시장이 따로 없었다.

하지만 가장 안쪽에 앉아 있는 왕은 무시무시하게 침묵을 지키고 있었다.

기사들이 차례차례 본부로 복귀하며, 파리 시내의 진압 상황을 자크 단장과 왕에게 알렸다. 왕은 말 한마디 없이 듣기만 한다. 간혹 눈썹을 찌푸리고, 간혹 고개를 끄덕였다. 그가 무슨 생각을 하고 있는지는 짐작할 수 없었다.

보고가 이어지며 사람들의 얼굴에 천천히 화색이 돈다. 이곳저곳에서 치솟던 불길과 고함이 점점 잦아들고, 모인 사람들이 뿔뿔이 흩어지고 있다 했다. 시테 궁을 흉흉하게 둘러싸고 있던 폭도들은 왕실 기사들과 병사들, 성전기사들의 협력으로 해산되었으며, 왕궁 안으로 들어갔던 자들도 모조리 체포되어 옥에 갇혔다고 했다.

그리고 생트 샤펠에 모셔 두었던 귀한 성유물들도 그 자리를 지키고 있던 세공사와 어전 시종이 발 빠르게 챙긴 덕에 폭도들의 손에 넘어가지 않았다는 소식도 전했다.

그제야 왕은 고개를 끄덕이며 짤막하게 대답했다.

"……다행이군."

마지막으로 왕께 문안 인사를 드린 자는 신부와 수녀로 변장한 세 명이었다.

"그리스도교 신앙과 교회의 수호자시며, 프랑스의 왕이시며 치유의 손이신 폐하께, 성 삼위 하느님의 은혜와 동정 성모 마리아님의 은총이 넘치시기를 기원합니다."

레아는 이제 왕에게 기나긴 인사를 익숙하게 드릴 수 있게 되었다. 왕에게 급히 빌렸던 겉옷과 왕관을 돌려 드린 후, 나무 상자에 담아 자루에 메고 온 그 귀한 것을 왕의 앞에 공손히 바쳤다. 생트 샤펠 성당을 네 채나 지을 수 있는 귀한 성유물을 부대 자루에 넣어 탈출한 세공사의 용기에, 모두 깊은 경악을 표했다.

왕은 피로한 기색을 굳이 감추지는 않았지만, 자리에서 일어나 세 사람을 맞이하는 것으로, 그리고 그들의 기괴한 변장을 비웃지 않는 것으로 그들의 공을 치하했다.

"그대와 체스 약속을 지킬 수 있게 되어 다행이야, 세공사."

뒤에 서 있던 발타의 미간이 살짝 일그러들었다. 다른 단원들의 얼굴도 같이 일그러들었다. 하지만 레아는 진심으로 다행이라 생각했다.

소란스럽던 기사단 본부는 어느덧 조용해졌다. 이렇게 많은 귀빈이 한밤중에 한꺼번에 밀어닥친 적이 없다 보니, 식사와 잠자리 준비를 맡은 포목관이 정신이 나갔다. 높으신 분들을 모실 방과 침대가 부족해서, 많은 기사가 기꺼이 침대를 양보하고 짚단 위에서 잠을 청했다.

왕의 임시 거처는 안전 문제 때문에 회계실과 같은 층에 마련되었다. 보안을 위해 쾌적함을 완전히 포기한 듯한 방이었는데, 사실 이 건물에는 애초에 쾌적한 방 따위가 없었다. 언제든지 감옥으로 바뀌어도 좋을 듯한 곳뿐이었다.

왕의 방은 복도 가장 안쪽에 있었다. 비밀의 방 통로가 되는 기둥에서 가장 가까운 방이었다.

레아는 발타 님이 성전기사단 단원이 되었다는 것을 새삼 실감했다. 이제 왕은 발타 님에게 명령을 내릴 수 없었고, 발타 님 역시 왕이 이렇게 괴로운 상황인데도 곁에서 모실 수 없었다. 별도로 인사하러 오실 수조차 없었다.

그는 다른 단원들과 마찬가지로 공동 숙소에 있었고, 갑작스러운 대규모 손님을 위해 침대를 양보하고, 짚단 위에서 잠을 청하고 있었다.

이것이 왕이 발타 님에게 그렇게나 바랐던 일의 결과였다.

폐하께선 후회하지 않으실까. 나 같으면, 정말, 정말, 정말 후회할 것 같은데. 나 같으면, 성지 회복이니 뭐니 다 집어치우고, 아끼는 사람들은 꼭 곁에 잡아 둘 텐데.

……모르겠다. 왕은 레아가 짐작할 수 있는 유형의 인간이 아니었다.

"폐하 방문 앞은 제가 지키고 있을 테니, 위그 님은 들어가셔서 눈 좀 붙이세요."

레아는 왕의 방문 앞에서 침을 빗방울처럼 떨구며 졸고 있는 위그를 깨웠다. 함께 모진 고생을 했더니, 이 깐깐하고 구름 잡는 말만 하는 시종 나리도 이제는 든든한 동지처럼 느껴졌다.

"어차피 이 탕플 탑은 파리에서 제일 안전한 곳이라, 폐하의 안전은 염려 안 하셔도 되는걸요. 바로 아래층에선 파레이유 대장님도 계시고, 병사들도 있고, 무슨 일 있으면 바로 소리쳐서 깨울 테니, 아침까지 눈 좀 붙이세요."

레아는 왕의 방문 앞에 의자를 놓고 앉았다. 피난민들이 북적이던 탕플 탑은 이제 조용해졌다.

이곳저곳에서 코 고는 소리가 들리기 시작했다. 왕은 작은 방에서 혼자 잠을 자고 있었고, 바로 옆방에서는 위그 드 부빌과 다른 시종들, 보좌 주교가 잠에 빠졌다. 마리니 보좌 주교는 커다란 풍채만큼이나 목소리도 컸고, 코도 심하게 골았다.

왕의 방은 조용했다. 잠을 못 이루시는 건지, 코를 안 골고 주무시는 건지, 레아는 알 수 없었다.

“아, 춥다.”

방에는 벽난로를 피워 훈기가 돌았지만, 복도는 추웠다. 레아는 등을 동그랗게 구부리고 손을 호호 불며 추위를 참으려 애썼다. 그러잖아도 몸이 허약해진 상태인데, 이러다 된통 앓게 생겼다.

몸이 얼마나 나빠졌냐 하면, 달거리도 벌써 두세 달이나 건너뛰었다. 안 하면 편해야 마땅하건만 남자들 틈에서 늘 신경 쓰고 긴장하는 통에 몇 배나 불편했다.

“……그렇게 추우면 들어오지, 세공사. 안은 불을 피워서 따뜻해.”

뒤를 돌아보니 장신의 사내가 팔짱을 낀 채 레아를 내려다보고 있었다. 맨발에 슬리퍼, 슈미즈와 브레 위에 털망토만 대충 걸친 왕의 분위기가 낯설었다. 특히 늘 단정하게 단발 형태로 유지되던 금발이 이리저리 흩어져 있는 모습을 보니 전혀 다른 사람처럼 보였다.

그러고 보니 폐하의 이런 모습을 한 번도 본 적이 없었구나.

레아가 멍하니 눈만 깜박거리자 왕의 한쪽 입술 끝이 비틀려 올라간다. 레아는 이제 저것이 기분 나쁘다는 표현이 아니란 것을 안다.

“왜 그렇게 이상한 눈으로 보나?”

“왕관 안 쓰신 모습이 낯설어서요.”

"잘 때는 당연히 벗고 자. 이상한가."

"아뇨. 안 쓰신 게 더 멋있어요."

왕은 순간적으로 뒤통수를 맞은 표정을 지었다. 금방 사라지긴 했지만, 가끔씩 나타나는 그 균열의 표정이 레아는 더 정감이 갔다.

"왕관을 쓰실 때는 그냥 무서운 폐하신데, 안 쓰시면 좀 섹시, 아니, 음, 약간 빈틈 있는 멋진 남자로 보이죠. 남자의 진짜 매력은 완벽함이 아니라 완벽함 사이에 살짝 숨어 있는 빈틈이거든요."

왕은 잠시 입을 벌린 채 레아를 내려다보았다.

"자네, 겁 많다는 거, 거짓말이었나?"

"하느님께 맹세코 진실이에요. 대대로 쫄보 가문의 장녀예요."

"그런데 말하는 게 왜 이 모양이지?"

"신께서 불쌍히 여기셔서 그 쫄보력을 대체할 만한 능력을 붙여 주셨거든요. 문제는 대신 붙은 능력이 이 수다력이었다는 거예요……. 아, 세상 쓸모없어라."

레아는 한숨을 쉬며 말했다. 왕은 입술 끝을 일그러뜨리며 코웃음을 쳤다.

"어쨌든 안에 들어와서 몸이나 녹이고 눈 좀 붙이도록 해. 오늘 노고가 컸어."

"네? 아, 저, 저는 전혀 졸리지 않사와, 제가 어찌 감히 폐하의 침실에, 게다가 남녀가 유별하온데 이 야심한 시각에 어찌……."

왕은 드디어 손등으로 입을 틀어막는다. 크, 쿨럭. 쿨럭.

"자네는 오늘 아침까지도 내 침대에서 자고 있었어. 기억 안 나나?"

아이고 맙소사. 그렇다. 분명 며칠 내내 폐하의 침실에서 눌어붙어서 먹고 자고 씻고 옷도 갈아입고 별짓을 다 했지.

하지만 그때는 내가 임무를 수행하느라 몸이 아팠고!

아, 생각해 보니 지금도 임무를 수행하느라 몸이 여전히 아프고……?

“잔느가 그러더군. 여자들은 몸이 차가워지면 좋지 않다고. 그래서 침실을 늘 쩔쩔 끓게 만들어 놓고, 한 달에 닷새씩은 뜨거운 물주머니를 끼고 살았어.”

“…….”

“옆방에서 몸을 녹인다면 말리진 않겠는데, 그 방에도 여자들은 없을 거라고 생각해. 아니면 대체 어디로 갈 건가?”

아니 페하? 아니 폐하? 제가 일주일에 나흘씩 신입 단원들 방에 끼어서 잤다는 걸 잊어버리셨나요?

물론 그곳에선 엎어지면 코 닿을 곳에 발타 님도 계셨고, 담당 교관(?) 조제 경이 눈을 부릅뜨고 감시 중이었고, 취침 중 묵언 규칙도 엄했으며, 밤새 촛불이 켜져 있어서 외려 사달이 날 만한 분위기는 아니었다.

하긴. 지금 갈 곳이 없긴 하지. 저 깡패 같은 파레이유 대장과 호위부대가 있는 방에 가느니 복도에서 동태가 되고 말지. 레아는 파레이유 대장과 부하들에게 대대적으로 얻어터진 이래, 그 인간의 낯짝만 보면 꿈자리가 사나웠다.

저 코골이 작렬 보좌 주교님은 어떻고? 인간적으로 부인이 존경스럽다. 저 소리를 어떻게 버티고 살지? 고슴도치처럼 까칠 그 자체로 보이는 노가레 대법관님? 귀족 대표에 명색 라틴 제국의 황제 폐하 발루아 백 샤를 공? 어디 조심스러워서 등짝을 침대에 붙일 수나 있겠나?

레아는 한숨을 쉬며 왕의 얼굴을 올려다보다가 멈칫했다. 왕은 어둠 속에서도 푸르게 빛나는 눈으로 자신을 고요히 내려다보고 있었다. 복도는 쥐 죽은 듯 적막하고, 어둠은 깊고, 겨울밤은 한정 없이 길게 느껴졌다. 두 사람 사이로 하얀 입김이 뒤엉켰다.

왕은 팔짱을 풀고 흐트러진 머리를 매만졌다.

"잠이 안 오면 약속대로 체스나 한 판 두겠나."

7-8. 체스

“잠이 안 오면 약속대로 체스나 한 판 두겠나.”

왕은 지루한 겨울밤에 왕비나 특별히 아끼는 사람들과 체스 두는 것을 좋아했다고 들었다. 물론 레아 자신은 그 ‘아끼는 사람들’에 들어가지 않으니, 이건 거래 조건을 조정하는 마지막 협상판이 될 듯했다. 레아는 싱긋 웃으며 허리를 굽혔다.

“좋은 생각 같습니다, 폐하. 그런데 지금 체스 판도, 체스 말도 없다는 사소한 문제점이 있긴 합니다.”

“기사단 당직 병사를 시켜서 가져오게 하지.”

“헉, 폐, 폐하! 그건 좀!”

레아는 정말 종을 울려 당직병을 부르려는 왕의 소맷자락에 얼른 매달렸다.

눈치 볼 필요가 없는 자리에 오래 앉아 있던 사람들은, 정말이지 눈치를 눈곱만큼도 보지 않는다. 섬기지도 않는 왕을 구하기 위해 침대에서 끌려 나와 오밤중에 전신 갑주를 장착하고, 파리를 홀랑 뒤집고 온 기사들을 또 깨워서 '체스 판과 말을 가져오너라'라고 명령하겠다는 패기 좀 봐라.

그것도, 이제 체스 이야기만 나오면 기분 나쁜 티를 팍팍 내고 있는 성전기사님들한테.

레아는 왕의 사고 오류가 어디서 나왔는지 잠시 배운 대로 추론해 보았다.

– 발타 님은 폐하에게 친절하다.

– 발타 님은 성전기사님이다.

– 고로, 성전기사님들은 폐하에게 친절할 것이다?

뭐가 어디서 잘못됐는지 영 모르겠다. 머리가 달리면 몸으로 때우는 것은 동서고금의 진리, 레아는 어쩔 수 없이 팔을 걷고 나섰다.

"제가 실력 좀 발휘해 보죠. 제 전공이 뭡니까, 하, 하, 하하하하."

레아는 왕의 침실을 한 바퀴 빙 둘러보며 어떤 물건들이 있는지 살펴보았다.

회계실 하나를 침실로 급조한 작은 방이었다. 돌바닥에는 양탄자도 없고, 벽에는 태피스트리나 벽의 한기를 막을 두꺼운 천도 없었다. 급히 옮겨 온 나무 침대와 탁자, 의자만 있어서 한 명은 침대 위에 앉아야만 했다.

동물의 털이 깔린 침대와 이불은 고급스러웠으나, 시테 궁의 침실처럼 호사스러울 수는 없었다. 그 간소한 가구 말고는 마른 과일과 견과들이 담긴 작은 그릇과 물그릇, 나무 쟁반, 촛대, 용변 그릇 따위가 전부였다.

하지만 내가 누구시냐. 오토마타의 장인 알 자자리의 4대 제자에, 야장 집안에서 태어난 귀금속 세공사의 딸 아닌가!

귀금속 세공사란 손으로 뭔가를 만들어 내는 장인들 사이에서도 으뜸가는 손재주를 자랑하는 법. 굳이 꽃으로 치환하여 말해보자면, 들판에 무수히 피어 있는 들꽃 중 고고하게 피어 있는 백합이나 장미 같은 존재인 것이다!

요컨대, 레아의 사전에, 손으로 만드는 일에 불가능은 없다는 뜻이었다.

우선 큼직한 나무 쟁반을 뒤집어 그 위에 칼로 아홉 줄씩 가로세로 선을 긋고 불에 달군 부지깽이 끝을 눌러 가며 검은 칸을 하나씩 만들어 낸다.

체스 말은 그릇에 놓인 견과 중 아몬드 알을 골라 만들었다. 반씩 쪼개서 갈색의 둥그런 등 부분을 깎아 표시를 하면 될 듯했다. 왕의 말은 양각으로, 자신의 말은 음각으로 겉을 깎아 색을 구별했다.

말의 개수는 서른두 개였다. 왕이 둘, 여왕이 둘, 사제가 넷, 기사가 넷, 성이 넷이고 병사가 열여섯이었다. 병사까지 일일이 깎기는 귀찮아 갈색 등껍질을 그대로 두거나 하얗게 벗겨 내는 것으로 끝내기로 했지만, 그래도 개수가 많다 보니 은근히 시간이 걸렸다.

왕은 구경했고, 레아는 하나하나 모양을 그려 가며 세심하게 깎았다. 가만히 귀를 기울이면, 불꽃이 탁탁 튀는 사이로, 아몬드가 깎여 나가는 아주 미세한 소리가 들렸다.

왕이 촛대를 들고 레아의 곁으로 가까이 당겨 앉는다. 왕의 표정이 궁금했다. 하지만 레아는 고개를 드는 대신, 계속 조각에 몰두했다.

음각 왕이 하나, 양각 왕이 하나. 음각 여왕이 하나, 양각 여왕이 하나. 레아의 손끝을 거치면 칙칙하던 아몬드들은 보석처럼 정교한 조각품으로 재탄생된다.

왕은 인내심이 있는 사람이었다. 레아가 말 한마디 없이 서른 두 개의 말을 깎는 동안, 눈길 한 번 떼지 않고 지켜보았다. 왕의 단검 말고는 제대로 된 도구가 아무것도 없었지만, 레아는 파리에서 가장 유명한 세공사였고, 아몬드는 금이나 은보다는 다루기가 쉬웠다.

생각이 멈췄다.

필립은 여자가 칼끝으로 아몬드를 깎는 것을 바라보며, 불현듯 자각했다.

그는 가끔, 주위에서 무엇이 멈춰 버리는 느낌을 받을 때가 있었다.

생각과 장면과 시간은 늘 함께 흘러가는 것이었다. 하지만 그 중 한 가지가 덜컥 멈추어 버릴 때가 있다.

생각과 시간은 흘러가는데 장면이 멈춘 것처럼 느껴지기도 하고, 상황은 흘러가는데 시간이 정지한 것처럼 느껴질 때도 있다. 어떤 때는 생각이 딱 한 지점에 멈추어 서서 움직이지 못할 때도 있다.

필립은 그렇게 멈춰 버린 생각이나, 장면이나, 시간이 낯설었다. 호박 보석 속에서 굳어 버린 벌레처럼, 끼어 들어가서는 안 될 낯선 존재가 실수로 자신의 내면에 굴러떨어진 채 굳어 버린 것처럼 느껴졌다.

필립은 저 여자가 만들어 낸 유색 광물이 제 속에 몇 덩어리 박혀 있음을 자각하고 있었다. 순간의 단절, 혹은 균열로 만들어져 단단히 박혀 버린 어떤 생각, 어떤 장면, 혹은 어떤 순간. 그것은 어두운 동굴 속에 박힌 황금빛 호박 덩어리처럼 반짝거렸다.

필립은 그 낯설고 아름다운 덩어리들에게 제대로 이름을 붙여야 한다고 생각했다. 하지만 그는 감정이나 느낌을 세밀하게 분류하고 명명하는 것에 서툴렀기에, 그것을 지금껏 미루어 두었다.

그리고 지금 필립의 시간은 굳어 버린 호박 보석처럼 고요했다.

그는 눈앞의 여자가 고개를 수그리고 집중해서 아몬드 알을 깎는 모습을 지켜보았다. 남자의 투박한 작업복을 입고, 손도 거칠고 상처투성이였지만, 여자를 이루고 있는 모든 선과 움직임은 아름답지 않은 것이 없었다.

필립은 여자를 처음 보았을 때부터 그녀를 구성하는 선과 면과 입체의 아름다움을 인식했다. 다른 이들은 고작 턱 밑을 뒤덮은 수염 따위에 현혹되어 그녀를 여자로 알아보지 못했다. 여성에 대해 잘 안다 하는 위그마저도 그러했다. 이해할 수 없었다.

어스름한 어둠 속, 세 자루의 촛불 아래, 여자의 얼굴은 음영이 뚜렷했다. 집중해서 작은 무늬를 새기기 위해 손을 움직일 때, 어깨와 목과 머리가 미세하게 움직인다. 어깨까지 닿는 단발머리, 가늘게, 부드럽게 감길 듯한 머리카락이 작업복 사이로 드러난 목과 어깨의 경계에서 하늘하늘 흔들린다. 긴 속눈썹의 그림자의 미세한 움직임을, 필립은 어쩐지 견딜 수 없었다.

세공사의 뺨을 스치며 한들거리는 머리카락이 거슬렸다. 목과 어깨 사이의 맨살을 훑어 내리는 머리카락의 간지러운 감촉이 전이되는 것 같다. 저 머리카락을 한 올도 남김없이 귀 뒤로 넘겨주고 싶다는 생각을 하던 필립은, 이내 촛대를 탁자에 내려놓고 침대로 물러앉았다.

……너무 가까이 앉아 있었던 모양이다.

필립은 등을 돌벽에 기댄 채 팔짱을 끼고 여자를 지켜보았다. 이 작은 방은 무섭도록 조용했다. 수도원의 그 넓은 영지도, 건물들도, 그 많은 기사도 존재하지 않는 것처럼.

멈춰 버린 생각, 멈춰 버린 장면. 박제된 순간. 필립은 호박 속에 갇혀 버린 벌레처럼, 지나간 굴욕과 비참을, 내일 새롭게 다가올 고뇌를 잊었다.

"다 됐습니다, 폐하. 오래 기다리셨습니다."

여자는 자랑스럽게 웃으며 방금 만든 임시 체스 판에 아몬드로 만든 왕과 여왕, 부하들을 늘어놓는다. 손가락 한 마디 크기의 말들은 대리석처럼 매끄럽고 아름다웠다.

시간이 얼마나 흘러갔는지 필립은 알지 못했다. 어느새 방이 후텁지근해져서 필립은 몸을 일으켜 덧창을 열었다. 써늘한 바람이 두 뺨을 후려치며 지나간다. 달이 많이 기울어졌다.

여자의 속삭이는 듯한 목소리가 들렸다.

"그럼 한 판 시작해 보시겠습니까, 폐하."

레아는 분명히 왕의 질문에 사실대로 말했다. 체스를 둘 줄 아느냐 하셔서 행마법 정도는 안다고 대답했다. 레아는 정말로 말을 움직이는 규칙까지만 알고 있었다.

그래서 레아는, 왕의 대놓고 실망하는 표정과 배신당한 듯한 반응을 이해할 수 없었다.

아니 솔직히 말했는데, 왜요? 아니 그리고 먹고사는 게 바쁘다 보면 체스를 좀 못 둘 수도 있지 않나요.

다만 새로 알게 된 것은, 왕은 체스를 둘 때 가장 인간에 가까운 반응을 보여 준다는 점이었다. 그래서 왕에게 체스를 두면서 로비를 하는 것이로군. 이것은 꽤 중요한 정보였다.

왕은 이 개초보를 살살 가르쳐 가며 게임을 이끌 생각은 없는 듯했다. 왕은 늘 승부에 진지해서, 레아의 아몬드 병사들은 왕의 아몬드 병사들에게 소리 소문 없이 잡아먹히는 중이었다. 확실히 왕에게는 사냥 본능이 있었다.

"제가 아크레에서 살 때는 말이죠, 아주 원대한 꿈이 있었답니다, 폐하."

대답은 돌아오지 않는다. 하지만 그가 자신의 말에 귀를 기울이고 있다는 건 자신에게 닿는 시선만으로도 충분히 알 수 있었다.

"다섯 살 때는, 멋진 꽃미남 기사가 되고 싶었죠. 앙글레테르의 사자심장 대왕 리샤르 폐하나 파리의 필립 태자님처럼……."

"기록대로라면, 리샤르는 미남이 아니었어, 세공사."

"어…… 네."

레아는 바보 도 트는 소리를 하다가 대놓고 웃으며 덧붙였다.

"그런데 폐하께서 꽃미남이 아니었다는 말씀은 하지 않으시네요."

"……."

"물론 저도 남자는 아니었어요, 폐하."

"일찍도 알았군."

"그런데 어느 날엔가, 성전기사단의 기사님 한 분이 단장님하고 저희 세공방에 세공품을 사러 오셨어요. 저희 세공방 인근에 성전기사단 본부가 있었거든요."

"……음."

"그분은 얼굴엔 면갑을 두르고 머리도 두건으로 가리고 계셨는데, 그분의 아름다움이 두건과 면갑을 뚫고 하늘로 뻗쳐 올라가는 것만 같았어요. 저는 그만 그 기사님에게 운명적으로 반해 버리고 말았죠."

"……."

"넓은 어깨와 가는 허리, 길고 매끈한 손가락, 그 우아하고 섹시한 움직임이라니. 그런데, 그 기사님이 놀랍게도 제가 만든 첫 번째 세공품을 사 가신 거예요. 저는 그날 이후, 멋진 꽃미남 기사님의 아내가 되기를 간절히 빌게 됐죠."

"설마, 발타였나?"

"일찍도 아시는군요, 폐하."

"자네, 여기 오기 전에 술 마셨나?"

"안 마셨어요. 저녁도 쫄쫄 굶었어요. 저 지금 이 아몬드 병사들을 몽땅 잡아먹고 싶어 죽겠다고요."

레아는 포로로 잡힌 왕의 아몬드 폰을 들어 올리며 깔깔 웃었다.

"저희 아빠가 꽤 잘나가는 장인이라, 돈 없는 편력기사 정도라면 결혼이 어렵진 않았을 텐데, 아빠가 다른 놈이랑 약혼을 덜렁 시키셨죠."

"안됐군."

"그래서 저는 팜므 솔로로 세공 장인이 돼서, 아빠의 공방도 물려받고 가훈도 물려받기로 인생 목표를 바꿨죠. 저희 가훈은 '조용히 떼돈이나 벌며 소리 소문 없이 잘 먹고 잘 살자'였거든요. 그리고 그 빌어먹을 약혼이 깨지도록 열심히 기도하기 시작했어요."

"……응답하셨나?"

"그걸 잘 모르겠어요. 다행히 약혼자는 튀었는데, 이제는 알 아슈라프 칼릴, 그 개새끼가 쳐들어왔거든요."

레아는 목소리를 속삭이듯 낮추었다.

"그리고 저희가 탈출하려고 했던 전날, 기욤 단장님이 저희 집을 찾아오셨어요."

"기욤이……?"

"네, 아크레와 단장님의 운명을 예감이라도 한 듯, 비장한 얼굴로 오셔서는……."

"……."

"저희 아버지에게 고장 난 검집 수리를 맡기셨죠. 오토마타의 명인 알 자자리가 만들었다는 헛소문이 도는 크고 두꺼운 검집인데……."

"세공사…… 레아."

왕의 목소리에 갑자기 사르르 날이 선다. 레아는 여전히 그의 얼굴을 보지 않은 채, 작은 목소리로 말했다.

"하필 우리 아버지가 알 자자리의 제자의 제자의 사위였거든요."

‡ ‡ ‡

[폐하의 침실을 지키는 자가 한 명도 없습니다. 아까는 그나마 시종이 졸면서 앉아 있더니만. 저희 측에서라도 별도의 수직 병사를 배치함이 옳을 듯합니다.]

탕플 탑 입구의 불침번을 맡은 장 피에르가 야간 점검을 나온 단장에게 의사를 전달했다. 취침 시간 이후는 금언의 규칙이 있고, 매우 중요한 일이 아니면 말을 하지 못하게 되어 있었다. 다만 수신호나 몸짓, 밀랍판에 글을 쓰는 것은 딱히 규정에 어긋나지 않았다.

[단장님. 발타사르 경을 깨워 올려 보내심이 어떠신지요?]

단장은 고개를 저었다.

[발타는 더 이상 왕의 팔라댕이 아니다. 새벽 수직 병사 둘을 미리 깨워 올려 보내되, 폐하의 잠을 깨우지 않도록 소리와 기척에 특별히 신경 쓰도록.]

귀빈들이 머무르는 구역을 한차례 훑어본 자크는 왕의 방 문틈으로 희미한 불빛이 새 나오는 것을 발견했다. 성전기사단의 공동 숙소는 취침 때도 촛불을 켜 두는 것이 규칙이지만, 다른 손님들의 방은 그렇지 않았다.

아마, 오늘 일이 왕에게는 큰 충격이었을 것이다. 자존심이 강하고 오만한 왕은 내색하지 않고 버티겠지만 그럴수록 속으로 곪아 들어갈 것이다.

단장은 발걸음 소리를 죽이고 천천히 복도 끝으로 걸음을 옮겼다.

"세공사, 자네는 솔로몬 성전의 보물들이 정말 실재한다고 말하는 건가?"

세이렌 호에서의 이야기까지 끝내자, 왕은 나직한 목소리로 물었다. 레아 역시 아주 작은 목소리로 대답했다.

"그렇습니다. 제가 본 비밀 선창에 실린 것도 대단했지만, 그게 전부는 아니었어요. 기사단의 비밀 회합 장소에 그 보물들을 위한 공간이 따로 있었는데, 제가 배에서 보았던 것보다 훨씬 많았죠."

"'신에게 선택된 자'를 위한 황금이 실재했다는 말이군."

왕은 체스 판을 물끄러미 내려다보다가 기사를 전진시켰다. 레아는 고개를 갸웃했다. 검집 이야기가 나온 후부터 왕은 자신에게 계속 말을 먹히고 있었다. 이러다가 개초보인 자신이 왕을 이길지도 모르겠다.

심지어 왕은 자신이 둘 차례인지, 레아가 둘 차례인지도 자꾸 잊어버렸다. 레아는 애를 써서 만든 아몬드 체스가 푸대접을 받는 듯한 기분이 들었다.

"그래서, 자네는 지금…… 치유의 성 십자가를 가지고 있다는 말인가."

왕이 갑자기 훅 질러 묻는다. 레아는 고개를 끄덕였다. 이제 정말 거래의 시간이었다.

"보여 주게."

레아는 조금 망설이다가 한숨을 쉬며 작은 목소리로 부탁했다.

"저기, 잠시 고개를 돌려 주시면……."

왕이 잠시 고개를 돌린 사이, 레아는 속바지의 허리끈을 풀고 허벅지에 묶어 둔 막대기를 꺼냈다. 막대기는 천으로 두세 겹 감겨 있었는데, 때가 많이 타고 지저분해서, 그 안에서 나온 막대기도 도저히 귀한 성유물 같은 것으로 보이지 않았다.

레아는 그것을 두 손으로 꽉 쥔 채 길이와 너비, 그리고 옹이구멍을 보여 주고, 그 속에서 나는 달그락거리는 소리까지 들려주었다.

"……그걸, 계속…… 브레…… 속에 숨기고 다녔던 건가? 오 하느님, 이런 참담한 일이……."

반신반의하던 왕의 얼굴은 기절할 것 같은 표정으로 바뀌었다. 레아는 갑자기 자신이 이것을 15년간 숨겼던 것보다, 며칠 동안 속바지 속에 숨겨 가지고 다녔던 것이 더 큰 죄인 것처럼 느껴졌다. 머리카락 속에 손을 파묻고 신음하던 왕이 고개를 번쩍 들었다.

"일단 주게."

시퍼런 눈에서 불꽃이 튀는 것 같았다. 레아는 황급히 뒤로 물러앉아 나뭇조각을 품에 꼭 끌어안았다.

"폐하. 아직 약속이 끝나지 않았습니다. 이것을 받으시면 그 뒤의 모든 문제는 폐하께서 감당해 주시고, 저에 대한 비밀과 안전을 끝까지 지켜 주셔야 합니다."

"일단 달라고 하는 말 안 들리나! 내가 확인할 것이다!"

"일단 달라고 하는 게 어디 있습니까. 약속을 끝내시고 성 삼위 하느님의 이름으로 맹세까지 하시면, 그때 넘겨드리겠습니다."

"자네는 아직 진위 증명을 하지 못했잖나! 무엇을 믿고 하느님의 이름으로 맹세를 하란 말인가!"

그가 자리에서 벌떡 일어나 레아의 팔을 잡았다. 서슬에 체스

판이 뒤집어지며 그 위에 얽혀 있던 아몬드 알들이 탁자 위로 어지럽게 흩어졌다. 레아는 난로 곁으로 후닥닥 물러서서 두 손으로 그것을 쥐고 말했다.

"억지로 가져가시는 게 빠를까요, 제가 부러뜨려서 난로에 던지는 게 빠를까요, 폐하."

"빌어먹을 장사꾼! 손 떼!"

왕이 목소리를 확 높였다. 레아는 손을 떼지 않았다. 갑작스럽게 긴장을 해서인지 온몸이 덜덜 떨리고 저도 모르게 눈물이 뚝뚝 떨어졌다. 하지만 여기서 밀리면 그냥 끝이었다. 거래를 완결시켜야 했고, 안전 보장을 받고, 하느님의 이름으로 맹세까지 받아야 했다.

"내가 흥분해서 실수했네. 사과하지. ……미안하네."

왕은 침대 위에 다시 주저앉아 낮은 목소리로 말했다.

"뺏고자 함은 아니었고, 한 번이라도 만져 보고 싶었어."

"……그 말씀을 믿으라고 명령하진 마세요."

"레아 다크레."

왕은 한숨을 쉬며 그녀의 이름을 제대로 불러 주었다.

"우리 왕실 사람들에게, 그대 손에 있는 것이 얼마나 큰 염원과 굴욕의 상징인지, 그대는 모를 것이다."

"……."

"우리 조부님께서 가시관과 다른 십자가 조각을 그렇게 거금을 주고 들여온 것도, 나라가 거덜이 나도록 번번이 십자군에 참전하는 것도, 신앙과 교회의 수호자라는 호칭이나 치유의 은사에 그리 집착하는 것도, 우리가 강탈당한 그 유물에 대한 보상 심리 같은 것이다."

"무슨 말씀을 하셔도 좋은데, 거래가 끝나기 전엔 손대지 마시란 말입니다."

레아는 그 자리에서 쭈그리고 앉아 울음을 터뜨렸다. 이제 자신이 세상에서 안전하게 살아갈 방법은, 눈앞의 왕이 보장해 주는 울타리뿐이었다. 저 사람 말고는 온 유럽에서 어느 누구도 해줄 수 없는 일.

"나, 나도…… 폐하처럼 무서운 사람하고는 이딴 거래 하고 싶지 않았어요. 죽어도 하고 싶지 않았어, 정말이에요……."

"왜 나인가, 레아 다크레. ……왜 발타가 아니고 나에게 줄 생각을 했지?"

왕의 목소리가 가라앉았다. 레아는 여전히 무릎에 이마를 대고 숨죽여 울었다.

"발타 님은, 저를 죽이고 단장님께 돌려 드리는 대신 자기가 혼자 뒤집어쓰려고 했단 말이에요……. 하지만 그랬다간 발타 님은 폐하처럼 무사할 수 없어요. 기사단 손에 죽을 거라고요."

"그랬군."

왕의 목소리는 예전과 마찬가지로 빠르게 평온해졌다. 레아는 구석에 쪼그려 앉은 채 조금 더 울었고, 왕은 바닥에 떨어진 아몬드 알들을 조심스럽게 주워 올렸다.

"이건 왕실의 명예와 기나긴 염원이 담긴 일이다. 섣불리 성유물이라 주장하고 나섰다가 그쪽에서 여전히 진품을 가지고 있음이 드러나면, 그 굴욕과 수치를 우리는 더는 감당하지 못한다."

레아는 고개를 끄덕였다. 왕이 성유물의 진위 검증에 목을 매는 이유는 충분히 이해가 되었다.

"하지만 폐하. 치유 증명을 제 마음대로 할 수는 없습니다. 그것은 인간이 아닌 신의 영역이니까요. 오로지 '신이 택한 여인이 기도하고, 신이 원하실 때만 치유의 이적이 일어난다'고 하지 않았습니까?"

"치유 능력을 보일 수도 없고, 증인도 댈 수 없다면, 그것이 진품이라는 것을 어떻게 증명할 셈이었나."

"저는, 이 믿을 수 없는 이야기 자체가 증명이 되어 줄 거라 생각했습니다."

"그 말을 액면 그대로 받아들이기에는……."

왕은 가늘게 한숨을 쉬며 자리에서 일어났다. 왕은 레아의 앞에 한쪽 무릎을 접고 꿇어앉아 팔을 뻗었다. 레아가 크게 소스라치며 벽에 몸을 붙이고 나뭇가지를 꽉 끌어안았다. 벽의 냉기가 뼛속까지 들어오는 듯, 몸이 와들와들 떨렸다.

그의 손가락이 레아의 눈가를 천천히 문질렀다. 건조한 시선, 건조한 손길, 그것은 그저 담백하고 정중한 예의였다. 왕은 신중하게 말을 골랐다.

"나는…… 인간으로서 감정과 신뢰가 지나치게 모자라게 태어났다, 레아 다크레."

"폐하."

"겁박하지 않겠다. 강탈하지도 않겠다. 대신 그대는 한 가지만 증명해 다오."

"어떤 방법으로요?"

"현재 단장의 홀이, 그 검집이 비어 있음을 보여 주는 것으로, 이 성유물의 진위 증명을 갈음하겠다."

"아……."

레아는 나직하게 신음했다. 그렇다. 그것도 레아의 이야기가 사실이었다는 간접 증명이 될 수 있었다.

"지금 그 단장의 홀이 어디 있는지 그대는 알고 있을 것이고."

"위험합니다, 폐하. 들키면 끝장이에요."

레아의 대답은 들릴락 말락, 흐느낌에 푹 파묻혔다. 레아는 눈을 질끈 감고 있었지만, 그의 시선이, 나뭇조각을 숨긴 자신의 품속을 난도질하듯 헤치고 있음을 느낄 수 있었다.

"탕플 탑 내에 비밀 공간이 있다 했던가."

"……."

"레아 다크레. 들어오고 나오는 방법을 알려 다오. 나 혼자 확인하면 되겠지. 정 두렵다면, 자네는 오지 않는 것이 좋겠어."

"폐하. 위험합니다! 그 장소를 알게 된 사람들을 그냥 놔두지 않을 거예요."

"만에 하나 들킨다 해도, 그들은 나를 건드리지는 못할 것이다."

레아는 눈물을 뚝뚝 떨어뜨렸다. 제기랄. 말이 그렇지 왕을 어떻게 혼자 내려보내나.

게다가 이 거래는 애초에 자신이 제안한 것 아닌가.

비밀 공간에 들어가는 법, 잠기지 않게 막는 법, 두 개의 비밀 공간 작동법, 비상 탈출구 찾는 법, 그리고 단장의 검이 있는 곳, 단장의 검을 여는 장치, 그것들을 어떻게 일일이 설명한단 말인가.

"제가…… 모시고 내려가겠습니다."

레아는 눈물이 얽힌 얼굴을 들었다. 왕은 자리에서 일어나 레아에게 손을 내밀었고, 레아는 그의 손을 붙잡고 일어났다. 온몸이 덜덜 떨리는 것을 느낀 듯, 왕은 자신이 입고 있던 망토를 벗어 레아에게 입혀 주었다.

왕은 레아의 손등에 입을 맞추고 부드럽게 속삭였다.

“마 슈발리에르 쿠라제(Ma Chevaliere courageux, 나의 용맹한 여기사여).”

‡ ‡ ‡

[일어나게, 발타.]

숙소의 불이 조용히, 빠르게 켜진다. 피곤에 지쳐 잠든 기사들이 힘겹게 일어나 욕설을 삼키려다 입을 다문다.

“일어나게. 옷을 갖춰 입고 무장을 해. 다른 자들은 자리에서 대기하도록.”

밤의 금언 규정이 풀렸다는 것은 긴급 사태라는 말이다. 발타는 지끈대는 머리를 짚으며 앓는 소리를 삼켰다. 발타는 잠에서 깨어나는 시간이 너무 힘들었고, 몸이나 머리가 제대로 발동이 걸리려면 시간이 한참 필요했다.

발타는 멍한 상태로 필사적으로 생각했다. 파리의 소요가 진정되었다는 보고를 받았다. 주모자들도 모두 투르 드 봉벡에 갇혔다 했다.

혹 다른 자들이 소요를 일으키고 있나?

그럴 만한 시간이 아닌데. 주모자들이 탈출했다 해도 지금 이 시간에 간신히 잠든 기사들을 깨울 일은 아닌데.

……잠깐. 그런데 지금 이 방에서 나만 깨운 건가.

발타는 힘겹게 눈을 비비며 단장의 뒤에 서 있는 사람들의 면면을 살폈다. 총단장, 부단장, 감찰관, 사령관, 프랑스지부 단장, 포목관, 고위 단원들이 한꺼번에 몰려 있다.

……아, 맙소사.

발타는 조용히 일어나 손짓으로 물었다.

[폐하께 무슨 일이 생겼습니까.]

"옷을 갖춰 입고 따라오게, 발타사르 형제."

대답 대신, 레몽 경이 차갑게 대답했다.

‡ ‡ ‡

왕은 솔로몬의 방에 한참 서 있었다.

비밀 계단으로 내려가는 기계장치 문도, 화려한 비밀의 홀도 크게 감흥이 없는 얼굴이었다. 하지만 태피스트리 뒤에 있는 어마어마한 금고와 선반을 훑어보고는 얼굴이 굳었고, 그 뒤로 이어지는 '솔로몬의 방'에서는 얼굴이 창백하게 변해 버렸다.

레아는 보물이 담긴 상자들을 밟고 올라가서, 가장 높은 곳에 모셔진 황금 성물함을 열고 단장의 홀을 꺼낸 후, 아래로 내려와 왕의 앞에 두 손으로 공손히 바쳤다.

"이것이 단장의 지팡이, 단장의 홀로 불리는 검집입니다."

왕은 그것을 받아 들고 한참 앞뒤로 돌려 보았다. 그곳에 적힌 글귀들을 촛불에 비춰 가며 세세히 읽고, 만져 보고, 흔들어 보았다. 고색창연한 검집이지만 관리가 잘 되어 깨끗하고 녹슨 곳 하나 없이 반들반들했다. 레아는 검집에서 검을 뽑아 옆에 두고, 검집의 가운데를 한참 더듬어 달락거리는 부분을 눌렀다.

달크락.

검집이 반으로 툭 조각나서 떨어졌다. 빈 검집에는 커다란 비밀 공간이 있었는데, 그곳은 검이 들어가는 좁은 구멍과 별도의 공간으로 나뉘어 있었다.

얼핏 보면 큼직한 공간이 검을 꽂는 곳처럼 보이지만, 사실 검신은 지나치게 가늘고 잘 휘어지게 제작되어, 옆의 좁은 구멍으로 휘어져 들어가게 되어 있었다.

레아는 갖고 있던 막대기를 큰 공간으로 넣어 보았다. 정확하게 재어 만들기라도 한 듯, 공간에 빈틈없이 딱 맞는다. 애초에 이 나뭇조각을 숨기는 용도로 제작된 검집이 틀림없었다.

레아는 그것을 다시 꺼내 품속에 감추고, 빈 검집을 왕에게 내주었다.

왕은 눈을 부릅뜬 채, 비어 있는 공간을 내려다보았다. 입술은 비틀려 올라가는데, 전혀 웃는 것처럼 느껴지지 않는다. 그의 가슴이 빠르게 오르내린다. 터질 것 같은 긴장감이 흘렀다.

"……."

레아는 왕에게서 검집을 받아 다시 아래위를 끼워 넣은 후, 위에 올라가 다시 성물함에 넣어 두었다. 그가 뒤에서 노려보는 시선만으로 등에 소름이 돋는다. 이곳에서 빠져나가고 싶어 죽을 지경이다.

왕의 나직한 목소리가 들렸다.

"……선택의 징표가 자신을 떠난 것을 뻔히 알면서, 이자들은, 감히……."

레아는 조심스레 뒤를 돌아보았다. 왕은 얼굴은 이제 걷잡을 수 없는 환희로 넘치고 있었다. 왕의 얼굴에서 이렇게 적나라한 감정이 흘러넘치는 것을, 레아는 처음 보았다.

"좋아. 그대의 제안을 받아들인다. 나는 그대, 아크레의 레아에게 성 십자가 유물을 받고, 그대가 남은 생을 안전하고 평안하게 보낼 수 있도록 최선을 다하겠다. 나의 모든 능력과 권한을 다 동원해 그대를 보호할 것이다."

"맹세하실 수 있으십니까."

"내가 믿는 성 삼위 하느님과 순결 거룩 자애로우신 성모 마리아, 그리고 프랑스 왕가를 지키시는 생 미셸 대천사의 이름을 걸고, 맹세하겠다."

레아는 덜덜 떨며 품에서 작은 막대기를 끄집어냈다.

"이제, 저는 안전에 대한 대가로, 이것에 대한 모든 것을 폐하께 넘깁니다, 폐하."

레아는 막대기를 두 손으로 왕에게 공손히 바쳤다.

이제, 이것에 대한 모든 권한과 책임은 왕에게 넘어갔다. 과거에 엉망으로 묶인 매듭을 모조리 잘라 내고 새로 시작하는 일은 폐하가 맡게 될 것이다.

왕은 그것을 받아 쥐자마자 맨바닥에 무릎을 꿇고 성유물을 엄숙하게 위로 들어 올린 후 입을 맞추었다. 그리스도께서 못 박히신 손에 입을 맞추는 것처럼 경건하고 성스러웠다.

그리고 그것을 품에 깊이 갈무리해서 넣고 성호를 긋고 벅찬 얼굴로 고개를 들었다. 이 기적의 나무의 주님께 충성을 맹세하는 절절한 기도가 흘러나오기 시작했다. 레아는 초조했지만 재촉할 수 없었다. 왕이 이렇게 격하게 감정을 드러내는 모습을, 레아는 본 적이 없었다.

"그동안 고생이 많았다, 레아 다크레. 그대의 노고를 진심으로 치하한다."

왕은 일어나서 레아의 손을 두 손으로 꽉 감싸 잡고, 입을 맞추었다.

"이 일로 인해 그대가 받았던 모든 고통과 눈물이 잊히기를 바란다. 앞으로 있을 두려움과 고통도 내가 막을 것이다. 그러니 그대는 안심하라."

레아는 그에게 손을 잡힌 채 미친 듯이 울었다. 왕의 목소리는 건조하고 차가웠지만, 레아는 도무지 눈물이 멈추지 않는다. 왕은 흥분도 기쁨도 보이지 않은 채 맹세의 말을 이어 나갔다.

"먼 훗날, 혹시 하느님께서 이 일로 인하여 그대에게 죄를 묻는다면 그 역시 나 필립 드 프랑스가 대신 받고자 하니, 그대는 그리스도의 은혜와 성모님의 자비를 구하라."

아마도, 돌아가신 왕비는 행복했을 것이다.

레아는 불현듯 생각했다.

폐하께서 유일하게 다정한 목소리로 '잔느'라고 불렀던 왕비마마는 틀림없이 행복했을 것이다.

왕은 문을 열고 나가기 전, '솔로몬의 방'을 한 바퀴 빙 둘러보았다. 그리고 그 넓은 방의 천장까지 쌓여 있는 엄청난 보화들을 하나하나 기억하듯 지켜보았다. 레아는 왕의 얼굴에서 이렇게 역동적인 생기가 넘쳐흐르는 것을 처음 보았다.

왕은 아마 본질적으로 탐욕의 사람일 것이다. 그리하여 왕은 당연히, '솔로몬의 방'에 있는 것들이, 이 성 십자가의 소유자가 된 자신에게 주어져야 마땅하다고 생각할 것이다.

왕실의 재정 적자가 많이 심각하다 했으니, 왕은 정말 이 성유물을 근거로 이 방의 재물을 요구할지도 모른다.

그렇게 되면 성전기사단과의 대대적인 마찰을 피할 순 없겠지.

그것은 전적으로 왕의 선택이다. 이 일의 결말이 어떻게 될지, 레아는 더 이상 생각도, 상상도 하기 싫었다.

이 성유물과 나의 인연은 여기까지.

그리고 발타 님과의 인연도 여기까지.

이제 발타 님은 나와의 몹쓸 인연과 고통을 부디 잊어 주시기를.

"레아 다크레. 약속한 거래 조건을 바로 이행하도록 하겠다."

지금요? 우리 모두 여기 피난 와 있는데?

레아가 눈을 멀뚱하게 뜨고 왕을 바라보자 왕은 잠시 헛기침을 하며 덧붙였다.

"……음, 일이 수습되고 환궁하는 대로, 바로."

"예, 폐하."

그는 왕궁에서 도망쳐 나온 일에 대해, 두려움보다 굴욕감과 수치심을 더 강하게 느끼고 있는 듯했다.

"일단 올랑드에 호위 기사들을 보낼 터이니, 그곳에서 당분간 머무르고, 그보다 더 안전하고 풍요로운 지역을 찾아 절차를 밟아 그대에게 내리도록 하겠다. 그대가 죽을 때까지 주변을 철통같이 방어할 기사와 병사들을 지원할 것이고, 내가 죽은 후로도 이 약속이 지켜지도록 유언을 남겨 두겠다. 올랑드가 방어 시설이 없어서 불안하면, 영지가 결정될 때까지 왕궁에서 안전하게 머물러도 좋다."

레아는 그에게 살짝 고개를 숙여 보이는 것으로 감사를 표했다.

꼬끼오-!

아직도 날이 깜깜한데 벌써 첫닭이 울었다. 왕은 내키지 않는 듯한 얼굴로 발걸음을 옮겼다. 잠시 후면 기사들이 새벽기도를 올리기 위해 일어날 것이고, 시종들이 말을 돌보러 나올 것이다. 서둘러 방으로 돌아가야 했다.

왕은 한 손에는 촛대를 들고, 한 손은 레아의 손을 잡고 계단을 올랐다. 그가 에스코트하는 태도가 얼마나 정중하고 예의 바른지, 레아는 자신이 고귀한 숙녀라도 된 것처럼 착각할 정도였다.

폐하께서도 이렇게 기사도의 표본처럼 행동할 수 있는 사람이었구나. 신기하기도 했지만, 한편으로는 어색하고 겁이 났다. 그냥 원래 하던 대로 하면 되지 않나. 거래 좀 크게 텄다고 사람이 이렇게 변할 일인가.

입구에 다다른 레아는 꽉 맞물린 문을 끙끙대며 앞으로 밀어 보았다. 아까 들어올 때 자동 잠김 스위치 부분에 작은 쇳조각을 눌러 놓고 왔기 때문에, 지난번처럼 문이 저절로 잠기는 참사는 벌어지지 않았다. 덜걱덜걱 소리가 나며 무거운 돌문이 반 뼘 정도 앞으로 밀려 나갔다.

"무거워 보이는군. 내가 열지."

왕은 레아를 자신의 뒤로 보내고 힘을 주어 문을 밀었다. 밖으로 나가기 직전, 그는 등을 돌린 채 낮은 목소리로 말했다.

"레아, 그대에게 진심으로 감사한다. 그대의 노고는 평생 잊지 않겠다."

왕의 진심 어린 감사와 정중한 태도는 거래와 별개의 것이었다. 의외였고 낯설었다. 그래서 레아는 대답도 하지 못하고 멍하니 그의 뒷모습만 바라보았다.

왕이 앞서 빠져나간 후, 레아도 바로 뒤를 따랐다. 하지만 어둑한 복도로 나서는 순간, 레아는 얼음처럼 굳어 버렸다.
"무사 귀환을 환영하오."
두 사람의 앞에는 성전기사단의 총단장이 팔짱을 끼며 서 있었고, 그 뒤로 무장을 갖춘 기사들이 둥글게 원을 그리며 서 있었다.

7-9. A DEO ELECTVS

신에게 선택된

“지금 폐하께서 이 장소를 예전부터 알고 계셨다는 겁니까.”

“그렇소.”

“그래서, 밤에 적적해서 시중드는 자와 함께 한번 다시 와 볼 생각을 하셨다고요?”

“그렇소. 이곳이 외부인에게 출입이 금지된 장소인 줄 알지 못했소.”

뒤로 모여 있는 기사들 사이에서 살의가 맹렬하게 타올랐다. 뻔뻔한 거짓말인 줄 빤히 아는데, 손을 쓸 수 없다. 저자는 왕이었다.

“알다시피 나는 태자 시절 기욤과 친분이 있었고, 그에게 개인적인 부탁을 한 적도 있소. 이 장소는 그때 알게 되었고, 딱히 외부인의 출입이 금해져 있다는 말도 듣지 못했소. 지금 그대들의 태도는 매우 무례하고 이해할 수 없소, 자크.”

레아는 뒤에서 새파랗게 질린 채 와들와들 떨었다. 왕의 반응은, 정말이지 일반적인 인간의 범주를 넘어선다. 돌아가신 보주 단장님을 저렇게 거침없이 팔아먹다니. 죽은 자는 항변할 수 없다. 뻔뻔함도 저 정도면, 상대방의 말문이 막히게 마련이다.

"지금 그 말을 믿으라 하시는 겁니까!"

"툴루즈의 레몽, 그대는 내가 거짓말을 하고 있다는 건가?"

"지금 폐하 앞에서 두 명의 용의자를 잡아 끌어내길 바라시는 겁니까? 벽에 매달아 그 혀가 진실을 토설케 하는 걸 눈으로 보시기를 원하시는 겁니까?"

"지금 경은 감히 나를 협박하는 것인가?"

왕의 목소리가 복도의 천장을 쩡, 하고 울린다. 레아는 숨도 쉴 수 없는데, 왕은 수십 명의 무장한 기사들에게 둘러싸여 있으면서도 눈썹 하나 까딱하지 않는다.

돌아가신 보주 단장님을 팔아먹은 이상, 이곳을 알게 된 연유를 추적하기는 불가능하게 되었다. 물론 다른 사람 같으면 씨알도 먹히지 않을 방법이다.

"좋습니다, 기욤 형제가 크게 실수했을 수 있지요. 방심했을 수 있습니다. 우리 모두는 불완전한 인간이니까요."

자크 단장이 한 걸음 양보한다. 레몽 드 툴루즈 경이 울근불근하며 앞으로 나서려는 것을, 단장은 뒤로 보내며 점잖게 덧붙였다.

"물론 이렇게 불편한 곳에 와 계시는 폐하의 마음을 더욱 불편케 하려는 의도는 아니었습니다. 하지만 오늘 같은 날, 굳이 보아서 좋을 것 없는 곳에 들어가셔서 마음을 더 괴롭게 하실 이유가 무엇입니까. 저희는 그것을 매우 유감스럽게 생각합니다."

궁에서 도망쳐서 다른 곳에 의탁하게 된 왕의 신세란 구차했다. 더욱이 이 사태는 프랑스 왕실의 재정적자와 통화정책 실패에서 기인한 것이었다. 그런 주제에 온 유럽의 재화를 산더미처럼 쌓아 둔 비밀금고를 굳이 구경하러 내려가다니, 그것이 더 비참하지 않느냐는 비아냥이었다.

다만 자크는 왕이 솔로몬의 방까지는 돌아보지 못했으리라 확신했다. 자크는 비밀 회의실을 누설한 자가 발타, 혹은 저 뒤의 세공사 출신 시종일 거라 생각했는데, 두 사람 모두 가장 안쪽의 솔로몬의 방에 대해서는 알 방법이 없었다.

그 방이 정식으로 만들어진 것은 자크 경의 파리 귀환이 결정된 후였고, 그 방에 드나드는 방법을 아는 자는 현재 고위 기사들 중에서도 서너 명 정도에 불과했기 때문이었다.

"……."

왕은 아무런 반응을 보이지 않았다. 허리를 곧게 펴고 턱을 들어 올린 채 듣고만 있었다. 레아는 그것이 왕이 신하들에게 보고를 받을 때의 모습과 흡사하다는 것을 뒤늦게 알았다. 어전회의나 참사회, 관료들의 보고를 받듯이, 그는 자신의 오만함을 어디서든 지키고 싶어 했다.

단장이 한 걸음 뒤로 물러서며 고개를 살짝 숙여 보인다. 단장 역시 왕만큼이나 오만하며, 왕만큼이나 남의 눈치를 보지 않아도 되는 위치에 있는 자였다.

"폐하의 말씀대로, 기욤 형제가 알려 드린 것이 하느님께 맹세코 사실이라면 저희가 무슨 말씀을 드릴 수 있겠습니까."

"……."

"다만, 폐하 뒤에 서 있는 세공사는 저희 기사단에게 큰 죄를 지은 자이니, 저희가 신병을 확보하도록 하겠습니다."
"무슨 말인가?"
"아시케나지 마을의 세공사 레비, 하지만 호칭에 엄정하신 폐하께서 조금 전 레아라고 칭하셨던 세공사."
단장의 목소리가 높아진다. 그는 사냥감이 고꾸라지기를 기다리며 뒤를 쫓는 사냥꾼과 같은 표정을 지었다. 드디어 왕이 반응했다.
"자크!"
"레아 다크레! 아크레의 유명한 세공 장인 아모스의 딸, 얼굴은 잘 모르지만 이름은 기억하고 있었습니다, 왜냐하면……."
순간 왕이 팔을 벌려 레아의 앞을 막아선다. 하지만 기사들은 왕이 가로막는 것을 아랑곳하지 않고 레아의 좌우로 바투 다가선다. 단장의 목소리가 높아진다.
"전임 단장 고댕 경께서, 아크레의 세공사 아모스의 딸, 레아를 찾아서 성 십자가 유물과 그녀의 목숨을 회수하라는 비밀 유언을 남겼기 때문입니다, 존귀하신 폐하!"
"단장님! ……드릴 말씀이 있습니다."
결국 뒤에 서 있던 발타가 입을 열었다. 기사들 틈에 끼어 서 있는 발타의 얼굴은 핏기가 전혀 남아 있지 않아. 새하얀 설화석고처럼 보였다. 자크 단장은 뒤도 돌아보지 않고 큰 소리로 웃음을 터뜨렸다.
"발타사르 형제! 그러잖아도 그대에게 물을 것이 많아. 아주 많지. 내가 직접 물을 때까지 입 다물고 기다리고 있어."
레아는 왕의 등 뒤에서 쭈그리고 주저앉았다. 저도 모르게 눈물이 툭툭 떨어졌다.

거래는 실패했다.

나는 이제 끝났다.

단장의 목소리가 복도 천장을 쩌렁쩌렁 울렸다.

"아시케나지의 세공사 레비. 묻겠다. 그대는 아크레 세공사 아모스의 딸 레아가 맞나?"

대답할 수 있을 리가. 레아는 왕의 뒤에서 그의 망토 자락을 붙잡은 채 눈물을 쏟았다. 이따위 비참하고 이상한 결말을 위해서 그렇게 달려왔나 싶었다. 레아가 대답하지 못하자 이번에는 자크 경이 고개를 돌렸다.

"하느님께 맹세코 진실만을 답하라, 발타사르 형제. 저 세공사가, 우리가 그렇게 찾던 아크레의 세공사 아모스의 딸, 레아가 맞는가?"

"단장님!"

그 자리에서 무릎을 꿇고 고개를 바닥에 박은 발타를, 레아는 차마 볼 수가 없었다. 레아는 평온하고 침착해 보이는 왕의 몸이 우들우들 떨리고 있다는 것을 알았다.

왕은, 저렇게나 평온하고 침착한 표정을 짓고 있는 왕은 극심하게 몸을 떨고 있었고, 그것을 드러내지 않기 위해, 온몸에 필사적으로 힘을 주고 있었다. 그의 몸은 금방이라도 부서져 나갈 돌덩어리 같았다.

대체 단장님은 발타 님을 왜 굳이 이 자리에 끌고 오신 걸까. 자신이 특별히 아끼는 발타 님이 괴로워하는 꼴을 보고 싶었던 걸까.

"굳이 대답하지 않아도, 저자가 아시케나지 세공사 아모스의 아들인지, 아크레 세공사 아모스의 딸인지는 이 자리에서 확인할 수 있다. 그 훔친 물건이 어디 있는지, 알아내고 돌려받는 데는 반나절도 걸리지 않아. 발타사르 형제. 다만 폐하께 대한 예를 갖추느라 기다려 주는 것뿐이다."

발타의 얼굴은 이제 완전히 새하얗게 질렸다.

레아는 자크 단장이 발타를 기어이 이 자리에 끌고 온 이유를 알았다.

그는 발타가 왕실에 속한 자인지, 성전기사단에 속한 자인지 확실히 구별하려 하고 있다.

본래 성전기사단에는 왕족이나 대영주의 자제들도 많이 입단하기 때문에 그들은 기사로서의 역할뿐 아니라 왕실 혹은 해당 지역에 대한 교두보 역할을 하곤 했다.

기사단 단원은 모두 평등하다 했지만, 평등하지 않았다. 기사단의 무수한 지역 본부들은, 그 지역 귀족 출신 단원들을 통해, 지역의 대제후들과 공생해 왔다. 총단장이나 지역 단장 중 유서 깊은 귀족이 많았다는 것이 그 증거였다.

발타가 왕실과의 교두보로서 기대를 받고 입단했다는 것은 어지간한 이들은 다 알고 있었다. 현재 왕의 직계 혈통에서는 6촌까지 기사단 정단원이 없다. 양쪽에서 신임받는 비공식 왕실 혈통의 존재란, 파리로 근거지를 옮기게 된 기사단으로서는 잃지 말아야 할 중요한 재원이었다.

하지만 단장은 발타에게 그 중간자가 아닌, 성전기사단 단원으로서 정체성을 확실하게 하라고 요구하고 있다. 왕실에 척을 지고서라도.

"맞습니다. 단장님."

그는 단장의 앞에 엎드린 채 대답했다.

"제가 아는 대로 거짓 없이 모두 대답하겠습니다. 그러니 바라건대 숙녀의 목숨과 명예는 지켜 주시기 부탁드립니다."

"그것을 요청할 권리는 발타사르 형제에게 없다. 사실대로 대답할 의무만 있을 뿐이지."

단장이 차가운 목소리로 말을 끊었다.

"발타 형제를 조사실로 끌고 가라. 그와의 조사가 끝난 후에 아크레의 숙녀를 만나 보도록 하지. 말이 서로 어긋나는 부분이 단 하나라도 있으면."

자크 경은 무서운 목소리로 내뱉었다.

"두 사람 모두 서로 보는 앞에서 혀를 끊어 버릴 것이다."

"지금 어디서 감히 그따위 망발을 하는 건가, 몰레의 자크, 성전기사단의 단장이여."

왕의 조용한 목소리가 들렸다. 다들 기겁하며 목소리가 난 곳을 돌아보았다. 장신의 왕은 고개를 위로 들고 차가운 눈으로 그들을 내려다보았다.

"레비 드 올랑드, 발타사르 드 올랑드, 두 사람 모두 프랑스의 신민이며 내게 속한 백성이다. 누가 그대들에게 나의 백성을 재판할 권한을 주었는가."

단장의 눈썹이 솟구쳤다. 기사단 단원이 죄를 지으면 당연히 기사단 참사회에서 징벌을 결정한다. 심지어 죽음까지도. 그것은 기사단 참사회의 고유 권한으로 여겨졌다.

"저희 기사단은 단원들의 재판권을 이미 오래전에 교황 성하께 받았습니다. 외인의 개입을 허용한 적도 없습니다. 그리고 저 여자는 성전기사단의 가장 중요하고 귀한 보물을 훔쳤습니다. 죽음으로도 갚지 못할 큰 죄를 저질렀습니다."

"그 재판을 누가 하는가. 바로 프랑스의 왕, 필립이다."

복도에서 이 소란이 일어나고 있으니 사람들이 깨지 않을 리가 없다. 위층과 아래층에 있는 왕의 측근들이 몰려왔다. 느낌이 좋지 않았던지, 파레이유 대장과 휘하 기사들은 무장 상태였다.

일이 이렇게 되었으니, 왕이 온몸으로 막고 있는 레아를 억지로 끌고 가기는 다소 난감해졌다.

"폐, 폐하, 날이 찹니다. 일단 안으로 드시지요."

뒤에 서 있던 어전 시종 위그가 겁에 질린 목소리로, 반쯤은 우는 소리로 말했다. 사람들은 그제야 왕의 얼굴이 추위로 푸르게 얼어 있다는 것을 알아차렸다.

아무리 성전기사단의 단장이라도 이곳에 피난 온 왕을 잡아 조사하는 미친 짓을 할 수는 없었다. 레몽과 다른 한 사람이 발타의 양쪽 팔을 붙잡았으나, 왕이 프랑스 신민의 재판권을 언급했기 때문에 함부로 끌고 갈 수도 없었다.

자크는 초조해서 속이 부글부글 끓을 지경이었다. 단장이 된 이래 가장 골치를 썩여 왔던, 기사단의 치명적인 근심거리를 해결할 기회가 생긴 것이다. 그런데 범인을 치죄하지 못한다는 것이 말이 되는가.

단장은 왕에게 점잖게 허리를 숙여 보였다.

"추우실 텐데 들어가서 몸이라도 녹이십시오, 폐하. 그리고 아크레의 숙녀는 저희가……."

"배려해 주어 감사하오, 단장."

왕은 단장의 말을 깨끗이 무시한 채, 주저앉은 레아의 손을 잡아 일으킨 후, 그녀를 방에 밀어 넣고 그 앞을 막아섰다.

모인 단원들은, 레아를 지금 끌어내려면 왕을 무력으로 굴복시켜야 한다는 것을 바로 알아차렸다.

그리고 그랬다간 지금 기사들 뒤로 점점 모여들고 있는 '피난' 병력과 무력충돌이 일어날 것이 분명했다.

물론 무력충돌이 일어난다 해도 결말은 뻔했다. 현재 왕은 이곳에 피신을 온 상태이며 함께 온 호위 병력은 정말 얼마 되지 않았다. 기사단이 이들을 제압하는 것은 간단했다.

하지만 실제로 그런 미친 짓을 할 수는 없었다. 현재 성전기사단의 본부는 이제 파리가 되었으며, 필립은 파리의 지배자였다. 그런 짓을 했다간 교황 성하부터 시작해서 우트르메르가 아닌 온 유럽을 상대로 싸워야 할 것이다.

"발타사르 형제. 성전기사단에서는 입단 전에 지었던 죄, 입단 시에 고백한 죄까지는 불문율에 붙인다. 수도승이란, 과거의 자신을 죽이고 새로운 자신으로 살아가는 자이기 때문이다."

"……."

발타의 대답 소리는 들리지 않았다. 목소리가 큰 자크가 을러대는 소리만 쩡쩡 울렸다.

"다만, 이제는 자네가 어디에 속한 자인지 확실히 밝히는 것이 좋겠지."

"단장님. 저는 입단의 서약을 하는 순간부터, 오로지 하느님께서 사용하시는 도구이며, 오로지 성전기사단원일 뿐입니다. 그 외에는 하느님께 맹세코 어떤 것도 아닙니다."

"나도 그리 믿는다, 발타사르. 그대는 내가 가장 아끼고 신뢰하는 대자다."

발타의 확고한 목소리에 자크 단장의 목소리가 확 밝아졌다.

"조사에 성실하게 응하기를 기대하겠다, 발타사르 형제. 가짜로 대답하거나 숨긴 것이 발각되면, 두 사람은 진실을 토설할 때까지의 과정을 서로 지켜보게 될 것이다."

"하느님께 맹세코 한 점의 거짓 없이, 진실만 고할 것입니다. 그러니 신문이든 취조든 제게 돌리십시오. 그러니 아크레의 숙녀에게는 부디……."

"그 입 다물라, 발타!"

옆에서 엄하게 치고 들어오는 것은 레몽 드 툴루즈다. 레아는 이제 저 캉캉대는 목소리만 들어도 진저리가 쳐졌다.

"카타리 종파에 몸담았던 툴루즈와 기옌의 고귀한 숙녀와 귀부인들은, 그 신분에도 불구하고 입에 담을 수 없는 고문과 화형을 피하지 못했다! 하물며 파렴치한 이교도 출신 계집의 명예와 구명을 입에 담는가."

레아는 문고리를 꽉 잡은 채 그 앞에서 주저앉았다. 목이 졸리는 것 같았다. 앞으로 다가올 일을 생각하니 머리카락이 저절로 곤두서고 구역질이 치밀었다.

고문당하는 것이 제일 무서웠다. 죽는 것보다, 지옥에 가는 것보다 고문이 더 무서웠다. 듣기로야 지옥이 몇 배나 무섭지만, 실제로 눈앞에서 본 것들은 끔찍한 채찍과 인두, 팔다리를 부수는 수레바퀴와 온갖 기기묘묘한 고문 도구들이었던 것이다.

제일 피하고 싶은 상황이, 가장 최악의 모습으로, 이렇게 기어이 눈앞으로 들이닥쳤다.

……발타 님에게까지 불똥이 튀지 않게 하려고 그렇게 노력을 했건만.

발타 님 역시 고문당하는 일을 극도로 두려워하신다. 고문당하는 것보다 그 자리에서 바로 죽는 것이 낫다는 말도 했었고, 어렸을 때 투르 드 봉벡에서 고문을 너무 심하게 당해서 어릴 때의 기억을 모조리 잃은 것 같다고도 했다.

레아는 이제 이 사태를 수습할 사람이 자신밖에 남지 않았음을 깨달았다.

발타 님의 목소리는 더 이상 들리지 않는다. 몇몇 사람의 발걸음 소리가 멀어지는 것으로 미루어, 사람들이 발타 님을 끌고 어디론가 가는 것 같다.

시간이 없다. 이제는 가장 하고 싶지 않았던 도박을 해야 한다.

"폐하, 폐하께서 숨기시는 자는, 아크레에서 우리의 귀한 성물을 훔친 자이며, 그 죄를 헤아릴 수 없습니다."

자크 단장의 목소리가 가깝게 들린다. 레아는 문 앞을 막아선 왕이 무슨 대답을 하기 전에 문을 활짝 열어젖혔다.

"훔친 게 아닙니다! 아무것도 모르면서 함부로 누명 뒤집어씌우지 마세요!"

레아는 천장이 쩌렁쩌렁 울리도록 고함을 질렀다. 복도에 모인 자들의 눈이 둥그레지는 것이 보였다. 레아는 최대한 빠르게 상황을 설명했다.

"아크레의 마지막 전투에서, 저는 검집을 기욤 단장님께 전달하러 가다가 맘루크 놈들의 공격을 받았습니다. 돌벽이 무너지는 충격으로 검집이 중간에 열리면서 성유물이 튕겨 나왔고, 저는 그것도 모르고 주변에 있는 나뭇가지를 주워 상처를 치료하려 했던 것뿐입니다! 무너진 담벼락에서 흙먼지를 뒤집어쓴 막대기가 성유물이라고 누가 상상이나 할 수 있었겠습니까!"

"오, 맙소사, 하느님. 어찌 그런 일이……."

여기저기서 크게 놀라 술렁대는 소리가 퍼졌다. 특히 기사단이 아닌 왕실 사람들 사이에서 그 소리가 퍼져 나갔다.

하지만 애초에 이 복도에 들어오지 못하게 막았다면 모를까, 이미 모인 자들을 끌어낼 수는 없었다. 그들은 귀족이고 왕실 사람들이었다. 기사들이 끌어내면 왕을 끌어내는 것과 같은 결과가 나타나게 된다.

이런 기회는 두 번 다시 없을 것이다. 레아는 몸을 덜덜 떨며 큰 소리로 다시 외쳤다.

"그것이 귀한 성유물인 줄 알았으면 목숨이 열 개쯤 있는 게 아니고서야, 어찌 감히 가지고 돌아다닐 생각을 했겠습니까? 그것이 성유물인 것을 알게 된 건 아크레를 떠난 후의 일이었어요! 이미 당신들에게 몇 번이나 죽을 고비를 넘긴 다음에야 쫓기는 진짜 이유를 알게 됐단 말입니다!"

이제 이판사판 죽을 일밖에 남지 않았다 생각하니 못 할 말도 없었다. 매달려서 고문당하기 전에, 왕과 많은 사람이 모인 앞에서, 최대한 많은 이야기를 해 두어야 했다. 그래야 나중에 무슨 일을 당해도 덜 억울할 것이다.

무엇보다, 발타 님이 끌려가서 무슨 짓을 당하실지 몰라 초조하기 그지없었다. 그래도 정식으로 입단한 형제이고, 아크레에서부터 오랫동안 같이 싸웠던 동료인데, 설마 고문까지 해 가며 물어보려나.

"……!"

기사단원들은 크게 술렁대면서도 레아를 끌어내지 못했다. 왕이 여전히 앞을 막아서고 있었기 때문이었다.

왕은 지금까지 레아가 보아 왔던 중 옷차림이 가장 허술했다.

왕관도 없었고, 무기도 허리에 차고 있는 단검 한 자루가 전부였다. 하지만 지금 그는 복도에 있는 수십 명의 기사들을 단신으로 막아 내고 있었다. 레아는 이를 악물었다.

말해! 끝까지! 제대로 말하라고!

제대로 항변할 수 있는 기회는 지금뿐이야! 저들에게 정식으로 분노를 표할 수 있는 기회도 지금뿐이야!

레아는 고개를 바짝 쳐들고 독기 어린 눈으로 모인 사람들을 둘러보았다.

"오히려 죄를 지었던 건 당신들, 성전기사단입니다! 같은 그리스도교도를 해치는 것은 절대 금지라는 규정까지 있으면서, 고작 비밀을 지켜야 한다는 이유로 우리 아버지와 일가족을 억울하게 죽였어요!"

"닥쳐라, 이교도!"

"나는 이교도가 아니에요! 아크레의 아버지 어머니도 이교도가 아니었어! 아크레 사람들은 다 알고 있었어요! 함부로 말하지 마세요!"

레아는 감히 자크 단장에게 악을 써 댔다.

"우리 아버지는 생 루이 폐하의 십자군에 참전한 그리스도교도이고, 나도 아크레에서 견진성사까지 받은 그리스도교도였어요! 그런데 당신들은! 성유물이 들어 있는지 없는지 확인도 안 하고 바로 우리 가족을 죽였어! 애초에 살려 둘 생각이 없었던 거야!"

"……."

목숨 구하기에 급급해서 그냥 덮고 살았지만, 사실 당신들은 우리에게 그래서는 안 되었다. 나는, 내 뒤에서 나도 모르게 이루어진 일들에 대해 그렇게 무거운 죄의식을 끌어안기 전에, 당신들에게 억울함과 분노를 느껴야 마땅했다.

"당신들은 고작 비밀을 지키겠다고 무고한 그리스도인 일가족을 살해한 거예요! 저는 그때 열여섯이었고, 동생은 겨우 네 살이었어요. 당신들은 죄도 없는 어린 여자아이들까지 죽이려고 했던 거예요!"

"그대는 성전기사단의 중요한 유물뿐 아니라 군마까지 훔쳤다. 전시에 기사나 병사의 군마를 훔치는 것은 그것만으로도 충분히 사형에 해당하는 죄이다!"

"크레도는 기사단의 군마가 아니고, 발타도 기사단의 병사가 아니었지 않은가."

왕이 잠연한 목소리로 단장의 말을 가로막았다. 단장의 검붉은 얼굴이 순간적으로 딱딱하게 굳었고 그들을 둘러싸고 있는 기사들의 얼굴에도 당황스러운 빛이 나타났다.

"발타는 기욤이 전사한 후 그대들 기사단과 하직하고 내게 오는 길이었다. 크레도는 기사단에서 제공한 말이 아니고 내가 하사한 말이고, 그가 입었던 갑옷과 무기도, 내가 서임식 전에 먼저 보낸 것이었지. 크레도를 훔친 일에 대해 사형을 시키든, 사면을 시키든, 그것은 전적으로 발타의 보호자였던 내 소관이다. 그대들 기사단이 끼어들 일이 아니다."

맙소사. 레아의 다리가 순간적으로 휘청했다.

생각해 보니 그렇다. 그것은, 기, 기사단의 소관이 아니다.

그렇다면…….

그렇다면, 어떻게든 빠져나갈 방법이, 적어도 이 일에서 발타님을 무사히 제외시키고, 고문을 당하지 않고 평안히 죽기라도 할 방법이 있을지도 모른다.

레아는 신에게 기도했다. 하느님, 저는 많은 것을 바라지 않았어요. 이 성유물을 가지고 횡재나 떼부자나 무슨 권력을 가지려 했던 적도 없고, 평생 이것을 어떻게 돌려 드려야 하나 그 생각만 하고 살았어요.

적어도, 하느님께서 사람의 진심을 알고 진실을 아시는 분이라면, 제 억울함과 무고함을 믿어 주세요. 제발 저를 도와주세요.

"죄를 물어야 할 것은 당신들입니다! 당신들이 명예를 아는 기사라면, 죄가 없는 일가족을 살해한 일에 대해 먼저 죄를 받고. 제 앞에 무릎 꿇고 사죄해야 옳아요! 나를 죽이려고 쫓아다니기 전에! 그렇지 않습니까?"

이제 이 일에 대해 제대로 모르는 사람들도 웅성웅성하기 시작했다. 단장의 얼굴로 시뻘겋게 핏기가 올라왔다.

"그렇다 해도, 네가 그 귀한 성유물을 훔쳤다는 사실 자체는 변하지 않는다!"

옆에 서 있는 프랑스 지부 빌리에 단장이 대신 목소리를 높인다. 하지만 그 목소리에선 이미 옅은 흔들림이 느껴졌다.

그렇다. 그동안 이 비하인드 스토리를 듣지 못했던 다른 단원들은, 이제야 고댕 사령관님과 고위 단원들이 우리에게 저질렀던 짓을 알고 수치스러워하는 것이다.

기사단의 비밀이 아무리 귀하고 중요해도, 자신의 일을 도운 자와 그의 아내를 무고하게 죽이고, 아무것도 모르는 어린 딸들까지 죽이려 했다는 것은, 명예를 아는 기사로서 결코 할 수 없는 일이었다.

"일의 선후를 먼저 따지란 말이야! 당신들이 무죄한 우리 가족을 죽인 것은, 하느님께 맹세코 사실이잖아! ……컥, 컥, 콜록콜

록콜록!"

레아는 고통스럽게 외치다가 격렬하게 기침을 했다. 뜨거운 덩어리가 배 속에서 울컥울컥 계속 치민다. 토할 것 같다.

순간 왕이 몸을 비스듬히 돌려 레아를 부축했다. 그의 입술 끝이 희미하게 꿈틀거린다. 레아는 이제 그의 소리 없는 목소리를 알아들을 수 있을 것 같았다.

마 슈발리에르 쿠라제.

다시 눈물이 흘러내린다. 레아는 기어이, 기어이 입속에 남긴 말을 내뱉을 수 있었다.

"그 성유물의 소유의 정당성은 딱 하나라면서요! 신의 선택이라며! 당신들은 그걸 돈 주고 산 게 아니잖아! 당신들 역시 왕실의 기사에게서 강탈한 것 아닌가요!"

"네 이년! 그것이 신의 선택이었음을 모르는가! 신께서 선택한 자에게 촛대를 옮기신 것이다!"

무슨 말이 나올지 짐작한 듯, 자크가 새파랗게 질린 얼굴로 다가왔다. 더 이상 다가오지 마시오. 왕이 단검을 뽑아 들고 팔을 쭉 내밀어 그를 막았다. 레아는 목소리를 높여 말을 이었다.

"한 번 옮겨진 것이, 두 번은 옮겨지지 못하겠습니까! 신께서는 이제 죄악을 저지른 당신들의 손에서, 억울한 자의 손으로 촛대를 옮기셨으며……."

그 순간, 단장이 왕의 팔을 밀어내며 으르렁대는 듯한 목소리로 말했다.

"폐하! 이제 비켜 주십시오! 저 여자의 독신적이며 불경한 발언을 언제까지 가납할 것입니까!"

"다가오지 마시오, 단장! 그대는 지금 감히 신의 선택과 그분의 사역에 말을 덧대려는 것인가!"

왕과 단장이 팽팽하게 맞서는 사이, 레아는 다시 입을 열었다. 지금, 이렇게 사람들이 많이 모여 있을 때, 공격할 수 있는 패를 모조리 쏟아 놔야 했다. 다음번 기회 따위는 아마 없을 것이다.

"저는 아시케나지 이교도이기 전에, 하느님께 선택받은 대제사장 차독의 후손입니다! 하느님께서 명하신 모든 율법과 규례의 수호자이며, 하느님께 바쳐지는 제사의 집전자이며, 솔로몬 성전의 지성소에 유일하게 출입할 수 있고, 성전의 모든 제물과 황금들을 관리할 권한을 하느님께 허락받은 레비(레위) 가문 대제사장 차독의 후손이란 말입니다! 하느님의 새로운 선택자로, 당신들에게 억울하게 죽음을 당한 차독의 후손보다 더 합당한 자가 있을 것 같습니까!"

좁은 복도에 모인 사람들의 얼굴에 충격과 경악의 빛이 번져 갔다. 누군가가 뒤에서 큰 소리로 반박했다.

"여성이 대제사장이었던 적은 없다!"

"하지만 아시케나지는 모계 혈통을 먼저 인정합니다!"

레아는 지금 싸우고 있는 것이 자신 같지 않았다. 내가 그렇게나 무서워하던 사람들에게 둘러싸여서 이렇게 당당하게 맞설 수 있을 줄이야. 비록 말로 하는 싸움이지만 저들에게 원 없이 주먹질을 하는 기분이었다. 비굴하게 찌그러진다 해서 어려움이 사라지거나 고문을 덜 당하지는 않는데, 나는 왜 그렇게 겁만 내고 있었을까.

"신께서는 선택된 자에게 성 십자가 유물을 통해 치유의 이적을 보이신다 했었지요!"

조각조각 흩어져 이해되지 못했던 사건들마저, 하나씩 둘씩 일

목요연 연결되는 것 같다. 왕도 기사단도 레아의 말을 부인하지 않는다. 레아의 목소리는 이제 점점 크고 또렷해진다.

"신께서는 그 성 십자가로, 저에게 치유의 이적을 두 번 보이셨습니다."

갑자기 주변이 쥐 죽은 듯 고요해졌다. 첫 번째, 자신의 부러진 다리를 순식간에 낫게 했던 일, 두 번째, 동생 라셸르가 세이렌 호의 선창에서 목숨을 잃었다가 다시 살아났던 일.

"발타 님께서 그 기적의 증인입니다. 그가 기적을 증언할 것입니다. 그 성 십자가를 갖고 제가 간절히 기도했을 때……."

"유일무이한 증인이라는 게, 발타사르 형제뿐인데, 그대를 구하기 위해 정신이 나간 자의 증언을 받아들이라는 말인가?"

레몽이 이죽대며 코웃음 쳤다. 뒤에서 단장이 차가운 목소리로 말을 덧대었다.

"잘 들어라, 세공사 아모스의 딸, 레아 다크레여. 성 십자가는 그렇게 오랜 시간 우리가 모시고 있었음에도 단 한 번도 치유 이적을 보인 적이 없다. 그런데 자네 손에 들어가자마자 그렇게 이적을 보였다고? 그걸 믿으란 말인가?"

뒤에 서 있던 빌리에 단장과 몇몇 사람들의 얼굴에 당혹스러운 빛이 나타났다. 자크는 말실수를 했다. 치유 이적은 선택받은 자의 증거라 했다. 단 한 번도 치유 이적을 나타내지 못했다는 말은, 기사단이 신의 선택을 받았다는 근거를 크게 훼손시키는 일이었다.

"발타사르와 그대와의 관계를 고려하면, 그의 증언을 인정할 수 없다. 그자는 지금 더러운 욕정에 눈이 멀어 자네를 구하기 위해 어떤 증언이든 꾸며 낼 것이고, 증인은 적어도 두 명이 필요하다. 그따위 핑계를 대기 전에, 지금이라도 숨긴 것을 내놓는다면 명예롭고 덜 고통스러운 죽음까지는 허용할 수 있을 것이다."

레몽 드 툴루즈의 비웃음은 단장보다 더욱 노골적이었다. 그 순간, 여전히 단검을 앞으로 내밀고 있던 왕이 뒤도 돌아보지 않고 묻는다.

"레아 다크레, 그대는 리옹에 왔을 때."

"예, 폐하."

"……그 성유물을 가지고 왔었는가."

"예, 폐하."

술렁임이 천천히 잦아든다. 왕은 왜 가져왔느냐 묻지 않았다. 그는 이제 레아가 그것을 발타에게 돌려주려고 그렇게 쫓아다녔다는 것을 알고 있다.

대신 왕은 다른 것을 묻는다. 레아가 전혀 생각하지 않았던 어떤 것을.

"교황 성하의 착좌식 당일, 사고가 있었을 때, 보석 가루들과 함께 그것을 가지고 왔었는가."

레아는 멍하니 눈을 깜박거리다가 고개를 끄덕였다. 생각해 보니 그랬다.

"예, 폐하."

왕은 숨을 크게 들이쉬었다. 긴 날숨이 한 번, 두 번. 그리고 다시 한 번. 딱딱하게 굳어 있던 그의 어깨가, 너른 등이 미묘하게 꿈틀대는 것처럼 느껴졌다. 아주 낮은 목소리가 뒤늦게 레아의 귀에 감겼다.

"묻노니, 아크레의 레아. 그대는 하느님의 이름을 걸고 진실하게 말하라."

"……예, 폐하."

"나는 발타의 심장이 뛰지 않고 몸이 차가워지고 있다는 말을 들었고 그대가 그의 옆에서 울면서 그를 살려 달라고 기도하는 것을 보았다. 그 순간 성유물이 그대의 곁에 있었는가."

갑자기 좌중이 조용해졌다.

리옹에서 발타가 크게 부상을 당해서 목숨이 위태할 때, 아시케나지 세공사가 보석 가루를 쏟아부어 가며 기어이 살려 낸 것은 이미 많은 이에게 알려져 있었다. 그것을 목격했던 자들 중 이 자리에 있는 자들도 적지 않았다. 성전기사단에서는 그 장면을 보지는 못했지만, 그 소문을 부인할 수 없을 정도로 증인이 많았다.

"성 삼위 하느님께 맹세코, 그러합니다. 저는 그 성유물을……."

레아는 목멘 소리로 대답했다. 이제 복도는 숨소리도 들릴 만큼 조용해졌다.

"치료를 위해 보석 가루 상자를 꺼낼 때, 그 자루 안에 들어 있던 것이 같이 쏟아졌습니다. 저는 그것을 숨겨 두기 급급해 발타님의 몸 밑에 그 자루를 깔아 두고 담요로 덮어 숨기고…… 그 상태로 기도했습니다."

오, 맙소사. 오 하느님, 그런 일이 있었다고……?

사람들이 한 명 두 명 입을 틀어막고, 여기저기서 성호를 긋는 사람들이 보인다. 성전기사 사이에서도 성호를 긋는 사람들이 여기저기서 보였다. 뒤에 서 있던 왕의 병사 중에서도, 그날 그 지저분한 자루와 막대기가 굴러 나오는 것을 보았다고 얼빠진 얼굴로 중얼대는 사람도 있었다.

왕은 좌중을 향해 천천히 고개를 돌렸다. 여전히 무표정한 얼굴로, 그가 싸늘하게 내뱉는다.

"나, 프랑스의 왕 필립은…… 성 십자가의 치유의 이적을 친견한 두 번째 증인이오."

우우, 우우우, 사람들 사이로 거대한 술렁임이 지나갔다.

레아는 이를 악물었다. 레아는 그것이 이적일 수 없다는 걸 잘 알고 있었다. 지금 사람들이 깜박 잊고 있지만, 그때 레아는 여전히 아시케나지 이교도였다. 하느님께서 이적을 허락하실 리 없다. 더욱이 그날 발타는 자신의 목소리를 들었고, 그 소리가 시끄러워서 깨어났다고 했다.

왕 역시 그 이적을 실제로 믿는지 안 믿는지는 확인할 수 없었다. 다만, 기적을 믿는다기엔 너무나 초연하긴 했다. 심지어 믿는 척도, 감동하는 척도 하지 않는다.

하지만 중요한 건 그게 아니다. 왕이 레아가 깔아 놓은 체스판에 말로 직접 올라온 것이다.

레아는 덜덜 떨며 왕의 얼굴을 보았다. 그는 여전히 건조한 표정이었으나, 눈에는 새파란 빛이 번쩍이고 있었다. 레아는 속에서 무언가가 터져 나올 것만 같았다.

"저는 이제 감히 말합니다! 신께서 이 성유물의 소유자로 저를 선택하셨다고……!"

"닥쳐라! 우리는 받아들일 수 없다! 그것이 보통 막대기인지 성유물인지 누가 안단 말인가!"

"거짓말하지 마라. 그럴 리가 없다! 하느님께서 그것을 우리에게 맡기신 것은……!"

순간 왕의 격노한 목소리가 높은 천장을 쩡 울렸다.

“아 데오 엘렉투스A DEO ELECTVS! 누가 감히 신의 선택에 대하여 멋대로 입을 놀리는가!”

드디어 왕의 얼굴로 강렬한 감정들이 스치고 지나간다. 초조함, 흥분, 환희, 좌절, 절망. 뭐라 말할 수 없는 여러 감정이 뒤섞여 있다. 이제 레아는 그의 미세한 표정을 제법 잘 읽을 수 있게 되었으나, 왜 그의 감정이 이렇게 극단으로 갈라져 나타나는지 이해할 수 없었다.

아니, 이해할 필요가 있을까. 어차피 왕과의 계약은 깨졌고, 이젠 곱지 못하게 돼질 일밖에 남지 않았는데. 운 좋게 빠져나간다 해도, 이렇게 얼굴과 과거 일들과 나를 특정할 수 있는 모든 것이 까발려졌으니, 목숨이 붙어 있는 한 영원히 기사들에게 쫓기며 살아야 할 것이다.

이제 남은 일은 오로지 내 손으로 이 모든 것을 마무리 짓는 것이다.

레아는 그들의 앞에 기어이 마지막 주사위를 던졌다.

“저 레아 다크레는, 프랑스의 국왕이며 교회와 신앙의 수호자이신 폐하 앞에…….”

레아는 모여 있는 사람들이 모두 들을 수 있도록, 목소리를 한껏 높였다. 이제 사방은 쥐 죽은 듯 고요해졌다.

“신의 선택과 저의 무죄를 입증하기 위한 신성 재판을 요청합니다!”

7-10. 신성 재판

神聖裁判

이것은, 아마 최선이었을 것이다.

레아의 판단은 그러했다. 자크 총단장과 제라르 단장. 다혈질의 밉상 레몽 드 툴루즈의 얼굴이 새하얗게 질리는 것을 보면, 꽤 괜찮은 짓을 저질렀다는 생각이 든다.

하지만 왕의 얼굴 역시 빠르게 핏기를 잃어 가는 것을 보며, 이 도박에 조금 확신을 잃었다.

어쩔 수 없다. 레아는 이것이 최선이라고 생각해야만 했다. 그렇지 않으면 자신은 여기서 개같이 끌려가서 바로 모진 고문과 함께 발타 님과 대질신문을 받아야 했다. 만일 왕이 그것을 막는다면, 이곳에서 유혈 충돌이 일어날 수 있다.

성전기사단이 왕을 죽이거나 억류하는 미친 짓은 하지 않으리라 생각하지만, 사실 알 수 없는 일이다. 왕의 병사들이 선대 교황의 따귀를 후려갈기고 그를 감옥에 가두어 선종하게 했던 일이 그리 오래 되지 않았던 걸 생각해 보면.

게다가 몰레 단장 역시 시프르 섬에서 앙리 2세를 동생 아모리 공으로 갈아 치운 전력이 있다. 앙리 2세가 누구인가. 성전기사단이 목숨 걸고 지키던 성지 예루살렘 왕국의 왕이었다.

이곳은 시테 궁이 아니다. 왕의 안전은 장담할 수 없다. 레아는 이제 자신이 모든 것을 책임지고 수습하기로 마음먹었다.

그냥, 애초부터 그랬어야 했다. 처음부터 목숨을 포기하고 수습했어야 했다.

그래도 지금까지 구차하게 숨어 목숨을 부지한 걸 멍청하다고 비웃을 생각은 없다. 그 덕에 라셸르를 무사히 키워서 안전하게 도망 보냈고, 오늘 저 자식들한테 하고 싶은 말도 다 할 수 있었다. 처음부터 끌려갔으면 아기 라셸르도 함께 죽었을 거고, 이렇게 억울하다 따지지도 못하고 고문만 당하다 그냥 죽었을 것이다.

적어도 신성 재판에서는, 판결자가 하느님이시기 때문에 불필요한 고문은 당하지 않는다. 그것 하나만으로도 충분했다.

아, 그래. 속 시원해. 저 자식들에게, 그래도 하고 싶은 말은 다 했어요, 아빠.

아빠 엄마가 억울하게 죽은 거, 우리가 억울하게 도망 다닌 거, 다 말했어…….

눈물샘이 말라붙은 건지, 이제 눈물은 나오지 않는다. 무서워서 정신이 나가야 하는데 지나치게 말똥말똥한 것이 이상하긴 하다.

"기욤! 앙게랑! 니콜라 추기경!"

여전히 레아의 앞을 막고 있는 왕이 측근 신하들을 앞으로 불러낸다.

세 사람이 기사들을 헤치고 나와 왕의 앞에 무릎을 꿇는다. 노가레 대법관, 마리니 보좌 주교, 그리고 얼마 전 추기경으로 임명된 왕의 고해 사제 니콜라 드 프루빌르였다.

왕은 칼집에 단검을 꽂고 너무나도 태연하게 그들의 인사를 받은 후 물었다.

"이번 건에 대하여 신성 재판이 성립되겠는가."

모인 자들이 다 들을 수 있도록 공개적으로 왕이 묻는다. 단장은 그들의 대화를 막지 못한다. 왕이 일갈한 '신의 선택'이라는 말에 대해 성전기사단은 항거할 수 없다. 왕을 포위하듯 둘러싼 성전기사들은, 앞으로 나온 세 사람을 무섭게 노려보기만 할 뿐이었다.

노가레 대법관이 먼저 앞으로 나섰다.

"폐하께서는 올해, 무분별한 신성 재판의 폐해를 막고자 그에 대한 금지 규정과 예외 규정을 반포하신 바 있습니다."

"……."

"현재 민사 재판이나 재산상의 분쟁에 대하여는 신성 재판이 금지되었지만, 유무죄를 입증할 수 없는 형사 재판에서는, 폐하께서 허가하실 경우 신성 재판이 가능합니다. 본 재판을 청구한 레아 다크레는 현재 그리스도교도이자 올랑드 영지에 속한 폐하의 신민으로서, 스스로 결백을 증명할 수 없는 억울한 사안에 대하여 신의 판단을 청구할 권리가 있습니다."

바늘 하나 들어갈 틈도 없이 단호한 어조였다. 새벽 시간이라 그런지 대법관은 꽤 흐트러지고 정돈되지 못한 차림새였지만, 대답만큼은 칼로 베어 내듯 엄정했다. 그는 왕만큼이나 냉정하고 가차 없는 자였다.

뒤이어 마리니 보좌 주교가 나섰다.

“성유물은 ‘신에게 선택받은 자’에게 옮겨진다는 특수성이 있으니, 이번 건에서 유무죄를 가르는 기준은 오로지 ‘신의 의지와 선택’이 될 것입니다.”

그는 잠시 말을 멈추었다가 조심스럽게 덧붙였다.

“재판에 승리하면 레아 다크레는 무죄를 입증함과 동시에 신의 선택을 확증하게 됩니다만, 패배하면 신의 보물을 절도한 죄를 목숨으로 갚아야 할 것입니다.”

레아는 몸을 부르르 떨며 입술을 지그시 깨물었다. 각오하고 있었다. 성유물의 가치를 고려하면 사형보다 낮은 판결은 절대 나올 수 없다. 절도를 저지른 여인들은 아주 작은 것을 훔쳐도 사지 절단형이나 눈을 멀게 하는 벌을 받았고, 액수가 조금이라도 크면 대부분 몽포콩 언덕의 교수대에서 목이 매달렸다.

다만 파리대학 신학 교수 출신인 프루빌르 추기경의 응답은 다소 늦었다.

“폐하, 다만 이번 신성 재판에서는 물의 시련, 혹은 불의 시련 등의 일반적인 입증 방법이 적용될 수 없습니다. 이미 예전에 결투 재판이라는 방법을 통해 신의 판단을 구한 바 있기 때문에, 이번에도 공평의 원칙에 의거하여 결투라는 방법으로만 재판을 청구할 수 있습니다.”

레아는 초조하게 그의 말에 귀를 기울였다. 레아 역시 시뻘겋게 달구어진 돌 위를 걷거나 달아오른 무쇠 덩어리를 손으로 잡고 있거나 익사할 위험을 무릅쓰고 장시간 물속에 처박히고 싶지는 않았지만, 그것이 기사단 고문실에서 끔찍한 고문을 받다가 죽는 것보다 훨씬 나았다.

단장과 다른 기사들은 여전히, 기이할 정도의 침묵으로 그들의 이야기를 듣고 있었다.

팽팽한 긴장 속, 노가레 대법관이 다시 앞으로 나섰다.

"하온데 폐하, 결투 재판의 경우는 '공평의 원칙'에 두 가지 선택지가 있어서, 그 선택이 선행되어야 할 것으로 보입니다."

"어떠한 선택지 말인가."

"폐하께서 올해 반포하신 법령대로, 동일한 무기와 동일한 인원으로, 무제한의 시간을 주어 승부를 가르는 방법이 있고……."

"또 다른 선택지는?"

"지난번의 불공평한 추를 이번 승부를 통해 공평하게 맞추는 방법입니다."

"구체적으로 말하면?"

"재판의 청구자 레아 다크레는 열두 명의 성전기사와 승부를 가려야 한다는 뜻입니다. 그렇게 되면, 무기의 보충은 제한이 없고, 양초가 한 뼘 녹을 때까지의 시간이 주어지게 됩니다."

"그러면, 어떤 방법이 적용됨이 옳겠는가, 노가레 대법관."

왕은 감정이 전혀 느껴지지 않는 표정으로 물었다. 대법관은 신중하게 낱말을 골라 가며 말을 이었다.

"두 가지 방법 모두 정당성을 갖고 있습니다. 이런 경우, 입증 방식은 법정의 최고 재판장께서 결정하심이 원칙입니다, 폐하."

왕은 말을 멈췄다. 그는 눈을 깜박이지도 않은 채, 차가운 바람을 맞으며 생각에 잠겼다.

레아는 멍하니 왕의 입만 지켜보았다. 어느 쪽이든 개 같다. 살아날 방법이 보이지 않는다. 왕은 혹시 나를 어떻게든 살려 볼 생각이 있을까?

어스름한 어둠 속, 희부옇게 새벽빛이 들어오는 복도, 왕의 입에서 새하얗게 흘러나오는 입김이 기이하게 느껴진다. 레아는 창을 통해 들어오는 찬 바람이 견딜 수 없이 맵게 느껴졌다.

사람들은 무섭게 침묵하며 기다렸다. 왕은 신중했으되, 결단을 회피하는 자는 결코 아니었고, 모인 사람들은 모두 그것을 알고 있었다. 기사단 고위 단원들의 얼굴에선 만감이 교차하고 있었다. 그중 가장 뚜렷하게 떠오른 것은 안도감과 자신감이었다.

"레아 다크레의 신성 재판 요청을…… 받아들인다."

왕이 선언했다. 목소리는 담백하면서도 차갑게 느껴졌다. 그는 레아를 돌아보지도 않고 담담하게 덧붙였다.

"신성 재판의 청구자 레아 다크레는, 공평의 원칙에 의거하여, 성전기사 열두 명과의 결투재판으로 무죄를 입증하도록 하라."

‡ ‡ ‡

오랜 세월 동안, '신이 선택한 여자'는 당연히 동굴에서 만났던 성모 마리아로 여겨졌다.

하지만 그 뒤로 이어지는 '여자가 선택한 남자'의 정체는 끝내 정확히 밝힐 수 없었다. 동굴에서 성모 마리아는 아무도 선택하지 않았고, 환상 속 옛이야기 속 소녀와 구혼자들은, 선택은 고사하고 모조리 죽어 버리는 비극으로 끝났다.

그래서 왕실 측과 성전기사단 측에서는 '신의 선택'을 두고 전투를 불사할 정도로 팽팽하게 맞섰다.

왕실 쪽 주장은 다음과 같았다.

〈성령께서 왕실 기사의 머리 위로 비둘기처럼 임하셨다는 것은, 성경에서도 익히 나오는 신의 선택의 증거이다.〉
〈성모 마리아께서 왕실 기사 앞에 친히 그 성 십자가 조각을 내려놓으셨다.〉
〈선택의 증거로 보이신 '왕관 같은 꽃, 검 같은 잎, 황금 같은 뿌리'를 가진 꽃은 프랑스 왕실의 백합이다.〉

반면 기사단 쪽의 주장은 다음과 같았다.

〈성모 마리아를 먼저 친견하고 비밀 동굴로 인도받은 것은 성전기사단 단원이다.〉
〈죽은 왕실 기사를 구하고 임무를 완수한 자도 성전기사이다.〉
〈그 옛 왕들의 보물이 발견된 장소가 바로 성전기사단의 본부, 솔로몬 성전 옛터였다.〉
〈되살아난 왕실 기사가 한동안 광증을 보였다는 소문이 있다. 그런 자가 선택되었을 리 없다.〉

하지만 누가 보아도 성유물을 들고 환궁한 왕실 기사 측이 백배 유리한 판이었다. 더욱이, 신분을 감추고 오를레앙의 필립이라는 가명으로 특공대에 참가한 왕실 기사는, 사실 시테 궁에서 가장 고귀한 자 중 하나이며, 일 드 프랑스와 오를레앙의 주인이었다는 소문까지 있었다. 그는 소유권을 완강하게 주장하며 단 한 발도 물러서지 않았다.

하지만 성전기사단의 집요한 요구를 끝내 무시하기는 어려웠다. 기사단 측에서 기어이 신성 재판을 언급하기 시작했던 것이다.

그래서 왕실 측에서는 기사단에게 '1 대 12 대결'이라는 기상천외한 조건을 내걸기 이른다.

'정말로 그대가 신의 선택을 받은 것이 맞다면, 우리 왕실 기사 열두 명과 맞서 그대 주장의 정당성을 입증하라. 싫으면 말고.'

'모세가 지팡이 한 자루로 홍해를 갈라 이집트의 백만 대군을 물리쳤듯, 하느님께서 정말 그대의 편이라면, 혼자서 열두 명이 아니라 120명의 기사라도 쓰러뜨릴 수 있지 않겠는가? 아니면 말고.'

난데없는 모욕에 격노한 기사단 측에서는 그 부당한 제안을 받아들였다.

그리고 기적과도 같이, 한 명의 성전기사가 열두 명의 왕실 기사를 쓰러뜨리는 데 성공한다.

다만 이상한 일은, 패배한 왕실 기사 중 대부분이 알 수 없는 이유로 복통과 고열, 설사에 시달리다가 일주일 안에 사망했다는 점이었다. 살아남은 한두 명도 오랫동안 앓다가 간신히 회복되었으나 기사로서 활동이 불가능할 정도로 몸이 망가졌다.

동방의 알려지지 않은 독을 사용한 게 아닐까 하는 의문이 제기되었지만, 증명할 방법은 없었다. 뒤이어 '신의 선택에 감히 인간의 욕심으로 이의를 제기한 왕실에 대한 저주'라는 소문이 돌기 시작했고, 한 명의 기사에 맞서 열두 명의 기사가 달라붙어 싸웠다는 비난도 쏟아졌다.

일이 이렇게 되니, 왕실에서는 가슴이 새카맣게 타들어 가면서도, 그 일을 거론조차 할 수 없게 되었다.

그렇게 치유의 성 십자가는 성전기사단으로 넘어가게 되었고, 솔로몬 성전의 지하 동굴과 성 십자가, 그 어마어마한 재산에 대한 이야기는 기사단 단장의 최측근들과 왕가의 직계 후손들에게만 비밀스럽게 전해지게 되었다.

당시 왕실의 충격은 상상을 초월했다고 전해진다. 다른 곳도 아닌, 신앙과 교회의 수호자 가문에서, 신의 선택을 상징하는 물건을 눈앞에서 '부당하게' 빼앗겼다! 그것은 그들의 정체성까지 송두리째 뒤흔드는 충격이었다.

그 충격은 대를 이어 가며 여러 가지 형태로 나타났다. 성유물들에 대한 과도한 구매와 집착, 왕실 재정이 파탄에 이를 정도로 무리한 십자군 출정, 왕실의 성 유골함에 전통적으로 쓰이게 된 십자가와 새의 무늬, 혹은 날개 달린 그리핀의 그림들, 성모 마리아와 그녀가 하사했다 주장하는 백합 문양으로 왕궁 전체를 도배하다시피 한 일까지.

반면 성유물을 차지한 성전기사단은 우트르메르에서의 전세와 상관없이 지중해 일대의 황금을 끌어모으며 승승장구했다.

기사단은, 후일 십자군이 예루살렘을 잠시 수복했을 때, 그들의 본부였던 솔로몬 성전의 지하 동굴을 대대적으로 탐색했고, 그곳에 있던 막대한 재물을 '이교도의 손에 넘어가지 않도록' 모두 아크레로 옮겼다. 그 모든 것은 당연히 '선택된 자'인 기사단의 소유로 여겨졌다.

하지만 왕실에서는, 그것을 도저히 포기할 수 없었다. 아무리 오랜 세월이 흘러도.

‡ ‡ ‡

"……사실 나는 지금까지 '신이 선택한 여자'가 성모 마리아 아닌 다른 여자일 거라고는 단 한 번도 생각해 본 적이 없었다. 더욱이 이교도 출신 여자일 거라고는 더더욱……."

성유물에 얽힌 기나긴 이야기를 끝낸 왕이 지나가듯 덧붙인다. 레아는 속으로 이를 악물었다.

역시, 폐하께서도 제가 의심스럽죠?

맞아요. 저는 선택받은 여자가 아니에요.

하지만, 필요할 때는 믿는 척은 해 주셔야죠, 예?

"폐하. 일단 저는…… 지금 이교도는 아닙니다."

"……."

"물론, '신이 선택한 여자'라는 걸 정말 믿어 달라는 건 아니에요. 하지만 잠시라도 같은 편이 되어 주실 거면, 재판이 끝날 때까진 믿는 척이라도 해 주시면 안 될까요?"

왕은 고개를 돌려 레아를 물끄러미 바라보았다. 그의 입에서는 예상치 못한 말이 흘러나왔다.

"아크레의 용감한 숙녀여. 왜 내가 그대를 가짜로 믿는다 확신하지? 그리스도의 계보에 있는 라합도, 룻도 이교도 출신 여인임을 모르는가?"

"그럼 폐하께서는 정말 믿으시는 겁니까?"

왕은 가늘게 한숨을 쉬었으나, 의외로 평온한 목소리로 대답했다.

"레아, 나는 신의 선택에 대해서 감히 의심하거나 판단하지 않는다. 그것은 내가 입을 댈 영역이 아니야. 내가 말할 수 있는 건,

지금 나는 그대와 같은 편이며, 최선을 다해 도울 것이라는 점이다."

시인도 부인도 아닌 대답, 판단 보류가 아닌 판단 불가라는 건가? 아님 그냥 핑계인가? 레아는 그의 진심을 끝내 알 수 없었지만, 더 이상 캐물을 수는 없었다.

왕은 타오르는 난롯불을 들여다보며 투벅투벅 말을 이었다.

"신의 이름을 걸고 단언하건대, 옛 신성 재판에서는 사악한 속임수가 개입했었다. 나는 신께서, 그대와 나를 통해 잘못된 것을 바로잡기를 원하신다고 믿는다."

"……."

"그리하여, 나는 신께서 우리에게 맡기신 것들을 기사단으로부터 모두 되찾아서, 주께서 재림하시는 날 그의 손에 돌려 드려야 한다. 그것이 본래 우리 가문에 맡겨졌던 거룩한 사명이다."

레아는 그의 확신이 두려웠다.

왕실에서는 성 십자가의 상실에 대해 대대로 분노와 억울함을 느낀 듯했지만, 필립 왕이 마음에 품고 있는 것은 그보다 더 높고 거대한 것이었다.

……그것은 '거룩한 탐욕'이었다.

신의 선택이라는 명분에 대한 탐욕, 솔로몬 성전에 속했던 모든 영광에 대한 탐욕.

그것들을 되찾는 데 필요한 것은 분노나 억울함이 아니었다. 그저, 힘이 필요할 뿐이었다.

그리고 필립이 생각하는 거룩한 탐욕이란, 차고 냉철한 '이성과 계산의 영역'에 있었다.

‡ ‡ ‡

“저는 누가 그것을 갖고 있는지 알면서도, 그녀를 보호하기 위해 오랫동안 숨겨 왔습니다.”

레몽은 조사를 받고 있는 창백한 사내를 내려다보며 팔짱을 끼었다.

조사는 순적하게 진행되고 있었다. 신문당하는 사람은 그야말로 아무것도 숨기지 않고 바로바로 실토하는 중이었다.

오랫동안 감춰 왔던 잘못을, 깊은 감정을 적대적인 사람들 앞에 고백하는 것은 누구에게든 피하고 싶은 일일 것이다. 특히 성전기사단의 오랜 동료이자 촉망받는 이 신입 단원에게는 더욱 그러할 것이다.

현재 그의 명예는 시시각각 시궁창으로 처박히는 중이었다. 그는 천장에 매달리거나 수레바퀴에서 팔다리가 부러지지는 않았지만, 의자에 묶이고 눈이 가려진 채, 누가 듣는지도 모르는 상태로 온갖 모욕적이고 신랄한 질문에 대답해야 했다.

하지만 그는 곤혹스러운 질문들에 대해서도 어떻게든 정확하게 대답하려 노력하고 있었다.

“에퀴에르가 되던 날 처음 만났습니다. 그렇습니다. 그날 밤부터 가슴이 떨려서 잠을 이루지 못했습니다.”

“그녀를 보기 위해, 매일 기사단 본부를 빠져나가 성 안나 삼거리를 찾아갔습니다.”

“입단 서원을 하지 않았으면, 그녀를 당연히 제 마음속의 숙녀로 모시고 그녀에게 도누아를…… 모든 헌신과 예우를 바쳤을 것입니다.”

“결혼할 수 없다는 건 알지만, 함께 산다면 어떤 기분일까, 망상에 잠길 때가 많았습니다.”

“그녀로 인해 기사단에 입단하려는 마음이 흔들린 적이 있었습니다.”

그의 성격으로 보면, 죽으면 죽었지 입에 담지 않았을 내용이었다. 성전기사단은 이따위 연애 감정이나 사랑의 경험이 시시콜콜 화제로 오갈 만한 분위기가 절대 아니었다. 더욱이 기욤 전단장의 과보호 때문인지 그는 상당히 내성적이고 수줍음을 많이 타는 성격으로 알려져 있었다.

하지만 지금 이렇게 부끄러움도 모르는 사람처럼 대답하는 이유는 레몽도 쉽게 짐작할 수 있었다. 여자를 보호하기 위함일 것이다. 교차 심문에서 어긋나는 내용이 나올 때, 단장이 두 사람의 혀를 끊는다는 말을 입에 담았기 때문에.

아크레 출신 기사들의 협박에는 허언이 없다. 혀를 끊는다 하면 실제로 끊을 것이고, 눈을 뽑는다 하면 정말 뽑을 것이다. 누군가의 손발을 자른다 하면, 얼마 가지 않아 그가 바닥을 기어 다니는 모습을 보게 된다.

포로 기사를 명예롭게 예우하던 살라딘과 보두앵 황제 시절의 관행은, 맘루크와 맞서 싸우는 동안 거의 자취를 감추었다. 맘루크는 노예 군대였기 때문에 몸값 흥정을 위해 포로 기사나 병사들을 곱게 모시는 예의 따위는 먼지만큼도 없었다. 어지간하면 전장에서 바로 죽였고, 끌고 간다 해도 몸과 정신이 만신창이가 될 때까지 고문을 가하다가 죽이는 경우가 많았다.

아크레의 성전기사단도 그들과 오래 얽혀 싸우는 동안, 그들과 점점 비슷하게 변해 갔다. '아크레의 도살자'로 불렸던 발타야말로 그 사실을 가장 잘 알고 있을 것이다.

"그녀를 살려 주었던 이유는, 기사단이 무고한 그리스도교도를 죽이는 일을 막고 싶었기 때문입니다. 제 어리석은 소견으로는, 그 결정이 옳지 않다 생각했습니다. ……그녀를 모른다 해도 동일한 선택을 했을 것입니다."

"그녀의 무고함을 믿었고, 그녀가 살기를 바랐던 것도 사실입니다."

"예, 부정하지 않겠습니다. 진심으로 마음에 깊이 품었었나이다."

발타는 자신의 밑바닥까지 모두 드러내 보이는 것으로, 자신이 성전기사단 단원으로서의 정체성만 갖고 있음을 입증해야 했다. 왕과 단장의 전적인 신뢰, 부담감, 도피하고 싶은 마음, 자신의 게으름과 나태함에 대한 고백도 모조리 끌려 나왔다.

"성유물은 제 앞에서 두 번의 이적을 보였습니다. 그녀는 그것이 성유물인지도 알지 못하는 상태였습니다."

"세이렌 호에서 성유물을 친견하고 정체를 알게 된 후, 제가 그녀를 미련한 방법으로 협박하는 바람에 그녀가 본능적으로 도망친 것입니다. 그녀가 성유물을 돌려주려 했던 것은 확실합니다."

"일부러 놓아준 것은 아닙니다. 하지만 목숨을 기어이 거두려 했으면 불가능하진 않았을 것입니다. ……예, 제가 일부러 놓아 보낸 것을 인정합니다."

"물에 빠진 후 제게 돌려주겠다고 한참 헤엄쳐 오는 것을 봤습니다. 제가 겁박하지 않았으면 그날 바로 돌려받았을 것입니다."

"하여 기사단에 감히 입단 신청을 할 수 없었습니다. 그녀를 추적하며 입단을 미루었습니다. 성 십자가 조각을 제 손으로 찾아내어 돌려 드리며 죄를 청할 생각이었습니다."

"예, 그렇습니다. ……기사단에 알리면, ……그녀는 반드시 죽게 될 것이고, 그것이 두려웠습니다."

시간이 갈수록 질문은 혹독해졌고, 대답에는 머뭇거림이 늘었고, 표정은 힘겨워졌다. 그 긴 세월 동안 입단도 못 한 채 비밀리에 여자를 추적했던 일, 이교도 세공사와의 기이한 인연, 이해할 수 없는 감정의 흐름, 그 세공사가 왕의 접근 금지 명령에도 불구하고 무던히 쫓아다녔던 일, 리옹에서의 기적들도 그들 앞에 낱낱이 끌려 나왔다.

"인정합니다. 그녀를 살려 보내고자 했던 마음에, 제 육신의 탐욕이 숨어 있었음을 어찌 부정하겠습니까. 저는 기사단에 돌이킬 수 없는 큰 죄를 지었습니다."

"그녀는 그것을 돌려주기 위해 저를 쫓아다녔지만, 저는 피해 다니기에 급급했습니다. 그녀를 남자라고 생각하면서도 곁에 있으면 성욕을 통제하기 어려웠기 때문에…… 자칫 욕정에 무너져 큰 죄를 짓게 될까 봐 극도로 두려웠습니다."

"일이 이 지경에 이르게 된 것은 처음부터 저의 잘못에서 기인했음을 고백하니, 부디 제게 벌을 돌리시기를 부탁합니다."

그가 생명의 빛으로, 존재 이유로 소중하게 품고 있던 마음부터, 기나긴 세월 그를 지배했던 애틋한 그리움, 타는 듯한 애증 그리고 그가 매일 밤 시달려야 했던 더러운 음욕과 그것을 짓누르려고 발버둥 했던 필사적인 노력들까지 누더기처럼 난도질되어 동료들 앞에 펼쳐졌다.

그는 자신의 안위는 물론 지금까지 쌓아 온 고결한 이미지와 명예마저 포기한 듯했다. 그렇게 해서라도 이 일에 대한 책임을 자신이 뒤집어쓰고자 했다.

그의 대답대로라면, 그는 기사단 단원 자격을 잃고 큰 징벌을 받게 될 수도 있다. 하지만 지금 그가 신경 쓰고 있는 것은, 정체가 들통난 세공사 여자의 안위 한 가지뿐이었다.

그리고 안타깝게도 그것은 아무도 장담해 줄 수 없었다.

뒤에서 오랫동안 침묵하며 듣기만 하던 단장이, 드디어 나서서 묻는다.

"발타사르 드 올랑드 형제, 마지막으로 묻겠다. 너는 장차 성전기사단원으로서 행동할 것인가, 왕의 사람으로 행동할 것인가, 한 여자를 사랑하는 사내로서 행동할 것인가."

그러잖아도 완전히 회복되지 않은 상태였던 그는 몸을 축 늘어뜨리고 고개를 떨군 채 띄엄띄엄 대답했다.

"단장님, 제 마음은 어릴 때 하느님께 입단 서원을 한 후부터 단 한 번도 달라진 적이 없습니다……."

"사족은 필요 없으니 확실하게 답하라. 어느 쪽이냐."

"저는 신의 뜻을 따르기 위해 성전기사단에 입단하기로 서약한 것입니다. 당연히, 신의 뜻을 따르는 성전기사단의 명에 절대복종할 것입니다."

단장의 눈썹이 안으로 모여든다. 그는 팔짱을 끼고 잠시 침묵했다.

흠잡을 데 없는 대답이었다. 하지만 단장이 원한 완벽한 대답은 아니었다.

단장은 성전기사단의 명에 절대복종하겠다는 대답을 원했다. 발타 역시 절대복종한다 했지만, '신의 뜻을 따르는'이라는 전제조건이 붙어 있었다. 이것은 하느님과의 맹세이므로 깨뜨릴 수 없는 조건이었다.

그럼 당연히 다음 순서로 '하느님의 뜻과 성전기사단의 명령이 다를 경우 어찌할 것인가'라는 질문이 나와야 하겠지만, 그 질문은 불가능했다. 기사단이 신의 뜻에 반하는 일을 할 수도 있다는 가정부터가 존립 기반을 무너뜨리는 일이다. 이제 성지는 상실했지만, 그래도 기사단의 정체성이 '그리스도의 뜻을 행하는 군사'라는 점은 변할 수 없었다.

그리고 발타는 그 대답을 이미 행동으로 보여 주었다.

그는 기사단의 요구가 신의 뜻을 거스른다고 판단했을 때, 분명히 독단적으로 행동했다. 레아와 그녀의 동생을 살려서 탈출시켰고, 입단식에서 자신의 목을 긋는 것으로 이교 숭배를 흉내 내는 절차를 피했다. 이제 와서 생각하니, 입단식의 자해도 잘 계획된 행동이 아니었을까 하는 의심이 들었다.

자크는 왕이 발타의 별명을 '작은 솔로몬'이라 불렀던 것을 기억했다.

자크는 자신의 대자를 친아들처럼 아끼고 사랑했지만, 그가 생각보다 교활할 때가 있다는 생각을 떨칠 수가 없었다.

다만, 그는 발타의 진심만은 믿었다. 발타는 왕에게 충성하는 것 이상으로 성전기사단에 충성해 왔다. 그것까지 부정할 수는 없었다.

자크는 그의 눈을 가린 천을 풀어 주었다. 갑자기 눈이 풀리자 발타는 당황해서 고개를 아래로 푹 처박았다. 탁자 위로 물방울이 두어 번 떨어지는 것을 자크는 점잖게 외면해 주었다.

전장에서 가장 용맹하고 잔혹한 이 기사는 의외로 눈물이 흔했으되, 다른 기사들과 마찬가지로 그것을 동료에게 보이는 것을 몹시 싫어했다. 발타를 결박한 끈을 잘라 주자, 뒤늦게 한 손으로 급하게 눈가를 문질렀다. 자크는 뜨겁게 달군 자갈을 삼키는 듯한 기분이 들었다.

"마드무아젤 레아 다크레가 왕에게 신성 재판을 신청했다."

"예……?"

"왕은 그것을 받아들였고, 결투 재판의 '공평의 원칙'에 의해 옛 신성 재판과 동일한 방법으로 신의 선택을 분별하기로 결정했다. 이제 그녀는 우리 측 기사 열두 명과 혼자 싸워서 신의 선택을 증명해야 한다."

"오, 하느님. 그, 그런…… 부당한……."

멍하니 중얼대던 발타는 이내 눈을 감고 입을 다물었다. 부당하다 말할 수 없다. 오래전 성전기사단은 그 부당함을 감수하고 신의 선택을 증명해 냈기 때문에.

이제는 반대로 그녀가 그 부당함을 감수하고 그녀를 향한 신의 선택을 증명하여 목숨을 구해야 했다.

자크 단장은 그의 어깨에 손을 얹고 엄숙하게 명했다.

"발타사르 드 올랑드, 나 자크 드 몰레는 그대가 속한 성전기사단의 총단장이자 너를 사랑하는 대부로서 명령한다."

"……예, 단장님."

발타가 고개를 천천히 들어 올린다. 이미 혼이 절반쯤 나간 모습이었다.

"너는 신성 재판의 우리 측 대표 기사로 참여하여 반드시 성유물을 찾아오너라. 그것이 네게 내리는 우리의 징벌이며, 네가 용서받을 유일한 방법이다."

"……."

그의 푸른 눈동자가 크게 흔들렸다. 그 눈동자를 새로 채우고 있는 감정은, 그렇다. 걷잡을 수 없는 두려움이었다. 자크는 이 순간 그를 아예 철저하게 짓밟아, 신이 아닌 그들의 소유로 철저하게 복속시키고 싶은 잔혹한 마음을 느꼈다.

자크는 당황한 것을 감추기 위해, 그를 내려다보며 단호하게 말했다.

"너는 그것으로 신께서 우리를 선택하셨음을 다시 밝히고, 네 참회의 진실함과 기사단에 대한 충성을 입증하도록 해라."

그의 고개가 다시 깊이 수그러들었다. 그는 한동안 움직이지 않고 거칠게 숨을 몰아쉬었다. 단장은 다시 엄하게 물었다.

"발타사르 드 올랑드, 답하라. 그대는 신성 재판에 참가하겠는가!"

그는 결국 고개를 푹 수그리고 덜덜 떨리는 목소리로 대답했다.

"……참가……하겠습니다, 단장님."

‡ ‡ ‡

왕은 레아를 독방에 두고 감시하겠다는 기사단의 요청을 거절했다. 대신 감시하는 기사들을 자신의 방 앞에 세우는 것은 허락했다.

왕의 시종과 기사들도 방문 앞에서 진을 치며 기 싸움을 했기 때문에 그 좁은 복도는 흉흉한 기운으로 가득했다.

온갖 가십 모으기에 유능한 어전 시종은 이곳에서도 실력을 발휘하여, 발타의 취조 과정을 왕에게 고스란히 전달했다. 그의 고통과 곤혹스러움을 고스란히 느낄 수 있을 만큼 상세하고 생생한 내용이었다. 왕은 예의 표정 없는 얼굴로 그 이야기들을 말없이 들었고, 레아는 두 손으로 얼굴을 감싼 채 숨죽여 흐느꼈다.

보고를 마친 위그는 조심스럽게 밖으로 물러나 문을 닫았다. 문밖에는 알랭을 비롯한 왕실 기사들이 더 많이 늘어나, 이제 몇 명인지 셀 수도 없을 지경이었다.

왕은 레아가 우는 동안 탁자 위에 놓인 체스 판만 내려다보았다. 바닥에 흩어졌던 체스 말들은 말끔하게 정리되어 나무 쟁반 위, 정확한 위치에 진 치고 있다. 왕은 그곳에 시선을 둔 채 미동도 없었다. 그래서 레아는 그의 마음을 전혀 짐작할 수 없었다.

그는 눈빛에 체스 알들이 닳아 없어질 정도가 되어서야 입을 열었다.

“세공사, 나는 여자가 울면 불편해. 뭘 어떻게 해야 할지 잘 모르겠어.”

기가 막혔다. 누가 뭘 어떻게 해 달랬는가. 하지만 생각해 보니 폐하께서도 발타 님 때문에 심란해 죽겠는데 옆에서 질질대고 있으니 짜증스럽기도 했겠다.

“죄송합니다. 뭘 어떻게 안 해 주셔도 됩니다. 흐, 흑, 흐으. 그냥, 내버려 두시면, 알아서 그쳐요…….”

“잔느는 절대 그러면 안 된다 하던데.”

아하, 돌아가신 왕비마마께선 이 감정이 덜떨어진 남편을 어떻게든 교육시켜서 데리고 살아 보려 했던 모양이다. 이 와중에 갑자기 웃음이 튀어나오려고 해서 레아는 죽고 싶었다.

“왕비마마께선 그럼 어떻게 해 주라고 하셨는데요?”

“미안하다고 사과하고, 눈물을 닦아 주고, 입을 맞추고, 꼭 안아 달라고 했어. 하지만 그대에겐 안 될 방법 아닌가.”

아, 폐하의 그 많은 아들딸들은 어쩌면 부부 싸움의 결과물일지도 모르겠다. 레아는 여전히 훌쩍대면서도, 돌아가신 왕비마마의 필사적인 노력에 일단 심심한 경의를 표했다.

“저는, 그냥 내버려 두시면 돼요.”

“…….”

“저는 나바르와 상파뉴의 고귀한 여주인이 아니라, 그냥 자유민 세공사이고, 오랫동안 남자처럼 살아왔어요. 이런 사람이 울 때는 그냥 내버려 두셔도 돼요.”

“…….”

왕은 고개를 돌려 레아를 돌아보았다. 뭔가 못마땅한 듯했으나, 무엇이 못마땅한지는 알 수 없었다. 왕은 허리띠 주머니를 잠시 뒤져 보다가 한숨을 쉬며 고개를 저었고, 레아는 슈미즈 자락을 끌어당겨 눈이 빨개지도록 문질렀다.

“그대는 두렵지 않은가. 열두 명의 기사와 싸울 일이?”

“12 대 1 승부를 결정하신 분이 묻기엔 좀 뻘쭘한 질문 아닌가요?”

레아는 훌쩍대며, 그래도 할 말은 하고 말았다. 하지만 왕의 얼굴이 딱딱하게 굳는 것을 보고는 슬그머니 말을 돌릴 수밖에 없었다.

“저…… 섭섭해하는 건 아니에요. 질질 끄는 것보다, 최대한 빨리 죽는 게 저한테는 축복이니까…….”

"……."

"아 물론, 고문당하다 죽는 것보다도 낫죠. 평생 기사단에 쫓기는 것보다도 낫고요. 정말이에요, 폐하. 섭섭해하는 거 정말 아닙니다. 재판 받아 주신 거 깊이 감사드리고 있습니다."

레아는 진심으로 그렇게 생각했다. 하지만 왕은 그렇게 받아들이지 않는 듯했다.

"그대는 미련한 것인가, 용감한 것인가."

"겁이 너무 많아서 다 포기한 거예요, 폐하."

이번 신성 재판은 예전과 마찬가지로 멜레(여러 명이 엉켜 싸우는 난전 형식 경기) 방식이 적용된다. 즉 열두 명의 기사가 한꺼번에 레아에게 몰려들어 대결하는 것이다. 패배를 가리는 기준은, 낙마, 장외 탈출, 승부의 포기 혹은 목숨을 잃는 것이다.

단숨에 낙마해서 말들에게 짓밟혀서 죽는 것이 가장 좋지만, 크게 부상을 입어 경기장에서 바로 죽는 것도 나쁘지 않다. 용감하기는커녕 가장 쫄보다운 결론이었다. 경기장에서 살아 봤자, 승부에서 지면 어차피 처형이니까.

"그대가 싸워야 할 기사들 중에는 발타도 있어."

"좋아하는 분의 검에 찔려 죽으면 트루베르들이 노래를 백 개쯤 만들어 줄 거예요. 전 귀니에브르 왕비나 랑슬로 경보다 더 유명해질 거예요."

레아는 눈물방울을 매단 채 억지로 웃었다. 왕은 웃지 않았다.

"검은 잡을 줄 아나."

"만드는 건 잘 하지만 들고 싸워 본 적은 없어요."

"방패나 단검은?"

"만드는 건 잘 하지만 들고 싸워 본 적은…… 흐으."

왕은 입을 다물고 다시 시선을 체스 판으로 떨어뜨렸다. 갑자기 튀어나온 울음은 꼬리도 짧았다. 레아는 재빨리 소맷자락으로 눈물을 닦고 다시 표정을 수습했다.

"레아 다크레. 원하는 게 있나? 내가 해 줄 수 있는 건 다 해 주도록 하지. ……환궁해서."

"……이젠 없어요."

왕은 여전히 시선을 아래로 못 박은 채, 아몬드로 깎아 만든 기사를 이리저리 돌려 보며 한숨처럼 중얼거렸다.

"자네 어렸을 때 기사가 되고 싶었다고 했었나?"

"그랬죠. 그때는 제가 뭘 몰라서."

"나는, 그대만큼 용맹한 여인을 본 적이 없어. 어제 그대는 나의 어떤 기사들보다 용감했어. 그대에게 서임식을 해 줄 테니, 나의 기사로, 포기하지 말고 싸워. 살 수 있을지도 모르잖나."

"폐, 폐하."

기겁해서 눈물이 쑥 들어갔다. 왕은 무표정하게 말을 이었다.

"어차피 그대는 재판 전에 기사 서임을 받아야 해. 기사와의 대결은 기사만이 받아들일 수 있어. 서임 후에 내가 최선을 다해 공격법과 방어법을 가르쳐 줄 테니 배워. 발타도 파리에 있을 때는 내가 직접 검술을 가르쳤어. 목숨만이라도 건져 돌아와."

"목……숨만이라도 건지라고요?"

기가 막혔다. 다시 서러움이 폭발했다.

"목숨을 건져 봤자 무슨 의미가 있습니까. 패배하면 어차피 유죄 확증이니 남은 건 몽포콩 언덕의 교수대뿐인데요! 또 도망이라도 칠까요? 아시케나지 마을도 풍비박산 났는데, 대체 어디서, 무슨 재주로 그 많은 성전기사들을 피해 사나요?"

왕의 미간이 접힌다. 그는 다시 아몬드로 만든 말을 들여다본다. 왕과 여왕, 성과 승정과 기사, 그곳에 새겨진 작고 섬세한 무늬를 천천히 손가락으로 매만졌다.

"……내가 힘이 없어서 미안하군. 알았네."

그가 아주 낮은 목소리로 말했다. 레아는 멀거니 눈만 껌벅거렸다. 왕을 딱히 좋아하는 건 아니었지만, 저런 자괴감을 주려고 했던 건 아니었다.

레아는 비척비척 내려가 그의 앞에 무릎을 꿇었다. 기사 서임식을 참관한 적은 없지만, 어떻게 진행되는지 대충 이야기는 들었다. 왕은 레아의 모습을 보더니 한쪽 입술 끝을 끌어 올리며 희미하게 웃었다.

"위그! 알랭! 니콜라……. 고해 신부님을 모셔 오고 내 검을 가져오게."

갑작스러운 서임식 이야기에 밖에 서 있던 기사들이 술렁술렁했다. 하지만 말을 덧대는 자는 없었다. 일국의 왕이 자신의 기사를 서임하는 것을 막을 수 있는 사람은 아무도 없었고, 기사들과의 결투 재판이 결정되었으니 레아는 재판 전까지는 약식으로라도 기사 직위를 받아야만 했다.

목욕재계를 대신하여 손과 얼굴과 발을 씻기 위해 물이 담긴 나무 대야가 들어왔고, 갈아입을 새 옷도 들어왔다. 어전 시종이 눈치 빠르게 침대 시트를 걷어 구석에 칸막이도 마련해 주었다.

레아가 깨끗하게 세탁된 하얀 튜닉으로 갈아입자, 프루빌르 추기경이 치렁치렁한 옷자락을 걷어쥐고 칸막이 안으로 들어왔다.

서임받는 기사의 '참회의 밤'을 대신하기 위해 자그마치 추기경 예하께서 동원되었다.

레아는 시트로 가려진 칸막이 안에서 속죄를 청했다. 칸막이 밖에서 고백하는 내용을 귀 기울여 듣고 있는 사람이 백 명쯤 되는 듯한 더러운 기분이 들었지만, 이제는 창피해서 오그라들 간덩이 따위는 남아 있지 않았다.

처음에는 성 십자가에 대한 일을 처음 고해할까 했으나, 바로 고개를 저었다. 신의 선택이라며 신성 재판을 신청해 놓고 그걸 죄라고 고백하면 안 될 일이었다. 왕에게 받은 임무대로 성전기사단에서 첩자 노릇을 한 것과 비밀 입단식에 대해 알린 것에 대해서 고백할까 하다가, 그러면 그 일을 시킨 왕은 또 뭐가 되나 싶었다. 그리고 그 왕께서 바로 칸막이 뒤에 계셨다. 레아는 그 고백도 집어치웠다.

그래서 레아가 고백할 죄는 결국 한 가지밖에 남지 않았다.

"저는, 사랑하면 안 되는 분을 너무 사랑했습니다. 쫓아다녀선 안 되었는데, 쫓아다녔고, 고백해서도 안 되었는데 고백했고, 입 맞추어서는 안 되었는데도 입 맞추었고, 유혹해서는 안 되었는데, 당신의 아이를 갖고 싶다고 유혹했습니다. 그래서 그분의 인생을 시궁창으로 박아 버렸습니다……."

고백하던 레아는 말을 잠시 멈추었다. 칸막이 뒤에서 누군가의 무거운 한숨 소리가 들렸다.

문득, 궁금했다. 발타 님도 나처럼 고백했을까. 사랑하지 말았어야 할 여자를 사랑해서, 입 맞추지 말아야 할 여자에게 입 맞춰서, 잊고 버려야 할 여자를 잊고 버리지 못해서, 결국 자신의 고결하고 명예로운 인생을 시궁창으로 박아 버렸다고 하셨을까.

그래. 당연히 그렇게 고백하셨어야 옳다. 그분이야말로 나보다 훨씬 큰 죄를 지었다.

그분은 나 같은 멍청한 세공사 따위를 사랑해선 안 되었다. 내 목에 그렇게 떨리는 입술을 대면 안 되었고, 죽이지도 못할 주제에 칼을 던지거나 10년 넘게 쫓아다녀서도 안 되었다.

나 따위 하찮은 여자를 사랑한다고 사람들 앞에 고백하면서 그 굴욕을 당해서는 안 되었다. 그렇게 당신의 인생을 시궁창에 처박으면 안 되었다.

그분이야말로, 나 따위를 사랑하면 안 되었다.

대체 어쩌다 일이 그렇게 되었는지 알 수 없어, 레아는 한참 동안 말을 잇지 못했다.

참회 절차가 끝난 후, 왕은 자신의 검을 추기경에게 건네주었고, 추기경은 그것에 축성해 다시 왕에게 돌려주었다.

레아는 기사도의 강령이나 맹세 따위를 외우지 못했다. 그래서 왕이 옆에서 강령을 읊어 주어서 그것을 따라 읊었다. 성전기사단의 입회식에서 들었던 것과 내용이 비슷하지만, 문장이 다소 다른 것을 보면, 왕이 열여섯 살에 서임을 받을 때 외웠던 내용이 아닌가 싶었다.

“나 아크레의 레아는 기사로서 하느님을 경외하고 교회를 보호할 것입니다.”

“나 아크레의 레아는 기사로서 여성과, 고아와, 과부와, 빈자와, 병자와, 의지할 곳 없는 이들을 보호할 것입니다.”

“나 아크레의 레아는 기사로서, 적에게 물러서지 않는 용맹과 주군에 대한 충성, 항복한 적에 대한 너그러운 관용을 보일 것입니다.”

“나 아크레의 레아는 기사로서, 어떠한 순간에도 기사다운 명예와 품위를 지킬 것입니다…….”

방과 복도에는 꽤 많은 사람이 모여 있었지만 쥐 죽은 듯 조용했다. 여자가 서임받는 것을 본 적이 없으니 신기하기도 할 테지만, 서임식 자체가 매우 뜻깊은 행사이니 제대로 예의를 지켜 주려는 듯했다. 복도에 서 있는 사람들은 대부분 기사였기 때문에, 이 행사의 무게를 가장 잘 알고 있었다.

물론 레아에게는 그 무게가 별로 와닿지는 않았다. 감정 변화가 별로 없는 왕의 변덕처럼 느껴질 뿐이었다. 하지만 그가 레아가 살아 돌아오기를 간절히 바란다는 것만큼은 충분히 느낄 수 있었다.

서약이 끝난 후, 왕은 레아를 자리에서 일으키며 차분하게 말했다.

“오늘 맹세한 사명을 영원히 기억하라. 아크레의 레아, 나의 용감한 기사여.”

그러더니 손을 들어 사정없이 레아의 따귀를 후려갈겼다. 왕은 키가 크고 힘도 대단히 좋은 편이어서, 레아는 악 소리도 내지 못하고 그대로 바닥에 나동그라졌다. 얼마나 인정사정없이 후려쳤는지, 코피가 바닥으로 툭툭 떨어졌다.

간신히 휘청거리며 자리에서 일어서는 것을, 누구도 붙잡아 주지 않았다. 기사의 서약을 기억하기 위한 정식 절차였기 때문이었다.

정말 사정 안 보고 후려치는구나. 이 정도로 세게 얻어맞아 이빨이 두어 개쯤 나가면, 정말 죽을 때까지 잊지 못할 것 같다.

"하느님과 생 미셸과 생 조르주의 이름으로 그대를 기사에 임명하노니, 그대는 용감하고 명예와 예의를 지키며 충성을 다할지라. 이제 나의 새로운 기사가 된 그대에게, 성 삼위 하느님의 축복이 임할지어다."

왕은 추기경에게 축성받은 자신의 검을 레아의 허리에 채워 주고, 자신이 입고 왔던 사슬 갑옷 상의와 하의도 레아에게 직접 입혀 주었다.

왕의 사슬 갑옷은 레아에게는 상당히 커서 발바닥 쪽이 질질 끌렸다. 왕은 그 위에 노란 백합이 수놓인 푸른 쉬르코를 덧입혀 준 후, 마지막으로 신발에 박차를 채워 주고, 어깨를 가볍게 두드렸다.

그렇게, 서임식은 끝났다. 레아는 얼얼하게 부은 뺨을 비비며, 괜한 짓을 했다고 생각했다. 쓸데없는 일에 휘말려 코피 터지게 따귀만 맞은 꼴이었다.

하지만 왕이 내린 검을 받는 기분이 또 썩 나쁘지 않았다. 재판 전까지 짧은 기간에 불과하지만, 이제 자유민 세공사 같은 게 아니라 기사님 소리도 들을 수 있게 된 것이다.

"그러면 신종 서약도 함께 받도록 하지. 올랑드 영지의 새 영주로서."

저도 모르게 눈을 둥그렇게 떴다.

"폐하, 며칠 안 가 죽…… 재판을 받을 사람에게……?"

허둥지둥 거절하려던 레아는 문득 입을 다물었다.

올랑드는 발타 님이 10년 넘게 다스리던 영지였다. 더욱이 발타 님의 고향으로 알려진 지역명을 따 붙인 이름 아닌가.

보통, 남편이 다스리던 영지는 남편이 원정을 떠나거나 유고시

아내가 이어받아 관리하는 것이 당연한 일이었다.

그 사실에 생각이 닿자, 레아는 그 땅을 강렬하게 얻고 싶어졌다. 몇 달 관리하지도 못할 상황이나, 눈곱만 한 상속 불가 영지라는 사실 따위는 아무 상관이 없었다.

그저 위안이었다. 그렇게나 깊이 사랑했던 분에게서 영지를 이어받는다는 것. 엄청난 망상이지만, 그분의 아내가 된 기분을 아주 조금쯤은 느껴 볼 수 있지 않을까.

이것은, 어쩌면 폐하 나름의 위로 방식일 수도 있겠구나.

레아는 얌전하게 고개를 끄덕이고, 여전히 얼얼한 뺨을 문지르며 그의 앞에 다시 무릎을 꿇었다. 서임식과 신종 서약이 동시에 이루어지는 일이 드물지 않은지라, 증인들은 점잖게 두 손을 모으고 다시 옆에 섰다.

폐하의 침실에서 뭔가 이상한 일이 벌어지고 있다는 걸 전해 들은 보좌 주교와 대법관이 허둥지둥 달려왔다. 보좌 주교의 씩씩대는 숨소리를 듣는 순간, 레아는 뭔가 망했다는 생각이 들었다.

증인은 순식간에 다섯 명이 되었고, 밖에 서 있는 성전기사단 고위 단원들과 감시병들과 왕의 기사들까지 합치면 열 명이 훨씬 넘는 증인들이 방을 둘러 포진하고 있었다. 증인의 면면으로만 보자면, 앙주 제국이나 부르고뉴 공작의 신종 서약쯤 되는 것 같다.

그래도 오마주를 바치는 것도 두 번째라고, 처음처럼 당황스럽지는 않았다. 레아는 왕의 앞에 두 손을 내밀었고, 왕은 한 손을 그녀의 손 위에 얹었다.

"프랑스의 왕이며 그리스도교 신앙과 가톨릭 교회의 수호자,

올랑드의 주인인 나 필립은 오늘부터 아크레의 레아를 올랑드의 영주로 임명한다. 아크레의 레아가 나에게 충성과 의무를 다하는 한, 올랑드 영지는 종신토록 아크레의 레아에게 종속됨을, 성 삼위 하느님과 성모 마리아와 프랑스를 지키시는 생 미셸 대천사의 이름으로 맹세한다."

"저 레아 다크레는, 프랑스의 왕이며 올랑드의 주인이신 폐하께 오늘부터 올랑드 영지를 위임받게 되었습니다. 저는 이제부터 필립 폐하께 속한 가신이 되어 맡은 영지를 잘 관리하고 폐하께 충성하며 정해진 의무를 바칠 것입니다."

두 번째 신종 서약은, 도깨비놀음처럼 얼빠진 채로 끝난 첫 번째 신종 서약보다 훨씬 침착하고 매끄럽게 진행되었다.

"자세한 의무와 보상에 대한 절차는, 환궁 후 정식으로 그대에게 전달하도록 하겠다."

왕은 자신의 손가락에서 반지를 하나 빼어 레아에게 끼워 주었다. 에메랄드가 박힌 금반지로 알이 크고 밴드가 두꺼웠다. 그것은 발타가 끼워 주었던 반지 바로 옆의 손가락으로 들어갔다.

보좌 주교와 어전 시종, 대법관, 신임 추기경이라는 어마어마한 증인들은 웃음기가 전혀 없는 얼굴로 엄숙하게 그 장면을 참관했다. 파스칼이나 카미유처럼 얼빠진 얼굴로 손뼉을 치는 짓 따위는 하지 않았다.

레아는 물끄러미 자신의 손을 내려다보았다. 두 개의 반지가 나란히 끼워져 있는 모습이 이상했다.

발타 님은 그때, 자신의 목숨을 구해 주기 위해 그렇게 급하게, 그렇게 허둥지둥 신종 서약을 받았고, 그렇게 무리를 해서 이교도 세공사를 구해 주셨는데…….

……그 일의 결말은 결국 이렇게 되었다.

레아는 자신이 그의 검에 찔려 죽는 것은 오히려 괜찮다고 생각했다. 그분이 일격에 아프지 않게 찔러서 떨어뜨려 준다면, 그게 가장 좋을 것 같기는 했다.

하지만 그가 얼마나 괴로울까를 생각해 보면, 그건 정말 못 할 짓이었다. 그는 평생 그 상처를 품고 괴로워하며 살아가야 할 것이다.

대체 어쩌다 일이 이 지경이 되어 버렸을까?

아니다. 따지는 것도 부질없다. 신의 섭리란, 애초에 인간이 이해할 수 없는 것이다. 이해하려 해서도 안 되는 것이다.

레아는 왜인지, 지금 그가 보고 싶었다. 아무 이유도 없이 눈물겹게 보고 싶었다. 미안하다고, 고맙다고, 괜찮다고, 무슨 말이라도 해 주고 싶었다. 그에게 사랑한다는 말을 했었던가. 기억나지 않는다. 차라리 할 것을 그랬나. 아니, 안 할 것을 그랬다.

그냥, 서로 사랑한다고 말해 보는 게 왜 그렇게 힘들었을까.

두 개의 반지 위로 눈물이 툭툭 떨어졌다. 증인들은 여전히 미동도 하지 않고 그 자리에 서 있다.

신종 서약의 가장 마지막 순서가 남았다. 왕은 허리를 숙여 자신의 옷소매로 레아의 눈물을 닦고 레아에게 입을 맞춘 후, 그녀의 어깨를 끌어안고 등을 두드려 주었다.

그의 억양 없는 목소리가 덤덤하게 귓가에 내려앉았다.

"일이 이렇게 되어…… 진심으로 미안하게 생각한다."

왕비마마의 교육은 그다지 효과가 없었다. 눈물은 오랫동안 멎지 않았다.

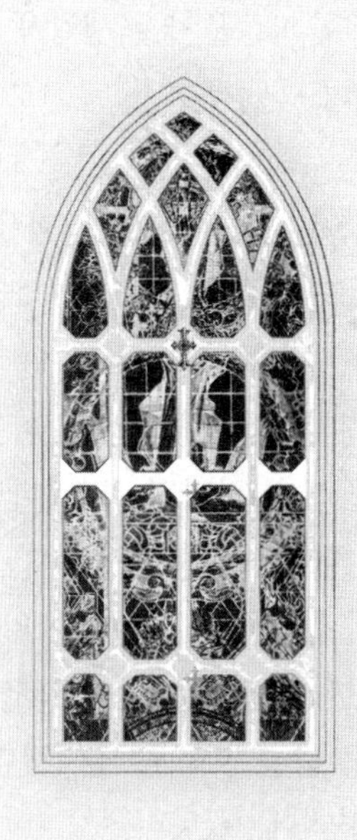

7-11. 왕의 제안

왕이 시테 궁으로 귀환한 것은 폭동이 일어난 지 3일이 지난 후였다. 시위를 일으킨 자들은 왕의 용병과 기사들에게 모두 잡혔고, 소요는 깨끗이 진압되었다.

왕은 어쩌다 휩쓸린 자들은 채찍질을 해서 내보내고, 주모자들을 모두 생 드니 성문 밖 몽포콩 언덕에 매달라고 명령했다. 몽포콩 언덕에는 필립이 세운 초대형 교수대가 서 있었다. 매달린 자는 모두 스물여덟 명이었다.

왕과 함께 성문 밖으로 나간 레아는 시신이 매달린 곳에 이르자 얼른 고개를 돌렸다. 시신들이 떼로 매달려 새들에게 뜯기는 꼴은 꿈에 나타날까 싶게 끔찍했다. 지금은 겨울이라 덜하지만 여름이면 그 문드러져 가는 형상과 들끓는 새와 벌레들과 악취가 이루 말할 수 없었다.

하지만 왕은 말을 멈추고 매달린 시신들을 한참 동안 올려다보고 있었다. 악취미라는 생각밖에 들지 않았다.

"누구를 보십니까, 폐하."

"돼지치기 마르탱……. 상인 베르나르도 있군."

소요가 일어나기 직전에 폐하께 치유의 기도를 받고 그의 발에 입 맞추고 갔던 자들이었다. 옆으로 꺾여 늘어진 얼굴은 시커멓게 변하긴 했지만 날이 추워 썩지는 않았다.

"저들을 축복한 것을 후회하세요?"

"아니. 그것은 내가 그 자리에서 이행했어야 할 의무였다."

"……."

"저들을 처형한 것도 내가 응당 해야 할 일이다. 두 가지는 별개의 일이야. 괘념치 않는다."

레아는 왕이 이상하다기보다 걱정스러웠다. 정말 그 두 가지가 딱 칼로 자른 것처럼 나뉠 수 있을까? 그러면 상처를 안 받을까? 사람의 마음이, 상처를 상처로 받아들이지 못하고, 아픔을 아픔으로 인정하지 않으면 나중에 과연 어떻게 될까?

왕의 인생의 기쁨이란 과연 어디에서 존재할까?

발타 님의 인생의 기쁨은 한겨울의 따뜻한 난로 옆, 포근한 이불 속, 그리고 레아에게 있었다. 너무나 소박하고 별 볼 일 없지만, 어쨌든 눈에 보이고 느껴질 수 있는 형태로 존재했다.

왕은 그렇지 않은 모양이다. 인생의 기쁨이 거룩한 의무의 수행뿐이라면, 대로마 제국의 황제라도 그리 기쁠 것 같지 않았다.

‡ ‡ ‡

레아는 시테 궁 안쪽의 생 루이 별궁을 임시 처소로 삼기로 했다. 기사단에서는 반발했지만 왕은 '신성 재판을 신청한 자가 기사단에 암살당하는 사태는 원하지 않는다'고 대놓고 말하는 것으로 분위기를 싸늘하게 만들었다.

추기경이 생 드니 수도원이나 아르장퇴이유 수녀원을 거론했으나 양쪽에서 콧방귀도 뀌지 않았다. 레아가 성유물을 들고 잠적할까 염려한 성전기사단에서는, 그녀를 감시하는 기사를 별도로 다섯을 붙이는 것으로 타협했다.

왕은 환궁 후 레아가 챙겨 온 가시관과 유물들을 다시 생트 샤펠에 갖다 놓았고, 레아가 자신에게 준 나뭇가지를 돌려주었다. 기사단에서 레아가 그것을 실제로 갖고 있는지 확인할 이들을 보냈던 것이다.

레아는 왕에게 그것을 돌려받아, 기사단의 고위 단원들과 왕실 참사회, 추기경과 대법관의 입회하에 진행된 확인 절차에 응해야 했다.

왕 역시 그것을 가지고 있을 명분이 없었다. 레아의 안전을 완벽하게 보장한다는 약속을 지키지 못했으니, 계약이 깨진 셈이었다. 그것도 빼도 박도 못하는 왕의 실책으로.

더욱이 신께서 레아를 선택하여 친히 성유물을 보내신 거라는 주장으로 신성 재판까지 요청한 상태였다. 왕이 갖고 있으면 야단이 날 일이었다.

레아는 자신에게 돌아온 성유물을 보며 대놓고 한숨을 쉬었다. 이게 정말, 내 손으로 쉴 새 없이 돌아오는구나. 길바닥에 흘려도, 돌려 드리려고 집어 던져도, 왕궁과 리옹까지 쫓아다니면서 돌려 드리려 해도, 군인들에게 빼앗겨도, 왕에게 거래로 넘겨주어도, 어쨌든 이 성유물은 온갖 희한한 인연으로 자신의 손으로 되돌아왔다. 이쯤 되니 레아는 거의 자포자기 상태였다.

왕은 왕대로 그 성물에 미련을 감추지 못했다. 돌려주기 전에도 성호를 백 번쯤 긋고, 한숨을 쉬며 어루만지고, 입을 맞추고, 레아가 공손히 받은 후에도 그것에서 눈길을 떼지 못했다. 레아가 예전처럼 가죽띠로 친친 감아 품에 숨기는 것을 바라보며, 그는 안절부절못하고 시선을 돌리며 한숨을 쉬더니 기어이 입을 연다.

"보석을 박은 성물함을 만들라 할까."

"폐하, 혹시 모르실까 봐 말씀드리는데요, 제가 파리에서 손꼽히는 귀금속 세공사입니다. 만들려면 진작 만들지 않았겠습니까."

"숨기는 데 급급한 마음은 알지만, 그 정도면 불경함을 넘어서 참람함이야, 세공사."

"아, 예……."

"그리스도의 성혈이 스며들고 몇 번이나 이적을 보인 성물이다. 세상에 존재하는 성물 중에서 이보다 귀한 것은 거의 없을 것이다. 이유가 어찌 됐든, 그런 취급을 당하는 것을 차마 보기 어려워."

그렇게나 감정 표현이 없는 왕이 이렇게까지 집착하는 걸 보니 우스운 걸 넘어 좀 짠하기까지 하다.

망치 자루로 만들어서 공구 자루에 넣어 두었다가 댁한테 뺏겼었다는 얘길 하면 기절하시겠군.

상상하며 레아는 속으로 비시시 웃었다. 그렇다. 세상의 모든 것을 다 안다는 것이 좋은 것은 아니다. 세상의 모든 지혜를 섭

렵했다는 솔로몬도 딱히 행복했던 것 같지 않다.

그러면 무엇이든 아시고 무엇이든 행하실 수 있는 신께서는 행복하실까.

……전지전능하신 신은, 과연 어떤 일에서 기쁨을 느끼실까.

휴, 레아는 눈을 감고 얼른 성호경을 그었다. 이런 돌로 쳐 죽일 생각을 함부로 찍찍 해 대는 것을 보니, 간덩이가 쪼그라붙다 못해 아예 없어진 모양이다.

‡ ‡ ‡

재판 날짜가 잡혔다. 신성 재판은 청구일로부터 40일 이후의 적당한 날로 지정되는 것이 원칙으로, 약 2개월 후, 신년맞이 부활절을 한 달 반 앞둔 사순절 둘째 날 목요일로 지정되었다.

푸아티에의 교황청과 왕실 대법원과 참사회, 그리고 성전기사단 참사회 참관하에 왕의 정원에서 재판이 이루어질 것이라 했다. 다만 어떠한 기록도 남기지 않고, 철저한 비밀에 부치기로 합의가 되었다. 그 역시 오래전의 선례를 따른 것이라고 했다.

왕은 레아에게 약속대로 기사로서의 훈련(?)을 시키기 시작했다. 그것도 왕의 정원에서 친히. 눈이 오나, 바람이 부나, 하루에 반나절씩 직접 가르치기 시작했다.

하지만 제대로 칼을 맞대고 싸우는 방법 따위를 가르치는 것은 아니었다. 칼을 제대로 쥐는 법만 배우고서는 바로 방어 연습에 돌입했다. 검의 공격을 흘리는 법, 방패로 막는 법, 타격력을 분산시키는 법, 창의 격돌을 피하는 법, 치명상을 피하는 법, 급소를 보호하는 방법 따위를 가르쳤다. 겨드랑이나 목 찌르기, 창을 들고 격돌하기 등 기사라면 의당 배워야 하는 기술은 전혀 가르치지 않았다.

레아 역시 배움에 심드렁했다. 기껏 두어 달 배워 봤자, 수십 년간 전투 훈련만 해 온 기사들의 발가락 하나 건드릴 수 없을 것이다. 특히나 발타 님이 그곳에 끼어 있다면 눈물부터 철철 쏟아질 텐데, 뭔가가 될 리가 없다.

"근육 힘은 아주 나쁘지는 않다. 팔이나 다리 힘으로만 보면, 약골 기사 정도는 될 것 같다."

돌려 말하지 않는 왕이 그다지 친절하지 않은 얼굴로 말했다. 왕은 객관적으로 보아 매우 훌륭한 기사라고 인정할 수밖에 없지만, 결코 좋은 교사라고는 할 수 없었다. 교사로서의 자질이 쥐꼬리만큼도 없었다.

전투 경험이 풍부한 왕은, 교과서적인 공격과 수비는 물론이거니와, 임기응변의 수도 많고 경험치도 높았다. 게다가 30대 후반의 나이다운 중후하고 묵직한 힘도 갖고 있었다. 그가 검이나 창대로 레아를 후려갈기면, 배운 방식대로 정확하게 막아도 멀찌감치 나가떨어졌다. 숙녀라고 봐주는 것은 손톱만큼도 없었다.

서너 번쯤 눈밭에 진탕 나동그라지고 나무 울타리에 호되게 나가떨어지자 너무 아파 눈물까지 찔끔 나왔다. 레아는 엉기적엉기적 일어나려다 코를 훌쩍대며 방패를 집어 던졌다.

"폐하. 이제 그만 배우겠습니다."

"왜."

"폐하께선 제가 여자인 것을 잘 잊어버리시는 것 같아요."

"세공사. 그들은 그대를 여자로 예우하지 않을 것이다."

왕이 평소와 같은 건건한 목소리로 내뱉는다. 아, 물론 그러시겠지. 레아는 아예 사지를 활짝 벌리고 눈밭에 뻗어 버렸다.

"폐하, 설마 제가 살아 돌아올 가능성이 있다고 생각하세요? 그래서 이렇게 열심히 가르치시는 거예요?"

"……."

왕이 쓸데없이 낙관적인 말을 해 주지 않는 것이, 레아는 오히려 마음에 들었다.

그는 레아의 옆으로 다가와 투구를 벗고 사슬 두건도 벗었다. 땀에 젖은 머리카락이 뺨과 목덜미에 달라붙어 있었다.

왕의 정원에는 어느덧 봄이 오고 있었다. 왕의 모습은 그의 정원에 이상할 정도로 잘 어울렸다.

"남아 있는 시간이 얼마 없습니다, 폐하. 저는 이런 거 말고 소중한 일에 남은 시간을 쓰고 싶어요."

레아는 재판 날이 다가오는 것을 생각하지 않으려 애썼지만, 문득 극심한 공포에 사로잡힐 때가 있었다. 시간이 얼마 남지 않았다. 이런 식으로 남은 시간을 낭비하는 것이 너무 아까웠다.

"소중하게 쓰고 싶다……라. 어떤 소중한 일 말이지?"

왕은 밍밍한 어조로 되풀이하며 묻는다. 레아는 하늘을 향해 눈을 데구르르 굴리다가 눈을 감았다. 생각해 보니 딱히 소중한 일을 할 것도 없다.

그냥 보고 싶은 것은, 라셸르, 벵상, 토비아스 랍비나 마망 실비아. 하지만 지금 만날 수 있는 사람은 아무도 없고, 어디 있는지도 모른다.

진짜 보고 싶은 사람도 있긴 있다.

"……발타 님이 보고 싶어요."

왕이 순간적으로 뒤통수를 맞은 듯한 표정을 짓더니 이내 픽 웃는다.

"적수로는 별로 보고 싶지 않을 텐데. 발타가 싸우는 것 본 적 있나?"

"아크레에서 잠깐? 달리다가 뒤를 돌아보면서 칼 두 자루를 연이어 던졌는데, 두 사람 목에 정확하게 박혔죠."

"백병전에서는 고작 그 정도가 아니야. 발타는 가장 효율적으로 상대를 제거하기 때문에, 난전에서는 정말 잔인하고 가차 없어."

"폐하의 말씀도 꽤 가차 없으세요. 저 지금 그런 말 별로 듣고 싶지 않아요. 이렇게 배우는 거 쓸데없는 거 다 아니까, 차라리 그 시간에 기도나 드리는 게 더 낫지 않을까요?"

"나는 그대를 위해 쉴 새 없이 기도하고 있는데. 자네는 안 하나?"

아, 맙소사. 레아는 뜨끔해서 어깨를 움츠리고 말았다. 왕이 자신을 위해 기도하고 있는 줄은 몰랐다. 생트 샤펠에 자주 드나드는 것은, 왕의 일과가 원래 그런 줄로만 알았다.

"전 딱히……? 저는 해 봤자 별로 들어주실 것 같지도 않고요. 만약 하느님께서, 저나 발타 님이 행복하시기를 바라셨다면, 일이 이 지경까지 몰려오진 않았을 거잖아요. 물론 이렇게 포기하는 게 옳다는 건 아니지만……."

왕은 이런 신성모독적인 발언을 듣고도, 이제 노하거나 채찍을 꺼내 들지 않는다. 그는 대신 다른 트집을 잡는다.

"이게 자네에겐 옳고 그름의 문제인가? 가능 불가능의 문제가 아니고?"

“가능과 불가능의 일도, 결국은 옳고 그름의 문제가 된다고, 발타 님이 말씀하신 적이 있어요.”

“내 작은 솔로몬, 그 게으름뱅이는 가끔 그렇게 현자 같은 말을 하지.”

그는 이마를 짚은 채 조금 더 웃었다.

“이 분쟁에서 옳고 그름은 오로지 신의 선택이며, 그것은 인간의 판단을 넘어선다.”

“…….”

“그리하여, 나는 이제 가능한 것만 생각하기로 했어. 가능하게 만들 수 있는 것들을 생각해.”

“폐하께선 제가 이기는 것이 가능하다고 생각하시나요? 조금이라도?”

“아니.”

레아는 기가 막혀서 그를 홱 노려보았다. 레아에게서 다소 멀찍이 떨어져 앉은 왕은 정원 한구석, 눈에 덮인 밀밭을 보며 예의 무감하고 평온한 어조로 말했다.

“내가 바라는 것은, 그대가 일정 시간 말에서 떨어지지 않고 버텨 주는 것이다.”

“네?”

“나는 헛된 승리를 생각하거나 망상하지 않아. 정확하게 얻을 수 있는 선을 생각하고, 그것을 얻기 위해 최선을 다한다.”

레아는 놀라서 자리에서 일어난다. 왕이 이 승부에서 뭔가 기대를 하고 있다는 것 자체가 놀라웠다.

“발타가 검으로 찌르지 못하는 자는 세상에서 네 명 정도에 불과할 것이다. 기욤 전 단장과 대부인 자크 단장, 나 그리고…….”

“…….”

“……아크레 출신의 어떤 팜므 솔로 세공 장인이지.”

“…….”

“그대가 나가면 적어도 발타의 공격은 묶어 둘 수 있어. 그리고 그대가 여성의 복장을 하고, 공격을 포기하고 방어만 한다면, 다른 열한 명의 성전기사들에게 크나큰 모욕을 안겨 주는 동시에, 공격력을 최소한으로 묶을 수 있어.”

“그, 그게 무슨……?”

“그들은 명예를 목숨처럼 아는 진짜 기사들이다. 아무리 중요한 것을 되찾아야 한다 해도 무기도 제대로 쥘 줄 모르는 여성을 떼로 공격할 만큼 후안무치하지 못해. 그것이 그들의 유일한 약점이다. 그들의 약점을 잡는 것이, 그대가 어설프게 공격하는 것보다 반사 이익이 클 것이야.”

레아의 눈시울로 천천히 눈물이 괴었다. 왕이란 사람을 이해할 수 없다. 정말 그 승부에서, 내가 죽는 것 말고 뭔가를 바라는 게 있다는 말인가?

그래서 뭔가 필사적으로 계획을 짜고, 그에 맞는 훈련을 시키면서 애를 쓰고 있는 건가, 지금?

“나는 이 재판의 재판장이다. 내가 할 수 있는 최선의 일은, 그대가 절대 승리할 수 없는 이 승부에서, 최소한 무승부가 났을 때, 왕실 법관들과 참사회를 동원해 단독으로 싸운 여성인 그대에게 가산 점수를 주어 승리를 선언하는 일이야.”

“그래서, 그래서 제가 뭘 어떻게 하기를 바라세요, 폐하?”

레아가 조금 울먹이는 목소리로 물었다. 왕은 그녀를 흘낏 돌아보더니 다시 시선을 옆으로 돌렸다. 대답은 한참 만에야 흘러

나왔다.

"전신을 완전히 감싸는 철판 갑주를 주문했다. 움직임이 많이 불편할 것이지만, 단검이나 에스토크가 들어가지 못할 것이다. 타격은 받을 수 있어도, 과다 출혈의 치명상은 어느 정도 피할 수 있을 것이다."

"……폐하!"

레아가 부르짖는 것을, 왕은 무시한다.

"내가 굳이 12 대 1의 불리한 방법을 택한 이유는 딱 하나다. 양초 한 뼘이라는 제한 시간이 있기 때문이다. 제한 시간이 있다는 건 무승부 판정도 가능하다는 의미야. 제한 시간이 없으면, 1 대 1의 승부라 해도, 그대는 반드시 죽고 말 거야."

"……."

"그리고 패배의 판정 기준은 장외 탈출, 낙마, 전투 능력 상실, 아니면 사망……."

레아는 두 손으로 얼굴을 가렸다. 왕은 이 승부를 포기하지 않았다. 정말 그의 말대로 뭔가를 얻어 내려 하고 있었다.

"그대를 말안장에 묶을 것이다. 제한 시간 전까지 지지 않고, 치명상을 입지 말고, 낙마하지 않고 버텨 주기 바란다."

"흐으, 흐, 흐으으윽, 으윽……."

걷잡을 수 없이 눈물이 터졌다. 왕은 여전히 레아를 외면한 채 평이하게 말했다.

"이게 내가 생각한 최선의 방법이야. 말에서 떨어지지 말고, 살아서만 돌아오면 된다. 그걸 승리로 만드는 건 내가 어떻게든 할 테니."

레아는 이 자리에서 왕을 죽이고 싶었고, 한편으로는 그를 끌어안고 목을 놓아 통곡하고 싶었다.

왕은 지금 최선을 다하고 있었다. 자신이 포기한 이 승부를 위해, 자신이 포기한 목숨을 위해, 새로운 삶을 위해, 레아 자신보다 더 애를 써 가며, 그야말로 필사적으로 준비하고 있었다.

하지만, 이래야만 하나. 이렇게까지 해야만 하나.

"폐하! 저는 살고 싶지도 않고, 이따위 것 갖고 싶지도 않아요! 갖고 싶었던 적도 없었어! 그건 발타 님도 알고, 이제 폐하도 아세요! 그런데 이렇게까지 해야 하나요?"

레아는 울먹이며 악을 썼다. 왕은 침묵했고, 주변에 보이지 않게 시립하고 있던 시종들이 화들짝 놀라 힐끔거린다.

"그래서, 천에 하나, 만에 하나, 그 성 십자가가 저한테 오면 어쩌실 건데요? 그다음에는 폐하가 뺏으실 건가요? 또 신성 재판을 거실 건가요?"

"내가 신성 재판을 걸면, 자네는 그것도 받아들일 건가?"

뭐……? 뭐가 어째?

머리가 아뜩해져서 순간 말문이 막혔다. 왕은 뭔가 마땅찮은 얼굴로 한숨을 쉬었다.

"일단, 신의 선택을 입증한 그대가 살아 있는 한은, 내가 성유물을 공식적으로 가져오기는 곤란해. 나의 정당성을 아무도 인정하지 않을 것이고, 당연히 온 나라, 제후들마다 그것을 시비하며 뺏으려 들 것이다. 그렇다고 그대에게 신성 재판을 청구하는 것도 좋은 생각은 아니야. 그랬다가는 나 역시 동일한 도전을 쉴 새 없이 받게 될 테고, 푸아티에의 베르트랑도 문제를 삼을 테니."

이 미친 새끼, 개새끼, 확 같이 죽어 버릴까 정말. 레아는 기어이 그의 쉬르코 앞자락을 붙잡고 통곡했다.

“아하, 네! 그러시겠죠. 제가 살아 있는 게 문제면, 몰래 사람 붙여서 제 모가지라도 따시면 되겠네요!”

“레아!”

“저는 지면 죽는 거고, 이기면 성전기사단의 암살 위협 말고도 폐하와 세상의 모든 영주님 기사님들의 사냥의 표적이 되는 거네요? 평생 벌레처럼 숨어 산 것도 지겨운데, 이젠 공공의 사냥감이 된 거네요! 대체 사는 게 왜 이렇게 지긋지긋 구질구질해. 흐으으으.”

왕은 인간의 감정이 없다. 레아의 처절한 절망을, 그 아픔을 이해하지 못한다. 기가 막히고 막히니, 말은 안 나오고 눈물만 미친 듯이 쏟아진다.

하지만 아이러니한 것은, 그녀의 생존과 남은 삶을 위해 최선을 다하는 것도 현재는 오로지 왕 혼자뿐이었다. 레아는 그 괴리감이 끔찍하게 서럽고 두려웠다. 왕이 가늘게 한숨을 쉬며 부드러운 목소리로, 나름 달래듯 말했다.

“세공사, 잘 들어 봐. 방법이 아주 없는 게 아니야.”

흐으윽, 흐윽, 레아는 두 손으로 얼굴을 가리고 고개를 확확 저었다. 듣기 싫어요, 인간 같지도 않은 인간이 하는 말 따윈 아무것도 듣고 싶지 않아.

선택을 받아서 그게 정식으로 내 손에 들어오면, 하느님께 맹세코 아주 작살을 내 주겠다! 조각조각 부러뜨려서 벽난로 속에 처박아 버리겠다. 재가 남았으면 하늘에 훨훨 날려서 그따위 것이 세상에 아예 존재하지 않았던 것처럼 만들어 버리겠다!

나는, 진작 그랬어야 했다, 진작!

"내 대답을 들어 봐, 세공사. 내 말 들리지 않나."

왕이 감정을 애써 누르며 차분하게 명했다. 하지만 레아가 여전히 고개를 숙이고 두 손으로 얼굴을 감싼 채 흐느끼자, 왕은 레아의 머리채를 잡아 뒤로 젖히고 손으로 입을 틀어막았다.

"명령이야. 당장 울음을 멈추고 내 말을 똑똑히 들어, 세공사."

왕은 공포로 커다랗게 벌어진 레아의 눈을 똑바로 내려다보며 내뱉었다. 레아는 놀라서 숨이 멈추는 것 같았다. 반듯하고 매끈한 턱과 높고 우아하게 솟은 콧날, 깊이 들어간 눈매, 그 속에 박힌 새파란 보석이 지척으로 다가왔다. 지금 왕의 시선은 마치, 불에 달군 송곳으로 눈을 깊이 찌르는 것처럼 느껴진다.

"만에 하나 그대가 낙마하지 않고 살아 돌아와 신의 선택을 증명하고, 성 십자가를 그대의 소유로 공식 인정받는다면……."

"……폐하."

레아는 여전히 머리채를 잡힌 채 와들와들 떨었다.

"내가 그대를 아내로 맞으면 된다."

‡ ‡ ‡

"혹시, 신성 재판에 참가하라는 내 명령이 부당하다고 생각하나, 발타?"

어둠 속에서, 웅웅 퍼지는 목소리가 들렸다. 새벽 첫 미사가 끝나고 숙소로 돌아오는 길, 발타는 단장이 시종도 거느리지 않고 어둠 속에 단신으로 서 있는 것을 발견했다.

단장은 긴 복도를 걸어 눈에 잘 띄지 않는 옆문으로 빠져나와 연무장으로 향했다. 따라 나온 발타는 주변에 사람이 없는 것을 확인한 후 조용히 대답했다.

"그렇지 않습니다, 단장님. 제게 지나치게 너그러운 결정이라 생각하고 있습니다."

단장은 자신의 대자의 얼굴을 가만히 올려다보았다. 그는 그제 밤부터 모질게 취조를 받고 새벽에 간신히 풀려난 참이었다. 육체적인 고문은 없었다. 별도의 징계도 없었다. 그가 무엇 하나 숨기지 않고 자학이라도 하는 것처럼 모조리 토설했기 때문이었다.

하지만 그의 얼굴에는 극심한 피로가 어려 있었고, 어딘지 자포자기한 듯한 분위기도 풍겼다.

발타를 어렸을 때부터 보아 온 단장은, 그에게서 항상 나른하게 퍼져 있는 듯한 느낌과, 새파랗게 벼려진 듯한 느낌을 동시에 받곤 했다. 그 상반된 분위기는 발타라는 인물만이 갖고 있는 고유한 색깔이자 매력이었다.

하지만 이제는 매섭고 날카로운 느낌도, 나른하고 부드러운 느낌도 모조리 사라졌다. 그의 내면을 가득 채우고 있는 것은 공허와 절망이고 그의 움직임과 목소리에선 모든 것을 놓아 버린 자 특유의 평온함이 느껴졌다.

"제가 기사단의 형제들과 단장님께 너무나 큰 실망과 충격을 안겨 드렸습니다. 기대를 많이 하셨을 텐데, 단장님께 감히 드릴 말씀이 없습니다. 정말 죄송합니다."

"충격이랄 것까지야."

자크는 콧방귀를 뀌며 쓰게 웃었다.

성전기사단은 신에 대한 엄격한 서약을 기반으로 통제되지만, 혈기 넘치는 사내들이 득실대는 거대한 집단이다. 온갖 종류의 사건 사고가 지부마다 번갈아 가며 터지게 마련이었다.

게다가 자크는 아크레에 있을 때 발타가 세공사 장인의 딸을 마음에 품고 있었다는 것을 알고 있었다. 발타가 입단하는 대신 그 여자를 찾아 살림을 차렸다 해도 별로 충격을 받았을 것 같진 않았다.

다만, 이제 발타는 성전기사단에서 영향력 있는 지위로 올라가는 데 많은 제약을 받게 될 것이다. 이것은 단장인 자크도 어떻게 할 수 있는 문제가 아니었다.

입단식의 소동도 소동이거니와, 기사단이 필사적으로 찾고 있는 성유물에 대해 함구하고, 혼자 몰래 추적하고 있었다는 것은 변명의 여지가 없는 결격 사유였다.

차라리 사랑하는 여자를 살리고 싶어서 그랬다면 이해는 할 수 있었을 것이다. 성유물을 무사히 찾아오라는 조건으로 참사회의 양해를 구할 수도 있었을 것이다.

문제는 발타가 기사단의 행동이 옳지 않다고 생각했기 때문에 개인적으로 반기를 들었다는 점이었다. 물론 그때는 성전기사단 단원이 아니었고, 단장의 에퀴에르도 아니었지만, 그래도 발타는 늘 기사단에 적을 두고 있는 듯한 느낌이었다.

단장의 시종일 때는 이미 준단원이었고, 왕의 기사로 정해진 기간을 봉사하면서도, 한편으로는 성전기사단에 단원 이상의 소속감을 가지고 행동했다. 기사단이 참전하는 위험한 전투마다 빠짐없이 달려왔고, 기사단에서 도움을 청하면 아무리 어려운 일이라도 발 벗고 나서 주었다.

자크가 아끼는 감정과 별개로, 그는 기사단에 대한 공헌이 지대했고, 그냥 버리기에도 지나치게 쓸모 있는 패였다.

하지만 그를 제대로 쓰기 위해서는 이번 징벌에 대한 발타의 태도가 매우 중요했다.

차라리 규율을 어긴 다른 단원들처럼 채찍질을 당하거나, 몇 년간 감옥에 갇히는 일이라면, 그가 더 수월하게 받아들였을지 모른다. 죄가 심각할 경우, 불명예스럽게 기사단에서 쫓겨나고 사회적으로 매장되는 선택지도 있었는데, 그것을 더 낫게 여겼을지도 모른다.

"레아라는 여자가 여기서 기사 서임을 받은 건 잘 기억하고 있지?"

"예."

"올랑드의 후임 영주가 되어서 신종 서약을 바쳤다는 것도."

"예, 단장님."

발타는 그날 고된 신문을 끝내고, 왕의 숙소에 들르게 해 달라 부탁했다. 그는 그 와중에도 갑작스러운 일에 휘말려 방에 갇히다시피 한 왕을 걱정했고, 갑자기 정체가 들통난 레아를 걱정했다. 그리고 자신이 취조당하는 것을 그들이 알고 그들이 염려할까 그것을 걱정했다.

하지만 그가 지친 몸을 이끌고 올라가서 본 것은, 왕이 그녀에게 기사 서임을 하는 장면과, 그녀에게 올랑드 영지를 수여하고 신종 선서를 받는 장면이었다.

왕은 흐느껴 우는 여자를 끌어안고 등을 두드려 주었고, 발타는 뒤에서 두건을 쓴 채 그 장면을 말없이 지켜보다가 조용히 물러났다.

그는 그 밤에 아팠다. 제라르는 고된 조사를 당한 후유증이라 생각해 발타가 침대에서 정오까지 쉴 수 있도록 배려하고 물을 타지 않은 포도주를 한 잔 갖다 주었다.

그는 침대에 누워 있느라 왕이 환궁하는 것을 배웅하지 못했다.

"발타. 혹시 신성 재판에서 너를 빼 주기를 바라나? 차라리 탕플 탑 독방에 긴 세월 갇혀 있는 게 좋겠어?"

"아닙니다, 단장님."

발타는 덤덤하게 대답했다. 자크는 쓰게 웃으며 그의 어깨를 툭툭 쳐 주었다.

"들어갈까. 아직 바람이 찬데."

"예, 단장님."

발타는 단장의 뒤를 조용히 따라 걸었다. 자크는 신입 단원들의 숙소로 천천히 걸으며 말했다.

"시테 궁에 있는 회계관 레미 경이 오늘 잠시 들렀다."

"예."

"왕이 그 팜므 솔로 세공사에게 직접 검술과 싸우는 법을 가르치고 있다고 한다. 믿음도 그 정도면 망상이지. 내가 필립을 잘못 본 걸까."

"……폐하께선 현실적이고 합리적인 분이십니다. 두 달 동안 가르쳐서 성전기사 열두 명을 이길 거라고 생각하진 않으실 겁니다."

"지지 않는 싸움을 바라는 것 같더군. 전신을 통으로 감싸는 이상한 갑옷을 주문했다고 들었다."

"그렇습니까."

자크는 일부러 천천히 걸었다. 레미에게서 들어온 정보의 양은 적지 않았지만 기괴하고, 이해할 수 없고, 우습기까지 했다.

물론 실제로 웃음은 나지 않았다. 걸려 있는 것이 단장의 홀인 바에야, 무슨 짓을 해도 웃음이 나올 리가 없다.

"필립이 현실적이라 하지만 몽상가 같은 구석도 없지는 않지. 불가능한 승리와 신의 선택에 대비한 대비까지 나름대로 해 놓고 있는 걸 보면."

"무슨 준비 말입니까, 단장님?"

자크는 말없이 건물 안으로 들어와 발타의 어깨와 머리에 쌓인 눈을 털어 주었다. 그새 머리카락이 자라 보슬보슬한 감촉이 느껴졌다.

자크는 발타가 진작 건실한 청년이 된 것을 알고 있었지만, 여전히 그가 귀여운 조카나 대자처럼 느껴질 때가 있었다. 아이를 둘 수 없는 기사단 단원들은 시동이나 에퀴에르로 조카 같은 혈육을 맡게 되면 친자식 이상으로 아끼곤 했다.

그리고 자크에게는 발타가 아들 같고 조카 같은 존재였다.

"정말 만에 하나 그녀가 낙마하지 않고 목숨만 붙은 채 끝까지 말 위에서 버텨 내면, 무승부 판정을 낸 후에 가산점으로 그녀의 승리를 선언할 계획인가 봐. 그래서 신의 선택임을 입증하겠다고."

"……."

"세공사는 그 말을 듣고 그 자리에서 한참 동안 통곡했다 하더군. 참으로 잔혹한 자 아닌가."

자크는 숙소의 문을 열고 발타의 자리까지 같이 걸어 들어갔다. 발타의 얼굴을 보지는 않았다. 볼 자신이 없었다. 마침 기도 시간인지라, 숙소는 비어 있었다.

"더 가관인 건, 그녀가 신이 선택한 성유물의 소유자로 인정받으면…….”

“…….”

“그녀와 재혼하겠다 하던데.”

짧게 숨을 들이쉬는 소리가 들렸다.

“나는 그의 속을 정말 이해할 수 없어.”

자크는 한숨을 쉬며, 하지만 여전히 발타의 얼굴을 보지 않은 채 몸을 돌렸다. 약간 느릿한 목소리가 자크의 걸음을 가로막았다.

“……대답은 어떠했습니까?”

‡ ‡ ‡

눈물이 멎지 않아, 레아는 그냥 울었다. 긴장해서 온몸이 덜덜 떨리는데도 눈물은 계속 흘러나왔다. 머리채를 잡혀 고개를 꺾인 게 서러워서 그럴 것이다. 왕에게 결혼하자는 말을 들은 것을 감히 서러워할 수는 없으니까.

왕의 냉랭한 목소리가 다시 귓가에 떨어졌다.

“그대는, 왕의 명령에는 복종해야 한다는 가장 기본적인 사실부터 다시 배워야겠어.”

“흐윽, 윽, 으으…….”

“다들 물러나라.”

주변에 기척이 멀어지니, 새하얀 왕의 정원은 더욱 적막해졌다. 빌어먹게도, 그 와중에 새로 눈이 내리기 시작했다.

왕은 그녀를 풀어 주고 몸을 뒤로 물렸다. 레아는 눈물을 훔치며, 숨을 헐떡대며 말했다.

"폐하께서는 제가 발타 님을 사랑하는 걸 아십니다."

"말은 신중하게 하는 게 좋겠어, 세공사. 지금 내 앞에서 하기에는 부적절한 내용이란 생각 안 드나."

"부적절한 제안을 먼저 하신 건 폐하 아니십니까?"

"다시 말하건대, 그대는 프랑스의 왕에게 합당한 예우를 갖추는 법부터 배워야 할 것 같아."

왕이 무표정한 얼굴로 한숨을 쉰다. 레아는 속으로 이를 갈며 중얼거렸다.

그래, 이 끝 간 데 모르는 무례하고 건방진 버르장머리를 뜯어고쳐 놓고 싶겠지. 그럼 그놈의 면책특권을 회수하고, 그때처럼 속 시원하게 채찍으로 후려갈겨 봐라. 레아는 이제 그의 날숨 한 자락에도 분에 겨워 죽을 것 같았다.

"폐하께서는 저를 사랑하지 않으십니다. 그리고 저는 다른 분을 사랑합니다. 그걸 다 아시면서 어떻게……."

"결혼을 하면 다른 자를 좋아하는 감정을 깨끗이 정리해야 한다는 당연한 말까지 해야 아나?"

"……."

"아니면 이제 와서 발타와 결혼이라도 하려고? 발타와 재회하고 입단하기 전까지, 사랑을 고백하고 청혼할 수 있는 기회는 많았을 텐데? 그때는 대체 뭘 하고 이러지?"

"아뇨, 결혼을 생각한 게 아닙니다!"

"그럼 그의 정부라도 되려고? 순결 서약을 한 발타가 그것을 받아들이겠나? 성전기사단이 허용할 거라 생각해?"

왕이 정말 진지하게 묻고 있다는 것을 깨달은 레아는 암담했다.

"세공사. 나는 그대가 지금 소유하고 있는 성유물이, 부르고뉴나 툴루즈 이상의 가치를 갖고 있다고 생각해. 그런 가치와 명예를 소유한 신의 피택자와, 교회의 수호자인 프랑스 왕과의 혼인만큼 잘 어울리는 결합이 어디 있겠나."

"예?"

"그대 역시 왕비가 되면, 더 이상 안전 문제를 신경 쓰지 않아도 돼. 전쟁을 도발하는 게 아니고서야 누가 감히 프랑스의 왕비를 암살하고 선택받은 자의 증표를 강탈하겠나."

레아는 멍하니 눈을 깜박였다.

왕은 지금 농담을 하는 게 아니다. 매우 진지하게 제안을 하고 있다. 왕의 이익과 더불어, 자신의 안전까지 염두에 두고서.

맞다. 자유민에게는 자유연애가 가능하고, 농노의 딸이라도 같은 마을의 좋아하는 사내와 결혼시켜 달라고 조를 수 있다.

하지만 왕이 속한 세상은 그것과 다른 규칙으로 돌아가고 있다.

왕이나 왕족들이란 땅과 재산에 묶인 존재다. 세상에서 가장 고귀하고 부요하되, 땅이나 재산과 함께 팔려 다니는 것이 당연한 존재들. 하여 왕족의 결혼은, 땅과 돈의 결혼이고, 혹은 돈이나 땅이 없으면 명예나 왕의 명령이라도 있어야 한다.

왕의 동생인 발루아 백 샤를 공께서 영토도 재산도 없는, 허울뿐인 라틴 제국의 여황제와 결혼한 것처럼. 영국의 전설적인 기사 기욤 르 마레샬이 환갑을 앞둔 나이에, 왕의 명령으로 대영지의 어린 상속녀를 아내로 얻었던 것처럼.

"그대에게는 사랑이 그리도 중요한가? 트루베르들의 사랑 노래에 나오는 헛소리들을 액면 그대로 믿고 있는 건 아니겠지?"

"폐하께서는 돌아가신 왕비마마를 사랑하지 않으셨습니까?"

왕은 왕비와 사이가 좋았다고 알려져 있었다. 그녀와 함께 예루살렘과 비잔틴을 통치하는 꿈을 꾸었다. 그것이 그의 탐욕에서 기인했다 해도-레아는 성스러운 탐욕도 분명 탐욕이라 생각했다- 그 꿈에는 늘 서거하신 왕비, 잔느가 함께 있었다.

"나는 지금 이 결혼으로 서로가 얻게 될 유익에 대해 말하고 있는 거야. 내가 죽은 잔느를 어찌 생각하고 어떻게 행동했는지가 대체 왜 중요한가."

왕은 그 질문이 상당히 불쾌한 듯했다. 아니, 발타와 결혼할 것도 아니고 연애놀음을 할 것도 아니면서 왕의 청혼을 걷어차려는 레아를 정신 나간 여자처럼 보는 것 같았다.

"트루베르들이 노래하는 그 기괴한 짓거리나 이상한 마음이 사랑이라면, 그런 짓은 안 해 봤네."

그는 차갑게 코웃음을 치며 덧붙였다.

"잔느가 우리 왕실로 망명을 왔을 때, 나는 여섯 살이었고, 잔느는 겨우 한 살이었어. 친남매처럼 자랐네. 그런 이상한 마음이 생기겠나. ……아버지의 명이었고, 프랑스와 나바르, 상파뉴에 서로 유익한 관계라 결혼하게 된 거야."

"……."

"사이가 나빴다는 말은 아니야. 잔느가 어려울 땐 우리가 도왔고, 그녀가 소유한 상파뉴 백작위와 나바르의 왕위는 내게 큰 힘이 되어 주었으니까."

"부부가 아니라 동료 같은 관계를 원하시는 겁니까? 왕비마마 같은? 저에게도 그런 걸 바라시는 거고요?"

"이봐……."

왕이 이마를 짚은 채 한숨을 쉰다. 이런 종류의 대화를 꽤 불쾌해하는 것 같았다. 그래도 레아의 일그러지고 절망적인 표정을 보더니 다시 한숨을 쉬며 제법 긴 설명을 덧붙였다.

"당연히 그건 아니지. 결혼 후에 나하고 잔느는 좋은 반려자가 되기 위해 많이 노력했어. 원하는 것이 있다 하면 서로 힘닿는 데까지 해 주었고, 싫다는 일이 있다면 서로 조심하고 삼갔어. 힘들다 하면 바빠도 어쨌든 옆을 지켜 주려 노력했고."

"……."

"잔느는 아름답고 매력적이고 정열적이었고, 그녀도 나에 대해 늘 그렇게 생각해 주었어. 밤에 함께 누워 있으면 따뜻하고 편안했고, 그날의 괴로움을 잊을 수 있었다. 나에겐 딱히 불만이랄 게 없는 결혼생활이었지. 나는 그녀를 아내로 허락하신 하느님께 늘 감사했다. ……그런데, 그대는 대체 이런 얘기를 왜 듣고 싶은 거지?"

레아는 불현듯 깨달았다. 왕은 사랑이라는 감정이 무엇인지 모른다. 그래서 자신이 왕비를 저렇게 열렬히, 따뜻하게 사랑했음을 인식하지 못한다.

"어쨌든, 나는 그대와 결혼하면 그대에게도 동일하게 행할 것이다."

그리고 지금 나에게 무슨 말을 하는지도 모른다. 나 같은 하찮은 골칫거리 여자한테 대체 무슨 말을 하는지. 레아는 한숨을 굳이 숨기지도 않고 말했다.

"폐하. 보통 사랑하는 사람들끼리 그렇게 생각하고 그런 행동을 합니다."

"그러면 그렇게 생각하든가. 그대 좋을 대로."

왕의 표정은 변하지 않는다. 성 십자가 유물과 그에 딸린 자산에 대한 권리를 확보하기 위해서라면, 이러한 관계나 행동이 사랑이든 아니든 아무 상관이 없다는 것이다.

왕의 삶에서 사랑이란 대체 어떤 의미일까? 어느 정도의 비중이 있을까.

사랑에 기반한, 누가 보아도 애정으로 여겨지는 행동들을 사랑이라 인식하지 못하면, 그걸 사랑이라 말할 수 있을까. 레아는 쓴웃음을 지었다.

“폐하, 제가 만약 거절하면 어떻게 되는 건가요?”

왕의 미간을 찌푸리며 단호하게 대답했다.

“그대는 거절하지 못해.”

“예? 왜요?”

“그대는 프랑스의 신민이고, 나의 가신 아닌가. 영지 상속녀 중 미혼이나 과부인 여인들, 그리고 왕의 영지를 받은 여인들은 왕이 누군가와 결혼하라 명할 때 받아들여야 해. 아시케나지라 몰랐다 할 참인가.”

레아는 당황해서 눈을 둥그렇게 뜨고 뒤로 물러앉았다.

이럴 거면, 명령이라 하지 왜 제안이라 하는가. 이게 어떻게 청혼이 되나.

하지만 레아는 더는 반박하지도 대들지도 않았다. 왕이 무서워서 그런 건 아니었다. 레아는 왕이 더 이상 무섭지 않았다.

다만, 일의 결말을 알기 때문이었다.

왕의 제안은 성사되지 못한다. 레아는 그 승부에서 무승부로 버틸 수 없을 것이다. 당연히 패배할 것이고, 살아 돌아오지 못할 것이다.

한때 발타 님의 손에 죽는 것을 소망했지만, 뒤에 남을 발타 님이 불쌍해 차마 그리 기도하지 못했는데, 이젠 그 소원을 위해서 기도해도 괜찮을 것 같다.

이제 남을 불쌍히 여길 때가 아니다. 나 자신을 가장 불쌍히 여겨야 할 때가 된 것이다.

레아는 그의 무감한 푸른 눈동자를 올려다보며, 세상 여자들 중 과연 몇 사람이 저 눈을 편안하고 따뜻하게 느낄 수 있으려나 생각해 보았다. 노력하고 노력하면 그렇게 착각하게 될 날도 오려나. 글쎄. 그런 가성비 떨어지는 일에 노력을 투자하고 싶을까. 레아는 신랄하게 웃으며 대답했다.

"폐하, 살다 보니 이런 날도 있네요. 제가 어릴 때부터 앙글레테르의 사자 대왕 리샤르 폐하나 파리의 필립 폐하 같은 꽃미남 기사님과 결혼하는 걸 꿈꾸었는데요……."

"리샤르는 미남이 아니었어, 말했다시피."

"하지만 폐하께선 미남이시고요. 그렇죠?"

"……음."

"이렇게 꿈이 이루어지다니, 영광이에요. 아빠가 살아 계셨으면 시집 못 보낼 줄 알았던 딸이 용케 결혼한다고 정말 기뻐하셨을 텐데요."

"내가 그렇게 함부로 취급당할 만한 남편감은 아닐 텐데."

"채찍으로 목을 때리거나, 칼끝으로 목을 긋거나, 머리채를 잡지 않는다면, 정말 과분한 남편감이라고 인정해 드리겠습니다, 폐하."

왕은 다시 한번 길게 한숨을 쉬었다. 레아는 그가 마지막으로 고민에 빠진 것을 알았다. 신성 재판을 하기 전에, 이 막 나가기로 결심한 자유민 세공사에게 수다쟁이 면책특권을 빼앗고, 이 빌어먹을 버르장머리를 완전히 고쳐 놓을 것인가, 아니면 목표 달성을 위해 참아 줄 것인가.

"좋네. 앞으로는 그리하지 않고, 숙녀로서 제대로 예우하겠네."

왕은 그 일들에 대해 반성하거나 사과하는 대신 그저 담백하게 약속했다.

사박사박 내리던 눈은 어느새 난폭한 함박눈으로 바뀌었다. 왕은 레아에게 다가와 어깨와 머리에 덮인 눈을 털어 주고 자신이 입던 망토를 어깨에 둘러 주었다. 털이 달린 두건을 씌워 주고 꼭 여미는 손길은 말투와 달리 세심하여, 뜬금없이 다정하게 느껴졌다.

그는 바람이 들어가지 않도록 망토 깃까지 꼭 여며 준 후 허리를 숙이고 그녀의 손에 입을 맞추었다. 그의 잘 정돈된 금발이 아래로 보기 좋게 흘러내린다. 레아는 그 왕관 안쪽으로 쌓이는 눈을 보며, 왕관을 벗기고 깔끔하게 털어 주고 싶다는 생각이 들어 조금 웃었다.

이런 것들도 일말의 호감일까. 눈을 털어 주고, 망토를 둘러 주고, 버르장머리 없는 행동들에 대해 관용하기로 결심하고, 다른 사람들에게 보여 주지 않는 얼굴을 보여 주는 것, 결혼을 염두에 둘 정도면 그 정도 호감은 갖고 계시지 않을까.

레아는 그에게 손을 맡긴 채 쓴웃음을 지었다.

글쎄, 정말 사랑하는 연인들이라면, 이런 순간에는 분명히 다정하게 포옹하고 입을 맞췄겠지?

아, 정말 다행이야. 그랬다면 얼마나 느낌이 구리고 더러웠을까.

갑자기 궁금해진다. 내가 말에 묶여서 시체로 돌아올 때 이 사람의 반응은 어떨까. 그때 이 인간 얼굴을 딱 한 번만 보면 여한이 없겠네. 그때까지만 숨이 붙어 있으면 좋을 텐데.

그런데 나는 왜 그걸 궁금해하는 거지?

생각이 갑자기 멈췄다. 레아는 그의 새파란 눈동자가 어느새 지척으로 다가온 것을 깨닫고 눈을 크게 떴다.

"……레아, 마 벨르."

왕의 팔이 레아의 허리를 강하게 감싸 안는다.

놀랍게도 그의 입맞춤은 깊고 따뜻하며 부드러웠다.

‡ ‡ ‡

여자가 왕의 청혼을 순순히 받아들였다는 이야기를 발타는 그저 조용히 들었다. 눈을 반쯤 내리깔고 고개를 살짝 숙인 채, 그는 움직임이 없었다. 자크는 그의 어깨를 툭툭 두드리며 일어났다.

"많이 곤할 테니 쉬게."

"예, 단장님. ……쉬십시오."

뒤에서 조용한 인사말이 들렸다. 자크는 문을 나서며 뒤늦게 힐끗 뒤를 돌아보았다.

발타는 여전히 고개를 살짝 수그리고 있었다. 무릎 위에 두 손을 깍지 끼어 얌전히 올려 두고, 기도라도 하는 듯 고개를 가만히 숙이고 있었다.

그는 이제 고뇌하거나 흔들리지 않는다. 완전히 마음을 정리하고 평안을 찾은 것처럼 보였다.

두건의 끝자락이 그의 콧등까지 덮고 있어, 그의 표정은 잘 보이지 않았다.

자크는 왜인지 모르지만, 그의 얼굴이 보이지 않아 다행이라는 생각이 들었다.

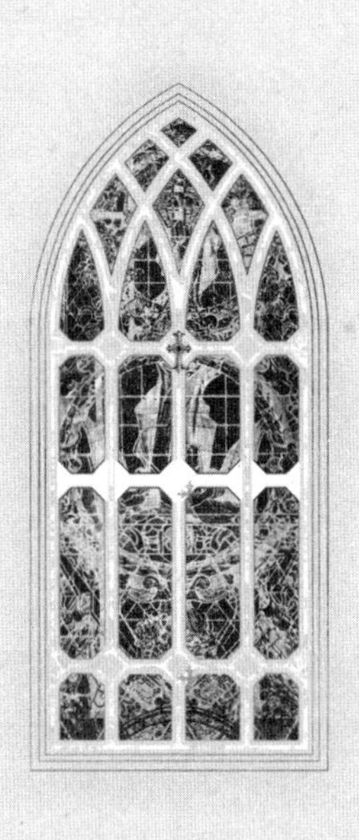

7-12. 마르디그라

Mardi Gras 탐식의 화요일

사순절이 다가오면서 파리 시내는 온통 축제 분위기였다. 40일간 금욕과 고행과 금식을 엄격하게 지키는 사순절을 앞두고 있으면, 당연히 '그 직전까지 흥청망청 먹고 마시고 놀아 보자.' 하는 분위기가 형성되는데, 그 축제가 바로 사육제(카니발)이다.

원래는 남부의 몇몇 도시에서 유행하던 축제였다던데, 어느새 파리와 몇몇 큰 도시들까지 퍼졌다고 했다.

오늘은 축제의 마지막 날로, 마르디그라, 즉 탐식의 화요일이라는 별명으로 불리는 날이었다. 이날에는 흥청망청 잔치와 놀거리 볼거리가 절정에 달했다. 사람들은 화려하거나 익살스럽게 꾸며 입고 거리 행진을 벌였고, 공터에서는 광대들이 놀이판을 벌였으며, 수도원, 성당 앞마당에서는 인형극, 연극 등을 공연했다.

여기저기서 피리 소리, 깡깽이 소리, 작은 하프와 류트 소리,

소리 끝이 꽥꽥 갈라지는 구리 나팔, 뿔 나팔 소리, 북소리, 사람들의 악을 쓰는 듯한 노랫소리가 울려 퍼졌다.

돈 많은 상인이나 귀족들은 트루베르나 종글뢰르를 불러 볼거리를 제공하고, 가난한 사람들에게 술이나 고기, 딱딱한 빵이나 스튜를 나누어 주었다.

귀족이나 방귀깨나 뀌는 사람들은 이때만큼은 아낌없이 돈을 풀었다. 이때 제대로 베풀지 않으면 두고두고 인색한 사람이라는 뒷담을 들어야 했다.

사람들은 아무 곳에나 끼어들어 구경하고 참견하고 먹고 마시고 웃고 울고 토하고 춤을 추었다. 이 시기에는 추태를 부려도 반쯤은 눈감아 주었고, 남녀 관계는 끝 간 데 없이 난잡해졌다. 아무리 정숙한 숙녀라도 사육제의 광란의 분위기에 휩쓸리면 순식간에 추문으로 연결되곤 했다.

물론 귀족 가문에서는 딸과 아내들을 집에 가둬 두려 했지만, 알 건 다 아는 숙녀들의 관록은 그리 녹록지 않았다. 교육을 받았던 수녀원 원장님을 방문한다, 성당에 초를 바치러 간다, 가난한 과부와 고아들을 돌보러 간다, 백만 가지 핑계를 대고 성을 빠져나왔다. 그리하여 성벽 끄트머리 으슥한 곳이나 골목 구석마다 기사들과 숙녀, 귀부인들이 우연히 만난 척 반가워하며 사향을 문지른 양피지 쪽지나 손수건이나 거들 장식을 주고받았고, 젊은 상인들과 농노의 딸들은 등짝에 지푸라기를 붙이고 돌아다녔다.

"요새 종글뢰르들은 게을러 빠져서 기예를 갈고닦지 않는단 말이야. 나 때는 말이야, 광대들이 사람 키의 3배는 되는 죽마를 타고 토끼처럼 뜀박질을 하고, 고슴도치 일곱 마리로 저글링을 하고 곰을 훈련시켜서 재주를 부리게 했다고.”

자크 단장은 성격이 화통하고 떠들썩한 것을 좋아해, 동료 기사나 후배들을 이끌고 축제 구경을 하러 나오곤 했다. 파리 시내가 온통 흥청대는 꼴을 처음 구경하는 신참 단원들은 눈을 둥그렇게 뜨고 두리번거리며 힉, 힉 하는 소리를 냈다.

물론 이런 분위기에 정의로운 분노를 내뿜는 단원들도 있기는 있었다.

“단장님! 이 괴상한 풍습은 대체 어떻게 된 겁니까? 왜 사람들이 이렇게 이상하게 입고 다니는 겁니까! 유혹의 마귀들에게 대놓고 먹잇감을 주는 짓거리를! 이 난잡한 분위기는 뭐란 말입니까! 탐식의 화요일이라니, 배가 부른데도 저렇게 배 터지게 처먹고 토하는 인간들을 위한 지옥도 예비되어 있다 했습니다! 하느님께서 노하실 일입니다.”

입단 후 파리에서 첫 겨울을 보낸 신참 페르낭 역시 이런 축제가 처음이었다. 그는 부르타뉴의 깡시골 출신으로, 이런 흥청망청 망종 축제가 난생처음이었다. 그는 낯설고 신기한 풍습을 보면 분노가 치미는 유형의 인물로, 그의 눈에는 이 축제가 ‘말세의 증거’로 느껴졌다.

반면 이런 분위기에 익숙한 파리나 남부의 대도시 출신 기사들은 그런 페르낭을 놀리며 재미있어했다.

“하느님께서도 오늘 하루 정도는 봐주셔야 하지 않겠나.”

“그럼그럼! 내일은 재의 수요일이고 앞으로 부활절까지 한 달 반을 고기도 못 먹고 술도 못 마시고 여자도 못 안고 허벅지를 찌르며 독수공방을 해야 하는데. 안 그런가.”

“그렇다면 하느님께선 저희들을 열 배, 백 배는 더 불쌍히 여기셔야 하지 않겠습니까! 하루가 멀다 하고 금식에 절주에 고기 금지에, 평생 독수공방을 해야 하는데!”

페르낭의 새로운 분노에 옆에 있던 동료가 그의 어깨에 손을 턱 얹으며 고개를 끄덕였다.

“불경하게 하느님까지 갈 건 뭔가, 페르낭 형제. 그냥 우리가 봐도 우리가 존나 불쌍해.”

동료들이 폭소를 터뜨리고, 앞에서 듣고 있던 자크 경도 호탕하게 웃음을 터뜨렸다. 자크는 성격이 불같고 이교도와의 대립에서는 살벌하게 반응하곤 했지만, 이런 류의 농담은 기분 좋게 웃어넘기곤 했다. 단원들은 단장을 어려워하면서도 그의 소탈함이나 굳건한 신앙, 사나이다운 호방함과 강직한 지도자로서의 모습을 흠모했다.

자크는 단원들 사이에 끼어 있는 키 큰 신입 단원이 함께 웃고 있는 모습을 곁눈질하고 안도의 한숨을 쉬었다. 모처럼 쉬는 날, 침대와 한 몸처럼 붙어 있는 발타를 질질 끌고 나오길 잘했다 싶었다.

발타는 그날 이후 빠르게 평정을 되찾았다. 신성 재판에 참가해야 한다는 명령이 그에게 큰 충격이었으리라 생각해 내내 신경을 썼는데, 다행히 그렇지는 않은 듯했다. 아니, 힘들지만 내색하지 않고 잘 숨기는 것 같기도 했다.

애초에 툭 털어 버릴 성격이 아니란 건 알고 있다. 그냥 내색하지 않고 버틸 정도만 되면 충분하다.

이번 일로 성전기사단에서의 입지가 약해지고, 나중에 고위 단원으로 오르는 것이 힘들어질 수도 있겠지만, 발타 자신이 하기

나름이었다. 책임지고 문제를 해결하면 그 공이 과를 상쇄해 줄 것이고, 그동안 쌓았던 전공과 이후에 쌓아 갈 업적도 정당하게 평가될 것이다. 그가 아끼는 대자이기도 했지만, 발타는 객관적으로 보아도 놓치기에 아까운 인재였다.

"올해도 연극인가. 차라리 노래를 하든 춤을 추든 할 것이지. 요즘 연극들은 별로 재미도 없는 게, 영 선을 넘는단 말이야."

자크 단장은 사람들이 와글와글 모여 있는 노트르담 앞의 공터를 바라보며 코끝을 찡그렸다.

성당 앞의 넓은 공터는 희한하게 꾸며 입은 사람들로 북새통을 이루었다. 그들은 지금 소르본 대학의 학생들이 꾸민 연극을 관람하는 중이다.

"아……."

단원들의 등 뒤로 갑자기 식은땀이 흘렀다. 앞에서 공연하는 학생들은 머리에 높은 삼중관을 쓰고 십자가가 박힌 긴 지팡이를 든 한 사람과, 갑옷으로 무장한 사람들이 싸우는 모습을 우스꽝스럽게 재현하고 있었다.

"……맙소사. 저 빌어먹을 것들이 간덩이가 부어터졌군."

선종한 교황 보니파스가 고향 아나니에서 휴가를 보내다가, 필립이 보낸 군대에 봉변을 당하는 내용을 연극으로 만들었다. 교황과 추기경을 맡은 배우들이 비명을 지르며 옷자락을 걷어쥐고 이 끝에서 저 끝으로 도망 다니면서 높은 목소리로 고함을 지른다.

네 이놈 시아라, 이 저주받을 콜론나의 후계자여! 너는 파문이야! 보니파스! 당신은 콘클라베 부정 선거와 이단 혐의로 고발되었소. 재판에 응하시오! 네 이놈, 노가레! 너도 파문이야. 카타리, 카타리, 불에 타 죽은 이교도의 핏줄이 어딜 감히! 보니파스! 당신은 이단 혐의로 고발되었소! 재판에 응하시오! 앙게랑, 앙게라아앙! 이 더러운 바람둥이 돼지 같은 게 감히! 너도 파문, 파문, 파문이야! 교황 성하, 저는 진작에 파문당했는뎁쇼. 아, 이런 제기랄, 그랬던가. 필립, 필리이입! 그자는 어디 있나! 그놈도 파문이야! 모조리 파문이야. 싸그리 파문이야아아. 성하, 잊으셨나 본데 그분도 파문당하신 지 꽤 됐습니다. 그럼 이참에 폐위시켜 버려어어!

배우들이 과장된 어조로 외칠 때마다, 사람들은 부지런히 성호를 그으면서도 폭소를 터뜨렸다.

연극 안에서는 교황도 추기경도 우스꽝스러웠지만, 필립 왕도 시아라 콜론나도 기욤 드 노가레도 마리니 보좌 주교도 하나같이 과장되고 우스웠다.

찰랑찰랑하는 금발 가발을 쓰고 엉터리 왕관을 쓴 왕은 말 한마디 없이 눈동자만 데구르르, 입술을 옴죽대며 노려보기만 하고, 노가레는 콧수염을 배배 꼬고 어떡해 어떡해, 아 어떡해, 안절부절 말을 더듬으며 손톱을 물어뜯고, 임신한 것만큼이나 배가 튀어나온 마리니 보좌 주교는 한 걸음 움직일 때마다 배를 어루만지며 씩씩대는 숨소리를 냈다.

비극의 주인공인 로마의 대귀족 시아라 콜론나 공은 말끝마다 '오 이제는 사라진 나의 가문이여, 오 이제는 사라진 나의 아름다운 땅이여.' 같은 대사를 과장되게 외치며 눈물을 흩뿌리고 다니다가 나중에는 주먹을 붕붕 휘두르며 교황 역을 맡은 배우의 얼굴에 엄청난 펀치를 날렸다. '야 이 새끼야, 진짜 이렇게 세게 때리면 어떡해, 씨발!' 하는 욕설에 또 한 번 폭소가 터졌다.

엄청난 비극과 교황의 선종, 전쟁 일보직전까지 갈 뻔했던 커다란 사건이, 소르본의 신학부 학생들의 손에서 사정없이 희화화되고 있었다.

"저것들 뒤집어엎어야 하는 거 아닙니까?"

페르낭이 얼빠진 얼굴로 더듬거렸다. 다들 쓴 입맛을 다시면서도 슬슬 고개를 저었다.

"사육제 마지막 날 아닌가. 다들 정신이 반쯤 나가 있는 날이니 들어 먹겠나."

"그래도 저건 선을 넘었는데요. 콜론나 가문이 멸절되고 선대 교황 성하께서 선종하시고, 프랑스의 왕과 재상과 법관과 기사들이 무더기로 파문당한 일이었습니다. 저 대학생들 내일 투르 드 봉벡이나 몽포콩 교수대에 매달려 있는 거 아닙니까?"

"대학생들을 잡아들였다간 무슨 귀찮은 일이 생기려고. 특히 신학부 놈들을 건드렸다간 교수들이 나설 테고, 각지의 수도원들이 나설 테고, 로마, 아니 푸아티에의 교황 성하께서도 크게 나무라실 텐데."

"잡아들이는 것 자체는 귀찮지 않소. 투르 드 봉벡에 갇혔던 사람도 다 목을 매달았으니 가둘 곳이 부족하지도 않고 몽포콩의 교수대에도 자리가 모자란 적은 없소."

갑자기 끼어든 목소리에 단원들의 입이 딱 다물렸다. 그들의 뒤에는 담비털로 옷깃을 댄 고급 망토를 입은 남자와 여자가 서 있고, 사슬 갑옷과 가벼운 무장을 한 호위 병사들이 몇 걸음 뒤에 서 있었다.

제기랄. 사람들이 하도 북적여서 왕의 일행이 옆에 있는 줄도 몰랐다. 그냥 어느 귀족 부부가 연극 구경을 나온 줄로만 줄 알았다. 왕은 시니컬하게 말을 이었다.

"하지만 우스운 일에 웃는 자들을 어쩔 것이오. 당사자들이야 세상 심각했지만, 옆에서 보면 그저 우스운 것이 세상사인데. 신께서도 아나니에서 저 꼴을 보셨을 땐 어쩌면 웃으셨겠지. 저들도 그리 웃게 그냥 두시오."

"그도…… 그렇지요. 축제 구경 나오셨습니까, 폐하."

단장이 뒤늦게 알은척을 한다. 단장을 따라온 일행도 뒤이어 허리를 숙였다. 왕은 그들 일행을 미리 인지하고 있던 듯, 무심하게 고개를 끄덕, 한다.

"재미있는 연극을 하고 있다기에 한번 와 봤소. 재미있는 건 모르겠지만, 시아라 공이나 기욤이나 앙게랑에게는 보러 오지 말라고 해야 할 것 같소. 보고 창피한 것보다 안 보고 궁금한 것이 나을 터이니."

"하지만 폐하, 보좌 주교나 어전 시종께서는 궁금해하느니 창피해 죽는 걸 택할 분들 아니겠습니까. 진작 와서 관람했을지도 모르고, 어쩌면 지금 저 무리 속에 파묻혀 있을지도 모르지요."

"그럴까. 하긴. 그럴 수도 있겠소."

신성 재판을 며칠 앞두고, 살벌해야 할 왕과 단장은 너무나 태연해 보였다. 대화 사이사이 약간의 가시가 있기는 했으나 딱히 정색하며 목소리를 높일 만한 내용은 없었다.

"발타도 나왔군. 구경은 재미있게 하고 있나?"

"예, 폐하."

왕은 점심때 함께 밥 먹고 나왔다가 시장통에서 다시 만난 것처럼 덤덤히 알은척을 한다.

발타는 왕과 화려한 콧트 드레스를 입은 여자의 손에 예의 바르게 입을 맞추었다. 왕실 기사 출신이고 왕을 오래 섬겨 왔기 때문에, 그의 행동이 건방지다고 나무라는 사람은 없었다.

"머리가 짧아서 꽤 춥겠어."

"염려해 주셔서 감사합니다. 나중에는 어느 정도 기르는 것이 허락된다고 들었습니다."

두 사람의 대화는 그렇게 끊어졌다. 발타는 다시 단장의 뒤로 돌아갔고, 왕은 고개를 돌려 방자한 연극을 끝까지 구경했다.

자크는 왕과 그 옆에 서 있는 여자를 한참 동안 관찰했다.

발타가 그렇게 집착하고, 왕이 필사적으로 보호하려는 여자는 그냥 평범했다. 다른 여자들보다 키가 컸고, 이목구비가 오밀조밀한 편도 아니었다. 목소리마저 낮고 투박하게 내는 습관이 있었다. 아시케나지 마을에서 남자처럼 살았고, 성전기사단 숙소에서 몇 달을 함께 지냈는데도 들키지 않았다는 말이 조금은 이해가 되었다.

게다가 신분이 높은 귀족도 아니고, 영지의 상속녀도 아닌, 그저 그런 귀금속 세공사의 딸일 뿐이었다. 발타는 저런 여인에게 어쩌다가 그렇게 대책 없이 빠지게 되었는지 모르겠다.

왕도 마찬가지다. 청혼 말이 나왔다 했지. 얼핏 들으면 속이 빤히 보이는 짓거리로 느껴지지만, 생각할수록 이상했다. 냉철하고 현실적인 왕이 선택하기에는, 너무 비상식적이고 실현 가능성이 낮은 방법이었다. 나 같으면 그런 방법은 생각도 하지 않았을 것이다.

여자는 무대에서 벌어지는 연극을 감흥 없는 눈으로 바라보고 있었다. 발타와 인사를 할 때도, 눈도 마주치지 않고, 인사 한 마디 나누지 않는다.

늘 그렇지만, 자크는 두 사람의 마음이 어떨지에 대해서는 정말로 알고 싶지 않았다.

어느새 시끄러운 연극이 끝났다. 사람들은 떨떠름하게 웃고 박수를 친 후, 이어지는 곡예사의 동물 묘기를 구경하기 시작했다. 강아지 두 마리와 원숭이가 붉고 푸른 옷을 입고 나와 곡예사의 손짓에 따라 재주를 부리기 시작했다.

왕은 흥미가 가신 얼굴로 몸을 돌렸다.

“만나서 반가웠소, 단장. 숙녀께서 추워하시는 것 같으니 우리는 이만 들어가겠소. 모처럼 다들 나왔으니, 여흥을 잘 즐기다 들어가길 바라오.”

“그러고 보니 날이 쌀쌀하군요. 조심해서 들어가십시오. 모레 정오에 시테 궁, 폐하의 정원에서 뵙겠습니다.”

자크 역시 심드렁한 목소리로 대답했다.

‡ ‡ ‡

“이게 무슨 일이십니까, 마드무아젤.”

몽모랑시 여인숙 어스름한 어둠 속, 방에 혼자 앉아 있던 레아는 발타의 목소리가 들리자 자리에서 벌떡 일어났다.

“무슨 일이 있으십니까.”

되풀이해 묻는 그의 얼굴에는 걱정이 가득했다. 무슨 위급한 일이 생긴 줄 알고 기사단에서 빠져나온 듯했다. 레아는 머뭇거리다 입을 열었다.

"……드, 드릴 말씀이 있어요, 발타 님."

아까 그를 본 순간, 뭔가 홀린 것만 같았다. 아주 짧은 시간, 발타가 레아의 손을 잡고 손등에 입을 맞출 때, 레아는 홀린 것처럼 그의 손에 표시를 남겼다. M. 발타의 몸이 순간적으로 움찔하며 굳는 것이 느껴진다. 레아는 다시 한번 더 손가락을 움직였다. M.

발타가 아무런 내색 없이 몸을 뒤로 물린다. 자신의 말을 알아들었다는 뜻이다.

M은 레아가 왕의 첩자 노릇을 할 때 애용하던 접선지인 몽모랑시 여인숙의 머릿자로, M이라는 표시를 해 두면 몽모랑시로 와 있으면서 연락을 기다리라는 뜻이었다.

하지만 그가 그 뜻을 이해했다 해서 오리라는 보장이 있는 것은 아니었다.

광장에서 본 발타의 얼굴은 생각보다 평온했고, 자신을 보면서도 전혀 흔들림이 없었다. 그래서 레아는 왕의 황당한 제안이 그의 귀에 들어갔다는 것을 바로 알아차렸다.

발타 님이 오실까, 안 오실까.

레아는 초조하게 기다렸다. 몸이 후끈후끈하고 열이 오르는 것 같다. 아까 유대인 거리 무슨 상점에서 나눠 주던 술을 한 잔 얻어먹은 게 문제였던 모양이다.

하지만 너무 떨려서 제정신으로는 도저히 올 수 없었다. 술이라도 한 잔 마셨으니 그나마 몽모랑시까지 왔지, 아니었으면 아까 밀브레 다리를 건널 때 그냥 센 강에 몸을 날릴 뻔했다.

그래. 조금만 더 기다리자. 해 질 때까지만 기다리자, 아니, 성전기사단 식사 시간이 끝날 때까지만 기다려 보자, 아니아니, 저기 거리에서 흥청망청하는 바보들의 놀음판이 끝날 때까지, 그때까지만 기다려 보자.

고작 요만한 용기를 내기 위해 술의 도움까지 받아야 하는 것이 한심하지만, 한심하게라도 용기를 내는 게, 겁먹고 포기하는 것보다 나을 것이다. 레아는 그렇게 믿었다.

발타 님이 오시리라는 기대는 거의 없었지만, 어쨌든, 그분과 정리다운 정리는 하고 가야 할 것 아닌가.

자신의 신세는 이틀 후 교수형을 당하는 죄수와 크게 다를 게 없었다. 왕이 쓸데없는 희망을 불어넣었지만, 사실 그건 정말 나쁜 짓이었다.

레아는 이제 남은 며칠 동안은, 자기 자신을 위하여 할 수 있는 일을 하기로 결심했다.

아무리 죽음을 앞에 둔 죄수라도, 마지막 소원 하나 정도는 들어주지 않느냐고.

그래서일까, 발타 님이 자신의 손등에 입을 맞출 때 저도 모르게 손가락이 움직였다. 충동적으로, 절박하게, 그러면서도 가장 이성적인 계산의 결과로.

"발타 님, 일단 이거 받으세요."

레아는 가죽띠로 둘둘 감아 둔 막대기를 꺼내 발타의 손에 쥐여 주었다. 영문을 모르고 받아 든 발타는 순간 깜짝 놀라 그것을 놓치고 말았다. 하지만 그는 그것을 주울 생각도 못 하고 황급히 방 끝으로 뒷걸음질 쳤다.

"이, 이걸 왜 제게 주십니까!"

"제 마지막 부탁이에요. 이건 발타 님이 처분해 주세요."

"왜 마지막 부탁이라고 하십니까. 저는 받을 수 없습니다. 폐하께서도 당신을 살리기 위해서 최선을 다하고 계시지 않습니까."

레아는 서글프게 웃었다. 이분도 폐하와 똑같은 생각을 하고 있다는 게 너무 어이없고 웃기다. 지혜의 왕 발타사르? 내 작은 솔로몬? 이런 똥멍청이 기사님이 무슨 얼어 죽을!

"그러니까, 그게 싫어요. 제가 당신을 포함한 열두 명의 기사들한테 찔리고 몽둥이에 맞고 걷어차이고 죽도록 당하면서 버티다가……."

"레아!"

레아는 발타를 만나면 폐하처럼 심드렁하고 냉랭하게 행동할 생각이었다. 그래, 좀 재수 없어 보여도 나름 멋진 구석도 있고, 어쨌든 할 말만 하면 되지 않는가.

하지만 이상과 현실은 달랐다. 현실은 눈치 없이 흘러나오는 눈물과 콧물과 흐느낌 3종 세트에 어린애 같은 투정이었다.

"저는, 재수가 좋으면 간신히 살아 돌아가서…… 폐하와 결혼하게 되는 그 결말이 너무 싫어요. 당신이 단숨에 찔러서 죽게 해 주면 너무 고마울 거예요."

"마드무아젤! 그렇게 생각하시면 안 됩니다. 신의 선택을 받은 분은 신께서 반드시 보호하실 겁니다!"

그가 당황한 듯 소리쳤다.

레아는 레아대로 기가 막혔다. 지금까지 들어 본 헛소리 중 제일 가는 헛소리다. 아니, 저분은 내가 정말 신의 선택을 받았다고 믿고 계시는 건가? 정신 나간 거 아닌가?

레아가 얼빠진 얼굴로 헛웃음을 짓자, 발타는 다급한 목소리로 설득하기 시작했다.

"폐하는 좋은 분이십니다. 모든 사람에게 좋은 분이라 할 순 없지만, 자신의 사람들에게는 가장 좋은 분이 되어 주십니다."

"그럼 발타 님은 제가 어떻게든 살아남아서, 폐하와 결혼하기를 바라시는 건가요?"

"당연하지 않습니까."

놀라운 대답이었다. 레아는 그가 진심으로 그렇게 생각한다고 믿을 수가 없었다. 하지만 그의 표정에는 거짓이 없었고, 그의 말투는 단호했다. 당황한 것을 넘어 절망감이 몰려왔다.

어, 어떻게 사람이 저럴 수가 있지?

……발타 님은, 나를 사랑하시던 게 아니었나?

"폐하는 저를 사랑하지 않는데요? 폐하께서 사랑하는 건 돌아가신 왕비마마뿐이에요. 저도 다른 사람을 사랑하는데요? 그리고 발타 님은, 저, 저를 사랑하신 게 아니었어요?"

"제발 이러지 마십시오. 이제 와서 이러시면 안 됩니다."

그의 목소리가 애걸하는 것처럼 변했다. 그는 한참 머뭇거리다가 바닥에 떨어진 단장의 지팡이를 주워 레아의 손에 꼭 쥐여 주었다.

"이건 저에게 주시면 안 됩니다. 저는 절대 받을 수 없습니다."

"제가 바닷물에 빠졌을 때 하느님께 맹세했었어요. 발타 님께 반드시 돌려 드리겠다고."

"숙녀들의 경우, 신의 선택을 거스르는 맹세, 잘못된 생각으로 행해진 맹세는 철회하실 수 있습니다. 결혼하시면 폐하께서 철회할 수 있으니 신경 쓰지 마세요. 마드무아젤께서는 이것의 정당한 주인이자, 신의 선택을 받으신 분으로서 끝까지 당당하게 행동하십시오."

"아니에요. 나는 신의 선택 따위를 받은 게 아니에요. 이 나무는 우연히 돌고 돌다가 저한테 온 거예요. 발타 님도 아시잖아요. 저는 끌려가서 고문당하고 싶지 않아서 신성 재판을 신청한 거예요. 죽을 때 죽더라도 편히 죽고 싶어서!"

하지만 발타는 들은 척도 하지 않고 자기 할 말만 했다.

"제 말을 제발 들어 주세요. 시간이 별로 없습니다. 기사단으로 돌아가야 할 시간이 얼마 안 남았습니다. 그나마 오늘이 마르디그라 축제일이라 가장행렬이 끝날 때까지만 자유 외출이 허락된 겁니다. 그러지 않았으면 나오지도 못했을 겁니다."

"……."

"제발 폐하의 말씀대로 하세요. 당신은 지금 제 걱정, 제 생각 따위를 할 때가 아닙니다."

"……."

"수단 방법 가리지 말고, 눈 질끈 감고, 귀 막고, 아무 생각도 하지 마시고, 그저 무사히 그 시간을 버텨 주십시오. 그래서 신에게 선택받은 여인임을 증명하시고 폐하와 결혼하십시오. 왕비마마께서는 돌아가시는 순간까지 행복하다 하셨고, 폐하께 고맙다는 말씀을 남기셨습니다. 당신도 그렇게 행복하실 겁니다."

들을수록 기가 막혔다. 여기까지 와서 구질구질 울고 싶지는 않았는데, 도무지 눈물이 멈추지 않는다.

당신에게 고작 이따위 말이나 들으려고, 그렇게 애타게 만나려 한 건 아니다.

하지만 발타는 레아의 마음을 전혀 이해하지 못하는 것 같았다. 그의 말이 점점 빠르고 다급해진다.

"폐하께서는 자신의 사람은 이해할 수 없을 만큼 깊이 사랑하십니다. 다른 사람들은 잘 모릅니다. 그렇게 사랑받지 못했기 때문에 모릅니다. 폐하께서도 그것이 사랑인 줄 모르십니다. 하지만 받는 사람은 모를 수가 없습니다. 당신도 이제는 어느 정도 알 것 아닙니까."

레아는 속이 부글부글 끓어올랐다. 이해할 수 없다. 적어도 당신은 나한테 이런 식으로 말하면 안 되는 거 아닌가?

"바, 발타 님, 당신이 저를 제대로 사랑하셨으면, 저한테, 가, 감히 아니, 차마 이렇게 말씀하시지는 못했을 거예요……."

"그 말이 맞습니다. 저는 당신을 제대로 사랑한 게 아닙니다. 책임지지 못하는 충동을 사랑이라고 부를 수는 없는 겁니다. 저는 그저 충동에 휘둘렸던 것뿐입니다."

"아니야. 아니에요. 거짓말하지 마세요."

"당신은 제가 아니잖습니까. 저에게 당신은 그냥 높은 곳의 빛이고, 존재의 이유, 아니, 아뇨. 저는 그저 육신의 정욕에 휘둘렸던 것뿐입니다. 당신과 결혼하거나 함께하는 삶 따위는 감히 상상해 본 적이 없습니다."

"……."

"당신은 신의 선택만 입증하시면, 폐하의 보호하에 그렇게나 원하던 안전하고 평온한 삶을 사실 수 있게 됩니다. 트루베르들이 떠들어 대는 낭만적이고 아름다운 고백이나 가슴 떨리는 청혼은 없어도, 폐하는 반려자를 소중하게 아끼고 책임감 있게 대하시는 분이십니다. 당신의 남은 삶은 그분의 곁에서 충분히 따뜻하고 안전할 것입니다."

“발타 님. 나도 이 막대기만 내 인생에 끼어들지 않았으면, 나 혼자 힘으로 충분히 따뜻하고 안전하게 살아갈 수 있었어요! 누가 지켜 주지 않아도! 누가 사랑해 주지 않아도!”

“레아, 그럼 당신께서 지금까지 원하셨던 게 정확하게 뭡니까.”

그걸 말로 해야 하나. 그 당연한 걸! 나도 알고 당신도 뻔히 알고 있는 그 사실을.

하지만 이 대화를 끝으로, 발타 님과 나는 서로 대화를 할 기회조차 없을 것이다. 이 한심하도록 당연한 이야기를, 그래서 이제는 해야 한다.

“발타 님과 결혼해서, 사랑하면서 함께 살아가는 거요.”

그는 고개를 절레절레 흔들었다. 이마를 짚은 채 땅이 꺼질 것 같은 한숨을 쉬며, 그가 중얼거렸다.

“……제발 이러지 마세요. 이제 와서 대체 왜 이러십니까.”

“…….”

“대체 저한테 어쩌라고 이러시는 겁니까……. 지금 손잡고 같이 도망이라도 치자는 겁니까? 정말 그걸 원하시는 겁니까?”

“그러실 수만 있다면요. 지금이라도. 하지만 발타 님은 그렇게 못 하실 거예요. 비겁하니까요. 같이 도망치자는 것마저도 제 핑계를 대고 계시잖아요.”

레아는 사정없이 비웃었다. 비웃는데 눈물이 나왔다. 발타는 여전히 시선을 돌린 채, 바닥을 바라보며 침묵하고 있었다.

“……정말, 도망갈까요.”

어둠에 잠긴 사내가 조용히 묻는다. 레아는 너무 놀라 몸이 그대로 굳어 버렸다.

"정말, 도망갈까요. 그래서…… 당신과 비밀리에 결혼해서, 사랑하고, 아이도 낳고, 같이 농사도 짓고, 그 아이들이 자라는 모습을 보면서 살아갈까요."

그가 눈을 감은 채 더듬더듬 말했다.

"당신과 함께하는 삶을 생각 안 해 본 건 아닙니다. 어디에 숨어 살면 안심하고 살 수 있을까. 무엇을 하며 먹고살아야 할까. 교황과 프랑스 왕과 성전기사단이 오지 못하는 사라센 땅으로 들어가서 깊이 숨어 살까……."

그의 한 손이 얼굴로 올라갔다. 그는 고개를 숙인 채 눈물을 떨구기 시작했다.

사라센의 땅이라니. 그런 생각까지 하게 되기까지, 그의 마음이 어떠했을지 레아는 감히 상상할 수 없었다. 툭툭, 투투툭. 낡은 마룻바닥에 눈물 떨어지는 소리가 들릴 정도로, 그는 조용히 울었다.

"짐승들도 벌레들도 사랑은 합니다. 하지만 인간의 사랑에는 자격이 필요하죠."

"……."

"당신 말이 맞습니다. 저는 비겁하고, 비겁한 인간은 사랑할 자격이 없습니다, 마드무아젤."

"……."

"성유물은 당신이 다시 가져가세요. 당신에게 있어야 할 것입니다."

레아는 손에 든 막대기를 지그시 움켜쥐었다. 그래. 솔직히, 다른 대답을 들을 거라고는 크게 기대하지 못했다. 하지만 예상했던 결말임에도 끔찍하게 아팠다.

그는 얼굴을 대충 정돈하고 말끔히 다듬어진 목소리로 청했다.

"부탁이 하나 있습니다, 레아."

"무슨 부탁인가요?"

"저는 내일모레, 폐하의 정원에서 하느님께 맹세코, 최선을 다해 싸울 것입니다. 당신은 강건하게 끝까지 버텨서, 신의 선택받은 여인임을 증명하십시오. 그게 제 마지막 소원입니다."

끝까지 잔인한 새끼. 레아는 속으로 이를 갈았다. 눈에서는 눈물이 멎지 않았고, 세상에서 가장 비겁한 기사는 그것을 다시 외면했다.

"네에, 그게 그렇게나 소원이라면, 기꺼이 해 드리지요."

‡ ‡ ‡

발타는 레아를 에스코트해서 시테 섬까지 배웅했다. 레아를 호위하는 병사도 없고, 따라다니는 시녀조차 없었기 때문이었다.

거리는 여전히 북적북적했다. 술에 잔뜩 취한 사내들이 비틀거리며 아무 데나 시비를 걸고, 주먹질을 한다. 여자들에게 수작을 걸거나, 길바닥에서 거시기를 훤히 내놓고 오줌을 싸기도 한다. 발타는 그런 모습을 볼 때마다 민망해하며 엉뚱한 곳에 화를 냈다.

"내일모레 신성 재판을 앞두고 있는 숙녀께서 이렇게 혼자 돌아다니고 있는데, 대체 궁에서는 뭘 하고 있는 건지 모르겠군요."

오지랖 넓은 어전 시종이나 호위 병사들은 다 어디서 낮잠을 퍼질러 자고 있는 건가. 발타는 언짢은 표정을 숨기지 않았다.

레아는 시큰둥하게 대답했다.

"낮잠은요. 오늘 이렇게 볼거리가 넘치는데 누구라도 놀러 나가고 싶지 않겠어요?"

"이교의 풍습에 절어 붙은 이따위 축제에 놀러 가라고 부추기는 게 문제죠. 그것도 성당 앞마당에서 이런 걸 허락해 주질 않나."

노트르담 성당 앞에서는 아까의 미친 연극판 대신 광대가 파트너와 함께 만담을 지껄이며 놀이판을 이끌고 있었다.

"자, 기대하시라. 개봉박두! 여러분이 손꼽아 기다리시던 왕과 하인의 시간입니다!"

지금은 게임 시간이다. 큼직한 모래시계를 하나 놓고, 모래가 다 떨어질 때까지 신분이 뒤집히는 놀이를 하는 것이다. 하인은 명령하고 주인은 복종해야 한다. 하인은 반말을 찍찍 갈기며 호통을 치고, 주인은 하인에게 굽실굽실하며 존대를 해 주어야 한다.

물론 같이 온 사람들끼리 장난으로 하는 일이고, 전통 놀이라 딱히 트집 잡는 윗사람들은 없었다. 보통은 호탕하게 웃으면서 응해 주게 마련이었다. 이런 데서 화를 내면 옹졸한 사람이라고 찍히기 때문이었다.

"이교의 풍습이라뇨?"

"이 왕과 하인의 놀이는 로마의 사투르스 축제 풍습 중 하나입니다. 난잡하고 더러운 이교의 신이죠."

아. 레아는 문득 발타 님이 신학과 옛 철학 쪽으로 해박하다는 말을 떠올렸다. 니콜라 드 프루빌르 추기경께서 예전에 파리대학 교수로 계실 때, 발타 님과 종종 신학 토론을 하셨다고 했다.

“이 사육제 축제 역시 짐작도 못 할 정도로 오래된 풍습입니다. 로마 제국의 사튀로스, 바쿠스, 헬라의 디오니소스 축제, 혹은 그 전까지도 올라가죠. 그때는 더 난잡하고 정신없었습니다. 그나마 성당에서 기를 쓰고 순화를 하니 이 정도죠.”

“왜 순화를 해요? 나쁜 풍습이면 하지 말라고 명령해야죠.”

“기억과 몸에 새겨져 이어지는 풍습은, 명령한다고 없어지지 않습니다. 아무리 없애려 해도 어떤 식으로든 이어져서 예전의 흔적을 남기죠.”

“……하긴 그러네요. 저도 마음에 깊이 새겨진 기억은 아무리 없어지라고 해도 없어지지 않더라고요. 마음이 주인 말 좀 잘 들어 먹으면 편할 텐데.”

발타는 고개를 기웃, 하더니 이내 쓸개 씹은 얼굴로 고개를 끄덕였다.

“비슷할 수 있겠군요. 하지만 기억이 명령대로 깔끔하게 없어진다면, 그것대로 슬플 것 같습니다.”

“기억이 없어지면 슬픔도 함께 사라지니 좋지 않을까요?”

“글쎄요. 기억이 없어져도 이유를 알 수 없는 슬픔이 남아 있지 않을까요.”

그는 고개를 돌려 레아를 보더니 가늘게 한숨을 쉬며 덧붙였다.

“저는 어렸을 때 살던 영지의 아름답고 넓은 정원 말고는 기억이 나지 않습니다만, 깊은 슬픔이 늘 마음에 맺혀 있던 것 같습니다. 부끄러운 이야기지만, 꿈에서 눈물을 흘리며 울다가 일어날 때도 있습니다. 기억은 사라졌지만, 감정은 몸의 어딘가에 뭉쳐 있는 거겠죠…….”

"……그럴까요."

"이런 풍습만 해도 그렇습니다. 지금 보이는 사육제 전에도 비슷한 축제들은 오랫동안 존재했죠. 예전에도 사튀로스, 바쿠스, 디오니소스, 디아나, 이슈타르, 아스타로트, 바알, 이난나들의 이교 축제가 있었습니다. 어렸을 때는, 그때의 많은 신이 모두 어디로 사라졌을까 궁금했었는데……."

"예."

"그냥, 여전히 우리 옆에 있는 겁니다. 저런 축제나 풍습이나 습관들, 속담들 속에 살그머니 숨어서 말이죠. 폭식의 습관, 광란의 습관, 방탕한 습관, 왕과 하인의 시간 따위의 가면을 쓰고서요."

발타 님은 평소보다 조금 말이 많았다. 밀어를 속삭이듯 조곤조곤 부드럽게 설명하는 목소리는 너무나도 아름다웠다.

레아는 그의 목소리 한 자락, 대화 한 조각이라도 더 기억하려 애를 썼다. 이틀 후, 나 혼자 정말 먼 길을 떠나야 할 때, 발타 님에 대한 기억을 최대한 많이 가져가고 싶었기 때문에.

거리에서 들리는 다른 소음은 모두 사라졌다. 이제는 온 세상에 그의 목소리만 남은 것 같다. 달빛에 녹아 버린 듯, 은은하게 반짝이며 허공을 유영하는 그의 목소리만.

"아주 오래전에는, 신이 인간과 함께 지냈을 수도 있고, 성경의 기록대로 네필 족속 같은 신과 인간의 혼혈 아이들도 우리 곁에서 함께 살아갔을 수도 있었겠지요. 그들이 거인 족속이나 특별한 능력을 가진 인간 이상의 사람이었다는 기록도 적잖이 남아 있으니까요."

"……."

"어쩌면 당시 사람들은, 그런 이들을 또 다른 신이나 천사, 혹은 악마라고 불렀을 수도 있고, 어쩌면 지금도 정체를 숨긴 채, 우리와 함께 살고 있을지도 모르죠."

레아는 물끄러미 그를 올려다보았다.

이상하고, 이상하고, 이상하다. 마음의 잠금쇠가 풀린 걸까. 아주 잠시, 모든 것을 버리고 사랑하는 여인과 도망칠 꿈을 꾸었던 신의 기사는 지금 위험한 이야기를 흘리고 있었다.

그의 신앙과 정면으로 충돌하는 저 위험한 이야기는, 맞다. 그의 머릿속에 오래전부터 숨어 있던 것이다. 다만 그가 잘 잡아 누르고 있었을 뿐이다.

그의 신앙과 정면으로 충돌하는 이 위험한 감정도, 맞다. 그의 심장 속에 오래전부터 숨어 있던 것이다. 다만 그가 잘 잡아 눌렀을 뿐이다. 오늘도 누르고 눌러 끝내 갈무리를 잘 했을 뿐이다.

그리고 이제 그는, 저리도 평온한 얼굴로, 나를 기어이 왕에게 돌려보내려 한다.

"사라진 줄 알았던 많은 신은, 여전히 우리 속에 신분과 이름을 감추고 남아 있다……. 발타 님 마음속에 남아 있는, 이유를 알 수 없는 오래된 슬픔처럼."

레아는 그의 눈을 올려다보며 속삭이듯 화답했다. 발타는 말없이 레아를 내려다본다. 저렇게나 깊은 열망과 애정이 담긴 눈으로. 레아는 살그머니 웃었다.

"발타 님. 그 말씀은, 제가 사라져도 저를 좋아했던 감정이나, 저를 위해 슬퍼했던 감정은 남겨 주시겠다는 거지요?"

발타 님은 다시 웃기 시작했다. 흐, 흐, 흐흐. 그는 대답하는 대신, 짧고 서글프게 웃었다.

"만담을 구경하고 있었나. ……발타와 함께 있었군."

왕이 옆으로 다가오는 것을 보며, 레아는 기겁하게 놀랐지만, 발타는 딱히 놀란 기색이 없었다. 왕은 말을 타고 있진 않았으나 정식 예장을 갖추고 왕관을 쓰고 있었고, 뒤에는 호위 기사들이 무장을 하고 달라붙어 있었다.

왕은 두 사람에게 인사를 받은 후 레아를 옆으로 끌어당겼다. 레아는 저도 모르게 더듬더듬 변명하듯 말했다.

"사육제 축제 구경을 나왔다가……."

"몽모랑시에서 마드무아젤을 뵈었습니다, 폐하. 축제 막바지라 위험할 듯해서 궁까지 모셔다 드리던 중이었습니다."

발타는 아무 거리낌도 없이 담백하게 보고했다. 왕은 레아를 힐끗 내려다보더니 냉랭한 목소리로 대답했다.

"그랬군. 고맙네. 이제 내가 에스코트하겠네."

그러면서 두 사람은 그냥 한동안 그 자리에 서 있었다.

날은 여전히 쌀쌀한데, 사람들은 앞의 광대가 명령한 대로 주인과 하인, 남자와 여자, 아이와 어른이 서로 상대를 바꿔 그동안 맺혔던 것(?)들을 털어 대느라 정신이 없다.

지금 여기서 들었던 아랫사람의 오만 방자한 말투나 대놓고 털어놓는 불평불만에 대해, 윗사람은 꽁하니 간직하고 있으면 안 된다. 듣고, 웃고, 풀어 버려야 한다. 아랫사람의 분풀이 말고도, 하인들이 힘들어하는 이유를 주인이 알게 되는 것 역시 이 놀이에서 얻게 되는 수확이라면 수확이었다.

"폐하는 안 하세요? 왕과 하인 놀이?"

……말해 놓고 생각하니 정말 왕이다. 레아는 저도 모르게 쿡, 웃음을 터뜨렸다.

"나랑 해 보고 싶은가?"

"해 보고 싶은가, 가 아니고 여기선 폐하께서 '해 보고 싶으십니까.' 하셔야죠. 저기 모래시계가 다 내려갈 때까지요. 시간이 얼마나 남았는지는 안 보이지만."

종알대며 뒤를 힐끗 보니, 몸집 큰 호위대장과 병사들의 입이 떡 벌어져 있다. 레아는 지금까지 폐하에게 이 당연한 제안을 했던 사람이 단 한 명도 없었다는 것을 알아차렸다.

"좋아, 마 벨르. 할 말 있으면……."

"이거 말버릇 봐라. 똑바로 말 안 해?"

레아가 팔짱을 끼고 땍땍거리자 주변에 있던 사람들이 순식간에 사색이 됐다. 발타 님도 기겁했는지 얼굴이 우유처럼 허옇게 변했다. 왕도 멍하니 입을 벌렸다가 갑자기 푸핫, 웃음을 터뜨린다.

지금 내가 이 판에 못 할 짓이 뭐가 있지. 레아는 아예 허리에 손을 얹고 땍땍거리기 시작했다.

"필립, 인간적으로 내가 너한테 불만이 많아. 정말 많아…… 하고 싶은 말이!"

"설마 마드무아젤께서 제게 못 하신 말씀이 있으십니까?"

"당연하지, 나는 대대로 내려오는 쫄보 집안 장녀라고. 하고 싶은 말이 열 개 있으면, 그중에서 하나나 두 개밖에 못 한단 말이야."

"그런데도 말씀이 그렇게 많으셨던 겁니까? 그런데 마드무아젤, 혹시 술 드셨습니까?"

"조금 마셨어. 오늘 어마어마한 용기가 필요했거든. 필립, 그런데 내가 술을 마시든 말든 무슨 상관이지? 이거 버릇없네……."

사람들의 이마 위로 진땀이 줄줄 흘러내리는 것이 보인다. 주변에 서 있던 백성들도 지금 하인이 되어 버린 잘생긴 사내의 정체를 바로 알아채고 사색이 되어 물러난다. 하지만 또 축제는 축제인지라, 수군수군하는 소리가 빠르게 번지더니 사람들의 시선이 슬금슬금 몰린다.

왕은 레아의 앞에서 허리를 숙이고 진지한 목소리로 말했다.

"말씀하십시오, 마드무아젤. 제게 섭섭하신 게 있으셨으면, 고치도록 노력하겠습니다."

"필립, 너 말이야, 사람이 그러면 안 되는 거야……."

"……."

"난, 쫄보야. 이런 식으로 죽고 싶지 않았어. 난 너무너무 무서워. 네가 아무리 냉혈한이고 내가 아무리 같잖아도, 너, 사람이 그러면 안 되는 거야……."

"제가……."

왕이 고개를 들었다. 미간이 깊이 찌푸려져 있었다. 하지만 레아는 내처 말했다.

"너 욕심 많은 건 알겠는데, 그래도 사람을 이런 짓거리에 밀어 넣으면 안 되는 거야. 되도 않을 일에 함부로 가짜 희망 따위를 줘도 안 되는 거야. 차라리 그냥 목을 매달라고……. 얼마 전 파리 폭동 때, 네가 손수 치료해 준 사람들까지 줄줄이 잘도 매단 주제에. 아 씨, 네가 사람이냐. 난 그냥 조용히 어디 박혀서 잘 먹고 잘 사는 게 꿈이었는데."

그는 잠시 침묵했다. 이 빌어먹을 게임 따위를 뒤집어엎을까,

고뇌하는 걸까.

하지만 그는 고개를 깊이 숙이며 사죄했다.

"……잘못했습니다, 마드무아젤. 제가 생각과 헤아림이 깊지 못했습니다. 진심으로 사과합니다."

자신의 앞으로 깊이 수그러든 고개와, 금관 아래로 단정히 흘러내리는 금발을 보니, 레아는 왜인지 속이 울컥했다. 그때 눈이 오던 날, 자신의 앞으로 숙여진 머리, 그 머리를 감싼 왕관, 그 왕관 안에 소복하게 쌓이던 눈을 보며, 저 왕관을 벗기고 눈을 털어 주고 싶다는 생각을 했었다.

지금 왜 그 생각이 나는지 모르겠다.

다행인 것은, 그때처럼 멍청하게 눈물이 나오지는 않는다는 것이었다.

"씨에 드 올랑드, 경께서는 제게 하실 말씀이 없으신지요."

왕의 극존칭이 발타에게 향했다. 발타는 기겁하며 뒤로 물러섰다.

"폐하, 저, 저는, 황공하오나, 저는 괜찮습니다."

발타의 허둥대는 대답에 왕이 씁쓰레하게 미소했다.

"씨에 발타사르, 지금까지 우리가 알고 지낸 세월이 꽤 길었습니다만,"

"예, 폐하."

"이런 격의 없는 장난 한번 쳐 본 적이 없었군요."

왕의 한쪽 입술 끝이 부드럽게 올라갔다.

발타는 고개를 들고 왕의 얼굴을 물끄러미 바라보았다. 사람들이 주변에서 수군거리고, 앞에서는 이제 만담의 막바지인지 온통 야한 농지거리들이 쏟아져 나오기 시작했다.

앞에 서 있는 만담꾼은 뒤에서 무슨 일인가로 관심이 나눠는 것을 마땅찮아 하면서 모래시계를 들어 올린다. 시간이 얼마 안 남았어요! 욕할 거 있으면 욕하시고! 불만이 있으면 털어 버리시고! 오늘 하루 잠깐 뒤집힌 왕과 하인의 시간, 어쩌고 하면서 큰 소리로 떠들어 댄다.

발타가 드디어 희미하게 웃는다.

"필립."

왕의 눈이 가만히 깜박거린다. 레아도 숨을 죽인 채, 발타의 다정하고 부드러운 목소리에 귀를 기울였다.

"필립……. 필립."

"예, 발타사르 경. 말씀하십시오."

"필립, 한 번 안아 봐도 될까."

주변 사람들의 얼굴이 이제는 흙빛으로 변했다. 하지만 왕은 큰 걸음으로 성큼성큼 걸어서 발타의 앞으로 가 팔을 벌렸고, 왕보다 키가 큰 발타는 왕의 어깨를 힘껏 끌어안았다. 그가 왕의 귀에 대고 속삭이는 소리가 희미하게 들렸다.

"나는 괜찮아. 걱정하지 마."

"무, 무슨 말씀을, 발타…… 씨에 드 올랑드!"

왕의 입술이 경련하듯 꿈틀대기 시작했다. 왕의 두 주먹으로 힘이 꽉 들어가는 것이 보인다.

"……잘 부탁해."

눈앞이 하얗게 변한다. 레아는 이제 도저히 참을 수 없었다. 침묵으로 삼켜진 그 말, 누구를, 무엇을, 누구에게, 어떻게 부탁하는지 단번에 알아차릴 수 있는 그 말.

이제는 저 빌어먹을 새끼를 정말로 죽여 버리고 싶다.

퍽!

레아는 발타의 멱살을 잡아 끌어 내린 후, 주먹으로 얼굴을 후려갈겼다.

왕과 하인의 시간, 오래전에 사라진 신들의 짧은 유희는 그렇게 끝났다.

7-13. 샹피옹, 슈발리에 블랑

Champion, Chevalier Blanc

사순절이 시작된 지 이틀째 되는 목요일. 사육제의 흥청망청하던 분위기는 말끔하게 사라지고, 세상은 순식간에 무겁고 칙칙하게 변했다.

신성 재판이 비밀리에 치러질 시테 궁의 '왕의 정원' 분위기도 그렇게 칙칙하고 엄숙했다. 성벽 안쪽으로 녹지 않은 눈 더미가 군데군데 쌓여 있고, 시합을 위해 지정된 규격으로 둘러친 나무 울타리는 생뚱맞고 흉물스러워 보였다.

"마드무아젤, 갑옷을 장착하셔야 합니다."

왕이 보낸 시종 두 명이 갑옷을 들고 방에 들어왔을 때, 레아는 방구석에서 맹렬히 헛구역질을 하고 있었다. 극심한 공포와 긴장 때문에 제정신이 아니었고, 물만 넘겨도 구역질이 치밀었다. 먹은 것이 없으니 나오는 것도 없는 게 그나마 다행인지. 시종들이 갑옷을 든 채 난감하다는 표정을 짓는다.

"마드무아젤, 갑옷을 장착……."

"하녀를 불러 주세요. 설마 궁내에 갑옷 입힐 줄 아는 여자가 한 명도 없는 건 아니겠죠."

목소리가 날카로워졌다. 아마 왕이 옆에 있었으면 손에 있는 양말짝을 집어 던졌을지도 모른다. 그의 타고난 무신경함이야 잘 알고 있지만, 화가 나는 건 또 어쩔 수 없다.

그래. 이 짓도 이제 끝이다! 정말 끝이야, 빌어먹을!

오기가 나서 발을 쾅 굴렀다가 순식간에 시무룩해졌다.

……제기랄. 그래도 꼭 죽으란 법은 없는데.

그냥 목매달아 죽인다 했으면 포기했을 텐데, 사는 게 뭐라고 포기가 안 되지.

레아는 들들 떨리는 손으로 가슴을 지그시 눌렀다. 아무리 태연한 척해도 의연할 수 없다. 희망이 없었다면, 차라리 의연하게 나갈 수 있었을지 모른다. 하지만 살아날 희망이 머리카락만큼이라도 남아 있으니, 이 극한의 공포를 몇 배로 생생하게 겪는 것이다.

창 아래를 물끄러미 내려다보았다. 지금 레아가 와 있는 방에서는 왕의 정원이 잘 내려다보였다. 천장이 높고 무척 썰렁했지만, 그래도 벽난로도 있고 구석구석 예쁘게 꾸몄던 흔적도 남아 있었다. 왕비님이나 여인들의 공간이 아니었을까 생각해 보았지만, 정확하게는 알 수 없었다.

정원이라도 보며 마음이라도 편히 가지라는 생각이었을까.

하지만 창밖을 내려다볼 때마다 레아는 저 정원에서 벌어질 결투 재판을 떠올렸고, 그때마다 가슴이 오그라들었다. 정원을 보면 숨도 못 쉬는 날이 많아지면서, 결국 정원 쪽으로 난 덧창을 걸어 잠가야 했다.

오랜만에 덧창을 열어 본 레아는 얼른 창 뒤로 몸을 감추었다.

"……제기랄, 벌써……."

재판에 참여할 자들이 옆문으로 입장하고 있었다.

기사단 쪽 참석자는 모두 30명 정도 되어 보였다. 승부에 참여하는 열두 명과 그들의 시종들, 두 명의 공식 입회인, 몰레 단장과 감찰관, 그리고 기사단 사제 두 명.

기사단 본부에 몇 달간 드나들었기 때문에, 먼발치에서 보아도 누군지 대충 알아차릴 수 있었다. 그들은 하나같이 파테 십자가가 새겨진 쉬르코에 망토를 두른 정복 무장 차림이었고, 보쌍 깃발까지 높이 들고 있었다.

"……얼굴에 철판을 깔기로 작정했네, 응……."

자신과 싸우기 위해 나선 기사들은, 현재 파리 본부에서 최고로 손꼽히는 기사들이었다. 아크레의 도살자이자 마상 시합의 전설로 불리는 발타사르 드 올랑드를 비롯해, 사라센 병사들에게 죽음의 대천사로 불렸다는 레몽 드 툴루즈, 로베르 드 롱비, 마르탱 뒤부아…… 이름만 들어도 알 만한 기사들이었다. 면면으로만 보면 칼 한 번 안 잡아 본 여자의 맞상대가 아니라, 맘루크 부대 한가운데 있는 술탄의 모가지를 따 오라고 뽑아 놓은 선발대 같았다.

그들은 부끄러워하는 기색도 없이, 당당하게 허리를 펴고 앞을 바라보고 있었다. 말리비틀어진 여자 한 명을 최정예 기사 열둘이 쓰러뜨리는 게 정의 구현이라도 되는 양. 적당히 부끄러워하는 것보다는 완전히 뻔뻔한 것이 훨씬 견디기 쉽다는 걸 저들도 알고 있는 것이다.

레아는 가장 앞줄에 무기를 갖추고 말에 올라 있는 발타를 발견했다. 면갑을 두르고 두건까지 쓰고 있어서 얼굴 표정은 보이지 않았지만, 딱히 고뇌하는 듯한 느낌이나 망설이는 듯한 움직임은 보이지 않았다.

왕실 법정 쪽 자리를 차지하고 앉은 자들은 왕실 대법관들과 사법원의 수장, 참사회 회원들이었다.

시합장의 경계선을 정하는 두 겹 나무 울타리는 이미 다 둘려 있다. 1 대 1 시합을 위한 80보와 40보의 정식 경기장보다 2배는 더 넓어 보였다.

"마드무아젤 레아, 하녀들이 갑옷 입으시는 걸 도와드릴 겁니다. 아래층으로 내려가시죠."

레아는 시종을 따라 아래층으로 내려가고서야, 왜 굳이 아래층으로 내려오라 했는지 알 것 같았다.

하녀 두 명이 이상한 무쇠 덩어리 뭉치를 들고 끙끙대며 방 안으로 들어왔다. 레아는 그들이 들고 온 물건을 보고 잠시 할 말을 잃었다.

……왕이, 확실히 제정신이 아니구나.

생전 처음 보는 이상한 갑옷이었다.

일단, 사슬 갑옷에 판금 보호대가 아니었다. 머리, 목, 어깨, 가슴, 팔과 다리, 발끝까지 죄다 철판을 이어 붙인 희한한 물건이었다. 일단 입혀 주는 대로 입기는 하는데, 왕이 제정신이 아니라는 생각은 점점 확신이 되어 갔다.

다 입은 후, 레아는 자신이 제대로 걷지도 못하는 상태가 되었다는 것을 알았다.

이 있기는 할까…….

레아는 혼자서는 벗을 수 없는 무쇠 투구를 쓴 채, 안심하고 울기 시작했다. 쇠그물로 가려진 작은 눈구멍들 사이로, 이 눈물을 볼 수 있는 사람은 없을 것이다.

내가 숨죽여 흐느끼는 소리는 이 투구 밖으로 나가지 못하고, 이 눈물은 투구의 턱에 괴여서 밖으로 흘러 내려가지 못할 것이다. 누구도 이 투구 속의 사정을 모르니, 이 쫄보는 조금은 안심하고 울어도 되는 것이다. 레아는 울음을 삼키며 외쳤다.

"검과 방패를 줘요!"

그녀의 목소리는 투구 속에서 크게 웅웅거렸다. 귀가 징징 울렸다. 왕의 강렬한 시선이 느껴졌다. 주둥이 처다물고 있으라는 건가? 레아는 이를 악물고 다시 한번 커다랗게 외쳤다.

"나에게 검과 방패를 줘! 싸우다 죽을 거야, 검을 줘!"

"알랭!"

왕의 날카로운 목소리가 터져 나왔다. 왕을 호위하고 있던 대장이 황급히 왕에게 다가서자 왕이 허리에 차고 있던 검과 예장용으로 옆에 세워 둔 왕실 백합 무늬가 새겨진 커다란 방패를 내주었다.

"기사에게 내 무기를 전해라! 기욤 신부! 검과 방패에 축성을!"

알랭 드 파레이유 대장이 황급히 달려와 레아에게 창과 방패를 내주었고, 왕의 또 다른 고해 사제 기욤 윙베르가 긴 옷자락을 붙잡고 달려 나와 그 검과 방패에 축성을 했다. 레아는 잘 구부러지지도 않는 손목으로 검과 방패를 꽉 쥐었다.

동정 따위는 됐다. 발타 님이 보는 앞에서, 아무 짓도 못 하고 우스꽝스럽게 두들겨 맞으며 버티고 싶지는 않다. 발타 님이 나를 공격하면, 나 역시 그에게 칼로 쑤셔 박는 시늉이라도 할 것이다.

발타 님에게도 그게 더 좋을 것이다. 나에 대한 마지막 기억이, 그저 이리저리 두들겨 맞고 찔리며 비틀대는 꼬라지보다, 악을 쓰며 자신에게 칼을 찔러 넣는 장면인 것이 훨씬 마음이 덜 아플 것이고 덜 한심할 것이다.

기사단 쪽에서도 전속 사제가 나와 그들의 검을 축성하고 그들의 머리에 일일이 안수하고 기도했다. 그들은 그 와중에 마지막으로 고해성사까지 했다.

하지만 왕은 그 모습을 보면서도 레아에게 끝까지 고해 신부를 보내지 않았다. 반드시 살아 돌아와. 그 뒤는 내가 책임질 테니, 죽지 말고 버텨. 그것이 그의 냉철하고도 강력한 의지였다.

"지금부터 그리스도의 성혈이 스며 있는 이 성유물을 검증한 검증 위원들의 결과 발표가 있겠소."

파리대학 신학부 교수 출신의 니콜라 드 프루빌르 추기경이 긴 양피지를 들고 왕과 재판관들이 둘러 서 있는 탁자 앞으로 나왔다.

검증 작업은 기사단과 교황청, 그리고 왕실에서 초빙한 아홉 명의 성직자와, 옛 기록들과, 목격자-자크 단장과 발타사르 경, 레몽 경이 포함되어 있었다-들의 증언을 바탕으로 이루어졌다.

"본 위원들은 만장일치로 이 성유물이 진품임을 확인합니다!"

프루빌르 추기경은 금빛 백합 무늬가 수놓인 비단 천으로 감싼 길쭉한 나무 상자를 왕에게 두 손으로 공손히 바쳤다. 기사단 단원들의 얼굴에는 다소 자신만만한 흥분과 기대감이 어렸고, 왕은 무표정했다.

오래전 왕실의 기사가 12 대 1 결투 재판을 제안했을 때 부끄러워하지 않았듯, 성전기사들도 이제 부끄러워하지 않기로 결심했고, 왕이나 내가 후안무치한 것을 무릅쓰고 이 자리에 나왔듯, 저들도 후안무치할 권리를 얻었다.

이 기이한 승부는, 그래서 철저한 비밀 승부로 치러지는 것이다. 양측 모두 참관자의 함구령과, 기록 금지 조항이 추가되었다. 그래서 왕이 어딜 가든지 따라다니는 서기관조차 들어오지 못했다.

이제 왕은 상자를 탁자 위에 올려놓고 손을 들어 신호를 보냈다. 옆에 서 있던 기사 한 명이 깃발을 들어 올렸고, 레아와 기사단 측 열두 기사는 왕의 탁자 앞으로 나가 나란히 마주 섰다.

왕은 큰 소리로 결투 재판의 규정을 설명하기 시작했다.

"본 결투의 승패는 오로지 신의 뜻에 달렸고, 본 재판의 판결은 오로지 신께 속한 것이오. 다만, 공평의 원칙에 의거하여 예전의 승부와 동일한 방식의 마상 시합, 멜레로 신의 뜻을 물을 것이오."

"……."

"참가 기사들 중 경기장 밖으로 이탈한 자, 말에서 떨어진 자, 의식을 잃거나 목숨을 잃은 자, 승부를 포기한다고 밝힌 자는 퇴장 처리되며, 경기장 안에 끝까지 남아 있는 자가 신의 선택을 받은, 본 재판의 승자가 될 것이오."

"……."

"승부 도중 부상자나 사망자가 나온다 해도 쌍방 책임을 묻지 않으며 신성 재판의 특성상 포로 포획이나 무기의 압수, 몸값의 흥정 따위는 허용되지 않소. 규칙에 동의하시오?"

"동의합니다."

모인 자들이 이구동성으로 외쳤다. 레아 역시 동의한다고 말하자, 옆에 있던 시종이 하얀 깃발을 올려 원고 측의 동의를 왕에게 알렸다. 피고 측에서도 동의를 알리는 하얀 깃발이 올라왔다.

"오래전 승부와 동일하게, 촛불 한 뼘의 시간이 주어질 것이며 그때까지 승부를 가리지 못하여 무승부가 될 경우, 관습에 의해 가산점을 얻은 자가 승자로 결정이 되오. 규칙에 동의하시오?"

"동의합니다."

"가산점의 기준은, 다수와 소수일 경우는 소수가, 남성과 여성일 경우는 여성이, 나이 많은 자와 어린 자 중에서는 어린 자가, 성한 자와 성하지 못한 자 중에서는 성하지 못한 자가, 외국인과 내국인일 경우 내국인이, 신분이 높은 자와 낮은 자일 경우 높은 자가 승자가 될 것이오. 규칙에 동의하시오?"

"동의합니다!"

"이 승부에서 끝까지 남은 자가 바로 신에게 선택받은 자이며, 이 성유물의 소유자가 될 것이고, 그에 속한 모든 권한까지 아울러 갖게 될 것이오. 동의하시오?"

"동의합니다."

레아는 순순히 대답하는 자크 경을 의심스러운 눈으로 바라보았다. 왕이 말한 '성유물에 속한 모든 권한'이란, 솔로몬의 방에서 보았던 그 어마어마한 유물들을 관리할 권한을 말한다.

그런데 놀랍게도, 성전기사단 측에서는 그것의 이관까지 순순히 동의한 것이다.

그 말인즉, 기사단에선 패전 혹은 무승부라는 가정조차 하지 않았다는 뜻이었다.

그들은 앞에 나가 성 십자가 유물과 기도서에 손을 얹고 결백을 맹세하고, 속임수를 쓸 경우 죽음으로 대가를 치르겠다고 신의 이름으로 선언했다.

잠시 후 검사관들이 다가와 참가자들의 무기를 검사했다. 무장은 자율이지만 무기의 종류와 규격은 같아야 했다. 그 외에도 무기에 마법이 걸려 있는 것은 아닌지 일일이 확인 작업을 거쳐야 했다.

확인 절차까지 끝낸 후, 왕은 양측의 기사들을 남쪽과 북쪽으로 나누어 서게 했다. 레아는 앞도 잘 보이지 않는 전방을 주시하며, 칼을 힘껏 움켜쥐었다.

"나, 프랑스의 왕이자 교회와 신앙의 수호자인 필립은 본 신성재판의 재판장으로서, 규정에 따라 공평하고 흠 없이 판결할 것을 성 삼위 하느님과 순결하신 동정 성모 마리아의 이름으로 맹세하니, 이 재판에 참여한 모든 이들 역시, 지금부터 시작될 승부에 승복할 것임을, 맹세하라!"

"성 삼위 하느님과 순결하신 동정 성모님의 이름으로, 맹세합니다!"

"불가합니다!"

갑자기 터져 나온 고함 소리에, 왕의 손이 그대로 얼어붙었다. 레아는 너무 놀라서 말에서 굴러 떨어질 뻔했다. 다리를 묶어 두지 않았으면 시작도 하기 전에 낙마를 했을 것이다.

"폐하께서는 결투 재판과 관련하여 미리 확인해야 할 조항을 하나 잊으셨습니다. 그것도 올해 제정하신 조항을 말입니다. 그것은 신께서 약한 자들에게 허락하신 권한이므로, 결투가 시작되기 전에 반드시 확인해 주시기를 청합니다."

주변이 갑자기 크게 술렁대기 시작한다. 레아는 무슨 말인지 몰라 어리둥절했다. 투구의 작은 눈구멍으로, 왕의 어깨가 꿈틀, 물결치는 것이 보였다. 왕답지 않게 얼굴이 밀랍처럼 변해 있었다.

발타 님의 목소리가 조금 더 커진다.

"신앙과 교회의 수호자이시며 프랑스의 고귀한 왕이시여! 확인해 주시기를 청합니다!"

모인 사람들 사이로 차가운 바람이 쇄르르 지나간다. 왕의 긴 망토 자락이 깃대에 뒤엉켰다. 왕은 바람에 날려 엉망이 된 머리카락을 어쩌지도 못한 채, 깃대를 내려놓았다. 왕의 움직임에서, 레아는 그가 어떤 것을 알릴 의무를 의도적으로 누락시킨 것을 어렴풋이 눈치챘다.

왕이 앞에 도열한 사람들 앞에서 낮은 목소리로 말했다.

"알리노니, 하느님의 자비와 관용에 의거하여, 다음에 해당하는 사람들은 샹피옹, 즉 대리로 싸울 자의 출전을 허용할 수 있다."

"……네?"

레아는 멍청한 얼굴로 눈만 깜박거렸다. 관련 법령을 제대로 모르는 그녀는 대전사代戰士 따위는 애초에 생각조차 못 하고 있었다.

레아가 눈을 동그랗게 뜨고 고개를 갸웃하는 사이, 왕의 목소리가 계속 이어졌다.

"결투 재판의 남발을 막기 위해, 오래전 대전사 고용을 금한 바 있으나, 올해 포고된 결투 재판의 법령에 의거하여, 자신을 위해 대신 싸울 남편이나 아버지가 없는 여인, 어린이, 노인, 종교인, 왕이 결투를 금한 자, 그리고 일국의 왕의 경우, 예외적으로 대전사 출전을 허용한다."

사방은 쥐 죽은 듯 조용해졌다. 왕은 좌중을 둘러보며 큰 소리로 묻는다.

"그것은 재판의 청구자 레아 다크레에게 신께서 허락한 정당한 권리이니, 그대는 샹피옹을 요청할 권한이 있다. 지금 여기 모인 자 중에서 레아 다크레의 백기사로 나설 자가 있는가?"

레아는 투구 속에서 큰 소리로 웃고 싶었다. 이제라도 알려 주시니 아주 고마워 죽겠다.

물론 미리 알았어도 큰 의미는 없을 것이다. 대전사는 재판의 신청자가 직접 구해야 하는데, 돈을 아무리 많이 준다 해도, 대체 어떤 미친 사람이 성전기사 열두 명과 혼자 싸워 보겠다고 나서겠는가.

"……."

잠시 후, 정갈하고 정확한 말발굽 소리가 들렸다. 다그락, 다각, 다그락, 다각. 레아는, 아크레에서의 마지막 날 밤에 들었던 말굽 소리가 또렷하게 되살아났다.

순간 기사단 쪽에서 레몽 드 툴루즈와 다른 동료들의 거센 고함이 터졌다.

"발타! 네 이, 개, 개새끼!"

"이 배신자!"

레아는 눈앞에서 벌어지는 이 장면이 꿈속의 한 장면 같았다. 그는 말 위에서 성전기사단의 단원임을 나타내는, 파테 십자가가 새겨진 쉬르코와 망토를 벗고, 얼빠진 얼굴로 자신을 올려다보고 있는 시종에게 건네주었다.

기사단 쪽의 반응은, 그야말로 폭발하기 일보 직전의 화산 같았다. 여기저기서 커다란 목소리로 욕설이 터져 나오는 것을, 단장은 막지 않았다.

아니, 단장부터가 얼굴이 숯불처럼 시뻘겋게 달아올라 있었다. 발타가 시종에게 돌려보낸 단복과 보쌍 방패를 받아 든 단장은 손을 부들부들 떨었다.

발타는 그쪽을 바라보지도 않고 왕에게 나아가 허리를 숙였다.

"본 재판의 청구자, 신에게 선택받은 여인, 레아 다크레의 대전사가 되기를 요청합니다."

기사단의 웅성거림은 이제 걷잡을 수 없이 커졌다. 그저 여자를 보호하기 위해서가 아니라, 신의 선택이라는 명목을 팔아먹었기 때문이었다.

왕은 딱딱하게 굳은 얼굴로, 레아가 있는 방향을 깃발로 가리켰다.

"슈발리에 블랑(백기사, 자신의 고유한 문장을 나타내지 않고 남을 위해 싸우는 기사), 원고의 대전사가 되기를 원한다면, 원고에게 전투의 권한을 위임받는 절차를 받고 오라."

레아는 말에서 내리고 싶었다. 하지만 말에서 내릴 수 없었다. 그에게 손을 내밀고 싶었는데, 끝까지 내밀 수도 없었다. 하지 말라고, 그러지 말라고 제발 집어치우라고 말하고 싶은데, 말할 수도 없었다.

며칠 전, 발타가 보여 주었던 너무나도 뻔뻔하고 증오스러웠던 행동들이 순식간에 이해가 된다.

발타는 말에서 내려 그녀의 앞에서 무릎을 접고 말했다.

"리옹에서의 빚을 이렇게 갚을 수 있게 되어 다행입니다."

이…… 나쁜 자식아, 누가 그따위 거 갚으래? 누가 받겠다고 했냐고!

하지 마, 제발. 제발 이러지 마세요. 당신이 어떻게 나에게 이럴 수가 있어요.

얼어붙은 입술 뒤에서 소리 없는 고함만 맹렬하게 소용돌이친다.

"청하노니, 발타사르 드 올랑드는 신이 선택한 여인, 레아 다크레를 대신하여 신의 이름으로 싸우기를 요청합니다."

레아는 이 모든 순간이 끔찍한 악몽 같았다. 아빠 엄마가 죽어 있던 장면보다, 세이렌 호에서 겪었던 일보다, 기사단의 지하 공간에서 겪었던 일들보다 눈앞에서 펼쳐지는 이 장면이 가장 끔찍했다.

레아가 대답하지 않자, 그는 조금 더 큰 소리로 다시 말했다.

"저 발타사르 드 올랑드는 이 순간부터 레아 다크레만을 위한 기사가 되어, 제 목숨이 다하는 순간까지 당신을 위해 싸우고, 당신의 생명과 명예를 보호하며, 신의 선택을 증명할 것입니다. 부디 당신을 위한 기사로 대신 나서는 것을 허락해 주십시오."

레아는 발타가 여기서 살아 돌아올 생각이 없음을 알게 되었다.

당신은, 이래서는 안 돼. 나한테 정말 이따위 짓을 해서는 안 된다고…….

하지만 레아의 외침은 입 밖으로는 단 한 마디도 나오지 못했다. 속에서 북받치는 울부짖음을 누르느라, 입술을 뗄 수조차 없었다.

평소와 다름없는 발타의 평온한 목소리가 들렸다.

"마드무아젤 레아. 이제 그만 우셨으면 좋겠습니다."

"왜, 왜요? 당신도…… 당신도, 여자가 울면 뭘 어떻게 해야 할지 모르겠어? 그래서?"

흐, 으으, 흐, 윽. 악에 받친 대답은 흐느낌에 잠식되고 투구 속에서 웅웅대느라 밖으로 제대로 빠져나가지 못했다. 그럼에도 그 말을 알아들은 발타는 조용히 대답했다.

"레아 님은 웃을 때 정말 아름다우십니다."

"나는, 내, 내가 행복해서, 정말 좋아서, 정말 웃고 싶을 때 웃었던 거예요. 당신 조, 좋으라고, 우, 웃었던 게 아니야! 착각하지 마, 착각하지 말라고요!"

레아는 눈물을 줄줄 쏟으며 말했다. 눈물은 턱 밑으로 흘러내려 가는 대신 투구 속에 고였다. 발타는 손수건을 건네며 처연하게 웃었다.

"이제부터는 행복하게 웃으시라는 말씀입니다."

"자, 잘도……."

"마드무아젤. 애초부터 이렇게 되었어야 했습니다. 이것이 신의 뜻이었으면, 어차피 피할 수 없었을 일입니다."

그 말은, 이제 더는 뒷걸음질할 곳이 없다는 뜻이었다. 이 상황에서 대전사를 거절하면, 그야말로 아무 수확도 없이 발타 님만 모진 고역을 당하는 걸로 끝나게 된다. 이 교활하고 속 모를 기사님께서, 내가 무르거나 일을 뒤집지 못할 시점에, 이렇게 뒤통수를 치기로 계획을 짜 놓고 있었던 것이다.

잔뜩 화를 내고, 욕을 퍼부어 주고 싶은데, 차마 그렇게 할 수 없었다.

자신의 모든 것을 다 버린 채, 나를 위해 싸우러 가는 사람에게 해 주는 말이 저주나 욕설이어서는 안 된다.

레아는 자신이 두르고 있던 망토를 내어 주며 명령했다.

"가서 싸우세요. 그리고 살아서 돌아오세요. '신이 선택하신 여인'의 명령이니까, 반드시 지키세요."

한 마디 한 마디 할 때마다 목구멍으로 끓는 쇳물이 한 국자씩 들어가는 것 같았다. 레아는 이를 악물고 끝까지 또박또박 말을 맺었다.

발타가 레아를 등지고 기사단을 마주 보며 서자, 프랑스 지부 단장 제라르 드 빌리에가 큰 소리로 외쳤다.

"저희 기사단 측에서는, 원고의 대전사가 된 발타사르 드 올랑드를 대신하여 자크 드 몰레, 저희 기사단의 단장께서 승부에 임할 것입니다!"

뒤에 서 있던 몰레 단장이 긴 수염을 휘날리며 말을 달려 나왔다. 이제 그의 검붉은 얼굴은 돌처럼 굳어서 흙빛 대리석처럼 보였다. 기사단에서는 보쌍 깃발 말고도 단장기도 같이 휘날리고 있었다.

발타가 맞서서 달려 나간다. 자신의 깃발조차 없이 혼자 싸우게 된 발타를 바라보며, 레아는 기가 막혔다.

두 사람이 가까운 거리에 서서 인사를 나눈다.

"발타사르 드 올랑드! 그대는, 그대의 자발적 의지로 그대가 속한 성전기사단을 등지고 우리와 적으로 칼을 맞대게 되었다. 인정하는가."

"예, 인정합니다."

이유는 묻지 않는다. 여자 문제라 해도 골치 아프고, 왕의 편을 들기로 했다 해도 골치 아프지만, 신의 선택이 기사단을 떠났기 때문이라는 대답이 나오면 피차 치명적인 결과밖에 남지 않는다.

"배신자 발타사르, 이제 기사단에서 너에게 베풀 관용은 남아 있지 않다. 미리 말해 두건대, 그대는 본 재판이 끝나면, 승패와 상관없이 기사단에서 파문되며, 그에 따른 처분을 받게 될 것이다!"

"……."

"물론, 지금 네가 상대할 열두 명은, 그때까지 기다릴 생각이 없다. 당연히 이 자리에서 너에 대한 처분을 집행할 것이다. 결투 재판은 면책 특권이 주어지니, 오래 기다릴 것도 없다."

"……."

"보면 알겠지만, 지금 네 앞에 있는 기사 중 많은 이는 아크레와 루아드에서 지옥 같은 전투를 겪고 나왔던 자들이다. 사라센인들이 너만큼이나 치를 떨었던 레몽, 기욤, 앙리, 장 피에르, 마르탱, 질, 앙드레, 루이, 나 몰레의 자크까지. 지금까지는 너에게 가장 든든한 전우들이었지만, 우리 모두는 사라센의 적보다 배신자에게 더욱 가차 없고 가혹했음을 기억해라."

레아는, 자크 경이 발타 님께 완전히 마음을 거두었음을 알아차렸다. 맺고 자르는 것이 정확한 부르고뉴 사람들, 뜨거울 때는 화산과도 같고 차가울 때는 알프스의 얼음과도 같다는 프랑슈콩테 출신의 사내는, 이제 자신이 그리도 사랑했던 대자를 반드시 처단해야 할 배신자로 확정했다.

이제 백은의 기사에게 영원히 남겨질 이름은, '배신자' 한 가지 뿐이었다.

발타 님은 어떤 변명도 사죄도 하지 않았다. 그저 고개를 숙인 채 차분하게 대답할 뿐이었다.

"Pater noster, fiat volvntas tva(아버지여, 당신 뜻이 이루어지게 하소서-주기도문 중)."

단장님의 갈색 눈동자에 불꽃이 확 솟아올랐다. 그것이 발타 님이 부은 마지막 기름 한 방울이었다.

‡ ‡ ‡

뿌우우우.

대기하고 있던 병사가 정오를 알리는 뿔 나팔을 크게 불자 호위대장이 왕실 백합 문양이 박힌 깃발을 크게 휘둘렀다.

쿵!

왕이 앞으로 나와 의전용 검을 땅에 힘껏 박아 넣는다. 결투의 시작을 알리는 신호였다.

시종이 나와 시간을 알릴 때 쓰는, 금속 핀이 박힌 초에 불을 붙인다. 위에서부터 한 뼘 위치에 박힌 핀이 아래의 금속 그릇에 떨어져 딸그랑 소리를 내면 제한 시간이 끝나는 것이다. 중간에 물을 마시거나 말에게 건초를 먹일 시간이 한 차례 허용된다.

시종들의 도움을 받아 간신히 말에서 내려온 레아는 간신히 철갑과 투구를 벗고 귀퉁이의 의자에 앉았다. 옷은 식은땀으로 흠뻑 젖어 있었고, 차가운 바람은 젖은 옷을 후려갈기듯 휩쓸고 지나간다.

하지만 추위를 느낄 정신도 없었고, 엉망이 된 얼굴을 닦을 겨를도 없었다. 레아는 발타가 준 손수건을 쥔 채 의자 위에서 그대로 얼어붙었다.

"하아아앗!"

시작을 알리자마자, 양쪽에서 사람들이 치달아 나갔다. 성미 급한 곱슬머리의 키 작은 기사, 툴루즈의 레몽이 긴 창을 쥔 채 일직선으로 나오는 것을, 발타는 그대로 맞서 달려 나간다. 레아는 저도 모르게 입을 틀어막고 비명을 질렀다.

뚜앙!

발타는 창에 찔리기 직전, 방패로 창끝을 비스듬히 흘리듯 밀어내더니, 갑자기 방패를 고정한 팔을 뒤집어 레몽의 창대를 움켜잡았다.

"……아!"

창대를 잡기가 무섭게, 발타가 옆으로 튕기듯 빠져나간다. 그 찰나의 순발력에 여기저기서 헉 소리가 튀어나왔다.

창대를 잡고 있는 레몽은 순간적으로 몸을 가누지 못하고 말에서 떨어질 듯 휘청했다. 발타는 힘을 주어 그 창을 기어이 빼내더니 빙그르르 뒤집어 크게 휘둘렀다.

부우웅.

창대가 크게 회전하며 레몽의 투구 눈가리개 부분을 후려갈긴다. 창대는 부러져 허공 높이 날고, 눈가리개는 눈을 덮은 상태로 푹 찌그러진다. 찌그러진 쇳조각은 다시 위로 올려지지 않는다.

"아아아악! 아, 앞이! 앞이! 엄호! 엄호!"

시야가 막힌 레몽이 고함을 지르며 갈팡질팡한다. 동료들이 급히 달려오는 순간, 발타는 바로 레몽의 뒤로 빠져나가 말의 뒷다리를 철퇴로 후려갈겼다.

빠그작, 빠작!

말의 뒷다리가 박살 나는 소리가 들린다. 말은 눈을 홉뜬 채 앞다리를 버둥대다 그대로 주저앉는다. 히히히힝! 말은 고개를 미친 듯이 흔들며 울부짖었고, 발타는 투구를 벗으려 애쓰는 레몽의 옆으로 다가가 목에 철퇴의 사슬을 걸고, 그대로 앞으로 달렸다.

레몽은 사슬에 목이 졸린 채 낙마했다. 그는 찌그러진 투구를 벗지도 못한 채 바닥에 내동댕이쳐져, 미친 듯이 컥컥대며 기침을 했다.

단 1합. 눈 깜짝할 사이에 일어난 일이었다. 사방으로 무시무시할 정도의 침묵이 내려앉았다.

발타의 손속은 레아의 상상보다 훨씬 잔혹하고 거침이 없었다. 보통 군마는 어마어마하게 비싸기 때문에 기사들은 전리품으로 뺏을 요량으로 말까지는 잘 공격하지 않는다. 하지만 맘루크와의 전쟁터에서 굴러다니던 사람들에겐 그런 사치스러운 관습 따위는 얼마든지 집어치울 수 있는 듯했다.

발타는 뒤이어 옆으로 돌격해 온 기사의 창끝을 자신의 창으로 밀어 올리면서. 그 서슬에 위로 쳐들린 상대방의 겨드랑이 부분을 공격했다. 다른 손으로 단검을 뽑아 역수로 찔러 넣은 것이다.

사슬 갑옷의 겨드랑이 부분은 기사들의 싸움에서 가장 취약한 부분 중 하나였다. 순식간에 피가 솟구치며, 붉은 십자가가 새겨진 하얀 쉬르코가 시뻘겋게 물들었다.

"아아악! 아아아!"

뒤늦게 그가 비명을 토하며 몸을 뒤틀자, 발타는 그의 허벅지의 빈틈까지 단검으로 박은 후 발로 힘껏 걷어찼다. 두 번째 기사는 그 자리에서 의식을 잃은 채 낙마했다.

레몽을 들것에 싣고 울타리 밖으로 빠져나간 시종들은, 다시 경기장으로 급하게 들어와 정신을 잃은 피투성이 기사를 실어 날랐다.

단장의 커다란 목소리가 쩌렁쩌렁 울렸다.

"창을 버려! 포위해서 근접전으로 승부를 봐!"

창 공격을 주고받기 위해서는, 말이 질주하기 위한 기본 거리가 필요했다. 그래서 1 대 1 주트가 아닌 멜레의 난전판에서는 창이 썩 효과적인 무기라 보긴 어려웠다.

특히 발타는, 창끝을 비스듬히 밀어서 공격을 물처럼 흘려보내는 기술이 압권이었다. 움직임만 보면 모래 바닥을 휘젓고 다니는 미꾸라지처럼 보였다. 그런 발타에게 연속 공격이 어렵고 안전거리까지 확보되는 창 싸움은 비효율적일 수밖에 없었다.

"최대한 접근해! 사면으로 포위해!"

"인정 봐줄 것 없다, 당장 죽여 버려!"

기사들에게 공격 전환을 명하는 자크와 제라르의 목소리에는 무시무시한 분노가 엉겨 있었다. 기사단 쪽에서는 그나마 함께 지낸 것 때문에 손에 정을 두었던 건가? 딱히 그렇지는 않은 것 같지만, 발타의 가차 없는 공격이 그들의 분노를 불러일으킨 것은 확실했다.

다른 열 명의 기사들이 창 대신 검을 빼 들고 천천히 몰려오기 시작했다. 이들 역시 전투 경험이 풍부한 백전노장들이었다. 단

두 명의 탈락 이후, 경기는 급속도로 야만적인 형태로 전락했다.

포위망이 어느 정도 형태가 갖춰진 순간, 발타가 한쪽 귀퉁이를 향해 치고 나간다. 공격일까 싶었는데, 아니었다. 포위망이 갖춰지기 전에 몸을 빼 도망치는 것이었다.

"추격해!"

"멈춰 세워! 말의 발을 묶어!"

하지만 발을 묶기에는 한 박자 늦었다. 다른 기사들의 군마도 대단했지만, 크레도의 질주 기량은 가히 압도적이라 할 만했다. 발타는 뭉쳐서 추격하는 기사들을 피해 목책 가장자리를 넓게 돌았다. 추격하는 기사들 사이의 간격이 벌어지기 시작했다.

핏!

"……!"

발타가 갑자기 몸을 돌려 무엇인가 집어 던지나 싶더니, 가장 가까이 달려오던 말이 커다랗게 비명을 지르며 앞다리를 박고 고꾸라진다. 말의 한쪽 눈에 단검이 박혀 있었다. 맹렬한 기세로 달리던 말이 고꾸라지는 통에, 기사는 말과 함께 나동그라져서, 말의 몸통에 그대로 깔렸다. 관절이 나간 듯, 무릎이 이상한 각도로 꺾인 채, 기사가 쇳소리를 질러 댄다.

"아아악, 아아! 다리, 내 다리!"

……세 명.

뒤이어 던진 단검은, 바로 뒤이어 따라오던 기사의 투구의 눈구멍으로 들어가 박혔다. 아아아아! 끔찍한 비명이 울려 퍼졌고, 그는 말을 멈춰 세우고 손을 허우적대며 미친 듯이 부르짖었다.

……네 명.

빵 한 조각 먹을 시간도 되지 않아, 네 명의 기사가 탈락했다.

왕의 정원은 이곳저곳 피로 얼룩지고, 여기저기 쓰러진 말과 기사들의 비명과 신음으로 가득했다. 경기장 분위기는 이제 뭐라 말할 수도 없을 만큼 살벌해졌다.

레아는 이를 물고, 눈을 부릅뜨고 앞의 장면을 바라보았다. 전신 갑옷을 벗겨 낸 후라, 쉬르코도 망토도 없는 상태였지만, 추운 것도 느껴지지 않았다. 어차피 지금 다들 신경 쓰는 것은, 발타의 승부지 레아 따위는 아닐 것이다.

"아아악! 발타 이 배신자, 저주받을 자식!"

"죽여 버릴 테다. 죽여, 이 저주받을 마귀의 자식, 아아아아악!"

이제 발타에게선, 옛 동료에게 가하는 공격이라고는 상상조차 할 수 없는 살수殺手가 쉴 새 없이 튀어나온다. 성전기사들의 배신감은 하늘을 찌를 듯했다.

레아는 두 손으로 입을 틀어막고 눈물을 떨어뜨렸다.

어떡해. 이걸 정말 어떡하면 좋아…….

발타의 무자비하고 가차 없는 공격들은, 레아에게는 생명의 잔이지만, 발타에게는 모두 독배다. 승부에서 생긴 불미스러운 사고나 부상에 대해서는 따지지 않기로 동의까지 받았지만, 후폭풍이 없을 리가 없다.

하지만 레아는 알고 있었다. 발타가 저렇게 공격하지 않으면, 저 공격들은 진작 발타와 크레도에게 꽂혔을 것이다. 그것도 여러 사람에게 포위된 채 속수무책으로 당했을 게 틀림없다.

공격은 쉼 없이 이어졌다. 발타는 합동 공격을 피하기 위해 넓은 공간을 최대한 사용했고, 말을 달리며 간격을 띄우고 1 대 1로, 한 명씩 처리하는 형태로 싸워 나갔다. 가장 앞서서 따라오는 기사가 다른 기사들 무리와 어느 정도 거리가 벌어졌을 때 기습적으로 공격하고 쓰러뜨린 후 뒤로 빠지는 방법이었다.

그는 창도 상당히 잘 쓰는 편이었지만, 정말 뛰어난 것은 접근전이었다. 가장 가까이, 몸이 바짝 붙어 거의 피할 수 없는 상태에서 철퇴나 도끼, 단검으로 치명적인 공격을 가한다. 마상 경기에서는 그리 통용되지 않는, 정말 전장에나 통용될 법한 기술들이었다.

이 신성 재판에서는, 기사들의 대결에서 기대되는 명예와 관용, 우아함이나 기사도 따위는 전혀 보이지 않았다.

레아가 성질 더러운 놈이라 불평했던 크레도 역시 압도적인 기량을 가진 군마가 무엇인지 여실히 보여 주었다. 마면갑과 마갑으로 무장하고 그 위에 가죽 갑옷까지 덧입었지만, 무게를 거의 느끼지 못하는 듯, 페가수스처럼 날아다녔다. 대체 어떻게 훈련시켰는진 몰라도, 크레도는 주인의 손과 발처럼 움직였고, 상대방의 말을 머리로 치받고 뒷발질하는 짓까지 서슴지 않았다.

이제 결투는 본격적으로 근접전으로 돌입했다. 발타의 검 공격은 창 공격 때보다 훨씬 섬세하고 정교했다. 상대의 검을 뱀처럼 휘어 감아 밀어내는 것처럼 보일 지경이었다.

그리고 공격을 무산시킴과 동시에 비어 버린 급소에 바로 역습을 가하는데, 공수 전환 속도가 눈에 보이지 않을 정도로 빨랐다.

특히 왼손을 역수로 사용하는 단검 공격은 빠르고 치명적이어서, 사슬 갑옷의 이음매가 실처럼 터져 나가곤 했다. 역습에 걸린 기사들은 옆구리든 허벅지든 팔뚝이든 반드시 어딘가가 베여 나갔다. 발타가 아크레에서 산중노인에서 훈련받은 자라는 소문이 돌았던 건, 어찌 보면 너무나 당연하게 느껴졌다.

한 사람, 한 사람, 또 한 사람.

하지만 상대 역시 최고의 기량과 경험을 자랑하는 기사들이었다. 그들이 작정하고 퍼붓는 공격을 모두 그렇게 피할 수는 없었다. 발타는 여러 명의 기사에게 포위된 채 몇 차례 난전을 벌여야 했다.

시간이 지나며, 발타와 크레도의 움직임이 점점 느려지기 시작했다. 그는 이제 사슬 갑옷 이음매를 베이는 것까지는 감수하는 듯했다. 근거리에서 들어오는 철퇴 공격은 갑옷 위로 그대로 맞기도 했다. 몸을 최대한 비틀어 충격을 흘려보내려 하지만, 가끔 심하게 휘청거리기도 한다.

물론 그 일격을 가한 기사들은 모두 심하게 대가를 치렀다. 남은 기사 중 한 명이 겨드랑이와 옆구리를 깊이 베이고 단장에게 퇴장 명령을 받았고, 아크레의 전우라 하던 동료 역시 뺨과 목 부분을 베였다. 그들은 들것에 실려 나가면서, 발타를 저주하며 부르짖었다. 상처의 고통보다 배신감에 의한 고통이 더 큰 것 같았다.

발타의 갑옷 위로도 점점 핏물이 오르기 시작했다. 팔꿈치로 핏방울이 한 방울씩 떨어져 내리는 것이 보인다.

시간이 어느 정도 지났을까? 레아는 초조하게 왕이 있는 단상을 바라보았다. 초는 한 뼘의 길에서 절반 길이 정도까지 가 있었다. 이제 절반밖에 지나지 않았다는 뜻이었다.

"……아."

단상에 석상처럼 서 있는 왕이 보인다. 그는 여전히 무표정하게 실제 전투와 진배없는 잔혹한 대결을 보고 있었다. 그는 초조함을 내색하진 않았으나, 가끔 눈을 감고 숨을 가다듬곤 했다. 아래로 늘어뜨린 두 손은 단단히 깍지가 끼워져 있었다.

뿌우우.

뿔 나팔이 울리면서, 알랭이 깃발을 크게 휘둘렀다. 양초가 절반의 길이에 도달했고, 촛불이 잠시 꺼진다. 중간 휴식 시간. 기사와 말이 잠시 목을 축일 시간이 주어졌다.

시종들이 그에게 급하게 달려가 물을 건넸고, 빠진 단검들을 채워 주었다. 1대 다수의 결투이므로, 발타에게 무기의 보충이 허용되었다. 크레도는 눈을 희번덕거리며 거품이 이는 입을 물이 담긴 구유에 처박았다. 푸우, 푸우, 푸우. 구유 밖으로 물이 튄다. 거센 숨소리가 들리는 것만 같다. 시종 셋이 크레도에게 달라붙어 무거운 사슬 마갑을 걷어 내고 허옇게 거품처럼 일어난 땀을 닦아 주었다.

발타는 레아 쪽으로 다가오지 않는다. 시선을 돌리지도 않는다. 물을 마시며 아주 잠깐, 힐끗 곁눈질을 한 것 같긴 한데, 그마저도 확실치 않았다. 그저 물을 마시고, 소매로 입술과 얼굴을 문지르고, 베인 곳을 대충 붕대로 감고, 무기들을 확인했다. 레아는 그의 곁에 가 보고 싶었지만, 자리에서 꼼짝도 할 수 없었다.

처음 두 명의 퇴장에 뒤이어, 다섯 명의 기사들이 쓰러지거나 퇴장당했다. 그중 한 명은 의식을 잃었고, 레몽 경도 의식을 잃은 듯했으며, 눈을 찔린 자도 있었다. 죽거나 전투 능력을 상실한 군마도 벌써 네 필이었다.

남은 기사는 다섯. 그중에는 용병 출신으로 온갖 전투서 명성을 쌓았다가 몰래 단장에게 서임을 받은 마르탱, 뛰어난 무용과 인품으로 프랑스 지부의 단장이 된 제라르 드 빌리에 경, 그리고 총단장 자크 드 몰레 경이 포함되어 있었다.

물을 마신 발타는 말에 오르기 전, 왕을 향해 짧게 고개를 숙여 보였지만, 끝까지 레아를 돌아보지는 않았다. 레아는 그것이 사무치게 서러웠다가, 이내 그런 감정을 느끼는 자신이 증오스러워졌다.

그리고 잠시 후, 레아는 자신을 증오하는 것도 그만두었다.

그를 사랑한 것이 사실인 것처럼, 그가 나를 사랑한 것이 사실인 것처럼, 이 순간이 서러운 것도 사실이었다. 누군가를 사랑했고, 누군가에 대해 서러웠다는 사실 자체를 경멸하거나 증오할 수는 없다.

전투가 속개되었다. 이제 기사단 쪽에서는 다섯 명이 함께 몰려와 사방에서 포위하듯 빙빙 달리며 조여들었다. 그리고 발타는 포위망에 갇히기 전에 두 사람과 격돌하여 그들을 말에서 동댕이치는 데 성공했다.

하지만 그는 결국 최고 기량의 기사 세 명의 포위망 안에 빠져 버렸다. 아니, 애초부터 저 엄청난 기사 세 명을 한꺼번에 맞아 싸우기로 작정한 듯했다.

그리고 그중 한 명은, 발타 님이 손을 댈 수 없다고 하던 자크 단장이었다.

“하아아앗!”

경기장 한가운데서 말 네 필이 뒤엉켰다. 말은 예민한 동물이라 저렇게 바짝 뒤엉키는 상황을 무서워한다. 말이 두려움을 극복하게 만드는 유일한 힘은 주인에 대한 신뢰이다. 말들은 주인이 자신을 지켜 줄 거라 믿고, 그것 하나만으로 두려움을 이겨내고 싸운다.

그리고 그 신뢰는 크레도에게서 가장 선명하게 드러나고 있었다. 크레도는 상대에게 돌격해서 부딪치는 것을 전혀 두려워하지 않았다. 주인에 대한 전적인 믿음의 표현이었다. 단장의 말이나 제라르 경, 마르탱 경의 말도 최상급 가스코뉴 군마였지만, 크레도를 따르지 못했다.

네 필의 말과 기사들이 뒤엉켰다 떨어지기를 반복했다. 공격과 수비가 잘 보이지도 않는 대혼전이었다.

"히히히힝!"

마르탱의 말이 고개를 미친 듯이 흔들며 뒤로 빠져나간다. 발타가 말의 귀에 에스토크를 박아 넣고 헤집은 것이다. 마르탱이 급하게 뒤로 빠지려는 순간, 빡 소리와 함께 투구가 날아갔고, 뒤이어 그의 목덜미로 철퇴가 들이박혔다.

그가 뒤통수를 움켜잡은 채 말 위에 축 늘어지고, 그의 말은 기괴한 소리로 울부짖으며 비틀비틀 엉뚱한 방향으로 어그적대다가 다리를 꺾고 주저앉는다. 마르탱은 아예 의식을 잃고 말 등에 매달려 있다. 제라르가 고함을 지른다.

"마르탱, 마르탱! 말에서 내려! 제기랄, 정신을 잃었나? 장 피에르! 말을 끌어내! 마르탱이 말에 깔리기 전에!"

"히히히힝, 끼히히힝!"

순간, 크레도 역시 크게 고함을 지르며 날뛰기 시작했다.

"크레도!"

레아는 자리에서 벌떡 일어났다. 크레도의 한쪽 눈에 자크 단장의 단검이 박혔다. 뒤이어 뒷다리에도 사슬 갑옷을 뚫고 창날이 박힌다. 크레도는 괴수처럼 울부짖었지만 뼈가 부러진 것은 아닌지 쓰러지지는 않았다. 발타는 크레도의 목을 한 손으로 끌어안고 고함을 지른다.

"버텨! 크레도! 괜찮아, 진정해! 제발 버텨 줘!"

크레도는 쓰러지지 않는다. 대신 발타의 움직임이 과격해진다. 지금까지는 사정을 봐주었다는 것처럼. 텅, 텅텅 투앙. 쾅, 기사들의 몸이 부딪치고, 말 위에서 뒤엉켰다.

이제는 정말 전장에서나 있을 법한 막싸움이었다. 발타가 제라르 경을 끌어안더니 단검을 쥔 손으로 투구를 벗겨 낸다. 그리고 사슬 두건까지 번개같이 잡아채 뒷목과 어깨 부분으로 내리긋듯이 단검을 꽂아 넣는다.

"아아악!"

제라르 경의 어깨에서 피가 뿜어져 나온다. 그는 한 손으로 그 상처를 눌러 보려 하지만, 상처를 누르는 장갑이 순식간에 시뻘건 피로 물든다.

그사이 발타도 자크 단장에게 목과 옆구리를 공격당했다. 검을 휘두르는 자크의 기세가 너무 무시무시해서, 갑옷 위로 검을 맞는데도 크레도에서 굴러떨어질 것처럼 휘청거렸다. 발타의 사슬 갑옷도, 자크의 검에 파손되어 옆구리와 허벅지는 이미 피로 흥건하게 물들어 있었다.

히히힝, 히히히힝!

크레도가 울부짖으며 자크 경의 말의 머리를 들이박는다. 사람들이 분분히 자리에서 일어난다.

이제 바닥에 떨어지는 핏방울들이 누구의 것인지 알 수 없었

다. 뒤이어 발타의 검이 제라르의 말의 아래턱을 꿰뚫는다. 발타
아아아! 자크 경이 고함을 지른다. 말이 비명을 지르며 날뛰는
것을, 낙마한 제라르가 한 손으로 고삐를 잡아채며 울부짖는다.
루아, 루아, 루아아! 루아는 제라르 경이 망아지 때부터 직접 길
들인 군마였다.

"제라르! 경기장에서 물러나! 탈락이다!"

자크 경은 이를 갈며 그를 엄호하며 뒤로 물러나더니, 시종에
게 긴 창을 받아 든다. 1 대 1 주트에서 사용되는 긴 창이었다.
발타 역시 뒤로 물러나더니 같은 창을 받아 든다. 그리고 크레도
의 목을 두드리더니 목덜미에 입을 맞추어 주었다.

성전기사단 쪽의 분위기는 완전히 장례식장 같았다. 뻔뻔해도,
불명예스러워도 확실한 승리를 이끌기 위해 최고의 기량을 가진
기사들만 엄선했다. 하지만 결과는 믿을 수 없을 만큼 처참했다.
어깨에 큰 부상을 입은 제라르는, 자리까지 돌아가지도 못하고
주저앉아 즉사한 말의 목을 끌어안은 채 통곡했다.

잠시 후, 단장과 발타사르, 두 기사는 창을 잡고 정면으로 격
돌했다.

크레도는 부상을 입은 말답지 않게 무서운 속도로 달렸다. 한
쪽 눈이 보이지 않는데 저렇게 달리는 것은, 그냥 주인이 인도하
는 방향대로, 방향이 가늠이 안 되는데도 달린다는 뜻이었다.

콰아앙!

두 사람의 방패에서 어마어마한 소리가 났다. 발타는 격돌한
직후 방패를 꺾어 힘을 흘렸지만, 자크는 공격을 정면에서 그대
로 받아 냈다. 발타의 창대가 부러지고, 자크의 방패도 그대로
박살이 났다.

두 사람 모두 방어를 포기하고 검을 뽑았다. 틈새 찌르기용 에스토크가 어닌, 베는 용도의 검신이 넓고 무거운 검이었다.

발타는 이제 왼팔의 움직임이 부자연스러워 보였다. 하지만 공격하는 검을 휘어 감아 힘을 흘려보내고 그 흐름을 이어 반격하는 것은 여전히 물 흐르듯 자연스러웠다. 자크는 나이가 무색하게, 무지막지한 힘으로 밀어붙였는데, 그 기세가 대단했다.

"이야아아앗!"

뒤얽혀서 몇 합을 치고받은 후, 자크가 검을 들고 돌격한다. 크레도 역시 마지막 힘을 짜내서 돌진한다. 발타는 등자에 발을 딛고 몸을 꼿꼿이 세우고, 검을 들어 크게 휘둘렀다.

까앙!

검날이 정면으로 부딪치면서, 자크의 몸이 뒤로 확 밀렸다. 자크의 검이 부러져 하늘 높이 날아오른다.

그리고 발타는, 그 날아오른 검날이 바닥에 떨어지기 전, 들고 있던 검으로 자크의 가슴을 후려쳤다. 사슬 갑옷 위로 판금 가슴 보호대까지 대고 있었지만, 단장의 몸은 뒤로 크게 넘어가며 휘청거렸다.

그리고 그 순간 드러난 사슬 갑옷의 허벅지 연결 부분에, 발타는 기어이 마지막 단검을 박아 넣었다.

"크으윽……."

자크가 말을 몰아 물러서는 것을, 발타는 뒤쫓지 않았다. 검을 늘어뜨리고 그 자리에 가만히 서 있었다.

레아는 이제 아무것도 보이지 않았다. 시야에서 왕의 정원이 사라지고, 주변을 둘러싼 사람들이 사라진다. 그녀의 눈에는 사각의 목책 한가운데 피투성이로 서 있는 발타만 보였다.

"우와아아아!"

왕실 호위 부대 쪽에서 먼저 환성이 터져 나왔다. 뒤이어 참사회 쪽과 시종들도 입을 틀어막은 채 비명처럼 환호했다. 아아. 왕은 주먹을 꽉 움켜쥐고 고개를 하늘로 들어 올린다. 그는 성호를 긋고, 눈을 떠서 자신의 기사를 바라보았다. 발타 님이 투구를 벗고 왕을 향해 천천히 고개를 숙인다. 왕은 웃었다. 소리조차 없이 어깨만 들썩이며 웃었다.

사람들이 큰 소리로 고함을 지르기 시작했다.

"하느님의 새로운 선택이다!"

"레아, 레아 다크레! 신께서는 그녀의 결백과 성결함을 직접 증명하셨다!."

"오오, 신께서 선택하신 여인이여! 하느님께서 대제사장의 후손을 선택하셨다."

자크 경이 말에서 내려, 투구를 벗어 들고 사방을 둘러본다. 그의 백발 섞인 붉은 수염이 차가운 바람에 이리저리 뒤엉켰다.

"나, 몰레의 자크, 승부에서 패했음을 인정하오."

그는 피가 줄줄 흘러내리는 허벅지를 움켜쥔 채, 이를 갈며, 큰 소리로 외쳤다.

"성전기사단은, 이번 승부에서 패했음을 인정하오. 어떠한 암수도 속임수도 없이 오직 떳떳하게 정당하게 실력을 겨루어 나온 결과임을 인정하오."

물론 떳떳하고 정당하다고 말하기에는 1 대 12라는 숫자가 너무 뻔뻔하긴 했지만, 이것 역시 오래전 불공평한 승부의 저울추를 맞추기 위한 것이니 어쩔 수 없었다.

술렁거림이 천천히 잦아들었다. 기사단 측에서는 발타의 실력을 모르지는 않았으나, 그래도 이런 결과가 나올 것이라고는 예상치 못했던 듯했다. 이곳에 나온 기사들은, 발타 경과 1 대 1로 맞서도 달리지 않을 거라 여겼던 최정예이며 야전 사령관급 기사들이었다.

아니, 실토하자면, 재판을 신청했던 레아 자신조차도 이렇게 완벽한 승리는 상상하지 못했다.

사람들의 시선이 단상에 서 있는 왕에게 향한다. 최종 판결의 시간이었다.

왕의 얼굴은 추위로 푸르스름하게 얼어 있었고, 여전히 무표정했으나, 레아는 이제 알고 있었다. 그는 지금 넘치는 희열을 주체하지 못하고 있다. 빠르게 의견을 수렴한 사법원의 수장 라울 프렐 경이 왕에게 다가와 고한다.

"저희 왕실 사법원의 법관들과 귀족 참사회의 참가자들 역시, 만장일치로 원고 레아 다크레의 샹피옹, 발타사르 드 올랑드 경의 승리를 인정합니다. 여기 모인 모든 자들이 증인이며, 이 승부가 적법하고 정당하게 이루어졌음을 확인하였습니다."

"본 재판의 판결자인 프랑스의 왕 필립은, 본 재판의 신청자 레아 다크레의 주장이 옳은 것으로 판결났음을, 성 삼위 하느님의 이름으로 모든 증인의 앞에 공포한다!"

왕은 엄숙하게 선포했다.

레아는 두 손으로 얼굴을 감싸고 흐느꼈다. 온 세상이 물에 잠긴 것처럼 출렁거렸다. 기쁘지 않았다. 가슴을 짓누르는 이 거대한 감정의 정체가 무엇인지, 감히 이름 붙이기도 두려웠다.

"이로써, 신께서 선택하신 자가 누구인지 밝혀졌소. 신께서는 지금 이 자리의 이 승부를 통해, 이 성유물의 정당한 소유자로,

본 재판의 청구자 레아 다크레를 선택하셨음을 확증하셨소."

왕의 우렁찬 목소리가 정원의 한가운데 서 있는 발타와, 모여 있는 모든 사람들에게 울려 퍼졌다.

"……."

"하여, 그 성물은 물론 그에 속한 솔로몬 성전의 모든 소유물도 이제는 옛 예언에 따라 그녀에게 돌려야 함이 옳을 것이니 빠른 시일 내에 양측의 논의를 통해 날짜를 결정해 환수를 집행하도록 할 것이오."

"뭐……?"

"그게 무슨 말이오!"

기사단 쪽에서는, 다시 커다란 고함이 터져 나왔다. 전혀 모르는 내용을 듣는 듯한 반응이었다. 승부는 어쩔 수 없이 인정하지만, 성 십자가를 뺏기는 것 말고도 솔로몬의 방에 속한 것을 모조리 뺏긴다는 건 저들의 입장에선 있을 수 없는 일이었다.

왕의 눈썹이 치솟아 올라간다.

"그대들은 아까 분명히 동의했소, 이 성유물에 속한 모든 권한을 넘긴다 했소!"

"우리는 당연히, 신의 이름으로 한 맹세를 지킬 것입니다. 성 십자가의 소유권과 치유의 이적과 신의 선택이라는 명예가 모두 아크레의 숙녀에게 넘어갈 것입니다. 그런데, 그 외에 무엇을 더 바란단 말입니까?"

……덫에 걸렸다!

왕의 얼굴이 돌처럼 딱딱하게 굳었다. 미리 준비라도 하고 있었던 듯, 단장이 큰 소리로 말을 잇대었다.

"왕이시여! 그대의 탐욕을 신성 재판에 끌어들이지 마십시오!

단장의 홀과 기사단의 재물을 연관시키는 것은 호사가들의 망상에 불과합니다! 그것을 증빙할 만한 어떤 자료나 증거가 남아 있단 말입니까?"

솔로몬의 방이나 그에 속한 소유물들이 무엇인지 알지 못하는 대법관들과 참사회 사람들은 영문을 모르고 술렁거렸다.

그것은, 그렇다. 오직 전설뿐이다. 기록에 남겨져 있지 않은, 기사단의 고위 단원들과 왕가의 직계 후손들에게만 구전으로 내려오는 이야기.

왕의 눈에서 불이 뿜어져 나오는 듯했다.

"자크! 이 무슨 가당찮은 헛소리인가! 그대는 지금 성모 마리아의 전승마저 거짓으로 몰아가려는가!"

"헛소리를 하는 것은 필립 당신입니다! 이 가당찮은 요구가 오로지 당신의 탐욕에서 나왔음은, 성 삼위 하느님과 기사단을 지키시는 성모 마리아께서도 다 아는 사실이니! 주께서도 당신의 끝없는 탐람에 눈을 돌리시리이다!"

자크 경은 부상당한 자답지 않게, 왕의 정원이 쩡쩡 울리도록 고함쳤다. 그는 지금까지 단 한 번도 프랑스 왕의 앞에서 기가 죽거나 자신을 낮추어 본 적이 없었다.

자크는 좌중을 둘러보며 큰 소리로 말을 이었다.

"이 재판의 청구자는 레아 다크레이며, 그녀는 자신의 결백함을 증명하고, 이 물건의 소유권을 청구했소! 실체도 존재 여부도 알 수 없는 기사단의 재화가 아니라, 치유의 십자가에 대한 권한을 청구한 것이란 말이오!"

왕의 계획에 걸림돌이 생겼다. 레아는 어차피 솔로몬의 방에 있는 황금 따위는 꿈도 꾸어 본 적이 없다. 하다못해 그곳에 갇혔다가 탈출할 때, 구리 동전 한 푼이라도 들고 나온 게 없다.

하지만 왕은 달랐다. 단상의 왕과 경기장 한가운데 서 있는 자크 단장의 사이로 팽팽한 살기가 흘렀다.

히히히힝, 끼이히히히히.

팽팽한 살기를 깨듯, 크레도가 다시 기괴한 소리를 내며 울부짖는다. 사람들은 뒤늦게 발타에게 시선을 돌렸다.

그는 승부가 멈춘 그 자리에, 여전히 석상처럼 고요히 서 있었다. 피에 흠뻑 젖은 망토만 바람에 흔들리며 는적는적 다리에 감겼다 풀어지는 것을 반복했다. 레아가 건네준 망토는 붉은 피로 얼룩덜룩해서 원래 색을 알아보기 힘든 지경이 되었다.

왜, 왜 아무도 발타 님의 부상을 신경 쓰지 않아? 왜 발타 님을 모셔 와서 위로하고 치료해 주지 않아?

레아는 멈칫거리며 앞으로 달려 나가려 했지만, 발을 떼는 순간 바로 옆에서 팔을 붙들렸다.

"마드무아젤! 지금 제정신입니까! 저기가 어디라고 나가신단 말입니까!"

위그의 말은 거침이 없다. 뒤이어 옆에 있던 다른 시종들도 앞뒤로 와서 그녀를 가로막는다.

뒤늦게 크레도가 자리에 쿡 주저앉아 울부짖는다. 발타는 그제야 허리를 숙여 크레도의 목을 끌어안았다. 크레도는 비명을 지르듯 울며 주인의 얼굴에 주둥이를 비볐다. 말을 돌보는 관리자가 달려 나와 크레도의 고삐를 끌었지만, 놈은 무엇인가 예감한 듯, 주인의 옆에서 억세게 버티며 그를 보고 계속 울었다.

발타는 솔로몬 방의 재화에 대해선 일말의 관심도 없는 얼굴로, 천천히 단상으로 걸어 나가 왕에게 허리를 숙였다.

"본 결투 재판의 재판장님께, 저 발타사르 드 올랑드는 신의 선택을 증명하기 위한 대전사의 임무를 마쳤음을 고합니다."

"그대의 노고를 치하한다. 그대로 인해 신의 새로운 선택이 세상에 알려졌으니, 그 역시 신의 영광을 위한 일이로다."

왕은 무표정하게 말했다. '성 십자가 유물에 속한 모든 것'에 대한 이야기가 아직 마무리되지 않아, 왕은 아직 승전의 기쁨을 보류하는 것 같았다.

발타는 그 말을 들으며 희미하게 웃었다. 레아는, 그 웃음을 보며 왜인지 목이 졸리는 것처럼 답답했다. 속이 끓어오른다.

문득, 깨달았다.

이 감정은 기쁨이 아니다.

……이건, 공포다.

레아가 자각하는 순간, 뒤에서 자크의 커다란 고함 소리가 터졌다.

"발타사르 드 올랑드, 성전기사단의 기사여, 그대가 원하는 임무를 마쳤으면, 본래의 자리로 복귀하라."

모여 있던 사람들은 소스라치게 놀랐다. 레아도 깜짝 놀랐고, 왕의 눈도 커졌다.

"이게 무슨 말인가!"

레아도 놀란 얼굴로 단상 앞에 서 있는 발타를 바라보았다. 발타는 전혀 놀란 기색이 아니었다. 왕을 향해 빙그레 웃어 보인 후, 고개를 꾸벅 숙였다. 그가 작게 속삭이는 말이, 레아의 귀에 또렷이 들어왔다.

"청이 있습니다, 폐하."

레아는 눈을 커다랗게 뜬 채 몸을 떨었다. 그는 다마스쿠스의 검을 빼어 단상에 올렸다.

"이것을…… 원 주인에게 돌려주시길 청합니다. 그리고……."

말을 마친 그는 왕에게 짧게 사의를 표한 후, 몸을 돌려 단장의 앞으로 걸어갔다.

사람들이 술렁대기 시작했다. 왕은 한 마디도 하지 못한 채 주먹을 꽉 움켜잡는다. 망토 속에서, 왕은 몸을 우들우들 떨고 있었다. 이게 무슨 짓인가! 발타! 올랑드 경! 알랭의 만류하는 목소리는 그의 확고한 걸음걸이에 이내 수그러들었다.

그는 단장의 앞에 가서 기사로서의 예를 갖춘 후, 무릎을 꿇고 두 손을 모아 그의 앞에 내밀었다. 죄송하다는 말도, 용서해 달라는 말도 없었다. 그저 어깨 사이로 고개를 깊이 수그린 채, 죄를 청하는 모습이었다.

부축을 받으며 몸을 지탱하던 단장은 주먹을 움켜쥐고 부들부들 떨기 시작했다. 그의 얼굴은 지금까지 레아가 보았던 단장의 얼굴 중 가장 험악하고 살벌했다.

"묶어라."

발타는 반항하지 않고 순순히 묶였다. 뒤늦게 정신을 차린 왕이 목소리를 높였다.

"이게 무슨 짓인가! 자크!"

"폐하! 그는 성전기사단원으로서, 성전기사단에 정면으로 맞서는 일을 했으며 동료들에게 칼을 맞대고 전투 능력을 상실시킬 만한 큰 부상을 입혔습니다. 이는 기사단의 규정에 의하면 기사단에서의 파문은 물론이고, 두 번 이상의 사형이 집행되어 마땅할 대죄인 바, 우리는 배신자를 규율대로 처단할 것입니다!"

"……안 돼!"

레아의 고함에 자크의 차가운 대답이 흘러나왔다.

"아크레의 숙녀는 죽고 싶지 않다면 끼어들지 마라! 우리의 단원은 우리의 규율로 처분하며, 함부로 끼어드는 자 역시 결단코 용서하지 않는다! 왜, 이제는 발타를 빼내기 위해 신성 재판을 걸 참인가? 이젠 또 누구를 데려와 열두 명과 맞서 싸우게 할 참이지?"

"안 돼요, 발타 님! 이러고 가시면 어떡해!"

두 손으로 입을 틀어막았다. 손가락 사이로 비명 같은 울부짖음이 비어졌다.

안 돼! 이러지 마! 발타 님은, 이, 이러려고 나한테, 이러려고!

발타는 묶인 채 뒤도 돌아보지 않는다. 피에 얼룩덜룩 물든 사슬 갑옷이, 그 곧게 선 뒷모습이, 레아의 울부짖음에 잠시 돌아보고 싶어 어깨를 움찔하면서도 기어이 고개를 돌리지 않고 외면하는 그 미세한 떨림이 레아를 미쳐 버리게 했다.

왕이 탁자를 후려치며 고함을 지른다.

"누가 누구를 처분하고 심판한단 말인가! 발타사르 드 올랑드는 신성 프랑스에 속한 자이며 왕의 신민이다!"

"폐하! 프랑스 왕실 법정에서의 판결은 왕의 소관일지라도, 성전기사단의 단원에 대한 판결은 총단장인 나 몰레의 자크와 참사회의 소관이며, 외부인은 결단코, 아무도 끼어들 수 없습니다!"

"그대 몰레의 자크는 알라! 나 필립의 허락 없이는 누구라도 나의 땅에서 나의 신민을 재판할 수 없다!"

"교황 성하께서도, 신성로마제국의 황제도, 비잔틴의 황제도 우리가 단원을 처분하는 재판에는 끼어들지 못합니다, 그걸 지금까지 모르셨단 말입니까?"

"발타, 발타 님! 가지 마, 이러면 안 돼! 이러면 나는 어떡해, 가지 마세요, 제발!"

"이곳은 프랑스 파리이며, 그대들은 파리에 속해 있는 자들이다! 그리고 파리를 다스리는 자는 나다! 그 어느 법정이 나를 대신하여 멋대로 나의 신민을 재판하는가!"

"성전기사단은 지상의 나라에 속하지 않습니다! 교황 성하께서도 세금과 자치 법령과 규율에 대하여 저희 기사단과 성 요한 기사단 그리고 생 베르나르의 시테 수도회에 치외법권을 인정하셨음을 잊으셨습니까!"

"폐하! 막아 주세요, 아아아, 발타 님을 어떡해! 제가, 제가 잘못, 내, 내가 신성 재판, 잘못…… 발타 님!"

"그대들 역시 프랑스의 신민이며, 나의 법에 복종할 자들임을 알라!"

"저희는 프랑스 왕실에 소속된 기사단이 아닙니다, 폐하!"

"자크! 그대가…… 감히! 이, 오만방자한!"

"이거 놔, 놔! 놔요!"

레아는 사람들을 기어이 뿌리치고 단상 위로 뛰어올랐다. 그녀는 상자 위에 올려진 나뭇가지를 움켜쥐었다.

"다 필요 없어. 나, 나 이거 필요 없어! 발타 님을 놓아줘요. 이따위 것 나는 필요 없어, 다 가져가고, 나를 데려가요. 발타 님을……."

"폐하!"

손을 묶이고, 등을 돌린 채 서 있는 발타에게서 고함이 터져나왔다. 순간 레아의 몸이 뒤로 확 당겨졌다. 왕은 레아의 몸을 두 팔로 감싸 안고 고함을 질렀다.

“알랭! 알랭! 위그!”

“놔! 놔아아! 내가 목이 매달리는 게 맞잖아, 놔줘요! 진작 그랬어야 했어! 신성 재판 따위, 하면 안 되는 거였……”

“입 닥쳐, 레아.”

위에서 왕이 이를 갈며 나직하게 속삭였다.

“그대는 신의 선택을 받은 여인이고, 발타가 그것을 지금 증명했다. 그대는 지금 신의 앞에 서 있고, 그것을 증명한 자의 앞에서 있다. 감히 그따위 말을 지껄이면 용서하지 않겠다!”

왕의 목소리는 이제 가련할 정도로 떨리고 있었다. 자신의 몸을 단단히 결박한 그의 두 팔도 마찬가지로 떨리고 있었다. 애처로울 정도로.

레아는 그의 품에 갇힌 채 통곡했다. 발타는 끝까지 돌아보지 않았고, 부상을 입었다가 간신히 정신을 차린 레몽이 다가와 그의 뺨을 주먹으로 후려갈기는 것이 보였다.

“다시 말하건대, 우리의 규정에 의하면 두 번 이상의 사형이 선고될 것입니다.”

레아는 나뭇가지를 쥔 채, 버둥대며 오열했다.

아니야. 이건 정말 아니잖아. 하느님, 이건 아니잖아요…….

제가, 저 같은 게 감히 신성 재판을 걸었던 것이 그렇게 꼴 보기 싫으셨나요……. 억울해서, 분해서 한 번이라도 꿈틀해 보려고 했던 건데, 속의 말이라도 시원하게 해 보려고, 고문이라도 안 받고, 조금이라도 안 아프게 죽어 보려고 했던 건데.

당신의 권위를 팔아서 재판을 청한 것이, 그게 가증해서, 저한테 이러시는 건가요…….

왕이 팔에 힘을 너무 세게 주어, 레아는 어깨가 으스러질 것 같았다. 왕이 외친다.

"알랭! 위그! 아크레의 숙녀를 모셔라!"

그러더니 이내 자신의 망토를 벗어 레아에게 둘러 주었다. 그의 손의 힘이 제대로 통제되지 않아, 레아는 목이 졸리는 것 같았다. 왕은 추위에 시퍼렇게 얼어붙은 레아의 얼굴을 손으로 힘껏 문지르고 두건까지 단단히 씌워 주며 차갑게 쏘아붙였다.

"스스로를 보호할 줄 모르나? 추우면 옷을 달라 해! 이따위 시퍼런 얼굴 내게 보이지 마라! 모든 자가 그대를 지키기 위해 애를 쓰고 있는 걸 보면서도, 스스로를 챙기는 데 신경 써야 한다는 생각이 들지 않나!"

레아는 얼어붙은 눈물을 닦을 생각도 못 하고 그를 노려보았다. 이게, 나를 반나절 동안 찔리고 두들겨 맞는 결투장으로 밀어 넣고 버텨 내라 했던 인간의 입에서 나온 게 맞나?

하지만 대거리를 하지는 않았다. 자신을 구제하기 위해, 너무나 많은 것들을 희생하고 위험을 감수한 사람을 지척에 두고 그런 일로 다툼을 벌이고 싶지는 않았다.

더욱이, 그 사람이 마지막 부탁으로 왕에게 남긴 말이 이 따위 것이었다면.

'폐하, 날이 많이 추우니, 이럴 때는 레아에게 따뜻한 옷이라도 둘러 주시길 청합니다…….'

……하필, 이런 따위, 재수 없는, 말이었다면……!

일행이 천천히 옆문으로 이동한다. 출입구는 왕의 정원을 둘러싼 담장에 남북 방향으로 하나씩 있었다. 기사단은 북쪽 문으로 따라갔다. 뒤에 남겨진 크레도는 울부짖었고, 레아는 두 명의 병사에게 붙잡힌 채 울부짖으며 남문 쪽으로 질질 끌려갔다.

발타는 이미 동료들에게 아니, 동료였던 자들에게 린치를 당하며 끌려가고 있었다. 열두 명의 최정예 기사를 단신으로 물리친 그는, 이제 전혀 반항하지 않았고, 그에게 난폭한 구타가 행해지고 있는데도, 이젠 아무도 말리지 않았다.

"문을 막아!"

왕이 손을 들고 명을 내리자, 수직 병사들이 창을 들고 달려와 문을 막아섰다. 뒤이어 몇 명의 병사와 기사들이 달려가 검을 빼 들었다. 단장은 당황한 기색조차 없이 코웃음을 쳤다.

"여기서 우릴 목 베어 막으시겠습니까, 폐하? 문밖에 저희 기사들이 대기하고 있고, 저희 본부도 지척임을 아실 텐데요."

단장이 뒤를 향해 손짓하자, 성전기사단의 남은 기사들이 일제히 투구를 쓰고 검을 빼 들더니 그의 뒤를 세 겹으로 착착 막아선다. 이런 사태를 짐작하기라도 한 듯 일사불란한 움직임이다.

뒤이어 제라르 드 빌리에 경이 보쌍 깃발을 쥔 기수에게 신호를 보내자, 기수가 밖을 향해 뿔 나팔을 불었다. 밖에서 대기하고 있던 기사단 병사 중 두 명이 바로 말을 달린다. 그자들만 투구가 깃털로 장식된 것을 보면 연락병인 듯했다.

왕의 정원에는 왕궁 외부로 통하는 출입문이 둘밖에 없었고, 기사단이 나가려던 쪽은 정원의 북문으로, 성벽을 따라 조금만 달리면 뫼니에르 다리와 샹제르 다리로 연결이 된다. 강을 건너면 탕플 대로를 통해 성전기사단 본부까지 도착하는 건 순식간이었다.

단장이 이끄는 본대가 속히 귀환하지 않으면 지원부대가 달려오게 될 터이다. 성전기사단 본부를 파리로 옮긴 이래, 파리 지부에는 창단 이래 가장 많은 기사들이 결집되어 있었다.

끌려가던 발타가 고개를 돌려 왕에게 고함친다.

"폐하! 이러시면 안 됩니다!"

"발타! 네놈이 끼어들 판은 이미 지났다! 놈의 입을 틀어막아!"

단장이 노호한다. 왕과 달리, 그는 격노한 기색을 감추지 않는다. 발타를 끌고 가던 기사들이 그의 얼굴을 후려갈기고 입에 피 묻은 수건 조각을 쑤셔 넣는 것이 보인다.

왕은 얼굴을 딱딱하게 굳히며 병사들에게 명했다.

"……검을 내려라. 다들 뒤로 물러나라."

단장과 기사단 단원들은 냉소를 숨기지도 않은 채 문을 향해 걸음을 옮겼다. 단장은 부축은 받고 있지만 어쨌든 절룩대며 제 발로 걸을 수 있었고, 대부분의 부상자들도 그랬다. 다만 죽은 말들을 수레에 싣느라 시간이 다소 지체되었다.

"자크, 잠시만 기다리시오."

"……."

"자크! 몰레 단장!"

왕이 거듭 부르는 말에도, 단장과 기사들은 아무도 반응하지 않는다. 명백한 무시. 승부에서는 레아가 이겼지만, 방금 전의 힘겨루기에서는 왕의 패배였다.

왕은 단에서 뛰어내려 그들을 향해 달려갔다. 단장의 앞을 막아선 왕이 침착한 목소리로 말했다.

"자크. ……협상을 청하오."

"협상이라. 명령이라는 말 대신 쓰긴 좋군요."

"발타사르, 그의…… 목숨을, 목숨을 살려 주시오. 원하는 것이 있으면…….”

왕이 한껏 비굴해진 목소리로 말했다. 자크의 웃음이 차가워졌다.

“원하는 것? 우리에게 성유물을 돌려주시기라도 하시겠습니까? 신께서 저 여자를 선택하셨다고 판결이 나온 마당에? 협박하여 강탈했다는 오명밖에 더 쓰겠습니까?”

“다른 것이라도, 가능한 것이면 무엇이든.”

“폐하. 저희 성전기사단은, 원하는 것을 스스로 쟁취할 재력이나 힘이 결코 부족하지 않습니다. 원하는 것 중 얻지 못했던 것은, 성지 예루살렘이 유일했지요.”

단장의 비웃음이 더욱 적나라해졌다. 왕은 그의 앞에 고개를 숙였다.

“협상……이라는 말이 마음에 안 든다면, 좋소. 나 필립의 개인적인 부탁이오, 자크. 우리는, 지금까지…… 서로 협력하면서 잘 해 오지 않았소.”

“부탁이라 하셨습니까? 우리 앞에서 1백 번 무릎을 꿇는다 하여, 우리의 치욕과 잃어버린 것들을 상쇄할 수 있으리라 생각하십니까, 폐하?”

“……자크.”

필립은 열일곱 살에 왕위에 오른 이래, 이런 치욕을 감내해 본 적이 거의 없다. ‘신성 프랑스의 통치자’로서의 강력한 자아와 ‘교회와 신앙의 수호자’로서의 정체성은 필립을 구성하고 있는 가장 큰 요소였다. 당연히 스스로를 다른 이들과 차별화된 존재로 여겼다. 일개 소영주 가문의 아들 따위가 자신에게 보이는 이 태도는, 힘의 우열을 떠나 납득할 수 없는 범위였다.

그리고 자크와 성전기사단의 끝 간 데 없는 오만방자는, 이것이 첫 번째도 아니었다.

하여, 필립은 고뇌했다. 지금 이 자리에서 병사들을 동원해 이자들을 죽이고, 혹은 가두고 발타를 빼앗아 올 수 있을까. 그리고 후환을 무마하기 위해 성전기사단 본부로 직행하여, 그곳을 접수할 수 있을까.

뒤를 이어 세계 각지에서 신속하게 달려올 1천 5백의 최정예 기사와 1만 5천의 정예부대와 교황과 각국의 왕들과 제후들과 맞서 싸울 수 있을까.

그것을 위한 힘과 명분을, 나는 과연 확보할 수 있을까.

가능, 불가능, 얻을 수 있는 것, 잃어야 할 것.

제기랄. 필립은 눈을 힘껏 감았다. 입속에서 쇠 맛이 느껴졌다.

"저는 참사회에서 그의 죽음을 강력히 요구할 것입니다."

단장은 냉엄하게 선언했다.

"폐하. 솔직하게 말씀드리건대, 발타는 죽는 것이 나을 것입니다. 그도 그것을 알고 있어 반항하지 않는 것입니다. 행여 도망친다 해도 지중해역의 어느 곳에서도 안심하고 살지 못할 것입니다. 아크레의 도살자로 알려진 발타가 사라센에 간다 하여 편히 살 수 있겠습니까. 술탄의 미동이 되어 하렘에 숨어 산다면 또 모를까."

단장은 그답지 않게 빈정대며 몸을 돌렸다. 절뚝절뚝하면서도 그럭저럭 걷는 것을 보면, 발타의 공격이 생각보다 깊지는 않았던 듯했다. 단장은 하늘을 올려다보며 말을 이었다.

"레아 다크레의 무죄가 입증되고, 그녀는 신의 선택을 받았으며 자유로워졌습니다. 폐하께서 그녀를 원하신다면, 이제 그녀는 당신에게 속한 자가 될 것이외다. 사실 진짜 원한 게 여자가 아닌 건 알고 있지만, 그것까진 우리가 알 바 아니고. 하나, 발타는."

"……."

"당신이 아니라 우리에게 속한 자고, 발타도 그 사실을 잘 알고 있습니다."

순간, 왕이 기어이 무릎을 꿇었다. 모인 사람들 사이에서 헉, 숨을 몰아쉬는 소리가 터져 나왔다. 뒤를 돌아본 단장의 눈도 커다랗게 벌어진다.

"자크. 아무것도 바라지 않겠소. 그쪽에 남은 것은…… 모두 포기하겠소……. 그의 목숨만, 살려서…… 돌려보내 주시오."

입이 틀어막힌 채 버둥대고 있던 레아는 움직임을 멈췄다. 왕의 머리가 흙먼지가 이는 바닥에 닿는다. 저것은 아마도, 그가 평생 취했을 자세 중 가장 낮은 자세일 것이다.

"……간절히 부탁하오, 자크. 다른 것은 바라지 않겠소. 그의 목숨만은."

레아의 눈에서 다시 눈물이 흘러내렸다. 단장은 같이 무릎을 꿇거나 왕을 부축해 일으키는 대신, 턱을 들고 왕을 내려다보며 말했다.

"이러지 마십시오, 폐하. 저는 부상이 심하여 같이 무릎을 꿇을 수 없습니다."

끌려가던 발타는 돌아보지 않았다. 돌아보았다 해도, 왕에게 그리하지 말라고 만류할 수도 없었을 것이다. 그사이 입에 재갈이 잔뜩 물려 있었던 것이다. 다만, 무슨 일이 일어났는지는 짐작한 듯, 어깨만 심하게 꿈틀거렸다.

"결론은 변할 수 없습니다, 폐하. 제 개인의 재량으로 되는 일도 아닙니다. 저희는 다만 저희의 법규대로, 참사회의 재판을 거쳐 그를 처리할 것입니다."

왕의 정원에는, 왕 혼자 남았다.

왕은 그 자리에 엎드린 채 꼼짝하지 않았다. 기사단은 빠져나가고, 시종들과 병사들은 차마 그에게 다가가지 못했다. 시종 위그가 다가갔다가 검을 빼어 든 왕에게 말도 못 붙이고 쫓겨났다.

"……혼자 있고 싶으시답니다. 부르실 때까지 아무도 이곳에 오지 마라 하시니 다들 물러나세요."

처소까지 끌려간 레아가 정원에 억지로 다시 들어갈 때까지, 왕은 그 자리에 여전히 혼자 앉아 있었다. 정원의 문을 지키는 초병은, 왕이 걱정되어서인지 레아가 들어가겠다고 우기는 것을 굳이 막지 않았다.

왕은 한 손에 칼을 쥔 채, 차가운 정원 바닥에 그대로 앉아 있었다. 손도 얼굴도 온통 시퍼런 것이, 얼어서 바스러져 가는 석상 같았다.

"폐하."

"……."

"……폐하."

그의 앞으로 다가갔다. 그의 손에 들려 있던 에스토크가 툭 떨어졌다. 레아, 다크레. 그는 얼어 버린 입으로 명료하게 발음하려 애썼다.

"내가, 잘못한 것인가."

레아는 피가 나도록 입술을 깨물었다. 가슴이 터질 것 같다.

저야말로 누구에게든 묻고 싶습니다. 대체 누가 잘못한 거냐고. 일이 대체 어디에서부터 잘못된 거냐고.

하지만 이젠 따지는 것도 부질없다. 지금은 발타 님을 안전하게 빼오는 것만 생각해야 할 때였고, 그것을 위해서는 왕의 손을 잡을 수밖에 없었다.

레아는 천천히 숨을 고른 후, 왕에게 손을 내밀었다.

"저를 따라오시면 대답해 드리겠습니다. 폐하께서 잘하셨는지, 잘못하셨는지."

"대단한 재판장 납셨군."

왕이 얼어붙은 얼굴을 일그러뜨려 특유의 냉소를 짓는다. 이제 그의 웃음은 무섭지도 않고 싸늘하지도 않다. 그저 광대처럼 우스꽝스러웠다. 아마 내가 아까 울어 대던 꼴도 광대처럼 우스꽝스러웠겠지. 레아는 그에게 우스운 동질감을 느끼게 되어 서글펐다.

왕은 레아의 손을 잡고 비틀거리며 일어났다. 레아는 그를 부축했고, 그는 레아에게 한쪽 어깨를 의지하고 걸었다. 다리가 저린지, 그는 몇 번 휘청대며 넘어질 뻔했다.

두 사람은 내팽개쳐진 탁자 앞을 말없이 지났다. 꺼진 밀랍초와 촛농이 지저분한 쇠그릇, 기도서, 그리고 주변에 널린 깃발과 무기가 처량했다.

레아는 발타가 놓고 간 무기들을 챙겼다. 자신이 만들어 준 다마스쿠스 검과 단검들이었다. 왕이 조금 헐걱대는 목소리로 중얼거렸다.

"……그대에게 돌려주라고 했다."

"필요 없다고 해 주시지 그러셨습니까."

"간 큰 숙녀께서는 감히 왕을 제 시종으로 삼을 참이지. 그대가 직접 말해."

여전히 입이 얼어 있는지, 평소의 명료한 발음과 우아한 억양은 거의 느껴지지 않는다. 그리고 그의 농담은 날씨만큼이나 여전히 썰렁했다.

두 사람은 정원의 옆문으로 빠져나가, 왕궁 안뜰로 들어섰다. 병사들은 왕에게 다가오지 못했다.

레아는 2층에 있는 왕의 침실로 그를 모셨다. 그랑드 살르의 안쪽 공간을 나누어 높직하게 침대를 두고 화려한 천으로 사방을 둘러놓은 것이 왕의 침실이었다. 레아가 며칠 동안 앓아누워 있던 곳이기도 했다.

그가 침대에 걸터앉자 위그 경이 눈치 빠르게 화로를 침대 곁으로 들이밀었다. 벽난로에도 불이 지펴져 있었으나, 그래도 추웠다. 태피스트리와 커튼으로 화려하게 꾸며 놓긴 했지만 공간이 넓다 보니 썰렁할 수밖에 없었다.

왕은 팔짱을 끼고 따지는 것처럼 물었다.

"자, 아크레의 숙녀여. 대답하라. 일이 이렇게 된 것은 나의 잘못인가."

"아닙니다."

레아는 단호하게 대답했다. 스스로에게 가장 해 주고 싶었던 대답이지만 차마 그리 대답하지 못했던 것을, 왕에게는 기꺼이 해 주었다. 나는 편안해지지 못하겠지만, 당신만이라도 편해질 수 있으면 편해지시길.

왕이 다시 묻는다.

"……내 탐욕이 그를 이 지경으로 몰아넣은 것인가."

"아닙니다."

"그를 되찾아 오기 위해, 아까 부대를 이끌고 병사들을 출격시켜야 했을까? 단장을 처단하고 발타를 뺏어 와야 했을까?"

"아닙니다. 그랬다가는 1천 5백의 성전기사들이 달려와 시테궁을 공격했을 것입니다."

왕이 천천히 고개를 들었다. 그의 얼굴은 몹시 어둡고 혈색이 죽어, 전장에 굴러다니는 시체처럼 보였다. 새파란 눈동자 한 쌍만 살아남아 레아를 응시하고 있었다.

"발타는 천성이 느긋해서, 빡빡하게 돌아가는 일상보다 느리고 한가한 일상을 좋아했다. 치밀한 현실의 일보다 하염없이 흘러가는 몽상을 좋아했어. 쉴 새 없이 감시하고 관리하는 왕궁의 일이나 재무 회계 일이 그에게 좋았을 리가 없다."

그는 오래된 편지라도 읽는 것처럼, 무미한 억양으로 이야기를 시작했다.

"네. 맞습니다, 폐하. 잘 압니다."

"늦잠 자는 게 세상 제일 좋다고 했지. 일찍 일어나는 일 따위는 넌더리가 난다 했다. 편력기사로 돌아다니며 가장 좋았던 건, 영광스러운 승리가 아니라 여인숙에서 자는 늦잠이라고 했어. 새벽에 일어나는 수도승의 일과 따위가 좋았을 리가 없어."

"저도 압니다. 깜깜한 새벽에 일어나는 걸 진저리 나게 싫어하셨지요. 취침 기도를 드리기 직전, 난롯가에 앉아서 꾸벅꾸벅 조는 걸 제일 행복해하셨습니다."

"발타는 싸움 따위는 좋아하지 않았다. 사람을 찌르고 벨 때의 느낌에 무뎌지기까지 지독하게 고통스러워했다. 동물을 좋아하고 함께 노는 것만 좋아했지. 군마를 훈련시킨답시고 하루 종일 같이 놀기만 했어.”

“그래서 크레도의 버르장머리가 그 모양이죠. 꼬장 부릴 때 보면 성질머리가 고약하기 이를 데 없답니다. 그렇게 기사답지 못한 기사라니.”

흐, 흐, 흐흐흐. 왕이 눅눅한 웃음을 터뜨렸다. 그리고 늘 그러했듯, 그의 웃음은 짧았다.

왕은 조용히 고개를 들어 레아를 올려다보았다. 푸른 눈동자 아래로 천천히 습기가 모여들기 시작한다.

“레아 다크레. 나는…… 하지 말아야 할 일을 한 것인가.”

“아닙니다. 폐하께서는 해야 할 일을 하신 것뿐입니다.”

레아는 여전히 단호하게 말했다.

레아는 자신이 거짓말을 하고 있음을 충분히 지각하고 있었다. 발타가 이 지경이 된 데는 자신의 잘못, 아니 책임이 가장 크고, 왕의 탐욕도 그에 한몫했다.

아, 모르겠다. 결국 신이 나를 선택했다고 판정이 났으니, 그럼 이 사태를 책임질 자는 누가 남는 건가? 당신 혼자인가?

아니면 정말 성유물의 소유자로 뜬금없이 나를 선택해 일을 이 지경으로 꼬아 버린 신께서 책임자가 되시는 건가?

아니, 그건 아니야. 고개를 확확 저었다.

레아는 어느 순간부터, 스스로에게 솔직해지기로 마음먹었다. 거짓말로 마음을 속이고 스스로를 위로해 보았자 문제는 점점 더 진창으로 처박힐 뿐이다.

레아는 알고 있었다. 자신은 선택받은 자가 아니다. 신께서는 레아에게 그런 확신을 내려 준 적이 한 번도 없다. 다만 발타 님이 최고의 기사 열두 명을 쓰러뜨릴 정도로 실력이 탁월했던 것뿐이고, 발타 님이 자신을 미칠 정도로 사랑했던 것뿐이다.

그 사실을 왕도 알고 나도 안다. 다만, 왕은 필요하니까 믿고 있는 것이다. 의지로 믿음을 만들어 낼 수 있다는 왕의 능력이 놀랍고 부럽기는 했다.

레아는 의지로 믿음을 만들어 낼 수 없었고, 그래서 죄와 책임은 여전히 자신과 왕의 발 앞에 놓여 있었다.

"두 분 모두 한기가 드신 듯합니다."

화로를 하나 더 가지고 들어온 어전 시종이 그것을 레아의 발치에 놔 주고, 두 사람에게 데운 음료까지 내어 준 후 조용히 물러났다. 계피를 진하게 우린 갈색 물에 과일 조각과 꿀을 넣어 뜨겁게 끓인 것으로, 달고 후끈하며 뒤끝이 매웠다.

레아는 자신의 결론을 왕에게 말하는 대신, 따뜻한 음료를 나누어 마셨다. 그것을 왕에게 솔직하게 말하는 것은 얼어붙은 석상을 쇠망치로 후려갈기는 짓이 될 것이다. 왕은 사실 부서지기 쉬운 사람이었다.

왕은 어쩌면 나만큼이나 두려움이 많은 사람일지도 모른다. 그래서 이렇게 감정이 없는 사람처럼 느껴지는 건지도 모른다. 마음을 혹독하게 지키고 있기 때문에.

발타 님도 내면에 늘 두려움이 있었다. 어린 나이에 심한 고문을 당했고, 그 기억이 원초적인 두려움으로 남았다. 하지만 그는 기사고, 기사로 살아야 했다. 그래서 그 두려움을 들키지 않도록 안간힘을 써 왔다.

그랬다. 우리 셋은 똑같은 쫄보였다.

하지만 쫄보 집안의 장녀로 긴 세월을 살아온 레아만 알고 있는 사실도 있었다.

운명의 똥밭과 마찬가지로, 두려움은 덮는다고 사라지는 것이 아니라는 점이다. 안으로 깊이 감추면 감출수록, 그것들은 어두움 속에서 자란다. 점점 자라 생각을, 행동을, 그리고 인생마저 완전히 잡아먹는다. 빠져나갈 길 없는 깊은 우물에 빠진 아이처럼, 차가운 물속에 서서 덜덜 떨며 애처롭게 위만 쳐다보다 죽게 되는 것이다.

나는 그때 그래서는 안 되었다. 지금도 그래서는 안 된다.

나는…… 당신도, 발타 님도 그러지 않기를 바란다.

"……내가 발타의 삶에 개입하여 억지로 살리지 않았으면, 그는 행복했을까."

이제 우물에 빠져 애처롭게 위만 올려다보는 아름다운 소년이 레아에게 묻는다.

"아닙니다."

"왜."

"평안한 죽음보다는 고통스러운 삶이 행복한 것이라 믿……고 싶습니다."

사실, 정답은 알 수 없었다. 삶이 더 고통스럽다 하여 덜 행복할까. 죽음 이후가 고통스럽지 않다 하여 그것이 더 행복할까. 그 역시 자신할 수 없었다. 그래서 레아는 그저 믿고 싶다, 고 대답할 수밖에 없었다.

왕은 다시 물었다.

"성지 회복 따위의 꿈을 불어넣지 않았으면, 그는 행복했을까."

아마도 그러했으리라.

레아는 대답하지 못했고, 왕은 말없이 레아를 올려다보았다.

저 맑고 싸늘한 눈동자에 깃든 간절함을 읽을 수 있게 된 자신이 싫었다. 그곳에 깃든 두려움과 간절함은, 아름답고 견고한 최상급 보석에 스민 균열 같았다.

인내가 깊은 왕은 두려움으로 인해 참을성을 잃었다. 그가 다시 묻는다.

"발타는, 아크레에서 혹은 파리에서 그대와 만나, 그대를 사랑하고 그대와 결혼했으면, 행복했을까."

레아는 여전히 아니라고 대답하지 못했다. 눈에서 천천히 짠물이 굴러떨어졌다. 왕의 시선은 눈물의 궤적을 따라 천천히 아래로 흘러 내려왔다.

"……예."

도저히 아니라고 말할 수 없다. 그는 아마 행복했을 것이다. 나도 행복했을 것이다. 적어도 지금보다는 훨씬 행복했을 것이다.

그의 시선을 따라 고개도 천천히 아래로 내려갔다. 그는 팔짱을 풀고 두 손을 무릎에 얹었다.

그의 눈시울에 천천히 눈물이 맺혔다. 레아는 자신의 대답이 그의 내면의 어떤 것을 건드렸는지 알 수 없었다.

그리고 그가 왜 이것을 자신에게 감추지 못하는지는 더욱 이해할 수 없었다.

다행히 그의 눈가에 맺힌 것은 흘러넘치지 않을 정도의 선에서 멈추었다. 왕의 감정과 행동이 늘 적절한 선에서 멈춰 서듯이.

그 상태로 다시 영원처럼 긴 시간이 흘렀다. 조용했다. 그저 조용했다.

"의미…… 없는 질문을 했군. 후회의 순간을 돌이키는 상상만큼 쓸데없는 일이 있을까."

왕의 푸른 눈이 깜박인다. 아슬아슬 고여 있던 물기가 눈시울 사이로 천천히 스며든다. 그의 눈빛이, 표정이 천천히 예전의 왕으로 되돌아오기 시작한다.

드디어 그가 레아를 올려다보며 낯익은, 보기 좋은 미소를 짓는다.

"레아, 마 벨르, 신의 선택을 받은 성유물의 소유자여."

부드럽고 담백하며 한편으로는 건조하고 차가운, 그가 오랜 시간 연습해서 만들어 냈을 그 목소리가 되돌아왔다.

"발타는, 내가 최선을 다해 구해 보도록 하겠다. 그러니……."

왕은 자리에서 일어나 레아의 손등에 입을 맞췄다.

"그대만이라도, 나의 곁에서 안전하고 편안하며 행복하기 바란다."

‡ ‡ ‡

급하게 소집된 기사단 참사회였지만, 프랑스 각 지부의 단장들과 사령관급 이상의 고위 단원들은 대부분 닷새 안에 파리 본부로 모였다. 사안이 사안이니만큼, 그들은 전갈을 받자마자 밤을 새워 달려왔다.

왕의 전갈은 더욱 잦고 다급했다. 왕뿐 아니라 왕실 참사회의 제후들, 교황에게서도 득달같이 편지가 날아들었다. 기사단에서는 답변을 하지 않거나, 기사단 참사회에서는 외인의 개입을 허용하지 않는다는 원칙적인 답변만을 보내왔다.

열두 명의 참가자들은 충격에서 다소 벗어났다. 부상도 생각보다 깊은 것은 아니었다. 상처만 잘 아문다면 다시 무기를 쥐고 싸우는 데는 지장이 없을 듯했다.

물론 눈구멍을 찔린 한 명은 결국 한쪽 눈을 잃을 듯했고, 한 명은 다리를 절게 될 듯했다. 불행 중 다행인 것은, 기사의 경우 안장에 앉아 말을 제어할 정도의 힘만 남아 있다면, 기사로서 계속 활동하는 것이 불가능하지는 않다. 기량이 떨어지는 것까지는 감수해야 하겠지만.

결투에 참가했던 자들은 그날이 지나기 전부터 어렴풋이 짐작하고 있었다. 발타는 악랄하게 공격한 듯했지만, 사실은 스스로 불리함을 감수하면서 사정을 봐준 것이었다. 공격은 날카롭고 빨랐지만, 깊이가 얕았다. 치명상이 없었다.

그들이 아는 발타라면, 그렇게 사정을 봐주며 공격하지 않았을 것이다. 전장에서의 발타였다면, 열두 명은 전원 즉사했을 것이다. 입 밖에 내어 말하지는 못하지만, 속으로는 모두 알고 있었다.

다만 말들은 그의 독한 수를 피할 수 없었다. 주인을 대신해서 전투력을 제거해야 했기 때문이었다. 네 마리의 말이 경기장에서 죽었고, 또 몇 마리는 군마로서의 효용가치를 잃었다.

그런 이유로, 그들 대부분은 하루도 되기 전에 입을 다물고 말았다. 물론 레몽 같은 경우는 분노를 끝까지 가라앉히지 못했고, 제라르 단장은 애마를 잃은 슬픔에서 쉽게 헤어 나오지 못했지만, 성전기사단 전체가 분노로 들들 끓고 있는 상황에서, 재판 참가 기사들은 오히려 무시무시하게 침묵했다.

“발타, 식사를 안 하고 있다고?”

몰레 단장은 하루에 한 번 정도, 갇혀 있는 발타를 보러 갔다. 제라르나 레몽, 혹은 마르탱과 동행하기도 했다. 면회를 딱히 금한 것은 아니었지만, 발타를 찾아가는 이들이 생각보다 많지는 않았다.

발타는 아무 반응이 없었다. 두꺼운 나무 문 뒤의 좁은 석실에서, 양손을 사슬에 묶인 채, 눅눅하게 썩어 가는 짚단 위에서, 등을 돌린 채 쭈그리고 누워 있을 뿐이었다.

참사회 재판 결과가 나올 때까지 가둬 두는 것뿐이다. 이따위 짓을 저지른 이유를 알아낼 필요도 없으니, 고문도 없었다. 처분이 나오면 집행하면 그만이었다.

"이제 곧 참사회 판결이 내려진다."

"……예."

"너는 그곳에 들어가야 하고, 원한다면 그곳에서 스스로를 변호할 수 있다. 할 말이 있으면 미리 준비해 둬."

"없습니다."

여전히 변명 한 마디 없다. 자크는 속으로 혀를 찼다. 발타의 답답하고 고약한 버릇이었다. 놈이 어릴 때, 이런 걸 과묵하고 사나이다워 그런 거라고 감싸고돌았던 자신이 멍청했다.

옛날로 돌아간다면 채찍으로 두들겨 패서라도 제대로 대답하는 법을 가르쳤을 것이다. 변명이라도 하라고 가르쳤을 것이다. 아니, 아크레가 함락되기 전에, 주먹으로 쥐어 패서라도 서원을 해지시키고 너 좋아하는 여자와 결혼해서 아이 낳고 잘 먹고 잘 살라고 으름장을 놔서 쫓아 보냈어야 했다.

아니면 적어도 자신이 아크레 마지막 전투 때 증원군을 요청하러 시프르 섬과 시돈으로 급파되었을 때, 이 녀석을 끌고 그곳을 빠져나갔어야 했다.

아니, 이 자식에게 왕이나 잘 모시라고 쫓아 보냈어야 했다. 자신의 욕심대로 기사단에 데리고 있으려 하지 말았어야 했다……. 후회는, 해도 해도 끝이 없었다.

자크 역시 발타가 최후의 순간까지 손에 정을 두었음을 알고 있었다. 이곳저곳 상처를 입어 가면서도 치명적인 살수를 피하기 위해 조심조심 싸웠을 발타를 생각하면, 자크는 가슴이 무너져 내렸다.

자크는 여전히 움직이지 않는 발타의 등을 발로 걷어차며 씹어 뱉었다.

"발타, 아직 혓바닥이 잘린 게 아니라면 무슨 변명이든 애원이든 해 봐! 지금 이 시간이 지나면 나에게 무슨 말이든 남길 기회조차 없을 게다."

그 말을 듣고서야 발타는 뒤척이며 몸을 일으켰다. 혼자 앉을 기운도 없는지 돌벽에 기대앉은 그는, 물도 제대로 마시지 않은 듯 입술이 바짝 메마르고, 정신도 반쯤 나간 듯 보였다.

끌려오는 내내 구타와 린치를 당해 온몸이 얼룩덜룩 멍투성이였고, 부상도 제대로 치료하지 않아 피딱지가 여기저기 흉하게 얼룩져 있었다. 심지어 전투할 때 입었던 옷조차 갈아입지 못해서, 시커멓게 퇴색한 핏물이 그득한 옷을 아직도 입고 있었다.

단장은 그의 머리채를 움켜잡고 고개를 흔들어 댔다. 한 뼘 넘게 웃자란 그의 머리카락을 보며, 그사이에도 속절없이 흘러 버린 시간에 치를 떨었다.

그는 눈을 꾹 감은 채 대부의 폭력을 견뎠다. 뺨이나 입 주변으로 보이는 선명한 색의 피딱지는, 지금까지 적지 않은 사람들이 들어와 그에게 폭행을 가하고 돌아갔음을 보여 주었다. 속에서 불이 치미는 것 같았다.

"이 개자식들, 기강이 왜 이따위가 되었지? 수직하는 놈들부터 반 죽여 버려야 할까."

자크는 이를 으드득 갈면서 내뱉었다.

"발타, 며칠 굶는다고 죽지 않는다. 죽으려고 이러는 거면 멍청한 짓을 한 거야."

"……사오…… 일이면, 자면서 죽게 될 줄 알았습니다."

그는 고개가 뒤로 꺾인 상태로 덤덤히 대답했다. 허옇게 말라붙은 입술 사이로 힘없는 웃음이 풀썩 튀어나온다.

"멍청한 놈. 며칠 내내 잠만 처잤으니 소원은 성취했구나."

"……예."

"정말, 아무 할 말이 없나?"

"……예."

"정말 없어? 이제 앞으로는 영원히 땅에 처박혀 잠만 퍼 잘 일만 남았는데, 나한테도 할 말이 한 마디도 없냔 말이다!"

나는 네 대부라든가, 너를 친조카보다 아끼고 친아들처럼 생각했다는 말 따위는 하지 않는다. 눈물이나 정에 호소하는 여려 터진 짓거리는 기사들 사이에서 절대 용납되지 않았다. 여전한 그의 침묵에 자크는 그의 앞에 침을 뱉으며 돌아섰다.

"끝까지 입 처다물고 있을 거면, 그리하든가."

발타는 느릿하게 몸을 움직였다. 팔다리에 묶인 쇠사슬이 절그럭대는 소리를 냈다. 쇠사슬이 아니라도, 이미 몸을 움직이는 것 자체가 충분히 힘들어 보였다.

"……."

자크는 걸음을 멈췄다. 발타가 그의 망토 자락을 잡고 있었다. 자크가 자리에 서서 기다리자, 발타가 무릎으로 기어 와 그의 손을 쥐고 입을 맞추었다.

"제가…… 무슨 염치가 남아서…… 단장님께 감히 입을 열겠습니까."

단장의 속에서 불이 치밀었다. 그따위 말 하지 말라고, 주먹으로 얼굴을 후려치고 싶다. 지금이라도 엎드려서 잘못했다고 용서해 달라고 빌라고, 여자 때문에 잠시 눈이 멀어 그리했다 하면, 나도 어떻게든 변호를 해 볼 테니, 참사회에 나와서 용서를 구해 보라고 말해 보고 싶었다.

'신의 선택을 입증하기 위해 그녀의 편에서 싸웠다'라는 이유만 철회해 주어도 훨씬 순한 판결을 받을 수 있을 것이다. 그것은 발타와 단장, 기사단 모두를 위한 일이었다.

하지만 그는 끝까지 자신이 잘못했노라, 용서해 달라 빌지 않는다.

자크의 손등으로 들릴락 말락 한 속삭임이 스며든다.

"저…… 대부님과…… 기욤 단장님을, 늘 숙부님처럼, 아버지처럼 생각했습니다."

"……."

"두 분을 만난 건 제 일생일대의 행운이고 영광이었습니다. 두 분을 깊이 경외하고 흠모했습니다. 진심으로 감사드립니다."

발타는 단장의 손을 여전히 꼭 쥔 채, 가만히 뺨을 비볐다. 손등이 미끄러워지는 것이 느껴졌지만, 자크는 손을 뺄 수 없었다.

바보 같은 놈. 이놈은 싸움만 잘하지 하나부터 열까지, 정말로 기사에 어울리지 않는 놈이었다. 처음 봤을 때부터 그렇게 생각했다. 자크는 속으로 피눈물을 흘리며, 이 빌어먹을 상황에 대해 이를 갈았다.

"자네의 개인 사물은 어떻게 처분할까."

제라르가 사무적인 어조로 묻는다. 판결은 나오지도 않았는데 짐의 처분을 묻는 것은, 처형이 거의 확정된 상태라는 뜻이었다. 발타는 이제 축축해진 얼굴을 감추지도 않고 고개를 들었다.

"제 침대 밑에…… 있는 가죽 자루가, 제가 가진 소유의 전부입니다. 제가 가고 나면, 열지 말고 그냥 태워 주시면 고맙겠습니다."

발타는 마상 시합으로 축적한 재산이 적지 않았고, 가족도 형제도 없었지만, 기사단에 희사한 재산은 거의 없었다. 왕의 혈육이라는 소문이 있더니 정말 왕실로 귀속시킨 듯했다. 자크는 자신의 생각과 달리 그가 애초에 소속감을 느낀 곳은 기사단이 아닌 왕실이 아닐까 하는 생각이 들어 씁쓸해졌다.

"왕궁이나, 혹시 누군가에게 전할 말은 없……."

"없습니다."

단장의 말이 떨어지기도 전에 그가 빠르게 대답했다.

대부와의 마지막 면담은 그렇게 끝났다.

‡ ‡ ‡

"들어오시지 못합니다!"

기사단의 수직 병사는 완고했다. 단장의 특별 명령이 아니라도, 눈앞에 서 있는 사람들에게는 절대 길을 열어 줄 수 없었다.

비상사태임을 직감한 다른 초병은 뿔 나팔을 입에 갖다 댔고, 파수 종루에 있는 위병도 줄을 잡은 채 바짝 긴장하고 있었다.

수직 병사의 눈앞에는 무장한 기사 수십 명이 깃발을 앞세우고 서 있었다. 백합 무늬가 수놓인 푸른 쉬르코와 망토를 입은 왕의 기사들이었다. 보병들까지 합치면 백여 명은 족히 될 병사들이 탕플 대로를 빼곡하게 메우고 있었다.

그들의 뒤로 화려하게 장식된 커다란 마차가 서 있었다. 마차 안에는 이 일행 중 유일한 여자이자 신에게 선택받았다는 레아 다크레가 타고 있었다.

레아는 눈을 감은 채 밖에서 오가는 대화에 집중했다. 짐작대로, 그들의 실랑이는 한도 없이 이어졌다.

"무장한 왕실 기사님들이 성벽 앞에서 진을 치고 그리 말씀하시니, 저희는 어찌해야 할지 모르겠습니다. 파레이유 경."

"우리는 싸우러 온 것이 아니다. 폐하를 보호하기 위한 무장일 뿐이다, 초병."

"물론 그러실 거라고 믿습니다. 하지만 이곳은 저희 기사단의 본부이니만큼, 많은 분들이 무장 상태로 경내에 들어오시는 것은 불가합니다. 해량하여 주십시오, 마리니 보좌 주교님."

"오늘 참사회의 재판정에 서는 자가 왕실과 관계 있는 자임을 그대는 알 것이다. 적어도 판결이 어찌 나는지는 알아야 할 것 아닌가."

"폐하, 외부인은 물론이고 일반 단원들도 참사회 재판에는 입회조차 할 수 없습니다, 부디 넓으신 아량으로 이해하여 주시옵소서."

초병은 예의 바르게 하지만 꿋꿋하게 고개를 저었다.

초병의 이러한 태도는, 기사단이 프랑스 왕으로부터 완전히 독립된 별개의 조직이라고 인식하고 있음을 나타낸다.

적어도 왕이 그의 제후령에 갔다면, 아무리 대영지를 가진 제후라도 초병이 감히 이따위로 나오지는 못할 것이다. 이것은 서로 대등하며 꽤 적대적인 제후들의 영지에서나 볼 수 있는 풍경이었다.

"마차 안에서 기다리도록 하겠다. 대기하라."

왕은 무심하게 말을 돌려 행렬의 끝에 있는 마차 앞으로 다가갔다.

레아가 '신의 선택을 받은 여인'으로 공인된 후, 왕은 공적인 자리에 레아와 동석하는 일이 많아졌다. 심지어 왕자나 고위 귀족들이 참가하는 오찬이나 만찬 때 레아와 동석하기도 했다. 레아가 그것을 불편해하리라는 것을 모르는지, 아는데도 무시하는 건지는 알 수 없었다.

레아의 자리는 왕의 오른쪽 옆자리, 즉 두 번째 자리였고, 손 씻는 물이 놓이는 순서도 두 번째였고, 고기 써는 시종이 나눈 고기를 받는 순서도 왕의 바로 다음 차례였다.

그곳에 모인 이들은 레아에게 정중했고, 레아의 동석에 아무런 불만을 표시하지 않았다. 그녀에게 딱히 살갑게 굴지는 않았지만, 이교도 출신임을 거론하며 무례하게 굴지도 않았다. 신의 선택받은 여인이라는 무게 때문인지, 왕이 청혼을 했기 때문인지는 알 수 없었다.

"그를 위해 기도라도 하고 있었나?"

손을 겹쳐 잡고 있는 레아를 보며 왕이 묻는다.

“아뇨. 신께서는 제 기도를 좋은 방향으로 들어주신 적이 없는 것 같아서요.”

“그 말은 그대가 종부성사를 받을 때나 할 수 있는 말이겠지. 사람의 내일은 알 수 없는 것이니.”

왕은 레아의 맞은편에 앉은 후, 성호를 긋고 단정하게 눈을 감았다. 그는 경건했고, 가혹할 만큼 정결했고, 가끔은 거룩해 보였다.

“폐하, 발타 님은 파문 확정이라 하셨죠? 그러니까 기사단에서 나오셔야 하는 거죠?”

“……기도 중이다, 레아.”

“하느님께 도망가시려면, 저한테 대답부터 해 주시고 가세요. 만약에 발타 님이 무사히 살아서 나오시면, 폐하께선 저나 발타 님을 자유롭게 놔주실 생각이 있으세요?”

하, 하하. 갑작스레 헛웃음이 튀어나왔다.

“불가하다. 기사단에서 내가 맡긴 역할을 수행하지 못하게 되었어도, 그는 내 오른팔로서 예루살렘에 함께 가야 할 것이고.”

그의 꿈은 여전히 거룩하고 성스러웠고…….

“그대는 신의 선택을 받은 여인으로서, 내 곁에 서 있어야 한다.”

그의 탐욕은 여전히 이기적이고 잔혹했다.

레아는 눈을 감았다. 며칠 전, 왕에게 잘못된 대답을 한 것 같았다.

어떤 죽음은, 삶보다 행복할 것이다.

‡ ‡ ‡

"폐하께서 군사들을 이끌고 앞에 와 계신 건 알고 있나?"

참사회에 끌려가는 발타의 얼굴에는 아무런 표정이 없었다. 그저 나흘 내내 아무것도 먹지 않아 어지러운지 가끔 휘청대며 부축한 사람에게 머리를 기댔고, 발을 질질 끌며 느릿하게 걸을 뿐이었다.

"왕이 성 십자가에 속한 것들을 모두 포기할 테니, 네 목숨만은 구해 달라고 계속 청을 넣고 있다. 아니, 거의 구걸이라고 할 수 있지. 에브뢰, 부르고뉴, 부르타뉴, 플랑드르, 푸아티에, 아르투아, 상파뉴, 발루아까지, 이렇게 엄청난 제후들의 구명 편지를 한꺼번에 받게 되어 정신이 없어. 오늘 아침엔 아비뇽에 방문 중이신 교황 성하의 편지까지 당도했지. 참사회의 부담감은 지금 말이 아니야."

"……."

발타의 얼굴에 짙은 피로감과 곤혹스러운 기색이 떠올랐다.

"하지만 지금 단장님께선, 널 기사단 연무장의 나무에 목매달기 위해 최선을 다하고 계시다. 제라르 경도 마찬가지야."

"……레몽 경, 저는 어떤 처분이든 받아들일 것입니다. 그러니 부디…… 조용히 마음을 정리할 시간을 부탁드립니다."

빡!

발타의 뺨이 크게 돌아가며 몸이 크게 휘청거리는 것을, 마르탱이 간신히 잡아챘다. 레몽 형제! 마르탱이 큰 소리로 제지하는 것도 레몽은 아랑곳하지 않는다.

"건방진 놈, 네가 지금 감히 그따위 요구를 할 수 있는 처지라 생각하나? 판결을 받아들이는 것이 선택인 줄 아나? 아직도 네놈이 훗날의 단장 후보쯤 되신다고 생각하고 있나, 설마?"

"……."

"아니면, 폐하나 교황 성하나 그 많은 제후의 입김으로 무사히 풀려날 것이라고 기대하고 있나? 지금 기사단 모든 단원이 너에게 이를 갈고 있는데?"

"레몽 형제! 재판에 대해서는 언급하지 말라 명하셨습니다!"

옆에 있던 마르탱이 그를 향해 언짢은 어조로 쏘아붙였지만, 레몽은 도무지 멈출 생각이 없어 보였다.

"천에 하나 만에 하나, 네놈이 그들의 부당한 입김으로 목숨을 건져 빠져나가게 된다 해도, 너와 그 여자가 평생 발 뻗고 살 수 있을 것 같나?"

"당신은 신성 재판의 결과를 부정하시는 겁니까?"

"닥쳐!"

말이 떨어지기가 무섭게, 다시 뺨으로 주먹이 날아들었다. 뭐하시는 겁니까, 레몽 형제! 마르탱이 기어이 검을 뽑아 들고서야 그의 폭행이 멎었다.

"검에는 눈이 없고, 네게 이를 가는 형제들은 한둘이 아니지. 살아가노라면, 며칠 전의 결과가 신의 선택인지 우연인지, 축복인지 재앙인지가 판가름이 날 거야."

레몽은 이를 드러내며 웃었다.

‡ ‡ ‡

창밖으로 바람 부는 소리가 거셌다. 왕은 기도를 하다가 레아가 손을 비비는 소리를 듣고는, 고개를 들고 망토를 벗어 레아의 무릎에 덮어 주고 자신의 장갑까지 벗어 주었다. 그가 끼고 있던 가죽 장갑은 안에 털이 있고, 그의 체온이 남아 있어 따뜻했다.

왕이 다시 눈을 감는다. 그의 무릎에 겸손하게 모인 두 손, 손가락과 팔목을 채우고 있는 반지와 팔찌들, 단정한 입술 사이로 나오는 기도문, 하얀 입김, 호사의 극치를 달리는 화려한 의상과 장신구. 가볍게 떨리는 반짝이는 속눈썹, 금빛 비단실처럼 흘러내리는 머리카락. 누군가에 대한, 저 경건하고도 간절한 탐욕.

레아는 불현듯 궁금해졌다.

"제가 끌려갔어도, 그렇게 기도해 주셨을 건가요, 폐하."

왕이 고개를 들었다. 그는 눈썹을 찌푸린 채 짧게 내뱉었다.

"레아 다크레. 기도하는 중에는 말을 걸지 말아야 한다는 것마저 알려 줘야 하나."

왕은 짧게 한숨을 쉬다가 고개를 흔들며 덧붙였다.

"……그건 당연하지 않은가."

"그, 그게…… 어, 어째서 당연합니까, 폐하?"

레아가 놀라서 눈을 크게 떴다. 세상에서 제일 당황스러운 말을 들은 것 같다. 하지만 그건 왕도 마찬가지인 듯했다.

"대체 진짜 듣고 싶은 말이 뭐지? 그것이 왜 당연하지 않은가? 혹시 그대를 사랑한다는 말을 듣고 싶은 거면, 제대로 요구를 해."

기가 막히니 말도 제대로 나오지 않는다. 왕은 레아가 누구를 사랑하는지 잘 알고 있었고, 왕을 사랑하지 않는다는 것도 알고 있었다. 레아는 이제 겁대가리를 완전히 잃어버렸다. 대놓고 비웃었다.

"요구하면 해 주긴 하실 건가요?"

"이봐, 세공사. 그냥 좋은 것, 싫은 것, 원하는 것, 원치 않는 것. 있는 그대로 말하면 안 되겠어?"

왕은 기도를 방해받아 몹시 짜증이 난 듯, 빠르게 덧붙였다.

"못 해 줄 이유가 없지. 내가 그대를 사랑한다."

씨발, 지금, 장난하나.

레아는 격분했다. 발타 님이 지금 생사를 가르는 재판을 받고 있는 이 순간, 어떻게 나한테 이런 질 낮은 희롱을 할 수 있을까.

하지만 레아의 얼굴을 본 왕은 이마를 짚고 고개를 숙이며 낮게 한숨을 쉬었다.

"설마, 몰랐단 말인가? 그대의 한없는 무례를 인내함을 보면서도?"

"……."

"그대를 좋아한다. 그대가 누구를 사랑하는지, 내게 다시 말할 정도로 무례하지는 않으리라 믿는다. 그리고 그 마음을 정리하지 못하고 다른 남자와 결혼할 정도로 몰상식하지도 않으리라 믿는다."

이 정도면 좌절이었다. 역시 어떤 죽음은, 삶보다 행복할 것이다. 레아는 절망에 사로잡혀 비통하게 물었다.

"폐하께선 사랑을 대체 뭐라고 생각하십니까?"

왕은 잠시 생각에 잠겼다가 그리 내키지 않는 얼굴로 대답해 주었다.

"……꿈을 함께 이루고 싶은 열망."

"……."

"신앙과 삶에서 가장 가까운 동료. 존경하고 신뢰하며 헌신하는 관계. 함께 공동의 후계자를 만들고, 서로에게 기쁨과 유익이 되고…….”

“……그, 폐하. 그런 거 말고, 그 사람을 향한 마음이나 느낌……으로 설명해 주시면.”

왕은 더더욱 내키지 않는 표정으로 차갑게 내뱉었다.

“아름답다, 따뜻하다, 보고 싶다, 품에 들이고 싶다……. 더 필요한가? 숙녀께서는 이런 말이 듣고 싶었던 건가?”

“아뇨.”

안 듣는 게 나을 뻔했다. 이런 대답마저도 너무나 왕다워서, 헛웃음이 나온다. 15년의 결혼 생활에서 일곱 명의 자녀를 두었던 왕은, 사랑이라는 말에 대해서 저렇게밖에 말할 수 없을까? 저리도 건조하게, 냉랭하게, 감흥 하나 없이.

폐하, 사랑은…… 그렇게 동료 사업가나 전우 같은 관계를 말하는 건 아닐 텐데요.

뭐, 물론 그렇다고 남들이 말하는 것처럼 아름답고 거룩하고 기쁘고 가슴 설레기만 한 것도 아니긴 하죠…….

적어도 레아와 발타의 사랑은 그 어느 쪽도 아니었다. 아름답지도 않고, 기쁘지도 않고, 설레지도 않고, 유익하지도 않았다. 꿈과 이상을 짓밟게 되고, 더럽고, 음탕하고, 이기적이고, 파멸을 향해서 마구 달려가면서도 도무지 멈출 수 없는, 이상한 것이었다.

레아가 입을 다물자, 왕은 다시 성호를 긋고 두 손을 모으고 눈을 감았다. 레아는 더 이상 그를 방해하지 않았다. 그저 아무에게라도 무엇이라도 빌고 싶었지만, 이제는 무엇을 위해 누구에게 빌어야 할지 모르게 되었다.

헛되고 헛되니 헛되고 헛되도다. 지혜의 왕 솔로몬이 말년에 노래했던, 허무의 노래가 떠올랐다.

솔로몬의 지혜의 말대로, 원래 죽는 것은 사는 것보다 행복한 것이었을까.

너는 젊어서 취한 아내를 사랑하고…… 즐거워하라.

허무를 말하던 지혜의 왕의 결론은, 그다지도 작고 사소했거늘.

재판은 하염없이 길어졌고, 마차 안은 여전히 써늘했다. 밖에서 있는 병사들은 담벼락 곁에서 모닥불을 피웠다.

올해 사순절의 고난은 유난히 혹독하고, 이번 겨울의 마지막 추위는 유난히 매웠다. 한 달만 지나면 부활절 새해가 되고 봄이 될 터인데, 지금 같아서는 봄 따위는 영원히 오지 않을 것만 같다.

오전에 시작된 참사회의 비밀 재판은 저녁때가 다 되어서야 끝났다.

‡ ‡ ‡

참사회의 재판은 얼마 전 신입 단원들이 입단식을 하던 비밀의 방에서 거행되었다.

죄수는 참사회 단원 두 명의 손에 질질 끌리다시피 비밀 장소로 들어섰고, 30여 명이 반원형으로 빙 둘러선 한가운데 혼자 서게 되었다. 그는 작은 등받이가 있는 나무 의자에 앉아 팔다리를 묶인 상태로 재판을 받게 되었다.

재판에 참석한 서른두 명의 고위 단원들은, 성 십자가 유물의 존재는 물론, 그에 속한 성전의 재물이 있다는 것 정도는 예전부터 알고 있었다. 당연히 재물의 통제권을 상징하는 '단장의 홀'이 사라진 것을 가장 분개하고 안타까워했다.

하여 그것을 훔쳤다고 알려진 세공사 일가에 대한 분노가 들끓었다. 하지만 추적 작업이 대대적으로 진행되지 못한 것은, 그것의 상실 자체를 외부에 알릴 수 없었던 데다가, 세공사의 일가가 전원 몰살당했다고 알려졌기 때문이었다. 10년 이상 추적이 이어졌지만, 바다에서 행방이 사라진 자매를 찾기란 모래밭의 바늘 찾기라, 결국 모두 죽었다고 잠정 결론을 내릴 수밖에 없었다.

하여 참사회 내부에서는 성유물의 상실을 절대 비밀에 부치면서, '신께서 스스로 당신의 홀을 거두어들이셨다'라고 합리화를 시킬 수밖에 없었다.

그리고 이제 그 분노는 모두 발타에게 쏟아졌다. 거기에 배신감까지 보태지자, 분노는 상상을 초월할 정도로 거대해졌다.

발타사르 드 올랑드의 신원 확인이 끝나고, 죄목의 확인이 시작되었다. 그의 죄목이 유려하고 장중한 라틴어로 길게 나열되었다.

그가 이미 시인한 죄목에 더욱 무거운 죄목이 더해졌다. 기사단의 유물을 다른 이에게 넘기려는 시도에, 기사단의 소명과 정체성을 정면으로 무너뜨리는 죄, 동료들에게 맞서 크게 상해를 입힌 죄 등이 추가되었다. 발타는 우윳빛처럼 창백하게 변한 얼굴을 들고, 모든 혐의를 시인했다.

"스스로를 변호할 수 있다. 변론하거나 반박하고자 하는 혐의가 있는가."

"없습니다, 단장님."

그는 모든 죄를 혼자 뒤집어쓰기로 작정한 사람처럼 보였다.

형량에 대한 논의가 시작되었다. 단장과 제라르, 그리고 조제드 긴느 등은 교수형을 주장했으나, 대부분은 그의 목숨을 살리는 쪽으로 가닥을 잡았다. 참사회에서는 단장의 명을 존중하긴 하지만 그 의견이 절대적이지는 않았다.

그들이 발타를 살리기로 한 첫째 이유는, 성전의 옛 유물을 가지고 왕과 분쟁이 일어나는 것은 기사단 입장에서 결코 좋은 일이 아니기 때문이었다. 그 존재 자체가 알려지는 것을 최대한 숨겨 왔는데 이 분쟁을 통해 그것을 세상에 널리 드러낼 이유가 없었다.

두 번째 이유는, 그의 구명을 위해 간곡한 청을 넣은 교황과 대제후들의 압박을 완전히 무시할 수는 없었다. 명목상이긴 하지만, 성전기사단은 교황의 검이며, 유일하게 교황의 권위에만 복종한다 했었다.

마지막 세 번째 이유이자 가장 중요한 이유는, 교수형이 너무 자비롭다는 것이었다.

레몽이 발타에게 고개를 돌리고 질문한다.

"발타사르 형제, 우리가 아크레에서 맘루크와 싸울 때 말이오. 배반자, 첩자로 붙잡힌 자들에게 어떤 처분이 내려졌는지 혹시 기억하고 계시오?"

비꼬인 억양, 냉랭한 웃음. 의도가 빤히 보이는 질문이었다. 발타는 입을 다물고 대답하지 않으려 했지만, 이곳은 최고위 단원들의 재판정이었다. 서너 번이나 집요하게 되풀이되는 질문에,

결국 더듬더듬 입을 열었다.

"첩자 노릇이 발각될 경우, 혹은 배반자를 사로잡을 경우, 눈을 뽑고…… 혀를…… 잘라, 보낸 자에게 돌려보내거나, 전투 중일 때는 수급을 잘라 적진으로 던져 넣었던 것으로, 기억합니다."

"우리 측 전사들을 크게 살상한 사라센의 대전사들을 어떻게 처리했는지 기억하는가."

"팔다리를 수레바퀴에 묶어…… 팔목과 발목의…… 뼈를 부수어서, 다시는…… 검을 잡을 수도, 말을 탈 수도 없게 만들었습니다……."

조용조용 대답하던 발타의 고개가 아래로 풀썩 꺾였다. 후우, 흐, 후으. 그는 의자에 꽉 묶인 상태로 어깨를 들썩거리며 거칠게 숨을 몰아쉬기 시작했다. 이제야 원하는 만큼 흡족한 반응이 나왔는지, 레몽이 차갑게 빈정거린다.

"……이제 와 겁이 나나? 저런. 오줌이라도 지리겠어."

"……."

"한때 아크레의 도살자로 불리던 명예롭고 용맹한 형제여. 그대라면 늘 그 정도 각오는 하고 전투에 임했을 터인데?"

"……."

"그러니 이번 판결 역시 명예롭고 용기 있게 받아들여야 하지 않겠나. 이런 결말이 나올 줄 모르고 나섰던가."

"레몽 형제. 이자가 우리에게 베풀었던 자비를 생각하시오. 그런 식으로 가혹하게 말할 것은 없지 않소."

"자비! 자비라 했습니까, 마르탱 형제!"

곁에 있던 마르탱이 보다 못해 가로막았지만, 레몽의 목소리는 더욱 커졌다.

"저자는 감히 같은 형제들에게 칼을 겨누었소! 한쪽 눈을 잃은 자도 있고, 다리를 못 쓰게 된 자도 있고 말을 잃은 자도 있소. 이는 죽음으로도 갚지 못할 죄 아니오? 교수형이라니, 왜 우리가 저자에게 그런 자비와 선처를 베풀어야 하는 거요?"

묶여 있는 죄인에게선 더 이상 아무런 반응도 나오지 않았다. 그는 그저 고개를 푹 수그리고, 이를 꽉 악문 채 거칠게 숨만 몰아쉴 뿐이었다.

논의를 끝낸 서른두 명의 단원들을 대표하여, 단장이 판결문을 들고 앞으로 나섰다.

"상술한 바와 같은 죄목으로, 성전기사단 참사회는 그대 발타사르 드 올랑드의 죄에 대하여 다음과 같이 판결한다."

판결문을 읽는 단장의 목소리는 무겁고 참담했다.

"발타사르 드 올랑드는, 그간 기사단에 바쳤던 헌신과 공헌, 그리고 국왕과 교황 성하의 간곡한 청을 고려하여 사형의 집행은 면하되……."

"Allelvia Confitemini Domino. In æternvm misericordia eivs."

알렐루야 주님을 찬미하여라 주님의 자애는 영원하시다.

모인 사람들이 일제히 성호를 그으며 시편의 구절을 읊었다. 천장이 웅웅 소리를 내며 진동한다.

"내부의 정보와 비밀을 누설하여 본 기사단에 말할 수 없는 피해를 입힌 데 대한 책임을 물어, 적진의 첩자, 혹은 내부의 배신자에게 과하는 징벌을 적용하며……."

"Allelvia Confitemini Domino……."

"기사단의 동료에게 입힌 상해에 대한 징벌로 기사로서의 능력을 박탈할 것이며……."

"In æternvm misericordia eivs……."

"그대를 성전기사단에서 영구히 파면하여, 다시는 복귀할 수 없음을 판결한다. 앞으로 성전기사단의 형제들은 그와 어떠한 교제도 불가하며 대화를 나눔도 허용하지 않는다."

죽음 이상의 가혹한 판결이었다.

물론 예전에도 죄를 지어 기사단에서 파문을 당하거나 감옥에서 죽을 때까지 갇혀 지낸 단원은 많았다. 기사단의 재산에 손을 댔다가 교수형에 처해진 고위 단원들도 가끔 있었다.

하지만 이렇게 가혹한 판결이 나온 경우는 드물었다.

이유는 간단했다. 그가 기사단을 배반하고 전우들에게 칼을 맞댄 것도 모자라, 성전기사단이 신에게 버림받았음을 증명하려 했기 때문이었다. 그것은 기사단의 자부심과 정체성을 박살 내는 짓으로, 중요한 비밀을 숨겼거나 다른 단원들에게 상처를 입힌 일보다 훨씬 중한 죄였다.

여자 때문에. 고작 한 여자를 향한 정욕 때문에.

제라르가 건조한 목소리로 묻는다.

"발타사르 드 올랑드, 마지막으로 할 말이 있는가."

'명예를 아는 자들이여. 기사로서 관용을 베풀어, 부디 내게 교수형을, 참수형을.'

'차라리 그대들의 검을 단번에 내 심장에 박아 넣어 주시기를.'

예전에 비슷한 판결을 받은 포로와 첩자들은 참사회 회의장 가운데 꿇어앉아 그렇게 빌었다. 하지만 발타는 잔혹한 판결을 내린 자들 가운데 홀로 앉아, 이를 악물고 끝까지 침묵했다.
단장은 낮게 가라앉은 목소리로 선언했다.
"형을 집행하시오, 형제들."

형의 집행은, 탕플 탑 지하에 위치한 비밀 고문실에서, 서른두 명 참사관들에게 둘러싸여 진행되었다.

‡ ‡ ‡

"발타사르 드 올랑드 경의 기사단 파문은 확정되었으며…… 폐하의 청을 받아 사형의 집행은 면하고 돌려보낸다 합니다만 자체 규정에 의한 징벌은 피할 수 없어……."
기사단 본부의 정문 앞에서 소식을 전하는 위그의 얼굴은 새하얀 것을 넘어 시퍼렇게 변해 있었다.
아아, 목숨은 건지셨구나. 일단 다행이다. 다행이야.
레아는 초조하게 위그의 말에 귀를 기울이면서도, 한편으로는 가슴을 쓸어내렸다. 하지만 표정을 감추고 있는 왕의 푸르스름한 얼굴에서는 아직 긴장한 빛이 사라지지 않는다.
"내부의 정보와 비밀을 누설하여 기사단에 말할 수 없는 피해를 입힌 데 대한 책임을 물어, 적진의 첩자, 혹은 내부의 배신자에게 과하는 징벌을 적용하며……."
"……뭐, 뭐라, 했나, 위그?"
위그는 천천히 대답을 되풀이했지만, 왕이 듣지 못한 것이 아니라는 것은 알고 있었다.
다만 옆에 서 있는 여자는 그것이 무슨 뜻인지 이해하지 못한다. 그것이 무슨 뜻입니까? 폐하, 발타 님이 무슨 벌을 추가로 받았다는 것입니까? 하지만 얼굴이 새하얗게 질려 가는 왕은 대답하지 않았다.

위그 역시 여자에게 정확하게 대답해 주는 대신, 떨리는 목소리로 추가된 내용을 덧붙였다.

"그리고 기사단의 동료에게 입힌 상해에 대한 징벌로 기사로서의 능력을 박탈한다."

"……하느님."

왕의 몸이 휘청거렸다. 레아와 알랭이 급하게 왕을 부축했다.

"파레이유 경? 부빌 경? 무슨, 그게 무슨 뜻인가요?"

레아는 어리둥절한 얼굴로 물으면서도 알 수 없는 불안감에 몸을 떨었다. 왕은 눈을 크게 뜨고 물었다.

"알랭. 지금 병사들을 동원하면, 강제로 들어가 데리고 나올 수 있겠나."

"폐하. 병사들을 동원할 때까지 시간이 걸릴 것이며, 결과를 장담할 수 없습니다."

알랭이 대답하는 순간, 문 안쪽에서 낯익은 목소리가 들렸다.

"굳이 그러실 필요는 없습니다, 폐하."

닫힌 문이 열리며, 조제 드 긴느와 빌리에 단장이 얼굴을 내밀었다.

"형은 이미 집행되었습니다, 폐하."

정문 안쪽 먼발치로 낡은 수레가 한 대 서 있는 것이 보인다.

"바, 발타 님!"

발타는 나귀가 끄는 낡은 수레 위에, 고개를 푹 수그리고 팔다리를 축 늘어뜨린 채 앉아 있다. 온통 시뻘겋게 물든 튜닉 위에,

성전기사단의 단복인 파테 십자가가 새겨진 쉬르코와 망토를 걸치고 있었다. 그리고 그 곁에 기사 단원에게 주어졌던 보쌍 방패와 검이 놓여 있었다.

그에게는 아직 파문과 추방의 의식이 남아 있었다.

그가 탄 낡은 수레가 정문을 향해 천천히 다가온다. 수레가 지나가는 양쪽으로 흰색 정복을 입을 기사들과 갈색 단복을 입은 하사관들이 도열해 있었다. 그들은 수레를 향해 침을 뱉고, 돌멩이와 오물, 죽은 쥐 따위를 집어 던지며 욕설과 야유를 퍼부었다.

우, 우우, 우우우. 배신자, 첩자, 우우우, 더럽고 음탕한 자, 은혜를 모르는 자. 우우우, 우우. 수치를 모르는 자, 저주받을 놈. 신에게 영원히 버림받은 자여.

며칠 전 신의 선택을 당당하게 입증한 자는 어느새 신에게 영원히 버림받은 자가 되어 있었다.

"발타사르 드 올랑드, 한때 영광스러운 신의 전사였던 자여. 이제 그대는 이 영광스러운 곳에 다시는 돌아오지 못할 것이며, 다시는 신의 병사라 불리지 못할 것이며, 명예로운 형제들과 다시는 함께 서지 못하리라."

단장이 엄숙히 선고한 후, 발타에게 다가가 기사단 단복을 벗겨 수레에 던져 버리고, 검을 부러뜨리고 보쌍 방패를 박살 내버렸다.

"이제, 그대는 삶으로 남은 죗값을 치르라."

"신의 이름과 거룩한 사역을 모욕한 이자의 머리에, 주여, 합당한 징벌과 저주가 임하게 하옵소서."

"합당한 징벌과 저주가 임하게 하옵소서."

"합당한 징벌과 저주가……."

파문자를 태운 수레는 저주를 쏟아 내는 단원들 사이를 가로지르며 덜거덕덜거덕 기사단의 정문을 통과했다. 덜커덕, 쿵. 수레는 문 밖으로 버려지듯 밀려났다.

"발타!"

기다리고 있던 왕이 황급히 말에서 내려 수레를 향해 달려간다. 레아도 황급히 따라가려는 순간, 알랭의 병사들이 그녀의 앞을 가로막았다. 고개를 젓는 위그와 알랭의 얼굴에는 곤혹스러움이 가득했다.

"……아."

발타와 가장 먼저 마주한 왕은, 잠시 후 눈을 꽉 감은 채 고개를 돌렸다. 그는 발타에게 말을 걸지도 못했고 손을 대지도 못한 채, 손등에 핏줄이 돋을 정도로 수레를 움켜잡을 뿐이었다.

잠시 후 그에게서 단호한 명령이 흘러나왔다.

"위그. 숙녀를 행렬의 뒤로 모셔라."

"폐하! 왜, 무슨 일이십니까. 폐하!"

"레아, 오지 마라. 그가 자신의 모습을 보이길 원치 않는다."

그대로 발이 얼어붙었다. 눈앞이 허옇게 변하며, 속이 울렁거린다. 왕은 피에 절어 시커멓게 변한 속옷만 걸치고 있는 발타를, 보이지 않도록 망토로 잘 감싸 안아 마차로 옮겼다.

발타는 의식이 있는 듯했지만 괜찮다는 말 한마디 없이 왕의 망토 사이로 머릴 박고만 있었다. 그에게서 나오는 반응이란, 망토 밖으로 축 늘어져 이상하게 꺾인 채 흔들리는 팔과 다리와, 그때마다 짤막짤막 터지는 신음 소리가 전부였다.

병사들에게 잡혀 뒤로 끌려가던 레아는 그들의 손을 뿌리치고 마차를 향해 달려갔다.

나는 확인해야 해. 나는 그를 봐야 한다.

대체 무슨 일이, 어떻게 돌아가고 있는지 알아야 해!

하지만 용기백배도 잠시, 발타가 잠시 고개를 움직인 순간, 레아는 두 손으로 입을 감싸고 뒤로 물러났다.

아아악. 아아, 아아아……!

입에서 비명조차 터지지 못했다. 레아는 그 자리에서 실신해 쓰러졌다.

‡ ‡ ‡

나는 인간의 잔혹함, 어쩌면 신의 잔혹함에 대해 한참 과소평가하고 있었던 것 같다.

레아가 얼핏 정신을 차렸을 때, 마차 안은 이미 아수라장 생지옥이었다. 마차 안은 피비린내가 가득했고, 이를 악문 신음과 비명, 피를 토하며 쿨럭대는 소리 사이로 왕의 목소리가 토막토막 끼어들었다.

"정신…… 들었나, 레아? ……발타, 아니. 레아가 정신을 잃어서… 불편하면 나가 있으라고……. 곧 궁에 도착이니…… 바로 의사를 부르겠다……."

의미를 알 수 없는 신음이 계속 흘러나오다가 툭 끊어진다. 레아는 정신을 놓지 않기 위해 이를 악물었다. 발타 님이 목숨을 건져 다행이라 생각하고 기뻐했던 자신이 저주스러웠다.

"폐하, 일단 지혈부터 하겠습니다."

레아는 의식을 잃고 축 늘어진 발타의 몸을 추스르며, 그의 입에서 쉴 새 없이 흘러내리는 피를 손수건으로 틀어막았다. 입은 다물렸고, 입술은 열리지 않는데, 기침을 할 때마다 피가 울컥울컥 쏟아졌다. 그는 머리부터 발끝까지 붉은 염료를 뒤집어쓴 것 같은 형상이었다. 레아도 왕도 마차 바닥도 온통 시뻘겠다.

"발타! 발타! 정신, 놓지 마라. 정신을⋯⋯ 발타!"

"폐하. 제발 깨우지 마세요. 의식이 없는 게 나아요⋯⋯. 어쩌면⋯⋯."

어쩌면 영원히 의식을 잃은 상태가, 이분을 위해서는 더 나을 수도 있다는 말까지는 차마 하지 못했다. 하지만 왕은 잘라 먹은 말을 알아들었는지, 레아의 멱살을 잡아채고 으르렁거렸다.

"선택받은 자, 발타를 고쳐! 지금 네 품에 있는 치유의 나무로 당장 낫게 해! 당장!"

기가 막히다 못해 악이 받친다.

"그걸 제가 어떻게 해요! 제, 제가 사실 선택받은 사람 따위가 아니란 거⋯⋯! 사, 사실 다, 당신이 제일 잘 알잖아요!"

"그대가 정말로 하느님의 선택을 받았든 안 받았든, 그 치유의 나뭇가지를 꺼내서, 어쨌든 고치란 말이야!"

이, 이 개자식아!

"나야말로 악마한테 영혼을 팔아서라도 고쳐 드리고 싶다고! 여기서 발타 님을 제일 간절하게 고치고 싶은 건 나란 말이에요⋯⋯. 하지만, 난 선택받은 사람이 아니야⋯⋯. 그때의 승부는 발타 님이 그냥 실력으로 이긴 거라고요⋯⋯."

레아는 피범벅이 된 발타의 머리를 끌어안고 울부짖었다. 나는 선택받은 사람 따위가 아니다. 저주받은 사람이면 모를까. 신의 저주를 받은 게 아니고서야, 그리고 이분이 내 저주를 떠안은 게 아니고서야 어떻게 일이 이 지경이 될 수 있겠느냐고.

"해 볼게요. 기다려 보세요."

레아는 오열을 꾸역꾸역 삼키며 품에서 가죽으로 잘 감싸 둔 막대기를 꺼내 들었다. 그것을 발타의 가슴 위에 얹고 기도했다. 기도하고, 기도하고, 간절하게 기도했다. 이제는 누구라도 좋다. 이분을 고쳐 주기만 하면, 그 대상이 악마라고 해도 내 영혼을 기꺼이 넘길 것이다. 그러니까 제발!

레아는 그의 곁에 붙어 앉아 계속 기도했다. 그리고 레아의 짐작대로, 너무나도 당연히 발타에게선 아무 변화가 없었다. 신과 악마를 저울질해서 그런 건지도 모른다는 생각에 레아는 또 갈팡질팡했다. 하지만 누구에게 기도하든, 어떻게 기도하든 발타는 치유는커녕, 의식조차 회복하지 못했다.

‡ ‡ ‡

궁에 들어온 왕은 생 루이 별궁의 침대에 발타를 눕혔다. 그리고 다른 사람들을 모두 내보내고 급하게 끌려온 롬바르디아 이발사와 단둘이서 피범벅이 된 그의 얼굴과 몸을 직접 닦고 처치를 하고 옷을 갈아입혔다. 발타는 자신의 망가진 모습을 다른 이들에게, 특히 레아에게 보이고 싶어 하지 않았다.

레아는 처치가 끝난 후, 그가 잠든 후에야 안으로 들어갈 수 있었다. 그것도 성 십자가 조각을 들고 치유의 기적을 위해 기도하라는 왕의 명령이 떨어진 후에야 입실을 허락받았다.

레아는 그 나무 막대기를 발타의 가슴 위에 얹고 기도했다. 오래전 동생을 위해 기도할 때보다 훨씬 더 절실하고 필사적이었다.

그리고 여전히, 혹은 당연히, 아무런 차도가 없었다.

"악독하지 않은가, 그들의 마음이."

어둠 속에서 왕의 목소리가 들렸다. 자정이 다 되어 가는 시각. 왕이 촛대를 들고 방으로 들어와 침대 곁의 의자에 앉는다. 어둠에 잠긴 그의 얼굴에서는 이제 아무 감정도 느껴지지 않았다. 그저 극도로 피곤해 보였다.

왕은 누워 있는 발타의 얼굴을 확인하고는 메마른 목소리로 중얼거렸다.

"과연 이렇게까지 했어야만 했을까."

"……."

"눈을 빼앗기는 것만으로도 죽기보다 괴로웠을 텐데, 기어이 혀까지 끊어야 했을까. 다리의 힘줄만 잘라도 기사 노릇은 못 하게 될 것인데, 팔다리의 뼈를 가루가 되도록 바스라뜨렸어. 이렇게까지 했어야 했을까."

왜. 대체 무슨 이유로. 조용조용 곱씹는 왕의 목소리가 더 소름 끼쳤다.

레아는 그들이 이런 짓을 한 이유 따위는 알고 싶지도 않았다. 레아는 그저 이 일을 당할 때 발타 님이 얼마나 끔찍하게 아프고 비참했을까. 얼마나 고통스러웠을까, 나만큼이나 두려움이 많으신 분이, 맨정신으로 그 시간을 어떻게 버티셨을까. 온통 그 생각뿐이었다.

이분 대신 나를 아프게 해 달라고 기도하던 레아는, 이내 낙담해서 고개를 저었다. 내가 고통을 가져온다 해도 이제 뭐가 달라질까. 발타 님은 모든 것을 잃었다. 이 고통과 상실감과 절망감은 무슨 짓을 해도 갚을 수 없을 것이다.

스스로를 미워하기도 지쳤고, 운명이든 신이든 원망하기도 지쳤다. 눈물은 끝도 없이 흘러내려 옷자락을 적시는데, 이조차 꼴보기 싫었다. 뭘 잘했다고 울어. 하지만 발타 님을 보고 있노라면, 이 눈물은 영원히 멈추지 않을 것 같았다.

"나는 발타를 지켜야 했다. 털끝 하나 다치지 않게, 처음부터 그랬어야 했다."

어둠에 잠긴 왕이 속삭이듯 말했다. 여전히 분노도 슬픔도 느껴지지 않는 평온한 목소리였다.

"나는, 그들에게 되갚을 것이다. 레아."

"……."

"그대의 앞에서, 신의 이름으로 맹세하겠다. 나는 이 빚을 갚을 것이다. 옛 솔로몬 성전이 바빌로니아에 점령당해 돌 위에 돌하나도 남지 않도록 부서졌던 것처럼, 내 언젠가는, 지금 그들이 자랑하는 것들을 산산이 부수어서 허공에 먼지처럼 훨훨 날리고, 발타의 고통을 그들에게 고스란히 되돌릴 것이다."

레아는 눈물에 젖은 눈으로 고개를 들었다.

"발타 님이 그것을 원하실까요? 그렇게 해 달라 하시던가요?"

"아니, 발타는 원하지 않겠지."

"……그런데 왜."

"내가 그를 위해 할 수 있는 일이 그것밖에 없기 때문이야."

왕은 음울하게 말했다.

왕은 신의 이름으로 이루어지는 맹세의 무게를 아는 자였다.

되돌릴 수 없는 맹세이고, 왕은 그것을 지킬 것이다. 그래서 레아는 눈물을 매단 채 어깨를 들먹이며 웃었다. 너무나 한심한 이유고, 한심한 짓거리인데, 그의 마음이 절절하게 이해가 되었다.

그래, 당신은 그렇게라도 해서 마음의 빚이라도 덜겠지.

그럼 나는 대체 무엇으로 이 빚을 갚을까? 이분의 비참하고 고통스러운 결말을 대체 무엇으로 보상할 수 있을까?

더욱 절망적인 것은, 발타가 두 사람에게 아무것도 바라는 것이 없다는 점이었다.

레아는 숨죽여 흐느꼈고, 왕은 말없이 그녀의 어깨를 감싸 안고 등을 도닥여 주었다.

레아는 왕을 도저히 좋아할 수 없는 사람이라 생각했었다. 그는 인간에 대한 공감이나 따뜻한 이해가 절대적으로 부족한 사람으로, 생명이 있는 석상이나 말하는 얼음 덩어리와 비슷하게 느껴지곤 했다.

하지만 우습게도, 지금 이 아픔을 가장 잘 이해하고 공감해 줄 수 있는 것은 온 세상에 왕 한 명뿐이었다. 이 순간 가장 따뜻하게 여겨지는 것도 그의 말 없는 위로밖에 없었다. 레아는 왕의 어깨에 이마를 댄 채 숨죽여 울었다.

"……이 지저분한 것은 뭐지?"

울음이 잦아든 후, 왕이 침대 곁에 있는 더러운 자루를 턱으로 가리키며 물었다. 레아는 그것을 공손히 들어 올려 탁자에 얹었다.

"알랭 드 파레이유 경께서 수레에 실린 발타 님의 짐을 챙겨 오셨습니다. 이 자루 하나가 발타 님의 짐의 전부라고 하셨습니다."

고작 자루 하나였다. 그것도 심하게 낡은 가죽 자루 하나. 왕은 눈을 가늘게 하고 그것을 노려보듯 하다가 중얼거린다.

"그 많은 재산을 다 어쩌고, 네 손에 남은 것은 어째서 이것뿐인가."

"……."

"마음만 먹었으면, 세상의 모든 것을 다 쥘 수 있었을 텐데……. 나 때문에."

왕은 누구든 붙잡고 고해성사라도 하고 싶은 것처럼 보였다. 혹은 지난번처럼 나의 잘못이 아니라는 말을 듣고 싶은 건지도 몰랐다.

하지만 이제 레아는 '당신이나 저는 잘못이 없습니다'라고 위로할 수 없게 되었다. 그러기에는 너무 멀리 와 버렸다.

"짐을 풀어라. 그가 끝까지 간직했던 소유물이 무엇인지 확인하겠다."

레아는 느릿하게 낡은 자루를 끌어당겼다. 그녀는 왕과 반대로 이런 처량한 자루 따위는 들여다보고 싶지 않았다. 이제 그와 관계된 것은 먼지 부스러기 하나라도 너무나 아팠기 때문이었다.

달그락. 달그락. 툭. 툭.

탁자 위에 내용물이 하나둘 놓이기 시작한다. 때 묻은 작은 손주머니, 주둥이가 단단히 묶여 있는 하얀 비단 주머니, 붉은 공단 앨모너, 수놓인 손수건으로 묶어 둔 것도 있었다. 작년에 레아가 직접 바느질해 만들어 주었던 슈미즈와 브레, 그리고 양말과 수놓인 손수건들이 보였다. 아껴 두고 거의 입지 않았는지 얼룩 하나 없이 깨끗했다.

왕은 물건들을 하나하나 집어 들고 안을 살펴보았다. 때 묻은 주머니에는 안에는 생강과자 몇 개 사 먹을 정도밖에 안 되는 드니에 동전만 들어 있었다.

다소 큼직한 흰색 주머니는 꽤 오래된 듯 색이 바래 있었다. 그 안에서 나온 것은, 한 뼘 반 남짓 되는 금빛 머리카락 타래였다. 왕은 그것을 물끄러미 내려다보고 레아를 힐끗 보더니 쉰 목소리로 중얼거렸다.

“정표로 주었던 건가?”

“아, 아닙니다. 저는 발타 님께 이런 정표를 드린 적이…….”

흐, 왕은 말이 떨어지기도 전에 차갑게 코웃음을 쳤다. 레아는 문득 말을 멈췄다.

아, 잠깐, 혹시?

세이렌 호에서, 남자로 변장해서 도망칠 때, 발타 님이 급하게 머리를 잘라 준 적이 있었다. 그 떨리던 손길, 어깨와 목선을 가만히 타고 올라가던, 그 극도로 조심스러워하던 입술의 움직임과 더운 날숨이 떠올랐다.

……설마 그때, 그 머리카락을 아직까지 간직하고 계셨던 건가?

미련하다. 참으로 미련하신 분이다. 나를 그렇게 원망하고 죽이겠다고 쫓아다녔으면서, 이건 또 못 버리셨던 건가.

레아가 입을 다물자 왕은 타래를 내주며 씁쓸하게 웃었다. 레아는 그것을 다시 주머니 안에 넣었다. 차라리 보지 않는 게 좋았을 것을. 심장이 바위에 짓눌려 으스러지는 기분이었다.

레아가 만들어 드린 앨모너 안에는 아크레에서 만들었던 그녀의 초기 장신구들이 들어 있었다. 은 세공품인데 늘 관리를 했는지 검은 얼룩 한 점 없이 새하얗고 매끌매끌했다. ‘네가 만든 게

팔렸다'고 아빠가 말씀하실 때마다, 아무것도 모른 채 좋아라 깡충대기만 했는데, 발타 님이 돈을 모아서 하나하나 사 갔던 모양이다.

레아는 그것들을 두 손에 담고 한동안 숨죽여 울었다. 이제는 발타 님과 관계된 것만 보면, 끝도 없이 눈물이 흘러나온다.

왕은 아까처럼 냉소하는 대신 레아의 손을 끌어 곁의 의자에 앉히고 손수건을 꺼내 주었다. 그리고 레아의 한 손을 감싸 안고 흐느낌을 그저 들어 주었다.

레아가 겨우 진정된 후에야, 왕은 마지막으로 남은 손수건을 풀어 볼 수 있었다.

"……."

두 사람은 손수건을 펼쳐 놓고 그곳에서 나온 것들을 바라보며 한동안 눈을 깜박거렸다.

작은 아몬드 알들이었다. 갈색 껍질 위에 왕과 여왕, 기사와 승정, 탑이 어설프게 새겨진, 아몬드 체스 말들이었다.

레아는 두 손으로 입을 가렸다.

발타 님. 이걸 왜 간직하신 거예요?

이걸 혼자 보시면서…… 대체 무슨 생각을 하신 건가요……?

왕의 표정이 천천히, 아주 천천히 일그러진다. 그는 표정을 어떻게든 수습해 보려 했으나, 결국 실패했다.

"……."

왕은 그것들을 다시 수건에 싸서 매듭을 짓고는 자리에서 일어나 밖으로 나갔다. 옆에 딸린 작은 방문이 열리는 소리가 들린다. 이 침실의 옆에 딸린, 생 루이 대왕의 기도실이라 불리던 작은 예배실의 문이었다.

어둠 속에서, 레아는 생전 처음 듣는 이상한 소리를 들었다. 쇠가 탁하게 갈리는 것 같은, 혹은 칼 같은 바람이 허공을 찢어버리는 것 같은, 형언할 수 없는 소리였다.

발타는 의식을 찾지 못했고, 신에게 선택받은 여자는 그를 치유하지 못했다. 소리 내어 우는 데 익숙하지 않은 왕은, 기도실의 벽에 이마를 기대고 입을 틀어막은 채, 이상한 소리를 내며 오랫동안 울었다.

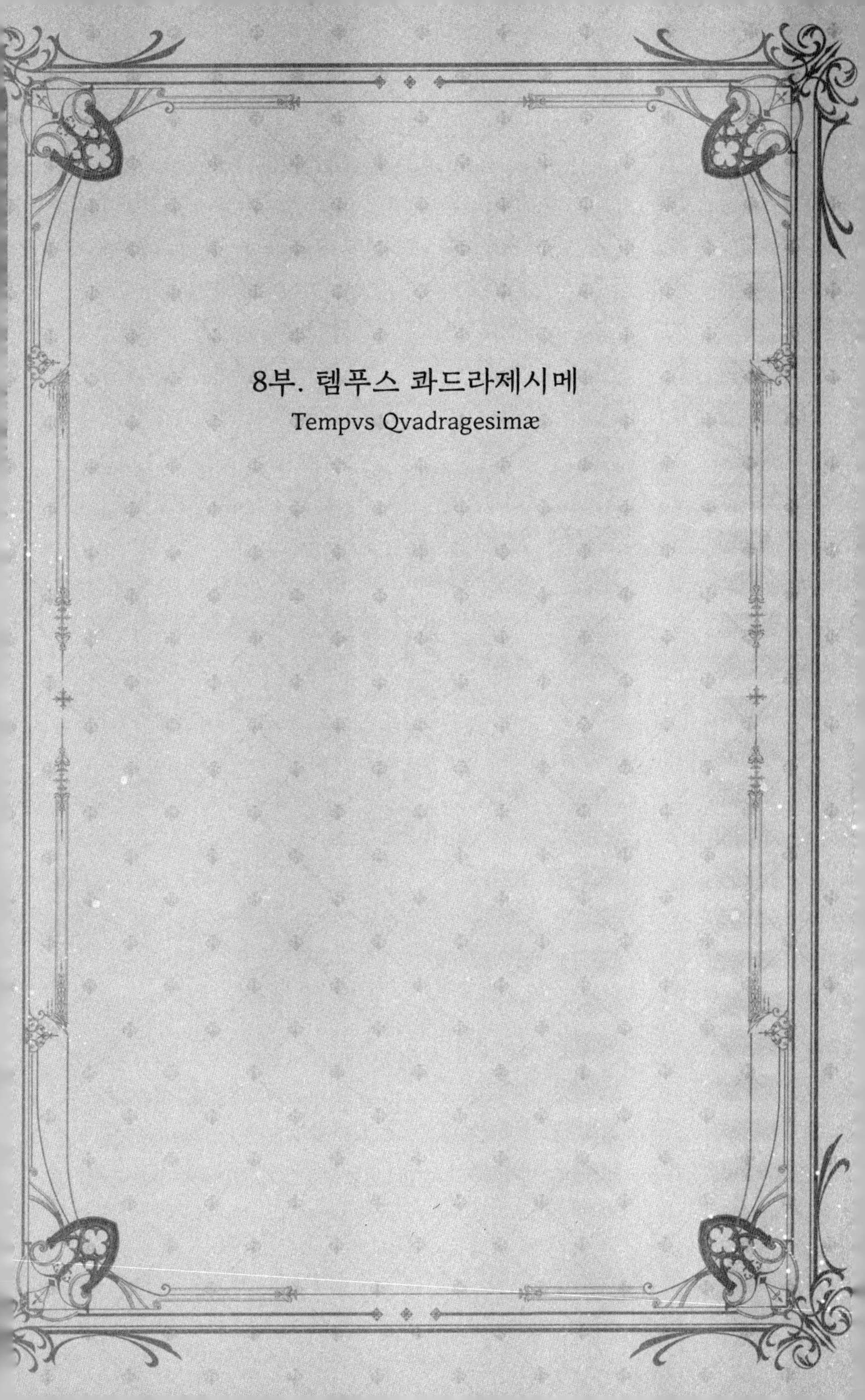

8부. 템푸스 콰드라제시메

Tempvs Qvadragesimæ

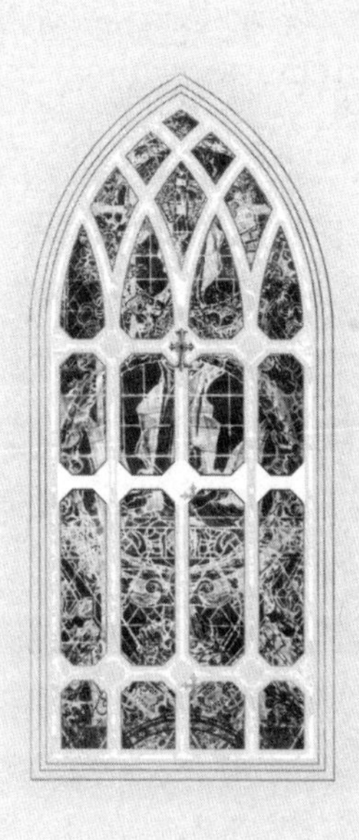

8-1. 사순 시기, 편지

템푸스 콰드라제시메, 즉 사순(四旬, 40)시기는 한 해의 마지막 절기로, 주님의 수난과 죽음에 이르는 여정을 되새기고 부활절 새해를 맞이할 준비를 하는 40일의 고난 기간을 말한다. 사람들은 이 기간 동안 삶의 모든 즐거움과 도락을 철저히 억누르며, 엄숙하고 경건하게, 자신의 죄를 참회하며 한 해를 마무리해야 했다.

레아와 발타, 그리고 필립에게 그해의 사순절은 유난히 혹독했다.

‡ ‡ ‡

<발타의 첫 번째 편지>

마드무아젤 레아.

이 편지가 당신께 당도할 때, 아마 저는 당신을 만나지 못하는 상태일 것입니다.

이틀 후면 신성 재판 날이군요. 부디 두려워 마시고 끝까지 자리를 지켜 주십시오.

저는 당신께서 신의 선택을 받은 자임을 믿고 있습니다.

신께서 당신을 선택하셨음을 친히 입증하실 것입니다.

흔들리지 마시고 끝까지 강건하시기를 기원하겠습니다.

폐하께서 당신의 남은 생애를 안전하게 지키시고 따뜻하게 보호해 주실 것입니다.

혹여 제가 당신의 마음을 상하게 한 일이 있으면, 이제라도 용서를 빕니다.

평안하시고, 남은 생이 행복하시기를 기도드리겠습니다.

재의 수요일, 성 삼위 하느님의 이름으로, 발타사르.

Ante Diem XV Kalendas Martias(현 2월 15일).

‡ ‡ ‡

레아는 만신창이가 된 사내가 왕과 자신의 앞에 짐짝처럼 던져졌을 때, 그의 인생이 완벽하게 끝장났다는 것을 알게 되었다. 레아는 그의 선택과 행동을 이해해 보려 애썼으나 그것은 인간의 이해 영역 밖에 있는 것만 같았다.

"발타! 발타사르! 정신 놓지 마라! 대답해, 발타!"

"발타, 발타 님! 아아, 아아아……!"

고통스러운 신음과 왕의 고함, 피비린내 가득하던 마차 안. 발타는 아직 의식이 있었고, 극한의 고통에서도 자신의 모습을 레아에게 보이지 않으려 애를 썼다. 마차의 흔들림과 피비린내 때문에, 레아는 어지러워 쓰러질 것만 같았다.

잠깐 정신을 잃었던 걸까? 깜박, 눈앞이 깜깜해졌다가 다시 눈을 떴을 때, 레아는 마차 안의 공간이 몹시 낯설게 느껴졌다.

"……발타 님……?"

갑자기 모든 것이 멈춰 버린 것 같았다. 온통 붉게 물든 마차의 바닥, 피비린내, 의미를 알 수 없는 절규, 이 모든 것이 깊은 바다에 들어온 것처럼 먹먹하고 흐릿했다. 눈앞에 보이는 모든 것이 현실 같지 않았다.

그리고 잠시 후, 레아의 귀에는 발타의 신음이, 비명과도 같은 거부 반응이, 자신을 향한 외침만이 뚜렷하게 들리기 시작했다.

그는 자신을 향해 소리 없이, 끝없이 부르짖고 있었다.

– 레아, 나가…… 주세요. ……보지 마세요. 제발!

– 보시면 괴로우실…… 울지 마세…… 저는 괜찮…….

그는 시뻘건 피를 계속 토하면서도, 알아듣지 못할 말로 계속 간청했다.

– 당신……께 부담을…… 드리고 싶지……. 당신…… 책임이 아닙니다.

– 당신 잘못이 아니야. 이건 내 선택입니다.

– 제발…… 사죄하지 마세…… 듣고…… 싶지, 미안……하다고, 하지 마……요, 제발.

그는 그 상황에서도, 자신이 괴로워하는 모습이 레아에게 얼마나 큰 고통이 될지를 걱정했다. 레아는 왜인지, 그가 입 밖에 내지 않는 말까지도, 목구멍조차 넘어오지 않고 삼켜 버린 그의 말까지도 또렷이 알아들을 수 있었다.

– 저는 제 일을 끝냈습니다. 레아, 당신은 이제 안전합니다. 이제 당신의 인생을 사세요.

세상이 점점 멈춰 가는 것 같았다. 동시에 벼락처럼 깨달음이 찾아왔다.

발타 님. 나는 당신을 버릴 수 없어요.

이분과 나는 애초부터 떨어질 수 없는 끈으로 묶여 있던 거였다. 동정이나 죄의식, 책임감, 그런 낱말 따위로 설명이 되지 않는다.

그럼 사랑? 고작 사랑? 겨우 사랑?

이분과 나의 관계, 이 거대한 불가항력의 힘 앞에서는, 사랑이라는 말조차 너무나 가볍고 낭만적이었다.

레아는 너덜너덜 부서진 그의 팔과 다리에 부목을 대 묶으며 소리 없이 맹세했다.

발타 님, 이제부터 저는 당신 곁에 있을 거예요.

이제 제게는 슬픔도 두려움도 없어요. 좌절도 절망도 없어요. 알고 보니 그런 것조차 호사고 사치였어요.

당신도 아시겠지만, 당신의 인생에 남은 것은 오로지 고난과 고통의 사순절, 어두움과 슬픔의 시간, 절망, 좌절의 여정뿐이에요.

하지만 이제는 저도 당신과 함께 그 길을 걸어가겠습니다. 당신의 길이 남아 있는 한, 부족하나마 당신 곁에서, 부족하나마 당신의 눈과 입과 손과 발로 남아 있겠습니다.

그러니 발타 님, 부디 저를 물리치지 말아 주세요.

맹세를 들은 자는 없었다. 레아는 신을 부르지 않았고, 발타는 정신을 잃었으며, 폐하는 그것을 알아듣지 못했다.

……그렇게 우리 두 사람의 사순절이 시작되었다.

‡ ‡ ‡

<발타의 두 번째 편지>

사랑하는 레아.

말을 제대로 할 수 있을 때는 이 말을 마음껏 입 밖에 내지 못했는데, 말을 못 하게 된 후에야 제대로 고백하게 되는군요. 나의 말은 이제 당신께 가 닿지도 못하고, 칙칙한 잿빛 허공에만 기록되는 제 문장들도 당신은 읽을 수 없을 테니까요.

그러므로, 저는 이제야 안심하고 마음껏 말합니다.

사랑합니다, 레아. 당신을 진심으로 사랑합니다.

사랑하는 나의 레아, 당신은 이름마저도 어찌 그리 달콤하고 향기로운지.

사실 지난번의 편지도, 마지막 줄에 사랑한다는 고백을 쓸까 말까 무척 고민했었습니다. 몇 번을 지우고 새로 썼습니다.

그래 놓고, 결국 당신께 편지를 차마…… 보내지 못했습니다.

못 보내게 될 줄 알았으면, 그냥 써 버리는 편이 나았을지도 모르겠습니다.

그날, 폐하와 당신께서 종일 기사단 성문 밖에서 기다리고 계실 줄 몰랐습니다. 그러실 줄 알았으면, 두 분 모두 절대, 오지 마십사 강청했을 것입니다.

그날 몹쓸 꼴을 보여 드려, 마음이 많이 아팠습니다.

기억이 드문드문합니다만, 폐하와 당신과 같은 마차를 타고 시끄러운 샹제르 다리를 건넜던 것과, 들것에 실려서 왕궁의 익숙한 계단을 올라가던 것이 기억납니다.

그런데 제가 누워 있는 곳이 어느 방인지는 잘 알 수 없네요. 그랑드 살르는 당연히 아닌 듯하고, 생 루이 별궁일까요. 기왕이면 당신이 머물렀던 별궁이었으면 좋겠다는 한심한 생각을 잠시 해 봅니다.

음…… 제가 잠을 오래 잤던가요.

저는 며칠 만에 시간 감각을 잃어버렸습니다. 생각해 보니 조과를 알리는 종소리를 들었던 것도 같고, 수탉들이 우는 소리도 희미하게 기억이 나는군요. 혹시 날이 밝았나요?

레아, 저는 아마 꿈을 꾸었던 것 같아요.

당신이 깜깜한 밤에 혼자 들어와 제 손을 잡고 입 맞추는 꿈을 꾸었습니다.

그래요. 꿈에서, 당신은 저를 위해 밤새워 기도해 주셨습니다. 제 가슴 위에 기적의 십자가를 얹고, 그 위에 당신의 손을 얹고 기도해 주시는 꿈이었습니다. 저는 고통스러운 와중에도 꿀에 날개가 젖어 들어가는 벌처럼 달콤하게 죽어 가는 것 같았습니다.

혹, 꿈이 아니면 어떡하지, 겁에 질리면서도, 꿈이 아니라면 이 상태 그대로 당신 옆에서 하루하루 목숨을 이어 가면 어떨까, 하는 몹쓸 생각도 잠시 해 봤습니다.

살려는 마음은 당신의 샹피옹이 될 결심을 하면서부터 진작 포기했는데, 당신이 옆에 계시면 자꾸 구차하게 목숨을 부지하고 싶어집니다. 하지만 기사가 명예롭게 숨을 거두지 못하는 것, 벌레처럼 연명하는 것보다 큰 수치는 없습니다.

어둠 속에서 아니, 꿈일까요. 기억일까요, 환상일까요.

이제 큰 상관이 없긴 합니다다만, 눈앞으로 당신이 얼핏얼핏 나타나곤 합니다.

당신이 저를 향해 웃어 보입니다. 이렇게 찬란하게, 구김 없이, 고개를 숙이고 낯설게, 수줍은 듯 웃어 보입니다. 어둠 속에서 번개처럼 번득 나타났다 사라지는 당신의 모습. 야속할 정도로 짧게 스쳐 가는 모습에도 제 가슴은 속절없이 뛰는데, 저는 이런 자신을 어떻게 해야 할지 모르겠습니다.

기억 속 당신의 웃음 한 자락에, 저는 성 예루살렘 왕국의 사명 따위는 잊은 그저 필부가 되고, 세공사의 남편이 되고, 약초를 심고 작은 땅뙈기를 관리하며 살아가는 사람이 되어 버립니다. 당신 앞에서 바닥을 기는 노예가 돼라 하여도, 저는 성지 탈환의 의무를 수행하는 것만큼이나 감격에 겨워 기꺼이 당신의 발 앞에 몸을 던지고 발등에 입을 맞출 것입니다.

이런 욕된 마음을 품고 성스러운 일에 헌신한다 깝죽댔으니, 신께서 때가 되기 전에 솎아 내신 것 아니겠습니까.

제가 이 참혹한 상황에 대해 아무 원망도 불평도 할 수 없는 이유가 바로 그것입니다.

저는 예나 지금이나, 당신을 마음 깊이 사랑합니다.

저는 괜찮습니다. 다 괜찮습니다. 염려하지 마세요.

당신의 손에 입 맞추며, 당신을 사랑하는 발타사르.

Ante diem XIII Kalendas Martias(현 2월 17일).

‡ ‡ ‡

발타는 생 루이 별궁에 머무르게 되었다. 왕의 집무 공간이자 침실이 있는 그랑드 살르, 그랑 샹브르, 그리고 생트 샤펠과 가장 가까운 처소였다.

레아는 그를 돌보기 위해 왕의 노여움을 온몸으로 받아 가며 협상을 계속해야 했다.

왕은 레아가 직접 그를 수발하겠다는 정식 요청에 한동안 대답을 하지 않았다. '면책 특권' 따위를 장난삼아 내렸다 해서, 아무 말이나 다 용납한다는 뜻은 아니었다. 레아는 그의 앞에 엎드린 채 초조하게 입술을 깨물었다.

왕은 자신의 분노를 드러낼까 감춰 둘까 잠시 고민했고, 결국 한 번의 심호흡으로 감정을 갈무리했다.

"……레아 다크레, 그에게 마음의 빚을 갚고자 함이면, 의미 없고 부질없는 일이다."

"폐하. 의미 없고 부질없더라도 제가 해야만 할 일입니다."

저는 이제 그분과 다른 길을 갈 수 없어요. 그게 전부예요.

하지만 왕에게 그 간단한 사실을 어떻게 설명해야 할지 알 수 없었다.

"그대의 가책을 덜겠다고 발타를 더 괴롭고 불편하게 할 참인가. 그대 같으면 발타에게 그런 모습을 보여 주고 싶겠나."

폐하. 고작 가책이나 양심에 걸려서, 미안해서, 라고 말할 수 있는 선은 이미 넘었어요. 만신창이가 된 몸을 보고 눈물을 흘리며 동정할 수 있는 시기도 지나갔습니다.

하지만 왕의 말도 일리는 있다. 레아는 왕에게 파혼을 허락받는 일보다 발타 님을 설득하는 일이 더 어렵지 않을까 하는 생각이 들었다. 발타 님은 분명, 레아의 선택을 극심하게 거부할 것이다. 그부터도 설득이 쉽지 않을 것인데, 왕은 대체 어떻게 설득할 것인가. 암담하기 짝이 없었다.

"폐하께서는 그분을 위한 복수를 신의 이름으로 맹세하셨습니다. 저도, 그분을 위해……."

레아는 말을 하다 말고 갑자기 말을 멈췄다. 저도 모르는 사이에 눈물이 떨어졌다. 그녀는 고개를 숙이고 황급히 눈물을 닦으며 얼빠진 듯 웃었다.

"어, 이거, 이거 왜 이러죠. 제가 미쳤나 봐요. 아, 어떡해."

중요한 청을 드리러 왔다가 눈물이나 질질 떨구며 웃는 여자라니. 그것도 여자가 우는 것을 몹시 싫어하는 왕 앞에서. 레아는 그랑드 살르에서 바로 쫓겨나지 않을지 겁부터 났다.

하지만 왕은 쫓아내지 않는다. 그저 그의 시선이 들먹이는 어깨 위로 느껴질 뿐이다. 짙은 감정이 실린 시선이.

맞다. 이것은 두 사람만이 이해할 수 있는 처절한 동병상련이었다. 레아는 용기를 끌어모아, 입에 남은 말을 토해 냈다.

"폐하. 제 남은 생은 발타 님께 바쳐지는 게 맞는 것 같습니다. 저는 이제 발타 님의 손과 발과 눈과 입으로 살고 싶습니다. 어차피 사라졌어야 할 삶을 지금까지 이어 주신 분이 발타 님이시니……."

"그의 노예처럼 살겠다는 말인가, 그대는? 그의 손발과 눈과 입 노릇을 하며 수발할 자가 시테 궁에 없을 것이라 생각하나?"

왕은 레아의 입에서 파혼이라는 말이 튀어나오기 전에 앞질러 막는다. 하지만 레아는 쏟아져 나오는 말을 멈출 수가 없었다.

"노예보다 더 심한 것이 된다 해도 상관없습니다. 그분 발밑의 벌레로 산다고 해도 괜찮습니다. 그래도 발타 님이 잃은 것을 대신해 드릴 수 없을 거예요……."

"레아, 발타를 돌보는 것은 내가 책임지고 할 일이다. 1백의 하인을 붙여서라도 완벽하게 돌볼 것이니 염려하지 마라. 발타는 나의 사람이며, 나의 기사야. 그대가 신경 쓸 일이 아니다."

왕의 나직한 목소리에서 옅은 노기가 느껴진다.

자신의 총애하는 기사이자 혈육인 형제가 자신의 궁에서, 그것도 눈앞에서 끌려가 만신창이가 되어 돌아온 것부터가 왕으로선 심한 모욕인데, 결혼할 여자가 그를 하녀처럼 수발하겠다 한다. 그의 속에서 분노가 끓어오르는 것이 당연했다.

하지만 레아는 아무 두려움도 느낄 수 없었다. 예전 같으면 왕이 저런 말을 했으면 무서워 숨도 쉬지 못했을 텐데, 발타 님에 대한 감정이 너무 압도적이어서, 다른 감정들은 모두 잿가루가 되어 버린 걸까.

"폐하. 발타 님은 저를 구하기 위해 이렇게 되셨는데, 제가 어떻게 왕비가 되어서 편안하게 호사를 누릴 수 있겠습니까. 부디 저와의 결혼은 없던 것으로 해 주시고 긍휼을 베풀어 주시기를……."

"지금 그대는, 왕과의 약혼을 멋대로 뒤집겠다고 하는 건가?"

드디어 왕의 대답에서 푸른 서슬이 드러나기 시작한다. 하지만 왕은 인내심이 강하고 감정의 절제에 능한 자였다. 분노의 폭발마저도 차갑게 느껴졌다.

"레아, 아직 정식 공포하지는 않았지만, 그대는 이미 내 약혼녀다. '신이 선택한 여인'으로 판결이 날 경우, 나와의 결혼을 받아들이겠다고 그대 입으로 맹세했었다. 기억이 안 나나? 그 자리에 함께 있던 시종들의 증언이 필요한가?"

"폐하……."

"그대의 청은 듣지 못한 것으로 하겠다. 나는 이런 생떼와 모욕을 견디는 게 쉽지 않아."

왕은 기사단에 대한 복수를 맹세할 때와 동일하게 평온한 어조로 말했다. 레아는 이런 말을 하는 자가, 현재 자신의 마음을 유일하게 이해하는 사람이라는 것이 기가 막혔다.

"폐하. 제가 신이 선택한 여자가 맞다면, 신께서는 발타 님을 왜 저렇게 만드신 겁니까? 신의 선택을 입증한 자가 저렇게 고통을 받는 이유가 뭔가요? 왜 신께선 책임지지 않으십니까!"

왕은 대답하지 못했다. 그 역시 그 문제로 고뇌하고 있는 듯했다. 한참의 침묵 후, 그가 무겁게 입을 연다.

"의로운 욥도 이해할 수 없는 이유로 고난을 받았다. 신의 선택과 행사를 인간이 이해하지 못한다 해서, 그것이 신의 뜻이 아닌 것은 아니다."

"그럼, 지금 제 선택도, 제가 하려는 일도 신의 뜻이라고 할 수 있지 않겠습니까? 다들 제가 신께서 택한 여자라고 하잖아요!"

"신의 이름을 함부로 팔지 마라, 레아. 네 결정은 발타를 위한 것이 아니라 네 가책을 달래기 위한 이기심에 불과해."

"……."

"……레아, 그대의 마음을 모른다는 게 아니다. 그대만 마음의 빚이 있는 게 아니고, 그대만 괴로운 것이 아니다.”

왕의 목소리에서 천천히 노기가 사라진다. 레아가 고개를 들자 눈을 감은 채 가늘게 한숨을 쉬고 있는 왕이 보였다.

“하지만 가책과 고통을 끌어안고, 있어야 할 자리에 꿋꿋이 서서 책임감 있게 살아가는 것이야말로 그의 희생에 제대로 보답하는 방법이다. 감정적으로 일을 뒤집어엎는 것은 오래가지도 못하고, 옳지도 않으며, 무엇보다 발타가 가장 괴로워할 짓임을 잊지 마라.”

아아, 누가 그랬던가. 당신의 피는 얼음으로 이루어져 있고, 당신의 심장에는 무쇠가 들었다 했지. 강철의 피가 당신의 혈관을 흐른다고.

그렇게 말한 자는 모를 것이다. 강철이 물처럼 녹아 혈관을 흐르려면, 그것이 얼마나 뜨거워져야 하는지. 그 뜨거운 피를 견디려면, 그 혈관과 뼈와 살은 얼마나 차고 단단해야 하는지.

“레아, 마 벨르. 다시 말하건대, 그대는 아직 공표되지 못했을 뿐, 이미 나의 약혼녀다. 합당한 처신을 보여 주기를 바란다. 그 역시 엄연한 계약이고, 지켜야 할 약속이니.”

“합당한 처신을 하겠다고 약속하겠습니다, 폐하. 그러니 곁에서 돌보는 것만이라도 허락해 주세요.”

“그대도 고집이…… 정말 지독해.”

왕은 결국 양보했다. 레아는 자신이 누구와 비교당했는지 바로 짐작했다. 그리고 왕은 그 비교 대상과 비슷한 부분에 대해서는 너그럽고 물렀다.

“옆에서 그를 돌보고 감사를 전하는 것을 당분간 허락하겠다. 다만, 인사의 입맞춤을 제외하고는 어떠한 신체 접촉도 허락하지 않겠다. 그것은 하인과 하녀들의 일이다. 시종과 하녀, 그리고 병사들이 늘 배석할 것이다. 이건 왕의 명령이자 약혼자로서의 정당한 요청이다."

"그러겠습니다, 폐하."

"나는 되도록 그대가 없을 때 가 보도록 하겠다. 내가 이 상황을 불편해한다는 건 기억해 주기 바란다, 레아."

결국 왕은 발타를 보러 들어가는 대신, 문 앞에서 몸을 돌렸다. 그의 등 뒤에서 길게 펄럭이는 푸른색 망토가 얼어붙은 돌벽처럼 느껴졌다. 고난과 고통의 40일. 올해의 사순 절기는 유난히 무겁고 음울했고, 봄이 다가오고 있음에도 유난히 추웠다.

그 후 왕은 생 루이 별궁에 발걸음을 하지 않았다. 생 루이 궁과 그랑드 살르가 지척이었음에도 그랬다. 정확히 말하자면, 레아가 발타의 곁에서 시중을 드는 시간을 피한 것인데, 레아가 종일 곁을 지키고, 그가 수면초를 먹고 잠드는 것까지 보고서야 자러 가기 때문에, 결과적으로 그렇게 되었다. 왕 나름의 배려인지, 혹은 불쾌감의 표현인지는 잘 알 수 없었다.

다만, 왕 역시 환자의 상태에 대해서는 늘 신경을 곤두세우고 있었다. 깊은 밤에 들러 그의 상태를 확인하고, 낮에는 레아 외에도 하인과 하녀를 몇 명씩 대기시키며 병자의 수발을 빈틈없이 돕게 했다. 그리고 레아에게도 하루 세 번씩, 성유물을 그의 가슴에 놓고 손을 얹고 치유 기도를 하도록 명하기도 했다.

당연히 어떤 이적도 효험도 없었다.

왕이 기도의 결과를 묻는 일은 없었다. 왕 역시 레아가 신의 선택받은 여인으로서 기적을 일으킬 수 있다고 믿지 못하는 듯했다. 그것이, 그 자신도 알지 못하는 진짜 본심일 것이다.

왕은 자신의 약혼녀가 다른 사내의 속옷을 갈아입히거나, 용변을 처리하는 일만큼은 절대로 허락하지 않았다. 그리고 두 사람만 앉아 있는 시간도 허락하지 않았다. 발타의 침실 안팎에는 서너 명의 하녀와 하인들, 그리고 병사들이 늘 대기하고 있었다.

레아는 전혀 개의치 않았다. 다른 사람까지 신경 쓰며 두려워할 여력이 없었고, 겁을 먹고 주춤거리기에는 이미 너무 많은 것을 잃어버렸다.

‡ ‡ ‡

<발타의 세 번째 편지>

사랑하는 레아.

옆에서 당신의 숨소리가 들려요. 아주 조심스러운 당신의 기척도.

지금 제 옆에 와 계시는 겁니까?

아아, 나의 사랑하는 분이여. 저의 이런 꼴을 보지 않으시기를 그렇게 바랐건만.

하지만 그러면서도 가슴이 두근두근 뛰는 것을 어찌할 수가 없습니다.

저는 자는 척하면서 당신의 기척에 온 신경을 곤두세웁니다. 정신이 혼미할 정도로 고통스러운 중에, 당신의 가느다란 호흡 소리만이 제 아픔을 잊게 합니다.

성전기사단의 숙소에서도 마찬가지여서, 저는 당신의 호흡에 귀를 기울이느라 늘 잠을 이룰 수 없었는데, 지금도 이 한심한 꼴은 마찬가지군요.

……잠깐만. 레아, 혹시, 당신, 지금 울고 계십니까? 당신이 사실 신의 선택을 받은 게 아니고, 그래서 제가 이 꼴이 된 것이 당신의 탓이라고 내내 자책하고 계셨던 겁니까?

사랑하는 이여, 제발 울지 마세요. 안 그러셔도 됩니다.

제가 이렇게 된 건 당신 잘못이 아닙니다.

당신의 온전한 숨소리를 듣는 것만으로도, 이 모든 일은 가치가 있어요.

레아. 저는 파문을 당하고 기사단 본부를 나오는 순간부터 당신의 흐느끼는 소리를 들었습니다. 당신의 비명과 흐느낌은 계속 제 곁에서 망령처럼 떠돌았습니다. 저에게는 그것이 더 고통이었어요.

사랑하는 숙녀여, 저를 동정하며 우는 것은 저를 위한 일이 아닙니다. 저를 가장 고통스럽게 하는 일이에요. 당신의 눈물이 나를 더 아프게 합니다.

제 고통은 당신의 눈물을 없애기 위한 것이었습니다. 당신이 그렇게 아파하면 나의 고통은 의미와 가치를 잃어버립니다.

물론, 이제 괜찮다고 말씀드리고 당신을 안심시키고 싶지만, 그것이 거짓말인 것을 당신은 아실 테지요. 제가 고통스럽지 않았다고 당신을 위로한다면, 그 역시 거짓말이 될 것입니다.

레아, 나의 숙녀여. 솔직하게 말씀드리겠습니다. 저는 많이 아팠습니다. 용맹한 다른 기사들처럼 명예롭고 굳건하게 고통을 견디는 일 같은 건, 제게는 불가능한 일이었습니다. 커다란 수레바퀴에 사지가 묶인 채 그 일들을 당했는데, 형이 집행되는 내내 눈물이 쏟아지고 비명이 튀어나왔습니다. 정말 짐승처럼 울부짖고 제발 빨리 끝내 달라고 애걸했습니다.

파문당하면서 겪었던 저주와 조롱에, 제 영혼은 매 순간 칼로 찢기고 송곳으로 찍히는 것 같았습니다.

레아, 저는 지금도…… 그 순간이 떠오를 때마다 몸이 저절로 발작합니다. 몸이 멋대로 뒤틀리면서 비명이 저절로 나오는데, 제 의지로 참아지지 않습니다. 그 고통스러운 기억을 떠올리지 말아야 하는데, 그것조차 잘 되지 않습니다.

눈에 현실이 보여야 내가 겪는 것이 악몽이라는 것을 깨닫게 되는데, 눈에 보이는 것이 없으니, 악몽이 계속 현실 같고, 현실이 꿈처럼 느껴지는 겁니다.

그러니 제가 부탁드리는 것은, 제가 있는 방에 되도록 오지 마십사 하는 것입니다. 저는 사람들이 제 발작을 진정시키기 위해 입에 수건을 틀어넣고 하인들이 떼 지어 달라붙어 제 몸을 누르는 모습을 보이고 싶지 않습니다.

이제는 이런 몰골이 되었지만, 당신을 여전히 깊이 사랑하는 남자로서 당신에게 흉하고 추한 모습은 정말로 보이고 싶지 않습니다. 심지어 그 통증은 실제가 아닌 환상통입니다. 가짜 고통 따위로, 당신께 깊은 걱정을 끼쳐 드리고 싶지 않아서 그러합니다.

부디 이 못난 자의 마음을 이해해 주시길 청합니다.

그리될 줄 몰랐느냐 물으신다면, 예. 몰랐습니다. 저는 정말로 제 목숨이 이렇게 구차하게 남겨질 줄은 몰랐습니다. 그저 당신이 살아날 수만 있다면, 영원한 안식에 이르기 직전의 잠시의 고통은 감수할 만하다고 생각했습니다.

물론, 저는 비겁하게도 그 고통마저 두려워 편안하게 숨을 거두고 싶었습니다. 교수형이나 참수형의 짧은 고통조차 두려워서, 굶어 죽으려는 부끄러운 시도까지 했었습니다.

다만, 저는…… 신께서 자신의 선택을 증명한 자에게, 사후의 영원한 고통을 내리시진 않으리라 소박하게 믿었습니다. 그래서 저는 사후가 아닌 생전에 맞닥뜨릴 극한의 고통을 예상하지 못했던 것뿐입니다.

하지만 신께서는 저의 비겁함과 두려움을 치죄하시듯, 제게 합당한 벌을 내리셨습니다.

레아, 당신은 제가 당신으로 인해 신앙을, 신념을 저버렸다 자책하고 계시더군요.

……당신과 신학 논쟁을 하고 싶지는 않았는데, 오늘의 편지는 좀 길어질 것 같군요.

그렇게 생각하실 줄 몰랐습니다. 어떻게 제 앞에서 어떻게 그런 말씀을 하실 수 있습니까. 그 선택을 증명하고 당신을 구하기 위해 몸을 던졌던 제 앞에서, 어떻게 그러실 수 있느냔 말입니다.

저는 당신이 신의 선택을 받았음에 대한 어떠한 의심도 없습니다.

치유의 기적을 몇 번이나 직접 본 자로서, 게다가 저 자신이 당신의 도움으로 목숨을 건진 자로서, 신의 손가락이 당신을 향했음을 어떻게 부인할 수 있겠습니까?

다만, 저는 그 기적을 좀 더 일찍 인정하고 받아들였어야 했습니다.

저는 아직도 생각해 봅니다. 제가 멍청하게 당신을 추적하는 대신, 당신이 신의 새로운 피택자被擇者임을 안팎으로 알렸으면 어떻게 되었을까.

당연히 기사단 내부에서 큰 반발이 있었을 것이지만, 당신은 어쩌면 신의 피택자로 인정을 받아, 필립 폐하나 대제후, 교황 성하 같은 분들께 정식으로 보호를 받고, 지금과 전혀 다른 삶을 살아가고 있을 수도 있습니다. 콘스탄티누스 대제의 모후 헬레나가 성십자가를 발견함으로 성녀의 반열에 들게 된 선례도 있지 않습니까.

이제 와 생각하건대, 당신을 향한 저의 정념이, 불순한 집착이 일을 더 그르친 것이 아닐까, 후회하고 있습니다. 그러므로 자책을 한다면 그것은 제 몫이지 당신의 몫은 아닙니다.

레아, 나의 고귀한 숙녀여. 나의 사랑스러운 아가씨여.

신의 선택을 입증한 제가 어째서 이런 시련을 받게 되었는가, 스스로를 원망하지 마세요. 신을 원망하지도 마세요. 신의 의지, 신의 선택, 신의 행사는 인간이 이해하거나 개입할 수 있는 영역이 아닙니다.

냉정하게 생각해 보면, 신의 선택을 증명한 자가 반드시 축복을 받고 행복해져야 할 이유는 없습니다. 그것은 당신의 백기사가 되기로 결심하기 전부터, 이미 알고 있었습니다.

오래전 신의 심판의 도구로 선택되었다는 에돔, 암몬, 필리스티아(블레셋), 바빌론, 아시리아(앗수르) 같은 나라들 역시 신의 심판으로 소멸당하지 않았습니까.

신의 사랑을 받은 자라도 마찬가지입니다. 성지 탈환을 위해 두 차례나 십자군을 이끄셨던 생 루이 폐하 역시 왕실에 천문학적인 빚을 남겨 두고 이국땅에서 전사하셨지요. 신에게 선택받은 모세 역시 꿈에 그리던 가나안 땅에 들지 못하고 숨을 거두었습니다. 신의 도구로 쓰이는 일과 축복은 반드시 연결되는 것이 아닙니다.

레아, 나의 숙녀, 내 영혼의 사랑이여.

저는 당신의 대전사로, 신의 선택을 증명하는 도구로 사용된 것을 큰 기쁨과 무한한 영광으로 여깁니다.

부디 기억해 주세요. 제가 당신의 대전사로 싸운 것은, 그 상황에 쓰이기에 적절했기에 신에게 쓰임을 받은 것뿐입니다. 그것은 아크레에서 전사하거나, 폐하의 십자군에 참전하여 죽는 것과 본질적으로 다르지 않아요. 저는 그것을 확신했기에 당신의 백기사가 될 수 있었던 것입니다.

그리하여 저는 이런 상태가 되어 신에게 맹세했던 사명을 이룰 수 없게 된 것 역시 불가항력의 신의 행사라 여깁니다. 아, 인간의 계획의 하찮음이여.

저는 신의 선택을 밝히기 위해 체스의 말로써 쓰임받은 것을 영광으로 여길 뿐, 결과에 대해서는 어떤 후회도 원망도 고통도 없습니다.

그러니 부디 안심하세요. 나의 레아, 내 영혼이 사랑하는 이여.

말이 길어졌군요. 제가 신학 논쟁을 할 때면 쓸데없이 말이 길어지곤 합니다. 고약한 버릇이지요. 파리대학의 기욤 윙베르 교수님께서도 제가 쓸데없이 말이 많다고 하셔서, 폐하께서 코웃음을 치신 적도 있습니다.

어쨌든 제가 확신하는 것은, 당신은 신의 선택을 받아 거룩한 유물의 소유자가 되셨고, 저는 그것을 입증하기 위한 체스의 말로 쓰였다는 것이며, 이는 오로지 신의 의지이며 신의 행사라는 점입니다.

그러니 제가 당신이나 폐하 혹은 하느님을 원망한다고 생각하지 마십시오. 제가 어찌 그럴 수 있겠습니까. 저는 당신이 무사한 것이 기쁘며, 앞으로 행복하게 살아가실 것을 상상하면 눈물겹게 감사할 뿐입니다. 그것만이 제가 이 고통을 이겨 내는 힘이 됩니다.

아픈 것은 괜찮습니다. 점점 괜찮아질 것입니다. 숙녀께서 신경 쓰실 만한 것이 못 됩니다.

당신의 발타사르.

Ante diem VI Kalendas Martias(현 2월 24일).

‡ ‡ ‡

발타는 예상보다 훨씬 의연하게 고통과 충격을 견디고 있었다.

처음에는 팔다리의 극심한 통증 때문에 이를 악문 채 며칠을 견뎠지만, 결국 통증이 사라지고 감각도 없어졌다. 팔과 다리를 완전히 사용하지 못하게 되었다는 것을 의사에게 들었을 때, 그는 놀란 기색도 없이 담담하게 고개를 끄덕였다.

처음에는 저도 모르게 입을 열어 말을 하려다가 화들짝 놀라 입을 다물고 고개를 돌리곤 했다. 그러다가 낯선 감각에 익숙해지면서 자신이 발음할 수 있는 것과 없는 것을 구별해, 간단한 말이나 몸짓으로라도 의사소통을 해 보려 노력했다.

팔뚝으로 성호를 긋고, 침대 위에서 움직이고, 이불을 덮고, 종을 울렸다. 어두움과 빛조차 인식하지 못해서 처음에는 밤낮없이 사람을 불렀다가, 사람들이 불편해하는 것을 눈치채자마자 주변의 소리를 듣고 시간을 분별하는 법을 익히기 시작했다.

그는 자신의 절망을 조금도 내색하지 않았다. 레아나 다른 사람들에게 여전히 예의 바르고 정중했으며, 어떻게든 의사소통을 해서 주변 사람의 불편을 줄이려 했다. 비참해 보이거나 비굴해 보이지 않도록, 그는 굳건하게 최선을 다하고 있었다.

그는 침대에서도 흩어진 모습을 보이지 않으려 애썼고, 옷도 속옷만이 아닌, 겉옷까지 제대로 갖춰 입혀 달라고 요청했다.

통증이 조금씩 가라앉자, 팔뚝과 무릎으로 조금씩 움직이며 공간을 가늠했고, 손쉬운 동작들을 처음부터 다시 연습하기 시작했다.

정신을 차린 지 사흘 만에, 그는 레아가 들어오면 침대에 걸터앉은 자세로, 레아의 목소리가 들리는 방향으로 정중하게 고개를 숙이고, 팔뚝을 내밀 수 있게 되었다. 레아가 감각이 남아 있는 팔뚝 한가운데 손을 얹으면 레아의 손등에 입을 맞추고 고개를 들고 부드럽게 웃어 보였다.

며칠 동안은 얼굴을 절대 보여 주지 않으려 하더니, 그날은 결심한 듯, 고개를 들어 레아를 향해 얼굴을 보여 주었다. 레아는 그의 앞에서는 절대 눈물을 보이지 않겠다고 결심했지만, 순간 저도 모르게 눈물이 떨어졌다.

– 괜찮습니다, 마드무아젤. 저는 괜찮습니다.

그는 입술을 떼서 더듬더듬, 토막토막 말했다. 다시 눈물이 왈

칵 쏟아졌다. 울지 마세요. 괜찮습니다. 다른 사람들은 그가 말하는 것을 거의 이해하지 못했지만, 레아는 정확하게 알아들을 수 있었다.

그는 레아에게 얼굴을 보인 후부터, 의사소통을 위해 적극적으로 연습을 시작했다. 아무도 없을 때면, 이런저런 낱말들을 입 밖으로 내 보면서 토막 난 발음들이 그럴듯하게 보이도록 되풀이했다.

그는 레아가 '나 때문에 이렇게 되셨다'며 자책하는 것을 눈치 채자마자 몹시 당황해하며, 그렇지 않다고 필사적으로 설명해 주었다. 그에게는 말 한 마디, 한 마디 하는 것이 감당하기 힘들 만큼 어려운 일이었지만, 그래도 의연한 품위를 끝까지 잃지 않았다.

기사란 어떤 사람들일까. 대체 어떻게 교육받고 훈련받으면, 이런 고통이나 충격까지 꿋꿋이 감수하고 받아들이게 되는 걸까. 이 지경이 되어서도 그는 여전히 존경스럽고 아름다웠다.

가끔 그는 극심한 환상통에 시달려 발작을 일으킬 때가 있었다. 낮이든 밤이든 시도 때도 없었다. 아, 아아아악, 아아, 아아악. 비명은 날카로웠고, 오래 이어졌다. 어떤 때는 그 소리가 왕의 침실뿐 아니라 레아가 머무르는 탑까지 흘러들어 올 때가 있었다.

에아, 아아악, 애, 아, 에아, 아아악. 그는 울부짖으며 항상 누군가의 이름을 부르고 있었다.

레아는 밤에 그 소리가 들릴 때마다 급하게 겉옷만 걸치고 생루이 별궁까지 달려가곤 했다. 하지만 방에 들어갈 수는 없었다.

이미 문 앞에 와 있던 왕이 레아가 들어가지 못하게 막았다.

화려하고 위엄 있는 복장에 각별히 신경 쓰는 왕이지만 그때는 슈미즈와 브레 차림에 수면 모자만 뒤집어쓴 이상한 차림일 때가 많았다. 레아는 방문 앞에서 그가 울부짖는 소리를 들으며 왕에게 오랫동안 붙잡혀 있어야 했다.

상황이 진정된 후 방으로 들어가면, 평소의 의연한 모습과는 전혀 다른 발타를 볼 수 있었다. 팔과 다리는 새로 생긴 붉은 생채기와 멍으로 가득했고, 얼굴은 눈물과 콧물과 땀으로 뒤범벅이 되어 있곤 했다.

왕은 그의 그런 모습을 볼 때마다 늘 말을 잃고 고개를 옆으로 돌렸다. 왕은 다른 사람을 위로하는 데 미숙한 사람이어서, 이럴 때 어찌해야 할지 난감해하곤 했다.

"발타 님, 발타 님! 괜찮으세요?"

레아가 울먹이는 소리를 들은 그는, 감각이 남은 팔뚝으로 이불을 당겨 엉망이 된 옷과 몸을 가리고, 슈미즈의 소맷자락으로 얼굴을 닦은 후, 레아를 향해 머쓱하게 웃어 보였다. 그리고 토막토막 이어지는 몇 개의 발음으로 자신의 '괜찮음'을 설명하려 애썼다.

폐하, 마드무아젤, 밤중에 잠을 깨워 죄송합니다. 놀라게 해서 죄송합니다. 이제 괜찮습니다. 가끔 일어나는 발작입니다. 꿈하고 현실을 구분하는 게 아직 잘 안 되어서요. 점점 줄어들고 있습니다. 염려 마세요.

레아는 그의 거짓말을 너무나도 잘 알아들을 수 있었고, 그래서 눈물은 더욱 걷잡을 수 없었다.

발타는 원래 기척에 몹시 예민한 사람이었다. 하지만 시력을 잃은 직후부터 한동안 꿈인지 현실인지 혼동을 일으키거나 방 안에 레아가 와 있는 것을 눈치채지 못할 때가 종종 있었다.

그는 자리에 누운 채, 혹은 이불 속에서 중얼거렸다. 레아, 사랑합니다. 레아, 당신을 사랑합니다. 제가 당신을 사랑해요. 레아는 그 토막 난 이상한 사랑 고백이 너무 달아서, 기척을 죽인 채 하염없이 듣고 있을 때도 있었다.

– 레, 레아! 여기, 바, 방에 계셨습니까?

레아가 듣고 있다는 것을 깨달은 날, 발타는 몹시 당황해 어찌할 바를 몰랐다. 그는 큰 죄라도 지은 것처럼 고개를 젓고 손을 젓고, 식은땀까지 흘리며 자신이 했던 말들을 부인했다.

그는 그 일로 며칠 동안 괴로워하며 말도 제대로 하지 못했고, 안타깝게도 그날 이후로는, 그 말을 두 번 다시 입 밖에 내지 않았다.

그래도 그가 잠결에, 혹은 꿈속에서 하는 말은 그의 의지로 제어할 수 없었다.

그는 입이 막힌 후, 꽤 적극적으로(?) 잠꼬대를 하게 되었는데, 현실에서 말을 못 하게 된 한을 꿈에서 모두 풀어 버리려 작정이라도 한 것 같았다. 그는 꿈속에서 레아에게 쉴 새 없이 고백했고, 레아는 귀를 기울여 그 말들을 필사적으로 주워 담았다.

꿈에서의 그는 감정과 욕망을 표현하는 데 훨씬 거침없고 적나라했다.

그는 레아를 지독하게 욕망했다. 그의 사랑은 결코 플라토닉하지 않았다.

그리고 레아는, 자신을 향한 그의 욕정이 의외롭지 않았다. 그는 레아를 샅샅이 발라 삼킬 듯한 욕망을 거침없이 드러내면서도, 그것을 제어하지 못하는 날이 올까 몹시 두려워하고 있었다.

그는 모든 것을 버리고 레아와 도망치지 못한 것을 뼈저리게 후회하고 있었다. 아크레의 성 안나 삼거리 나무 뒤에서, 아크레의 기사단 본부 골목 앞에서, 세이렌 호 지하 선창에서, 올랑드의 통나무집에서, 성전기사단 파리 지부에서, 왕궁에서, 몽모랑시 여인숙에서.

꿈속에서의 그는, 레아와 함께했던 모든 공간에서 그녀와 함께 도망치지 못한 것을 후회하고, 후회하고 또 후회하는 중이었다.

다만 잠에서 깨는 순간, 그의 마음에는 단단히 자물쇠가 채워졌다.

레아는 그에게 진실을 말해 주지는 않았다. 그에게는 깃털 하나만큼의 부담감이라도 더 얹어 주고 싶지 않았다.

이제 그와 자신을 위해 세상과 맞서 싸워야 할 기사는 바로 자신이었다.

‡ ‡ ‡

<발타의 네 번째 편지>

레아 다크레, 내 아름다운 숙녀의 손에 입맞춤을 보내며.

레아, 현재 제 세상은 온통 컴컴한 어둠입니다. 저는 소리와 기억만 존재하는 세상에 살고 있습니다.

음, 이건 당신께 동정심을 구걸하거나 엄살을 부리려 하는 말은 아닙니다. 오해 없으시길 바랍니다. 그저 운신의 폭이 극단적으로 좁아지니 생각도, 마음도 좁아지는 것만 같아 미리 양해를 구하는 것입니다. 혹시 저의 좁아진 소견으로 당신을 아프게 하는 일이 없게 되기를 늘 기도하고 있습니다.

저는 혼자 있을 때, 침대 위에서 이리저리 몸을 움직여 보곤 합니다. 누워만 있을 수는 없으니까요. 살그머니 소리도 내 보고, 입술도 가만히 들썩여 봅니다.

"아, 음, 아아. 애, 애아."

혀가 없으면, 생각보다 많은 말을 할 수 없게 됩니다. 레아, 당신의 이름도 발음할 수 없어요. 이거, 당신 이름 불러 본 겁니다.

"아아, 애아."

아, 제 목소리 같지 않아요. 어색한 것을 떠나 부끄럽고, 뭔가 나쁜 짓을 저지른 것 같은 기분이 듭니다.

실토하자면, 어떤 말이든 소리 내는 것이 겁이 납니다. 입속의 감각이 낯설어요. 저도 모르게 튀어나오는 울부짖음과 신음은 도무지 막을 수 없는데, 당신의 이름은 왜 이렇게 어색하고 이상한지.

그래도 다행인지 불행인지, 제가 하고 싶은 말은 무사히 살아남았어요.

"……아모Amo."

행여 누구에게 들릴세라, 저는 어둠 속에서, 어쩌면 꿈속에서 몰래 조용히 입술을 움직여 봅니다. 아모, 아모, 아모. 나는 사랑해요. 저는 사랑합니다. 저는 사랑합니다. 아모, 아아. 아모 아모, 에, 에아, 번번이 예상과 다르게 흘러나오는 괴상한 소리가 겁이 나서, 저는 몇 번 연습해 본 것으로 만족하기로 합니다.

문득 쓴웃음이 나옵니다. 제가 입이 온전할 때 이 고백을 했으면 좋았을 텐데. 이렇게 혼자서 허공에 대고 상상으로만 편지를 쓰는 대신, 손이 멀쩡할 때 라벤더 향을 먹인 편지지에 써서 당신의 앨모너 안에 살그머니 넣어 두었으면 좋았을 텐데. 아름다운 꽃들을 다발 지어 당신께 바치고, 화관을 만들어 당신의 머리에 얹어 드렸으면 좋았을 텐데.

그러면 당신은 얼마나 행복해하며, 얼마나 아름답게 웃어 주셨을까요.

……상상만 해도 가슴이 아리군요.

어차피 이리될 줄 알았으면, 제 눈이 온전히 당신을 바라볼 수 있었을 때, 당신의 아름다움을 마음껏 찬미했으면 좋았을 텐데요.

저는 아마 시편을 쓴 시인들이 하느님을 찬미하였던 것처럼, 쉴 새 없이 당신을 찬미할 수 있었을 것입니다. 그러면 당신은 초연히 웃으며 받아 주셨을까요. 아니면 부끄러워하며 낯을 붉히고 고개를 돌리셨을까요. 혹은 비웃으셨을까요. 설마요.

저의 몸이 온전했을 때, 이 몸으로 당신을 굳건하게, 따뜻하게 안아 드리고, 깊이 위로해 드렸으면 좋았을 텐데. 저는 당신의 눈물을 볼 때마다 정말 안아 드리고 싶어서, 입맞춤으로 그 눈물을 닦아 드리고 싶어서 정말 견디기 어려웠습니다.

아, 용서하십시오, 레아. 저는 그런 순간들을 상상하며, 부끄럽게도 얼굴이 달아오릅니다. 이불을 끌어 올려 얼굴을 가릴 수 없어, 몸을 간신히 뒤집어 얼굴을 베개에 파묻어야 함에도 상상을 멈출 수가 없습니다.

후회는 끝이 없고, 제 안에 있는 후안무치한 자가 자꾸 저를 충동하는군요. 당신을 원 없이 보고, 마음껏 고백하고, 흡족할 만큼 입맞추고, 당신을 으스러지도록 끌어안고, 어루만지고, 찬미하고, 사랑했어야 했다고.

레아, 나의 사랑하는 이여. 부디 저를 경멸하거나 혐오하지 말아 주십시오. 그래서는 절대 안 된다는 것은 제가 가장 잘 압니다. 그런 일이 절대 일어나지 않으리라는 것도 맹세할 수 있습니다. 그러기에 지금도 당신이 없는 곳에서, 이렇게 소리 없이 몰래 실토하는 것이지요.

부끄럽고 덧없는, 한 번도 입 밖에 내 본 적 없는 망상일 뿐입니다. 그러니 혹시 만에 하나, 그 후안무치한 충동을 눈치채신다 해도, 부디 못나고 처량한 자의 궁상을 불쌍히 여기시고, 모른 척 덮어 주시기를 간청합니다.

나의 사랑하는 숙녀, 나의 아름다운 주인이여.

내 인생의 빛이며 존재의 이유였던 당신을 사랑합니다.

당신의 발타사르.

Ante diem V Nonas Martias(현 3월 3일).

추신

레, 레아. 설마 제 곁에 계속 머물러 계셨던 건 아니시겠지요?

제가 잠에서 깰 때 우연히 옆에 계셨던 거라고, 제발 그렇게 말씀해 주세요.

설마, 제, 제가 연습했던 그 말을 들으셨던 겁니까?

오, 하느님. 레아, 그것은 그저 발음을 조금 연습해 본 것입니다. 당신이 너무 기척 없이 고요히 앉아 계셔서 몰랐어요. 제가 사람의 기척에 무딘 편이 아닌데 이게 무슨 일인지. 알았으면 입술도 떼지 않았을 텐데. 정말 몰랐습니다.

오, 하느님. 저는 그저 말하는 연습을 했던 것뿐입니다. 당신께 무슨 의도를 가지고, 동정심을 사려고 한 말이 아닙니다. 아, 제발. 폐하께서 제 말을 오해하지 않으셨기를.

그냥, 소리를 내 본 것뿐입니다. 소리 나기 쉬운 말이니까. 혀, 혀 같은 게 없어도, 가볍게, 손쉽게 소리 낼 수 있는 말입니다. 사랑이란 말은 그냥, 아무것도 아닌 말입니다. 그저 발음하기 쉬운 말 아닙니까. 아모, 아모. 내가 사랑한다, 라는 이 발음은. 잘 아시지 않습니까.

‡ ‡ ‡

– 레아, 저, 크레도를…… 한 번 만나고 싶습니다.

발타는 크레도의 안부를 몹시 궁금해했다. 그렇게나 성깔이 더럽고 주인에게 온갖 생떼를 다 부리는 놈에게 간 쓸개 다 빼 줄 듯 애지중지했다.

크레도는 한 눈을 잃고 뒷다리에도 크게 부상을 입어 다리를 절었다. 군마로서 퇴역이었다. 하지만 발타는 말이 살아 있다는 것 자체만으로도 기뻐하며 웃음을 지었다.

레아는 발타를 들것에 누여 마구간에 데려간 후 크레도를 데려왔다. 그 고약한 군마는 한쪽 눈을 가리고 다리를 심하게 절며 그에게 다가왔다. 크레도는 발타의 뺨에 제 얼굴을 비비며 크게 울었다. 발타는 말의 목을 끌어안고 그제야 함께 울었다.

– 레아, 크레도를 위하여 성 십자가로 치유 기도를 해 주실 수 있습니까.

자신을 위한 치유 기도는 한 번도 부탁하지 않던 발타가 말을 위해 어렵사리 입을 연다. 레아는 '그러잖아도 제가 아침저녁으로 크레도를 돌보고 있고 그때마다 성 십자가 조각을 가져가 상처에 대고 기도하고 있다'고 알려 주었다.

'신께서 크레도가 낫기를 원하지 않는 것 같습니다, 녀석의 성깔이 오죽해야죠.' 하는 농담을 하고 싶었지만, 꿀꺽 삼켰다. 성깔이 오죽하지 않은 발타 역시 전혀 낫지 않고 있으니까.

레아는 기대하지 않았다. 발타의 현재 상태는, 피를 많이 흘려 사경을 헤매거나, 목이 말라 가사 상태에 빠지거나, 다리가 부러지는 것과는 아주 다른 차원의 일이었다. 그것은 레아도 알고 발타 본인도 알고, 왕도 알고 있다.

그리고 모르긴 몰라도 저 성깔 더러운 크레도도 알고 있을 것이다.

안타깝게도 하녀나 하인들은 발타의 동작이나 그가 애써 이어가는 말들을 제대로 이해하지 못했다. 원래 하녀나 하인들이란, 엉덩이가 무겁고 나귀처럼 고집불통인 존재들이라, 환자가 무엇이 불편할까 세심하게 미리 챙기거나 빠르게 불편을 처리해 주는 법이 없다. 의사 표현이 어려운 환자 간병을 하인들에게만 맡길 경우, 제때 식사를 못 하거나 갈증을 참거나 용변을 뭉개고 있는 경우가 비일비재했다.

그래서 레아는 발타가 필요로 하는 것들을 쉴 새 없이 확인하고 그의 말을 하나도 빠짐없이 전달하며 보살폈다.

한 사람을 온전히 보살핀다는 것은, 다른 한 사람의 삶을 온전히 투입해야 한다는 뜻이었다. 인간의 삶은 자잘하게 챙기고 수행하고 보살펴야 할 일들로 꽉 차 있었다.

레아는 그의 상처가 덧나지 않나 살피고, 메뉴를 일일이 확인하고, 옷을 바로바로 갈아입히도록 체크하고, 시트를 갈고, 용변기를 바로바로 치우게 하고, 물수건으로 팔다리와 얼굴, 목을 씻기고, 머리를 빗기고, 기분이 상쾌해지도록 향유를 살짝 발라 주기도 했다.

그가 말하는 약초를 골라 끓여서 그가 편히 잠들 수 있게 해주고, 우울한 생각에 잠기지 않도록 수다를 떨기도 했다. 졸음이 쏟아지는 오후에는 연애소설이나 기사들의 무용담을 읽어 주기도 했다. 발타는 티를 내지 않으려 애를 썼지만, 여전히 연애소설을 좋아했다.

심심해하면 체스를 두기도 했다. 놀랍게도 발타는 눈이 보이지 않으면서 말의 위치를 모두 기억하며 대신 말을 움직이게 했다. 체스에서 발타는 일부러 져 주는 법이 없어서, 레아는 몹시 분통이 터지면서도 기뻤다.

미래 따윈 없어도 좋았다. 그런 건 이 쫄보의 인생에 애초부터 존재하지 않았다. 레아는 이 찰나의 순간이 애처로울 만큼 기쁘고, 서러울 만큼 좋았다.

‡ ‡ ‡

<발타의 다섯 번째 편지>

아, 나의 사랑하는 레아.

지금 제게 오고 계시는군요. 저는 당신이 복도를 걸어오는 발소리만 들어도 숨이 가쁘곤 합니다. 사슴처럼 톡톡 가볍게 튀는 듯한 그 발걸음 소리가 얼마나 사랑스러운지! 저는 그 소리를 들을 때마다 애써 흥분을 가라앉히며 당신이 방문을 활짝 열어젖히기만 기다립니다.

"발타 님, 좋은 아침이에요. 저 왔어요!"

그 경쾌한 목소리를 들을 때마다 제 가슴이 얼마나 격렬하게 뛰는지 모르시지요. 그 순간 온몸을 후려치는 아찔한 황홀함이란 말로 표현하지 못할 지경입니다.

당신 덕에 제 삶은 큰 불편함 없이 이어지고 있습니다. 썰렁하던 별궁이 늘 후끈후끈하고, 침대의 시트가 늘 보송보송하고 이불이 푹신한 것도 당신이 세심하게 신경을 써 주신 덕이죠. 생 루이 별궁의 하인과 하녀들은 악의는 없지만 썩 세심한 편은 못 되니 말입니다.

당신은 곁에서 성경을 낭독하시고, 간질간질한 연애소설도 거침없이 읽어 주십니다. 당신과 취향이 비슷한 것을 알게 되어 얼마나 반가웠는지 모릅니다.

다른 동료들에게는 절대 말하지 못했는데, 저는 사실 기사와 숙녀의 연애 이야기를 무척 좋아합니다. 하지만 기사들 사이에서는 그런 건 시시하고 못난 것으로 취급되죠. 들켰다간 단번에 놀림감이 되고 말았을 겁니다.

그래서 당신이 풀어놓는 이야기들이 어찌나 즐거운지 모릅니다. 당신이 들려주는 이야기에는 지루함이 한 자락도 없어요. 종일 당신의 수다만 듣고 있으면 천 년의 시간도 순식간에 흘러가 버릴 듯합니다.

당신은 하인들이 자리를 비우면 물수건으로 제 얼굴과 목, 팔다리를 닦아 주시고, 날을 잘 세운 칼로 수염을 깎아 주고, 머리를 다듬어 주기도 하십니다.

머리카락이나 수염 따위는, 대체 뭐가 잘났다고 쓸데없이 계속 자라나는지 민망할 따름입니다. 아마 당신의 손길을 조금이라도 더 느껴 보고 싶어서 그렇게 빨리 자라는 건지도 모르겠어요.

그런데 피부끼리 맞닿지만 않으면 된다고 폐하께서 허락하신 게 정말 맞습니까? 장갑만 끼시면 되는 게 정말 맞습니까?

당신이 가죽이나 숫돌에 칼을 가는 소리가 들리면 그때부터 은근히 가슴이 들뜨곤 합니다. 겁나지 않냐고요? 천만에요. 당신은 파리 최고의 세공사이고, 쇠붙이 날붙이를 다루는 데 최고의 전문가 아닌가요.

당신은 작은 줄로 손톱과 발톱을 다듬어 주기도 하십니다. 손과 발에는 감각이 없어진 지 오래되었는데, 사각사각 줄질하실 때는 왜인지 가슴이 찌릿찌릿 간지러운 느낌이 들어요. 말씀은 못 드렸지만, 그 순간이 얼마나 달고 황홀한지.

당신은 제 곁에 앉아 따뜻한 스튜를 떠먹여 주시고, 머리를 빗겨 주시고, 가려운 부분에 올리브 오일을 발라 마사지를 하도록 하인들에게 지시를 하곤 하시지요. 목덜미나 팔뚝에 당신이 쓰시는 향기름을 슬쩍 발라 주시기도 하셨고요.

모를 줄 아셨습니까. 저는 당신의 향을 한 리그 밖에서도 맡을 수 있어요. 저는 자기 전에, 고개를 박고 희미하게 남은 당신의 향을 맡아 보곤 합니다.

당신이 말없이 제 곁에 앉아 계실 때, 저는 기억도 나지 않는 어머니 품에 안겨 있는 것처럼 나른하고 편안합니다. 제가 설핏 오수에 잠길 때, 낮잠이 없으신 당신은 곁에서 다른 소일거리를 하곤 하셨죠. 자수를 놓으실 때도 있지만 주로 세공 도구들을 가져와 나무를 조각하거나 카메오용 산호나 빛깔 고운 돌을 깎고 계신다고 들었습니다.

사그락, 사그락, 사각, 사각, 나무 깎을 때 들리는 부드럽고 경쾌한 소리. 후우, 후. 가루나 조각을 불어 치울 때 들리는 당신의 숨소리. 저의 고즈넉한 오후는 당신이 만들어 내는 아름다운 소리로 가득 차 있었죠.

저는 이 순간이 흘러가지 않고 잠시만이라도 멈춰 서기를 간절히 기도합니다.

당신만 손꼽아 기다리는, 발타사르.

Pridie Nonas Martias(현 3월 6일).

‡ ‡ ‡

– 마드무아젤, 뭘 만드십니까.

설핏 잠에 빠진 발타가 나른한 목소리로 묻는다. 난로에 불을 과하게 피워 침실은 후끈후끈했고, 그는 종종 선잠에 빠졌다 일어나기도 하고 귀엽게 잠꼬대를 하기도 했다.

지금도 잠꼬대인지 아닌지 알 수 없었지만, 레아는 상긋 웃으며 대답했다.

"음, 폐하께 드릴 신년맞이 깜짝 선물? 뭐 별로 좋아하실 것 같진 않지만요……."

– 그럴 리가요. 폐하께선 선물의 경중을 보시는 분이 아니라 마음을 보시는 분이십니다.

"아, 이런. 그럼 더더욱 안 좋아하실 것 같은데요……. 하하하."

레아는 소리 내 웃으며 발타의 침대 곁으로 다가앉았다.

그러잖아도 당신한테는 무슨 선물을 해 드릴까 고민 중이라고요.

레아는 손으로 만드는 것이라면, 장신구가 아니라도 음식이든 옷이든 무기든 수억수억 잘 만들어 냈다. 어지간하면 직접 만든 것을 선물해 드리고 싶었다.

문제는 이제 이분이 장신구나 무기를 사용할 만한 상황이 아니라는 점이었다. 요리도 할 수가 없었다. 레아에게는 1층 주방에 발도 디디지 못하게 엄명이 떨어졌다. 옷이라도 지어 주고 싶은데, 이미 발타 님께 옷과 손수건을 지어 주었던 일로 왕에게 단단히 찍힌 바가 있다.

선물 하나 해 드리는 것도 오만 눈치를 봐야 하는 이 풍진 세상! 레아는 속으로 한탄했다.

"그나저나 발타 님, 특별히 좋아하는 낱말 같은 거 있으세요? 좋은 성경 구절이라든가? 제가 목각 장식품이나 장신구에 새겨서 선물해 드릴까 하는데, 어떠세요?"

– 좋아하는 낱말이요? 그야 레아…….

갑자기 말이 툭 끊어진다. 비몽사몽 중에 생각에 고여 있던 낱말이 툭 튀어나온 듯했다. 레아도 입을 덜렁 벌린 채 말을 잃었다.

— …….

발타는 잠에서 완전히 깼는지, 부스럭거리며 이불을 뒤집어쓰고 돌아누웠다.

레아는 입을 틀어막았다. 웃음이 터지려고 해서 미칠 것 같았다.

아, 물론 가장 좋아하는 낱말은 그게 맞겠지. 맨정신이었으면 절대 입 밖에 내지 않으셨겠지만, 이미 엎질러진 대답을 어쩌겠는가.

그리고 레아에게 가장 소중한 낱말도, 발타의 그것과 별반 다르지 않았다. 비웃어 봤자 제 얼굴에 침 뱉기다.

"예이, 주문 제작 접수됐어요. 제가 나중에 영혼을 갈아 넣어서 제작해 드리지요."

— ……예.

"이제 발타 님은 세상에서 가장 근사하고 비싼, 레아 다크레의 작품을 보시게 될 겁니다. 기대하시라, 개봉박두."

— 왜 이렇게 신이 나셨습니까.

"당연히 신이 나죠. 발타 님 흑역사를 박제해 둘 수 있는 절호의 기회인데요!"

레아가 웃음을 터뜨리자 그는 쥐구멍에라도 숨고 싶은 듯 머리를 베개에 파묻었다.

— 그, 그만 하십시오, 민망합니다.

그날 저녁, 레아는 그의 곁에서 잠시 졸다가 그가 나직하게 중얼대는 소리를 들었다. 아마, 너무 기척이 없어서 레아가 방에 없다고 생각했던 모양이다.

– 이렇게 마음이 흘러가는 대로 놔두어도 괜찮을까요.

– 아주 잠시만, 딱 며칠 만이라도…….

그것이 잠꼬대인지, 기도인지 레아는 제대로 구별할 수 없었다.

그날 이후, 발타는 레아를 피하기 시작했다.

그는 레아가 올 때마다 자는 척할 때가 많아졌고, 라벤더와 몇 가지 말린 풀을 물에 넣어 진하게 끓여 달라 하여 수시로 마셨다. 그 효능을 일일이 알 수는 없었는데, 그가 부쩍 잠이 많아진 걸 보면 수면 용도의 약으로 사용되는 듯했다.

그가 계속 잠에 취해 지내는 것이 너무 싫었지만, 부탁을 거절할 수는 없었다. 그는 레아의 도움이 없으면 아무것도 할 수 없었기 때문에, 청을 거절하는 것 자체가 무자비한 횡포가 될 수밖에 없었다. 하여 발타는 자신이 원하는 대로 초저녁부터 늦은 아침까지 잠에 빠져 있고, 낮의 절반 이상도 잠에 취한 채로 보냈다.

– 마드무아젤. 제가 소원 성취하고 있습니다. 저는 진종일, 허리가 아프도록 자는 것이 소원이었거든요.

그가 웃으며 농담을 한다. 이제 발타는 자신이 섬기던 왕과 결혼할 여자에게 의존하게 될까 봐, 그 따뜻함과 사랑스러움에 조금이라도 물들게 될까 봐 극도로 몸을 사렸다. 숨 막히게 애처로웠지만, 레아 역시 그것을 내색할 수 없었다.

그는 레아에게 조금의 틈도 허용하지 않았다. 열패감이나 자포자기라 부르기엔, 그 행동이 너무나 굳세고 의연했다. 이는 그가 가장 사랑했던 두 사람에 대한 최고의 헌신이자 예우이며, 그가 마지막으로 보일 수 있는 배려였다.

레아는 그가 이 상황에서 절대 설득되지 않을 것을 알고 점점 암담해졌다.

내가 판단을 잘못한 걸까?

그를 설득하기 전에, 왕과 먼저 결판을 지어야 할 듯했다.

‡ ‡ ‡

<발타의 여섯 번째 편지>

레아, 나의 사랑하는 숙녀여.

부탁드릴 것이 있습니다.

이제 제가 있는 방에 들어오지 마시면 좋겠습니다.

……아, 오해하지는 마십시오. 제가 당신이 들어오는 것이 역겹다거나 싫어서 하는 말은 아닙니다. 오히려 그 반대입니다. 그동안 제가 그 시간을 얼마나 기다리고 기뻐했는지, 당신은 아마 상상도 하지 못하실 것입니다.

하지만 이젠 마음을 다잡을 때가 되었습니다. 아니, 퍽 늦은 셈이죠.

사실 저는 당신이 곁에 계실 때, 설렘과 기쁨만을 느끼는 건 아닙니다. 절망이나 자괴감에 사로잡힐 때도 있고, 솔직하게 고백하자면…… 입에 담고 싶지 않은 흥분을 느낄 때도 많아요. 설마 몰랐다고 시치미를 떼지는 않으시겠지요.

그래서 저는 그동안 당신을 만날 때마다 큰 죄의식을 느끼고 있었습니다.

당신이 저를 돌보는 일은 옳지 않으며, 결국 당신의 명예에 큰 해를 끼치게 될 것입니다.

당신은 조만간 일국의 왕비가 되실 분입니다. 그런 분께서 부하 기사를 하녀처럼 수발하며 침실에 머물러 있다는 것이 과연 세간에 용납될 만한 일이겠습니까.

폐하께서도 인내하시는 것뿐입니다. 그분이라고 감정이 없으시겠습니까. 그분이라고 모욕감과 질투와 분노가 없으시겠습니까.

아, 레아? 혹시 당신이 폐하와 어울리지 않는다고 생각하시는 겁니까? 자격이 없다고요?

그런 말도 안 되는! 당신이야말로 일국의 여왕이 되실 자격이 차고 넘칩니다.

당신은 예언에서 나타난 '신에게 선택받은 여인'이며, 그것은 고귀한 신분이나 거대한 영지보다 백배는 더 귀한 것입니다. 폐하께서는 당신을 절대 놓지 않으실 겁니다.

폐하께서는 욕심이 없는 분이 아니십니다. 특히 신앙과 정결한 삶과 거룩한 사명에 대해서는 무서울 정도로 집착하시는 분이십니다. 이건 단순한 결혼이 아닙니다. 신앙의 수호자 가문에 신의 선택을 받은 여인을 받아들이는 일입니다. 그것이 폐하와 왕실에 어떤 의미인지 정말 모르신단 말입니까.

폐하께서 당신이 선택받은 여인임을 믿지 않으실 거라고요?

왜 그런 생각을 하게 되었습니까? 그분이 너무 이성적이고 논리적이라서?

오해십니다. 폐하께서는 믿지도 않으면서 당신을 속이는 게 아닙니다. 당신을 믿기로 결심하신 겁니다. 음, 이해하시기가 좀 어렵겠지만, 폐하께서는 필요하다면 자신의 의지대로 믿으십니다.

이해가 가야 믿는 것만 믿음입니까? 저절로 믿어져야 믿는 것만 믿음입니까? 의지에 따라 믿는 것이 믿음이 아니라고 감히 누가 단언할 수 있겠습니까.

폐하께서 그리 결심하신 이상, 당신은 안전하고 평안할 것입니다.

말이 길어졌군요. 어쨌든, 결론을 말씀드리면, 당신은 이제 더 이상 제 방에 오시면 안 됩니다. 그동안 제 개인적인 욕심으로, 어쩌면 어리광으로 거부하지 못했던 것뿐입니다. 궁 안에서 벌써 말이 나오고 있는 것을 당신도 아마 알고 계실 겁니다.

그러니 당신은, 지금이라도 양심의 가책, 마음의 빚 따위 내려놓으시고, 저를 끊어 내는 결단을 하셔야 합니다.

저는 못 합니다. ……못 했습니다. 할 수 있었으면 일이 이 지경이 되도록 방치했을까요.

그러니 당신이 해 주세요.

그리고 좀 더 구차한 이유이긴 한데, 이런 흉한 모습을 사랑하는 분께 고스란히 보이는 기분이 어떤지도 조금은 이해를 해 주셨으면 좋겠습니다.

저는 애초부터 기사와 어울리지 않는 자였습니다. 천성적으로 게으르고, 소심하고, 비겁한 놈이니까요.

폐하께서 저를 성전기사단에 맡기지 않으셨으면, 아마 전혀 다른 삶을 살고 있었을 겁니다. 파리대학의 학생이 되었을 수도 있고, 수도원의 채식 필사자가 되었을지도 모르지요. 작은 영지에서 약초를 재배하는 농부나 치료사가 되었으면 제일 행복했을 것 같기도 해요. 마리니 보좌 주교님처럼 화려하게 꾸미고 지중해 각지를 돌아다니고 있었을지도 모르지요.

확실한 건, 기사의 길은 걷지 않았을 거라는 겁니다.

그래도 어쨌든 기사 신분으로 지금까지 살아왔으니, 그에 따른 명예로운 모습을 지키고자 하는 허세가 조금은 남아 있습니다.

하여 저는, 지금 이런 모습을 당신에게 보이는 것이 썩 기껍지는 않습니다.

당신이 오실 때 가슴이 두근대고 설레는 것과 별개로, 당신 앞에서 몸 둘 바를 모를 정도로 수치스럽고, 좌절감을 느끼곤 합니다. 이것이야말로 기사단이 원했던 진정한 징벌이겠지요.

손발의 감각이 사라진 후부터, 저의 세상은 침대 위로 정해졌습니다. 아주 작은 세상입니다. 저는 이 작은 침대가 제 세상의 전부가 되었다는 것을 받아들이는 데 시간이 한참 걸렸습니다.

그리고 솔직히 말씀드리겠습니다. 저는 이제, 사람이 아니라 지렁이 같은 무언가가 되었다는 것을 받아들이는 중입니다. 어쩌면 지렁이보다도 못합니다. 지렁이도 제 먹을 것은 스스로 먹고, 용변도 스스로 처리하니까요.

이제 제가 할 수 있는 일은, 팔뚝으로 침대 옆의 종을 울려서 사람을 부르는 것뿐입니다. 당신이 일일이 정해 주지 않았으면, 많이 난감할 뻔했습니다.

종을 한 번 울려 물을 갖다 달라 하는 것, 두 번 울려서 식사를 갖다 달라 하는 것, 세 번 울려서 용변을 보게 해 달라는 것, 네 번 울려서 몸을 씻겨 달라는 것, 옷을 갈아입혀 달라는 것, 성경을 읽어 달라는 것. 소금이나 뼛가루로 이를 닦아 달라는 것…….

레아, 그 모든 것이 당신의 지극한 사랑이며, 저에겐 꼭 필요한 일임은 잘 압니다.

하지만 레아. 아, 정말이지, 한편으로는 그렇게 된 제 처지가 너무 수치스럽고, 치욕감마저 느껴져서 견딜 수가 없습니다. 그래서 몇 가지 도움은, 당신이 놀랄 것을 알면서도 크게 소리를 지르며 거부했던 것입니다.

저를 놓아주세요. 거칠고 퉁명스러운 하인들의 도움을 받는 것이 백배 낫습니다.

당신의 유쾌한 수다와 노랫소리를 못 듣는 것쯤, 이제 괜찮습니다. 참을 수 있어요.

당신이 사슴처럼 뛰는 발걸음 소리 못 듣는 것, 괜찮아요. 많이 기억해 두었습니다.

당신의 손이 제 몸에 살짝살짝 닿던, 따뜻하고 달콤한 감촉, 마음 깊이 잘 간직하고 있겠습니다.

그러니까 레아, 이제 방에 들어오지 말아 주세요. 다른 하인들을 보내 주세요.

……누가 당신께 은혜 갚으라 했습니까. 그냥 폐하와 함께 행복하게 사시면, 그게 저의 가장 큰 기쁨이 되는 겁니다.

전에도 말씀드렸지만, 폐하께서는 당신을 가장 따뜻하고 안전하게 감싸 주실 분입니다.

저는, 괜찮아요. 괜찮을 겁니다. 부디 염려하지 마세요,

폐하의 충성스러운 기사, 발타사르 드 올랑드.

Ante diem VI Idvs Martias(현 3월 10일).

‡ ‡ ‡

"폐하, 약혼을 파해 주시기를 정식으로 부탁드립니다."

왕은 의자 팔걸이에 손을 건 채, 레아를 물끄러미 내려다보기만 했다. 오랫동안 대답이 없었다. 레아는 고개를 들지 않은 채, 털이 빽빽한 카펫에 이마를 댄 채 기다렸다.

한참 후, 특유의 무미건조한 대답이 흘러나왔다.

"위그. 숙녀를 거처로 모셔."

"폐하, 무슨 벌을 내리시든 달게 받겠습니다. 저는 폐하와 도저히 결혼할 수 없습니다."

왕의 영지에 속한 귀족 여인들, 재산을 상속받은 과부들, 상속녀들은 결혼하기 위해서는 왕의 허락이 필요했다. 물론 별도의 명령이 없을 경우, 정해진 세금만 납부하면 원하는 상대와 결혼할 수 있었다.

하지만 왕이 상대를 지정해서 결혼하라 명할 경우, 거절할 수 없었다. 거부하고 다른 사내와 결혼하는 것은, 왕의 명에 불복종한 것이고, 그것은 신종 계약을 파기할 만한 죄로 여겨졌다.

"영지를 상속받은 과부나 숙녀가 왕의 명령을 어기고 다른 남자와 결혼해 버리는 경우가 가끔 있지."

왕은 성경 낭독이라도 하는 것처럼 단조롭게 말했다.

"벌금을 적당히 내는 것으로 끝날 때도 있지만."

"……."

"……신종 계약의 파기로 여겨져서 반역자 신세가 될 때도 있어."

왕은 의자에서 일어나 계단 아래로 내려왔다. 레아는 엎드린 채 기다렸다. 왕이 허리를 굽히는지 목소리가 가까워진다.

“이젠 이런 말을 지껄이고도 전혀 두려워하지 않는군. 겁이 많은 자라 스스로 말하지 않았던가?”

지난번처럼 머리채를 잡히는 걸까, 생각하는 순간 레아의 앞으로 그의 손이 내밀어진다. 레아가 손을 잡고 조금 얼떨떨한 얼굴로 자리에서 일어나자, 왕은 표정 없는 얼굴로 말했다.

“레아, 내 여자는 아무 곳에서나 무릎을 꿇어선 안 되고, 함부로 비굴한 모습을 보여선 안 돼. 끝까지 오만하고 고귀하게 고개를 들어.”

왕은 파혼에 대한 요청을 깨끗하게 무시했다. 파혼해 달라는 이유조차 묻지 않았다.

“폐하, 원하시는 것이 이 성유물이면, 기꺼이 드리겠습니다.”

“레아!”

왕의 목소리가 드디어 높아졌다. 레아는 그 목소리에 기쁨이나 환희 대신 분노가 튀는 것이 의아했다.

“폐하께서, 저와 결혼하고자 하시는 이유가 이것 때문 아닌가요?”

“레아……! 이, 이게 무슨!”

레아가 성유물을 품에서 꺼내 보이자, 왕은 황급히 자리에 엎드려 성호를 그었다. 그는 레아가 성유물을 품에 넣고 다니는 것을 볼 때마다 그다지 않게 기겁하곤 했다.

“오, 하느님. 이봐 세공사, 레아, 제발 성물함부터 제대로 갖추도록 해!”

“폐하께서 받으신 다음에 만드시면 되지 않습니까. 지금 이 성유물은 제가 간절히 기도해도 전혀 이적을 보이지 못합니다. 다시 말하지만, 저는 신의 선택을 받은 자가 아니에요. 그러니까 제가 굳이 갖고 있을 이유가 없어요."

"신의 선택은 신께서 결정하는 것이지 그대가 결정하는 게 아니야. 신성 재판이 장난이라 생각하나? 비공식이긴 하지만 왕실 법정에서, 수많은 증인 앞에서, 왕의 이름으로 공포된 판결이야!"

"제가 그냥 드리는 게 안 되면, 생 루이 선왕께서 가시관을 13만 5천 리브르에 사 오신 것처럼 제게 구매하셨다 하시면 되지 않습니까. 물론 제가 그 돈을 다 받지는 않을 겁니다."

"돈으로 살 수 있는 것이면, 내가 왜 진작 제안하지 않았겠는가. 신에게 선택된 여인은 엄연히 그대이니, 그대가 살아 있는 한, 세상 어느 누구도 이것을 가질 자격이 있다고 인정받지 못할 것이다."

제기랄. 그렇다고 나를 죽여 달라고 할 수는 없지. 레아는 풀이 죽어 한숨을 쉬며 중얼거렸다.

"……몰랐습니다."

"그 당연한 것을 모르다니, 오, 마 벨르, 참으로 고귀한 집안의 숙녀답지 않은가."

왕은 어이가 없는지, 그답지 않게 비비 꼬인 대답을 내뱉었다.

"그러니 그대가 죽기 전에 다른 자가 소유권을 인정받으려면, 그대와 결혼해서 합법적으로 공동소유자가 되는 방법밖에 없어. 아 물론, 지난번 신성 재판 때처럼 신께서 촛대를 옮기셨음을 명명백백 드러내시거나, 주님께서 재림하셔서, 그분 손에 돌려 드리는 경우를 제외한다면 말이지. 마라나 타."

"그럼, 제가 성유물을 드릴 명분까지 만들어 드리면 안 되겠습니까?"

"……무슨?"

"제가 환상이라도 보았다고 하면 어떨까요? 계시라도 받았다고 하면 어떻겠습니까. 무슨 핑계를 대어도 좋으니 부디 파혼을 해 주시면 안 되겠습니까. 폐하께선 저를 사랑하지도 않으시면서, 대체 왜 이렇게……."

왕은 한 걸음 물러나며 엄한 목소리로 호통쳤다.

"그대는 정욕에 눈이 어두워 하느님의 이름을 팔 생각인가! 그대가 지금 지껄인 말은 심각한 신성모독이며 이단 재판에 회부당할 만큼의 큰 죄인 것을 알라. 이러니 이교도 출신 개종자라는 말을 듣는 것이다!"

앞이든 뒤든 꽉 막힌 기분이 들었다. 레아가 암담한 기분으로 그랑드 살르에서 물러나는데, 뒤에서 급한 발걸음 소리가 들린다. 화려한 반지들로 치장된 왕의 손이 레아의 앞으로 내밀어진다.

"큰 소리를 친 것은 사과하겠다. 발타에게 갈 건가?"

"……예. 폐하."

"데려다주지."

차가운 표정과 달리 그의 에스코트는 무척 정중하고 자상해서 레아는 위화감을 느꼈다.

왕과 레아는 생 루이 궁으로 향했다. 같이 보러 가는 건 오랜만이다. 발타 님이 그래도 반가워하시려나.

하지만 침실 문이 열리자마자 왕의 손에 힘이 꽉 들어간다.

"……발타, 이게, 이게 뭐 하는……."

"바, 발타 님!"

"아."

발타의 몸이 돌바닥 위에서 납작 달라붙는다. 하지만 두 사람은 그가 거북이처럼 팔뚝과 무릎으로 바닥을 엉금엉금 기고 있던 모습을 보고 말았다. 돌바닥을 오래 돌아다녔는지, 무릎과 정강이, 팔꿈치에서 빨갛게 피가 흘러나오고 있었다.

그 꼴을 들킨 것을 알게 된 발타는 달팽이처럼 바짝 엎드린 채 두 팔로 머리를 감쌌다. 어디론가 숨고 싶은데, 스스로의 힘으로는 그 자리에서 꼼짝도 할 수 없었다. 그의 어깨가 부들부들 떨리는 것이 보였다.

레아의 가슴속에서 뭔가 툭 끊어지는 것 같았다.

"이곳을 지키는 하인들과 수직 병사들은 다 어딜 갔나!"

왕은 격노했고, 레아는 발타를 붙잡아 일으키며 울음을 터뜨렸다. 그는 바닥에 더욱 바짝 붙어 두 팔로 귀를 틀어막았다. 레아는 그를 부축해 일으킬 수 없었고, 안아서 옮길 수도 없었다.

왕이 그를 안아 침대에 눕히자 그는 말 한마디 없이 등을 돌린 채 몸을 둥그렇게 말았다. 레아가 그의 옷자락을 붙잡고 오열하는 동안, 그의 등은 점점 더 바짝 움츠러들었다.

그는 아예 입을 다물고 움직임도 멈췄다. 레아가 불러도 몸도 돌리지 않고, 식사를 하지도 않았다. 그는 괜찮은 척 애를 쓰던 애처로운 노력을 죄다 집어치웠다.

자리를 비우고 잠시 농땡이를 부렸던 하인과 하녀들은 가죽 채찍으로 30대씩 맞아야 했다.

그 일 이후, 왕은 그를 돌보겠다는 레아의 고집에 한 마디도 말을 덧대지 않았다.

‡ ‡ ‡

<발타의 일곱 번째 편지>

레아, 저는 쉬고 싶습니다.

누구든 좋으니, 저를 이 고통에서 해방시켜 주시면 안 되겠습니까.

마음 같아서는 마리 선왕비께 몰래 독이라도 써 달라고 하고 싶군요.

무릎과 팔꿈치로 침실 바닥을 기어 다닌 것이, 당신들에게 그렇게 못 보일 꼴이었습니까.

그냥, 침대에서 벗어나 보고 싶었던 것뿐입니다. 용변 문제만이라도 혼자 해결해 보고 싶었습니다. 팔과 다리만으로 움직이는 게 익숙하지 않아 침대 아래로 내려가려다가 그만 굴러떨어졌고, 천천히 움직이다 보니 시간이 걸렸던 것뿐입니다. 그리고 보이는 것이 없어서, 침대로 돌아가지 못해 방 안에서 조금 헤맸던 것뿐입니다.

팔꿈치와 무릎의 상처는 기사에겐 일상적인 것입니다. 이런 것으로 엄살을 부렸다간 동료들에게 비웃음을 당하기에 십상인, 그런 정도의 것이죠. 아, 이젠 제가 기사가 아니라는 건 잘 알고 있습니다.

물론 이런 꼴을 남에게 보이지 않았으면 더 좋았겠죠. 이런 모습을 들켜서, 당신들을 부끄럽게 해서 미안합니다.

하지만 그게 그렇게 큰일입니까. 그래서 제가 몇 끼를 굶은 건 또 뭐가 그리 큰일입니까. 당신과 폐하께서 오실 때마다 이불을 뒤집어쓰고 달팽이처럼 숨어 있던 것이 그렇게 화가 나는 일입니까.

저라고 그 꼴을 들킨 게 부끄럽지 않은 줄 아셨습니까. 부끄러워서 숨어 있겠다는데, 기어이 이불을 벗겨 내고 괜찮냐 어쩌냐 미안하다 통곡을 하면, 제가 뭘 어떻게 해야 합니까.

저는 이제 도망칠 능력도 없고 숨을 곳도 없습니다. 그저 이불 한 장만으로라도 옹색하게 숨어 있고 싶은 것입니다. 그럴 때면 좀 못 본 척해 주실 수도 있잖습니까.

레아, 제발, 제발 다시는 그렇게 울지 마세요.

그래요. 미안합니다. 용서해 주세요. 다시는 이런 짓 하지 않겠습니다.

저도 제가 부끄럽습니다. 솔직히 말하면, 그 모습을 들켰을 때, 저야말로 그 자리에서 칼을 물고 죽고 싶었습니다. 당신이 수치심을 느꼈다 한들, 저만큼 부끄러웠겠습니까.

성 십자가로 저를 낫게 해 달라고 하는 기도도, 이제 제발이지 안 하셨으면 좋겠습니다. 솔직히 말씀드리면, 저는 당신의 치유 기도가 이루어지지 않기를 내내 빌었어요. 저는 그냥 이대로 촛불이 꺼지듯, 훅 스러지고 싶습니다.

……맞습니다. 첫날부터 그랬습니다. 살고 싶었던 적도 없고, 낫고 싶지도 않았어요. 기사단에서 쫓겨나던 그 순간부터, 그냥 이 너덜너덜한 몸뚱이 그대로 땅속에 묻혀서, 지상에서 아예 사라지고 싶었습니다.

당신을 위로한답시고 괜찮은 척했던 거, 태연한 척했던 거 다 거짓말입니다.

당신을 사랑한다고 했던 것도, 사실이 아닙니다. 사실이 아니에요.

……레아, 당신은 왜 제 속마음을 다 알아들은 것처럼 반응하십니까. 아, 예예. 말 안 해도 다 아신다고요. 다 들린다고요.

아무렴요. 신의 선택을 받으신 분께서 기적의 십자가까지 갖고 계시니 신께서 제 마음을 직접 말씀해 주실지도 모르겠군요.

그런데 제가 이렇게 죽고 싶어 하고, 치욕스러워하고, 당신을 도저히 볼 수 없다고 생각하는 목소리는 왜 못 들으십니까. 들으면서도 모르는 척하시는 겁니까?

네, 그럼 제가 혹시 이 꼴이 되고서도 여전히 당신과 입 맞추고 싶고, 당신을 안고 싶어 하는 것도 잘 아시겠군요.

……설마, 정말 그렇습니까?

제기랄. 아닙니다, 레아. 아니에요. 제가 그걸 당신에게 내색했을 리 없어요. 맹세코, 실수로라도, 꿈속에서라도 그런 말을 흘린 적이 없어요.

노파심에서 드리는 말씀이지만, 제가 이 지경이 되어서도 당신을 안고 싶다고 생각하는 건, 당신이 생각하는 사랑이 아니라 본능입니다. 안타까워할 일은 전혀 아니고, 한심하고 경멸받을 만한 일이지요.

정숙한 숙녀께서는 사내의 본능과 욕정을 모르실 수 있습니다. 하지만 착각하시면 안 됩니다. 이건, 짐승의 교미 욕구와 크게 다르지 않은 것입니다. 사랑 아닙니다, 그거.

만에 하나 제가 부지중에 조금이라도 그런 내색을 했다면, 사죄드리겠습니다. 잊어 주세요. 저는 이제 어떻게 더 조심해야 할지,

어떻게 더 참아야 할지 방법을 모르겠습니다.

……레아, 제발 엎드려 간청합니다. 제가 얼마나 비참할지 생각하신다면, 제 앞에서만이라도 울지 마세요.

그래요. 당신은 눈물을 철철 흘려도 비웃을 사람이 없어서 좋겠습니다.

올랑드의 지렁이 한 마리가.

Ante diem III Idvs Martias(현 3월 13일).

‡ ‡ ‡

사순절이 거의 끝나 가고 있었다. 앞으로 한 주만 있으면 부활절이고 새해가 시작된다. 레아는 그와 함께한 이 고난의 시기가 영원처럼 길기도 하고, 찰나처럼 짧게도 느껴졌다.

발타가 다시 식사를 하고 레아에게 다시 웃어 보이게 된 것은 고작 며칠 전의 일이었다. 그는 손짓과 몸짓으로 사과의 뜻을 전했고, 레아에게 얼마든 울어도 괜찮다는 의사를 몇 번이나 되풀이해서 말했다.

사실 그 말이 정말 필요한 것은 발타였는데, 그는 그 사실을 잘 모르는 것 같았다.

– 왕궁 밖에서 조용히 지내고 싶다고 청했습니다. 하인 몇 명과 크레도만 보내 달라고.

그는 더듬더듬 낱말을 잇대었다. 레아는 열심히 뭔가를 설명하려 애쓰는 사내를 멀거니 바라보았다.

그는 자신의 미래에 레아라는 여자를 끼워 넣을 꿈조차 꾸지 못하고 있었다. 이제 군마로서 아무 쓸모도 없어진 크레도는 데려갈 생각을 하면서!

당연하지만 분노가 치밀었다. 아니, 서러움인지 독처럼 응축된 슬픔인지 모르겠다. 저도 모르게 입에서 목멘 소리가 툭 튀어 나갔다.

“발타 님, 당신은 억울하지 않아요?”

– 무엇이 억울합니까? 왜 억울해야 합니까? 저는 기쁘고 행복합니다.

그가 또 씨알도 먹히지 않을 거짓말을 해 댄다. 이렇게 말하는 그 역시 레아가 자신의 말을 전혀 안 믿는다는 것도 알고 있다. 하지만 그는 그렇게 말할 수밖에 없다.

“마드무아젤, 폐하께서 회의의 결정 사항을 전해 달라 하셨습니다.”

위그가 들어와 정중하게 말을 전한다. 그의 태도는 신성 재판 후 눈에 띄게 깍듯해졌다.

“저, 저한테 무슨……? 아침부터 계속 회의 중이시던데, 끝났나요?”

“회의는 아직 끝나지 않았습니다만, 마드무아젤과 관련된 일은 결정이 되었으니, 미리 알려 드리라 하셨습니다.”

“저, 저요? 무슨 일로 저 때문에 회의를…….”

겁이 덜컥 났다. 하지만 위그는 무슨 좋은 일이라도 생긴 것처럼 활짝 웃고 있었다.

“폐하와 마드무아젤의 약혼 공표일과 결혼식 날짜가 결정되었습니다.”

"예……?"

"신년 부활 축일에 노트르담에서 미사를 드리신 후 약혼 사실과 결혼 날짜를 공포하실 것입니다. 그날 시테 궁에서 소규모로 약혼식을 거행하신다 하셨습니다. 결혼식은 성령강림축일로 정해졌습니다."

갑자기 머리가 띵, 울렸다.

나, 나한테 말도 안 하고?

아, 나는 그런 걸 결정할 권리가 없던가?

알 수 없었다. 어쨌든 레아는 기습공격을 당한 것 같았고, 기분이 상당히 더러웠다.

아, 잠깐. 그러고 보면, 이거, 내가 약혼을 파해 달라고 부탁한데 대한 대답인가?

생각해 보니 그렇다. 이건 기습공격조차 아니었다. 기습공격을 당한 것은 왕이었다. 그는 분노를 점잖게 갈무리하고 예의 바르고 정중하게 대답을 보낸 것이다. '레아, 파혼은 거절한다. 그대는 나와 결혼해야 한다.'라고.

……이러면 안 되는데.

레아는 발타를 돌아보고 싶었지만, 두려워서 돌아볼 수 없었다. 파혼을 청하는 말을 듣고 왕이 이렇게 일을 서두를 줄 몰랐다.

– 축하드립니다, 마드무아젤.

잠시 후, 뒤에서 그의 목소리가 들렸다.

– 정말 기쁩니다. 아름다우실 겁니다. 정말 보고 싶군요. 아니, 볼 수는 없겠군요……. 음, 이제 당신은 편안하고 행복하게 지내실 일만 남았습니다.

"……."

– 정말 축하드립니다. 폐하께선 당신을 세상에서 제일 행복한 신부로…….

그가 횡설수설 축하 인사를 주워섬기는 것을, 위그는 거의 알아듣지 못했고, 레아는 남김없이 알아들었다.

– 위그 경, 제가 약혼식 전에 궁에서 나갈 수 있도록 부탁드린다고, 폐하께 말씀 좀 전해 주시겠습니까.

이 역시 레아만 알아듣고, 위그나 다른 하인들은 거의 알아듣지 못했다. 그래도 그는 끈질기게, 답답해하는 기색도 없이 천천히, 되풀이해서 말했다.

발타 님은 본래 언어 쪽으로 대단한 재능을 갖고 계셨다. 지중해역과 우트르메르 전역의 언어들까지 통달했다고, 작은 솔로몬이라는 별명 말고도, 바벨의 대천사라는 별명까지 갖고 있던 분이었다.

하지만 이제 그의 말을 제대로 알아들을 수 있는 사람은, 전 세계에 단 한 명밖에 남지 않았다. 사람들에게 찬탄과 경외감을 자아내던 그의 재능은, 이제 좌절감과 절망을 주는 요소로 변질되는 중이었다.

나는 어떡하면 좋을까. 이분을 어떡하면 좋을까. 이분은 말이 통하는 사람 하나 없이, 올랑드에서 어떻게 살아가시려고 겁도 없이 이러시는 걸까.

발타 님의 부탁을 위그에게 통역하듯 전하며, 레아는 속으로 피눈물을 삼켰다.

수면차를 마신 발타는 잠시 후 깊이 잠이 들었고, 하인과 하녀는 문가로 물러섰다.

레아는 침대 곁의 의자에 무너지듯 주저앉았다.

내가 방심한 걸까. 시작하기 전부터 왕과 결판을 냈어야 했던 걸까? 성 십자가 따위는 명분이 있건 말건 넘겨주고 도망이라도 쳤어야 했을까.

무슨 재주로? 발타 님을 모시고 어떻게 도망치게?

바로 실소가 튀어나왔다. 난 발타 님을 부축해 걷게 할 수도 없고, 말에 태울 수도 없는데? 하다못해 발타 님을 바닥에서 침대로 옮기는 것조차 왕이 해 주어야 했잖아.

……거기다, 하인을 부릴 은전 한 닢 없고.

눈앞이 깜깜하다. 현재 발타 님은 재산을 모두 처분해서 무일푼이고, 레아 역시 왕에게 돈을 돌려받지 못했다. 발타 님이 갖고 있는 은 세공품 몇 개로 사람을 몰래 사서 발타 님을 업고 야반도주라도 해야 하나?

행여 발타 님이 잘도 업혀서 따라가시겠다.

나는 대체 어떻게 해야 좋을까.

그냥 지금 바로 복도로 나가서, 바로 연결되어 있는 생트 샤펠 종탑에 올라가서 뛰어내리면 어떨까? 유혹은 너무나도 강렬했다.

그냥, 안전하게 살고 싶었다. 죽는 게 싫었고, 고문당하는 게 너무 무서웠고, 동생까지 휩쓸려서 죽게 하는 게 너무 미안했다. 그래서 도망치고, 숨고, 위장하며 살았다.

그게 이렇게 큰 잘못이었을까.

레아는 두 손으로 얼굴을 감싸고 엎드렸다. 마, 마드무아젤! 문가에 서 있는 하인과 하녀가 당황하며 다가오다가 레아의 사나운 손짓을 보고는 황급히 물러난다. 하루에 열 번씩 울지 말자고 결심했지만 이제 다 부질없었다. 레아는 자포자기한 채 흐느끼기 시작했다.

"마드무아젤, 폐하께서 듭십니다."

레아는 화들짝 자리에서 일어났다. 그러고 보니 레아가 와 있을 때 왕이 들어온 것도 오랜만이었다. 수면차에 취한 발타는 등을 돌린 채 여전히 곤하게 잠에 빠져 있었다.

왕은 레아가 고개를 돌리고 문지르는 것을 보더니 문가에 멈춰서 조용히 물었다.

"레아. 무슨 일이 있었나."

"아뇨. 없었습니다."

왕은 가까이 다가와 레아의 얼굴을 살폈다. 레아는 저도 모르게 어깨를 움츠렸다. 다행히, 그다지 노한 얼굴은 아니었다.

"정말 괜찮은가."

"예, 별일 아닙니다."

"……약혼식과 결혼 날짜가 잡힌 것이 그대에게는 눈물 흘리며 울 일인가?"

레아는 눈을 내리깔고 조심스럽게 대답했다.

"폐하, 저는 결혼을 파해 달라고 부탁드렸습니다."

"기억한다. 그리고 이게 내 대답이다, 레아."

"폐하. 결혼은 두 사람이 동의를 해야 이루어지는 게 아닙니까? 아무리 명령을 하셔도……."

"그대가 동의를 안 했었나? 이건 합의하에 이루어진 계약으로 기억한다. 계약이 이루어진 후 이런 변덕까지 번번이 받아 주어야 한다는 말인가?"

왕은 조용히, 하지만 단호하게 레아의 청을 거절했다. 발타 님의 잠을 깨우지 않으려 목소리를 낮추는 것 같은데, 그렇다고 밖에 나가서 대화를 하자고 하지는 않는다.

"폐하, 이건 변덕이 아니에요. 폐하께서도 저도 발타 님도 상황이 이렇게 될 줄은 모르지 않았습니까. 저는 폐하와 결혼할 수 없습니다. 그것은 두 분 모두에게 죄를 짓는 일입니다."

"끝난 이야기는 이제 그만하지, 마 벨르."

"……."

"발타 역시 원치 않음을 정말 모르나? 그는 되도록 빨리 파리를 떠나게 해 달라고 지난주부터 계속 청을 넣었어. 그래서 이번 신년 부활 미사를 마치는 대로 퐁텐블로로 보내기로 결정했다."

이건 몰랐던 일이다. 레아는 눈을 크게 뜨고 더듬었다.

"어, 언제……. 올랑드……도 아니고 퐁텐블로입니까."

"올랑드는 이제 그대의 영지 아닌가. 그가 편하겠는가."

"……."

"퐁텐블로는 나와 발타가 무척 좋아하던 곳이다. 아름다운 숲과 사냥용 별궁이 있어. 하인들도 넉넉히 딸려 보낼 터이니, 지내기에 불편하진 않을 거야. 그가 지내기 편하도록 궁을 대대적으로 수리하고 있어. 나도 자주 가서 들여다볼 것이고."

레아는 갑자기 다급해졌다.

발타 님은 자신을 원하지 않는 게 아니다. 그는 레아를 목숨보다 사랑하고 열렬히 원하지만, 그것을 감히 입 밖으로 낼 뻔뻔함이 없을 뿐이었다. 그럴 상황도 안 되고 자격도 없다 생각한다. 당연히 자신이 먼저 거리를 두고 서로 마음을 정리할 수 있도록 선수를 치는 것이다.

발타 님은 자신의 간절한 바람을, 그 애처로운 욕망을 너무 오랫동안 짓눌러 왔다. 나를 원하는 것조차 죄라고 생각할 만큼 긴 세월 동안.

“폐하, 제발 긍휼을 베풀어 주십시오. 제가 그동안 발타 님을 보면서 어떤 마음으로 지내 왔는지 잘 아시지 않습니까.”

왕의 이맛살이 크게 꿈틀거렸다. 그는 결국 참지 못하고 내뱉었다.

“그대는 그를 수발할 환자로 원하는 건가, 남편으로 원하는 건가.”

“……폐하.”

“수발할 환자로 원하는 것이면, 내가 책임지고 돌보는 것이 더 낫다고 수도 없이 말했다. 남편으로 원하는 것이면, 그는 남편의 구실을 전혀 하지 못할 터이니 피차 괴롭기만 할 것이고. 레아 그대는 이런 말을 듣고 싶은 건가.”

말을 끝내자마자 왕은 발타 님을 한 번 보고, 이마를 짚고 고개를 흔들었다. 만약 발타 님이 깨어 이 말을 들었으면 너무나 큰 상처였을 것이다. 치졸함이 바닥을 드러낸 말이었고, 왕도 그것을 인식하고 있었다.

“발타 님께서 멀쩡하게 돌아오셨으면, 저도 이런 걱정 안 하고, 이런 고집은 안 부립니다.”

“과거가 후회된다고 정에 휘둘려 현재를 망치지 마라. 그대가 선택하고자 하는 바는 모두에게 괴로운 결과밖에 가져오지 못한다. 그대는 나와 결혼할 것이다. 나는 이런 말을 하는 것도, 듣는 것도 유쾌하지 않다, 레아.”

“폐하께서는 성유물을 사랑하신 것이지, 저를 사랑하신 것이 아니잖습니까. 저는 나바르나 상파뉴는커녕 동전 한 푼 없는 세공사에 폐하께 경멸당하던 이교도 출신에, 남자 옷이나 입고 다니던 천박한 여자일 뿐입니다. 저는 잔느 여왕님이 아닙니다."

"잔느 이야기는 하지 마라! 어디서 감히……!"

차가운 얼굴로 쏘아붙이던 왕이 아차 싶은 얼굴로 입을 다물었다. 하지만 레아는 전혀 상처가 되지 않았다. 성유물을 빼 놓은 개인으로서의 레아 다크레가 왕에게 얼마나 하찮은 존재인지는 그녀가 가장 잘 알고 있었다.

"폐하. 이 성유물 때문에 저를 기어이 놔주지 못하시겠다면, 차라리 부러뜨려서 난로에 집어넣겠습니다. 그럼 그때는 놓아주실 겁니까?"

말이 떨어지기가 무섭게, 대노한 왕이 천장이 쩡, 울릴 정도로 고함을 쳤다.

"그대 제정신인가! 그따위 짓을 하면, 그 순간 내 손에 목이 잘릴 줄 알아!"

"그래 주시면 감사하겠습니다. 진작 그랬어야 했다는 생각만 자꾸 들어요……."

왕을 올려다보는 레아의 눈에서 다시 눈물이 넘쳐흘렀다. 왕의 입가의 근육이 팽팽하게 긴장한다. 왕은 가늘게 숨을 골랐다. 한 번, 두 번, 그리고 또 한 번. 그의 목소리는 다시 평온해졌다.

"일단, 잔느 이야기와 성유물로 협상하는 것은 피해 주면 고맙겠다. 나도 그대에게 언사를 더욱 조심하겠다."

레아는 이럴 때 왕이 가장 두려웠다. 눈물이 남은 눈으로 그를 올려다보자, 왕은 가까이 다가와 조심스럽게 그녀를 안았다. 레아가 눈을 커다랗게 뜨고 몸을 뒤틀자, 그의 팔에 힘이 꽉 들어간다.

“우리가 필요에 의해 결합하는 것은 맞지만, 그것이 그대를 사랑하지 않는다는 뜻은 아니야. 그대는 내 고백을 잊은 건가?”

왕이 낮은 목소리로 속삭였다. 레아는 눈을 크게 뜬 채, 기억을 더듬었다. 그랬다. 왕이 사랑한다는 고백을 했던 것도 같다. 하도 기가 막혀서 털어 버렸던 모양이다.

“우리 가문 남자들은, 영원히 입을 다물지언정 숙녀에게 거짓 고백은 하지 않는다.”

왕의 손가락이 레아의 눈물을 천천히 걷어 냈다. 왕의 뒤로, 방 밖으로 나갈까 말까 쩔쩔매는 두 명의 하녀들이 보였고, 여전히 등을 돌린 채 깊이 잠들어 있는 발타 님이 보였다.

왕의 손이 눈물을 문질러도, 눈물은 하염없이 흘러나왔다. 왕은 허리를 숙이고 레아의 눈가에, 눈물이 흘러내리는 뺨에 입술을 댔다.

그리고 그의 입술이 레아의 입술을 집어삼켰다. 레아의 몸부림이 왕 내면의 어떤 스위치를 건드렸는지, 오늘 그의 입맞춤은 폭풍처럼 과격하고 억셌다.

공포에 질린 레아는 몸부림을 멈추고 잔뜩 숨을 죽였다. 조금이라도 거부하며 몸부림을 쳤다간 이 자리에서 더 심한 짓을 당할 수도 있다는 두려움이 치밀었다.

물론 왕은 혼외 관계나 혼전 관계에 대해 수도승 이상으로 결벽적이고 엄격했지만, 지금은 약혼 상태고, 이곳은 발타 님이 누워 계신 침대 옆이었다. 등 뒤로 식은땀이 흘렀다.

발타 님이 들으시면 어떡하지. 지금 일어나시면 어떡하지.

폐하께서는 왜 이곳에서, 하필 지금.

염려와 달리, 왕은 선을 넘지 않았다. 그는 천천히 입술을 떼고, 뺨과 손등에 입을 맞춘 후, 정중한 목소리로 말했다.

"레아. 그대를 위해 노력하겠다. 내가 부족한 것이 많지만, 최선을 다해 그대를 아끼고 보호하고 사랑하겠다. 그러니 원하는 것이 있으면 말하라. 그대가 원하는 것은 최선을 다해 받아들이겠다."

"폐하, 지금껏 계속 말씀드렸습니다. 제가 원하는 건 한 가지뿐이에요. 저를 놓아주세요. 저는……."

"요청의 선을 잘 가늠해, 마 벨르. 나는 지금 몹시 피로하다."

왕은 짧게 말을 쳐 냈다. 고요한 억양이었지만, 서걱서걱 소리가 느껴질 정도로 서슬이 형형했다.

"레아. 그 이야기는 두 번 다시 입 밖에 내지 마라. 한 번만 더 내 귀에 그 말이 들리면, 그대는 다시 이 방에 들어오지 못할 것이며, 다시는 그의 얼굴을 보지 못할 것이다."

아아……. 하느님. 레아는 깊이 탄식했다.

왕의 명이 아니라도, 발타 님과 함께할 수 있는 시간은 이틀밖에 남지 않았다.

발타 님은 여전히 깊이 잠들어 있다. 그래서 레아는 안심하고 깊이 절망했다.

그날 저녁, 레아는 평소대로 발타의 식사 시중을 들고, 이야기를 읽어 주고, 곁에서 바느질을 하며 시간을 보냈다.

나는 이제 어찌하면 좋을까. 발타 님은 또 어찌하면 좋을까. 올랑드처럼 가까운 곳도 아닌 퐁텐블로에 혼자 덩그러니 누워 계시면, 발타 님은 견디실 수 있을까…….

조용히 앉아 있던 발타 님이 천천히 고개를 숙인다. 정말 뜬금없이 이불 위로 동그란 물방울이 떨어지기 시작했다.

툭, 툭툭, 툭. 툭.

오래전, 기욤 단장님의 장례식에서처럼, 그는 고개를 숙인 채 소리 없이, 숨죽여 눈물을 떨구었다. 이불 위로 둥그런 물 자국이 점점 넓게 퍼져 갔다.

"……."

레아는 자리에서 일어나 그를 가만히 끌어안았다. 이유는 묻지 않았다. 그는 레아의 어깨에 얼굴을 댄 채 조금 더 흐느꼈다. 그 역시 이유는 말하지 않았다.

‡ ‡ ‡

<발타의 여덟 번째 편지>

사랑하는 레아.

지난번 제가 당신의 마음을 아프게 했던 것, 진심으로 사과드립니다.

제가 아무리 말을 참고 행동을 자제해도, 결국 그 모든 것이 당신께는 슬픔이 되었던 모양입니다.

이제 저는 괜찮은 척하지 않겠습니다.

저는 사실 괜찮지 않았습니다. 당신께 뭔가를 숨기는 것이 이렇게 어려울 줄은 몰랐고, 당신이 제 속을 그리 훤히 읽고 계신 줄도 몰랐습니다. 그러니, 이렇게 금방 밑천이 털릴 줄도 모르고 계속 괜잖은 척, 태연한 척했던 겁니다.

당신도 이제, 그렇게 억지로 웃지 않으셔도 됩니다.

당신이 긴긴밤 시간 동안 입을 막고 혼자 울다가 아침에 애써 웃으며 제게 오셨던 것을 생각하면, 제 팔다리가 다시 으깨지는 것처럼 아픕니다.

우세요. 괜찮습니다. 그냥 제 앞에서 우세요. 혼자서 그렇게 숨어 울지 마시고요. 당신의 슬픔도, 당신의 눈물도, 제가 사랑했던 당신의 일부이고, 당신의 소중한 감정인 것을요.

저를 동정해서 그러신다 해도 괜찮고, 미안해서 우신다 해도 괜찮고, 제가 멍청하고 한심해서 우신다고 해도 괜찮아요. 그냥 다 괜찮아요. 울다 보면 속도 조금은 가라앉은 테고, 눈물이 마를 날도 있지 않겠습니까.

그러니 제가, 오늘 당신 앞에서 눈물을 참지 못했던 것도 조금은 양해해 주세요.

사나이다운 척, 용맹한 기사인 척할 필요가 없어졌다는 건, 제게는 해방이기도 합니다.

저는 당신이 의지할 만큼 강하고 굳센 사람이 아니었습니다. 이렇게 당신의 어깨에 기대서 눈물이나 질금거리는, 그 정도밖에 안 되는 사람이었습니다, 애초에.

일단, 축하를 드려야겠죠. 당신의 약혼, 당신의 결혼, 저는 당신께서 가장 아름답고 품위 있는 신부, 가장 행복한 여인이 될 것이라 믿어 마지않습니다.

하지만 저는 당신께서 그 말을 듣고 흐느껴 우는 소리를 들어야 했습니다. 폐하께서 급하게 달려오셔서, 당신을 안고 입 맞추고 위로하는 소리도 들었습니다. 저는 깨어 있음을 드러내지 않으려고, 등을 돌린 채 피가 나도록 입술을 깨물고 있었습니다.

폐하께서 일부러 그런 게 아니라고 믿습니다. 당신에게는 위로가 필요했고, 손을 잡고 등을 두드리고 따뜻하게 안아 줄 손길이 필요했어요. 하지만 저는 그렇게 할 수 없지 않습니까.

예. 폐하의 말씀이 맞습니다. 저는 제대로 된 남편 구실도, 사내 구실도 할 수 없을 거예요. 저는 경제적으로 완전히 무능력해졌고, 당신을 지킬 수도 없고, 당신을 안을 수도 없고, 위로할 수도 없고, 따뜻하게 달래는 말조차 할 수 없을 테니까요.

제게 가장 큰 형벌은 살아 있다는 것 자체입니다. 기사단에서 원했던 게 바로 그거죠.

위그 경이 벌써 시시콜콜 결혼식 준비 상황을 전해 나르고 계시네요. 어린 공주님 왕자님들의 결혼 소식도 하나둘 전해지는데, 폐하와 당신의 결혼이라니, 그것도 신의 선택을 받은 여인과 결혼이라니. 국가적인 경사가 아니냐면서 어찌나 흥분하시던지요.

음, 위그 경은, 그, 아버지와 달리 연애 사고나 남녀 간 가십에 너무 집중하는 경향이 있지요. 몽상 페벨 대전에서 전사하셨던 부빌 경은 어디로 놓고 보나 근엄한 무인이었는데 말입니다. 그분은 연애 이야기 따위는 신경도 쓰지 않으시는 전형적인 북프랑스 기사였습니다.

어쨌든, 위그 경은 결정적일 때 눈치가 없으신 것 같습니다. 제가 당신과 폐하의 결혼 이야기를 듣고 싶겠습니까. 그런 주제에 제가 눈치 없고 숙맥 같다고 그동안 잘도 놀리셨지 말입니다.

제가 직접 가서 축하드리지 못함을 용서하십시오. 대신 마음으로나마 미리 축하 인사를 드리고 축복을 바칩니다. 당신이 이 나라의 가장 고귀하고 거룩한 여인으로, 안전하게, 행복하게, 그리고 풍요롭게 살아가시기를 매일 잊지 않고 기도하겠습니다.

그날 당신의 눈부시고 아름다운 모습을 뵙지 못할 것이 안타깝지만, 위그 경이 충분히 실감 나게 전해 줄 거라고 믿습니다.

저는 폐하께서 당신을 사랑하게 된 것에 안도하며, 감사하며, 기뻐합니다.

레아, 저의 잠시간의 절망과 좌절, 들끓는 질투와 부러움은 딱 며칠만 눈감아 주세요. 제가 당신을 사랑했음에 대한 증거니까요.

저는 이제 제 마음을 부정하거나 숨기지 않고 담담히 받아들이기로 했습니다. 대신, 아파할 만큼 아파하고, 눈물도 말라붙을 만큼 흘린 후에, 이 못난 마음은 제가 알아서 잘 갈무리하겠습니다.

염려하지 마세요. 이 더럽고 음습한 마음은 누구에게든 털끝만큼도 드러내지 않을 것입니다. 마음속에 단단히 봉해서 무덤까지 가지고 가겠습니다.

폐하의 곁에 서실 때 당신은, 저의 유일하고도 고귀한 여왕님이 되실 것입니다.

당신께 깊은 사랑과 존경과 충성을 바칩니다.

한때 당신의 기사이고자 했던, 발타사르 드 올랑드.

Sacrvm Tridvm Paschale, Ante diem X Kalendas Apriles(파스카 성삼일. 현 3월 23일).

‡ ‡ ‡

"날이 많이 좋아졌어, 발타. 퐁텐블로에 다녀올까 하는데, 같이 가겠나?"

왕이 침대 곁에 앉아 발타에게 툭 말을 건다. 심드렁하게 말하는 말투나 가벼운 미소는 예전 발타가 멀쩡할 때와 크게 달라진 게 없어 보였다.

발타는 두 팔을 공손히 모으고 예의 바르게 대답했다.

"곧 수난 금요일이고 파스카 성삼일인데 사냥을 하셔도 괜찮으시겠습니까. 그리고 바로…… 노트르담에서 부활 축일 미사와 여러 중요한 행사들이 있을 텐데, 어찌하시려고요……라고 하시는데요."

레아의 통역에, 왕이 조금 질린 눈으로 레아를 곁눈질한다. 발타가 기사단에서 파문당한 지 한 달 반이 되어 가는데, 왕은 여전히 발타의 말을 절반밖에 알아듣지 못했다. 그나마 다른 하인들보다는 훨씬 잘 알아듣는 편이기는 했다.

발타 님의 일거수일투족에 신경 쓰고 그의 입술이나 억양, 표정, 그리고 그의 생각을 찬찬히 따라가다 보면 그가 하는 말을 대부분은 알아들을 수 있는데. 이상하게 생각하던 레아는 이내 고개를 저었다.

아니다. 사실 자신처럼 발타 님과 소통이 잘 되는 것이 더 이상한 일이었다. 더욱이 남의 눈치를 보거나 세심하게 관찰할 필요가 전혀 없는 왕으로서는 더더욱.

"사냥을 하러 가는 건 아니야. 사순절에, 그것도 수난 금요일에 사냥 같은 쾌락을 누릴 수는 없지."

– 그럼 무슨 일로……?

"퐁텐블로 별궁이 네 취향에 맞게 잘 꾸며지고 있는지 확인해 볼까 해서. 며칠 후에 네가 내려갈 텐데, 네 마음에 들어야 하지 않겠나."

발타의 표정이 순간적으로 어두워졌다. 보이지도 않고 누릴 수도 없는 별궁이 마음에 들게 꾸며진다 한들 무슨 의미가 있겠는가.

하지만 그 역시 왕의 애달픈 마음의 표현이었다. 발타는 이내 표정을 바꾸고 왕을 향해 웃어 보였다.

– 폐하. 저는 괜찮습니다. 편력기사로 10년 넘게 길에서 떠돌았는데, 퐁텐블로 별궁 정도면 제게는 천국과도 같은 호사입니다.

"하긴. 발타 너는 나와 함께 1년에 몇 번씩이나 그쪽으로 사냥을 다녔으니, 올랑드보다 더 익숙하겠지. 그럼 마 벨르, 그대라도 같이 퐁텐블로로 가지. 그곳의 숲은 꽤 아름다워."

내가 약 먹었냐. 발타 님 버려두고 사냥터에서 희희낙락 싸돌아다니게? 댁이 나라면 그럴 기분이 나겠냐.

레아는 한숨을 쉬며 최대한 얌전하게 돌려 말했다.

"폐하, 송구하오나 몸 상태가 별로 좋지 않아, 긴 시간 말을 타기 힘들 듯합니다."

왕의 푸른 눈동자가 빙그르르 옆으로 돌아가면서 갑자기 조용해졌다. 발타도 갑자기 입을 다물었다. 두 사람이 갑자기 꿀 먹은 벙어리가 되는 바람에, 레아는 어리둥절했다.

"결례를 저질렀군. 하녀들에게 뜨거운 탕파와 발 난로를 준비해 두라 할 테니 탑에서 따뜻하게 쉬도록 해. 퐁텐블로에는 나

혼자 다녀오지."

왕은 자신의 명을 거절했다고 화를 내는 대신 레아의 이마에 입을 맞추고 뒤로 물러났다.

아? 자, 잠깐? 폐하? 이게 뭔가 좀 이상한데……?

레아가 얼빠진 얼굴로 눈만 깜박이자, 왕은 그녀에게 짧게 눈인사를 하고, 다소 낯선 얼굴로 방을 나선다.

"그럼 사흘 후에 볼까. 신년 미사가 시작되기 전에는 파리에 도착할 거야. 그날 다 같이 오찬을 들도록 하지."

왕의 반응이 예상과 너무 달라서, 고개만 갸웃거리던 레아는 뒤늦게 무슨 오해가 있었는지 깨달았다. 아 맙소사, 그거 아니야! 레아는 기겁하며 치맛자락을 움켜쥐고 복도로 뛰어나갔다.

"아…… 폐하, 아니에요. 저 그, 그게 아니라. 그렇게 말 오래 타면, 몸살 난다는, 아니 활 한 번 쏴 본 적 없는데, 말 위에서 허우적허우적 숲속을 싸돌아다니게 생겼냐고 한 말인데. 아, 정말 오해세요! 아 이걸 어떡해, 난 몰라!"

레아는 뒤늦게 발을 동동 굴렀지만 왕은 자취도 보이지 않는다. 하지만 지금 그랑드 살르까지 쫓아가서 망토 자락을 붙잡고, '폐하, 지금 제가 생리 중이라는 게 아니라!' 하고 떠들어 댈 수도 없는 노릇이었다.

뒤늦게 사태를 눈치챈 하녀 두 명이 입을 가리고 킥킥대고 웃었다. 레아는 머리를 쥐어뜯었다. 뒤에선 발타가 머쓱한 얼굴로 이불 속으로 파고 들어간다. 이불 속에서 짤막한 웃음소리가 들린 것 같기도 했다.

레아는 낙담한 얼굴로 침대 옆의 의자에 털썩 주저앉았다.

"그거 아니에요."

– ……예.

"아 진짜. 거짓말하려던 게 아닌데. 그냥, 정말로 몸이 찌뿌듯한 것뿐이었어요."

– 예.

난처한지 대답이 짤막짤막하다.

"컨디션이 최상위를 찍어도 이 쫄보가 대체 무슨 사냥을 하겠어요. 지붕에 쥐 새끼만 나와도 온 가족이 졸도하는 집안에서."

– 예. 그래도 아크레에서 쥐는 잘 잡으셨죠.

"보셨어요? 저 쥐 잡을 때마다 무서워서 기절하는 줄 알았어요."

– ……네. 그러신 것 같았습니다. 저라도 대신 잡아 드리고 싶었는데, 저는 다른 쪽으로 쫄보라서 나서지 못했습니다.

"스토커신가요."

– ……죄송합니다.

레아는 비죽비죽 웃었다.

발타 님은 생각보다 다양한 모습을 보여 주고 있었다. 멀쩡하게 말할 수 있을 때는, 이렇게 말이 많고 재미있는 분인 줄 전혀 몰랐다.

"대체, 신년 행사를 코앞에 두고 왜 갑자기 퐁텐블로에."

– 폐하의 고향입니다. 생각이 복잡해지면 그곳 숲에 가십니다. 사냥도 워낙 좋아하십니다.

"폐하께서 사냥을 좋아하시는 건 들었어요. 뛰어난 사냥꾼이시라고."

– 사냥개를 위한 견사도 따로 있고, 최고급 군마도 많습니다. 궁의 마구간에서 직접 교배도 시키고 망아지들부터 각별히 아끼

면서 기르시죠.

"폐하께선 어째 인간보다 말 못 하는 동물들을 더 좋아하시는 것 같아요."

– 말을 못 하니까요.

우문현답이로다. 레아는 키득키득 웃었다.

"그런데 왜 굳이 저까지 데려가시려는 걸까요? 제가 쫄보인 것도 알고, 칼 한 번 안 잡아 본 것도 알고, 멧돼지나 사슴 사냥은커녕, 큰 벌레만 튀어나와도 기절하는 거 잘 아실 텐데요."

– 그래야 폐하의 멋짐을 보여 주실 수 있으니까요.

레아는 다시 웃었다. 이렇게 재미있는 분이 그동안 왜 그렇게 재미없는 가면을 쓰고 사셨을까.

발타는 왕을 잠시라도 까 내린 것이 찔렸는지 얼른 말을 바꿨다.

– ……물론, 폐하께선 신심이 깊은 분이시라 고난주간에 사냥 같은 오락은 일절 금하십니다. 노래도 안 들으시고, 체스도 안 하시고, 술도 안 드시고, 고기나 생선도 철저하게 제하시는데, 사냥 같은 걸 하실 리가 없죠.

그 정도면 사냥을 안 하는 게 아니라 못 하겠다. 어지러워서 쓰러지겠네. 그래도 손가락 가득한 반지나 온몸을 휘감은 장신구나 화려한 의복은 포기하지 못하는 걸 보면 그건 그것대로 우스웠다.

– 마드무아젤, 다음번에는 같이 가자 하시면 동행하십시오. 좋아하시는 분께 고향 숲을 보여 주시고 싶은 거겠죠. 퐁텐블로 숲은 정말 아름다운 곳입니다.

발타 님의 입가로 희미한 미소가 나타났다.

글쎄. 내가 왕과 그곳에 동행할 일이 있을까.

"흠. 혹시 돌아가신 왕비마마께 그곳에서 청혼이라도 하셨을까요?"

– ……음. 그게.

그가 다시 머쓱하게 입을 다문다. 아? 정말인가 보네?

그런데 뭐지, 반응이 왜 이러실까? 설마 내가 그런 일로 기분 나빠할까 봐?

잘못 짚어도 한참 잘못 짚으셨다. 레아는 왕이 선대 왕비마마와 어떻게 연애를 했고, 청혼을 했고, 사랑을 했고, 그런 이야기에 저어언혀 질투가 나지 않았다. 눈곱만큼도 기분이 나쁘지 않았다.

그저 신기할 뿐이었다. 왕이 저 성격에 제대로 된 청혼이나 했으려나. 연애다운 연애를 한 번이라도 해 보긴 했을까. 래아는 입을 비죽이며 물었다.

"정말인가 봐요. 폐하께서 왕비마마께 청혼한 곳이 그곳인가요?"

– ……예.

"고향 숲에서 청혼이라니, 그래도 꽤 낭만적인 부분도 있으시네요."

– ……음.

"그런 데서 청혼을 받으면 감격해서 우셨을 수도 있었겠어요."

– 왕비마마께서, 우, 울기는 우셨다고 하셨습니다.

"그래서 저를 데려가려고 하신 걸까요……. 약혼녀가 감격해서 우는 걸 보는 게 취미신가."

– 그건 아닙니다.

지나치게 단호한 대답에, 당시의 상황을 알고 있던 또 다른 증인들–왕비를 모셨던 하녀 두 명이 문 앞에서 키득키득 웃음을 터뜨렸다. 궁금해서 숨이 넘어가게 된 레아가 두 하녀들을 들들 볶아 대서 알게 된 왕의 '숲의 청혼'은, 레아의 예상과 상당히 달랐다.

‡ ‡ ‡

당시 필립 왕자는 일곱 살이고, 약혼 말이 오가는 숙녀께서는 두 살이었다.

필립의 약혼녀 잔느, 정확히 말하면 '프랑스 왕실에 망명 중인 나바르와 상파뉴와 브리의 아기 여왕 후아나 1세'인 그녀는 나이 치고는 말이 빠른 편이었지만, 주변에선 바스크어나 오크어를 주로 사용했기 때문에, 오일어를 쓰는 필립과 대화가 잘 통하지 않았다. 심지어 이름조차 알아듣지 못했다.

어쨌든 두 사람은 퐁텐블로 숲에서 우연히 만났다. 그녀는, 이런 말을 해서 숙녀의 명예를 훼손하면 안 되겠지만, 어쨌든 장래의 왕비마마께서는 아직 기저귀를 차고 있었다.

그리고 왕자님의 청혼을 받기 전부터 울고 있었다. 퐁텐블로에 블랑쉬 모후와 함께 왔는데, 어머니는 부왕의 사냥 모임에 홀라당 따라가셨고, 자신은 말도 안 통하는 하녀와 남겨졌는데, 하녀는 다리가 아프니 업어 달라는 말을 끝내–아마 일부러– 못 알아들었던 것이다.

일곱 살의 왕자는 울고 있는 꼬마 숙녀에게 주머니에 있던 귀하디귀한 사탕을 주었고, 숙녀는 단번에 울음을 그쳤다. 낯을 심하게 가리던 아기는 궁에서 몇 번 보았던 사람들을 아직 잘 기억하지 못했다.
"누구세요?"
"필립."
"필립이 누구예요?"
"너와 결혼할 사람."
"결혼이 뭐예요?"
필립은 잠시 생각했다. 두 살보다 일곱 살이 훨씬 어른이긴 했지만, 결혼이라는 말을 설명하기는 어려웠다.
"어머니 아버지처럼 같은 방에서 같이 사는 거."
"나 아빠 없어요."
"돌아가셨으니까."
"그럼 너희 엄마 아빠 같은 방에 있어요?"
"아니. 나는 어머니가 돌아가셨어."
"결혼 꼭 해요?"
"아마? 나하고 결혼하기 싫어?"
"모르겠어요."
아기 여왕님은 왕자님을 힐끔대며 올려다보더니 두 팔을 들어 올렸다.
"업어 주세요. 그럼 결혼해요. 다리 아파요."
필립 왕자는 뒤에 서 있는 하녀를 힐끗 바라보았지만, 하녀에게 단단히 삐친 아기 여왕님은 왕자의 쉬르코 자락을 붙잡고, 하녀가 다가오지 못하게 바동바동 발길질을 했다.
필립은 잠자코 자신의 약혼녀를 업었고, 업은 채 숲을 천천히 걸어 별궁으로 향했다. 결혼이 무엇인지 이 아기가 다시 묻는다면, 뭐라고 대답해 주는 게 좋을까. 필립은 약혼녀를 업은 채 한 참 생각했다.

하지만 약혼녀는 사탕을 입에 문 채 그의 등에서 곯아떨어져서, 결혼이 무엇인지 설명을 끝내 듣지 못했다. 어쨌든 약혼녀가 눈물을 보였고 결혼을 승낙했다는 점만 본다면, 그의 청혼은 그럭저럭 성공했다고 볼 수도 있었다.

그날 이후, 잔느 드 나바르는 궁에서 필립의 꼬랑지가 되었다.

9년 후, 필립은 헌헌장부가 되어 기사 서임을 받고, 정식으로 성인 인정을 받아 약혼녀 잔느와 결혼하게 되었다. 잔느는 열한 살이었고, 필립은 여전히 결혼을 어떻게 설명해야 할지 난감했다. 그래서 필립은 결혼의 유익에 대하여, 재산과 영지의 합산과 천둥이 칠 때 무섭지 않음과 함께 잠을 잘 때 따뜻함과 아기를 낳을 수 있다는 것이라고 설명했다.

그럼에도 신랑은 신부에 대해 별다른 불만이 없었다. 신부는 나바르의 여왕이자 상파뉴와 브리의 백작이었던 것이다. 신부 역시 이 결혼에 아무 불만이 없었다. 신랑은 세상에서 제일 잘생긴 왕자였던 것이다.

결혼식은 무더위가 절정에 이른 여름에 치러졌다. 두꺼운 휘장이 쳐진 침대 주변으로, 초야의 동침을 확인할 증인이 열 명 넘게 늘어섰다. 열한 살의 신부에게 초야를 정식으로 치를 수 없던 왕자는 신부 곁에 누운 채 일찌감치 잠을 청했다.

잔느의 모후 블랑슈의 직무유기인지, 성교육을 시키기엔 너무 이르다 생각한 건지 신부는 첫날밤에 이루어지는 일에 대해 정확히 알지 못한 채 침대에 들어와 평소처럼 방글방글 웃으며 조잘거렸다.

그리고 정작 잘 시간이 되자 자리에서 일어나 '밤이 되었으니 내 방에 가서 자야겠다' 하고 침실을 나가려 했다.

첫날밤에 신부가 나가 버리면 매우 곤란했다. 신부가 새벽에 같은 침대에서 일어나 신부의 권리인 '아침의 선물-사후 재산분할 등이 수록된 계약증서'을 받아야 결혼 계약이 완결되기 때문이었다. 필립은 그녀를 끌고 들어와 '우리는 이제 평생 같은 침대에서 자야 한다'고 설명했다.

하지만 그 설득을 받아들이기엔 날이 너무 더웠다. 어릴 때부터 고집과 강단이 있던 나바르의 어린 여왕께서는 한번 결심한 일은 반드시 이루고야 마는 뚝심도 갖고 있어서, 필립이 잠이 들락 말락 하면 살그머니 침대 밖으로 나가려 했다. 증인들은 증인이기 때문에 신부의 선택을 말리지 못했다.

필립은 아내가 방을 나가기 전에 계속 붙잡아 옆구리에 달랑 끼고 침대로 데려오는 짓거리를 백 번쯤 되풀이했다. 더위에 지친 신부는 잡혀 올 때마다 끝없는 질문 공세를 퍼부었고, 왕자는 짜증 한 번 내지 않고 똑같은 어조, 똑같은 표정으로 꼬박꼬박 대답해 주었다.

'더운데 왜 함께 자야만 해? 어제까지 따로 잤잖아.' '결혼했으니까.' '왜 결혼하면 함께 자야 해?' '후계자를 낳아야 하니까.' '후계자는 어떻게 낳아?' '결혼해서 함께 잠자리에 들면 하느님께서 아기를 선물해 주셔.' '그럼 우리는 언제 선물 받아?' '네가 아기를 품을 수 있을 만큼 자라면.' '그게 언제야?' '글쎄. 하느님만 아시겠지.'

약혼자라기보다 소꿉친구 같은 상태로 함께 자랐지만, 어린 시절의 다섯 살이란 차이가 커서, 아직 대화의 밸런스를 맞출 수 없었다. 열한 살 여왕께서는 나이에 비해 성에 무지한 편이었고, 왕자는 대화의 요령이 없고 말투나 표정마저 지나치게 건조한 편이었다.

왕자는 정중하고 진지하게, 최고의 인내심을 가지고 대답했지만, 부부의 대화는 끝없이 겉돌았다. 주변에 있던 증인들은 속이 푹푹 터져 나갔고, 같이 자야 하는 이유를 끝내 납득하지 못한 신부는 계속 탈출을 시도했다.

결국 신랑은 신부가 도망치지 못하도록 두 팔과 다리로 끌어안은 채 밤을 새웠다. 폭염으로 끓어오르는 한여름 밤이었다. 아침에 일어났을 때, 두 사람의 옷과 시트는 땀으로 흠뻑 젖어 있었다.

그것이 필립 왕자와 잔느 여왕의 첫날밤이었다.

무심하고 낭만이라곤 손톱만큼도 없는 왕과, 고집 세고 유쾌하며 뚝심 있는 왕비는 나름 다투지 않고 잘 살았다. 필립은 프랑스 영토를 확장하려는 노력과, 국가의 판을 새로 짜려는 미증유의 시도들과, 관료제 시스템의 기틀을 잡으려 온갖 개혁을 추진하던 중이었기 때문에, 그의 치세는 온통 전쟁과 돈 문제와 줄줄이 파문 사태와 성직자들의 증오와 미친 환율과 폭등과 폭락을 반복하는 물가와 시민들의 시위와 왕족과 귀족 영주들의 반발과 온갖 언론 플레이로 좌충우돌 파란만장이었다.

진취적이고 활동적인 왕비는 왕비대로 문예 부흥에 진력하고, 학교를 세우고, 빈민들을 돕거나 상파뉴와 나바르를 통치하는 데 골몰했다. 그녀는 직접 전투 지휘까지 하는 여장부이기도 했다.

상황 때문인지 성격 때문인지, 그들의 관계는 알콩달콩 애정이라기보다 미친 듯이 뛰어다니며 함께 위기를 막는 끈끈한 전우애의 형태를 띠게 되었다.

엎친 데 덮친 격으로, 신심이 몹시 깊었던 두 사람은, 교회가 정해 준 금식과 금욕일까지 철저하게 준수해서, 알콩달콩 분위기와는 점점 거리가 멀어졌다. 매주 두 차례의 정기 금식, 금욕, 사순절 40일간의 금식, 금육, 금주, 금욕, 성경에서 정해 준 월경 기간과 정결 기간 동안의 금욕, 임신 기간과 산욕 기간의 금욕, 성령 강림 축일과 세 천사 축일과 성탄 축일과 공현 축일 등 각종 축일의 금욕. 한도 끝도 없었다.

도덕적인 결벽증은 심하지만, 프랑스에서 손꼽히는 무장이며 성적으로도 그리 담백하지 못했던 왕은 아내를 곁에 둔 채 1년 중 절반 이상을 발군의 인내심을 발휘하며 수도승처럼 지내야 했다. 종교적인 규범 규칙을 모범적으로 지키던 왕이지만, 이 금욕일에 대해서는 대놓고 불만을 토로한 적이 몇 번 있다고 했다.

그래도 인간 승리라 할 만한 것은, 왕비가 첫 아이를 낳은 후부터, 거의 해마다 한 명씩 아이가 생겼다는 점이었다.

두 사람의 관계는 밖에서 보기엔 점잖다 못해 무덤덤해 보였지만, 두 사람은 서로를 가장 신뢰할 만한 반려자이자 든든한 동지로 여겼다.

그들은 할아버지인 생 루이 선왕을 깊이 흠모하고 롤 모델로 삼았으며, 도덕적인 기준이 높고 신앙심이 깊었다. 하여 두 사람은 왕실과 귀족 사회에서 만연하다 못해 일상이 되어 버린 궁정 연애나 불륜, 매춘 따위를 극도로 혐오했고, 부부간의 신뢰와 정절을 깨끗하게 지켰다.

감정이 거세되었다는 소문이 돌던 필립은, 의외로 잔느 왕비에게 감정적으로 깊이 의지했다. 프랑스 최초로 교회에 세금을 부과하고 교황과 성직자들에게 공공의 적이 되었을 때, 교황에게 파문을 당했을 때, 쿠르트레 전투에서 대패해 목숨만 건져 궁으로 돌아왔을 때, 감히 교황을 프랑스 왕실 재판에 회부했을 때, 아나니 사태를 일으켜서 로마와 프랑스가 발칵 뒤집혔을 때, 플랑드르에 복수하고 대승을 거두었을 때, 그 고된 격랑을 말없이 헤치며 프랑스를 이끌었던 왕은, 폭풍이 다 지나간 후 왕비와 함께 방에 틀어박혀 지내는 시간이 길었다.

잔느 왕비는 이태 전 봄, 아이를 낳다가 죽었다.

그리고 일주일 후는 죽은 왕비의 기일이었다.

‡ ‡ ‡

"발타 님, 왕비마마는 행복하셨을 것 같아요."

레아는 손에 깍지를 낀 채 조용히 중얼거렸다. 발타는 침대에 앉아 고개를 끄덕였다.

– 제 생각도 그렇습니다.

그리고 레아를 향해 빙긋 웃어 보이며, 그녀가 별로 듣고 싶지 않은 말을 기어이 덧대었다.

– 당신도 그러실 겁니다, 마드무아젤.

레아는 그의 얼굴을 물끄러미 바라보았다.

왕의 결혼은 어느 모로 보나 정략혼이며 땅들의 결합이었지만, 두 사람이 깊이 사랑했었다는 건 발타도 잘 알고 있다.

그래서 저렇게 자신 있게 말하는 것이다. 당신도 잔느 왕비마마만큼, 아니 그보다 더 사랑받으실 수 있습니다, 하고.

왕은 필요에 따라 자신의 의지로 누군가를 사랑할 수 있는 분이라 했다. 분명 그분은 레아라는 여자가 필요하다. 정확히 말하면 '신에게 선택받은 성유물의 여인'이 필요하다. 그래서 그 여자를 사랑하기로 결정한 모양이다.

하여, 그 고귀한 분께서는 그전까지 경멸해 마지않던 한 여자를 사랑하기 위해 고군분투하는 듯했다. 왕의 노력은 가끔 튀어나오는 냉소와 분노를 감안해도 존경스러울 지경이었다.

하지만 레아는 왕이 아니었다. 그래서 필요에 의해 의지로 사랑한다는 사람을, 필요에 의해 의지로 사랑할 수는 없을 것 같았다.

발타 님은 내가 폐하를 사랑하는 게 정말 가능하다 생각하시나? 대체 나를 어떻게 생각하는 걸까?

실소라도 터뜨리고 싶은데, 차마 그럴 수 없었다. 저 말을 제 입으로 해야 하는 사내의 마음이 어떤지, 너무나 잘 알기 때문에.

이제 우리에게 남은 시간은 고작 하루다. 두 사람의 마음은 다르지 않으며, 두 사람의 열망도 다르지 않다. 아니, 어쩌면 발타 님의 숨겨진 열망이 훨씬 지독할 것이다. 나는 이렇게까지 지독하게 집착할 수도 없고, 이렇게까지 처절하게 희생할 수도 없을 것이다.

그러나 발타 님은, 끝내 나를 사랑하기로 결단할 수 없다. 자신을 위해 욕심을 부리기엔, 나를 너무 사랑하기 때문에.

그러니 결단을 내리는 것은 내 몫이 되어야 한다. 더 이상 쫄보라고 도망치고 흘러가는 대로 내버려 둘 수는 없다.

나는 나의 상실보다, 저분의 절망을 더 이상 참아 볼 수가 없다.

– 고향 생각이 납니다, 마드무아젤.

오랜만에 발타는 꿈에서 보던 고향 이야기를 꺼냈다. 왕은 그 풍경이 고향이 아니라, 성모 마리아께서 보여 준 환상이라 했었다. 왕의 혈통 중 드물게 그 꿈을 꾸는 사람들이 있다고도 했다. 그래서 왕이 그를 혈육으로 인정했던 거라고.

하지만 발타는 그곳을 여전히 자신의 고향이며 자신의 영지라고 생각했다.

뒤이어 그는 아크레에서의 추억과, 파리에서 레아와 함께 돌아다녔던 곳들과, 그녀와 함께했던 순간들을 잘게잘게 나누어, 하나씩 되짚어가며 행복하게 웃기 시작했다.

레아는 그가 삶을 완전히 포기했음을 알아차렸다.

그의 마음은 이미 죽어서 땅속 깊은 곳에 묻혀 있었다. 그리고 이제는 몸뚱이가 죽을 일만 남아 있다. 내일이든, 1년 후이든, 혹은 그보다 더 후이든.

이제 발타 님께 남은 삶은 딱 하루에 불과했다.

‡ ‡ ‡

<발타의 아홉 번째 편지>

레아 다크레, 고귀하고 존귀하신 분이여.

이게 당신께 드리는 마지막 편지가 되어야 할 것 같습니다.

아, 어차피 당신께 닿지 않는 편지이니 무의미할까요. 어쨌든 허공에나마, 머릿속에서나마 당신께 편지를 쓰며 자신을 위로하던 이 짓거리도, 오늘로 그만둘 참입니다.

마드무아젤 레아, 고귀하고 아름다운 분이시여.

다시 한번 조심스럽게 말씀드립니다. 약혼식을 코앞에 두신 분이 이렇게 제 방에 이렇게 계속 오시는 것은, 구설에 오르기 쉽고, 당신의 평판에 몹시 해롭습니다.

물론 제 몸이 이렇기 때문에 그런 의심을 받는 것조차 우습지만, 궁정이란 원래 말이 많은 곳입니다. 호의가 오해가 되고 불명예가 되는 일만큼은 막아야 하지 않겠습니까.

저를 수발드는 일은, 서너 명의 하인들이 밤낮으로 교대하며 잘 하고 있습니다. 물론 당신처럼 제 의사를 정확히 이해하지 못하여 가끔 저를 불편하게 합니다만 견딜 만합니다. 괜찮습니다. 가장 기본적인 의사소통 몇 가지는 되는 편이고, 종소리가 무엇을 의미하는지 계속 잊어버리긴 하지만, 그래도 몇 번 되풀이하면 잘 기억할 거라 생각합니다.

저는 2~3일 후면 시테 궁을 나가서 퐁텐블로에서 지내게 됩니다. 퐁텐블로가 아니라도 큰 상관은 없습니다. 어차피 돌아다니거나 풍광을 볼 건 아니라서요. 그저 크레도 녀석이 편하게 돌아다닐 만한 초지가 있으면 좋겠다 싶었는데 다행이지요. 그리고 꼼꼼하고 성품 좋은 하인 몇 명만 붙여 주시면, 그곳이 어디이든, 그럭저럭 시간을 보낼 수는 있을 것 같습니다.

염려하지 마세요. 이런저런 불편함이야 있겠지만, 다소의 불편함은 몸이 온전할 때도 늘 겪었던 일입니다.

폐하께서 말끔히 수리해 주신 별궁 침대에 누워서 지내는 상상을 해 봅니다. 딱히 나쁘지 않을 겁니다. 침대의 이 끝에서 저 끝으로 구르며 제가 소원하던 대로 종일 잠이나 자게 될 것입니다.

제 평생 소원이 침대 위에서 진종일 뒹굴대는 것이었는데, 그게 참, 소원을 함부로 빌면 안 되는 거였어요.

침대의 이 끝에서 저 끝으로 구르는 건, 무해무익하고, 부질없고, 무의미하죠. 그 짓을 백 년 동안 반복해도 세상은 전혀 달라지지 않겠지요. 제가 꿈꿔 오던 성지 회복의 사명과는 아주 다른 일이죠.

그래도 나름 재미는 있어요. 저는 지금 여기서도 팔꿈치, 어깨, 허리, 다리, 무릎만 이용해서 침대의 이 끝에서 저 끝까지 구르고, 구르고, 구릅니다. 어쩌면 이렇게 완벽하게 부질없을 수가! 아, 하하하.

……미안합니다. 자괴감에 빠지지 않으려고 노력하고 있지만, 마음을 다스리는 것이 말처럼 쉽지는 않습니다.

레아, 저는 요즘 어둡고 작은 방에 조용히 누워 있는 것처럼 느껴질 때가 있습니다. 힘들다고 엄살을 부리려는 게 아니라, 모든 움직임과 시간마저 멈춘 듯한 고요한 상태가 제게 편안하고 익숙하게 느껴진다는 말입니다.

얼마나 피곤하면 그랬겠냐고요? 레아, 이런 말씀 드리긴 뭐하지만, 전 시테 궁에서 늘 수면 부족 상태였어요. 아시잖습니까. 폐하께서는 소문난 종달새족이시고, 부지런하시고, 새벽 첫 미사도 빠지는 일이 거의 없으시다는 거.

……폐하에 대해서 불평하는 건 아닙니다. 게으른 제 잘못이죠.

어둠은 예전에 지나간 많은 것을 떠올리게 합니다. 그래서인지 꿈과 현실의 경계가 모호해질 때가 있어요. 그래서인지, 투르 드 봉벡에 매달려 있던 기억을 지나, 잊어버린 고향 풍경이 더 자주 꿈에서 나타나곤 합니다.

조용한 물소리가 들리고, 사방은 어둡고, 그저 조용합니다. 그러다가 차츰, 낯익은 풍경이 어렴풋이 떠올라요. 제가 살던 고향 풍경은 꿈속에서도 늘 변함이 없어요. 하얀 꽃이 가득한 들판, 하늘 높이 솟아 있는 나무, 하늘을 날아다니는 예쁜 새, 태양 빛처럼 빛나는 머리카락을 나풀거리는 아름다운 여인도 보입니다.

저는 꿈인지 망상인지도 모를 상태로, 간절히 소원합니다. 저는 그 고향을 찾아내서 돌아가고 싶습니다. 제 작고 고요하고 아늑한 방으로 찾아 들어가, 편안히, 아무런 방해도 받지 않고 영원히 잠이 드는 것을 꿈꿉니다.

제가 단잠을 자던 방을 기억합니다. 창문이 없던 걸 보면 성의 지하에 있던 방이 아닐까 싶은데, 아주 작지만 아늑했던 것으로 기억해요. 사방이 금빛으로 빛나는 예쁜 방이었죠. 그 주변에 놓여 있던 물건들을 떠올리면, 제 부모님이 아주 가난한 영주님은 아니었던 것 같습니다.

고향이 어디인지 찾아보려는 노력은 포기했지만, 저는 그 작고 아늑한 방에서 세상 시름을 다 잊고, 겨울잠 자는 동물처럼 오래오래 잠드는 꿈을 자주 꿉니다. 당신이 저를 안아 주면 이런 기분일까 싶게 달콤하죠. 그 역시 행복 아니겠습니까.

제 고향이나 꿈 이야기는 심심하시죠. 실은 저도 재미없어요. 당신이 들려주는 아크레의 이야기가 훨씬 재미있습니다.

당신은 제가 기억도 못 하고 지나갔던 소소하고 작은 풍경들을 참 자세히도, 따스하게도 기억하고 계십니다. 아크레 시절의 추억은, 저 역시 당신과 밤새 수다를 떨어도 좋을 만큼 많이 쌓여 있습니다.

그립습니다. 아크레는 저에게 제2의 고향 같아요. 저는 물이 있는 풍경을 좋아해요. 바다든, 강이든, 시내든, 호수든. 지금도 당신 눈동자처럼 파란 아크레의 바다를 상상하면 가슴이 설레고 벅찹니다. 아크레의 풍경은 레아 당신과 단단히 결합되어 있어서, 어디를 떠올리든 숨 막히게 사랑스럽고 눈부십니다.

아아, 지금 성 안나 삼거리를 지나가는 기분이 들어요.

당신 노랫소리가 들립니다. 랄랄라, 랄랄라, 랄라리랄라. 랄랄라, 랄랄라, 랄라리랄라.

발타사르 다크레로 불리고 싶은 남자.

Ante diem IX Kalendas Apriles,

Feria sexta in Passione Domini.

(현 3월 24일, 주님 고난 성금요일에)

8-2. 파스카 성삼일, 무덤의 밤

부활 축일 하루 전, 파스카 성삼일(수난 금요일부터 부활절까지의 기간)의 토요일. 레아는 아침부터 저녁까지 발타의 방에 있었다. 퐁텐블로에 있는 왕은 내일 노트르담의 신년 부활절 미사 시간에 맞춰서 돌아오실 것이다.

왕의 인내심은 오늘로 끝일 것이다. 오래 참았다고 생각했다. 아마 그 대상이 발타가 아니었다면, 그리고 그 일에 세 명 모두가 공동 책임자가 아니었다면 약혼녀가 이 방에 출입하는 꼴을 결코 용납하지 않았을 것이다.

삶을 깨끗하게 포기한, 세상에서 가장 미련하고 용감한 남자.

삶을 포기하지 못해 진창에서 질척대다가 이제야 용기를 낸, 세상에서 가장 쫄보였던 여자.

그 남자와 여자가 함께 보내는, 어쩌면 마지막 날, 어쩌면 첫

날. 오히려 마음이 담담했다.

레아는 발타에게 매일 끓여 주던 수면초를 몇 배나 진하게 달여 포도주에 넣고, 방을 지키는 하녀와 하인들에게 '파스카 토요일 부활전야' 명목으로 큰 잔에 한 잔씩 따라 주었다. 약초의 효능은 자못 대단하여, 하인들은 저녁을 먹자마자 거의 기절하듯 곯아떨어졌다.

조용했다. 부활 축일을 하루 앞둔 저녁. 왕이 동석을 허락한 마지막 저녁은 그저 조용했다.

발타는 그 한 토막의 시간조차 아까운지, 눈을 감고 두 팔을 무릎 위에 내려놓은 채 조용히 앉아 있었다.

생트 샤펠 종탑에서 종이 울리기 시작했다. 잠자리에 들 시간이었다.

발타는 가만히 고개를 돌리더니, 결심한 듯, 빙그레 웃어 보인다.

– 레아, 마드무아젤. 이제 들어가서 주무셔야죠.

"네. 벌써 그렇게 됐네요. 밖의 하인들도 벌써 곯아떨어졌어요."

– 신년맞이 준비한다고 바빴나 봅니다. 약혼식 준비와 제 이사 준비도 꽤 손이 갔을 겁니다.

발타의 웃음이 조금 더 도드라졌다.

– 그동안, 감사했습니다. 마드무아젤.

"발타 님. 저도요."

그가 레아의 방향으로 몸을 돌려 한쪽 팔을 내밀었다. 마지막 인사를 하겠다는 뜻이었다. 레아가 그의 팔뚝 위에 손을 얹자, 발타는 그 손을 조심스레 끌어당겨 손등에 입을 맞추었다.

– 내일 떠나면서 인사 못 드릴 듯합니다. 약혼과 결혼 축하드립니다.

레아는 손을 빼서 방 밖으로 나가는 대신 침대 위에 나란히 걸터앉아 빙긋 웃었다. 그리고 그의 팔을 끌어당겨 감각이 남아 있는 팔뚝을 살그머니 어루만졌다. 그가 소스라쳐 팔을 빼낸다.

– 레아! 무슨 일이십니까!

"축하 인사 같은 거 받고 싶지 않아요, 발타 님. 전 폐하하고 약혼도 결혼도 안 할 거라서요."

레아는 마음이 후련해지는 것을 느꼈다. 진작 이랬어야 했다. 멍한 표정으로 고개를 갸웃거리는 발타의 모습을 보며, 레아는 웃었다.

– 그, 그게 무슨 말씀이십니까? 지금…… 폐하와 결혼하지 않겠다고 하셨습니까? 왜요? 무슨 이유입니까?

"발타 님하고 결혼하고 싶어요. 발타 님의 아내가 되고 싶어요."

벼락이라도 맞은 듯, 그의 몸이 딱딱하게 굳었다. 그의 얼굴이 순식간에 시퍼렇게 변하는 바람에 레아는 저도 모르게 후드드 몸을 떨었다.

그는 절규하듯 내뱉었다.

– 미쳤습니까? 대체 뭘 보고 저와 결혼을 한다는 겁니까?

그는 진심으로 격노했다. 레아는 당황하지 않았다.

그의 분노는 당연했다. 그렇게나 사랑하고 열망하던 것을 스스로 설득해 포기할 때까지, 그의 처절한 노력을 모르지 않는다. 그가 레아를 포기해야 할 이유는 백만 가지나 되었다. 결혼해야 할 이유는 한 가지뿐이었다.

그의 거부 반응은 격렬했다. 그는 좌절을 분노를 감추지 못했고, 레아가 알아듣지 못할 말을 쏟아 냈다. 모욕, 분노, 추적, 간통 따위의 말까지 튀어나왔다.

하지만 레아는 그의 격렬한 반발에서, 자신의 예상이 맞다는 것을 확신했다. 이 극심한 거부 반응은, 두 가지 상반된 감정이 안에서 맞부딪쳐서 거대한 폭풍을 일으켰다는 뜻이다. 본심은 넘치는 환희를 주체하지 못하는데, 그것을 도저히 인정할 수도 받아들일 수도 없으니까.

"발타 님, 당신은 제 사랑과 희생과 헌신을 받을 자격이 있으세요. 저는 당신을 너무 사랑해서, 다른 분과 도저히 결혼할 수 없습니다. 다른 분의 품에 안겨서 당신을 생각한다면 그분께도 죄가 되지 않겠어요?"

– 말하지 마세요! 하지 마!

"제가 당신의 남은 생애 동안, 눈이 되어 드리고, 입이 되어 드리고, 팔과 다리가 되어 드리겠습니다. 약속할게요. 발타 님, 사랑합니다. 제가 이렇게, 어떻게 할 수 없을 만큼 당신을 사랑합니다."

– 미쳤어! 당신은, 레아, 제, 제발 더 이상 말하지 마세요…….

발타는 과격하게 반발했지만, 목소리는 토막토막 끊어졌다. 그의 안에 있는 또 다른 사내가 레아의 고백을 갈망하고 있다. 목이 말라 죽어 가던 라셸르가 물 한 방울을 갈구하던 것처럼. 만약 레아의 고백이 바닥에 쏟아진다면, 그는 바닥을 혀로 샅샅이 핥아 댈 것이 틀림없다.

"발타 님, 폐하께서 파혼만 허락해 주시면, 성 십자가 유물은 폐하께 드릴 것이고, 폐하께서 내리는 어떤 처분도 달게 받을 거예요. 당신의 아내가 아니라 하녀로 살아도 좋고, 일꾼으로 살아도 좋고, 당신의 매춘부든, 노예든, 그 무엇으로 살아도 좋으니, 제발 당신의 옆에서, 당신을 돌보며 살 수 있도록 해 주세요."

발타는 팔뚝으로 귀를 막은 채 울부짖듯 노성을 발했다. 거의 알아들을 수 없었다. 간신히 알아들을 수 있던 몇 마디는 거머리, 빈대, 아기 따위의 말이었다.

이 와중에 그는 아내를 힘들게 할까, 만족시키지 못할까, 아이를 만들어 주지 못할까, 그따위 것까지 걱정하며 괴로워했다. 레아는 오열에 가까워지는 그의 말들을 단칼에 잘라 내고 물었다.

"발타 님, 저를 사랑하세요?"

그의 목소리가 멎었다. 온통 시끄럽던 세상이 완벽하게 고요해졌다. 아니, 사랑하지 않습니다. 사랑했던 적 없습니다, 그의 의지는 그렇게 말하고 있지만, 부들부들 떨리는 그의 입술은 다른 말을 하려 하고 있었다.

발타는 이를 악문 채 간신히 내뱉었다.

– 아닙니다. 그런 적 없습니다.

레아는 희미하게 웃었다. 입가에서 쥐가 날 것 같다.

"발타 님, 저 안고 싶으시죠."

그의 푹 꺼진 눈꺼풀 아래에서 왈칵 눈물이 흘렀다. 아니, 아니, 아닙니다. 그는 힘껏 고개를 저었지만 이제 입 밖으로는 목소리가 나오지 않았다. 레아는 차분하게 말했다.

"발타 님. 저는 이게 발타 님께 듣는 마지막 말이 될 수도 있어요. 다른 거 생각하지 말고, 솔직한 마음을 말씀해 주세요. 저를 사랑하신 적이 없으셨나요."

"……."

"저에게 보여 주셨던 태도는, 사랑한다는 고백은, 모두 기만이었나요? 다른 남자들이 여자에게 본능적으로 찔러보던 그런 행동이었나요. 그렇게 생각하고 가면 되나요?"

– ……레아…….

그는 자신이 결심한 대로, 예라고 대답하지 못했다. 그렇게 부인하고 보내기엔, 마음에 맺힌 것들이 너무 컸다. 그는 고개를 숙인 채 힘겹게 대답했다.

– ……제가 어찌 당신을 기만할 수 있겠습니까. 어떻게 감히.

"……."

– 그래요. 사랑합니다. ……당신을 영혼 깊이 사모했습니다. 당신을 열렬히 원했던 것도 진심이었습니다.

"저를 열렬히 원한다는 말이 정확하게 어떤 건지 말씀해 주세요."

레아는 그들의 끈덕지고 무서운 인연의 끝자락을 기어코 확인해 볼 생각이었다. 애써 평정을 가장하던 그의 얼굴이 처참하게 일그러들었다.

– 레아, 제가 미치지 않고서야, 어떻게…… 제 욕구와 감정이 이끄는 대로 당신을 끌어가겠습니까.

"발타 님, 당신이 미치지 않았다고 생각하세요? 제가 미치지 않았다고 생각하세요?"

– 예?

"어차피 처음 사랑에 빠졌을 때부터, 우리는 제정신이 아니었어요……."

당신은 나를 사랑하고 나를 간절히 원하고, 나도 당신을 사랑하고 당신을 미칠 듯이 원해요.

당신의 마음은 이미 무덤 속에 들어가 있고, 당신이 떠나시면 제 마음도 조만간 땅속 깊이 파묻히게 될 거예요.

고통과 죽음과 무덤. 파스카 성야에 어울리는 결말이죠.

레아가 입맞춤을 시작했을 때, 발타는 당황해하며 뒤로 몸을 물렸다. 그가 넋이 나간 얼굴로 정신없이 웅얼대기 시작했다. 하지만 레아는 그가 무슨 말을 하는지 알아듣지 못했고, 그 역시 자신이 무슨 말을 하는지 몰랐다.

레아는 그의 목을 끌어안고 조심스럽게 입을 맞췄다. 가슴이 터질 것처럼 들뛰었다. 그는 레아의 팔 안에서 몇 번 몸부림치다가 이내 잠잠해졌다.

레아는 그를 안은 팔에 힘을 주며 입술을 맞댔다. 발타는 입을 꽉 다문 채 고개를 옆으로 돌렸다. 예전에 한두 번 깊은 입맞춤을 했던 기억이 떠오른다. 그때 발타는 레아의 입 속에서 난폭한 폭군처럼 굴었었다.

하지만 지금의 그는 사랑하는 여자의 입맞춤이나 애정 어린 손길을 받아들일 만큼의 자신감조차 남아 있지 않았다.

레아는 그의 슈미즈 안으로 손을 조심스럽게 밀어 넣었다. 피부가 맞닿는 순간, 그가 단검에 찔린 것처럼 짧은 날숨을 뱉는다. 하아, 아, 그의 몸이 크게 뒤치며 위로 풀썩 튀어 오른다. 그가 잠시 입을 벌린 순간, 레아는 그의 입술을 덮어 버렸다.

– 아아, 레아…….

결국 그는 고개를 옆으로 틀어 너무나도 수줍게, 조심스러워하며 입맞춤을 받아들였다. 그의 숨소리가 가빠지며 입맞춤이 깊어졌다.

그는 두 팔을 벌려 레아를 힘껏 끌어안았다. 레아는 거대한 짐

쇠에 끼인 것처럼, 심장이 터질 듯 피가 몰렸다.

– 고백할 것이 있습니다. 마드무아젤.

입술이 떨어진 후, 그가 허공을 향해 속삭였다. 그가 스스로에게도 말하지 못했던 진짜 마음이 흘러나오기 시작했다.

– 그동안, 저는 매일 밤 하느님께 간절히 빌었습니다.

“예, 발타 님.”

– 비록 제 모습이 이렇게 비루해도…… 아무리 비참한 종말이 기다리고 있어도…… 단 하루를 살더라도…….

하아아, 아아아. 그가 고통스러운 듯 신음했다.

– 레아, 당신의 남자가 되고 싶다고……. 단 하루도 빠짐없이, 그렇게…….

“제가 그걸 모를 거라고 생각했나요?”

– 들켰을지도 모른다고 생각은 했습니다만, 그때마다 얼마나 겁에 질렸는지 모릅니다.

발타는 희미하게 웃으며 속삭였다.

– 저는 정말 비겁했습니다. 세상에서 제일 겁쟁이는 당신이 아니라 저예요. 끝까지 도망쳤던 것도 저였어요. 당신을 위한다는 명목으로, 당신이 행복할 거라는 명목으로. 당신에게 가장 불행한 결말이라는 것을 알면서도.

그는 자신의 두려움을 고백했다. 그는 레아가 자신을 거절할까, 질릴까, 자신을 사랑한 것을 후회할까 두려워했다.

자신의 두려움마저 고해하듯 남김없이 털어놓은 그는, 모든 것을 내려놓은 듯한 얼굴로 초연히 웃어 보였다.

– 사랑하는 분이여. 제 두려움과 비겁함을, 그래서 이 모든 결정과 무거운 책임을 전부 당신에게 떠넘겼음을 용서하세요. 사랑

하는 레아. 나의 마드무아젤, 나의 용감하고 아름다운 기사님. 제가, 당신을 간절히 원합니다.

그는 이제 레아를 향해 망설임 없이 두 팔을 벌렸다.

– 당신과 온전히 한 몸이 되는 것을 제가, 간절히 원합니다.

레아는 촛불을 끄고, 벽난로의 쇠문도 닫고, 문과 덧창까지 잠근 후 돌아왔다. 이제 방 안은 완전히 깜깜해졌다.

침대로 더듬더듬 올라간 레아는 터질 듯이 뛰는 가슴을 지그시 눌렀다. 다행히 수면초를 과량 복용해 뻗은 하인들에게선 아무 기척도 없고, 시테 궁은 조용했다. 왕이 퐁텐블로로 갈 때 시종들과 하인들을 대거 끌고 갔기 때문에 궁은 평소보다 훨씬 적막했다.

발타 님이 부스럭부스럭 움직이는 소리가 들린다. 두 팔로 얼굴이라도 가려 보는 것일까. 하지만 모든 빛이 차단된 침실은 정말 칠흑처럼 깜깜해서, 그의 희미한 윤곽조차 보이지 않았다.

레아가 더듬더듬하며 그의 팔을 잡았을 때, 그가 레아를 어설프게 안았다. 그가 우들우들 떨고 있는 것이 느껴졌다. 그의 입술이 레아의 젖은 뺨을 조곤조곤 찍어 올라가더니 귓가에 가만히 입을 맞췄다. 보드라운 숨소리가 귓속으로 흘러 들어왔다.

– 레아, 내 영혼의 주인님. 나의 고귀하고 아름다운 숙녀여.

뭉개진 발음, 알아듣기 어려운 고백, 그는 이제 흐느낌을 숨기지 못했다.

– 이제…… 당신이 원하시는 대로…… 저를 소유하세요.

‡ ‡ ‡

<발타의 열 번째 편지>

고백할 것이 있습니다. 마드무아젤.
후안무치한 자가 이제야 용기를 내어 말씀드립니다.

당신을 사랑합니다.

이 마음을 드러내지 않으려 최선을 다했지만, 전혀 숨겨지지 않았던 모양입니다.

저는 당신을 항상 안고 싶었습니다. 당신을 다시 만난 후부터 지금까지 계속 그랬습니다. 심지어 당신이 여자인 줄 몰랐을 때도. 아, 제가 그 일로 얼마나 깊이 고뇌했는지 당신은 모르실 겁니다.

그동안, 저는 매일 밤, 하느님께 간절히 빌었습니다. 비록 제 모습이 이렇게 비루해도, 아무리 비참한 종말이 기다리고 있어도, 단 하루를 살더라도, 레아, 당신의 남자가 되고 싶다고, 단 하루도 빠짐없이, 그렇게…….

저는 정말 비겁했습니다. 세상에서 제일 겁쟁이는, 당신이 아니라 저예요.

저는 두려웠습니다. 당신이 나를 거절할까 봐, 당신이 나에게 질릴까 봐, 당신이 모든 것을 버리고 나를 택한 것을 언젠가 후회할까 봐.

……당신이, 나, 나를 버릴까 봐.

레아, 제 두려움과 비겁함을, 그래서 이 모든 결정과 무거운 책임을 전부 당신에게 떠넘겼음을 용서하세요.

저는 이제야 용기를 내었고, 제 마음은 이제 평온합니다. 저에게 당신 이외의 다른 길은 애초부터 존재하지 않았는데. 그걸 이제야 알게 된 것이 한스럽습니다.

이제 감히 말씀드립니다. 사랑하는 레아. 나의 마드무아젤, 용감하고 아름다운 기사님.

제가 당신을 간절히 원합니다.

당신을 제 품에 안기를, 당신과 온전히 한 몸이 되는 것을, 제가 간절히 원합니다.

레아, 제 모습은 많이 흉할 것입니다. 이상하거나 우스울 것이고, 당신께 제대로 된 기쁨을 드릴 수도 없을 것입니다.

그래도 괜찮으시면 먼저 촛불을 꺼 주시고 문과 덧창을 잠가 주시면 고맙겠습니다.

레아, 내 영혼의 주인님. 나의 고귀하고 아름다운 숙녀여.

이제 당신이 원하시는 대로 저를 소유하세요.

레, 레아. 음…….

저는 지금, 수, 숨이 막힙니다. 가슴이…… 터질 것 같습니다.

당신이…… 아, 당신이 보고 싶습니다. 당신을, 내 손으로 만지고 싶어, 당신을 보고 싶어요.

신이여, 제발, 저를 하룻밤이라도 좋으니, 레아, 당신을 온전히 보게 하시기를, 온전한 몸으로 당신을 보고, 만지고, 입 맞추고, 안고, 사랑하게 하시기를 간절히, 간절히…….

레아. 제가 다, 당신을, 이렇게나 사랑하는데, 이, 이렇게 속수무책으로 당신을 원하는데.

저는 원통합니다. 온몸에서 끓어오르는 이 황홀함이, 저는 너무 원통합니다.

제 눈물을 용서하세요. 사랑합니다. 헤아릴 수 없이 깊고 벅찬 마음으로, 당신께 사랑을 고백합니다.

당신의 입술에, 목에, 손에, 발등에, 그대의 온몸에 입맞춤을 보냅니다.

나의 레아. 내 심장의 주인이여, 내 영혼의 넘치는 환희여.

아아……. 제 몸의 열렬한 환호를 들으소서.

당신의 발타사르.

Ante diem VII Kalendas Apriles(현 3월 26일).

8-3. 보나 파스카

Bona Pascha

짙은 어둠 속에서, 레아는 시간을 알 수 없었다. 곁에서는 발타의 숨소리만 들린다. 어둠에 익숙해진 눈이 천천히 그의 윤곽을 가늠했다.

그의 가늘고 고른 숨소리가 사랑스럽다. 레아는 그의 가슴에 귀를 댄 채 그의 심장 소리를 들었다. 느릿하게 규칙적으로 뛰는 그의 심장 소리가 사랑스럽다. 땀에 흠뻑 젖었다가 말라붙은, 약간 버석한 그의 피부가 사랑스럽다. 그의 팔과 가슴, 허리를 천천히 쓰다듬었다. 매끈하고 유려한 선이 손가락에 감긴다. 그 아름다운 선이 사랑스럽다.

그의 팔뚝이 그녀를 어설프게 끌어당긴다. 자는 걸까, 깨신 걸까. 그 수줍은 떨림이 숨 막히게 사랑스럽다.

해가 떴을까. 새벽닭이 울었을까. 생트 샤펠의 종소리가 들렸던가.

어제 자면서 덧창을 닫고 짙은 커튼을 치고 문까지 잠가 두었더니 시간을 가늠할 수 없다. 레아는 이 무덤처럼 짙고 깊은 어두움이 마음에 들었다.

파스카 성삼일의 마지막 밤, 온통 깜깜한 무덤에 갇힌 시간.

고난주간의 대미를 장식하는 파스카 성삼일은, 예수님이 마지막 만찬을 베푸시고, 고난당하신 후 돌아가시고, 부활하실 때까지의 사흘, 그 캄캄한 무덤 속 시간을 말한다. 아시케나지 마을에서의 파스카는 모세가 이집트에 보였던 마지막 재앙, 즉 죽음의 저주를 건너뛰는 절기이기도 했다.

레아는 두 사람의 긴 여정이 드디어 끝에 다다랐다는 생각이 들었다. 길고 암울한 사순시기를 거쳐, 파스카 3일을 지나, 드디어 무덤에 다다른 것이다.

유대인들은 죽음을 건너뛰고 이집트를 탈출했고, 무덤에 갇히셨던 분은 살아 돌아오셨지만, 우리의 여정은 이 무덤에서 끝나게 될 것이다.

– 레아…….

그의 속삭이는 듯한 목소리가 들린다. 레아는 그의 곁으로 바짝 다가갔다. 그는 팔과 다리를 움직여 다시 레아를 성글게 안았다.

"깨어 있었어요?"

발타는 대답 대신 레아의 뺨에 입술을 대고 부드럽게 입을 맞췄다.

– 몸은 괜찮으십니까.

"네."

– ……아프게 해서 미안합니다.

"괜찮아요, 발타 님."

– 제, 제가 좀 더 부드럽게 했어야 했습니다. 상상 속에서는 분명, 부드럽게, 달콤하게, 황홀감을 느끼게 해 드릴 것 같았는데…….

너무나 진지한 사과에 레아는 키득키득 웃기 시작했다. 뽀뽀도 제대로 못 해 보신 분이, 꿈이 너무 원대하셨다.

"그 이상 어떻게 잘하세요? 그 정도면 타고나신 거 아닌가요. 입단 서원을 안 하셨으면 10대부터 엄청난 바람둥이가 되셨을지도 몰라요."

– 아닙니다. 당치 않습니다. 어제, 제가 너무 서툴러서……. 보이는 건 없고, 머릿속은 하얗고, 아, 정말 한심해.

그가 당황해서 쩔쩔매는 것이 너무 사랑스러워, 레아는 그를 안은 채 웃었다. 그는 쑥스럽게 따라 웃으며 레아의 뺨에 다시 입을 맞췄다.

시간이 멈춘 것 같았다. 파스카 성삼일의 마지막 날, 마지막 밤. 혹은 미명. 그 무덤과도 같은 어둡고 고요하고 영원한 시간에.

발타와의 밤은, 수많은 음유시인이 노래하던 것처럼 그렇게 낭만적이고 아름답고 황홀하지 않았다. 낯설고, 아프고, 당황스럽고, 처음부터 끝까지 이상하기까지 했다.

두 사람 모두 처음이었고, 지독하게 긴장했고, 미칠 것처럼 흥분하기만 했을 뿐, 엉망진창이었다. 게다가 발타는 몸을 제대로 움직이지도 못했고, 레아의 몸에 감히 손을 대지도 못했다.

정숙한 숙녀답게 얌전히 누워서 남자의 애정 어린 애무를 받아들이고 어쩌고 할 계제가 아니었다. 있는 용기 없는 용기 쥐어짠 레아도 처지는 비슷해서, 긴 입맞춤을 끝낸 후 뭘 어떻게 해야 할지 눈앞이 깜깜해지고 말았다.

다행인지 불행인지 주변은 칠흑처럼 깜깜했다. 두 사람은 어둠 속에서 무엇인가를 해 보려고 애를 썼다. 지독한 흥분과 격렬한 애정이 두 사람을 사로잡았고, 몸에서 열기가 들끓기 시작했다. 발타의 억눌린 숨소리와 레아의 뜨거운 날숨, 그리고 간단없이 얽히는 짙은 신음으로, 방의 어둠은 무겁고 농밀해졌다.

"아아악. 아, 아파……."

소설에서 나오는 황홀하고 넋이 나갈 것 같은 아름다운 쾌락 따위는 말짱 거짓말이었다. 발타가 안으로 깊이 밀려들어 왔을 때, 레아는 말 그대로 기절할 뻔했다. 창으로 배 속 깊은 곳을 꿰뚫린 것 같았다.

갑작스러운 비명에 발타는 크게 당황했다. 그는 바로 몸을 빼내고는 정신없이 허둥대기 시작했다.

– 아, 레아, 제, 제가 혹시 실수했습니까? 역시 하면 안 되는 거였을까요. 마, 많이 아프십니까? 칼로 찔린 것 같다고요? 오, 하느님. 이걸 대체, 제, 제가, 대체 당신께 무슨 짓을.

발타는 무엇이 잘못되었는지도 모른 채 혼이 나갔다. 별일 아니니까 괜찮다, 제발 조용히 해 달라, 다시 한번 해 보자, 하는 부탁에도 그는 감히 레아를 다시 안을 엄두도 내지 못했다.

다른 연인들은 이 어렵고 난망한 상황을 대체 어떻게 돌파했을까.

레아는 결국 그의 위로 기어 올라갔다. 그는 뻣뻣하게 얼었지만, 레아를 밀어내지는 않는다.

몸과 마음이 새로 끓어오르는 것이 느껴진다. 그가 레아의 몸 안으로 힘겹게 길을 내고, 꿈틀대며 깊이, 더 깊이 파고든다. 불편한 팔로 레아의 몸을 부드럽게 감싸 안는다. 물에 젖은 비단처럼, 물속의 수풀처럼, 길고 긴 뱀이 온몸을 휘어감는 것처럼 유연하고 매끈하다.

소름이 오싹 끼친다. 온몸을 후려치는 강렬한 쾌감, 그의 낮고 무거운 신음, 난생처음 겪는 희락으로, 레아는 그만 눈앞이 아뜩해졌다.

그의 턱이, 어깨가, 팔이, 허리의 깊은 파동이 느껴진다. 하아, 탄식처럼, 그가 뜨거운 날숨을 토한다. 그의 고개가 흔들린다. 아, 아아, 하아아, 그렇게 긴 세월 동안, 그리도 애타게 열망했던 환희의 순간, 그는 사랑하는 자의 몸을 공들여 세공하듯, 느릿하게, 오래오래 음미했다.

레아는 자신의 고통이 점점 빛이 바래 가는 것을, 그가 느끼고 있는 격렬한 환희가 어느덧 자신의 몸으로 미친 듯이 밀려들어오는 것을 느꼈다.

아, 흐으으, 레아, 레아…….

그는 흐느끼는 것처럼 신음했다. 레아는 그가 안겨 준 희락을 더 이상 감당할 수 없었다. 상상도 하지 못했던 자극이 난폭하게 온몸을 할퀸다. 달군 쇠에 살이 녹아내리는 것만큼이나 강렬한 감각이었다.

두 사람의 신음 속에서 서로의 이름이 뒤섞이며 몸이 뒤엉킨다. 희락은 인생에서 겪었던 모든 것 중 가장 눈부시고 강렬했으며, 짧고도 무참했다.

아아, 레아…….

그의 고개가 천천히 뒤로 꺾였다.

– 레아, 이제 불을 켜고 옷을 입혀 주시겠습니까.

생트 샤펠의 종이 울렸다. 높은 곳에서 내려오는 그 종소리는 꽃잎이 흩날리는 것처럼 느껴질 때가 있다. 백합이나 장미, 혹은 튤리파, 그 크고 화려하고 눈부신 꽃들이 눈발처럼 쏟아지는 것 같다.

레아는 덧창을 열었다. 새해 첫날. 희미하게 동이 트고 있었다. 무덤에 계속 머물러 있고 싶어도, 부활절 새벽은 밝았다. 이제 산 사람은 살러 가고, 죽을 사람은 영원히 무덤에 남겨질 것이다.

레아는 그의 몸을 가만히 내려다보았다. 이불로 하반신이 가려져 있긴 하지만, 믿을 수 없을 정도로 아름다운 몸이었다. 아니, 인간의 몸으로 느껴지지 않을 만큼 신비로웠다.

레아는 그의 몸을 천천히 더듬었다. 그의 뺨과 턱, 목과 쇄골, 어깨, 가슴과 배. 그의 하반신까지 조심조심 어루만졌다.

– 레아.

그가 레아를 향해 고개를 든다.

– ……당신이 보고 싶어요.

레아는 그의 손을 끌어당겨 자신의 가슴에 가져다 댔다. 물론 그의 손에는 이제 어떤 감각도 남아 있지 않다. 안다. 하지만 그렇게라도 해 주고 싶었다. 그는 레아의 가슴에 가만히 입술을 대고 속삭였다.

– 당신을 보고 싶어요. 보고 싶습니다. 만지고 싶어요. 당신의

몸을 제 손으로 만져 보고, 느껴 보고 싶습니다.

"발타 님."

– ……다, 당신을 미칠 것처럼, 보고 싶습니다, 레아…….

그가 가슴에 이마를 박은 채 울기 시작했다. 레아는 그의 머리를 끌어안았다.

신께서는 말씀하셨다. 사람에게는 견딜 수 있을 만큼의 고통만 허락하신다고.

거짓말이다. 사람에게는 견딜 수 없는 고통도 이렇게 존재한다. 이것은 인간으로서 겪어 낼 수 있는 고통이 아니다.

레아는 자신을 선택한 신에게 이를 갈며 빌었다. 하느님, 제발 발타 님을 치유해 주세요. 그 눈을, 그 혀를, 그 손을, 그 발을, 예전처럼, 저 따위를 모르던 시절처럼, 저 따위를 사랑하지 않던 때처럼, 이 성 십자가의 존재 따위를 아예 모르던 그 시절처럼.

아니, 아니다. 치유를 해 주실 거면, 내가 하루 세 번 꼬박꼬박, 성유물을 가지고 그렇게 열심히 기도할 때 진작 들어주셨겠지.

레아는 손에 성 십자가 조각을 움켜쥔 채, 이를 악물고 고개를 저었다. 무자비한 신이여, 자신이 선택한 도구를 처참히 버리시는 잔혹한 신이여.

이제 맘대로 하세요. 저도 맘대로 해 드리지요. 아무짝에도 쓸모없는 이 성유물 따위, 나에게는 오로지 저주와도 같던 이 성물 따위는 오늘 당장 빼개서 부숴 버리고, 장작불에 처넣어 버리겠어.

눈물을 숨기지 않기로 결심한 사내의 흐느낌은 길었다. 레아는 그를 품에 안고 조용히 기다렸다.

창문으로 들어오는 빛이 점점 밝아지면서, 침대 위에 펼쳐진 어젯밤의 흔적이 뚜렷이 드러나기 시작했다.

– 레아, 이제 옷을 입으세요.

눈물을 거둔 그가 조용히 청했다. 레아가 아쉬움에 조금 꾸물거리며 그의 뺨에 입술을 대자, 그가 부드럽게 웃으며 덧붙였다.

– 폐하께서 문 앞에 서 계시는 것 같습니다.

‡ ‡ ‡

"폐하, 문을…… 부술까요?"

왕의 뒤에 서 있던 알랭이 잔뜩 눌린 목소리로 묻는다. 왕은 말 한마디 없이 고개만 저었다.

뒤에 서 있는 사람들의 얼굴은 모두 흙빛이었다. 신년 아침부터 대형 참사가 벌어질 듯했다. 너무나도 충격적이고, 아무도 상상할 수 없었던.

……아니, 사실은 이미 예견되어 있던 참사인지도 모른다.

왕은 전날 저녁, 시테 궁에서 온 전서구를 받았고, 그 자리에서 바로 옷을 걸쳐 입고 시테 섬으로 출발했다. 원래대로라면 새벽에 출발해 노트르담의 신년 부활절 미사에 참석할 예정이었다.

전서구에 어떤 내용이 실렸는지 알랭은 알지 못했다. 어전 시종이 얼굴이 시커멓게 되어 잠자리에 든 왕을 깨웠고, 왕은 바로 일어나 파리로 향했다. 분위기로 봐서 신의 선택받은 여인이라 불리는 아크레의 숙녀에게 무슨 문제가 생긴 듯했다.

아니, 무슨 문제를 일으킨 쪽에 더 가까운 것 같기도 했다.

왕이 바로 향한 곳은 올랑드 경이 머무르는 생 루이 별궁 앞이었다.

그리고 일행은 방문 앞에서 완전히 곯아떨어진 하인과 병사들을 발견했다. 알랭은 그들을 질질 끌어내다가 안에서 흘러나오는 소리에 기겁했다.

"……."

문 안쪽에서는 익숙한 두 사람의 목소리가 흘러나오고 있었다.

알랭과 부하들, 그리고 어전 시종의 얼굴이 새하얗게 변했다. 왕은 움직이지 않았다. 당장이라도 문을 열고 들어가 두 사람을 끌어내라 할 것 같은데, 왕은 그 앞에서 돌이라도 된 것처럼 꼼짝도 하지 않는다.

시간이 얼마나 흘렀는지 알 수 없다. 새벽빛이 복도의 창문으로 들어오고, 생트 샤펠 종탑에서 종소리가 들리기 시작했다.

그 시간 동안 왕은 말없이 기다렸다. 꼼짝도 하지 않고 문을 노려보고 있는 왕의 얼굴은 여전히 석상처럼 무표정하고 건조했다. 새파란 눈동자만 기이할 정도로 이글거리고 있었다.

안에서 흘러나오는 소리는 크지는 않았지만, 무슨 일이 일어나고 있는지는 충분히 알 수 있었고, 두 사람은 그것을 굳이 숨길 생각도 없어 보였다.

안에서 두 사람이 나누는 대화는 잘 들리지 않았다. 다만, 누군가가 흐느끼고 있다는 것은 알 수 있었다. 왕은 그 흐느낌이 멎을 때까지 기다리고, 기다리고, 기다렸다.

두 번째 종이 울리고, 수탉들이 이곳저곳에서 울어 댈 때, 왕이 드디어 고개를 들었다.

"발타, 레아, 의복을 갖춰라. 들어가겠다."

안에서는 아무 대답이 들리지 않았다. 놀라거나 당황하는 목소리조차 들리지 않는다. 자신이 와 있다는 걸 이미 알고 있다는 뜻이었다. 그럼에도 문은 여전히 굳게 잠겨 있다.

왕은 예의 차분한 목소리로 말했다.

"알랭, 문을 부수고 들어가서, 두 사람을 무릎 꿇려."

쾅, 쾅쾅, 쾅! 쾅.

낡은 잠금장치는 금방 부서져 나갔다. 문이 열리고 왕이 안으로 들어갔을 때, 두 사람은 당황한 기색도 없이 왕 앞에 예를 갖추었다.

알랭이 굳이 무릎을 꿇릴 것도 없었다. 두 사람 모두 바닥에 엎드린 채 왕을 맞이하고 있었던 것이다.

다만 예상과 달리 앞을 막고 있는 것은 레아가 아니라 발타였다.

"퐁텐블로에 잘 다녀오셨습니까, 폐하."

말을 못 하는 사내 대신 뒤에 엎드린 여자에게서 인사말이 흘러나왔다. 떨림 한 자락 없는 평온한 목소리였다.

"레아, 지금 그대가 나에게 그런 인사를 태평하게 할 때가 아닐 텐데."

"폐하께 이런 모습을 보이게 되어, 매우 죄송하고 민망하게 생각하고 있습니다."

당황해하지도 않는다는 것은, 애초에 왕에게 숨길 생각도 없었다는 뜻이었다. 왕에게 바칠 생각인지, 여자는 귀한 성유물을 두 손으로 꼭 감싸 쥐고 있었다. 왕 역시 똑같이 평온한 목소리로 말했다.

"파혼은 불가하다는 나의 뜻은 분명히 전달된 것으로 안다. 그런데 이따위 짓을 나의 궁에서 잘도 저지르는구나. 나를 모욕하기로 작정한 건가?"

"하느님께 맹세코, 큰 은혜를 베푸신 폐하를 모욕할 생각은 추호도 없었습니다. 다만 폐하와의 결혼이 어렵다고 말씀드린 제 대답을 기억하여 주시옵소서. 저는 발타 님과 혼인하고 싶습니다."

"이것은, 레아 그대의 최후통첩인가."

– 아닙니다, 저희 두 사람의 간청입니다, 폐하.

이번에는 앞에 엎드려 있는 발타가 고개를 숙인 채 대답했다. 왕은 눈을 가느스름하게 뜨고 그를 내려다보며 말했다.

"다시 한번 똑똑히 대답해 봐, 발타."

– 폐하, 저희의 간청입니다. 제가 레아 다크레를 진심으로 사랑합니다. 저희 두 사람은 결혼하기를 원합니다.

"……발타. 그 말을 멈춰라."

"폐하. 조금만 더 들어 주십시오. 저는 레아 다크레를 사랑하며, 두 사람이 혼인하기를 원합니다. 감히 용서조차 청할 수 없을 만큼 큰 불충임을 알면서도 엎드려 간청합니다. 부디 저희를 용서하시고, 저희가 비루하게나마 함께 살아 나가도록 허락해 주시옵소서."

"그 말을, 멈추라고 했다, 발타!"

왕이 목이 터질 듯이 고함을 질렀다.

레아는 눈을 크게 뜨고 왕과 발타를 번갈아 바라보았다. 무언가 잘못되어 가는 것 같다.

아니, 뭔가 이상, 이상하다. 이상…….

이제 왕은 눈을 크게 뜬 채 온몸을 부들부들 떨고 있었다.

"고개를 들어라, 발타."

"폐하……?"

"고개를 들라고! 내 말이 안 들리나! 내게 얼굴을 보여!"

왕이 그답지 않게 평정을 잃고 고함을 지른다. 발타가 고개를 들어 왕에게 얼굴을 보인다. 그의 뒤에서 무릎을 꿇고 있던 레아는, 발타의 팔이, 어깨가 가늘게 떨리는 것을 보았다.

왕이 갑자기 달려들어 그의 멱살을 잡아챘다.

"발타 님! 폐하!"

레아가 벌떡 일어나 두 사람 사이로 끼어들었다.

"폐하, 용서를, 제, 제가! 제가 먼저 유혹했습니다. 폐하, 제가……!"

부르짖던 레아는 갑자기 움직임을 멈췄다. 왕의 얼굴이 보인다. 경악으로 커다랗게 벌어진 눈동자, 하얗게 핏기를 잃은 얼굴, 파르르 떨리는 입술, 그의 뒤에 서 있던 사람들 역시 괴물이라도 본 것처럼 새하얗게 질려 있다.

레아는 천천히 고개를 뒤로 돌렸다.

"……!"

발타의 새파란 눈동자가 자신을 응시하고 있었다. 왕의 얼굴이 천천히 일그러졌다. 믿을 수 없다는 듯 깜박, 깜박, 발타의 은빛 눈꺼풀이, 입술이 푸들푸들 떨리는 것이 보였다.

왕이 떨리는 목소리로 물었다.

"발타, 내가…… 보이나?"

"……예, 폐하."

"예전처럼, 잘 보이나……?"

"예전보다 더, 잘…… 보입니다, 폐하."

두 사람의 목소리는 이미 흠뻑 물에 잠겨 있었다. 레아는 하지만 자신의 눈앞에 보이는 장면을, 도무지 믿을 수 없었다.

"정말이냐, 정말, 치유가 된 것이냐, 발타?"

"자, 잘 모르겠…… 아, 아마 그런 것 같……습니다, 폐하. 조금 전에, 레아가 성 십자가 유물을 얹고 기도를 해 주었는데 그, 그것이……. 오, 하느님. 레아, 치유의 이적이……!"

발타가 두 손으로 입을 틀어막는다. 아, 하, 하느님! 손가락 사이로 짐승이 울부짖는 것 같은 오열이 새어 나왔다.

발타의 눈동자는 예와 다름없이 눈이 시리도록 파랬고, 그 눈시울에서는 맑은 물이 넘쳐흘렀다. 그는 눈물을 쏟으며 두 손을 들어 손가락을 움직여 보고, 주먹을 만들었다가 움켰다가 다시 편다. 눈물이 넘쳐흐르는 눈가를 더듬고, 얼굴을 더듬던 그의 손이, 레아의 어깨를 끌어안았다. 놀랄 만큼 강한 힘이 느껴졌다.

"아아, 신이여. 감사합니다."

그는 고개를 위로 들어 올린 채 울부짖기 시작했다.

레아는 정신이 나갈 것 같았다. 도저히 현실 같지 않다. 이럴 리가 없다. 이런 기적이 일어날 리가 없다는 것은 레아가 가장 잘 안다.

나는 오늘 아침에 이 성 십자가를 부숴서 태워 버릴 생각이었다. 저주하며, 이를 갈며, 조각내서 난로에 던져 버리겠다고 맹세했었다…….

하느님. 제, 제가 대체 무슨 짓을, 무슨 말을 한 건가요.

누가 제발 설명 좀 해 줘요! 대체 이게 어떻게 된 일인가요!

자신만 알고 있는 신성모독의 결과에, 레아는 두려우면서도 가슴이 터질 것 같았다. 입에서는 한 마디도 튀어나오지 않았다. 레아는 그 자리에 주저앉았다. 눈앞이 온통 까맣게 물들며 세상이 온통 빙빙 돌았다.

“레아 다크레.”

왕의 시선에 레아의 얼굴에 박힌다. 왕의 시선이 흔들린다. 지금까지 레아를 ‘신의 선택받은 여자’라고 말하던 왕은, 큰 충격으로 얼굴을 온통 일그러뜨리고 있었다. 레아는 그것이 더 낯설고 이상했다.

치유의 기적을 가장 확실하게 믿던 분이 폐하 아니었나요? 왜 그렇게 놀란 얼굴을 하세요?

하지만 그 말은 입 밖으로 나오지 못했다. 왕은 레아가 손에 쥐고 있는 성 십자가를 보고, 레아의 얼굴을 보더니 고개를 숙이고 성호를 그었다. 가지런히 합쳐졌던 그의 손이 이내 바닥을 짚는다.

“폐…… 폐하?”

“이 미천한 자가 신의 선택받은 여인을 통해 신의 기적을, 신의 손길을 목도하나이다. 전능하신 주님께 찬미를, 주님께 영광을.”

그의 이마가 돌바닥에 닿는다. 그는 고개를 숙인 채 떨리는 목소리로 되풀이했다.

"옴니포텐스 도미네, 베네디시무스 테, 글로리피카무스 테. 알렐루야[1]."

"옴니포텐스 도미네, 글로리피카무스 테. 알렐루야. 알렐루야."

옆에 있던 발타도 함께 무릎을 꿇고 고개를 숙이고, 뒤에 서 있는 사람들도 황급히 바닥에 엎드려 이마를 박았다.

레아는 후들대는 다리를 짚고 간신히 자리에서 일어났다. 머리가 터질 것 같다.

왕이 무릎걸음으로 다가와 레아의 발등에 입을 맞춘다. 레아의 눈에서 뜨거운 눈물이 줄줄 흘러나왔다. 물방울은 고개를 숙이고 있는 왕의 머리카락과 목덜미를 향해 방울방울 떨어졌다.

나는…… 발타 님은, 죽지 않겠구나.

발타 님은 정말 치유가 된 거구나. 이유는 모르지만, 신께서 무슨 변덕으로 내 기도를 들어주셨는지는 아직도 모르겠지만, 어쨌든 발타 님은 정말 치료가 된 거구나.

……그리고 나하고, 발타 님은…… 죽진 않겠구나.

적어도, 우리가 각오했던 것처럼, 처참하게 죽을 일은 없겠구나…….

눈물이 걷잡을 수 없이 쏟아졌다. 그곳에 있는 사람들도 무릎걸음으로 다가와 레아의 맨발에 입을 맞추는 내내, 레아는 두 손으로 얼굴을 가린 채 끝없이 울었다.

사람들이 물러난 후, 왕이 다시 나와 레아의 앞에 고개를 숙였다. 그사이 분노를 잘 갈무리한 왕은 정중하고 예의 바르게 레아

---

1) Omnipotens Domine, Benedicimvs te, Glorificamvs te, Alleluia(전능하신 주님, 당신을 찬양하나이다, 당신께 영광 돌리나이다. 할렐루야).

의 손에 입을 맞추었다.

"보나 파스카. 주님의 부활을 축하합니다, 신이 택하신 여인이여."

다음 권에 계속